U0533102

欣梦享
ENJOY LIVING

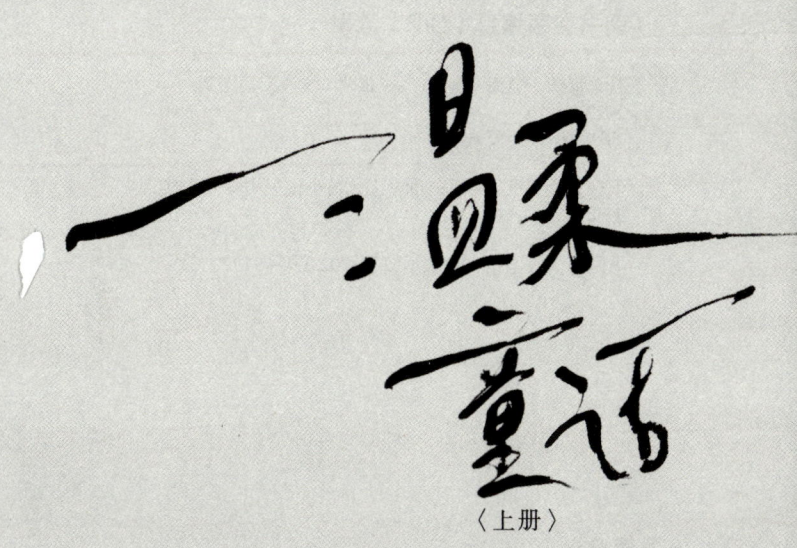

温柔童话

〈上册〉

孤海寸光 著

海峡出版发行集团 | 海峡文艺出版社

图书在版编目（CIP）数据

温柔童话 / 孤海寸光著. — 福州：海峡文艺出版社，2023.8
ISBN 978-7-5550-3351-6

Ⅰ. ①温… Ⅱ. ①孤… Ⅲ. ①长篇小说－中国－当代 Ⅳ. ① I247.5

中国国家版本馆 CIP 数据核字 (2023) 第 091920 号

温柔童话

孤海寸光 著

出 版 人	林 滨
出版统筹	李亚丽
责任编辑	陈 瑾
编辑助理	王清云
特约监制	杨 琴
特约策划	孙一民
出版发行	海峡文艺出版社
经 销	福建新华发行（集团）有限责任公司
社 址	福州市东水路 76 号 14 层
发 行 部	0591－87536797
印 刷	三河市兴博印务有限公司
厂 址	河北省廊坊市三河市杨庄镇大窝头村西
开 本	880 毫米 ×1230 毫米 1/32
字 数	520 千字
印 张	16
版 次	2023 年 8 月第 1 版
印 次	2023 年 8 月第 1 次印刷
书 号	ISBN 978-7-5550-3351-6
定 价	69.80 元

如发现印装质量问题，请寄承印厂调换

目录 Contents

- 001 第一章 裴姨
- 014 第二章 秘密
- 033 第三章 回家
- 046 第四章 校园
- 069 第五章 流年
- 080 第六章 豆蔻
- 106 第七章 青春
- 130 第八章 明月
- 150 第九章 逐梦
- 162 第十章 闲愁
- 175 第十一章 故人
- 190 第十二章 晚安
- 205 第十三章 心事
- 215 第十四章 玫瑰
- 230 第十五章 和好

目录 Contents

251	第十六章 别离	277	第十七章 空落	290	第十八章 高考
307	第十九章 时光	320	第二十章 距离	340	第二十一章 疏远
360	第二十二章 孤城	380	第二十三章 流光	388	第二十四章 出国
397	第二十五章 独行	411	第二十六章 久盼	418	第二十七章 归家
427	第二十八章 花开	443	第二十九章 争论	460	第三十章 今夕
467	第三十一章 答案	478	第三十二章 如灯	488	第三十三章 芳菲
500	番外 一瞬				

第一章
裴姨

八月，夏末。

天际的晚霞绵延千里，晚风将树叶吹得沙沙作响。

一辆加长版黑色豪华轿车停在铁门外。

管家许忠上前拉开车门，恭敬地低下头，道："先生。"

男人不置可否地点了一下头，问："都安排好了？"

"是的，您放心。"

裴天成淡淡地"嗯"了一声，下车走到后面。管家上前一步，打开车门。裴天成冲着车里的小孩伸出手，问："爷爷抱你下来好不好？"

后座上坐着一个五六岁的小女孩，脸颊粉粉嫩嫩的，一双明亮的眼睛眨了眨，注视了他几秒钟，摇了摇头，小声地说："绵绵自己可以的。"

裴天成没再说话，收回手，冷眼看着小姑娘有点笨拙地从车上爬下来后，转身便往里走。管家识趣地跟在他后面。

小女孩背着大大的书包，有点长的裤脚被卷了起来。她踩着他们的影子，安静地跟着他们，悄悄握紧的小拳头暴露了内心的紧张。这里很陌生，她不记得以前有没有来过……更准确地说，是整个世界都让她觉得陌生。

她在医院醒来时就失忆了，直到来医院探望她的警察叔叔告诉她，她叫郁绵，父母因车祸去世，身边已经没有别的亲人，这位"裴爷爷"是她父母生前最好的朋友，愿意收养她。最后，警察叔叔摸着她的头，让她不要怕。

郁绵不认识这位裴爷爷，可能是他的鹰钩鼻异于常人，所以，她感到有些害怕。可警察叔叔是不会骗人的，她也没地方可去，只能乖乖地跟着裴爷爷走。

就这样,她踏入了裴家大院。

院子里有个小池塘,池面上倒映出天际的晚霞,几尾金鱼游来游去。她忍不住多看了几眼,怕掉队又赶紧跟了上去。

门一开,一个满脸笑容的中年妇女走了出来,手里还端着浇花的水壶。她很热情地说:"先生回来了……咦,这是谁家的小孩子啊?"

裴天成停下脚步,回过头看了一眼郁绵,口气平淡地说:"朋友的孩子,她的父母去世了。"

张阿姨一怔,有点心疼地叹了口气,道:"这么小的孩子……"

"嗯,麻烦你多照顾一下吧。"

张阿姨还没摸清楚雇主的真正用意,但表面功夫肯定没错。于是,她过去,把水壶放下,伸出一只手,说:"来吧,小姑娘,跟阿姨一起进去。"

郁绵仰起头看她,一动不动,眼里全是紧张和戒备。

她看懂了小女孩的眼神,也没生气,温和地一笑:"那好,我们走吧。等会儿要开饭了。"

郁绵沉默地点了点头,背着书包,跟在她后面走了进去。

裴天成脱掉外套,坐在沙发上。他揉了揉眉心,连日的忙碌让他有些疲惫,不过一切都是值得的。两个家族的合作基础已经奠定了,即便日后对方翻脸他也毫无顾虑。

用人前前后后地忙碌着,发出脚步匆忙的声响。

郁绵下意识地竖起耳朵,听见她们说:"大小姐好像回来了,多拿出一份餐具……不对,还有个小女孩,拿出两份。"

大小姐?

郁绵坐在凳子上,双脚轻轻地晃了晃,在心里默默地念这三个字,不禁想着,这个大小姐是跟她差不多大的小姑娘吗?那她……是不是就可以有朋友了?

很快,她就知道自己想错了。

楼梯上传来一阵节奏分明的脚步声,她顺着声音的方向看过去,正好对上那个女人的目光。那个女人只看了她一眼,就移开视线,问:"这是谁家的小孩儿?"

裴天成半阖着眼睛，淡淡地说："朋友家的女儿，她的父母去世了。"

还是那一套说辞，还是那个平淡的口吻。

裴松溪站定，毫不掩饰地打量着小女孩。她稚嫩的肩膀上还背着大大的书包，进门后也没放下，过长的裤脚挽起了一半。看到这里，裴松溪清冷的眉眼微不可察地蹙了蹙，声音也是清冷的："那现在是在等家人来接她吗？"

裴天成被问得有些不耐烦，道："她的父母临终前把她托付给我，她已经没有亲人了，就养在家里，不过是多加一双筷子的事。"

裴松溪抿了抿嘴唇，沉默地看着他，眼神里是洞察一切的了然和嘲讽。

裴天成避开她的目光，对郁绵招了招手，说："绵绵，过来，叫裴姨。"

小女孩有些胆怯地看着裴松溪，乌黑的眼眸转了两圈，却半天没吐出一个字来，嘴唇抿得很紧。

裴松溪冷冷地看了她一眼，没再说话。

用人已经摆放好了餐具和菜盘，管家上楼叫众人下来吃饭，张阿姨在餐桌旁多加了一把椅子，招呼郁绵说："过来，你坐这里。"

郁绵从凳子上跳了下来，书包也跟着她的动作上下颠了几下，也不知道里面装了什么，发出响动，有点吵。

裴松溪揉了揉太阳穴，试图掩盖住自己的烦躁。

张阿姨有些紧张地走了过去，接过她的背包，说："放阿姨这里，吃完饭了再还给你，好不好？"

郁绵点了点头，走到餐桌旁。椅子对她来说有点高，她小心翼翼地爬上去，才发现旁边坐着的人……就是裴松溪。

小姑娘偷偷看了看那个女人，她的眉目之间似乎是罩着秋日的云烟，显得清冷又安静，有些疏离。女人察觉到小女孩的注视，也偏过头看了一眼，目光也是冷淡的。

郁绵连忙收回目光，不敢再看。

这时候，裴林茂、丁玫夫妇也从楼上下来了。

裴林茂是裴家的长子，裴天成把他当成继承人来培养，所有的事情也不会瞒着他。所以，裴林茂知道家里会来个小女孩，也不觉得惊讶。至于丁玫，在丈夫和她说了这件事之后，她难免会多想，怀疑这个小女孩是丈夫在外面和其他女人生的私生女。

丁玫坐下后，给小女孩倒了一杯果汁，笑着问："小姑娘，你叫什么名字啊？"

"我叫郁绵。"

丁玫脸上的笑意更深了，又问："名字挺好听的，是家人给你起的吗？"

郁绵的小脸一下就垮了下来，嗫嚅着说："我不记得了……"

丁玫一愣，想起丈夫说她的父母都因为车祸去世了，一时间有些怜悯，就摸了摸她的脑袋，说："那就不想了，来，喝果汁吧。"

郁绵轻轻地点了点头，咬着吸管……

一顿饭吃得很安静。

裴松溪最先离席。

郁绵忍不住又看了她一眼，正好看到她回头，便有些心虚地收回目光。只听她对张阿姨说："天冷了，把桌上的果汁撤了吧。"

丁玫用眼角的余光瞥了一眼，郁绵杯子里的果汁几乎没动过，看来是不喜欢喝。她有些不满地撇了撇嘴，这位小姑子，管得可真宽。

裴松溪上楼去看奶奶周如云。

她的身体不好，用餐都需要专人送到四楼，在自己的房间里用餐，很少出门。

裴松溪敲门进去时，老人刚刚摘下老花镜，放下手中的报纸。看到孙女过来，伸手招呼她，神情慈爱地问："月月，家里来客人了？"

裴松溪神色稍缓，走过去坐在床边，轻声说："父亲从外面带回来一个小女孩，说是朋友的孩子，小孩的父母去世了。"

"那是……要在家里借住几天？"

裴松溪摇了摇头："不是，听他的意思，以后就养在咱们家里了。"

周如云也是一愣："小姑娘家里没人了？"

裴松溪淡淡地点了点头。

老人长叹口气，感慨道："造孽啊。"

裴松溪沉默着拍了拍奶奶的手掌，算是安抚。从房间出去后，她叫住管家许忠，问："许叔，她是谁家的小孩？"

管家赔着笑，但言语间表露出油盐不进的回绝："小姐，这个我不太清楚，只知道郁绵小姐的父母是先生的朋友。"

裴松溪冷冷地看着他，从他身边走过，知道从他的嘴里问不出什么来。

客厅里，张阿姨正在给郁绵梳头发，特意扎个可爱的丸子头，笑着问："喜欢吗？"

小女孩坐在高高的凳子上，轻轻地晃着腿，忍不住露出一丝笑意，摸了摸头顶的小丸子，怯生生地点头，终于开口说："喜欢。"

她的愉悦只维持了短暂的几秒钟。

裴松溪缓步从楼梯上走了下来，声音清冷，对父亲说："送她回去。"

郁绵从凳子上跳起来，悄悄握住放在凳子旁的书包肩带，小小的脑袋慢慢地低了下去。

她默默地想：这个阿姨可能不太喜欢我。

裴天成被裴松溪不配合的态度惹得有点恼火，眉心紧蹙，不悦地看着她："松溪，你很闲吗？这么一点小事儿，你非盯着不放吗？"

裴松溪神色平静地与他对视，毫不避让，眼神中满是诘问之意。

裴天成不耐烦地摆了摆手，不愿多说，负手走了出去。

裴松溪轻轻地松了一口气，转过身，看着郁绵。

小姑娘就站在不远处，纤细的脖颈微微垂下，像一只柔美的白鸽，白皙脆弱，无枝可依。

裴松溪走过去，在她面前蹲下来，一双清冷的眉眼慢慢对上她的，问："你还记得家在哪里吗？"

郁绵没想到她会离自己这么近，有点紧张地后退一步。大概是因为不用再仰视的缘故，郁绵也没那么紧张了，缓缓地摇头说："不记得了。"

裴松溪凝视她片刻，才无奈地叹了口气，站了起来，没再说话，转身离开。

郁绵看着她的背影愣神。这个阿姨，可能确实不太喜欢自己……但郁绵能确定，她不是坏人。

张阿姨过来摸了摸她的头发："走吧，郁小姐，你的房间在三楼。"

郁绵点了点头，跟着她上楼，书包摇摇晃晃的，显得脚步有点笨拙，可她并没要大人来牵她，也没有让张阿姨帮她背书包。

周如云的身体不好，住在四楼，裴天成和裴林茂、丁玫夫妇住在二楼，因为裴松溪怕吵，她独自住在三楼。现在只有三楼还有空房间，郁绵就被安排住在这里。

张阿姨小声叮嘱着郁绵："大小姐喜欢安静,你在这里要乖乖的,不要吵,好不好?"

郁绵仰起头看她,嗓音清澈稚嫩:"好,绵绵知道了。"

新的房间大而空旷,她站在门口,有点害怕,却又无人可说,只好鼓起勇气走了进去。每走一步,都要在心里对自己说一句:不要怕,绵绵不是胆小鬼。

张阿姨看出小女孩的胆怯,也在心里轻轻地叹着气,可她要做的事情太多了,根本顾不上郁绵,便问:"我要去忙了,大小姐不太喜欢用人上三楼。你自己洗澡、睡觉,可以吗?"

郁绵顺从地点了点头,尽管她也不知道自己会不会洗澡。

可是……这里毕竟不是她的家,也没有她的亲人,他们好像都不太喜欢她。

张阿姨看她这么乖,也多了一分怜惜,摸了摸她的头发,又叮嘱了几句,就离开了。

郁绵爬上床,把被揉乱的头发重新整理好,将书包里的东西倒出来,书包里面放着两本崭新的童话书、蓝色的文具盒、电话手表、水杯,还有一盒橙子味的水果糖。

警察叔叔说,这是在车祸现场找到的书包,应该是她的。

郁绵盘腿坐好,把童话书翻开,里面很新,只有扉页上写着一行字:"宝贝女儿,生日快乐!"

那是大人的字,字迹隽秀。

是爸爸的,还是妈妈的呢?

她完全想不起来他们是什么样子了……对父母唯一的印象,是一只粗糙的大手,牵着她走了很久很久……

她把书放回到书包里,顺手剥了一颗橙子糖放进嘴里,清新甘甜的味道在口腔内绽开。

她关了灯,掀开小被子躺下,很快就睡着了……

就这样,郁绵在裴家留了下来。

小小的一个女孩,平时也很少说话,坐在饭桌上吃得也少,存在感弱极了。可裴松溪总能注意到她,她一直坐在自己身边,可能是因为第一天来的时候就坐在自己旁边,或者……是小女孩本能地更想靠近裴松溪,而不想靠近其他人。

周如云也见过这个小女孩。

她一向温和慈爱,从心里是喜欢郁绵的,可她常年身体不好,怕自己身上的病气影响小孩,也不敢跟郁绵过于亲近。她劝不动儿子,也只能叮嘱他说:"既然你把孩子带回家养,就要多上点心,要对她负责。"

裴天成看着财经杂志,心不在焉地说:"有张阿姨照顾她。"

这个话题就此跳过。

事实上,张阿姨在裴家做的时间最久,上上下下都离不开她,甚至比管家许忠还要忙,并没多少时间去照顾郁绵。

丁玫也笑着接过话头,说:"奶奶,之远不也是放养着长大的吗?您也别太担心了。"

几天过去了,丁玫还是在怀疑,郁绵是丈夫的私生女。知道来龙去脉后,心里也会对她心生一丝怜悯,然而,一旦长辈对小孩表现出关心,丁玫的态度就立刻好不起来。

老人长长地叹了口气,摆了摆手,上楼了。

郁绵在楼梯口,听着他们的对话,又听到一阵沉重的脚步声,知道是周如云上楼了,立刻跑回房间,轻轻地关上了门。

她靠着房门,默默地垂下了眼眸。

房间里空空荡荡的,只有一张大床。

微风习习,窗帘摇动,光影摇曳。

她该去哪里呢?

从这里走出去,找到警察叔叔,说自己走丢了,这样可以吗?

郁绵坐在床边,认真地想了很久,没有想出答案。

八月的天空阴晴不定,窗外忽然传来"轰隆"一声,一个炸雷炸得她一惊,她扑到窗边,天际雷云滚滚,一片阴沉,她觉得很是恐惧,禁不住浑身颤抖起来。

空荡荡的房间里也变得阴沉沉的,似乎每一处都藏着怪物。

轰隆轰隆的雷声不断,她很害怕,不敢独自待在房间里。她连鞋子都顾不上穿,就踉跄着跑出去。楼下客厅里传来他们说话的声音,可她不想下去。

三楼的走廊只开了一盏吊灯,光线昏暗,走廊尽头的窗户开着,隐约可见远处的天空划过银色的闪电,她立刻捂住耳朵,几秒钟后又听见一阵巨响。

小女孩踮起脚尖,敲了敲门。

裴松溪正在房间里看书,在雷声中似乎听见有人敲门。

她将书放下,拿镇纸压住书页,才走过去开门,正对上一双干净澄澈的眼睛,一动不动地看着她。

是那个小女孩。她仰着头,没穿鞋子,有点茫然无措地站在门前,裤子似乎也长了一些,拖在地上,眼睛里满是惊慌不定的恐惧。

裴松溪凝视她片刻,淡淡地说:"进来吧。"

郁绵没反应过来,等她想说句"谢谢"时,那个人已经转过身,先进了房间。她也悄悄地走了进去,踮起脚,把门关上。

裴松溪坐在窗边看书。

屋里只开着一盏小台灯,整个人被笼罩在淡淡的光晕下,比平时更显得清冷,让人不敢靠近。

裴松溪让她进来,却不说一句话。

郁绵有点怕裴松溪,可这个家里,她本能地只相信裴松溪。

哪怕裴松溪看起来对什么都不关心,还要求送自己走。

郁绵站在门口,不敢往里面走,不敢坐下,也不敢说话。就连呼吸,也是小心翼翼的。

裴松溪把一章内容看完,发现小女孩还赤着脚,站在门边。她站起来,拿了羊绒毛毯,对小女孩招呼道:"过来。"

郁绵微微仰起头,看着她,显得紧张而局促。

裴松溪把小毛毯递给她,又指了指床边的拖鞋,惜字如金地说:"坐。"

郁绵顺着她素净修长的手指往上看,看到对方的手腕上戴着一串紫檀木的佛珠。郁绵听话地接过温暖柔软的小毯子,抱在怀里,坐在床边。只坐了一小块地方。

裴松溪没有说什么,又在桌前坐下,打开电脑,戴上耳机,听下属给她汇报工作。

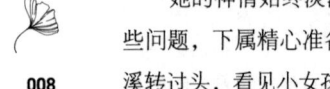

她的神情始终淡淡的,似乎很少有事情能引得她情绪起伏。偶尔提出一些问题,下属精心准备的方案总是被她问住,在对方尴尬沉默的间隙,裴松溪转过头,看见小女孩很无聊,总是在偷偷看她。

她又对小女孩招招手。郁绵从床上跳下来,小毛毯还抱在怀里,穿着过大的拖鞋走过去,眼睛又大又亮,安静地看着她。

裴松溪递给郁绵一个新鲜的橙子。她的房间只有书籍、唱片,实在缺少能安抚小孩的东西。

郁绵把散发着甘甜清香的果实抱在怀里,冲她一笑,笑容干净柔软。

裴松溪淡淡地挪开了眼,继续听下属汇报工作。

半个小时过去了,她没什么耐心,声音也清冷,道:"今天到此为止。下周一,最后期限。"

电话被挂断。

小姑娘还安静地坐在原先的地方,垂着眼睛,低头看着怀里的水果,小小的指尖在果皮上戳了又戳,好像在玩某个不知名的游戏。

裴松溪不由得多看了她几眼,看见她把光鲜清甜的大橙子递到嘴边,亲了一口。裴松溪收回目光,垂下了眼睛。

窗外雷声已停,雨声淅沥,拍打着芭蕉,声声入耳。

郁绵很久没听见她说话,抬起头看了看窗外,雨已经渐渐停了。

她也没有再待在这里的理由了。

她想把怀里的小毛毯叠好,不过动作总有几分笨拙,只能放在床边,轻声说:"我先回去了。"

裴松溪抬起头,目光与她对视,淡淡地点了点头。

小姑娘有点怕她,低下了头,把鞋子也脱掉,放回原处,才赤着脚往外走,可怀里还抱着那个橙子。

紧紧地,没有松手。

第二天,郁绵又来敲她的房门。

裴松溪将门打开了,照旧不理她,将她放进房间,仍然专注地做自己的事情。

她端着一杯牛奶进来,大概是张阿姨看她的胃口不好,饭吃得少,怕耽误她长身体,才特意给她热了牛奶。

裴松溪淡淡地看了她一眼,没有说话,继续练字。

郁绵用小手捧着杯子,小心翼翼地抿了一口,舔了舔嘴唇,不敢发出一点声音。

忍不住看她写字的样子，柔顺垂下的脖颈，素白的手腕线条优美，在纸上游走的笔尖……郁绵不敢看太久，很快移开了目光，发现她桌前挂着一幅装裱精美的山水画，笔墨写意，最右边写着一行字：月下松溪。

郁绵偏过头想了想，这是她的名字吗？

裴姨……裴松溪？

裴松溪将笔放下，她喜静，练字的时候更不喜欢吵闹。小姑娘也安静，几乎从不主动跟她说话，有时候时间久了，她会以为小女孩已经走了——小家伙甚至把呼吸都放缓到跟她同样的节奏，小小年纪，聪明得让人难以察觉。

她回头看了一眼，小姑娘的牛奶还没喝完，剩了一大半，嘴角沾了一点奶沫，像长了一圈白胡子。

郁绵被她看得有点紧张，握着杯子的手更用力了，她想了想，从床上跳下去。

跑到书桌前，因为不够高，要踮起脚尖，才能把杯子放在桌上，问："你喝吗？"

裴松溪很多年没喝过热牛奶了。她看着杯子发愣。

郁绵一怔，随即想起什么，说了句"等我一下"，又匆匆跑了出去。很快，她又跑回来，手上端着一杯还在冒着热气的牛奶，她的手指被烫得有点红，解释说："这杯我没喝过。"

她可能以为裴松溪是在嫌弃自己。

裴松溪对上郁绵纯真清澈的目光，干干净净的，没有杂质，也没有小心翼翼地讨好，就只是想跟她分享而已。她皱了皱眉头，还是喝了一杯。

呵，味道真怪。

郁绵仰着头，看着裴松溪喝牛奶的样子，忍不住偷笑。

裴松溪从没叫过她的名字，也不跟她多说一句话，神情也冷淡。不知不觉地，一个上午就这么过去了。

中午，张阿姨来叫她吃饭，看见郁绵从裴松溪的房间里出来，也被吓了一跳，慌忙说："你怎么乱跑？来，跟我出来。"

裴松溪淡淡地说："没事。"

郁绵听见这两个字，忍不住笑了笑，又像是怕被人发现一样，立刻低下头，跟在她后面。

真奇怪，这个家里谁都会对她笑，可她偏偏只信任这个表情淡淡的裴姨，只想跟着裴姨。

今天的餐桌上稍稍热闹了几分，丁玫一直在跟裴林茂说话："小远下午的航班，你要记得去接他啊。"

裴林茂"嗯"了一声，说："我知道。儿子的外套你一会儿放在我车里，这几天降温了，有点冷。"

"知道，早就拿下来了，吃了饭就放到你车里。对了，张阿姨，小远最喜欢的油焖大虾要记得做啊。"

张阿姨笑着点了点头："您放心，小少爷喜欢的菜，我们都记着，早上就把菜买好了。"

裴天成也想念孙子，唠叨着："下次给孩子报夏令营，不要报时间太长的。这都两个月了，孩子得多想家啊。"

丁玫也叹了口气，有些后悔："可不是，想死我的大宝贝了。"

郁绵安静地听着他们说话，吃了一点米饭。她的胃口小，每次只吃小半碗，只夹一点青菜，小口小口地吃着。

忽然，有道阴影越过头顶，她的碗里多了几片牛肉。她惊讶地抬起头，对上裴松溪清冷的目光，又小心地看了看四周，大家都在说话，没有人发现。

这是她们之间的小秘密。

郁绵悄悄地弯了弯唇角，把自己的椅子往那边挪了挪，想靠她更近一点。

裴松溪依然是最先离席的。她一吃完，郁绵也放下筷子，从椅子上跳了下去。

裴松溪一向不参与家人之间的谈话，上楼去看了看奶奶，就准备回自己的房间。刚走了几步，就发现郁绵偷偷地跟着她。

她在前面走路，郁绵跟在后面踩她的影子。

走到三楼，到房间门口，她才开口："出来。"

小女孩有点心虚地从拐角处走出来，双手有点紧张地握着衣角，怯生生地看着她，想说点什么，又不敢开口。

裴松溪看了她一会儿，轻轻地摇了摇头。

她的声音轻得像是在自言自语："算了。"

这是默认能跟着她了？

郁绵忍不住握紧小拳头，小心翼翼地笑了一下。不过，没敢再继续跟着，而是回到自己的房间里，中午的阳光透过窗户落进来，在地板上轻轻跳动。

她踩着地板上的小格子，轻轻地跳动了几下，又扑到床边，从枕头下面拿出那个橙子，眉眼弯弯，吧唧一声，又亲了一口……

裴家难得热闹了起来。

用人们忙前忙后，整理房间，换洗床单，到阳台上晒被子，一时间有些嘈杂，只有三楼还是静悄悄的。

郁绵坐在地上看童话书，张阿姨敲门进来，问："把你的小被子晒一晒，好不好？"

郁绵点了点头："好，我喜欢香香的被子。"

"在看什么书啊？"

郁绵有点不好意思地把书往后一藏，她还有很多字不认识，幸好有拼音和插图，她也看不太懂。

张阿姨怜惜地看了她一眼："要不要跟我一起上去，到阳台上晒晒太阳？不过，大小姐也在上面，你要保持安静。"

郁绵一听到裴松溪也在阳台上，眼睛就亮了起来，乖巧地说："好，上去。"

来了这么多天，她都不怎么爱说话，也不表达情绪和喜好。张阿姨第一次看见她这么高兴，慈爱地摸了摸她的头发："我抱着被子，你跟着我。"

郁绵乖巧地点了点头。

阳台上，周如云躺在躺椅上，晒着太阳，微微闭着眼睛。

裴松溪拿着木梳，动作轻柔地给老人梳着头发，银丝如霜，一缕一缕都是时光的痕迹。

老人说："月月，一个人在外面住，孤孤单单的，在家是不是感觉好一点？"

裴松溪没吱声。

年初她搬了出去，独居了半年，最近是因为老人生病才回来住的。

她抿了下嘴唇，想说点什么，似乎又忍住了。

老人叹息着笑了："知道你不乐意，算了，我也不勉强你了。再陪我几天吧，如果你想回去，就回去吧。"

裴松溪的唇角牵起，笑意淡淡的。

郁绵站在张阿姨旁边，目光却总是忍不住地偷偷看她。

楼下传来一阵喧嚣，汽车刹车时轮胎摩擦地面的声音，铁门打开时的声响，丁玫亲亲热热地叫了一声宝贝——这是裴家的小小少爷裴之远回来了。

郁绵趴在栏杆上，向下看了一眼，只见一个跟她差不多大的小男孩风一般地穿过院子，往楼上跑，边跑边叫："姑姑！太奶奶！"

郁绵往后站了站。

裴之远冲上阳台，他一向最喜欢小姑和太奶奶。老人被他吵得不行，却慈爱地对他招招手，摸了摸他的脑袋，却无力再抱他。

裴之远只好往裴松溪身上爬，可裴松溪神色冷淡，拍掉他的手："下来。"

他早已习惯了她的冷淡，可还是会觉得委屈。直到他的目光落到郁绵的身上，也忘了委屈，他皱着眉问："这是谁啊？"

丁玫刚刚上来，跟儿子解释："这是你爷爷的朋友家的小孩，她的父母过世，以后就住在我们家了。"

郁绵低下头，又慢慢地往后退了一步。

小魔王愣了一下，忽然大哭起来："她是我的妹妹吗？你们什么时候瞒着我生了个妹妹？怪不得要让我去夏令营！你们是不是不喜欢我了？"

丁玫被他哭得有些心疼，一把抱住他安抚道："不是妹妹！我们都最喜欢小远了！你这孩子，瞎说什么呢？"

听了母亲的话，裴之远稍觉宽心，可还是如临大敌，闹道："那叫她走！她凭什么留在我家？没有孤儿院吗？她……"

"裴之远！"裴松溪凝视着他，眉眼冷肃，"不许吵。"

裴之远一向怕她，被她凶得一怔："……姑姑？"

裴松溪不再说话，朝郁绵伸出手。

郁绵仰起头看着她，往前走了两步，下意识地抬起手，却只敢握住一点指尖。

裴松溪弯下腰，纤长的手臂环过她，将她抱了起来。

小女孩低下头，乖顺安静，细嫩的脸颊埋在她的肩膀上，轻轻地叫了一声："……裴姨。"

裴松溪没有回应，只轻轻拍了拍她的后背，径直朝楼下走去。

第二章
秘密

下午一场小小的风波就这么过去了，丝毫没有影响晚餐时客厅里的热闹。

裴之远是个小魔王，是父母的独子，裴家的长孙，一向备受宠爱，在餐桌上也闹腾："妈妈，给我剥虾！"

丁玫连忙说："好好好，剥剥剥。"

裴林茂摸了摸儿子的脑袋，一向阴沉的脸上也浮现出笑意："看给你馋的，一个人都吃光了，爷爷都没吃上。"

裴天成笑着说："小远，别听你爸的。爷爷不吃，你吃个够。"

裴之远骄傲地抬了一下下巴，夹起一只虾，故意在郁绵的眼前晃了晃："怎么样？想吃吗？"

郁绵眨了眨眼睛，心想：真幼稚。

他用筷子夹着油焖大虾，故意在她面前晃了好几下，才收回去："我才不给你呢！这是我家，我的爸爸妈妈！我的姑姑！你知道了吧？"

郁绵垂下眼睛，沉默地点了点头。

丁玫有些不忍心，拍了一下儿子的手："怎么那么多废话？赶紧吃！"

裴之远撇了撇嘴，没再说话，过了一会儿，又夹起一只虾，站起来递到裴松溪的碗里，有点讨好地说："姑姑，你吃虾！"

裴松溪神色平淡，冲他一点头，表示知道了。

他忍不住笑了，真好，姑姑不生气了，他最怕姑姑生气了。以前姑姑一生气，就好几天都不理他！

郁绵抬起头，悄悄地看了裴松溪一眼，又垂下眼。她吃饭的动静很小，因为不太吃菜,吃得又少又安静。

饭后,裴之远缠着父母出去散步,裴天成也跟着一起去。

裴之远不满意,回过头叫裴松溪:"姑姑,你也跟我们一起出去好不好?"

裴松溪拂开他的手:"我不去。"

裴之远有些失望地撇撇嘴:"好吧。"

喧闹的客厅瞬间安静下来。

裴松溪在浇花。郁绵坐在沙发上,有时低下头看自己的鞋尖,有时抬头看看她。

郁绵渴望能跟她说话,可又怕打扰她,只能在旁边坐着。郁绵知道,裴松溪不喜欢说话。

裴松溪在院子里待了很久,直到天际隐约有雷鸣响起,她才进屋。

郁绵听见雷声,像只被踩了尾巴的猫,浑身都起了一层鸡皮疙瘩,猛地从沙发上蹦起来,再也顾不上别的,亦步亦趋地跟着她。

她进厨房,郁绵也进厨房。她要上楼,郁绵也上楼。

可把张阿姨吓了一跳,拦住她,小声说:"大小姐性子冷,喜静,你别吵她。连小远的爸爸都有点怕她,你别惹大小姐生气。"

郁绵偏过头看着张阿姨,大眼睛又黑又亮,心想:她不可怕啊,昨天还抱了我呢。

张阿姨看她不说话,以为她听进去了,就松开了手:"你自己去玩吧。"

郁绵点点头,等张阿姨进了厨房,又跑上楼梯,敲开裴松溪的房门。

隔了片刻,裴松溪才打开门,她穿着月白色的丝绸睡衣,神色也清冷如月,看了郁绵几秒,才开口说:"去告诉张阿姨,再做一份油焖大虾,送到我的房间。"

郁绵"哦"了一声,又往楼下跑。裴松溪往门外走了一步,看着她欢快的小背影,唇角微不可查地翘了一下。

张阿姨刚忙完,听到郁绵传的话,有点怀疑小孩子在胡说,大小姐一向清冷克己,不碰甜食、不吃夜宵、不喜油腻,怎么会叫她送一份餐到房间呢?

郁绵看她不信,有点着急了,眼睛很亮,脑门冒了一点细汗:"真的!绵绵从来不骗人。裴姨饿了会难受的!"

张阿姨被她着急的模样逗笑了,连声应道:"好好好,我让厨子去准备。"

郁绵才心满意足地点了点头,往三楼跑去。还没敲门,门就开了。原来门一直没锁,只是虚掩着。

房间里依旧只开了一盏小台灯,裴松溪坐在窗边,柔顺的长发垂落在肩头,月白色的睡衣上绣着两朵锦绣盘扣。

此时的她比平日里看起来更加清冷,也显得更温柔。裴松溪有一双平湖般的眼睛,仿佛倒映着一弯澄净的月,无声无息地照着山川河流。

郁绵还小,还没学会那些华丽的辞藻,只是觉得此时的裴松溪真好看。

裴松溪看她傻站在门口,招了招手:"过来。"

郁绵迈着小短腿跑了过去,脑门的汗还没干,就问道:"裴姨,你是不是很饿啊?"

裴松溪摇了摇头,指了指桌上的小毛毯和两本漫画:"你自己玩。"

她的房间对小孩来说实在无趣,她不想每次一回头,都看见小孩在偷看她,勉强找了两本漫画,让她自己打发时间。

郁绵乖巧地点了点头,不敢再吵她了。

窗外雷声不断,房间里却很安静。她甚至能闻到一点好闻的香味,说不出来是什么味道,也许曾在母亲的身上闻到过,她的心奇异地安静下来,丝毫不畏惧外面的狂风骤雨。

小台灯的光芒暗淡,将她小小的身体完全罩了起来,她缩成小小的一团,在灯光下翻着书页,像只毛茸茸的小动物。

半个小时后,张阿姨来敲门。

郁绵有点紧张,从凳子上跳了下来。

裴松溪看了她一眼,越过她去开门。

郁绵竖起耳朵听她们说话。

门外传来张阿姨的声音:"厨房里本来有鲜虾的,新来的小用人不知道冷藏,味道有点变了,刚刚又出去买了一份,耽误得久了。小姐,饿了吧?"

"没事。"还是熟悉的冷淡的声音。

"我给小姐端进去吧。"

"不用。不早了,去休息吧。"

裴姨没让张阿姨进来。

郁绵忍不住笑了笑,自己藏在她的房间里,但没有别人知道。毕竟在小朋友的心里，有共同的秘密就是朋友。

"嘭"的一声，门被关上了。

郁绵很快把笑意收起来，抱着小毯子和漫画书走到一旁，自觉地把书桌让给她吃东西。

裴松溪把餐盘放下，冷淡地看了一眼，像是有些嫌弃似的，皱着眉说："我不想吃了。"

郁绵瞪着眼睛，吃惊地"啊"了一声。

裴松溪把筷子递给她："你吃。"

郁绵有点不好意思地低下头，红了脸。原来裴姨发现她吃饭时偷偷地用羡慕的眼神看向裴之远了！

郁绵红着脸盯着盘子看。

餐盘里有筷子和一次性手套。她一副馋坏了的样子，却忍住不用手拿，没戴手套会把袖子弄脏。可她不会戴手套，只能苦着脸看着餐盘。

裴松溪推开窗户，窗外雨下得正大，清新的泥土味道扑面而来。她觉得像是给自己找了个小小的麻烦，转过头对郁绵说："给我吧。"

郁绵仰着头，鼻尖上沾了一点红色的小辣椒，显得有点滑稽，眼睛亮亮地看着她。

裴松溪没再说话，直接拖了一张椅子过来，坐在她的旁边，挽了挽睡衣的袖口，给她剥了几只虾。

郁绵眨了眨眼睛，也不敢说话，就这么看着她。

裴松溪中途停下动作，撞上她呆愣的眼神："吃吧。"

郁绵的小脑袋用力地点了几下，用筷子夹起鲜嫩的虾肉来，没多久就把一盘虾全部消灭掉。餐盘旁边堆着高高的红色虾壳，她别过头，意犹未尽地舔了下嘴唇。

原来她平时吃得很少，不是不想吃啊。裴松溪拉了拉摇铃，很快就有用人来收拾餐具。

房间里的鲜辣味道也散尽了，雨还没有要停的迹象。

郁绵渐渐地困了，像只饕足的小猫，双手撑在桌上，托着下巴，努力不让自己睡着。

时间一点一点地过去。

窗外雨声绵绵不断，安谧沉静的秋夜。

"唰"的一声，窗帘拉开，阳光照进来。

郁绵揉了揉眼睛，听见张阿姨的声音："小家伙，起床了。"

她慢慢地坐了起来。

这是她自己的房间。

张阿姨给她收拾床铺，看她抓住裤子努力穿上的样子，有点心疼，又有点好笑："来，过来，阿姨给你穿。不是这样的，要这样。看到这两个洞了吗？先把脚放进去，再提起来。"

郁绵皱着眉，有点严肃地认真说："好，我再学一下。"

张阿姨又忍不住想叹气。

这么小的孩子，先生让自己照看她……怎么就不安排一个人专门照顾呢？她还这么小啊。可能……是因为大小姐不喜欢这个孩子吧。

郁绵拿着小鞋子开始往脚上套，动作不太熟练，但是秋天的鞋子单薄，也好穿。

张阿姨一教她，她就学会了。

郁绵下楼的时候，客厅里已经开饭了。

裴之远坐在桌边，又在闹："我不喜欢吃鸡蛋！"

"宝贝，"丁玫好言好语地哄他，"吃鸡蛋对身体好，你看妈妈和姑姑也都吃鸡蛋啊，对不对？"

裴之远看了看大家，噘着嘴，还是固执地不肯吃。

丁玫没办法了，向小姑求助："松溪，你说说他。"

裴松溪被点到名，缓缓开口："裴之远，你是大孩子了。不许闹。"

裴之远委屈地拖长声音："姑姑……好吧。我听姑姑的。"

丁玫有些哭笑不得："我看，你以后给你姑姑当儿子算了，这么听你姑姑的话！"

裴松溪没接话，看见郁绵来了，倒了一杯牛奶，放在边上。

她吃饭的时候慢慢条斯理，不爱说话，也不看人。裴之远想跟姑姑撒娇，可对她是敬多过于爱，看她神色冷淡也不敢闹，吃完饭就缠着丁玫出去了。

郁绵这才走到桌边坐下。

张阿姨看她有点怕裴之远的样子，在心底叹了口气，将她抱上椅子："你在这里吃，阿姨去忙了啊。别闹，要乖，知道吗？"

郁绵点了点头："好。"

她抬起头，看了看桌上的牛奶，小声地问裴松溪："裴姨，我可以喝吗？"

裴松溪淡淡地"嗯"了一声，手上剥鸡蛋的动作没停，动作慢条斯理的，像是一幅赏心悦目的画。

可是下一秒，白白嫩嫩的鸡蛋从美好的画中跳到了她的碗里。

郁绵抬起头，声音有点软糯，眼睛里带着惊喜的笑意："给我的吗？"

"嗯。"

郁绵心里炸开了花。

昨天的秘密是大虾味的，今天的秘密是鸡蛋味的！

早餐，她喝了一杯牛奶，吃了两个水煮蛋，小肚子都吃得圆鼓鼓的，她忍不住揉了揉。

一抬眼，裴松溪已经走了。

她就从椅子上跳下来，匆匆忙忙地去追裴松溪。

刚跑一下，右脚被椅子绊了一下，她往前摔了一跤，好像还磕到了牙。

裴松溪无奈，又折回来几步，递了根手指给她："走吧。"

郁绵还是只敢握住她一点点指尖，从地上爬起来，懵懂地牵着她的手指，却又全心全意地信赖着她。像是一种奇怪的本能。

裴松溪到阳台上晒太阳，给花花草草浇水。

郁绵大着胆子跟她说话："这是什么花呀？"

"栀子。"

"那这个呢？"

"红掌。"

裴松溪的声音真好听。

郁绵喜欢跟她说话。

"裴姨？"

"嗯？"

郁绵又叫了一声："裴姨？"

裴松溪将水壶放下，阳光给她镀上一层淡淡的光辉，清冷的神情有些缓和：

"想下去了吗？"

"不想啊。"

小孩子的世界对大人来说是座秘密花园，说话奇奇怪怪的，没有逻辑，经常是有了前一句，就没了后一句。

裴松溪没再继续问，给花浇完水，才说："你回房间吧。"

郁绵眨了眨眼睛，看着她，没有动。

裴松溪没再管她，径直往下走，到了三楼，走到走廊尽头的一个房间外才停下来，说："不许进来。"

郁绵点了点头。

裴松溪进门后反手将门关上。

她想：小孩子好奇心重，又贪玩，肯定坐不住，郁绵在外面等得不耐烦了，就会离开了。

裴松溪进了小佛堂。

一尊镀金佛像，一盏香炉，小蒲团有些破旧发黄。青灰色的帘布十分厚实，哪怕是正午时分的阳光也无法穿透。这里总是幽深静寂的。

母亲信佛，这间佛堂是她留下来的，手上的紫檀木佛珠也是。

裴松溪原先不信佛，可母亲去世，她长大以后，也时常会过来，站上一会儿，有时是十几分钟，有时是几个小时。

今天，她在里面待了很久。等她推开门出来，果然没看见郁绵。如她所想。

裴松溪淡淡地一垂眸，刚往前迈了一步，腿就被人抱住。

小姑娘坐在地上，睡眼惺忪，抱住她的裤脚不放："裴姨……"

裴松溪一怔："你怎么还在这儿？"

她声音低得像自言自语。郁绵没听清楚，睡意上头了，在哪里都能睡着。她还抱着裴松溪的裤脚，又要往地上倒，裴松溪赶紧扶住她的肩膀。

裴松溪叹了一口气，将她抱起来。这么小小的一团。

把小孩抱回房间，跟昨晚夜深后抱她回去时一样，将被子掀开，给她盖好。

郁绵大概是有点热，在睡梦中踢了几脚被子，被裴松溪按住了："不许动，盖好被子。"

小孩乖巧得没再动，安静下来，甜甜地睡着了。

裴松溪走出去，关门时回过头看了她一眼，轻轻将门关上了。

夏天的尾巴一闪而过。

裴之远在家里唉声叹气:"我不想去上学。"

他就读的私立学校提前半个多月开学,对这个年纪的孩子来说,简直是折磨。

丁玫耐心地哄道:"小远上学期在幼儿园还拿了奖状回来,当时不是很高兴吗?再说了,上学还可以跟同学一起玩,多开心啊!"

裴之远想了想,嘟囔着:"也是,不过……"他指了指坐在对面的小女孩,"为什么郁绵不用去上学?"

丁玫愣住了,这个小姑娘可不归她管。

裴天成在看财经杂志,裴之远跑过去闹他:"爷爷,这不公平,为什么只有我要上学,她就不用?"

"这个问题……爷爷想一下,好不好?"

裴天成将报纸放下,把孙子抱到膝盖上,眼神却有点飘忽……虽说这个孩子,只是他为了确保合作生效才带回来的,可保不准什么时候就出现变故呢。既然把她带回来了,就让她去上学吧,反正也就是花点钱的事情。

"爷爷,您想好了吗?"

"想好了。小远上一年级,绵绵虽然比你小一岁,也跟着你一起去学校,好不好?"

郁绵看着他,没说话,一副呆呆的样子。

裴之远嘲笑她,跑过去扯了扯她的辫子,笑道:"绵咩咩,你要惨了,以后必须跟我一起早起了!"

郁绵被他扯得头一歪,咬住嘴唇,等他一松手,立刻站起来,想上楼去。

裴松溪正好从楼上下来。

郁绵走到她的面前,仰起头,扯了扯她的衣袖,叫道:"裴姨……"

"哈哈哈……妈妈,你听到没有,她叫姑姑'裴西'。"

郁绵有个不大不小的烦恼,那就是有天醒来掉了颗门牙,说话时有些漏风,很多字都咬不准。

裴之远总是逮住机会就取笑她……还是在裴姨面前,她脸一红,懊恼极了。

裴松溪淡淡地说:"没事。"

裴之远是个话痨:"姑姑,你不知道,她也要跟我一起上学了。有人跟我一起惨了哦！"

裴松溪的目光却微微一凝，落到裴天成身上，问："爸，您同意了？"

小孩读书要解决很多问题，户口、年龄、先前接受过的教育……

如果他对这些事情都一清二楚，还能同意让她去上学，只有两种可能：要么是他跟郁绵的父母真是挚友，可她再清楚不过父亲的为人，在他心中，只有利益，没有私人感情，绝不可能因为友情给自己找麻烦；要么是郁绵还有亲人在世，能毫不费力地打听到这些消息，让他不得不为了面子去做一些事情。

裴天成淡然地翻阅着杂志，他身上自带那种久居上位者的威势："是，已经让许忠去安排了。"

裴松溪眉目转冷，对郁绵挥挥手，叫她先回房间去。

郁绵很听话，蹬蹬蹬地跑上楼去。

丁玫也立刻察觉到气氛不对，看向裴松溪，只见对方微微点头，丁玫会意，也找了个事由带着闹腾的裴之远离开。

客厅里只剩下父女二人，空气有一瞬间的凝滞。

裴松溪淡淡地舒了一口气，诚恳地说："爸，送她回家吧。"

裴天成的眉头一皱，反问道："松溪，你怎么就单单跟这件事过不去？"

裴松溪声音平淡，这次说得比先前更直白："她为什么会到家里，我不知道。但我知道，这件事的背后一定有缘由，是利益争斗，也是成人世界的游戏。但我不懂您为什么非要将这么小的孩子也卷进来，她才六岁。"

"我不是说了，她的父母去世了，家里没人能收养她，我才把她带回来的。松溪，你到底在想什么？就这么不相信你的父亲？这件事你不用再提了，我不会答应的。"

裴松溪知道无法再说服他。

作为商人，他有他的利益考量和行为动机。而那些隐秘的事情，父亲决心瞒着她，就绝对不会跟她透露半句。而他现在是裴家的家主，他只会让她知道，他想让人知道的事情。

"那就让她去读书吧。"

裴松溪不再试图劝说，扔下这么一句就离开了。

等她回到房间，郁绵来敲门，说话间牙齿漏风："裴西（姨），我要去读书了。"

我可以去读书吗?"

她全心全意地信赖着裴松溪。

裴松溪垂着眼眸看她,眼眸里有淡淡的悲悯。

她摸了摸小女孩额前的碎发,说:"嗯。去吧。好好学习……绵绵。"

这是裴松溪第一次叫她的名字,声音是冷冽的,似乎有些淡淡的愁绪,对小孩来说是捕捉不到的。

郁绵只为她叫自己"绵绵"而感到高兴,握紧小拳头,保证道:"当然!我一定会好好读书的!"

她得到裴松溪近乎鼓励的一句话,激动得几乎睡不着。

第二天早上,张阿姨来房间里叫她,郁绵一下子就从床上坐起来:"哎呀,我要快点,今天是上学的第一天!"

张阿姨给她拿了一套蓝白相间的校服,又特意给她梳个高高的辫子,递给她一个粉蓝色的小书包:"文具盒里有铅笔和橡皮,还有两个本子和水杯。你……"说着,张阿姨的眼睛一酸,大概是做母亲的人,总见不得小孩受罪,"你第一天去学校,不要怕,知不知道?学校的老师都很好,你不要怕。"

郁绵听张阿姨反复说着不要怕,笑容像三月份清晨的日光:"我不怕呀。"

在最初的安静之后,她天性里阳光开朗的特性偶尔会显露出来,像一轮圆圆的小太阳。

她蹦蹦跳跳地走了几步,下了楼才安静下来,坐在裴松溪旁边。吃完早餐,她对着裴松溪说:"那我走了……"

裴松溪看到她的快乐与雀跃,只一秒钟,又垂下眸子:"嗯。去吧。"

裴之远起晚了,正哭着鼻子从房间里出来:"我还想睡……呜呜,我还想睡。"

"好了,宝贝别哭了。外婆昨晚生病了,妈妈现在要过去,就不送你了。司机高叔叔会送你到学校,拿个面包路上吃啊。下班让爸爸去学校接你。"

他擦了擦眼泪,接过面包,不情不愿地背上书包,又对郁绵一招手:"走了,上学吧。"

郁绵点了点头,回过头看了一眼裴松溪,才转过身跟着他出去。

司机将两个小孩送到学校门口,有老师等在外面。裴之远从车上跳下来,高声喊道:"老师好!"

老师笑容可掬地看着他,问:"这是裴之远同学吧?"

"对!老师,我叫裴之远。"

"这是你妹妹?"

郁绵红着脸叫了一声"老师好",往后退了一步。裴之远却一把抓住她的书包,把她往前一推,介绍道:"对,老师,她叫郁绵。"

"好了,两位同学,跟老师一起进去吧。"

老师走在前面,两个小孩走在后面。

郁绵没有说话,时不时地抬起头,好奇地看看四周的建筑和来来往往的人。

裴之远却一刻不停地说:"虽然你抢了我的姑姑……但是你在我家里,我就是你的哥哥。只有我能笑话你,别人不能欺负你,懂不懂?"

郁绵似懂非懂地点了点头。

裴之远噘起嘴:"看你这副笨样子,估计你也听不懂。你记住了,要是有谁欺负你,就来找我。"

郁绵再次点头:"嗯。"

两个小孩分在同一个班,不是同桌。

郁绵的同桌是个安静的女孩,郁绵没有跟她说话。

上学的第一天。

郁绵悄悄看了看四周,感觉好陌生……有点想哭。要是裴姨在,就好了。

上学的第一天,发放教材、自我介绍、老师介绍、跟新同学聊天……也不用做什么,时间很快就过去了。

裴之远跟新同学聊得很开心。他们看着他新买的手表,都很羡慕。

"我爸爸不同意给我买这个。"

"裴之远,我可以摸一下吗?"

"哎呀,是我先来的。裴之远,我们可以做朋友吗?"

小男孩喜欢这种被围绕的感觉,放学后,他被一群人围着走到学校门口,傻呵呵地坐上父亲的车,撒娇耍赖地把他在学校的一点一滴说完,完全忘了某件事。

到家时,裴松溪正在浇花,动作一顿,看着哥哥只抱着侄子回来,往他的身后看了看,声音冷了三分:"绵绵呢?"

裴之远愣住了，忽然"哇"的一声大哭起来："我不知道……我把她忘了，她是不是还在学校？对不起……"

裴松溪沉默着，眉心慢慢地蹙了起来，像是覆了一层深秋的冷霜。

她拿起车钥匙，"嘭"地一下，摔门出去。

裴松溪找到郁绵的时候，她就站在学校外面的马路边，旁边还站着一位戴红袖章的阿姨和一个穿警服的警察。

她靠边停车，按下车窗，听见小孩正在跟警察说话："我叫郁绵。郁是郁郁葱葱的郁，绵是连绵起伏的绵。放学后，人家都往前走，我也往前走。到了学校外面，车……车一下就开走了。我就往前走了一会儿……然后就迷路了。"

戴红袖章的阿姨态度很亲切，她刚检查完街道卫生，被小姑娘从背后叫住，问她能不能帮忙找到回家的路。她也不知道是谁家的小孩走丢了，干脆打了社区民警的电话。

警察弯下腰，问道："那你家住哪里？你知道吗？"

郁绵仰着头，神色迷茫："我家……我不知道。"

戴红袖章的阿姨很不满："你的父母也太没有安全意识了。你上学了吧？怎么连家庭地址都不会背……那家里电话知道吗？给你的家人打个电话？"

郁绵一愣："我不知道……"

这下连警察也犯了难："你上学了吗？是不是就是前面那所小学，老师叫什么？"

郁绵羞愧地低下头："我今天第一天上学……对不起，叔叔。"

像一朵在风中飘零的蒲公英，幼弱柔软，风一吹就散了。

"绵绵！"

郁绵一惊，抬起头环顾周围，看到路边停了辆车，裴松溪从车上下来，正向她走来。

她眨了眨眼睛，又惊又喜地跑过去，一把抱住她的腿，大叫："裴姨！"

裴松溪弯下腰，声音也放低了些："乖，先松手。"

郁绵以为是自己让她不高兴了，怔怔地松开手，没想到裴姨右手绕过她的肩膀，将她抱了起来："我来晚了。"

"啊……不晚的。"郁绵心想，只要你来了就好。

戴红袖章的阿姨忍不住说教:"你是小朋友的家长啊?你们的安全意识也太差了吧?这么小的小孩,放学后也不来接。"

警察也点头附和:"问她家庭住址和电话都不知道,现在坏人多,你们做家长的还是要多注意,提高警觉性。"

裴松溪垂下眼眸,微微颔首:"谢谢二位。我知道了。"

小孩趴在她的肩头,很乖巧地朝他们挥了挥手,露出甜甜的微笑,说:"谢谢叔叔,谢谢阿姨!"

裴松溪抱着她上了车,把她放在后座上:"你睡一会儿。"

郁绵摇了摇头:"我不困,裴姨。"

"嗯……刚才害怕吗?"

"不怕……"郁绵吸了吸鼻子,"其实也有一点怕。但我知道,走丢了要找警察叔叔,所以就不怕了。"

裴松溪的声音很低:"你很聪明,绵绵。"

要是她没这么聪明,也许会穿过车流涌动的街口,也许会被人哄骗,也许会被车撞倒……

裴松溪不敢再往下想了。

车子停下,她往后面看了一眼,郁绵已经在后座上睡着了。

她打开车门,把她抱出来。小孩在梦中呓语,睫毛如蝶翼般轻轻地扑闪着:"裴姨。"

裴松溪摸了摸她的后背,安抚道:"我在。"

裴之远就等在客厅里,一听见大门打开的声音,就从沙发上跳起来,鞋子都没穿就跑了出来:"姑姑!"

他看到裴松溪怀里的郁绵,"哇"的一声又哭了:"她没事吧?"

裴松溪摸了下他的脸颊:"没事。回去擦擦眼泪,不哭了。"

裴之远眼泪汪汪地说:"姑姑不生我的气了吗?"

裴松溪无奈地说:"嗯。回去吧。"

这么小的孩子,她怎么可能怪他呢?

她抱着郁绵进客厅。裴林茂看见儿子脸上的泪,微微一皱眉,不满地说:"小孩子不懂事,你何必骂他?"

裴松溪神色冷淡,像是没听见他说话似的,穿过客厅上了楼。

她把郁绵放在床上的一瞬间，小孩醒了，睡眼惺忪地问："裴姨，这是在哪儿啊？"

"我的房间。"

"啊？"

裴松溪把她的小书包放在旁边，说："今晚你在这里睡。"

郁绵立刻清醒过来，眼睛发亮，不确定地问："真的吗？我可以跟你一起睡吗？"

裴松溪看见她这么高兴的样子，露出一点淡淡的笑容："真的。"

郁绵高兴得想在床上打滚，可又不敢放肆，眼眸笑成了弯弯的月亮："我太幸福了！"

她不知道为什么裴姨会对自己这么好，可是真的好幸福啊！

她是个容易满足的孩子。

这时，郁绵的肚子咕咕叫了两声。

她有点难为情地捂住肚子："对……对不起。"

裴松溪没说话，拨通了床头的电话，让用人把饭送上来。

房间里的蓝色窗帘只拉开一半，淡淡的光似暗非明，她的神情有一种冷淡的温柔，透出淡漠隽永的美感。

郁绵醒了，不敢再待在她的床上，自己把小鞋子穿上，坐在床边："裴姨……"

"嗯？"

"我可以知道你的手机号码吗？"

裴松溪沉默着，看着她没说话。

郁绵有点沮丧地低下头，瓮声瓮气地说："我怕我以后走丢了，谁都找不到。"

裴松溪有些犹豫地点了点头："好吧，那我写下来，放在你的文具盒里。"

"真的吗？裴姨，你真是太好了！"郁绵是情绪热烈且直白的孩子，哪怕有一颗纤细敏感的心，仍然喜欢笑，又容易被满足。听到裴松溪的话，甚至想扑过去亲她一下，一双干净澄澈的眼睛弯成了月牙。

很快，用人就送了餐盘进来，是让厨房单独做的菜，番茄炒蛋、虾仁蛋花汤和清炒菜心。

郁绵坐在椅子上晃着腿，把筷子递给裴松溪："裴姨，我们一起吃好不好？"

"嗯。好。"

裴松溪没什么胃口，也不饿，便给郁绵夹菜，她夹多少，郁绵就吃多少。

小孩吃得很香，有时候咬着勺子，眼睛亮亮地看着她，对上她的眼神，又低下头，美美地吃上一大口米饭。最后，饭菜被消灭得干干净净。

郁绵开心得要冒泡泡了，却不敢大笑，只能忍着。

饭后，裴松溪有工作要处理。

郁绵很安静，回自己的房间拿了一本童话书又跑了回来，坐在床边，认认真真地看起来。

工作间隙，裴松溪转过头看她。

她是一个快乐的孩子。不知道在看什么，笑得很开心，被发现了又努力忍住，好像怕裴姨看见她笑一样。

裴松溪转过头，装作没再看郁绵的样子。桌子上放了一面镜子，于是，她在镜子里偷看郁绵。

郁绵看着她的背影，捂着嘴偷偷地笑。

清风明月。夏末的热度散尽了，只剩下一点淡淡的凉意。

关灯的时候，郁绵有点紧张地靠向她，黑暗中仿佛藏着许多无名的怪物，自从来到这里，几乎每天睡觉时，郁绵都开着灯。

裴松溪察觉出她的紧张，手掌慢慢落下，摸了摸她的后脑，顺着她的后颈往下，动作轻柔地抚摸着她的后背，声音温和："睡吧，绵绵。"

郁绵"嗯"了一声，在黑暗中，又忍不住笑了。

她太幸福了！要是能留在裴姨身边一辈子就好了！

紧张和焦灼被抚平。

郁绵靠着她，呼吸渐渐放缓、拉长，她睡着了。

小孩的身体蜷成小虾米状，出于本能地靠着她的胳膊，想将脸颊也埋进去，离她很近。

一夜好眠。

第二天一早，郁绵背着书包出门的时候，裴之远信誓旦旦地承诺道："今天我一定不会把你弄丢了！"

郁绵点了点头，大度地说："嗯。我相信你。"

反倒是裴之远有些不好意思了："你不生我的气啊？"

他想，如果这件事要是发生在自己身上，眼看着车子开走，自己被丢下，一定怕死了！

郁绵好脾气地笑："不生气呀。"

裴之远的脸一红，抓了抓头，一路上没再说话，等到了教室门口才说："妹妹，下课了等我。"

郁绵乖乖地"嗯"了一声。

放学时，裴之远果然抓着郁绵不放，两个人一起走了出来，来到学校门口却都傻了眼："姑姑，你怎么来了？"

裴松溪淡淡地说："顺路过来。"

裴之远高兴地往她身上爬，被她拍了一下手："快点，再不走要堵车了。"

裴松溪把车门打开，裴之远推了一把郁绵，让她先上车，他才爬进去，坐在后面小声说："姑姑不喜欢抱小孩，知道吧？"

郁绵眨了眨眼睛，心想：原来抱抱也是她们之间的小秘密啊。

车子发动，汇入车流。

裴松溪先把裴之远送到市中心，说："之远，你妈妈说你外婆想见你，你去吧。"

说话间，裴之远已经看见丁玫的身影："我看到妈妈了！姑姑，再见！"

他快速下车，跑远了。

少了个话痨，车里瞬间安静下来。

郁绵站起来，趴在车窗边往外看："裴姨，我们现在要回去吗？"

裴松溪注意到，她说的是"回去"，而不是"回家"。一字之差，天壤之别。

"去商场。"

"要买东西吗？"

裴松溪"嗯"了一声，算是回答。

商场里人来人往，郁绵紧紧地抓着裴松溪的手，一刻也不敢放开，眼睛里满是紧张和戒备。

裴松溪握着她的小手，感受到这种情绪，想了想，还是将她抱了起来，安抚道："不用担心，我不会弄丢你。"

郁绵看着她，清澈干净的眼眸里竟然蓄满了眼泪——郁绵昨天都没有哭，现在也很努力地忍住。她吸了吸气："嗯。裴姨不会。"

裴松溪把郁绵抱进一家童装店，导购看到她的衣着气质，知道是位"大顾客"，很是热情地迎了上来，问："是要给这位小朋友买衣服吗？"

裴松溪点了点头，抱着郁绵在几排货架中间走了几圈，挑中几件："都拿下来，给她试试。"

裴松溪选的都是粉粉嫩嫩的颜色，粉蓝粉白，明亮而温柔，很适合郁绵。

尤其是一件粉兔子外套，冰雕玉琢般的小脸埋在毛茸茸的领口里，看得导购小姐母性澎湃，甚至想捏捏她的小脸，赞叹道："小朋友太可爱了！"

郁绵套上新衣服，被夸得有点不好意思，笑了笑。

裴松溪蹲下来给她理了理裤脚："裤子太长了。"

服务员很有眼色，接口道："嗯……是有点。"

"换小一号的裤子。还有鞋子，也看一下。"

她又给郁绵挑了几双鞋，尺码正好的小皮鞋两双，稍大一点的鞋子三双。

服务员称赞起来："您真是仔细，小孩子长得快，大一点用不了多久也能穿了。"

郁绵低着头，觉得很奇怪，天真地说："那长大了再来买啊。"

裴松溪给她按下鞋扣，像是没听见。

离开商场的时候，郁绵忍不住一直看裴松溪手上提的袋子，问："裴姨，是不是很重？"

"还好。"

"你放我下来，我可以自己走。"

"没事。"

郁绵收回目光，"哦"了一声。

她趴在裴松溪的肩头，往四周看去。商场对于小孩来说是一个很大的奇妙世界，有香香的蛋糕，有甜甜的糖果，还有巧克力、玩具、糖果……咦，还有冰激凌！

她看着看着，不自觉地揪住裴松溪的衣领，眼睛都看直了，从那家冰激凌店走过去，她还转头向后，一动不动地看着。

裴松溪察觉到她的不对劲，停下脚步，顺着她的目光往后看，又往回折返几步,问道:"想吃这个吗?"

郁绵眼睛亮亮的,满是渴望,可她不敢说。

"天气冷了,只能吃一点点,好吗?"

"好!"

裴松溪付款买了一个,她抱着孩子,让店员直接递给郁绵。

郁绵拿着小小的甜筒,笑了一下,递到她的唇边:"裴姨,你吃!"

"你自己吃吧。"

"你先吃好不好?你先第一口!"

裴松溪已经走到车库,将她放下来,将手提袋放到后座,才蹲下来问:"都要融化了……为什么非要我吃第一口?"

郁绵弯了弯眼眸,笑容甜美:"因为,甜的东西要先跟喜欢的人分享!"

裴松溪一怔,伸手摸了摸她的脸:"我真的不吃……我知道绵绵的意思了。乖。"

郁绵有点小小的失望,但没再缠着她:"好吧。"

回到家里,张阿姨迎了出来,接过袋子,问:"怎么买了这么多东西?怎么不叫老高去接呢?"

裴松溪牵着郁绵,语气平淡:"没什么,开饭了吗?"

"没呢,就等您回来。先生出差去了。大少爷打电话回来,说丈母娘病得厉害,他们一家今晚也不回来了。"

裴松溪"嗯"了一声,低下头问郁绵:"有想吃的菜吗?"

家里难得清净。

郁绵刚刚吃了甜筒,心满意足,这时候也不挑剔:"都行。"

张阿姨把手提袋放下,看见里面都是小孩的衣服鞋子,愣了一下,想不到大小姐还挺喜欢这个孩子的……这是件好事,不然这孩子无父无母,也没人爱护。

郁绵吃饭的时候又乖又安静,胃口好得把张阿姨都下了一跳:"怎么回来吃这么多啊?小心晚上肚子疼。"

郁绵一怔,竟然有些忘乎所以了。

"不多,"裴松溪给她夹了一块鱼肉,"让她吃吧。"

张阿姨"哦"了一声,一边往外走一边纳闷,大小姐什么时候跟小姑娘这么熟了。

饭后，裴松溪回到房间，门口随即就探出一个小脑袋："裴姨？"

裴松溪对她招招手，桌上有用人刚送来的果盘。

郁绵拿起一块哈密瓜，用力咬了一口："好甜！"

"今天有作业吗？"

"写完了！在学校利用课间时间就写完了！"

她心想：因为只有提前写完作业，回到家里才能来找你！

裴松溪垂眸："你去旁边玩吧。"

郁绵点了点头，往外走了几步，又回过头，说："裴姨……我会很乖的。"

"什么？"

裴松溪抬起头，对上她清澈干净的眼眸，微微一愣。

郁绵认真地看着她，语气笃定地重复一遍："我会很乖的。"

我可以留在你身边吗？

裴松溪读出她未说出口的话，明知有的话过于残忍，可她还是要说："抱歉。"

郁绵眨了眨眼睛，彻底愣住了："裴姨……"

裴松溪轻轻地叹了一口气，走到她面前，蹲下来，看着她的眼睛，认真地说："对不起。"

郁绵的眼圈慢慢红了，却很努力地冲她笑了一下："没事，我……我知道了！"

第三章
回家

　　裴天成出国半个月，裴林茂为了照顾生病的丈母娘不能回家，裴松溪知道，这是送走郁绵的机会。她让魏意四处查询郁绵的家庭信息，但是很遗憾，跟先前一样，一无所获。郁绵的一切像是张白纸，所有的痕迹都被人抹干净了。

　　夜里，魏意给她打电话，声音里有淡淡的疲惫："抱歉，裴总……我没有完成您交给我的任务。"

　　裴松溪有些失望，却在她的意料之中："我知道了。明天开始，你找一下合适的收养人。中等收入，最好是教师家庭、性格温和、为人正派，还有……"她说不下去了，因为郁绵推开了房门，正好听到了这一番话。

　　"我现在有事，晚点回你电话。"裴松溪把手机放下，走到门口，"绵绵，我打算找个合适的人收养你。可以吗？"

　　郁绵怔怔地看着她，过了一会儿，郁绵点了点头。没有说话，但很乖。

　　最后，裴松溪选中了一个中学教师家庭。夫妻双方都是老师，为人清和正派，他们有一个儿子，一直想要一个女儿。

　　裴松溪去见了一次这对夫妻，跟他们聊天。男主人风度翩翩，谈吐之间都是书生气。女主人则是优雅大方，保证道："您放心，我们看过郁绵的照片，很喜欢她。家里的孩子也想要一个妹妹，我们会好好抚养她的。"

　　裴松溪来之前已经看过这个家庭所有的信息了，也知道他们的邻居、亲人、同事对他们的评价。现在再见面，对他们的感觉也尚可，于是决定就选这家吧。

　　送郁绵走的那天早晨，天空飘着绵绵细雨。

　　张阿姨苦着脸，把衣服和鞋子都放进她的书包，装得满满当当的，后来的粉蓝色小书包被她拿在手里,她穿着那件粉兔子外套,小脸埋在里面,看不出来有没有哭。

裴松溪站在窗边。

魏意已经等在楼下,将车门打开,先把郁绵的大书包放到后座,再伸手去接她的小书包,被她躲开了。她把小书包紧紧抱在怀里,像抱着什么珍宝。她一步一步地往外走,没有回头。

裴松溪长长地松了一口气。这只是个开始。先把郁绵送走,再解决收养的手续问题,等父亲回来,一切都已经尘埃落定……他应该不会因为这件事跟她翻脸。

白色凌志开始发动,如一尾游鱼,很快消失在视线之中。那个会悄悄跟着她,扯她的衣袖,捂着嘴偷偷笑的小姑娘,也从此消失。她没有办法始终陪着郁绵。哪怕能给郁绵丰裕的物质生活,但她不是一个内心温暖、情绪健康的成年人。她不适合陪在郁绵的身边,不能看着郁绵长大。

相遇的瞬间,即是分别。

半个月后。

裴天成回到家,他刚谈成一笔大生意,心情很舒畅,给儿子打电话说:"林茂,今晚回来吃饭,把小远也带回来。"

这半个月,裴林茂先是忙着给岳母找国内国外的专家,但还是没能抢救回来。这几天,刚办完丧事。他带着裴之远回家时,天都黑了,裴林茂神色疲倦地说:"爸,你们吃,我上去休息了。"

丁玫还在娘家,没有回来,一时间,家里显得有些冷清。裴之远迈着小短腿爬上桌子:"爷爷,姑姑。"

裴天成笑着把他抱过来:"怎么了?小远累坏了吗?"

裴之远苦着小脸,点了点头:"妈妈一直在哭,小远看着她哭,也忍不住一直哭。"

"好了,不哭了。爷爷出国给你买礼物了,放在你的房间里了,等会儿回去看看喜不喜欢。"

"好啊!谢谢爷爷!"

孩子就是孩子,一听到有礼物,裴之远也没那么沮丧了,他从爷爷的身上爬下来,忽然问:"咦,郁绵呢?"

裴天成眉心一蹙,目光隐隐透出厉色,问裴松溪:"怎么不叫那个孩子下来吃饭?"

裴松溪放下筷子,神色淡漠:"送走了。"

"什么?"裴之远大叫了一声,"姑姑,她都没有爸爸妈妈了,你把她送去哪里了啊?"

裴天成怒火渐燃,板着脸说:"张阿姨,抱之远上去。"

裴之远可怜巴巴地看着裴松溪:"姑姑……"

裴松溪摸了摸他的小肉手:"听话,上去吧。"

等客厅里只剩下父女俩,裴天成不再忍耐,用力地拍着桌子:"裴松溪!学会先斩后奏了?怎么,我出国了,你就在家里搞小动作?那个孩子到底哪里招惹你了,你就这么看她不顺眼?"

裴松溪垂下眼眸:"我不喜欢小孩,嫌吵,就像妈妈以前一样。"

"你……"裴天成忽然噤声,像是触及某个不能谈论的话题,他在客厅里来回踱了几圈,情绪才勉强稳定下来,"好好的,提你妈妈做什么……算了。我知道你怕吵,可是她这么小的孩子,你把她扔出去,不是让她死吗?"

裴松溪拿着热毛巾,慢条斯理地擦手:"让魏意找了一对夫妻收养了,工作稳定,性格不错,是个好归宿。"

裴天成听完,神色稍缓:"这样也行。晚点我让许忠过去,帮他们办好收养手续。"女儿性子清冷,不喜外人。这些他都是知道的。把孩子送走也好……不就是一户普通人家,找几个人盯着就行了,不管怎么样,始终在他眼皮子底下,也翻不出什么花样来。他再与女儿争论下去,倒会因为一个外人破坏家里的安宁。

裴松溪依旧是冷淡的,站起来离开客厅,一副对世事全不在意的样子:"嗯,知道了。"

秋雨渐寒。

她如常处理完工作事务,看了一会儿书,才躺到床上,就这么伴随着淅淅沥沥的秋雨声入睡。却又总是在夜半时分醒来。恍惚中,总觉得有个小东西溜进了她的房间,端着一杯热牛奶,非要让喝一口。因为……甜的东西要跟喜欢的人分享啊……

窗外响起一个炸雷。

裴松溪被猛地惊醒，睡前点的香薰蜡烛还在燃烧，小小的橘色光芒在黑暗中跳动着，散发着淡淡的奶香味，大概这就是梦里牛奶味道的来源吧。她踱步到窗边，看了看时间。

凌晨三点半。最近总是在这个时间醒来，哪怕睡前吃了安眠药，依旧于事无补。她轻轻揉了揉太阳穴，下定决心，想给魏意发短信，最后又删掉。明天……还是她自己亲自去看看吧。

初秋的天空，湛蓝干净。花园里金桂初开，芳香馥郁的金色小花朵从墨绿色的树叶间隙钻了出来，空气中浮动着清甜的香味。房间的门开了，女人牵着两个小孩出来，轻声细语地说："东东，你在这里和妹妹玩，妈妈去做早饭。乖，就在院子里，不能上马路哦。"

小男孩戴了一副黑框的眼镜，乖巧地说："好的，妈妈，你放心吧。"

"咔嚓"一声，门关上了。

他慢慢转过头，朝女孩笑了笑："来吧，妹妹，我带你玩。"

小姑娘却慢慢地往后退了一步，露出紧张和戒备的表情。

小男孩突然发难，用力推了她一把："谁让你到我家来的？"看见她被推倒也不罢休，质问道，"这是我家！你凭什么来？你难道想抢走我的爸爸妈妈？"他每天都在努力学习，想成为他们的骄傲，想得到父母所有的爱——可她又凭什么，凭什么要来抢走他的父母？

郁绵用手挡住脸，紧咬着嘴唇，一言不发。

"你说话啊，你说不说，你说一句你错了，以后我就不打你了！"

女孩的小脸绷得紧紧的，下巴抬起来，神情倔强，沉默不语。

"东东！宝贝，蛋糕好了，快过来跟妹妹一起吃。"

房间里传来女人温柔的声音，小男孩瞬间安静下来，轻轻地推一下眼镜，咬了咬嘴唇，再说话时已经是愉快的声音："好，我们来了！"

他瞪了郁绵一眼："进去吧。"

郁绵慢慢地从地上爬起来，粉色的外套上沾了点土，她一边往前走，一边低下头把脏东西拍掉……

"绵绵。"

小孩的脚步一顿,有些不敢相信地回过头,眨了眨眼睛,隔着铁门,她看见了……裴姨。可她这次没有向裴松溪跑过去,只是露出一个甜美的笑容,朝裴松溪挥了挥手,然后又转过身,跟着小男孩往前走,进了房间。

她看起来似乎过得很好……如果没在马路对面看见她被推倒,没看见她泛红的眼角……

裴松溪深吸一口气,一边打电话给魏意,一边用力按着门铃。

女主人戴着围裙,往外看了看,叫儿子去开门:"是裴小姐啊。东东,去给客人开门。"

小男孩听话地点了点头,过去开门,他看着陌生人冷冷的脸色,有点害怕地往后退了一步:"我妈妈在做早餐……请您稍等一下。"

裴松溪凝视着他,目光冷得像冰:"郁绵呢?"

"她……回房间了。"

裴松溪径直往里面走,质问女主人:"房间在哪儿?"

"在二楼的小房间……怎么了,裴小姐?"

裴松溪冷笑:"问问你儿子,就知道怎么了!"她不再多言,径直上楼去,走到房间门口,才松了一口气,慢慢握着门把手,将门推开。

"吱呀"一声,一寸阳光也顺着门缝漏了进去。小房间温馨干净,粉色墙纸,白色书桌,床尾摆着两个毛茸茸的小熊玩偶。郁绵背对着门口,躺在床上,小小的身体蜷成虾米,小小的一团,似乎是在轻声抽泣。

这时,魏意和男主人也匆匆赶来。

女主人有些不满:"裴小姐来看孩子,我们也没有阻止过,为什么脸色这么难看?有话好好说不行吗?"

裴松溪冷冷地瞥了她一眼。

男主人回来的路上接到魏意的电话,知道了大概的来龙去脉,忙揽住妻子道歉:"对不起,裴小姐,是我们没有管教好孩子。要不,您先看看郁绵有没有受伤,我们以后一定……"

裴松溪冷声打断他:"没有以后了。"

魏意会意,伸手拦住两人:"丁先生,丁太太,请出来聊。"

房间终于安静了。小孩始终朝着墙壁,没有转身,也没有说话。

裴松溪轻轻地叹了口气，慢慢走到床边，伸手想碰碰郁绵的肩膀，动作却停顿在半空中……她看清楚了，原来绵绵蜷成小小的一小团，紧紧抱着的……是那只橙子。

原本表皮光洁的甘甜果实，现在表皮枯萎皱缩，缩成小小的一只，可她抱着它，像是抱着全世界。

裴松溪垂下眼眸，浓密纤细的睫毛遮掩情绪。她的手落下去，越过小孩的后颈，将她抱了起来："绵绵。"

小孩靠在她的怀里，脸颊埋在她的肩膀上，过了半晌才说："裴姨。"

裴松溪轻轻地拍了拍她的后背："睡一会儿吧。"

裴松溪单手抱着她，环顾四周，揽起她的书包走了出去。

走廊上，魏意正在跟丁家夫妇说话："丁先生，丁太太，我方保留一切追究法律责任的权利，请二位知悉。"

丁太太看见裴松溪抱着小姑娘出来，有些羞愧："我是真的不知道……很抱歉，可我们是真心喜欢绵绵的，您能不能考虑……"

"不考虑。"裴松溪冷冷的，目光从她身上一掠而过，落到那个名叫东东的小男孩身上，"你，过来。"

小男孩后退一步，被自己的脚绊倒在地，顺势哭喊起来："你……你干什么？我爸爸妈妈说了，打人是犯法的！"

"我不打你。"裴松溪一向清冷的脸上露出浅浅的笑意，微微弯下腰，"可是我会让所有人都知道，你是个欺负人的坏孩子。"

"我不是坏孩子！"

"裴小姐，他还是个孩子，请您……"

裴松溪抱着郁绵往外走，手掌覆着郁绵的耳朵，耐心彻底告罄："孩子的世界，也有孩子的惩罚。"

裴松溪抱了郁绵一路。车上摇摇晃晃，小孩寻找到安心的怀抱，也不知什么时候睡着了，沉沉地，抓着她的衣角不放。很快，车停在一栋小别墅外。

裴松溪抱着她走进客厅，轻声叫她："绵绵，到家了。绵绵？"

小孩用脸颊蹭了蹭她的肩头，过了一会儿才揉着眼睛，趴在她的肩膀上："嗯……这是，这是你家吗？"

裴松溪笑着说："现在是我们的家了。"

郁绵"呀"了一声，从她的怀里跳下来，仰着头看着她，眼睛很亮，一副不敢置信的样子："真……真的吗？"

裴松溪点了点头，牵着她出去看房间外的门牌，红色底框，黑色的字，刚刚在路上叫人送来："认识这上面的字吗？"

小姑娘认识的字不少，但第一个字却不认识："什么……松溪……是 pei 松溪吗？"

"嗯。"

"pei 松溪……和绵绵的家？"

裴松溪的唇角牵起，蹲下来与她平视："对，裴松溪和绵绵的家。"

"裴姨！"郁绵高兴地跳起来，一下子抱住她，在她的脸颊上用力亲了一口，不敢置信地反复确认，"裴姨，这是我们的家？"

"嗯。门牌上都写了，现在认识了吗？"

郁绵觉得自己像是在做梦，晕乎乎的："嗯……认识了。是裴松溪和绵绵的家呀。"

裴松溪凝视着她，声音清冷却温柔，摸了摸她的头："欢迎回家，绵绵。"

郁绵把门牌上的一行字反反复复读了几遍，才回到客厅："裴姨，你可不可以把地址告诉我？"

裴松溪先是一怔，又想起那次警察问郁绵家庭住址和联系电话时，绵绵那一脸不知所措的样子，心里突然一阵刺痛。她深吸一口气，念道："明川市安溪路第 268 号，记住了吗？"

郁绵开心极了："明川市安溪路 268 号，记住了！"

裴松溪松了一口气，精神暂时放松下来，看了一遍邮箱里的信件。这是她名下的房产，这半年她独自居住于此。简单素净的西欧风，米色沙发上躺着两个亚麻抱枕，浅咖色地板上铺着两块猫咪图案的羊毛圆毯。

安静恬淡的秋日时光。阳光透过窗户照进来，郁绵赤着脚在地板上跳了两下，跳着跳着忽然停下，问道："裴姨，我的橙子呢？"

裴松溪刚挂掉电话，提起她的粉蓝色小书包："在这儿。"

郁绵将橙子拿出来，捧着它，眼睛明亮："我好想把它永远藏起来。"

裴松溪点了点她的鼻尖："切开吃掉，我们一人一半？"

"可是它的皮都破了……还能吃吗？"

"试试看。"裴松溪拿水果刀将橙子切成两半，拿起来闻了闻，又切成八小瓣，"可以吃。"

郁绵的眼睛笑成了弯月，拿起一瓣咬了一口，脆生生地说了一句："好甜！"

"嗯，是很甜。"

"那裴姨你要多吃点哦！"

裴松溪拿了一张纸巾，给她擦了擦脸上粘到的汁液："很喜欢吃橙子吗？"

郁绵用力点了点头："嗯，很喜欢。裴姨，我们不用回去了吗？裴爷爷会不会生你的气？会不会骂你，打你？"

"不回去了。他不会生气的，我一般都住在这里。"

"哦……那就我们两个人住在这里？"

裴松溪"嗯"了一声，想了片刻，还是用商量的语气跟她说："我有工作，以后不能天天陪你，可能还要经常出差。我不习惯有人待在家里，只有钟点工阿姨过来收拾房间、做饭，平时会有司机接送你上学，但有的时候，家里没有人，你……"

郁绵拉住她的手，笑容灿烂地保证道："我会很乖的！"

想说的话还未说完，就被她的一句话给打断了。两个人住的日子还没开始，往后或许会遇到一些问题，但应该没什么关系。只要她像现在这样笑就可以了。可是……裴松溪一想到今天早上的所见，笑容就淡了一点，哪怕已经检查过她身上没有什么伤口，可还是不太放心，思考着小心地措辞问道："绵绵……丁小东一直欺负你吗？"

郁绵眨了眨眼睛，嗓音稚嫩："前几天他不在，昨天才回来的。早上他推我了，已经不疼了。"

"还有哪里疼吗？疼的话，一定要说出来，知不知道？"

"真的不疼了！"

郁绵笑着摇摇头，眼眸亮闪闪的，抛开最初的小心翼翼和拘谨之外，她真是个热情洋溢的孩子，像一轮温暖的小太阳，能照散不愉快的荫翳。

裴松溪点了点头："要去看看房间吗？"

郁绵高兴地跳起来："要！"

她也不要裴松溪牵，就直接往楼上跑，步子又快又急，几次差点摔倒。

裴松溪叫住她，把手指递给她："慢点。"

郁绵从高两级的楼梯上跑下来,紧紧攥住她的手指,又拉着她上去:"哎呀,裴姨,你快点!"

房子里回荡着她稚嫩的声音,她拉着裴松溪到主卧门口,仰起头问裴松溪:"这是你的房间吗?"

裴松溪有些歉意地看着她:"抱歉,还没来得及给你准备房间。这几天暂时睡在这里,可以吗?"

郁绵惊喜地"啊"了一声:"当然可以!"

房间里窗帘半拉着,被子叠成整齐的豆腐块,散发着温暖香甜的味道。郁绵站在门口看了一会儿,忽然转过身,拉了拉裴松溪的手。

"嗯?怎么了?"裴松溪弯腰将她抱了起来:"是不喜欢这个房间吗?"

郁绵摇摇头,冲她一笑,揽住她的脖颈,用力地亲了一下,语气郑重地宣布:"裴姨!我们永远是一家人!"郁绵的眼睛又黑又亮,有点紧张的样子……裴姨该不会生气吧?

裴松溪失笑,想起郁绵亲那个大橙子时的样子,感觉画面惊人得一致,这一联想冲淡了原先与人亲近接触的不适,她只觉得有点别扭,却没有怪郁绵的意思。裴松溪抱着她往外走,摸了摸她的头发:"可真是个小孩子……好了,我们下去看看,要到吃午饭的时间了。"

郁绵靠在她的肩膀上,乖乖地"嗯"了一声。

裴松溪当她童言无忌,没再跟她多说。

"中午想吃什么?"

"吃什么都可以!"

裴松溪"嗯"了一声,本来在想午饭的事情,想着想着,思绪却慢慢飘远。

绵绵显然是父母的掌上明珠,她的岁数这么小,就认识不少字,善良通透,却从不骄矜任性,也不知道……她是否还有家人在世。

郁绵被裴松溪抱在怀里,眼睛不安分地四处看,叫她:"裴姨,那是什么?"

裴松溪回过神,抱她走过去:"这个……这个似乎是照片墙,之前请装修团队做的设计。说有的家庭会在这里挂上全家福。"

郁绵听得似懂非懂:"一家人才可以吗?"

"嗯?"

"那……以后我们每年都拍一张照片,贴在这里好不好?"

裴松溪点了点头，应道："好。"原来她是想证明，她们会永远是一家人。

郁绵笑弯了眼眸，像只柔软可爱的小狐狸，趴在裴松溪的肩膀上，笑得轻轻颤抖。

裴松溪不知道郁绵为什么这么高兴，但似乎也被她的笑容所感染，摸了摸她的小耳朵，不自觉地也露出了微笑。小姑娘把脸颊埋到裴松溪的肩膀上，沉溺于这柔软温暖的怀抱，以后啊，她们就是一家人了。

晚上，吃饭又成了一个不大不小的问题。

魏意还在联系新的钟点工阿姨。

裴松溪一向抵触生人，不喜欢别人说话音量太高，有轻微洁癖，又不爱吃外食，实在是不好伺候，刚刚才辞退了一个钟点工。

冰箱里只有两袋速食汤圆，裴松溪感到有些为难："绵绵，吃汤圆可以吗？"

郁绵往冰箱里看了一眼，里面有新鲜的肉和菜："好……你不会做饭吗？裴姨？"

裴松溪有些窘迫地摇了摇头，耳尖微微泛红。

郁绵眨眨眼睛，像是发现了某个不大不小的秘密……原来裴姨不会做饭啊，就跟她一直不会自己穿裤子一样。那说明自己也不是很笨啊。她笑嘻嘻地拽着裴姨的衣角，摇晃两下，嗓音清甜："我喜欢吃汤圆！"

裴松溪如释重负地吐出一口气。年少时母亲去世之后，裴松溪就不曾再与任何人亲近，淡漠清冷，这种小心翼翼又愧疚的情绪已经很久都没有再出现过了……因为她已经很久不用这种心情跟人说话了……

锅里的水很快沸腾了，发出咕噜咕噜的响声，郁绵站在小板凳上催她："水开了！快放汤圆！"

裴松溪立刻将汤圆倒进去，破天荒地竟有几分手忙脚乱的慌张，是久违的人世烟火气。等汤圆煮熟时，一大一小两个人都盯着锅，看着圆鼓鼓的汤圆慢慢漂上水面。

"好了！可以出锅了！哎呀，裴姨，你快点啊！"

裴松溪原本已经拿着勺子去捞，被郁绵一催差点没把汤圆舀到地上。她忍不住笑了笑："你还是出去吧，就在这里给我添乱。"

郁绵眨了眨眼睛，眼眸弯弯地看着她。啊……裴姨她笑了，好像很少看到她笑,也从来没看见她笑得这么开心,真好看!

郁绵捂着嘴笑,从小板凳上跳下来,往外跑:"那我去桌子那边坐着等你。"可她根本闲不住,没过一分钟又跑回厨房,"要不要我来端?"

裴松溪刚从橱柜里拿出碗筷:"不用,你把糖拿出去,好不好?"

"嗯!"郁绵用力地点头,把一罐砂糖抱在怀里,蹦蹦跳跳地跑出去,像只活泼可爱的小狐狸。

裴松溪走在她后面,看着她的背影不禁莞尔。裴松溪坐在郁绵的对面,拿了小瓷碟:"要不要糖?"这一袋是纯糯米的小汤圆,没有馅儿,虽然锅里放了一点红糖,但味道还是偏淡。

郁绵从对面跑过来,亲近地贴着她坐下,认真地想了想:"可以吃吗?"

她这段时间正在换牙,不太能吃甜食。

"可以放一点点,要试试吗?"

"好……就一点点哦。"

裴松溪往小瓷碟里倒了一点砂糖,递了筷子给她,郁绵左手拿着勺子,右手拿筷子的姿势还有点不太对,勉强夹起一个汤圆,手一抖,就在砂糖里滚了一圈,夹起来的时候小脸微皱。

"太多糖了。"

"那别吃了。"

"不行,老师说过,不能浪费食物。"郁绵咬下一口,眼睛弯弯,"好甜!"

裴松溪递了张餐巾纸给她,也笑了。

两个人很快就把一盘汤圆解决干净了。时间还早,郁绵闲不住,拉着裴松溪的手:"裴姨,我们上去看看好不好?楼上是不是有阳台啊?"

裴松溪把她抱起来:"嗯,上去看看。"

空气中是秋天特有的清爽味道,连风也是清冷温柔的。天才刚刚暗下去,像一块墨蓝色的干净幕布,很快,月亮一点一点爬上去,穿过云彩,透过树梢,柔柔的月光洒落下来。

郁绵从裴松溪怀里跳下来,看了看阳台上摆放的花花草草。小孩子好奇心重,对什么都感兴趣,伸手摸了摸花瓣,轻轻地,很快收回来。等她转过身,想叫裴松溪下去的时候,才发现裴松溪仰着头,在看月亮。

月光清冷的光晕落在她身上,镀上一层淡淡的冷感。

郁绵感觉她像是随时要飘到云彩里去，变成天上的仙女，就这么飞走了。于是，她扑过去抱住裴松溪："裴姨……"

裴松溪侧过身，摸了摸她的脑袋。郁绵乖巧在裴松溪旁边坐下，也仰起小小的脑袋，奶声奶气地问："你在看什么啊？"

"今晚是十六，月亮是不是很圆？"

"好圆啊，你很喜欢月亮吗？"

"嗯。"

"啊……我想起来了，太奶奶叫你月月，这也是你的名字吗？"

裴松溪摸了摸她的脑袋："嗯，小名。"

"那我可以叫吗？"

"你想这么叫我吗？"

郁绵摇摇头："还是不了。"

裴姨就是裴姨，是长辈，是大人，她要乖乖的。

月亮清冷的光辉落下来，一大一小两道身影靠在一起，夜渐渐深了。

裴松溪把郁绵抱起来："回去睡觉了，绵绵。"

郁绵已经有点困了，靠在裴松溪的肩膀上"嗯"了一声："裴姨……我是在做梦吗？"

"嗯？"

"我每天晚上都在做梦……梦到你来接我回家。"

裴松溪步子一顿，怀里抱着的小孩，全心全意地信赖和期待厚重得让她难以想象——她去看郁绵，接郁绵回来，明明只在一念之间。

如果她没去呢？她无法理解郁绵对自己本能的亲近，就像她也无法解释为什么要接郁绵回家，甚至都不能给自己一个理由。可她偏偏又这么做了，而且不准备回头。

房间的门被推开，她把郁绵放到床上："绵绵，洗个澡才能睡觉。"

郁绵清醒了一点："好，我学会自己洗澡了！"

裴松溪实在不知道该怎么照顾小孩："可以自己脱衣服吗？要我……帮忙吗？"

"不用！"郁绵笑，拿手捂住眼睛，"绵绵是大孩子了，要裴姨脱衣服好羞羞呀！"

裴松溪摸了摸她头发，心想：明明还是个小不点啊。

"好，那你自己进去，有事叫我。"

"好！"

裴松溪把她的衣服拿进浴室，又将花洒的温度调到正好，看着她白皙的小脚丫，再次确认道："真的不用吗？"

"不用！"郁绵站起来推她，却差点没摔一跤，裴松溪一把捞住郁绵，看到郁绵的裤脚又长了一点："是张阿姨给你买的吗？"

"嗯……"

"不要了，穿我上次给你买的衣服。"

郁绵甜甜地笑道："好。"小姑娘在浴室里洗澡，没过多久又唱起了儿歌，小奶音还挺有穿透力："我有一头小毛驴，我从来也不骑……"等她洗完澡出来，裴松溪正背对着她喝水："小毛驴洗完澡了？"

"裴姨！"郁绵"哇"了一声，就扑过去抱住她，往她腿上爬，香香软软的一团。

裴松溪忙伸手扶住她："我还没洗澡呢。"

"这是什么？"郁绵指着桌上的白色小瓶子："你在吃药吗？"

裴松溪顿了顿，神色淡淡的，有些清冷："嗯，帮助睡眠的。"说完她就把药瓶子放到小抽屉里，顺手锁上了，不愿意再说了。

郁绵忽然说："我会很乖的。"药很苦的，如果她乖一点，裴姨会不会开心一点。

裴松溪不懂她为什么又这么说，神色缓和几分："不用那么乖。绵绵，你开心就好了。"

郁绵看着她的眼睛，很认真地问："那你开心吗？"

裴松溪很诚实地回答："不。"

郁绵仰起头看着她，突然冲她一笑，笑容灿烂："那我要更开心！拥有双倍的开心，然后分你一半！"

裴松溪凝视着她清澈稚嫩的眼睛，一时怔住。像下沉的石头，恍惚间看见了一块浮木。

裴松溪慢慢垂下眼睛，浓密纤长的睫毛掩住了沉沉心事，她把郁绵抱在怀里，声音轻得像叹息："好。"

第四章
校园

周末早上,裴家客厅里的氛围有些沉重,裴天成锋利的目光直直地落在裴松溪身上,眉头紧锁,斥责道:"胡闹!"

郁绵和裴之远在花园里玩,裴松溪说话也没有顾忌:"收养她的那户人家不太好,就带回来了。"

她一向是冷漠专断的性格,想做的事从不与人商量。裴天成拿她一点办法都没有,妻子早逝,他对女儿心中有愧疚,最初把几家小公司交给她打理,没想到仅仅一两年,公司里已经全是她的人了。

这个孩子心思太深,有时候连他也看不透。

裴天成按捺住心中的怒火,劝道:"松溪,你一个年轻姑娘,带着一个小孩子在外边住,不太合适。你回来住吧,郁绵也在家里待着。"

裴松溪神情冷淡:"我都不在意,您担心什么?这件事奶奶也知道。家里人多,我怕吵。"

裴天成欲言又止:"你……"

丁玫见状劝和道:"算了,爸,松溪她怕吵,您也知道的,别太生气了。"

"那怎么行?她一个人带个小孩,别人会怎么想?"

"不会怎么想。亲戚朋友家的小孩寄养一阵子,又不是什么大事!"

丁玫一向嘴硬心软,她也觉得郁绵这个小姑娘怪可怜的,在家里待着就是没人管的野草,她没精力再多管一个孩子,但也从心里希望有人能照顾郁绵。

裴天成不置可否地"哼"了一声,没再说话。

裴林茂板着脸,骂着妻子:"你怎么也跟着瞎掺和?"

丁玫不满地挑眉道:"你凶什么?你以为我们女人都跟你们男人一样铁石心肠吗?这么小的孩子,多可怜啊。"

裴松溪的眉心微拢,又说:"爸,我想给绵绵换个学校。您让忠叔帮忙安排一下。"

"那你呢?不去北美了?"

"嗯,不去了。"

裴林茂心头一动,原本他担心的就是妹妹要去北美开拓海外市场,如果成功了,以后家族企业由谁继承可就两说了……现在她要留在国内,手上就那几家小公司,也掀不起多大的水花。

女人啊……都是妇人之仁,没来由的善良,不足为患。

他也加入了劝和的队伍,对父亲说:"这样的话,您就同意吧,松溪想留在国内也好,她出国了,奶奶会想她的。"

裴天成眉心舒展,锋利尖锐的目光渐渐收敛起来:"行吧,就这样吧。松溪,只准你再任性这么一回,以后不能再自作主张了!"

裴松溪淡淡地点了点头,对院子里的郁绵招手。小姑娘风一样地穿过客厅,跑到她面前:"裴姨!"

"上楼,跟太奶奶说几句话。"

"好!"

丁玫看着她们的背影,忍不住笑:"果然女人都喜欢乖乖软软的小姑娘,连松溪也不例外。"

裴林茂可理解不了这种心情,颇为无语地说:"女人真是奇怪。"

裴天成也沉默着看了她一眼,他没办法理解丁玫这种妇人之仁。不过,他可不想为了个小姑娘想把家里闹得鸡犬不宁,干脆睁一只眼闭一只眼。

四楼,老留声机里传出咿咿呀呀的江南曲子。

周如云靠在摇椅上,老人鬓发如雪,脸上的每一寸皱纹都写满了岁月的痕迹。

裴松溪敲门进来,她看见孙女笑着问:"月月,昨天怎么没回家?"

"有点事耽误了……奶奶,我要回去住了。"

"定了？"

"是，绵绵也跟我一起过去住。"

老人闻言点了点头，摸了摸郁绵的发顶："哦，这是好事啊。你照顾好自己，也照顾好小丫头。"

周如云听裴松溪说到领养那家人的情况，眼角顿时湿润了，心里很是歉疚。

郁绵感受到头顶的热度，松了一口气，原本她还担心太奶奶会不同意，没想到竟然这么轻松地同意了。

裴松溪抿着嘴唇笑了笑："绵绵，先去我的房间等我，我在这里待一会儿。"

郁绵认真地点头说："好，我等你。"

等郁绵走了，周如云才长长地叹了口气，感慨道："也不知道你父亲又在造什么孽，到头来都要你来还。"

裴松溪将她的毯子整理好："跟父亲无关，是我自己决定的。"

周如云没再深问，只是有些怅然地握了握她的手。

这孩子的性格太独立了，一向不与人亲近，现在学会照顾别人了，也不是件坏事。

裴松溪回到房间时，郁绵就坐在床上，膝盖上放着本漫画，一动不动地，像尊小小的雕像。直到听见脚步声，才抬起头："裴姨，你回来了！"

裴松溪的目光变得柔软，上次也是这样，她说叫小孩等，小孩就在走廊上等到睡着了，这次也是安安静静地等她。

裴松溪简单收拾了一些衣物，让用人提下楼。带着郁绵上车时，裴之远却忍不住"哇"的一声哭出来："姑姑，你是不是不喜欢我了？"

"不是。"

"那为什么……"

她蹲下来，直视着他的眼睛："因为我不喜欢这个家，长大以后你就会懂了。"

裴之远茫然地看着她，裴松溪给他擦干眼泪："太奶奶还在家里，我会经常回来的。不许哭了，裴之远。"

"哦。"

郁绵趴在车窗上，眉头皱了起来，跟裴之远挥了挥手，第一次叫他"哥哥"。

裴之远一把鼻涕一把眼泪地看着车子，车子却渐渐驶远了。

郁绵往后看，看他还傻傻地站在原地，又看了看裴松溪："裴姨……"

"怎么了？"

"没怎么……"

郁绵扑到她的怀里，自从裴松溪纵容了郁绵的亲近后，郁绵就格外贪恋她的怀抱，好像是一种沉默的依靠。

回到家时，已经是下午四点钟了。

魏意等在院子里，看见郁绵笑着说："小不点儿，还记得我吗？"

郁绵当然记得她，就是她接自己走的……郁绵害怕地往后退了一步，裴松溪牵住郁绵："没事，不怕的，绵绵。"

郁绵仰起头看她，紧紧地握住她的手："嗯！"

她要在裴姨身边待一辈子，谁都不能带走她！

魏意察觉到小姑娘有点记仇，心里想笑，但还是尽职尽责地汇报工作："裴总，司机安排好了，是我叔叔，为人老实。钟点工阿姨，我联系了之前护理过您家人的董阿姨，如果可以，明天就能上岗。"

裴松溪对那个人有点印象，当年似乎是张阿姨介绍过来看护奶奶的，她点了点头："董阿姨过来做饭，如果可以的话，就在家里陪陪孩子。"

魏意点头应道："您放心，已经确认过了。"

"知道了，你先回去吧。"

魏意还想再说什么，大门外就有辆黑色玛莎拉蒂停下，车窗落下，露出一张精致的脸："松溪？"

来人是裴松溪的朋友，也是她的合作伙伴——明燃，就住在附近。

裴松溪对她一点头，问："你路过？"

明燃点了点头，看着郁绵问："你从哪里偷的小孩？"

魏意瞥了她一眼，朝她走去："明总，您说话注意点。"

明燃"哼"了一声，抢白道："又关你什么事啊？"

魏意冲她明媚地一笑，毫不客气地打开车门，回头对裴松溪挥了挥手："裴总，我坐明总的顺风车先回去了。"

裴松溪点点头，抱着郁绵回去。

郁绵趴在她的肩头，看见明燃一脸嫌弃地叫魏意下车，魏意阿姨却笑得开心,眼睛里都在发光一样……

"她们真是好朋友啊。"郁绵奶声奶气地说。

裴松溪笑:"不仅是好朋友,算……闺密、损友、知己吧。"

"什么是知己?"

"就是……情感比朋友更好,更懂得彼此,才能算知己吧。"

"哦。"郁绵脆生生地应道,"那我们是知己吗?"

裴松溪忍不住笑:"你这个小丫头。"

小狐狸也趴在她的肩头傻笑:"以后我就当你的小知己吧!"

谁叫她这么喜欢裴姨的怀抱呢!

"绵绵……"裴松溪有些无语,"你这么小,长大了会不会忘呀?"

"我不知道啊。"郁绵说得理直气壮。

裴松溪抱着郁绵走进大门,嘭的一声,将外界的喧嚣隔绝了,她的声音淡淡地飘来,含了几分无奈的笑意:"我会替你记着。"

傍晚,裴松溪带着郁绵出去散步。

金黄色的银杏叶散落一地,踩起来吱呀作响。

郁绵牵着她的手,走走停停,偶尔捡起一枚金色的小扇子,捧到眼前仔细端详,对万物都有无尽的好奇心。

裴松溪平日很少出来,陪着她却没觉得无聊。两个人走到附近的小公园,树干上有松鼠跳过,郁绵惊呼一声:"是松鼠!"

"对,它每天都来这里。"接话的是个绑着高高的马尾辫,脸颊有些婴儿肥的小姑娘,"我以前都没见过你,你是新搬来的吗?你叫什么名字啊?"

郁绵仰起头,看了看裴松溪,在征询她的意见。

裴松溪的唇角翘起,握了握她的手,轻轻地点了点头,目光中是无声的鼓励,让她认识新朋友。

郁绵一下子就懂了她的意思,笑眼弯弯:"我叫郁绵,你呢?"

"小妍?你在哪儿呢?"一对夫妇沿着公园的小路走过来,"叫你不要跑这么快了。"

许小妍没理父母,一把握住郁绵的手:"你听到了,我叫许小妍。你要不要跟我去看看小松鼠的窝?"

郁绵睁大了眼睛，问："真的吗？"

"当然！快走吧！"

郁绵回头看了看裴松溪，目光中满是雀跃和渴望，裴松溪朝她点头："去玩吧。我在这里等你。"

郁绵点点头，跟着新认识的小伙伴手拉着手，往前蹦蹦跳跳地走，可每走几步，就回头看看，她是否还在原地。

裴松溪一怔。那个瞬间，感觉心尖最柔软的地方被拿捏了一下，一股淡淡的涩意蔓延……魏意来接绵绵走那天，她记得郁绵都没有回头。可现在……郁绵每走一步，都要看看自己。

郁绵是怕再被丢下。

裴松溪在半空中挥挥手，又在身后的长凳上坐下，示意她会在这里等郁绵回来。

那对年轻夫妇也坐下来，男主人叫许杨，是一家公司的高管，裴松溪跟他有过一面之缘，两个人打着招呼，不冷不淡地问好。

许太太看起来年纪不大，人倒热情："裴小姐，你家的小孩好可爱，是你……妹妹吗？"

裴松溪矜持地摇头："不是。"

"哦，那是朋友的孩子吗？你这么年轻，还有耐心陪小孩玩。"

"不是，是家人。"

许太太一怔，不再追问："那挺好，以后小妍有朋友了。对了，小孩在哪里上学啊？小妍刚从美国回来，到现在我们还没给她选好学校呢。"

裴松溪愣住了……感觉这个话题的方向有点不太对，她像是提前进入了为孩子操心的状态："还没定，联系了附近的一小，还没过去。"

"哎，我们想选的也是一小！这样更好，以后她们上下学也有个伴了。"

许太太是个开朗热情的人，眼睛圆润柔和，心性纯善，丝毫没在意她的冷淡，笑意盈盈地说个不停。

裴松溪低低地"嗯"了一声。她一向最不知道怎么接受别人释放的善意，也不知道如何跟这种单纯、热情的人相处，只好选择做个安静的倾听者。

很快，郁绵就回来了，还是哭着跑回来的。

裴松溪眉心一拢，站起来走过去，一把接住扑过来的小孩，紧张地捧起她的脸:"绵绵,怎么了?"

裴松溪似乎从没见她哭过。在裴家无人照管时她没哭,被魏意送走时没哭,被东东欺负时也没哭,现在是怎么了?

许太太也急了,忙问许小妍:"你们干什么了?打架了?"

许小妍眨了眨眼睛:"没有啊,我们在说话,她突然就哭了。"

郁绵擦着眼泪,过了半天才说:"裴姨……我的头发是不是很少?"

裴松溪"啊"了一声,不明所以。

许小妍恍然大悟:"哦……因为这个啊。姐姐,她是因为我说她的头发少,就哭了。"

裴松溪蹲下来,为郁绵擦去眼泪,耐心地问:"头发少,就怎么了?"

郁绵怔怔地说:"头发少,丑丑的,会不会被送到山上当尼姑?"

裴松溪忍不住笑出了声:"绵绵!"

接着,摸了摸郁绵的头发,把她抱了起来,感到又无奈又好笑——大概是因为郁绵平日里太过懂事,就忘了她不过是个六岁的小姑娘。

"好了,我们回家了好不好?跟你的朋友说再见。"

郁绵也觉得很难为情,对新朋友说:"小妍,那我先走了。"

许小妍从兜里摸出一根棒棒糖塞给她:"别生我的气了!给你吃糖!明天再来找你玩好不好?"

郁绵鼓着脸颊,说话时带着哭过的奶音:"不生气的,那我们明天见。"

回去的路上,她趴在裴松溪的肩头上没说话。到了家,裴松溪把她放下来,看她鼓鼓的小脸,轻轻地戳了一下,逗她道:"怎么,还在怕当尼姑啊?"

郁绵皱着眉头,用力地点头:"嗯!"

"不会当尼姑的……再说了,你的头发不少。"

郁绵还是可怜巴巴地看着她问:"裴姨,你有没有什么办法?"

裴松溪试图安抚她,却对上她极为固执的眼神后,不得不投降,无奈地说:"那……那我想想办法。"

这实在是难为她了,她哪有什么办法啊?如果因为这种问题去问魏意也很奇怪。于是,她只好上网查,又专门打电话回老宅,问了问张阿姨,最后得出一些可行的结论:多吃黑豆、芝麻;小孩的头发多剪剪会长得更快;洗头之前要先梳开……

裴松溪摸了摸郁绵的头发，问道："明天开始，每天喝芝麻糊，可以吗？"

郁绵点头，也笑了："可以啊……头发少点真的不会被带走吧？能留在你的身边，我就没那么怕了……"

裴松溪打趣她："如果留在我身边，做一辈子尼姑吗？"

这只是句玩笑话，郁绵却认真地想了想："也不是不可以！"

留在裴姨身边一辈子啊，那做尼姑也挺好的！

周一，学校外人流攘攘，大人和小孩都在往里走。

裴松溪牵着郁绵，走到学校大门前，她蹲下来，给郁绵整理了下衣领："绵绵，要上学了，害怕吗？"

郁绵笑着摇头："不害怕啊！"

裴松溪摸了摸她的头："那你进去吧，要上课了。"

郁绵小鸡啄米般点了点头，想了想，又问她："裴姨，我还可以回家吗？"

裴松溪一怔，心里莫名涌上几分苦涩。

她还记得魏意把她送到一个陌生的地方就离开的事情。

裴松溪蹲下来，平湖般的眼睛澄澈坦荡，眼神温柔，平视着她："当然，那是我们的家，不是我一个人的，知道吗？"

郁绵抿了抿嘴唇，眼睛又黑又亮："知道了！"

裴松溪也牵起嘴角，忍不住叮嘱她："我在你的书包里放了橙子。中午在学校吃饭，吃完饭要记得吃水果；如果有人欺负你，要告诉我，告诉老师……"

裴松溪一向不喜欢说话，叮嘱起来却也是没个完，连她自己都有点不习惯。

可是郁绵听得很认真，裴松溪每说一句，她就用力地点点头，笑容慢慢绽开。

"郁绵！"许小妍拉着她妈妈赵若的手跑过来，"哎呀，以后我们就是同学了！"

郁绵看到许小妍也很高兴，这是她的第一个朋友。两个小姑娘手拉手往学校里跑，没多远，郁绵又回过头挥挥手："等我回家啊，裴姨。"

"嗯，等你。"

学校里的广播在放着《校园的早晨》，歌声活泼欢快，晨光正好。

裴松溪站在原地，朝郁绵挥手。

开学的第一天，郁绵和许小妍分在了同一个班，甚至很幸运地成为同桌。

许小妍是个没心没肺的闹腾孩子，下课的时候拉着她叽叽喳喳地说话，很快跟前排后排都打成一片。上课的时候还想闹，郁绵没有理许小妍，坐得笔直端正。

第一节课上到一半，窗外开始下大雨，小朋友们都闹腾起来，班主任秦老师是个年轻漂亮的女老师，见状也不生气，温温柔柔地笑："外面有点吵，那我们就先不上课了。大家自我介绍一下，再说一下自己的梦想好不好？"

小朋友们都很高兴，叽叽喳喳地说："好！"

"班长，你先开始。"

秦老师先点了坐在前面的班长，扎着双马尾的小女孩立刻站起来，下巴高高地抬着："我叫林雨瑶，我的梦想是做国家领导人。"

"哈哈哈……"

教室里忽然爆发出一阵大笑，但是笑过之后，有不少人问：

"那我可以做财政大臣吗？"

"我要做教育部部长，我要把所有的课都改成体育课！"

许小妍托着下巴："她们好傻啊。"

郁绵眨了眨眼睛，"嗯"了一声。

"班长后面的同学，"老师刚好点到她，"你介绍一下自己。"

许小妍大大方方地站起来："我叫许小妍，许是言午——许，妍就是代表好看的那个妍。我的梦想是长大以后不用上班，我要开开心心地玩。"

同学愣住了，连秦老师也愣住了："不用上班？"

好吧……这个小姑娘真是太有个性，这个年纪不该说成为科学家、宇航员、老师吗？

秦老师忙叫许小妍坐下，又点名道："许小妍的同桌。"

郁绵被点到，噌地一下站了起来。

窗外下着瓢泼大雨，窗内是气氛活跃的小课堂。

她听见自己在雨声中说："我叫郁绵。郁是郁郁葱葱的郁，绵是连绵起伏的绵。我的梦想是以后买大房子，和裴姨一起住！"

班上又是一阵大笑，连秦老师也忍不住笑起来，这届学生一个个不走常规路，她都不知道该说些什么了："好，那你要加油了，郁绵同学。"

郁绵用力地点了点头。

一小的老师年轻开朗，课程开设得很前卫，除了语文、数学、英语、美术等常规科目之外，还有专门开设了思维训练课程。

今天的思维训练课就放在最后一节，上课铃声一响，戴着黑框眼镜的男老师负手走进来，姿态潇洒："各位新同学，大家好啊，我姓周。"

"周老师，你怎么不带书？"

"是不是这节课跟体育课一样，不用带书啊？"

"那我们是不是可以放学回家了？"

"好了，大家安静。"周老师笑眯眯地拍了拍手，"不用书，但不是体育课，也不能回家。"

"那我们做什么呀？"

周老师转身在黑板上写下两个字："吵架。"

"啊？"

"注意，不是吵吵闹闹的那个吵，不是跟爷爷奶奶撒泼打滚的那种吵。是要让你们指出我说话的漏洞，大家可以理解吗？"

"啊？不懂啊！"

"好，那我们来举个例子。这位同学——"周老师走过去，敲了敲许小妍的书桌，"你喜欢黑巧克力吗？"

许小妍心虚地把桌上那张巧克力包装纸攥起来，瞪着大眼睛："老师？"

周老师笑眯眯地说："你怎么能喜欢吃黑巧克力呢？黑巧克力这么难吃的东西，你也喜欢吃？"

许小妍呆住了，一脸茫然，又有点愤慨。黑巧克力多好吃啊！老师怎么能说它难吃呢？她真的喜欢啊。

郁绵在桌子下拉了拉她的手："老师，您说得不对。"

"哦？"

"每个人都有自己喜欢的东西。"

"嗯。所以呢？"

"您可以说巧克力不好吃，但是您不能说小妍喜欢吃黑巧克力不对。您这是不尊重别人的喜欢，不尊重别人选择的自由和权利。"

许小妍愣在当场，心想：绵绵在说什么？

周老师也愣了一下，随即拍掌大笑："对对对，大家学会了吗？就是这么吵架！"

众人都"啊"了一声。

"所谓思维训练课，有两种思维要训练，一种是理性思维，那些就靠自己做数学题，慢慢体会。另一种，就是今天举的范例了。"

周老师在讲台上夸夸其谈，彻底把学生给说蒙了，一节课下来，还留了课后作业："回家跟你的父母吵一次架，并记录下来，请注意，是有理有据地吵。"

放学之后，许小妍拉着郁绵往外跑："绵绵，你也太厉害了！坏老师凶我，还好有你。"

郁绵那么一说，许小妍就觉得她说得好有道理，可是偏偏自己被为难的时候，又一句话说不出来。

郁绵有点不好意思地笑了："没有。"

其实她还怕自己太凶，这还是她第一次跟别人"吵架"呢。

"走，到我家里去，我请你吃巧克力，咱们一起看动画片。"

两人已经要到校门口了，郁绵拒绝道："不行，我要回去写作业。"

"为什么？作业随便写写就好了啊。"

"那怎么行呢？作业不能随便写的。"

许小妍面露不解，问："啊，开心不就好了？"

郁绵很认真地看着她："不对。我要好好学习，我以后要买大房子，要和裴姨一起住。"

许小妍哈哈大笑："喂，你这个小傻瓜！"

郁绵"哼"了一声："你才是小傻瓜……呀，裴姨来接我了！"

许小妍也看见了母亲的车，上车之前还不死心地问："你真的不来我家玩吗？"

"周日再去吧！"

郁绵朝她挥挥手，冲着裴松溪跑过去，一把抱住她的腿，顺势往上爬："裴姨！"

裴松溪失笑，弯下腰捞起她："绵绵，开学第一天过得怎么样？"

"很好！老师好温柔，小妍跟我在同一个班，还是我的同桌，真是太好了。"

裴松溪垂下眼睛，目光温柔地凝视着她："嗯，这样真好。"

裴松溪昨天叮嘱过魏意，让魏意想办法把两个小朋友安排成同桌，可她不会让郁绵知道这些事情，让郁绵感慨这是缘分就很好。

她希望郁绵能认识新的朋友，有安定成长的生活环境，有温柔善良的老师……这个孩子小时候就已经够苦了，却从不爱哭，明亮温暖得像一轮小太阳。

裴松溪一向自认冷心冷性，心底却总是悄无声息地因她而变得柔软起来。裴松溪愿意一步一步地为她铺好道路，愿她一生笑容无尘，许她一生安稳自在。

回到家，新来的董阿姨正好做完饭，跟裴松溪打了个招呼，又蹲下来冲郁绵笑了笑："这是郁小姐吧？"

郁绵不太习惯，摇头说："叫我绵绵就好！"

裴松溪也淡淡地"嗯"了一声，说："叫她的名字就可以。"

董阿姨慈爱温和："好，那以后就叫你的名字。绵绵喜欢吃什么菜？我记写下来，明天给你做。"

"谢谢奶奶！"

"不谢，谢什么啊。裴小姐，那我今天先回去了。"

"嗯，辛苦，薪酬的事情，魏意会和你谈的。"

裴松溪对外人一向冷淡，董阿姨对她的态度却很恭敬，连忙摇头："之前您借给我们家的钱，我们都还没还上。哪能还要您的钱呢。您也别客气，我赶时间，先走了，你们吃饭吧。"

说完，董阿姨离开了，顺便把门关上。

郁绵眨了眨眼睛，闻到客厅里飘荡的香味，开心坏了："我太幸福了！"

裴松溪牵着她的手走过去，感慨道："你怎么这么容易觉得幸福啊，绵绵。"

小姑娘已经沉浸在美食的世界里，回答道："就是很幸福呀！"

她真是全世界最容易满足的小孩了。

幸福这种情绪像是会传染的，看着郁绵笑的样子，裴松溪的心底也一扫先前的阴霾，低头笑了笑。

饭后，裴松溪去书房处理工作，郁绵写作业。

工作间隙，裴松溪回房间，悄悄看了一眼坐在书桌前的小姑娘。

她穿着纯棉家居服，露出一小截白嫩的小腿，在桌子下面轻轻地晃啊晃，坐姿却是极为端正的,握着笔的样子显得格外认真,小小的脸蛋神情格外严肃。

裴松溪轻轻将门掩上,用冰箱里新买的黑豆做了一杯豆奶,送去她的房间:"绵绵,作业写完了吗?"

郁绵头也不抬,小小年纪却一副不问世事的样子:"嗯,马上就写完了。"

裴松溪就站在旁边等着,几分钟后,郁绵将本子阖上,抬起头冲她笑:"写完了!"

裴松溪觉得有几分好笑:"作业很难吗?"

"不算难。"

"那你怎么这么认真?"

郁绵小口小口地喝着豆奶,一边梦想着自己的头发能一夜之间变多,一边回答她:"因为认真写作业,才能取得好成绩,好好学习,就能上大学。上大学了就能挣钱,挣了钱都给你花,我还要买大房子和你一起住!"

裴松溪认真听完她长长的逻辑链,笑着问:"都给我花吗?"

郁绵仰起头,把豆奶喝得干干净净:"对呀!"

裴松溪摸了摸她的发顶:"今天在学校里怎么样?有没有遇到不开心的事情?"

郁绵仰起头:"没有,很开心。"

裴松溪"嗯"了一声,站起身说:"我先回去了,你写完作业早点睡。"

次卧已经装修好了,墙壁上贴着淡粉色的壁纸,地板是粉蓝色的,房间整体色调清新活泼,可是郁绵看着大大的房间,看着裴松溪往外走,又忍不住皱了皱鼻子。她不想一个人睡,更想跟裴姨一起睡……可是,她已经是大孩子了,不应该再这么黏着裴姨了。她做完作业,躺在床上打了几个滚,忽然想起什么,猛地从床上跳下来,跑了出去。

裴松溪刚从书房里出去,父亲将两家小公司交给她打理,刚刚步入正轨,要做的工作很多。她回房间拿文件,刚坐下,就听见敲门声,她走过去,将门打开了:"绵绵?"

郁绵抱着枕头,脸颊靠在柔软的枕面上:"裴姨,我有个作业没做,要跟家长一起完成哦。"

"是什么?"

"老师说了,让我们回家,跟家长有理有据地吵一次架。"

"吵架？我不会吵架啊。"

郁绵抱着枕头往里钻，笑弯了眼睛："对吧，这道题好难的，你让我进来想。"

裴松溪看穿她的小心思："绵绵。"

郁绵抱着枕头，眼睛干净水灵："裴姨……就一晚，好不好？"

裴松溪无奈地点头："可是我不会吵架，更不会跟你吵架。"

郁绵心满意足地把枕头往床上一放，踢掉鞋子就爬了上去："那你骂我吧！"

裴松溪看她白白的小脚丫在床上乱蹬，笑着给她拉上被子："骂你什么？你这么乖。"

郁绵抱着她的手不放："那你可以骂我……没头发的小尼姑？"

裴松溪哭笑不得，揉着她的头发："小孩子的头发都是又细又软的，你怎么就是没头发的小尼姑了？"

郁绵撇撇嘴："哎呀，不对，裴姨，你应该这样骂我，然后我们就能吵架了！等你骂完我，我就可以……"

裴松溪凝视着她，目光干净温柔，声音也压低了一些："嗯，就可以骂我什么？"

郁绵愣住了，想了想笑着说："我才不会骂你。你说我是小尼姑，那我就是吧。"

"那你的作业怎么办呢？"

"没事！我要去跟老师说，我的裴姨是全世界最好的人，我没办法跟她吵架。这个作业不合理。"

裴松溪摸了摸她的脸："我没有你说得那么好。"

郁绵偏过头，掌心在她的脸颊上蹭了蹭，像是在讨要什么："有！就是有！"

裴松溪看着她撒娇的样子，冷硬的心悄悄柔软了一些，看样子今晚是没办法继续工作了，不如也躺下，听她叽叽喳喳地说些学校里的事情。

郁绵彻底没了睡意，趴在床上，手肘撑着身体，跟她聊天："裴姨，你是不是每天都很忙？"

"也不算很忙，只是公司里有些事情要处理。"

"你是最厉害的那个人吗？"

"不算。"

"哦,"郁绵撇撇嘴,忽然指了指裴松溪的眼睛,"你这里有一颗泪痣啊,听说这样会很爱哭。"

"嗯?你怎么知道的?"

"今天有个同学也有,小妍跟我说的。"

"这样啊,"裴松溪淡淡地笑了笑,许小妍那个小姑娘很聪明伶俐,知道这么多也不奇怪,"可我不爱哭。"

郁绵"嗯"了一声,甜甜地笑着:"我也不爱哭!"

郁绵是个爱笑的孩子,感情热烈纯粹,安静时又很乖。她趴在枕头上,靠着裴松溪,指尖在裴松溪浓密纤长的睫毛上轻轻拨了一下:"哇……裴姨,你的睫毛好长啊。"

裴松溪还有些不太适应这么近的接触,可靠近她的人是个小孩子,她只好无奈地笑了笑:"嗯?"

"那……你知道你有多少根睫毛吗?"

"不知道啊。绵绵知道吗?"

郁绵笑着说:"我也不知道!我给你数数!"

窗外夜空中悬着高高的一轮圆月,月光落进来,照着从家里带过来的那幅画。风烟俱净,天山共色,题着月下松溪四个字。

窗内是眼睛比星辰还亮的小姑娘,目光灼灼地看着她。

裴松溪拿郁绵没办法。于是,她下意识地纵容着郁绵的幼稚和童真,声音里有自己都不曾察觉的温柔:"嗯,那你数。"

宁静的夜,静静流淌的时光。

秋渐渐深了。

第四章 校园

开学以来,郁绵特别讨厌体育课。她是个聪明的孩子,但天生方向感很差,差到什么程度呢?就是体育课老师说向左转向右转的时候,她就成了个小迷糊。她迷糊,许小妍也更迷糊,结果是她转错,许小妍也跟着转错,引得全班哈哈大笑。

第一节课就给郁绵留下了严重的心理阴影,回家时都闷闷不乐,把自己关在小房间里,蹲在角落里向左转向右转。

裴松溪下班后看见她蹲在墙角的样子，还以为她受了欺负。

国庆假期的前一天，最后一节课是体育课，小朋友们都高兴坏了，只有郁绵如临大敌，拉着许小妍的手，叮嘱道："今天不要转错了啊！"

许小妍一向心大，满不在乎地说："没什么呀，你别紧张。"

等上课铃声响起，郁绵和许小妍站在第一排，就在老师眼皮子底下。

吹哨声响起，"稍息""立正"和"原地踏步"后，就到了令人恐惧的环节。

郁绵悄悄地把右手握成拳头，又把左手做剪刀的形状，老师一喊"向右转"，她的脑子就开始转，右……是拳头，往这边转！

她紧张得不敢喘气，幸好这次没错了。

右边是拳头，左边是剪刀……她碎碎念了整整一节课，终于没再犯错。

唉……她好笨啊。

老师吹哨说解散的时候，班上的小男生一起大笑着往教室里冲，拿起书包就往外跑。

郁绵也悄悄松了一口气，许小妍乐疯了，拉着她往外狂奔："我们要去度假了，晚上就坐大飞机走！"

郁绵连书包都没背好，就被她拉着往前冲，一直跑到大门前，下课铃声才刚刚响起。

许小妍看见爸爸妈妈，高兴地蹦起来："绵绵，我先走了！等我回来给你带礼物！"

郁绵对她笑："记得写作业啊。"

许小妍捶了她一下："干什么跟秦老师一个语气，我走了！"

郁绵朝她挥挥手，背着粉蓝色的小书包，站在校门边上，踮起脚尖，往外看。咦，裴姨怎么还没来？

因为她还有点怕生人，这些日子都是裴松溪接送的她。

北方的秋天有几分萧瑟的寒意，她在原地跺跺脚，踩着几片金黄色的梧桐叶，渐渐的，人越来越多了，她只能往旁边站。

可是，她没有看见裴松溪。有种恐惧难以控制地涌上心头，她站在原地又等了好久，还是没有等到。她被风吹得打了个寒战，轻轻颤抖起来。

半个小时后，司机才满头大汗地赶到："抱歉，小姑娘，我才从公司过来，路上出了点小事故。久等了。"

郁绵上了车。她背着小书包,看着车窗外。

司机看她这么小,向后看了看她:"小朋友,在看什么呢?跟叔叔说说?"

郁绵冲他笑:"谢谢叔叔!那……叔叔,裴姨很忙吗?"

司机师傅是临时接了电话来的,他给明燃开车,很少接触到裴松溪,只好含糊地说:"应该很忙吧……我记得有一次完成大项目,裴总在公司熬了好几个通宵呢。"

郁绵听不懂他说的项目和通宵是什么意思,只记住了"裴姨很忙"这四个字。

车停下后,郁绵从车上跳下来,礼貌地跟司机叔叔说再见。

夕阳挂在天际,日光微醺。

郁绵背着书包,在人行道上,踩着自己的影子,往前跳格子。家里的备用钥匙放在盆栽下面,她摸着钥匙开门,阿姨也还没来,她最近忙,过来得晚一点。房子里很安静,偌大的客厅里就只剩她一个人。原来裴姨不在的时候,家似乎也变得不太像家了。

郁绵垂下头,往前走了几步,脚步顿住。茶几上放着一盘新鲜光亮的橙子,她眨了眨眼睛,笑着拿起一个,抱着它亲了一口,才背着书包爬楼梯上去了。

山中刚下了一场大雨,秋意渐浓,层林渐染。近处地上的落叶被雨水打湿,梧桐叶尖上还挂着几滴水珠,往远处看,重重山峦之中萦绕着茫茫雾气,透着一种与世隔绝的清冷淡漠。

裴松溪迈过栏杆往外走,穿着僧袍的僧人朗声说:"裴施主请放心,您母亲在这里,会找回心灵的宁静。"

"多谢。以后我不会再来了,劳烦您多照看。"

裴松溪垂下眼眸,淡淡地笑了笑,她一向不信神佛,奈何母亲信。转眼间,母亲过世已经十几年,她也便随着母亲一起信了。

今天是母亲的忌日。以前在家时,她把母亲的遗像放在小佛堂里,今天回去跟裴天成吵了一架,才临时决定换个地方。

空气中飘荡着雨后独有的清新味道,裴松溪踩着落叶下山,步履从容,在经过一树红枫时脚步一顿,指尖从叶尖上拂过,心想:或许绵绵会喜欢吧。

她站在山道上往下看,往昔的冷淡心绪不复,尘世中好像有一处地方,多了一点牵挂。

裴松溪微抿了抿唇角，继续往下走。山道上，魏意正气喘吁吁地跑上来："裴总，董阿姨打电话说，郁小姐不在家，她找不到人了。"

裴松溪的眉眼一沉："说清楚。"

魏意站住了，不住地喘气，看着裴松溪冷冷的神色，下意识地紧张起来："裴总，是这样的……"

因为不放心郁绵，这段时间，都是裴松溪接送的。今天如果不是临时要来这边，不是因为这场大雨，她原本是来得及赶回去的。

魏意刚爬上山交代完事情，接着下山打电话给司机，叫他去接，再叫董阿姨早点过去陪孩子。

雨大路滑，山上又没信号，魏意跑了好多地方才找到一格信号，可还是耽误了。司机有事在外面，临时接到电话，赶过去要半个小时。董阿姨那边的电话也接得晚，匆忙赶过去。没想到，等董阿姨到了家，却没看到郁绵的人影，边叫边找，上上下下都找遍了，也没见到人。

这么小的孩子，她能去哪儿呢？

郁绵听见走廊上传来说话的声音，揉了揉惺忪的眼睛。回家后没多久，她就开始头晕，身上说不出来得难受……可是家里没人，她不知道该怎么办。

无奈之下，只好跑到衣柜里，抱着橙子自言自语："裴姨什么时候回来呢？"之后，就不知不觉地睡着了。因为睡得太沉，外面的声音根本没有听见。

现在醒了，又听见裴松溪的声音，郁绵瞬间没了睡意，有点激动地推开衣柜，探出一颗毛茸茸的小脑袋，叫了一声："裴姨！"

来人刚刚走过去，往后退了几步，才走进屋，鬓发微湿，平湖般的眼眸里像浸了寒霜，只是淡淡地看了她一眼。

郁绵的眼睛眨了眨："裴姨。"

"你去哪里了？"

"在家。"

"为什么要藏起来？"

"我……"

裴松溪轻舒一口气，转身站在落地窗前往外看。她已经很多年没有感受过这么浓郁、强烈的情绪，当魏意在山道上说郁绵不见了，阿姨没有找到郁绵时她是那么无措，焦灼难安席卷而来，让她觉得陌生。

郁绵低着头，怔怔地。眼前的人清冷如月，偶尔流露出来的淡漠的温柔让郁绵下意识地依赖她，却又不敢太亲近她。

"裴姨……对不起。"

裴松溪转身看着郁绵，从衣柜里探出的小小脑袋，毛茸茸的，稚气可爱……她又开始后悔，刚才是不是语气太严肃了。她不是跟小孩置气，而是心绪起伏。绵绵还这么小，根本不知道人世间有多少险恶，找不到郁绵实在令人感到惊惧。

"我刚才觉得头疼，可你不在家……我不想给你添麻烦，他们说我叫拖油瓶。"郁绵说着说着，眼睛里开始有水光，"裴姨……"

裴松溪怔住，一股近乎心疼的陌生情绪席卷她。半晌，她才走过去，在衣柜前缓缓蹲下来，清冷的嗓音里有微微的沙哑，摸了摸郁绵软软的发顶："绵绵。"

郁绵听话地靠过去："裴姨……"

"很不舒服吗？"

"嗯。"

"那为什么不给我打电话，要一个人躲进衣柜里？"

"我……"

裴松溪跟她说话，看到小姑娘忐忑难安的神情，了然地道："你怕我不要你了，是吗？"

郁绵不知道该点头还是该摇头，有些迟疑着说："我不知道……"

裴松溪摸了摸她额头，还好，没发烧，大概是轻感冒。

"我是不是跟你说过，这是我们的家，你是我的家人？"

郁绵吸了吸鼻子："嗯！"

"我从来不觉得你是累赘，就像我去接你，因为看见绵绵我会开心。"

郁绵怔怔地看着她，眼睛睁得圆圆的："真的吗？"

裴松溪的唇角微弯："当然。"

郁绵小声地再次确认："真的吗？"她这么小心翼翼地确认，像是为了某种证明。

裴松溪语气平和、笃定："当然。"

郁绵扑过去，脸颊在她的脸颊上蹭了蹭："我知道了！"

裴松溪摸了摸她头发："今天是我不好，抱歉……我临时有事，在外面赶不回来，手机没有信号。以后你生病了，不高兴了，一定要先告诉我，好吗？"

郁绵靠在她的肩上："嗯，以后我什么都告诉你。"

裴松溪笑了，把她从衣柜里抱出来："我联系一下家庭医生，给你测测体温。"

"好。"郁绵趴在她的肩膀上，显得格外乖巧。

晚些时候，医生来给郁绵做了检查，也证实了裴松溪的猜测，确实只是轻微的感冒。多喝热水，早点睡觉就行了。吃过晚饭，郁绵写完作业，一个人在房间里待不住，又去裴松溪的房间，敲了敲门。

裴松溪刚挂掉魏意的电话，就看见某个不安分的小家伙又溜进房间。她的长发披在肩头，平湖般的眼中蓄着笑意："怎么还不睡？"

郁绵爬上凳子，坐在她旁边，认真地说："裴姨，以后你让司机叔叔来接我就好了。"

"嗯？"

"我想好了，不要你太累。"

裴松溪给她理了理衣领："没关系。以后要相信我，好吗？"

郁绵低下头，趴在桌子上，左边脸颊压得扁扁的，却往上看着她笑："嗯，我相信你。今天你……是有很重要的事情吗？"

裴松溪想了很久，选择了一个小孩能听懂的方式："我妈妈离开我很多年了，在很多年前的今天。"

郁绵一怔，立刻坐端正："啊……"

裴松溪淡淡地说："很多年了。那时候我还没长大，现在我都不记得她的样子了……她只留给我这串佛珠。"

郁绵眨了眨眼睛。是那串散发着淡淡檀香味道的紫檀木佛珠……她曾经想摸一下，却被裴姨给拦住了。

"你很想她吗？"

"不想。"只是觉得心里空落落，没有一点着落，所以才会年年都去，去寻找某种渐渐消失在时间里的联系。

但是，裴松溪想，或许她现在有了新的牵绊。

郁绵仰起头，有些不解："如果你想她，不要偷偷哭哦。"

裴松溪弯了弯唇角："不会。我说了，看见绵绵，我会开心。"

郁绵笑弯了眼眸："看见裴姨，我也会开心。"

"晚安，裴姨。"

"晚安，绵绵。"

很快，冬天到了。期末考试后，秦老师通知说，按学校要求，先给同学们开班会，宣布成绩、发奖状，再单独请家长来开家长会。晚上，郁绵跟裴松溪说起这件事："裴姨，你要是太忙的话，就叫魏意姐姐去吧。"

裴松溪给她梳头发，吃了半年的芝麻和黑豆，好像起了点作用，小孩细软的头发变得乌黑，也有了一点硬度："嗯。"

郁绵皱了皱鼻子，心想：裴姨真的没空去啊……

到了那天，郁绵在客厅吃完早饭，从桌子上跳下来的时候，还努力地笑着："裴姨，我先走了。"

魏意按了两下喇叭，她已经开车在外面等着了，提醒郁绵时间到了。

裴松溪淡淡地点头，也放下了筷子，拿起米色大衣，里面套着一件白色高领毛衣和浅咖色半裙："刚好，我顺路。"

郁绵"哦"了一声，乖乖地往外走。

坐上车，魏意问她："绵绵考得很不错吧？"最开始魏意叫她郁小姐，可是郁绵不喜欢这个称呼，魏意也跟着裴松溪叫她绵绵。两个人的关系很好，郁绵很喜欢魏意，这几天怕裴松溪没空去参加家长会，还提前跟魏意约好。

郁绵点头，笑眯眯地说："还不错。"

住的地方离学校不远，很快就到了。魏意先下车，绕过来开门，把郁绵从车上接下来，紧接着又上车，冲她挥了挥手："绵绵，下次见。"

郁绵眨了眨眼睛，"啊"了一声。不是说好了，魏意姐姐来参加她的家长会吗？

"你跟我一起进去吗？"

裴松溪弯了弯唇角，平湖般的眼眸里笑意清浅，将她抱起来，往学校里走："你不想让我参加你的家长会吗？"明明看见她在语文书上写下这一行字，却一直没等到小姑娘亲口说。

郁绵趴在她的肩头："想啊……可是你最近好忙，睡得好晚。"

裴松溪心疼她的乖巧和早慧，拍拍她的肩膀："嗯，今天不忙。"

到了教室门口，郁绵从她的怀里跳下来，踩着铃声跑进教室。她的座位在窗边，玻璃拉开了一条缝，她朝裴松溪挥手，笑容灿烂。

冬天的阳光温煦干净，校园小道边种着两排银杏，金黄色的叶子在阳光下熠熠生辉，裴松溪微微仰起头，看着阳光穿透树叶，光影轻轻跃动。碎金一般的阳光落下来，镀上一层温暖细腻的光晕，柔和干净的米色大衣很衬她，裙摆被微风轻轻吹动，她的面容清冷淡漠，却透着一种静水流深般的温柔。

郁绵一向是好学生，最听老师的话，可她今天总是忍不住往窗外看。

幸好，学生的成绩很快就宣布完了。

郁绵很快冲了出来，拉着裴松溪往教室里走："我坐这里，裴姨。"

裴松溪摸了摸她的碎发："知道了，出去等我。"

郁绵乖巧地点了点头，被许小妍拉着手出去。

许小妍嘴里塞着棒棒糖，说话含糊不清："明天要不要一起出去玩啊？"

郁绵心不在焉，想了想，干脆跑到教室外面的窗台边，因为不够高，还得踮着脚。

窗户不知何时被关上了，她透过玻璃往里看，看到裴松溪微微低下头，在看她的成绩单。裴松溪坐在教室里，小小的书桌前，看到成绩科目一栏又一栏的满分，唇角微微牵起一些，一抬起头，就看见玻璃上倒映出一双黑葡萄般的眼睛，明亮又灵动。

郁绵贴得太近，轻轻呵出一口气，玻璃上起了一层白雾。她用手背擦掉，眼睛弯弯得像天上的月亮，看着她笑。

裴松溪也忍不住笑了，朝她挥挥手，叫她出去等，正好老师点名点到裴松溪，裴松溪没听见，直到许小妍的妈妈赵若敲了敲桌子："老师叫你呢。"

裴松溪这才站起来，声音干净："我是……郁绵的家长。"

老师也怔了一下，没想到郁绵同学的家长是个年轻的气质美人："哦，是郁绵的妈……姐姐？"

前桌的家长开玩笑说："怎么家长会，连姐姐都可以来？早知道叫我闺女来就好了，还让我浪费一天年假。"

裴松溪淡淡地颔首，没把这句话放在心上，听完老师说话，忍不住想笑，原来秦老师觉得郁绵太认真、太严格了，叫家长注意让孩子放松。对郁绵的学习，裴松溪一向没有提过要求，她一直认为做个快乐的人比较重要。等老师说完每个学生的情况，已经过去一个小时了。随着一众家长走出教室，裴松溪看见郁绵站在银杏树下，跟许小妍在捡叶子，她笑着走过去："绵绵。"

郁绵立刻抬起头，朝她跑过去："裴姨！"

"结束了，想出去吃好吃的吗？"

"回家吃就行！对了，我们来拍张照片吧！"她从书包里摸出相机，是前不久裴松溪给她买的小礼物，今天还是第一次用，她跑过去把相机递给赵若："赵阿姨，可以帮我们拍张照吗？"

赵若接过来，却被许小妍抢过去，自告奋勇地道："我来，等我一下！妈妈，你教我怎么用相机好不好？"

裴松溪温和地点了点头，两个人站在银杏树下等许小妍摸索相机的使用方法。她低下头，摸了摸郁绵的发顶："寒假想不想去哪里玩？"

郁绵仰起头，举起一枚叶子递给她，笑意盈盈："在家就行。这个叶子真好看，送给你好不好？"

暖煦澄澈的冬日阳光，灿烂漂亮的银杏树叶。微风簌簌，她们的影子被日光拉长。她垂下眼眸，含笑看着郁绵："好。"

"咔嚓"一声，快门被按下。画面定格在这一瞬间。

许小妍用相机把这一幕记录下来，赵若却不满地说："哎呀，都没让她们摆动作！"

"不用！这样好好看啊，我拍得最好看了！绵绵，对不对？"

郁绵跑过去看相机里的照片，满意得不行，等晚点照片洗出来，她也喜欢得不行。她在客厅里，趴在茶几上，用水彩笔在照片背后画画，一个小小的银杏树叶，还有一张卡通笑脸。

"好了，裴姨！这是我们的第一张照片！"

裴松溪"嗯"了一声，帮她把照片在照片墙上贴好："以后每年都拍一张。"

"哎呀，忘了写字了，以后会忘记这是什么时候拍的。"

裴松溪将她抱起来，拿了一张便笺纸："在旁边写。"

郁绵握着笔，字迹稚嫩可爱：第一次家长会。

这是静静地流淌的，属于她们的时光。

第五章
流 年

夏天的体育课上,郁绵拉着许小妍在操场上转圈。

许小妍咬着棒棒糖:"你的作业做完没,给我抄抄?"

郁绵气鼓鼓地看着她:"不给!不是跟你说了,要好好写作业吗?"

许小妍也不心虚,捏着她的脸说:"小古董,写作业干吗?就不写。你写完今天的作业就到我家来玩。"

"不去!我要回家做题,暑假我还要去奥数特训班。"

许小妍故作老成地叹了口气,道:"唉……你要学傻了。"

郁绵哼道:"才没有,我才不傻呢!"

许小妍笑嘻嘻地说了一句,两个人往操场后面的小池塘走。

一小的校园很大,操场后面的池塘里有很多金鱼,还养了两只黑天鹅,很多学生经常带着面包过去投喂。

两个小姑娘蹦蹦跳跳地往前走,经过拐角的时候,刚好听见有人说:

"那个谁啊……郁绵好像没有爸爸。"

"这种没人要的小孩啊……"

"听说她是……"

郁绵的笑容一滞,拉着许小妍的衣袖愣住了。

许小妍一把将棒棒糖扔掉,推她往回走,走到教室外面,又撸起衣袖:"你在这里等我。"

"你干什么?"

"不干什么。你等我,我有点事情,很快就回来。"

郁绵点了点头。

她站在教室外面的香樟树下……其实别人说得也对，她什么都不记得了，父母的姓名、长相……连自己的名字，也是裴爷爷告诉她的。

她坐在花坛上，等到许小妍回来，看到许小妍的样子大吃一惊："小妍，你流血了！谁打你了？"

许小妍笑得洒脱，颇有几分大姐大的气质："没事。我去揍人去了。"

"啊？我看看！"

"嘶……你别看啊……好疼啊。"前一秒还在故作任性、嚣张的小姑娘，瞬间哭得稀里哗啦，又成了只知道吃糖、看漫画的小迷糊，"我不会死吧？"

郁绵也慌了："我们去找老师！"

"那老师不就知道我打人了？"

"那你去不去？"

"好吧，去。"

最后，这件事还是闹到了班主任秦老师那里。

是许小妍先动的手，赵若来学校处理这件事。她是热情爽朗的性格，一向又喜欢郁绵，一听说女儿动手的原因也炸了："自己没教好孩子，家长先好好反省。"

"呸，我反省什么？你说我儿子背后说了那些话，有证据吗？"

赵若长相温柔大方，性子却很泼辣："行啊，那打架的证据呢，瞧瞧你家儿子又高又壮，小妍这么瘦的小姑娘，到底是谁打谁啊？"

男生的家长气得脸色通红："你这是说的什么话？"

赵若飒然一笑，没把她放在心上，拉着许小妍出去："走，小妍，我们去医院做个检查。这位家长，再会。"

许小妍跟妈妈一起出去，看到郁绵等在外面，没心没肺地朝她笑："没事了！"

郁绵在外面等着，担心得不行："真的没事吗？对不起！小妍。对不起！赵阿姨。"

赵若温和地看着郁绵笑："你说什么对不起啊？你又没做错什么。"她的话锋一转，"倒是你，许小妍！你不会讲道理吗？还敢动手打人？"

许小妍立刻乖乖地站好，她知道刚才妈妈是在维护郁绵，这顿骂肯定逃不掉:"妈,你不知道他们说得多难听……"

其实那会儿她过去只是想去吵架,可他们越说越过分,听得她火气上头,管他呢,先教训一番再说!结果就是她没打到别人,先被推倒了。

许小妍一边挨训,一边向郁绵吐舌头。这副神情把赵若给气笑了:"算了,回家让你爸训你。绵绵,一起走吧?你给裴小姐打个电话。"

"不用了,阿姨,魏叔叔应该已经到了。"

自从那次裴松溪临时有事没能来接她之后,司机就开始专程接送她上学,魏明是魏意的堂叔,工作认真,每天都提前半个小时在校门外等她。

郁绵上了车,感到有些沮丧。她趴在车窗边往外看,到了公寓前,刚好看见裴松溪在外面等她。

裴松溪刚从国外出差回来,乌黑秀丽的长发顺帖地拢在耳后,肌肤冷白细腻。她穿着无袖雪纺高腰长裙,腰线收得极紧,勾勒出盈盈一握的腰线。站在盛夏的香樟树下,窈窕娉婷的姿态,透出清冷淡漠的温柔。

郁绵想她想坏了,一见到裴松溪在路边等她,等车一停,郁绵就打开车门跳下去,飞奔过去:"裴姨,你回来了?"

裴松溪的唇角牵起,一把抱起她,笑意如冰雪初融般温煦:"放学了?"

郁绵忘了先前的不开心。在裴松溪身边待了近两年,最初,裴松溪很少出差,可从今年开始,裴松溪变得格外忙碌,郁绵已经有半个月没见到她,实在太想她了。

裴松溪拉着郁绵进屋:"给你带了礼物,要先去看看吗?"

郁绵摇头说:"不了!你这么累,快坐下,不对,你累了就躺下。"

裴松溪笑着说:"我不累,这几天在学校还好吗?"

郁绵"嗯"了一声:"还不错吧。"

裴松溪神情中有淡淡的疲惫,一时没注意到小姑娘语气里的不自然。她已经连续三十个小时没休息过了,本来是第二天一早的飞机,可一想到离开家里这么久了,想早一点回来,便临时改签了机票。

吃过晚饭,郁绵开始做奥数题。

裴松溪洗完澡,换上睡衣,本来准备睡了,想了想,还是下楼端了一杯黑豆奶。

门虚掩着,她走到门口,就听到房间里小女孩在自言自语。

"哎……橙子，你说我——是不是个没人要的小橙子啊？他们说我没有爸爸妈妈，是个没人要的小朋友。"

裴松溪刚露出来的笑意瞬间凝固了。

她带郁绵做过检查，医生说发生车祸的时候孩子还太小，撞到了头，再加上本能的保护机制，有很多事情都不记得了。

关于郁绵的父母，这两年她私下让魏意查过很多次，但都无疾而终。家里的生意大权都牢牢地掌握在父亲的手上，人脉、资源……他想刻意隐瞒的事情，她无从知晓。

裴松溪一直没有放弃寻找郁绵的家人，在找到之前，不会告诉绵绵——不想让她心生希望又遭到破灭。

裴松溪叹了口气，推开门："绵绵。"

郁绵立刻坐得端正，把橙子放在桌上："裴姨，你来了。"

裴松溪把杯子放下，坐在她旁边："还有很多题没做完吗？"

"做完了。"

裴松溪摸了摸她的头发："没人要的小橙子？"

郁绵的脸红了，有些懊恼地说："哎呀，怎么被你听到了……"

裴松溪垂下眼睑，如果不是她听到的话，绵绵肯定不会跟她说。她在心里悄悄叹了口气，看向郁绵的目光有些心疼，却还是笑着说："谁说小橙子没人要啊，我要啊。"

郁绵不好意思地用手捂住眼睛，却忍不住扑到她怀里，放肆地打了个滚。

对啊，管别人说什么呢？她有裴姨，是裴姨最可爱的小橙子就好了！

六月的第一天，一小的学生要在市中心的大礼堂举办儿童节文艺汇演。许小妍拉着郁绵报了集体舞。

从五月中旬开始，每天放学后都要在学校音乐厅里排练，许小妍的理由是：怕郁绵学习学傻了。

郁绵最开始还有点不愿意，等看到漂亮的红色舞裙时，眼睛瞬间就亮了。这条裙子真是太好看了，她要参加！

裴松溪最近很忙，每天晚上回去都很晚。有好几次郁绵想找她说这件事，在她的房间等她，却总是在不知不觉中就睡着了。第二天醒来发现在自己的床上,床头柜子上有时放着一罐橙子味的硬糖,有时是用保温杯装好的豆奶,让郁绵带去学校的。

到了五月份的最后一天,郁绵怕再不说就来不及了,放学之后对魏明说:"魏叔叔,你知道裴姨的公司在哪吗?我要去找她!"

魏明笑着问:"要过去吗?要不要我给魏意打个电话,在电话里跟裴总说一下?"

郁绵认真地说:"不了,我要当面跟裴姨说。"

"行,那我们过去。"

晚高峰的路上有些堵车,到了公司楼下,魏明给魏意打了电话。魏意踩着高跟鞋跑下来接她:"绵绵大宝贝!你怎么来了?"

郁绵被她一把抱起来,笑着眨了眨眼睛:"我来找裴姨!她最近回家都好晚啊。"

魏意牵着郁绵往里走:"现在裴总在开会,我们等等她,好不好?"

郁绵乖乖地点头:"好,那我一边写作业一边等她。"

魏意是裴松溪的总助,说起来职位不高,却是最有可能被提拔的人,在公司里人人都敬她三分。看她抱了个奶团子似的小姑娘进来,都吸了一口气,魏助理竟然连孩子都敢往公司里带了,不怕裴总说她吗?

魏意一手牵着郁绵,一手拿着她的小书包,没理会旁人注视的目光。刚准备腾出手按电梯,旁边伸出一截素白干净的手腕,按下按钮,是明燃。她淡淡地瞥了一眼,问:"你什么时候开始养孩子了?"

"明总,"魏意笑得有些玩味,"你见过的,绵绵,不记得了吗?"

明燃一怔:"忘记了。"她这才想起来,之前见过的,是松溪家里的小姑娘。

电梯"叮"的一声,到了。

魏意先走进去,明燃跟了进去,问:"到十二层?"

"对。"

电梯间里空间封闭,明燃闻到魏意身上散发出来的好闻的花香味,一皱眉,往后退了一步。魏意从反光的电梯门上看到了对方的小动作,心里偷笑,却没说话。等电梯到了,她拉着郁绵径直走了出去。

裴松溪还在会议室里开会,办公室里没人,魏意带她进去,给她倒了一杯热水,又问:"绵绵,想吃东西吗?"

郁绵把书包放在办公桌上，又爬上办公椅乖乖地坐好后，说："不了，我在这里写作业！"

魏意的手机一直在响，也没空再陪她："好，那你在这里乖乖的，不要乱跑啊。"

"知道了！"

郁绵拿出数学习题和文具盒，低下头，神色瞬间变得严肃、认真。

裴松溪的办公室里放着两排书架，一盆绿植，桌子上放着地球仪，卷帘半拉着，再无其他装饰，如她为人那般清冷。没想到的是，这么冷静、严肃的地方，忽然冒出一个奶团子，意外而不违和。魏意面带笑意，关门出去了。

会议室内，一场工作汇报正在进行。

裴松溪神情冷淡，看着屏幕，手指在桌子上轻轻地敲着："就这些？"

汇报人开始冒冷汗，解释道："裴总……这次要的时间比较紧，我们团队连夜做的初稿……"说了两句就说不下去了，因为他看到裴松溪的神色越来越冷，目光淡漠而锋利。

"这是工作汇报，你拿着初稿来参加？赵向阳，这是在浪费大家的时间！"

一时间，会议室里的气氛降到冰点，赵向阳和他团队的成员都低下头……明明知道女魔头严苛得不近人情，为什么还要心存侥幸心理呢？偷偷修改数据根本就糊弄不了她……

裴松溪彻底没了耐心，本来想再说几句，倒扣在桌上的手机却在此时震了几下。她拿起手机扫了一眼，竟然是前几天设置的备忘录——明天儿童节，记得给绵绵买礼物。

她的表情瞬间变得柔和，只一个瞬间，她就意识到员工发现自己情绪上的缓和，不宜再继续批评下去，便说："赵向阳，带你们团队的骨干人员一起到我办公室来。"

从会议室出来，她看了看窗外的天色，准备加快进度，却远远地看见魏意在上一层楼梯处朝她挥手。她微微点头，却不再看魏意了。

裴松溪走在前面，推开门，赵向阳等人跟在她后面，亦步亦趋。没想到的是，门一开，一个奶团子似的小姑娘从椅子上跳下来，扑过来，嗓音很甜："裴姨！"

裴松溪先是一怔，随即笑了，一把将她抱过来，柔声问："绵绵，你怎么过来了?"

赵向阳等人傻了眼:这……这还是女魔头吗?

他们愣在原地,彼此交换着眼神:

"这是裴总的私生女吗?"

"瞎想什么?她压根就没显怀过,怎么可能生孩子?"

众人齐刷刷地往后退了一步,脚步声让裴松溪回过神来。她背对着他们,无奈地说:"再给你们两天时间,后天汇报终稿。"

太幸运了,这个小姑娘是福星吧!

赵向阳连声保证道:"谢谢裴总,这次一定不会让您失望的!"

"嗯。出去吧。"

办公室里终于安静下来,裴松溪抱着郁绵走到办公桌前,看着上面放着几本奥数习册、铅笔、橡皮和直尺,有点想笑:"绵绵,一直在这里做奥数题吗?"

"嗯,在做奥数题等你呢。"

裴松溪将她放在桌上坐下,帮她收拾东西:"下班了,我们回去吧。过来找我是有什么事吗?"

郁绵点了点头,有点害羞:"裴姨……我们明天儿童节有演出,你会来……看我吗?"

"你参加表演了吗?"

"嗯,参加集体舞了!你可以来吗?"

裴松溪提起她的小书包,捏了捏她的鼻尖:"当然。"

郁绵趴在她的肩头,咯咯地笑。她们相伴已经有一段时间了,郁绵很少对裴松溪提要求,直到裴松溪参加了她一年级的家长会后,她偶尔也会说,想让裴松溪去看看她。

裴松溪抱着她出去,电梯间里挤满了人,她一进去,众人都往后退了一步,给两个人腾出空间,目光却忍不住在郁绵的脸上转了又转——女魔头从哪里找来这么可爱的孩子啊!

郁绵一点也不害怕地回看过去,等上了车,她才说:"裴姨,他们看起来都好怕你哦。"

裴松溪点头说:"对,都怕我。那绵绵怕我吗?"

郁绵仰着头笑:"我才不怕你。"

她才不怕裴姨呢!

裴姨她啊,就是个纸老虎!

儿童节那天,节目尚未开始,坐在众多看演出的家长当中,裴松溪忍不住揉了揉太阳穴……实在是有点吵,她终究还是不喜欢人多的场合,显得有点格格不入。

很快,主持人开始报节目单。集体舞是第一个节目,礼堂内灯光骤暗,两束灯光在舞台上来回逡巡,暗红色的幕布缓缓拉开,露出一张张稚嫩朝气的脸庞。家长们用力地鼓掌,掌声如浪潮,极为热烈。她也跟着鼓掌,唇角慢慢牵起。女孩们穿着红色舞裙,在灯光下翩翩起舞,飞扬的裙摆,灵动的笑颜,和着音乐的节拍,不停地旋转,像绽放的花朵,沾满了黎明的晨露,单纯而美好。

裴松溪一眼就在人群中看到了郁绵。她从包里拿出相机,在一阵喧闹声中按下快门,记录这一刻。穿着红色舞裙的小姑娘笑容灿烂,眼神明亮,小荷渐露尖尖角般地舒展自在,眉眼间都是光明。

像一颗种子,在慢慢长大。

裴松溪在那个瞬间感觉有些奇妙。她沉浸在音乐声中,思绪渐渐放空,目光专注地看着台上的表演。原先游离于万丈红尘之外的距离感消失了,此刻,她切实感到某种真切的归属感。像在海水不断涌来的深海之底,有天光洒落,照进漆黑冷硬的现实。她好像……拾到了一颗星星。

进入三年级以后,郁绵开始抽条长个子了。这个年纪的孩子,长起来像春天的柳枝,不知不觉间就冒出来一大截。裴松溪出差两周回来,再见她时竟然有点恍惚:"怎么又长高了?"

郁绵却一脸惆怅地叹气,将手掌捧到她面前:"裴姨,我有好多好多皱纹了。"

裴松溪一愣,"嗯"了一声。

郁绵指着手掌心的脉络,小脸微微皱起,问:"我这是不是皱纹啊?我是不是老了?"

裴松溪失笑,有点无语地摸了摸她的脸颊,觉得她很可爱:"不是啊。"

"真的吗?"

"真的。"

裴松溪将手掌摊开，放到她的眼前："你看，我的手心也有。"

郁绵这才点了点头，说："好吧。"

裴松溪以为这个话题结束了。可没想到的是，第二天傍晚，郁绵哭着从大门外跑回来，她不怎么爱哭，现在却哭得撕心裂肺。裴松溪的心往下一沉，一把揽住她，忙问："绵绵，怎么了？"

郁绵哭得上气不接下气，半天都不说话。裴松溪将她抱到膝头，拿纸巾给她擦眼泪，着急地掀开她的袖子："被同学欺负了吗？还是哪里疼？"

"我……"郁绵哽咽着，坐在她的膝头上，仰视着她，"我会不会死？"

"什么？"

郁绵抽泣着说："我会不会死啊？你会不会死啊……裴姨，我害怕，我怕死。"

裴松溪先前提着的一口气，现在彻底放下心来，说："人都会死的。但你现在还这么小，怎么就怕死了呢？"

郁绵含着眼泪看她："我就是怕……就是怕。"

裴松溪抚着她的后背，给她顺气："你怕什么啊，绵绵？太奶奶都快八十岁了，身体还不好，但也还好好活着啊。你才几岁，为什么会害怕呢？"

郁绵吸了口气，从裴松溪的膝盖上跳下来，拿出语文课本，翻到一篇课文，嗓音里有些哽咽的鼻音："你看看这个。"

裴松溪接过她的小课本，课文的标题是《跟时间赛跑》。她微微一愣，好像她以前也学过这篇课文。隐约记得内容是作者小时候经历了外祖母去世，他无法接受，后来却意识到时间流逝的不可抵挡……

课本里一段话用红笔圈出来了，赫然写着：

所有时间里的事物，都永远不会回来了。你的昨天过去了，它就永远变成昨天，你再也不能回到昨天了。

有一天你会长大，你也会像外祖母一样老，有一天你度过了你的所有时间，也会像外祖母那样，永远不能回来了。

虽然明天还会有新的太阳，但永远不会有今天的太阳了。

裴松溪心想：原来这么小的孩子，也会接触这么冷硬的现实。她轻轻叹了口气，将郁绵抱在怀里："绵绵，不要害怕了。"

郁绵眨了眨眼睛，睫毛上还挂着两颗晶莹的泪珠："裴姨……"

裴松溪低下头，笑着说："我会一直在你身边，陪着你长大。所以不要害怕，好吗？"

"那我长大了之后呢？"

"等你长大了，你就要陪着我变老了。"

郁绵皱眉，扯着她的衣襟："不行！你不许老！"她一向活泼，又带着朝气，第一次有这么难得的小脾气和任性，认真地重复道，"你不许老！"

裴松溪看着她，有些心疼，又有点心酸。郁绵过早地见识了人世无常，所以从不会提要求，也不会用这种语气说话。于是，裴松溪温和地点头说："好，我不会老。不哭了，好不好？"

郁绵点了点头，却难得由着性子撒娇："我今晚想跟你睡，行不行？"

裴松溪待她亲近却不亲昵，也一向注重培养她的性格独立，让她拥有独立的房间、小书房，也让她找到自己的爱好，漫画、绘本、植物……

裴松溪捡回来一颗种子，却无意去干预她成长的方向，只给她充足的阳光和肥沃的土壤，让她长成她天性里的样子，温暖的、快乐的。

裴松溪用指腹轻轻擦干郁绵脸上的泪痕，点头应允："好。"

郁绵破涕为笑，抱着她："太好了！"

裴松溪的房间有些冷清，窗帘半拉着，光影浮动。薄薄的雪纱披肩随意地搭在沙发上，床头的蜡烛还残留着一点清冷的香味，旁边放着一本摊开的精装书和白色的小瓶子。

郁绵挣开她的手，跑过去，拿起小瓶子问："裴姨，这是什么药啊？"

以前她就问过这个问题，裴松溪跟她说是有助睡眠的，可是同样的一套理由说久了，郁绵已经不太相信了，总是问裴松溪，大概是希望有一天能听到答案。

郁绵这么小，心性却格外坚定。

裴松溪没再说以前说过的理由，只是将抽屉拉开，把所有的小瓶子都放进去，拿了一把小小的铜锁锁上，将钥匙递给她："以后钥匙都放绵绵这里好不好？"

裴松溪把所有的药品都收了起来，安眠药、褪黑素……甚至那些稳定情绪的药。

或许能陪她更久一点。这是裴松溪答应郁绵的。

郁绵握住小钥匙,立刻往后退了一步:"给我了?给我的就是我的了!我不会再还给你了!"

裴松溪笑道:"好。"其实,她已经很久不需要借助安眠药入眠了。有时候工作太累,回到家去郁绵的房间看看她,看她睡得香甜,心里就觉得平和;有时候回来得早,她就去接绵绵,郁绵喝豆奶,也给她端一杯热牛奶,一杯浓醇馥郁的牛奶喝下去,她好像再未难眠。

第二天是周日,裴松溪醒得很早,就听见门外的敲门声。

门一开,郁绵穿着蓝色运动裤:"裴姨,我们去跑步好不好?"

裴松溪不知道她的小脑袋瓜里装了什么,还是纵容着她,说:"好。"

她们出去的时候,路过客厅的照片墙,上面已经挂了不少照片,有第一次家长会,她们在银杏树下捡起一枚"小扇子";有秋天到了,种下的橘子结了果,郁绵捧着甜美的果实要跟她分享;还有儿童节晚会,相机记录下了一颗星星……

郁绵看了看照片,握着裴松溪的手更加用力了:"裴姨,以后我们要天天跑步。老师说了,多运动可以长命百岁。"

原来是这样。裴松溪眼眸微垂,温和地道:"好,我知道了。你不要担心,好不好?"

郁绵仰起头看着她,乖巧地点了点头。可她似乎比以前更努力一点了。因为奥数杯拿奖,秦老师还问过她是否要跳级。裴松溪的意思是不要,她也不想。因为她想做的事情太多了,需要很多很多的时间。看漫画是爱好,奥数是爱好,画画也是,她喜欢的东西多而凌乱,学起来要耗费很多时间和精力,虽然学起来很辛苦,可她就是喜欢。

像一株生命力格外旺盛的绿植,蓬勃生长,永远向上,拥抱阳光。

时间像风一样捉摸不定。

郁绵总有一种紧迫感,好像她不努力,花园里的花就都会凋谢了。

越觉得紧迫,时间就过得越快。

一眨眼就过去了。

第六章
豆蔻

　　初秋，天高云淡，微风飒飒。

　　许小妍坐在操场的草坪上生气，指尖绕着青草，气愤地说："秦老师是怎么想的啊？为什么要换同桌？一看梁知行那个人，就知道他不是好东西！"

　　初秋的阳光仍有几分炽热。风中有花香，耳边有不远处男生打球的大喊声。

　　坐在她旁边的少女无奈地笑了笑，阳光照到她白皙的脸颊上，她穿着蓝白二色的校服，纤细干净，声音清澈空灵："小妍，秦老师说了，因为我们在一起的时候，你有点分心，总想跟我说话，所以给你换了座位，你别生气了。"

　　许小妍"哼"了一声，强调道："就是生气！"可她的神色明显缓和了下来。刚才在秦老师办公室里已经问了原因，尽管心不甘情不愿，她却不得不承认，秦老师的理由是对的。新同桌就是个木头桩子，她才不想跟他说话。之前跟郁绵做同桌时，她总想叫郁绵去玩——耽误自己的学习不要紧，可是不能影响好朋友的成绩啊。她想通了，站起来，拍了拍裤子上沾的青草，伸手拉了郁绵一把："好吧。快上课了，我们回去吧。"

　　郁绵笑着点点头，跟她一起往回走。

　　回到教室，许小妍撇着嘴搬东西，郁绵劝了她几句，又跟她相约周末一起去看电影，才终于让她展颜。

　　新同桌……她坐在座位上，往旁边看了一眼，恰好遇到男生的目光。她朝他笑了一下，男生却冷淡地看了她一眼，在上课铃声中，枕着胳膊趴了下去，打起瞌睡。

　　郁绵感觉有点惊讶，却没说什么，拿出课本，准备上课。

最后一节课,老师请假没来,她自顾自地看书。临近下课时,教室里有些小小的躁动,她也不想写作业了,拿出素描本,开始画学校里的钟楼。

下课铃声响起时,她还没画完,就在座位上多坐了一会儿。没想到,有人忽然在后面拍了一下她的帽子,又迅速扯了一下她的辫子。

郁绵放下笔,回头看到名叫周扬的同学站在后面,她摸了摸头发:"周扬,你干什么?"

周扬有点胖,笑起来很憨厚,人却有点坏,朝她坏笑了一下,又很快跑开。

郁绵被打断后有些不高兴:"真奇怪。"她拿起笔,想把最后一部分画完,没想到没过多久,又被重重地扯了下辫子。她回头一看,又是周扬,还是那副嬉皮笑脸的样子,多少有了一点火气。

少女清澈干净的眉眼间有淡淡的恼意,说话还是礼貌的:"周扬同学,请问你有事吗?"

小男孩见她皱眉,似乎也有点慌了,结结巴巴地说了句什么,又很快跑了。

郁绵摇了摇头。她想起最近在电视上看到的新闻,讲的是校园暴力,她总感觉最近班上似乎也有这种倾向,男孩子总喜欢欺负女孩子,掀她们的帽子,扯她们的辫子,跳绳的时候故意捣乱……真是讨厌鬼!

她不想画画了,将素描本、作业、书本都装了起来。

校园里的大钟敲了五下,她的动作一顿,忽然想起来,裴松溪说五点要来接她!她差点给忘了!先前的烦扰瞬间消散,她忍不住唇角上扬,背着书包往外走,才发现原来新同桌没走,还在趴着睡觉。她压低声音,有点迟疑地说:"梁……梁知行,我要出去了,你能让一下吗?"

男生从臂弯里抬起头,一副睡眼惺忪的样子,淡淡地看她一眼才站起来,一言不发。有点吊儿郎当地反手拿起校服外套,拎起书包就往外走。

郁绵没把新同桌的孤僻放在心上,背着书包冲出去,一路跑到校门外,远远地看到那个高挑优美的身影,她笑出声:"裴姨!"

站在夕阳余晖中的女人,穿着裁剪得当的高定衬衫,袖口虚挽,乌黑的长发束在耳后,眉目间似是笼着秋日的云烟,显得又清冷又安静。看到郁绵跑过来,女人的眉眼柔和了许多,笼着的云烟也散尽了。她看着郁绵微笑。

时间过得真快,一晃儿六年就过去了。

第一次来学校,绵绵还是个说话细声细气的奶团子,紧紧地牵着她的手;

现在，绵绵已经长成纤细可爱的女孩，笑起来显得十分单纯。

郁绵气喘吁吁地跑到她面前，长大后也不能总在外面抱她，便扯着她的衣角，微微仰起头，问："等我很久了吗？"

裴松溪摇了摇头，接过她的书包，揽着她的肩往前走："没有。"

裴松溪的车停在前面，按了两下车钥匙，郁绵高兴地坐到副驾驶，裴松溪叫她："绵绵？"

郁绵很快扣上安全带，语气欢快："我现在虚岁十三，周岁十二，这在唐诗里叫豆蔻！裴姨，我可以坐副驾驶了！"

裴松溪一直不让她坐副驾驶，直到她前不久满十二周岁，才耐不住她磨，点头同意了。

裴松溪的唇角弯了弯，发动车子，声音清宁："心情很好吗？在学校里有什么高兴的事情啊？"

郁绵摇了摇头，竖起两个手指头："有两件不高兴的事情，心情很好是因为你来接我。"

"嗯？为什么不高兴？"

"首先是因为小妍，我们当了六年同桌，现在老师把我们分开了。其实我还好，可是小妍很不开心。第二件……好烦！"她说着便握紧了拳头，有点像炸毛的小猫。

裴松溪在等红灯的间歇看着她，忍不住笑着问："第二件是什么？"

郁绵气愤地说："就是有个同学……放学时来扯我的头发，很疼的。"

"男生女生？"

"男生！"

"你们以前吵过架吗？"

"没有啊。我们是一个学习小组的，之前我还给他讲过奥数题呢……莫名其妙地，我不明白。"

裴松溪先是一怔，随即恍然大悟般笑了笑："他……"

她说着开头，却停了下来，少女好奇地看着她："他怎么了？"

"他……下次再欺负你，记得要告诉我。"

郁绵摇了摇头，说："也不能算欺负吧，不是校园暴力，可能就是闹着玩。裴姨，你放心吧。"

裴松溪淡淡地点点头。她明明懂了，想让郁绵绵也懂，可又不愿意让绵绵懂。绵绵还太小了……

小插曲很快就被郁绵忘在脑后，回到家，她将书包一扔，跑到桌子前感慨道："哇！今天有油焖大虾和可乐鸡翅，都是我喜欢的菜！"

裴松溪喜欢看她吃饭，小孩吃起饭来很香。她给郁绵夹菜："绵绵，你最近好像饭量变大了。"

郁绵夹鸡翅的手停顿了一下，有点委屈地说："我没胖……"

裴松溪笑着把鸡翅夹到她碗里："我没说你胖了。你现在是长身体的时候，我知道。"

郁绵用力地点点头："对啊，我在长身体……"可是说着说着，她的脸红了，忽然想到了什么。

晚上，裴松溪刚洗完澡，靠坐在床边看书，就听见敲门声，她的房门根本就没锁，一推就开。

郁绵端了一杯牛奶进来，放在柜子上。

"绵绵，有事吗？"

"没事，就是写完作业了，想跟你说说话……"

郁绵也刚刚洗完澡，穿着纯棉家居服，坐在床边，踢掉拖鞋，白皙的脚丫在半空中晃荡。然而，少女背对着她，半响都没说话。

裴松溪觉得有些奇怪，坐起来靠近她，将落在她纤细脖颈间的头发拂下去，轻声问："怎么了？有什么烦恼不可以对我说吗？"

郁绵的脸悄悄红了些，吞吞吐吐地说："嗯……就是我……好像长大了一点。"

裴松溪不解："你是长大了啊，怎么了？"

郁绵没有回头看裴松溪，她天性容易害羞，此刻也是，她低下头，更小声地说："就……就是那里……好像长大了。"

体育课的时候，许小妍也拉着郁绵讨论，有人穿的还是纯棉的小吊带，但有人已经换上大人用的文胸……许小妍大大咧咧的，甚至还想去看看。郁绵的脸皮薄，每次都捂着脸拉她走。

裴松溪终于明白郁绵说的是什么了，心里有些愧疚。

前段时间，她去国外出差，整个夏天过去了，小孩子汲取营养后快速长大，她却忽视了。裴松溪轻轻揽住郁绵的肩,歉意地说:"对不起!绵绵……是我没注意。等周末吧,我们一起讨论一下,要换哪一种,好吗?"

郁绵说出自己想说的话,终于回过头,认真地点了点头:"好,没关系了……你不用道歉的。"

裴松溪眉梢微拢:"抱歉,绵绵。以后要是有类似的事情……你不用不好意思,直接告诉我就好。"

郁绵抿着嘴唇笑了一下:"嗯,都说了没事了!"

郁绵的目光落到她身上,忽然勾起了疑惑:"裴姨,你用的是哪种啊?"

"我用的是哪种?"她先是愣了一下,才明白郁绵问的是什么,便说,"就是大人的那种……你知道吗?"虽然生理课上已经教过一些简单的知识,但老师不会讲得那么细致,再加上有男生起哄,所以很多东西郁绵并不太懂。

裴松溪在很小的时候就没了母亲,其实这些成长的经历也都是自己摸索出来的。她沉默了几秒钟,仰起头将牛奶喝完了:"绵绵,我要睡了。你也赶紧回去睡觉吧。"她实在是怕郁绵再问出一些她不知道该如何回答的问题。

她的小橙子……已经长成小豆蔻了。

郁绵疑惑她怎么睡这么早,却还是乖巧地点头道晚安。

进入六年级以后,上省重点的名额有限,似乎每个同学都进入了高度紧张的学习状态。课间,郁绵悄悄环顾四周,得出这么一个结论。但她的同桌梁知行例外。梁知行大多时候在睡觉,只留给别人半个后脑勺。

可就是这样,老师也不敢叫他退学。班上一直有同学议论,说他爸爸给学校捐了两百台电脑,所以老师对他的行为都是睁一只眼闭一只眼。

也有人说他是四处招摇,到处收女孩子的礼物,今天收这个,明天收那个。说他家里似乎很有钱,说梁少爷以前成绩很好,转学过来之后却成了倒数。

这些小道消息还是许小妍跟她说的,就是怕她被梁知行那张有点帅的脸给骗了。

郁绵一向沉醉于自己的世界,从来不关注别人的是非,也不讨论别人的好坏,至于被骗,那更不会了——两个人很少说话,桌上像有一条看不见的隐形三八线,隔开了距离。

上课铃声响了,数学老师到了教室,把上周周考的试卷发下来。

一小的数学教学水平全国知名，试题一向出得很难，拿到试卷后，班上响起一阵叹气和懊恼声，刚刚步入青春期的少年们一脸沮丧，试图拯救自己被数学虐得破碎的心。

　　郁绵拿到试卷，挑了下眉，九十七分，最后一道大题论证少了一步，扣了三分。

　　数学老师还在讲台上介绍这次考试的总体情况，前桌的高曼回过头，探头看了一眼她的试卷，感慨道："郁绵，你又考这么高？"

　　郁绵好脾气地笑了笑。

　　"你的试卷给我看看！"

　　"要讲题了，下课好吗？"

　　高曼噘着嘴道："好吧，唉……我为什么每次都要给自己找虐。"

　　郁绵将试卷翻到最后一页，把少了的那步论证过程补上，才放下笔，把试卷翻回去。数学老师开始讲题，同学们都安静下来，就连一直甘当"睡美人"的梁知行竟然也从桌上抬起头，有意无意地在她的试卷上瞥了一眼。

　　郁绵眨了眨眼睛，认真地回视他。

　　梁知行很快转过头，懒散地坐着，转着笔，看着黑板发呆。

　　郁绵心想：好吧，自己想多了，同桌还是没打算学习。

　　数学课之后是体育课，被数学虐了一次之后，大家都坐不住了，要去操场上散心。

　　许小妍今天请假，没来学校，郁绵觉得没什么意思就没出去，拿了本奥数习题册开始做题。她之前参加过奥数比赛，拿了奖项，不过随着学业压力加重，她对比赛和奖项的态度并不在意，只在闲暇时做一些好玩的题，反而将更多的时间放在了绘画课程上。有事可做，很快就进入自己的世界。

　　直到头发被人从后面扯了一下，这次的力度有点重，她疼得"嘶"了一声，笔也掉了，眼圈红了。她的教养不允许她乱发脾气："周扬？"

　　还是昨天扯她头发的那个男生。周扬看到她的眼圈红了，也有点慌："你要哭了？"

　　话音刚落，抱着篮球刚走进来的梁知行脸色瞬间变了，一把扯住小胖子的衣服，骂道："你怎么欺负女孩子？"

　　周扬原本是想道歉的，可被他当着郁绵的面一凶，火气也上来了，挣扎着推开他的手："关你什么事？"

梁知行冷笑，直接拖着他往外走："欺负女孩子，不是个男人！"

郁绵着急地追上去，喊道："梁知行！"

周扬其实是个胆小内敛的孩子，被梁知行这么一吓就慌了："你……你要打我？我……"

梁知行把他推到走廊墙上，嘴角勾起来："你什么你？"

周扬的脸都憋红了："别打架！别打架！我……我就是挺喜欢她的！"

刚跟着他们出来的郁绵愣住，神情懵懂，有点不自在地往后退了一步。

她有点不解……他为什么会说喜欢我呢？我们只是同学啊，我只是给他讲过数学题，为什么会喜欢我……而且喜欢我的话，为什么要扯我的头发呢？而且喜欢……到底是一种怎么样的心情呢？

她不懂。

梁知行嗤笑了一声，松开了手："幼稚。"他拍了拍手，回到教室，吊儿郎当地坐在座位上，等郁绵进来，起身给她让路，然后又趴下了——留下一个高贵冷艳的后脑勺。

郁绵坐下来平复了心情，暂时把刚才的迷惑压下了，戳了戳梁知行的手肘："谢谢你啊！梁知行。"

梁知行没说话，把胳膊往那边挪了挪。

郁绵却还在说话，嗓音清甜："我请你喝杯草莓冰沙吧，好不好？"

裴姨跟她说过的，遇到别人的善意，一定要珍惜，要懂得感恩。

梁知行有点不耐烦地抬起头，臭着脸："别自作多情以为我是想帮你。我只是……看不惯男人欺负女人。"

郁绵看着他，眼神清澈干净："嗯，你说得对，男人确实不该欺负女人。新闻上偶尔还会劝女人忍受，可那是错的。"

梁知行怔怔地说："真的吗？"

郁绵认真地点点头："对啊。"

男孩烦躁地抓了抓头发，声音却压低了："我爸以前总打我妈……后来我爸住院半年，我妈不惯着我爸……身边的人都说她心狠。"

郁绵"啊"了一声："对不起，我不知道，让你想起不开心的事情了。"

梁知行立刻趴下："我说着玩呢，你别当真。"他是疯了吧？为什么要把家里的事情跟一个不太熟的同学说……他不知道这些事情还可以跟谁说,身边的人都说他妈妈错了,可他觉得不是这样的。

郁绵没再说话,想了想梁知行说的话,心里有种说不出来得难受。

她想跟他再说点什么,可是一直没找到机会。直到被数学老师占用的最后一节音乐课,梁知行在偷看她的试卷时,她似乎找到了突破点。

郁绵把试卷悄悄往旁边推了推,问:"你要看吗?"

梁知行板着脸不说话,强行维持高冷人设。可是……他中间落下很多课程,数学老师默认班上都是优等生,讲题思维跳跃,他听不懂,而这位小同桌的试卷……字迹工整简洁,解题思路很清晰,他能看懂。但他为什么要看懂?为什么要学习?反正爱他的人已经不在了。

直到下课,他也没再正眼看她的试卷。

放学铃声响起时,郁绵没把试卷放回文件夹,反而大大方方地推到他面前:"你看吧。"

梁知行皱着眉问:"为什么?"

郁绵偏过头,眼眸一弯:"因为你想好好学习,我看出来了。"

梁知行一怔。曾经属于他的骄傲和荣誉,曾经别人投来的歆羡目光……都没那么重要。梁知行已经很久都没有为了某个目标而努力了,像一艘在茫茫大海里航行的船,看不清方向。他声音低低地说:"可我不知道该怎么办……"

郁绵将试卷递给他,又在便利贴上写下今天的教学要点,贴在他的桌上:"那就做好眼下的事!我先走了。"

男生看着便笺纸发愣:"为什么帮我?"

少女整理着书包的肩带:"因为我遇见一个很好的人,她是我的幸运。我希望大家都能这么幸运。"

梁知行皱眉:"你好奇怪。"

班里的人已经走光了,郁绵笑着朝他挥挥手,笑得阳光灿烂:"拜拜,下周一见。"

梁知行慢慢握紧双拳,站起来叫她:"喂,以后爸爸我罩着你!"

郁绵觉得有些无语,最近班上的男生都喜欢说"我是你爸爸"这一类的话,真是幼稚!她顺手拿起讲台上数学老师落下的圆规,很凶地警告他:"不许乱说！再乱说话我就拿圆规扎你！"她有模有样地凶完人，才赶紧往外跑，今天她要做一件大事！就是之前裴姨说的……要带她去买衣服！

司机把她送到裴松溪的公司楼下，之前约好了，这个周五放学，就直接来公司，然后一起去逛商场。想想就好开心啊，她已经很久都没和裴姨一起逛街了！

魏意照例在前台等她，摸了摸她的小辫子，感慨着："哇！绵绵是不是又长高了啊？"

郁绵点了点头，开心地笑了："对啊，魏意姐姐，你也看出来了吗？"

魏意穿着修身的直筒裙，身段窈窕："对啊，你现在简直在疯长，一天一个样儿。"

郁绵满足地眯起了眼睛，跟着她一起进电梯。

电梯里已经有不少人，都自觉地往后退了一步，给她留出足够大的空间——几年以来，公司上下都知道裴总家里养了个小姑娘，既不是女儿也不是妹妹。小小一只奶团子，连女魔头那种高冷冰山见到她脾气都变好了，所以员工都把她当福星，盼着她每天都来。

郁绵已经习惯了别人的目光，到了十二楼，走到裴松溪办公室门外，门虚掩着，里面似乎有人在说话。她探了探头，原本只想悄悄看一眼，没想到正好撞上裴松溪的目光。她朝郁绵笑了笑。裴松溪原本是不想笑的，可是下意识地便柔和了眉眼，对着郁绵轻轻摇了摇头。

郁绵在外面乖乖地等，十几分钟后，办公室里有人出来，还有个姐姐给她塞了块奶糖。她才蹦蹦跳跳地跑进办公室："裴姨！"

裴松溪正在整理文件，冲她笑了一下，又低下头，说："等我一下，很快就好。"

郁绵坐在旁边等她。哎，现在不能像小时候那样随时爬上裴松溪的膝头坐着了，她是个大孩子了。等待时，郁绵一直看着她，眼睛都不眨一下。

裴松溪察觉到郁绵的目光，问："着急了？"

郁绵摇了摇头："没有了。"

"今天在学校过得怎么样？"

"跟我的新同桌成为朋友了，就是很高冷的那个！"

"嗯？"

"他以为有人欺负我，就帮我了。我当然要感激他啊，所以就把数学试卷借给他了。我们以后就是朋友了。"

裴松溪的动作一顿："谁欺负你了？"

"哎呀……"郁绵脸红了红，有点不好意思地低下头，"不算欺负……就是那个扯我头发的男生，今天又扯了一下，还说……说喜欢我。"

裴松溪一愣，心想：现在的小孩子懂得可真多。过了一会儿，她才调整到轻快的语气："我们绵绵都有男生喜欢了啊，那你呢？"

郁绵"呀"了一声："我才不喜欢他呢！"

裴松溪笑着逗她："那你喜欢谁呢？"

郁绵调皮地眨了眨眼睛："你猜！"

"好了，我们走吧。"

裴松溪没有顺着话题说。文件已经整理好了，她朝郁绵伸出手，轻轻揽住郁绵的肩头。小姑娘个子长得快，裴松溪的手放得随意。

郁绵不自觉地撒娇，追问道："你都不猜吗？"

裴松溪低下头，带着笑意，温柔地道："我可不猜。"

郁绵得意地笑着说："那你是猜不到喽！"其实她自己也不知道，喜欢……好像离自己还太遥远。

裴松溪含笑点着头，她喜欢看郁绵微微翘起的小尾巴："嗯，算是吧。"

裴松溪在停车场碰见明燃。

明燃是个不苟言笑的冷美人，此刻却低下头，和一个四五岁的小男孩干瞪眼。

裴松溪按了一下喇叭，降下车窗，问道："明燃，你怎么在这儿？"

明燃看见她，仿佛看到了一根救命稻草："我那缺德的哥哥……为了跟我嫂子去度假，把熊孩子扔给我，还把我的车开走了。你是怎么哄你家侄子的？我……"

她刚抱怨了几句，小孩就开始哭："呜呜呜……姑姑凶！"

裴松溪淡淡地笑，看她手忙脚乱，毫无经验，提议说："你先上来吧，让绵绵帮你哄哄。"

郁绵对小孩温柔有耐心，很会哄小孩了，从口袋里摸出那颗奶糖，又跟他做小游戏，没多久，小孩就不哭了。

明燃揉着太阳穴，说："可算是清静了，对了，你们去哪儿？"

"去永泰，先吃饭，再买点东西。"

"我跟你们一起。"

裴松溪很少来逛商场，偶尔出来都是为了带郁绵吃饭，这里有一家高档粤式茶餐厅，有她喜欢的蛋挞。餐厅里人不多，环境很好，还有专门的儿童玩耍区域。等上菜的间隙，郁绵带着明尧小朋友过去玩彩球。

明燃举起茶杯，跟裴松溪碰杯，有一搭没一搭地闲聊："你跟温家大少爷的事情定了没？"

裴松溪抿了口茶，茶香袅袅上浮，清冷精致的脸上全是漠不关心："没呢。"

明燃叹了口气，说："周阿姨去世那么久了，你不要再跟自己过不去，也不要和家里闹得太僵了。"

裴松溪点了点头："嗯，我知道。"

明燃也是冷淡内敛的性格，一时间也不知道还能怎么劝。她们从小就认识，关系还不错，这么多年在一起工作，却始终是君子之交淡如水，彼此尊重，却不算亲近。等服务员上完菜，裴松溪朝着远处挥挥手，清冷淡漠的神情瞬间如冰雪初融，显得温柔宁和。

郁绵牵着明尧走过来，笑得阳光明媚，看见她最喜欢的蛋挞时高兴极了，拿起一个递给裴松溪："这个最好吃了！"她还像小时候一样，喜欢的东西一定要先让裴松溪吃第一口。

裴松溪其实不爱吃甜食，却接过金黄色的小蛋挞，咬了一口："嗯，好吃。"

郁绵满足地弯了弯眉眼："对啊，我超喜欢的！明燃姐姐，你也吃。"

明燃点点头："嗯，谢谢你。"

从餐厅出来，明燃带着侄子下楼。小孩还想跟郁绵玩，在旁边缠着她不放，郁绵又哄了他一会儿。

明燃不由得笑了："松溪，看来我不必再劝你。有这么一个贴心的小宝贝，你也多了点人气。"

裴松溪淡淡地一笑，朝她点了点头，才转过身："绵绵，走了。"

郁绵跑过来拉着她的衣袖，对明燃挥挥手："明燃姐姐再见，尧尧，下次再见了！"

裴松溪看她开心的样子："很喜欢跟小孩一起玩吗？"

郁绵想了想，说："也不算吧。"

可是明燃姐姐是裴姨的朋友，郁绵希望裴姨能多和朋友说话。裴姨她啊……性格太冷了一些，除了工作都在陪她，很少跟朋友一起出去，她总觉得愧疚。

直到她们走到内衣店前，郁绵站住了，不好意思地拉了拉裴松溪的手："裴姨，真要进去吗？"

裴松溪也有点不太习惯。其实她很少来内衣店，年少时在家里，一切都有张阿姨给她准备好，她没有考虑过这些事情，也从没想过会带一个小女孩来挑选衣服。可她是大人，豆蔻年华的少女心思细腻敏感，容易害羞。她要告诉郁绵这是正常的、美好的事情。她摸了摸郁绵的头发，声音里透着令人安心的力量："我在这里，不用紧张。"

郁绵抬起头，看着她，点了点头。

店里有着很多种类的内衣，适合刚发育女孩的吊带、纯棉背心和比较薄的少女文胸……

郁绵又悄悄拽住裴松溪的衣角，看着她在给自己挑选合适的内衣，时不时地点点头，更多时候是低下头看自己的脚尖。

选中款式后，裴松溪让她去试穿尺码。少女的脸上露出别扭的神色。裴松溪笑了，直接选了几种，对销售人员说："都打包吧。"

郁绵一愣，"啊"了一声。

裴松溪说："没事，回家再试，不合适再来换。我去结账，你在这儿等我。"

郁绵感恩她这么细致入微，考虑周到，眼眶有点发酸。

等裴松溪结完账，郁绵跟着她出来，还紧紧地牵着她的衣角，像是没长大的小孩子，显得亲近、信任又依赖。

一直到家里，裴松溪把购物袋放下，握了握她的指尖："怎么了？"

郁绵摇了摇头："没事，就是有点不好意思。"

裴松溪把购物袋递给她："不用不好意思，绵绵，上去试试看合不合适。"

郁绵"嗯"了一声，接过袋子就往楼上跑，耳朵红红的，怪可爱的。

回到房间，郁绵提着袋子角往下倒……真的好多啊，各种差不多的型号都买了。她抱着枕头往床上一倒，感觉今天在内衣店的尴尬渐渐缓解了一些，又看着天花板发呆。

裴姨给她买的，她都喜欢。

窗户半开着，初秋的风徐徐而来。

她洗了澡，穿着睡衣，洗发水是水蜜桃味的，甜甜的。

裴松溪在她的书桌前坐下，看着她桌上厚厚的稿纸和试卷："最近学习压力大的话，周末的绘画班可以考虑先不去了。"

"不用了，"郁绵握了握拳头，"我不累，裴姨，我喜欢画画。"

裴松溪点了点头，她伸手摸了摸郁绵半干的发尾："怎么都不吹干头发？"

郁绵心虚地吐了吐舌头："哎呀，举着吹风机好累，我不想吹了。"

裴松溪拍了拍她的脸颊："小懒鬼。"

裴松溪骂她是小懒鬼，可还是纵容了她小小的懒惰，拿着吹风机到沙发上坐下，拍了拍身边的位置："过来，我给你吹。"

郁绵猛地站起来，把鞋子也踢掉了，爬上沙发，枕着裴松溪的腿躺下，冲她甜甜一笑："哎呀，吹头发也挺好的。"

裴松溪点了点她的额头，将吹风机打开，指尖拂起少女乌黑顺滑的发丝，想起她小时候的趣事："以前还说自己要成尼姑了，记不记得？"

郁绵"啊"了一声，不好意思地捂住脸："你说什么，吹风机的声音太大了，我听不见！"

裴松溪笑笑，也不揭穿她掩耳盗铃的小把戏。想想这六年也不知道喝了多少黑豆和芝麻，指尖的发丝坚韧顺滑，看来还是有用的。

她开着中档的风，吹得很慢。偶尔有些恍惚，原来这么快六年时间就过去了……其实她陪着绵绵的时间很少，白天她在工作，晚上会来看郁绵，有时候就站在门外，看郁绵小小的身躯撑着胳膊在桌子上做题，神情严肃得可爱。

等裴松溪回过神，关掉吹风机，才发现郁绵枕着她的腿，恬静地睡着了。

裴松溪把吹风机轻轻放下，像小时候无数次抱起她一样，却又一次真实地感到，绵绵长成了纤细可爱的小小少女。

她给郁绵盖好被角，想起一件事，回房间去拿了一本书，放在了郁绵的床头……

翌日一早,郁绵被闹钟的声音吵醒,她坐起来后才想起今天是周六,不用上课,昨晚忘记关闹钟了。她坐在床上伸了个懒腰,阳光透过玻璃,轻轻跃动。

咦,这里怎么有本书?书名是《那些女孩子需要知道的事》,是裴姨放在这里的吗?郁绵从床上跳下来,去找裴松溪,还没走两步,就看到床头贴着的便签。上面写着:周末我出差,有事联系魏意。

郁绵心想,好吧,她又出差了。于是,她又坐回床上,打开裴松溪留给她的书。前半部分讲的是生理知识,后半部分写的是社会现象——拐卖、就业歧视……这个世界对女性的恶意,有时候令人难以想象。

这本书应该是裴松溪细心挑选的,纸张有翻过的痕迹,一些章节夹了书签,很重要的问题下面用铅笔画了横线,这些都在无声地提醒着她,要如何爱惜自己。有的地方还有批注,裴松溪的字迹飘逸灵秀,写着:女孩的成长像是一朵花,会在时光深处缓缓绽放——这是一件很美好的事情。

郁绵躺下,把书卡在脸上,有些出神。

裴松溪待她处处透露着细致入微的关心,大概是因为前不久的小小疏漏,所以这次想全方面弥补自己的失职。

只是裴松溪的性格清冷内敛,不会轻易开口,所以才选择这种方式。这是她特殊的陪伴。

郁绵一直都知道,她们之间没有血缘关系,裴姨很忙,所以郁绵很少撒娇去寻求她的陪伴;可她们明明又像是家人,裴松溪一直关注且尊重郁绵的感受,对郁绵很好。只是郁绵心里偶尔难免会有些失落,私心里渴望能获得裴松溪更多的爱和关注。可此刻,郁绵忽然体会到她如水般隽永的温柔细腻。

周一上学,许小妍就得知郁绵跟梁知行说话的事情,担心坏了。她坐在前桌的座位上跟郁绵咬耳朵:"不是吧?你不会是看上他了吧?"

郁绵颇感无语,问:"小妍,你的小脑袋瓜里在乱想什么?"

许小妍一副苦大仇深的样子:"不行,我总觉得他图谋不轨。"

"图谋不轨?对你?"刚跑步回来的男孩在凳子上坐下,长腿一伸,嫌弃地看了她一眼,"本少爷图你什么?"

许小妍气得"喂"了一声,瞬间暴走,就要去打他:"梁知行,你个坏蛋。"

梁知行轻蔑地"哼"了一声,指着郁绵说:"看在我崽给我讲题的分上,我就不跟你计较了。"

许小妍惊讶地说:"什么?我家绵绵……是你崽?"

梁知行懒懒地一挑眉,少年眉眼锋利桀骜:"对啊,我是她的老父亲,至于你——乖孙,以后我也罩着你好了。"

"啊……梁知行你个坏蛋!"

"许小妍你怎么打人啊?"

两个人疯了一样闹作一团,许小妍一点不客气地去抓梁少爷那张精贵的脸皮,外冷内热的梁同学也被她这股泼辣劲整得够呛,一边叫她住手,一边骂她太凶。

郁绵托着下巴,看着他们笑。这两个幼稚鬼,你俩分明才是崽崽好吗?

她由着他们闹,可两个人却越发较劲。课间郁绵给梁知行讲题,许小妍也非要拖着凳子过来听,偶尔敲敲梁知行的脑袋骂他笨蛋;体育课郁绵陪小妍练八百米,梁知行负手轻松地从她们身边跑过,顺便嫌弃地丢下一句小短腿。

在鸡飞狗跳中,时间悄悄地过去。到期末时,梁知行的成绩突飞猛进,考了班级第五;许小妍突破自我,体育拿了九十分,终于得到了一张校三好学生的奖状。

领成绩单那天,许小妍高兴坏了,拉着郁绵的手原地转圈圈:"我太高兴了!我妈说了,我拿一张奖状,就给我买十袋棒棒糖!"

梁知行一副轻视的样子,却也不再出言挑衅:"我请你们吃饭吧?要不要去游乐园玩?"

许小妍抬了一下下巴:"看你的态度好,本宫就赏光了。绵绵,走!"

郁绵点了点头:"太好了,今天终于不吵架了,你们握手言和吧?我是见证人。"

许小妍"哼"了一声不说话,梁知行往前走,留下一个高贵冷艳的后脑勺。家里的司机就等在校门外,梁知行让司机直接开车去餐厅。

郁绵靠着车窗,给裴松溪打电话,电话接通了,她忍不住微笑:"裴姨。"

电话那端传来裴松溪的声音:"绵绵,怎么了?"

郁绵认真地汇报:"今天我就不坐魏叔叔的车回家了。我跟小妍,还有我同桌一起去吃饭,晚点就回去。"

"我知道了,好好玩。不要太晚回家,不安全。"

"好!你也别太辛苦,早点回家!"

自从小时候她一个人坐车回去，让裴松溪受了一次惊吓，以后不管去哪里，郁绵都会跟裴松溪说一声，许小妍总说她实在是太听话了。可是她知道不是的。她只是喜欢这种无声的牵绊。

在许小妍的强烈建议下，三个人去了一家川渝火锅店，辣子又红又亮，差点没把梁知行给辣死。

他捂着嘴控诉："你这是谋杀亲爷！"

许小妍得意地瞪他一眼，把涮肉夹给郁绵，问："绵绵，你想好读哪所初中了吗？"

郁绵咬着吸管喝橙汁："嗯，想好了，就读省附。你呢？"

许小妍委屈地叹着气，说："我啊……我能说我不想读书吗？"

"小妍！"

"没志气！"

许小妍举手投降："我错了！那我也考省附好了！"

少爷在旁边默默当起了涮肉工，还是一副欠打的语气："那我也考省附吧！"

郁绵端起饮料："来，干杯！"

"干杯！"

"干杯！"

吃完火锅，许小妍又闹着要去溜冰。

三个人到商场顶层的溜冰场玩了两个小时，出来时已经晚上九点了。

秋天的风已经有了淡淡的凉意。他们站在路边，捡了好多片梧桐叶，准备回去做书签。

郁绵总感觉小腹有些痛，不知道是火锅太辣，还是……她猛然想起裴姨送给她的那本书，想到了某种可能，心里顿时也就不再那么慌张了。她侧过头，看窗外的风景。

等司机将车停在家门外，她顾不上和朋友说再见，就从车上跳下去，边朝他们挥手边往家里跑。

裴姨应该已经回家了吧？可她拿钥匙开门，才发现客厅里的灯是黑的。

郁绵站在原地，做了几次深呼吸，跑回房间……很快，她就在床头柜里翻到了一包卫生巾。不知道裴姨是什么时候放在这里的。

或许每个女孩在第一次面对青春期的身体变化时都会有种天生的恐惧，她也是……可是她一看到床边的书，便不觉得害怕了。她开始长大了。

郁绵把脸埋在枕头里蹭了蹭，随即站起来倒了杯热水，喝了几口，感觉肚子舒服了一点点。要是裴姨在就好了，可是她知道裴姨的工作很辛苦，有时候半夜醒来去喝水，她还能看见书房的灯亮着……可是她什么都做不了，还一直要花她的钱。所以，她不能总让裴姨陪自己，那也太不懂事了。

少女轻轻地叹了一口气，在床上蜷缩成小小的一团，睡着了。直到感觉到头发被人轻轻撩起又放下，还有那阵似有若无的木质香味……她从浅浅的睡眠中醒来，一把握住了那个人的手："裴姨……"

窗外下着小雨，裴松溪刚刚回来，她的额发被雨珠微微打湿，带着扑面而来的水气。她轻轻挣了一下："绵绵，别拉着我，我的手凉，你最好不要碰。"

郁绵揉了揉眼睛，彻底醒了，转过头看见床头拆开的那包东西，回头跟裴松溪的目光撞上，有些后悔，刚刚怎么就没把东西收好呢！

她用被子把脸盖住，声音闷闷地从被子下面传来："我刚刚有点怕。"

裴松溪看到她羞涩的样子，低头笑了，在床边坐下："不用害怕。绵绵，你长大了。这是一件很美好的事情。"

郁绵把被角往下拉了拉，露出一双漆黑明亮的眼睛，有些迷茫的样子："是吗？"

裴松溪轻轻拢了拢她鬓边的碎发："当然。我什么时候骗过你吗？"

郁绵摇摇头，终于坐起来，有些撒娇地朝她伸开手："其实有点疼，你抱下我。"

裴松溪笑着摇头："我的衣服湿了，你不能碰。"

郁绵很坚持："因为我长大了吗，你都不能抱我了……我刚刚有点怕，可是家里没有人，你不在，我……"说着说着，她的眼眶微微红了。

裴松溪拿她没办法，轻轻叹了口气，揽了揽她的肩膀："好了，绵绵。"

裴松溪右边肩头湿了一小块，左边衣服还是干燥清香的。郁绵靠近她，额头靠在她左肩上，先前那点心思也逐渐淡去："对不起，裴姨。"

明明也不算拥抱，可是只要靠着她的肩膀上，郁绵就会觉得安心。

裴松溪摸了摸她的碎发，问："是因为我很少陪着你，所以会觉得委屈吗？"

郁绵的声音闷闷的："一点点。"

"那我……"裴松溪顿住了，她从来就不是温柔体贴的性格，在别人眼里冷漠无情，手段狠辣，对绵绵……她其实也不知道该怎么陪伴郁绵，该如何与郁绵相处，她尊重绵绵的感受，让郁绵按照天性生长，也是她能做到的。

可是再温情的东西……比如陪伴和怀抱，关心和爱意，她其实都不知道该如何给予，因为她本身就没有这些东西。或许就像明燃说的，她这人天生欠缺人气，冷冰冰的。

郁绵靠在她的怀里撒了会儿娇，已经调整好情绪："没事了！我就有一点点心情不好。因为激素的影响，你别紧张。"

裴松溪看着她的眼睛，缓缓地点了点头，叮嘱道："那你早点休息。"

郁绵"嗯"了一声："我在这里睡觉，你陪我一会儿，好吗？"

裴松溪给她掖了掖被角："好，要听睡前故事吗？"

郁绵惊喜地睁圆眼睛，问："还可以听睡前故事吗？"

裴松溪刮了刮她的鼻子："想听？"

郁绵想了想，摇摇头，抱着她的手不放："不用了，你就陪我一会儿，一小会儿就可以了。我很快睡着，你也得早点休息。"郁绵一向懂事，也心疼裴松溪，只是把脸颊贴在她的手心里，轻轻地蹭了蹭，"我很快就睡着了。"

裴松溪垂下眼眸，温柔地凝视着她："嗯，睡吧。你的衣服……"

郁绵拿手心遮住眼睛，一举一动之间是少女的娇嗔和羞赧："外面的裤子是干净的……我自己拿热水洗了，我长大了，可以自己动手。"

裴松溪垂眸看着她。绵绵是真的长大了啊。明明也会害怕，也会慌张，但已经渐渐学着独立，不再完全依赖她……直到有一天，彻底不再需要她。这种感觉，令她感到有几分欣喜，又有几分怅然的失落。她笑着摇了摇头。真是……复杂的情绪。

一眨眼，到了六月，蝈蝈鸣叫着夏天。毕业典礼那天，郁绵拉着裴松溪的手，在校园里散步，在操场的红色跑道上，在学校小路的香樟树下，在养了黑天鹅的池塘面前。她的笑容灿烂，让裴松溪给她拍照。

郁绵是阳光可爱的女孩，一路上会有男生对她吹口哨。

郁绵不想搭理的样子把裴松溪逗笑了，问："一个都不喜欢吗？"

郁绵用力地点头："当然了，不喜欢。"

郁绵转过身去看，看到不远处许小妍在叫她的名字，梁知行在朝她挥手，应该是要拍集体照了，她拉着裴松溪的手往那边走："小妍和我同桌在叫我！"

裴松溪被她拉着穿过人潮，笑着问："小妍那次在家里说，你的同桌是个很坏的帅哥，喜欢他吗？"

郁绵被裴松溪问得皱了皱眉："裴姨！你说什么呢？"为什么总要她去喜欢别的人呢？

裴松溪笑了笑："喜欢他也很好，谈恋爱也很好……绵绵快乐就好。"她一直都希望郁绵能做个快乐的人。

这世上有很多种纯粹的快乐，她不曾体会，以后也不会遇上，所以她希望绵绵会有一个温暖的家，有单纯善良的朋友，有纯真青涩的校园爱恋……有她不会拥有的炽烈感情。

郁绵握紧她的手，眸光比盛夏的阳光还炽热纯粹："可我一直很快乐啊，在你身边，裴姨。"

裴松溪一怔："绵绵？"

郁绵冲她笑，眼眸弯弯："我才不要谈恋爱。我是一个有追求的人，我小的时候就说过，要买大房子给你住！"

裴松溪想起郁绵那么小的时候，就握着拳头说要给她买房子的样子，目光变得柔和，笑着说："大房子很贵的，绵绵要加油了。"

郁绵受到裴姨的鼓励很开心，比了个耶的手势，才往操场上跑："我去拍照了！"她的衣角被夏风吹起，笑容热烈纯粹。

裴松溪也跟着走过去，在不远处用相机记录这一时刻。

毕业之后是漫长的暑假。裴松溪推掉了工作，给自己放了个短假，正好抽出时间来陪她。这么长的时间里，她还没有带郁绵出去玩过。

放假的第一天，裴松溪带着她去附近的公园跑步，问她要不要出去玩，小姑娘想了一会儿，拒绝了："不要，我要跟你待在家里。"

裴松溪刻意放慢步伐，鬓角上挂着汗珠，一张未施粉黛的脸却透着空山新雨后的清灵雅致："我看小妍很想出去玩，绵绵，你真的不想吗？"

郁绵穿着白色的运动服，马尾扎得高高的，脸颊粉粉的，有点气息不匀："不想……你在家陪我，我就很开心了。就像现在这样，每天一起跑步，我就很高兴了！"

　　裴松溪笑着问："是吗？"她说完就加快步速，把郁绵甩在了身后。

　　郁绵假装生气地叫她："裴姨！"可她还是笑了出来。

　　这是一个属于她们两个人的假期。

　　假期期间，郁绵没再参加奥数培训班，只去上素描课。她的选择一向出于兴趣，比起数学来，她更喜欢画画，比起画画……她好像更喜欢待在家。

　　裴松溪教她茶艺，也跟她一起读《茶经》："茶者，南方之嘉木也，一尺二尺，乃至数十尺……其树如瓜芦，叶如栀子，花如白蔷薇，实如栟榈，蒂如丁香，根如胡桃。"透着袅袅茶香，郁绵看着裴松溪素白的手腕在水雾之中折起的动人弧度，不知不觉看了很久。有时候，裴松溪会教她插花。院子里种着栀子、玫瑰、紫罗兰和茉莉，配上从花店买回来的满天星、银叶菊和散尾葵，隽永馥郁，美得恰到好处。

　　裴松溪也教郁绵书法，她房间里挂着的那幅水墨画是别人送的，自己题了"月下松溪"四个字，字迹飘逸灵秀。

　　郁绵第一次知道，原来她的小名是照月，太奶奶总叫她月月。

　　一瞬太短，原本漫长的暑假转眼就过去。暑假的最后一周，裴松溪和郁绵一起给家里做了个大扫除，两个人坐在沙发上，一人抱着半个西瓜。

　　"绵绵，明天我们去一个马场玩，好不好？"

　　"嗯？去骑马吗？"

　　裴松溪压了压她的头发："对。明燃前几天约我，我们一起去。"

　　郁绵兴奋地瞪大眼睛，杏眸黑亮："真的？"可她又开始发愁，"我还没骑过马，你会吗？"

　　裴松溪笑着点头："我会，我教你。"

　　郁绵惊讶地看着她，眼眸里是全然的信赖和崇拜，抱着她的胳膊不放："哇……我都没见过你骑马！你怎么什么都会？你是宝藏吧，裴姨？"

　　裴松溪被她逗笑："可能是因为……无聊吧。"

　　练书法、茶艺、插花、骑马、滑雪，不过都是无聊时候打发时间的方式，她性子清冷，时常一人独处，总要找点打发时间的事。只是在把郁绵带回家之后，工作以外的时间全部归了她，这些活动就很少再碰。

　　这次明燃邀请她，电话里都是控诉，她有好久没和朋友出来见面了，难道还要把小姑娘藏一辈子吗?虽然后半句是玩笑话,但裴松溪觉得明燃说得在理,就答应了邀约。

第二天,天气晴朗,秋风飒飒。

距离马场两百公里,她们早上六点出发,到的时候已经九点。

明燃站在马场入口,正在和人说话。

裴松溪叫了魏意一起过来,一个人开往返,容易疲劳驾驶,不太安全。

魏意将车停下,一看见明燃,露出了"嫌弃"的表情,说:"裴总,明总也在啊。"

裴松溪挑了挑眉,淡淡地"嗯"了一声,低下头:"绵绵,到了。"

来的路上,郁绵有点晕车,靠在裴松溪的肩上迷迷糊糊地睡着了,此刻有些懵懂地睁开眼睛:"到了呀?"

魏意努力调整好情绪,绕过去开车门,小声问:"裴总……我能不能留在车上?"

裴松溪瞥她一眼:"一起进来吧。"

魏意叹了口气:"好吧。"

郁绵听着,不解地问:"魏意姐姐,你怎么了?"

魏意摇了摇头,嘴角下垂:"绵绵,你不懂,损友和闺蜜如果是一个人,好的时候真好,不好的时候真是愁人……"

不远处,明燃也注意到了她们,站在金灿灿的秋日阳光下,对她们挥了挥手。

郁绵边走边问:"这里好大啊……有很多马吗?裴姨,我会不会不够高,等会儿真的可以骑马吗?"

裴松溪点头回答道:"等会儿让驯马师给你牵一匹小马就可以了,不用担心。"

她们走到马场入口处,明燃冲郁绵笑着说:"绵绵也来了啊。明尧那个小家伙总是跟我说,要去找姐姐玩。"

郁绵笑眯眯地跟她打招呼:"明燃姐姐好。"

等郁绵的目光挪到旁边,先前一直跟明燃说话的女人温柔清雅,气质如兰,冲她微笑:"是松溪家里的小姑娘吗?我是纪绣年,松溪的朋友。"

裴松溪也笑："忘了介绍。绵绵，叫纪阿姨。"

郁绵很喜欢这个人的气质，有一种温润的书卷气："纪阿姨好，以后多来我家找裴姨玩哦，她总是闷在家里。"

裴松溪摸摸她的头发："好了，进去吧。对了，明燃，魏意也来了，她不会骑马，你多教教她。"

明燃"哼"了一声，抢白道："魏助理是大忙人，怎么也过来了？"

魏意没理她，转过身跟纪绣年打招呼："纪教授，好久不见。之前我妹妹去上您的舞蹈课，说您教得特别好。"

明燃被晾在一边，不轻不重地又"哼"了一声。

裴松溪和纪绣年对视了一眼，都笑了，默契地往前走，把两个互相置气的人扔在了后面。

郁绵的注意力早已被马房里的小马驹吸引："好多马……我以前都没见过的！那匹白色的马好漂亮！"

纪绣年笑着说："那匹啊，好像叫荔枝冰沙，性情温顺，你想骑吗？"

小姑娘惊讶地睁大眼睛："我还以为它会叫踏雪这种武侠风的名字，没想到名字这么可爱。"

裴松溪看她很喜欢这匹马驹，便跟马工去了马房，将这匹白色的小马驹牵了回来。

明燃进来，脸上浮现出浅浅的笑意，也不知为什么这么开心。

倒是魏意，一脸别扭地站在旁边，好像还在负气。

荔枝冰沙血统纯正，皮毛光滑，性格也算温顺，适合年轻的小姑娘。

纪绣年不太放心地叮嘱着，怕她太小，又没经验，会受惊吓。

郁绵认真地听着，在心里记着小笔记，直到有温热的手指托起她的手掌，给她戴上手套，动作是一贯的轻和细致。

郁绵回神，还没来得及说话，裴松溪已经半蹲下来，解开护膝的带子，绕过她纤细的小腿，给她系上。

明燃和纪绣年原本在说话，此刻都噤了声。

她们跟裴松溪认识多年，知道她是多么清冷的性子，哪怕一直知道裴家捡回了一个小姑娘，可也没想到……她会这么上心。

郁绵怔怔地看着裴松溪。

裴松溪的神情冷淡疏远，金黄色的阳光落到她秀挺的眉宇之上，那双平湖般的眼睛里倒映出动人的光晕。

"哎呀……"郁绵回过神来，脸先红了。怎么能让裴姨蹲下来给她系护膝呢？她又不是小孩子了！

她不好意思地抿抿嘴唇："裴姨，你去玩你的就好了。"

裴松溪笑了笑，牵着她的马缰绳往前走。

秋日的阳光温煦中带着几分热意，郁绵的手心也微微出了一点汗，还想劝裴姨不用管她，她自己跟着教练学一学就可以了。

裴松溪没有同意，绕着马场慢慢走动。

裴松溪的声音是一贯的清冽纯粹，在郁绵的耳膜上轻轻敲了一下："绵绵，把你交给别人，我不放心。"

郁绵骑了一上午马，最后，裴松溪渐渐松开手，让荔枝冰沙带着她在马场上慢慢踱步。

裴松溪站在不远处看着她。

明燃等人刚刚骑马过来："松溪，你也玩一玩。你的衣服都在，我们替你看一会儿。"

纪绣年的笑容温和："明燃，你留在这里吧，我过去看着就行。"

裴松溪终于点了点头。

她们以前常来这个马场，骑马、打马球，她常用的手套、护膝、马裤和头盔都在这里，几分钟就换好，再出来的时候，看见明燃在手把手地教魏意骑马，纪绣年在远处照看着郁绵。

裴松溪选了一匹常骑的纯血黑马，骑着马往远处而去，动静不小，郁绵也看了过去，快乐地朝她挥了挥手。

裴松溪换上黑色的马服外套，白色马裤，黑色的护膝，纵马奔驰，穿越过大半个马场向郁绵而来，微风拂过她乌黑浓密的长发，透着一种英姿飒爽的美感。

一直到郁绵面前，裴松溪才停下。

裴松溪的眉眼是一贯的淡漠沉邃，她骑在高大的骏马上，微微低下头，看着郁绵微笑。

郁绵看得呆住了……原来裴姨还可以是这样的。真好看啊！跟电视里的明星不一样。嗯,就是那种……哎,她怎么找不出合适的形容词呢?

她想了半天也没想出来答案,干脆也不想了,感叹地说:"裴姨,你好厉害。"

纪绣年笑出声:"你裴姨是有法国马术协会颁发的GALOP(法国马术协会指定的一套马术教学方法)等级证书的,当然厉害。"

裴松溪抿了抿嘴唇:"上学的时候无聊才学的。"

郁绵的眼睛亮亮的:"那你再骑会儿好不好?我想看你骑马!"

裴松溪说好,却再不像刚才那般纵马飞驰,只是闲庭漫步般地在她前面慢慢前行。

郁绵偷偷趴下来,摸了摸荔枝冰沙的毛发,小声问:"我裴姨世界第一好看,对不对?"

小马驹自然听不懂她的问题,只发出一点哼哧哼哧的声音,郁绵却心满意足地笑:"对吧,你也这么想吧?"她毕竟还小,没骑多久就累了,但不想耽误裴松溪她们玩,坚持自己在旁边等着。

最后魏意下了马,牵着缰绳走过去:"绵绵,我陪你好了。"

郁绵点了点头,说了声好,又说:"你的脸好红呀?"

魏意一怔:"是吗?"

"嗯!你是不是太热了啊?"

魏意耸了耸肩:"可能吧。"

白天玩尽兴了,晚上她们在附近的一家私人酒庄吃饭。

郁绵长这么大还没喝过酒,看着色彩缤纷的果酒眼睛发光,裴松溪却很严格:"小孩子不能喝酒。"

酒庄的老板是明燃的朋友,笑容爽朗,很热情地介绍:"这个没有度数的,很多女孩都会喝半杯,跟果汁一样。"

郁绵眨了眨眼睛,拉了拉裴松溪的衣袖:"就喝一点,可以吗?"

裴松溪拿她没办法,又是难得清闲自在的暑假,既然不含酒精,裴松溪就答应了她小小的要求:"只能喝一点,我来倒。"

明燃失笑道:"松溪,你未免也太严苛。"

裴松溪不应,拿过酒瓶只倒了浅浅一点,晶莹的酒液淹到杯子五分之一的位置,就停了手,把杯子推过去:"下不为例。"

郁绵点了点头："我知道！"

明燃跟纪绣年嘲笑她："她对公司下属严苛，不近人情，现在对小姑娘也这样。你说这人是不是有些讨厌？"

纪绣年笑而不语，眼眸间覆着淡淡的愁绪，也不知道是想起了什么，低下头自斟自饮。

魏意喝了点酒，酒意微醺，公然呛她："明总，裴总为人处世如何，您还是少点评。"

明燃冷着脸："你管得倒是挺宽的。"

裴松溪轻声打断她们："好了，吃饭吧。"

郁绵刚刚尝了点果酒，总感觉桌上的氛围有点怪怪的，但也说不出怪在哪里。她低下头，安静地咬着吸管喝着她的"酒"，跟果汁一样甜，有点葡萄的味道，混杂着水蜜桃的香气。

裴松溪一时无话，给她夹了几片胡萝卜："多吃一点，对眼睛好。"

郁绵其实不太爱吃胡萝卜，但裴松溪夹什么，她就吃什么。

中间，魏意有事离席一次，回来又叫裴松溪出去，大概是因为公司的事情，两人站在露天阳台说了很久的话。

郁绵将小半杯果酒喝完了，还想再喝一点……她往外看了一眼，还是忍不住偷偷倒了一点到杯子里，被明燃看到了："想喝就喝。何必跟你裴姨一样，时时约束自己，过于自律。"

郁绵得了明燃的支持，更大胆了，又悄悄地喝了小半杯。她今天实在太高兴了……今天是她长这么大第一次骑马，认识了裴姨的好朋友……还有看到裴姨骑马的样子，全都是从未有过的新奇体验啊。

裴松溪和魏意聊完就回到了屋里继续刚才的话题。

明燃看着裴松溪笑道："刚刚绵绵偷偷喝了一杯果汁。"

"你没制止，还来我这里告状，看来要扣你工资。"裴松溪笑道。

"裴总，你太凶了！"

纪绣年刚好坐在灯下，投落一片疏朗的光影，显得眉眼有些冷漠，微笑着说："明燃，你最好不要挑战松溪。"

明燃挑了挑眉："我当然知道了……别看松溪这淡然无争的样子，其实是个遇神杀神的主儿。她是不想跟她哥争家产，不然就裴林茂那两把刷子，都不够看的。"

裴松溪神色冷淡，对她的话不置可否。

纪绣年对裴林茂有些印象，微微皱了眉："我记得……他好像跟温家有几分交情？"

明燃嗤笑道："那也没用。松溪和温家大少爷的事情也快定下来了。"

纪绣年一怔："这么快？"

裴松溪摇了摇头，有些不耐烦的样子："家里催得太久了。其实都一样，他不在意，我也不在意。"

纪绣年眉头微蹙："那你们……结婚之后，她去哪里呢？"纪绣年用目光示意靠在裴松溪肩上的郁绵。

裴松溪显然没想到纪绣年会这么问，这是个意料之外的问题："她去哪里？"

纪绣年轻轻地问："你有考虑过吗？"

裴松溪理所当然地说："当然要在我身边。"

纪绣年抿了抿嘴唇，似乎是想说什么，最后又停住了，只举了举杯："你仔细考虑。"

裴松溪似乎并未把这件事放在心上，有些漠不关己的淡漠，垂着眼眸，时而看看正在熟睡的小姑娘。

回去的时候，天已经黑了。

魏意和纪绣年都喝了酒，明燃送她们回去。裴松溪没喝酒，可以自己开车。

郁绵一直在睡，裴松溪把她放到车后座，拿出毛毯给她盖好，才绕回前门，坐上驾驶座。

车子发动后，后座的少女却在黑暗中轻轻侧过身，用掌心捂住了眼睛。

她觉得自己不该想太多，可还是感到……难过。

在汽车喧嚣的发动声中，她有些怅然若失地想：

——属于她们的时光好像要过去了。

第七章
青春

省附中是全国的顶尖中学之一,因此,每年全省的学生都想往省附中挤。以至于开学的时候,学校里人山人海。

开学那天,学校的香樟大道下挤满了学生和家长,都在看分班的通知,寻找自己的班级。

裴松溪抽出时间,跟郁绵一起报到。

郁绵很快就找到自己的名字,在1班的第一列,她着急地寻找好朋友的名字:梁知行和许小妍也在一班。

郁绵高兴地欢呼着,和许小妍抱成一团:"小妍!太好了!我们还在一个班!"

许小妍也高兴:"哈哈……我和梁知行打了赌,我考上附中,跟你们一个班,以后他就要管我叫爸爸。"

梁知行冷哼道:"乖孙。"

"你!说话不算话!你是猪啊!"

两个人绕着郁绵追追打打,闹了好久才停手,郁绵被他们闹得出汗,跳出战圈,挽着裴松溪的手就走:"我走了!你们慢慢玩!"

他们还有得闹,她早已习惯了。

上学的第一天,领了教材就可以回家。走在校园的香樟树下,裴松溪问郁绵:"附中离家有点远,绵绵,要不要换个地方住?"

郁绵怔怔地问:"是要给我租房吗?让阿姨来陪我吗?"

"不是,"裴松溪笑着摸摸她的头发,"为什么要租房,一起搬过来不就好了。"

"哦……不用了！我还以为……"

"以为什么？"

郁绵摇摇头："以为……以为你会说让我住宿舍呢。"

"住家里就好了，也不算太远，住学校我不放心。"

郁绵低下头"嗯"了一声，似乎有心事。

裴松溪有些不解："你想住宿舍吗，绵绵？"这个年纪的孩子，似乎都喜欢跟同龄人在一起，远离长辈，更自由一点，也少些约束。

郁绵踩着树叶间隙投落的光影碎片，细声细气地说："当然不是了。"

"你先感受一下，如果觉得上下学通勤时间太长了，我们再考虑别的选择。"

郁绵有点着急了："你说的，住家里就好了！我不要去别的地方！"

裴松溪笑道："你着急什么？一切看你的想法，我不会替你做决定的。"

郁绵轻轻咬了下嘴唇，将不好的情绪压下去："嗯，我知道了。对了，裴姨，你说今天要回去看看太奶奶吗？"

裴松溪点了点头："你也好久没回去了，上次奶奶还说要看看你长高没有，我就跟她说了，今天会带你回去。刚好我也有点事。"

郁绵听见裴松溪说有事，下意识地想问什么事，可又忍住了。裴姨从来不干涉她的生活……那她也不能总问裴姨，那是裴姨自己的事情。郁绵有些闷闷不乐，偏过头看窗外倒退的风景。

半个小时后，车停在裴家大门外。周如云常年身体不好，但休养得当，这么多年来没有生大病，已经相当幸运。

裴松溪带郁绵搬出来之后，除了回去看望老人，很少回家。她们每次回去，也是选在家中无人的时候，父亲和哥哥大多数时候在公司，偶尔遇上丁玫和裴之远，说上几句话。

车刚停下，她们就遇到丁玫带着裴之远回来。裴之远读的外国语中学，中学毕业就要出国，今天也是刚刚从学校出来，穿着蓝色的校服，显得清爽干净。

丁玫对郁绵的态度不坏，她一向嘴硬心软，看着小姑娘一天天出落得水灵俊俏，也心生喜欢："绵绵回来了？"

郁绵甜甜地跟她打招呼，又对裴之远挥了挥手："之远哥哥。"

裴之远长成干净峻拔的少年，昔日调皮任性的小男孩穿着白色衬衫，打了领结，对她招招手，说："绵绵，我暑假出国玩给你带了礼物呢。"他小时候曾经凶过她，可后来也是真心实意地把她当妹妹看待。

郁绵捧场地"哇"了一声，推着他上楼："我要看礼物，我要看礼物！"

裴松溪的神情也柔和几分："之远是个很好的孩子。"

丁玫一脸自豪的表情："那可是我一手带大的孩子。你大哥天天就知道做生意，家里的事可没见他管过多少。"

裴松溪点了点头："他教孩子，肯定不如你。"

丁玫有点愣住："松溪……你怎么突然这么说？我知道你跟你大哥之间有些不愉快，可大家毕竟是一家人，你也不要总想着你大哥的不是。最近你们又闹不愉快了？如果他做错了什么，你就跟我说，嫂子替你骂他。"

裴松溪笑了笑："没有什么。"只是有感而发罢了。

丁玫也知道小姑和丈夫的关系不好，家里的事情吧……她其实隐约知道一点，也不想去评论谁对谁错。裴林茂在外的为人如何她不知道，可他毕竟是自己的丈夫，平时对自己和儿子都不错，她不会考虑太多。

裴松溪也无意再跟丁玫说话，朝她一点头："我去看看奶奶。"

"去吧，老太太这时候应该在阳台上晒太阳。"

裴松溪上楼，二楼的房间里，郁绵和裴之远正在玩闹，笑成一团。

楼上张阿姨正在阳台上絮叨："这盆花晒得太久了，都要萎了。唉！这群小年轻做事……哎，大小姐回来了？"

她点点头，走到摇椅前坐下，给小憩中的老人拉了拉毛毯，周如云瞬间醒了，苍老的眼眸含着笑，透着看尽沧桑的通透："月月回来了。"

裴松溪的神色转为柔和："回来看看您。刚好有些事情，要跟父亲谈一谈。"

周如云握住她的手，老人的掌心是粗糙干燥的："什么事情？跟温家那个后生有关系？"

裴松溪点头："一些小事，您不用操心。"

"唉！"老人叹气，"胡闹，婚姻大事，怎么能说是小事？你们又没有感情，你爸这是在胡闹，把你们硬生生地绑在一起……我看他是掉钱堆里去了。你也是胡闹！"

裴松溪一向平静淡漠的脸上浮现出淡淡的嘲讽："没关系，反正我也不在意。"

"订婚安排在什么时候？"

"还没说，再看。"

"订婚了也不一定就要结婚，到时候要是不想结婚就悔婚。我看你带着绵丫头在外面住就挺好的，现在脸色都比之前好，没那么苍白了，精神头也好多了。"

裴松溪垂眸微笑："是，都是绵绵的功劳。假期里，每天早晨她都叫我去跑步，还经常锻炼身体，整个人的精神状态就好。"

周如云笑眯眯地说："这个丫头就是乖，也知道心疼人。你凡事不要委屈自己，也不要委屈她，你们两个好好的，奶奶就放心了。"

"嗯，我不会委屈她。"

裴松溪下意识跳过了前面半句话，她站起来，看着远处澄澈的天空出神。订婚，结婚……她自嘲地笑了笑，等会儿还要跟父亲谈一谈。

晚上，裴家客厅比平时都热闹。裴天成近来心情不错，跟温家联姻的事情定下来了，他舒心了不少，饭后叫住裴松溪："你留下，我们父女好好聊聊。"

郁绵悄悄地往后退了一步，跟着裴之远上楼，却不肯再去玩了，一副情绪不高的样子。

裴之远刚才人模人样的，现在又没个正形："你干什么？爷爷又不会把姑姑怎么样。"

郁绵点点头："我知道的……之远哥哥，我去房间里休息一会儿。"

裴之远看出她有些不太高兴，但也不知道该怎么劝，有些无奈："好吧，果然拿了礼物就走，没良心的小东西。去吧。"

楼下，裴松溪神色冷淡："订婚的事情不用高调。这种事情，过于高调反而不好。"

裴天成也点了点头："你说得对。事成之前先不对外公布。你怕麻烦，爸爸知道。"

再说了，联姻的事，变数太多，先订婚后撕毁婚约的不在少数，日后温家如何还不可知……免得平白遭人笑话。

就说温治臻的身体一直不好，在国外休养多年，有的事情能不能成……实在不好说。

裴松溪眼眸微垂："您安排就好了。"

裴天成对她在这件事上的配合感到欣喜，甚至想起来问郁绵的事情："郁绵现在上初中了吧？"

裴松溪突然抬眼，目光与他相对，眼底是一丝一毫不肯退让的坚定："是。"

裴天成一怔："你这么紧张做什么？我就随口一问。"

这几年过去，他其实根本没空想到那个丫头，本来也只是一颗弃子。被女儿养在身边，在他眼里跟养只阿猫阿狗没什么区别，左不过是打发时间找点乐子罢了，都不是大事。

裴松溪抿了抿嘴唇，露出一点冷淡的笑意："没紧张。"

"爸爸只是想问你，她都这么大了，等你结婚了，也可以住校了，没必要一直跟着你住，也免得温治臻日后不满。"

裴松溪挑了挑眉，话只说一半："温治臻不会在意这件事的。"

再说了，他在意又如何，她也不会放在心上。

裴天成再无话说，只对她挥了挥手："算了，你去吧。但我跟你说的事情，你要仔细考虑。时间还长，听说温治臻前不久才动了一场大手术，年前不会回国。来日方长，不着急。"

裴松溪不置可否地点头，他的长篇大论，她其实一个字也没听进去。她去裴之远的房间，敲了敲门，少年来开了门，神色有点别扭："姑姑，郁绵去你的房间休息了。"

裴松溪凝视着他，忽然轻轻笑了："之远，这么多年，还在生我的气？"

裴之远别过头，不说话。

初长大，面容俊朗的少年，仿佛还是当年追着她的车跑，问她为什么非要走的小孩。

裴松溪拍了拍他的肩膀："你现在很好……你妈妈把你养得很好。等你有空，我们可以聊一聊。"

裴之远闷哼一声："我当然很好了！"他还记得姑姑走之前跟他说，她不喜欢这个家，以后他就知道了……他心里憋着口气，学习、读书、参加比赛和实践活动……老师和同学都很喜欢他，就像是为了证明什么。

可是他现在还是不知道为什么，为什么她不喜欢这个家？

裴松溪低下头，收回目光："不要别扭，也不要自己跟自己过不去。我希望你长成优秀的大人。"

裴之远不说话，却想起姑姑前不久送他的书。扉页上写着"要心怀光明，成为优秀的大人"。

裴松溪摸了摸少年的脑袋："好了，我要走了。下次见。"

裴之远沉默了一会儿，才在后面忽然叫住她："我会的！"

裴松溪没转身，挥了挥手，径直往自己的房间方向走。

裴之远小声嘀咕着："坏姑姑，又偏心了。唉……算了，谁叫她是妹妹呢。"

此刻，被偏爱的小姑娘正趴在裴松溪的床上小憩，裴松溪推门进去，看见郁绵熟睡的样子，不由得放轻了脚步，走过去在床边坐下。少女抱着她的枕头，脸颊有些红，浓密纤长的睫毛微微弯曲，眼睑上洒落淡淡的青影。

裴松溪看着她的睡颜，目光变得柔和。

她忽然想起来，郁绵小时候来敲门，踩着过长的裤脚的样子；亲一口怀里橙子的样子；偷偷跟在身后，踩着她的影子走路的样子……

那都是一寸一寸的光阴。

第二天正式上学，郁绵差点迟到了，踩着点到了教室。许小妍站起来朝她挥了挥手，笑得娇憨明媚："绵绵！这里！"

郁绵在她的身旁坐下："老师还没来吗？"

许小妍偷偷往窗外看："还没来！说是要分座位，也不知道怎么分……哎，好想跟你当同桌。"

可惜的是，班主任熊老师拿着花名册进来后，宣布的第一件事就是按成绩分座位。

许小妍欲哭无泪，她是踩线进来的成绩，注定跟郁绵无缘了。

分座位结束，熊老师很满意："同学们，认识一下你们的同桌，也是你们的竞争对手。当你以后想玩的时候，想一想，你的对手可是在学习呢。"

教室里爆发出一阵哀号，老师好狠的心，这不是让他们全都玩不踏实的节奏吗？太坏了！

郁绵看向同桌，她扎着高高的马尾，侧脸很好看。

郁绵跟她打了个招呼："你好，我叫郁绵。很高兴认识你。"

同桌女生转过头，冷冷地看着她："景知意。"

"你的名字吗？"

"是。"

郁绵笑了笑："你的名字很好听。"

景知意冷冷地回答："是吗？还行吧。不要对我笑了。"

郁绵怔住，眨了眨眼睛。新同桌的脾气可真大啊！

进入中学以后的日子比以前更鸡飞狗跳。

科目增加了，学习压力也变大了；另外，身边的小伙伴一夕之间似乎都长大了，女孩子出落得娉娉婷婷，每次体育课都会有女生跟老师请假；男孩子中也有人开始长出喉结，一口难听的公鸭嗓刮得人的耳膜好疼。连许小妍这种大大咧咧的姑娘，在面临月经初潮时都吓傻了，一边掉眼泪一边说害怕。

郁绵一边安慰许小妍，一边有些庆幸地想……她那时候什么都知道，可以独立面对……是因为裴姨，因为裴姨很早之前就送她有关的书了。

空气中充满了青春期的躁动。只是郁绵对这一切一无所知，很快一个月过去，第一次月考到了。

成绩公布那天，许小妍兴奋地拉着她的手去看公告栏，看到她的名字在第一栏，高兴地抱着她："哇！绵宝，你也太棒了吧！第一名啊！"

郁绵无奈地笑："你先别激动，看看你跟梁知行排在哪里。"

许小妍讪讪地说："找我的干吗啊？"她是一贯的胸无大志，踩着线进了初中，也没有多少奋发图强的意思，对学习的态度一以贯之的敷衍，父母对她的期望向来也是开心就好，没提过太多要求。

梁知行从人堆里挤出来，脸色有点臭："我在第十一名。许小妍，你在三十八名。"

许小妍不满地嘟囔着道："这个数字太难听了。"

梁知行快要被她气笑了："许小妍！你长点心好不好！全班就三十九个人！"

许小妍拉着郁绵往回走，把他抛在身后："我一直都是这样的啊，讨厌鬼。"

郁绵也想过劝她，后来裴松溪跟她说，每个人有自己的生活态度，想要的东西不一样。小妍可能就是这样。

快到教室门口时，许小妍回头看了一眼，发现梁知行被远远地落在后面，她忽然又想起什么："对了，绵绵！那个臭脸怪！考了第三名，你要小心哦，可别被她超过了。"

郁绵一愣："谁？"

"哎呀，就是景知意！臭脸怪！大冰山！"

郁绵还没来得及说话，就听见身后有人冷冷地说："找我有事？"

许小妍一哽，回过头，才看见景知意那张冷到极点的脸，跟郁绵说了一句救命，随后拔腿就跑。

郁绵啼笑皆非地看着许小妍冒冒失失的背影，对景知意说："抱歉……小妍说话冒犯了你，对不起！景知意。"

景知意睨了她一眼："关你什么事。"

郁绵心想：这新个同桌的脾气好像有点火爆。

月考成绩出来后的第一节班会，熊老师对着成绩单花名册，先重点表扬了成绩靠前的同学，又对入学成绩不错，月考下滑的同学进行了批评，最后才语重心长地提到了排名倒数的几位同学，期待他们更加努力。

郁绵不太关注别人的成绩，只听了一点就没再听，低下头画了一幅速写，笔尖在纸上唰唰游动。

班会课后是体育课，解散之后许小妍拉着郁绵满校园逛，在下课前十分钟才回教室。

已经有大半同学回了教室，三三两两地说着话。

郁绵跟许小妍约好周末一起玩，才走回自己的座位。刚站到讲台上，就看见一群男生打打闹闹，正好碰到她和景知意的桌子……景知意的书包被他们从桌子里撞了出来——书包没拉好拉链，两片粉色的卫生巾掉了出来。

男生都愣了一下，随即开始露出那种想笑又疯狂忍住的神情，甚至有个别人想上前看看，真的捡了起来……也不知道是谁说了一句"景知意来了"，男生们不太相信地爆发出一阵大笑，下一秒却真的看到了景知意冰冷的脸。

她再冷的性格，也毕竟是个进入青春期的小姑娘，又敏感又骄傲，自尊心烧得一片焦灼，实在是……太丢脸了。

郁绵脾气这么好的人，也感到很生气。她冲过去，一把把东西抢了过来，用力推开围观的人，拉着景知意就往外走。

郁绵拉着景知意的衣袖，一直走到操场上："你没事吧？"

景知意摇头说没事，她没想到笑容温温柔柔的小同桌，也会有态度这么强硬的时候，想说句谢谢，可又哽在喉咙里说不出口。最后还是没有说出来。

景知意还是很少跟郁绵说话。

但是每当班上的小男生来烦郁绵的时候，景知意都一脚踹出去："滚。"她就是看不下去了，不就是郁绵人美学习好又温柔吗？这些癞蛤蟆一个个想吃天鹅，做梦吧！

时间久了，连梁知行都看不下去了："喂！我才是她爸爸！你干吗？"

景知意嫌弃地看了他一眼："就你？数学考到满分再来跟我说话。"

梁知行心想：狂不死你！

许小妍还是那么咋咋呼呼的："你们别吵了！一个是爸爸，一个是妈妈，不好吗？"

郁绵哭笑不得："小妍，你乱说什么啊？"

梁知行却坏坏地笑了一下："我看挺好的。孩子他妈，这学期你跟她过，挺好的。"

景知意瞬间暴走："梁知行，你个坏蛋。"

她是练过空手道的，很快走廊外就爆发出一阵惊人的哀号，一向自诩风度翩翩的梁少爷被揍成了猪头，可"孩子他妈"的称呼啊，他还是咬住不肯松口了！

一学期一晃眼过了大半，"孩子他妈"这个称呼始终被强行按在了景知意头上。后来，她也不生气了，有时玩得开心了，也会叫梁知行一句"孩子他爸"，互相调侃一下。

元旦放假前，体育课上，梁知行已经开始策划跨年活动："'孩子她妈'，你有什么想法？"

景知意晒太阳晒得整个人都有些慵懒，冷冰刺人的棱角也收了起来，像一只温顺的大猫："想法？这不归我管，你是'孩子他爸'，你想办法养家糊口。"

梁知行坐正了："那好吧，问一下孩子的意思，郁绵想玩什么？"

许小妍坐在一旁吃干脆面，动作一顿："我还是个宝宝啊！怎么没人问我？"

梁知行拍拍许小妍的肩膀："孙女，你先安分点，别打岔。"

许小妍气冲冲地朝他做鬼脸："就不！话说，'孩子她爸''孩子她妈'，你们什么时候去领证啊？"

景知意瞬间暴走，大猫又成了老虎："许小妍！我看你欠打！"

"啊……绵绵救命！"

郁绵哭笑不得地护住许小妍……她知道他们今天为什么这么闹腾……不就是班上有人说了她没有父母，一直寄养在别人家里。他们怕她心情不好，所以才闹着想让她开心一点啊。

郁绵按住景知意的胳膊："好了！我知道你们是怕我不开心。可我没有不开心。我有家人，也有你们。我很幸运！"

郁绵觉得自己不能更幸福了，裴姨对她很好，朋友也都是温暖真诚的人。年少时的辗转流离，现在已经不能让她感到伤心了。

被看穿了想法一般，梁知行讪讪地摸了摸鼻子："行吧……原来你都知道。哪天小爷非要把那群碎嘴的坏蛋揍一顿。"

景知意冷笑："就你？我去还差不多。"

"你看不起我？景知意，你想打架？"

"不是事实吗？梁知行，打就打！"

两个人说着说着又要吵起来，闹腾得厉害。

郁绵跟许小妍笑着对视一眼，决定作壁上观，拉过书包往后一垫，躺在了操场的草坪上。

天空是蓝的。阳光是暖的。时间静悄悄地过去，就很好。

寒假很快到了，许小妍咬着糖葫芦，含糊不清地说话："你们寒假有什么打算啊？"

景知意说："看书。"

梁知行说："做题。"

郁绵说："看书、做题、画画。"

许小妍心想：为什么她一个学渣要和一群学霸做朋友！

"哎，你们就不能来点娱乐活动吗？"

景知意摇头:"我没空。我的学费都是我妈深夜在家缝衣服攒下来的,我没资格玩。"

梁知行也说:"我也没空。"他要变得优秀一点,才能更早离开那个他厌恶的家。

郁绵拉着许小妍的手,安抚道:"好了,小妍,等我们做完作业,再约时间好不好?"

许小妍委屈地眨了眨眼睛,问:"那你呢?你写作业很快,可以来找我玩吗?"

郁绵有些无奈地笑:"我也不行。"她想好好陪着裴姨。自从之前听到那件事之后……她总是有种难以压制的紧迫感,好像再不珍惜在裴姨身边的时光,以后就不会再有了。可平日里裴松溪上班,她上学,她们能在一起的时间太少了。她有时候很怕某一天醒来,裴姨会不在了……或者跟她说,她长大了,要学着独立了。

寒假第一天,郁绵早上起得很早,天冷之后没再跑步。她跟着视频跳了会儿健身操,听见窗外汽车停下的声音,知道是裴松溪回来了。

年底一向很忙,裴松溪在公司连轴转了几天,昨晚打电话跟郁绵说了,要在公司过夜。

郁绵趿着拖鞋跑下去,正好遇见裴松溪进来。

裴松溪手上搭着大衣外套,系着奶白色的丝巾,搭着奶茶色针织长裙,看见她有些惊奇:"绵绵,不是放假吗?怎么起来这么早?"

郁绵冲她笑了一下,匆匆跑进厨房,端了碗粥出来:"裴姨,喝点粥。"

郁绵有时会跟着食谱做点东西,有时候是甜品,裴松溪工作忙碌的时候,她会提前定时煮红枣小米粥。

裴松溪将手包放下,眉眼间有淡淡的疲惫,神情却是温和的,坐下来拿起勺子试了试温度:"怎么不睡懒觉?"

郁绵坐在她对面,双手托着下巴:"睡不着,平时早已习惯了。本来想叫你跑步的,走到你房间才发现你不在。最近你好辛苦。"

裴松溪尝了尝她做的粥:"不辛苦。嗯……这次的粥进步了。"

郁绵眉开眼笑:"是吗?我又找到了一个新食谱,放了好多东西。"

裴松溪将一碗粥吃干净:"你别天天想着学这些,有空跟朋友一起出去玩。"

郁绵说不要,又跑到她旁边:"要不要再喝一碗?"

裴松溪点点头,不吝赞美:"好啊,很好喝。"

郁绵得到她的赞赏,眼睛笑成弯弯的月牙:"你喜欢就好了。"

等裴松溪喝完粥,郁绵又推她回房间睡觉:"不要说什么不要紧……要爱惜身体知不知道?上学的时候我不能监督你,也不能叫你一起跑步。现在你要乖乖的!听话好不好!"

裴松溪笑着摸摸她的发顶:"没大没小的。"

白天,裴松溪在房间补觉。

郁绵回去做日程表,写寒假作业。她的生活一直都只有简单的几部分,学习、画画、吃饭睡觉……还有裴姨。

快到晚饭的时候,裴松溪过来敲门,她的神情有些懊恼:"绵绵,你中午吃了吗?"

郁绵点了点头:"吃了呀。冰箱里有董阿姨留下的饭菜,微波炉加热一下就可以了。"

临近春节,裴松溪给司机和阿姨放了假,董阿姨走的时候不放心,烧了饭菜,还包了好多饺子给她,就怕她饿着。

郁绵中午去看裴松溪时,她睡得正香,小姑娘站在旁边看了她一会儿,就悄悄走了。

裴松溪揉了揉额角:"抱歉,我睡过头了。"

郁绵把作业本阖上,说:"不要说抱歉,你太累了,说明你更需要好好休息!"

裴松溪笑着点了点头:"晚餐想吃什么?"

郁绵一向不挑食:"番茄意面!"

这是除了煮汤圆、水饺之外,裴松溪唯一擅长的。两个人简单吃了一顿,裴松溪觉得这样不太行:"明天起回老宅吧,你在长身体,这么吃下去不行。"

郁绵摇着头说:"不要……那边人多,很吵,我想安心在家写作业!"其实她只想和裴姨在家里,就只有她们俩。

裴松溪有些为难："或许……我可以学一下怎么做饭。"

郁绵忍不住大笑："你之前都把锅给烧煳了，还不如我来学。"

裴松溪有几分薄薄的羞恼，那是她们刚搬过来的时候，董阿姨家里有急事，她下了厨……最后差点把厨房给烧了。这也算她人生中罕见的滑铁卢，说出去可能会让明燃她们笑死。

郁绵为了证明意面很好吃，很快就吃完了，把空盘子抬起来给她看："我不挑食的！不用担心哦。"

裴松溪温柔地凝视她，她真是从小到大都没变过啊。又懂事又可爱。

饭后，她们坐在沙发上看电视。

郁绵小学时，只喜欢看英文动画片，学了一口纯正流利的发音。现在她读中学了，动画片似乎有点幼稚，她调了好久，最后停在一部青春偶像剧上。

裴松溪在翻杂志，偶尔抬起头看一眼电视，看清楚是偶像剧，不由得笑了笑。

郁绵抱着熊猫抱枕，看着有些熟悉的剧名，隐约想起这好像是小妍推荐给她的，说是男主角很帅，让少女心萌动。许小妍没心没肺的，却是个重度颜控，二次元、偶像剧都有涉猎，天天给她推荐电视剧和动漫。

郁绵对这些不太感兴趣，电视上的人都是陌生人，明星再好看，跟她也没有什么关系。不过她很好奇，很帅……到底是多帅呢？

于是，她睁大眼睛，认真地看着电视。

故事发生在大学校园，女孩清纯可爱，男生很喜欢女孩，在楼下等她，牵她的手，最后在路灯下，两个人拥抱了好久。

郁绵偏过头，看着他们拥抱，想着等会儿要给小妍发短信——这个男主角一点都不好看！她眨了眨眼睛，拿起遥控器准备调台了，才看到……屏幕上男主抱起了女主，两个人站在路灯下亲吻起来。

郁绵目不转睛地看着电视，内心有点震撼……她好像从没有看到过这种情节。她怔住，偏着头没坐稳，差点摔在裴松溪的身上。

裴松溪扶住她，下意识地抬起头，看清屏幕后愣了一下，立刻拿起遥控器把电视换到新闻频道："不早了，绵绵，去睡觉吧。"

郁绵"啊"了一声："才八点呀，裴姨。"

裴松溪才恍然大悟地看了眼时钟，她站了起来："嗯……我看错了。我去倒杯水。"

郁绵盘着腿,又把节目调了回来,电视里主角的亲吻刚刚结束,两个人还意犹未尽地拥抱在一起,男生亲了一下女孩的额头,女孩的脸都红透了。她冷静地看完,发现并没有让她很触动。那小妍为什么会说很好看?

裴松溪端着一杯水回来,看她还目光定定地看着屏幕,忍不住叫她:"绵绵?"

郁绵抬起头:"怎么了,裴姨?"

裴松溪欲言又止:"没事……"

电视上的画面结束了,已经开始播广告了。

郁绵"哦"了一声,直接问裴松溪:"裴姨,她们说……喜欢的人都会亲亲,是这样的吗?"

裴松溪被她问住,看着她清澈干净的眼眸,在心底轻轻叹气。

绵绵这孩子做事专注,在人情世故这一块却好像天生少了什么,她之前还在想绵绵是不是喜欢同龄的小男孩,毕竟现在的小孩都早熟……可是现在看起来,绵绵好像活在象牙塔里太久,对外界的人和事都不关心。再加上她比别的小孩早读一年书,在感情方面似乎格外懵懂。

怎么好端端的,问起这种问题?

郁绵目光灼灼地看着她,一副势必要问出答案的样子。

裴松溪抿了下嘴唇,无奈地点头:"嗯,是。"

裴松溪不想在这个问题上和郁绵纠缠,随即问道:"绵绵,你的作业写完了吗?"

郁绵一怔:"啊?"

裴姨以前是不会问她作业的事情的,裴松溪对郁绵的学习完全是放养的态度,有段时间作业太多,要写到十一点,裴松溪还劝她别写了,说明天去找老师,说她们留的作业太多,熬夜写作业对小孩的健康不好。现在怎么忽然开始管她,要她去写作业了?

裴松溪轻咳了一声,怕她再问下去:"好了,回去写作业吧。"以后是……不能再跟她一起看电视了。这个年纪的孩子,对感情又懵懂又好奇,问这些问题,其实也很正常吧。可她不知道该怎么回答啊。

有的事情,还是不要问好了。郁绵觉得裴姨怪怪的,却还是很听话:"嗯,好了，我去写作业了。"

新年照旧是回家过的。
周如云坐在主座上，给两个孩子发了厚厚的红包。裴松溪也收到了大红包，她哭笑不得地想说自己长大了，可还是无奈地收下了。
年夜饭格外丰盛，美味佳肴，阖家团圆。
裴之远是学校广播站的主持人，早就学会了怎么调动气氛，说了几个笑话，就把家人逗得哈哈大笑。郁绵格外捧场，用力地鼓掌，满足少年小小的自尊心。
张阿姨炸了年糕，叮嘱两个孩子多吃："要一年更比一年高哦！"
郁绵来了兴趣，一口气吃了好多块，裴松溪拦住她："少吃点，年糕吃多了不消化。"
"我想快快长大！"郁绵偏过头朝她笑，偷偷跟她说话，就像是小时候裴松溪给郁绵夹菜，从不让人察觉，这都是属于她们之间的小秘密。
饭后一家人坐在客厅里聊天，准备守岁。
周如云的年纪大了，可在这一方面却很坚持，也要一起守岁。裴松溪不太放心，拿了药箱，又来了毯子过来："奶奶，我帮您守就好了。"
"不要紧的，一年也就这么一次，"周如云摆摆手，"人的岁数大了，活一天少一天，多活一天就赚了，不要紧的。我活到这个年纪，有时看着你啊，都会觉得奇怪。我家月月明明还是个小丫头，怎么一眨眼就长这么高了？"
丁玫打趣道："奶奶，可别说松溪是小丫头了。她马上要订婚、结婚了，是大人了！"
裴林茂皱了皱眉："事情还没定，不要挂在嘴边说。"
丁玫用手肘反击他："老裴，你管得太宽了，都是家里人，有什么要紧？我出去从来不乱说。"
裴林茂被她打得倒吸一口气，一向阴沉的脸上也浮现出笑意："小玫，你这动不动就动手的脾气也得改改了。"
裴天成把玩着紫砂茶壶："好了，这件事在家里说说不要紧，林茂，你不用过于紧张。"
他刚准备说什么，管家进来对他点点头，靠在他的耳边说了句话。裴天成的笑意淡了，清了清嗓子："老三过来了。"

裴林茂脸一沉："好端端地，他怎么过来了？"

丁玫伸手拉了拉丈夫，怕他脸色太难看，等会儿公公脸上挂不住："大过年的，一家人在一起才对，林默也该过来看看奶奶。"

说话间，裴林默已经走了进来。

早年间裴天成在外面养了个小的，后来还给他生了个儿子，再后来那女人死了，儿子也没接回来，据说是按时给钱供他读书。裴天成是大家长，这些事情没人敢问，只知道小儿子在国外一直没回来。

裴林默年前回国，没有选择进入裴氏公司，他是自由画家，有钱时画画，办画展，没钱的时候就做美术设计，勉强能养活自己，也没再找裴天成要过一分钱。

裴林默走进来，他穿着及膝的藏蓝色风衣，头发往后梳，神色间有几分散漫不羁，毫无礼貌地冲他们点了点头，只对周如云打了个招呼："奶奶！"

周如云温厚慈爱，对裴林默一直不错，朝他招了招手："你这个不听话的孩子，还知道回来！"

裴林茂在旁边低低地哼笑一声。他对这个弟弟敌意很大，说难听点就是个私生子，放荡肆意。明明就是花裴家的钱，在国外学了五年艺术……现在还一副"我不稀罕你的臭钱"的样子。

气氛一时间有些尴尬。

裴林默没理会他，跟老人说完话，又转过头跟裴松溪说："好久不见啊！姐姐。"

裴松溪对他的态度冷淡，点了点头："嗯。"

裴林默没在意她的冷淡："郁绵呢？上次她发邮件问我画画的事情，我还没跟她说呢。"

"楼上，跟之远在看电视。"

"那我上去看看。"

裴林默一走，客厅里的气氛暂时恢复了正常。

丁玫好奇地问："林默找绵绵做什么？教她画画啊？"

裴松溪耐着性子回答："大概是指导一些细节问题。"

丁玫感到有些惊讶，小声说："林默指导啊！你也放心吗？不是我说，他这个人有些叛逆，不太……"

裴天成干咳一声："好了，林默愿意回家是好事，不要说这些无关紧要的话。"

裴松溪不想讨论这些话题，无聊地看起春晚，有时候看到幽默的小品就低下头跟老人讨论几句，打发这漫漫长夜。

当时针指向了十一点，裴松溪站起来："我去看看绵绵。"

楼上，裴之远的房间里爆出一阵大笑。

裴林默正在跟孩子们说他的趣事："你们不知道，我以前一直觉得，夏天吹风扇的时候，都要把风扇放在门口，对着门外吹，说是这样会形成空气对流。结果每天都把我室友热醒，他问我电风扇对外吹鬼呢！"

郁绵和裴之远笑成一团："你是大笨蛋吗？小叔叔！"

裴松溪的唇角微微牵起，敲开门："绵绵？"

裴林默正在说着自己的"光荣事迹"，没想到裴松溪忽然进来，站起来整理了下衣服，还是那副恣意散漫的样子，有些跩跩的，似乎刚才回顾黑历史的人不是他。

郁绵坐在地毯上，仰着头看着她："裴姨？你也要一起来聊天吗？"

裴松溪一怔："我？"

裴之远的眼睛发光："姑姑！你来吧！小叔叔说话好搞笑，我们一起聊聊天，好不好？"

裴松溪摇了摇头："不了。我只是来看看你们。"

郁绵和裴之远对视一眼，俩人同时站起来跑过去，一人拉住她的一只手臂："你坐会儿！坐会儿吧！小叔叔也是大人！他都陪我们聊天，你也一起啊！"

裴松溪被两个小崽子扯得差点一个踉跄，忍不住笑了笑，还是答应了："好吧，就……坐地上？"

"对啊！裴姨，你坐在这里，我和之远哥哥给你腾地方。"

原本三人围成一个小小的圈，现在郁绵和裴之远往后挪出位置，圆圈扩大了一些。裴松溪在他们中间坐下，不得不盘起双腿，有些不太适应。

散漫不羁的青年艺术家裴林默先生也装不下去了，笑出一口白灿灿的牙，往地上一坐，神色显得又得意又张扬："喂，裴松溪，你原来也有坐在地上的一天啊？"

这个姐姐啊，从他少年时见到她，就是一副冷静自持、波澜不惊的样子，他一直不懂，怎么会有这么古板克制的人呢？

裴松溪淡淡地给他扔了个眼刀。

郁绵和裴之远立刻动手，佯怒着打他："小叔叔！她是你姐，不许叫名字。"再乱说话，把她气走了怎么办！

裴林默笑得更加放肆。

裴松溪也没真的生气，只是第一次感受到，这种淡淡的喧闹也没那么厌烦。

裴林默说起他旅游的事情："那时候我的钱包丢了，手机也被偷了，只剩几块钱，我就找了家小酒吧，我跟酒保说了，我要靠我举世无双的美貌来给他们卖酒！后来啊……你们猜怎么样，我输了，他们叫我学印度舞娘跳肚脐舞！然后我就……"

裴松溪无奈地揉了揉太阳穴，这人的脑回路真是一如既往地清奇，自大又肆意……可偏偏，好像很难让人讨厌起来啊。

郁绵和裴之远惊讶地睁大眼睛，他们都是认真听话的乖小孩，从不知道还可以这样，又兴奋又好气："然后呢？"

裴林默得意地看了裴松溪一眼，眼神里写满了"看吧我多招孩子喜欢"的意思，再笑眯眯地看着孩子："然后啊……你们先告诉我，你们现在是比较喜欢我，还是她？我是不是全世界最好的人？我开心了才会继续讲。"

他笑着指了指裴松溪。

裴之远一脸怜悯地看着他："小叔叔，你好傻哦。"

郁绵更是认真地鼓起小脸："很遗憾地告诉你，你这个问题没有意义。"

裴林默心想：这些小屁孩！大过年的说点好听的，安慰他一下都不行吗？

裴松溪抿嘴笑了一下，罕见地主动开口："自取其辱啊。"

裴林默说："你也欺负我？"

裴松溪点了点头，一向清冷的脸上也浮现出调侃般的笑意："嗯，你说对了。"她怎么才发现，这个很少见面的弟弟……是这么一个活宝啊。

裴林默的心里觉得无语，心累啊！

郁绵笑得好开心，靠着裴松溪撒娇："裴姨，你就在这里陪我们聊天，别走好不好？"

"你们先聊，"裴松溪站起来，"我出去一下。"

郁绵有点失望，不过很快裴松溪就回来了，手上还拿着红包，郁绵高兴地欢呼一声："我还以为今年没有红包了！"

其实这是每年的传统项目，裴松溪很喜欢给孩子发红包，红包十分丰厚。郁绵和裴之远都有，接到红包之后他们就凑在一起，要数清楚到底有多少张。

裴林默眼巴巴地看着，语气有点酸："给小孩这么多？"

裴松溪点头："这叫不劳而获的快乐。人只有在小的时候，才能感受到这种快乐。趁着他们年纪正好，当然要让他们多快乐一点。"

尤其是绵绵。绵绵是非常认真努力的孩子，对拥有的东西非常珍惜爱重，对想要的东西则很少会提出要求。她希望绵绵能更快乐一点。

裴林默想了想，说："很有道理。那我呢？"

"嗯？"

他毫不客气地一伸手："姐，我亲爱的姐姐，我的红包呢？难道不让你幼稚可爱的弟弟享受一下不劳而获的快乐吗？"

这放荡不羁、孤僻冷傲的青年艺术家形象真是说崩就崩。

可裴松溪还是回房间拿了一个红包给他："大龄儿童。"

裴林默意外地发现，这冷心冷性的姐姐还有毒舌属性，他是天生自来熟，一放下架子就开始像个小孩子似的撒娇："谢谢姐姐的爱，我收到了。"

裴松溪冷冷地看着他："我后悔了，还给我。"

"不还！"

裴林默把红包放到大衣里面的口袋里，收好了，想想啊……他已经好多年都没收到过红包了，从母亲去世之后就再没收过了，不劳而获的快乐可真好啊！

客厅里的时钟敲响的那一瞬，远处天空中有绚丽的烟花炸开。

裴松溪摸了一下郁绵的头发："好了，绵绵，很晚了，你该回去休息了。"

郁绵正在跟裴之远玩跳棋，不舍得走："再玩一会儿，就一会儿！"

"那我下去跟奶奶说几句话，等我回来，你就要回去休息。"

郁绵点点头："好！没问题。"

等裴松溪上来，她一盘棋也还没下完，可还是决定不玩了："之远哥哥，小叔叔，明天我们再玩吧！新年快乐！"

"新年快乐！"

"新年快乐！"

绚丽的烟花划过天际，点燃了旧岁的尾巴，时光走到新的一年。

裴松溪跟郁绵说了晚安后要关门，郁绵却站在她的房间不肯走："裴姨，我想跟你一起睡。"

"绵绵，"裴松溪失笑，"你现在长大了，不能跟裴姨一起睡了。"

"为什么呢？"

"所有的人都是这样的。从十岁起，就要学着一个人睡，这样性格会比较独立。你现在都上初中了，绵绵。"

"可是……哎。"

郁绵低下头，小声说了句晚安。

裴松溪看着她的背影笑了笑，关上了门。

没过多久，门又被敲响了。

裴松溪趿着鞋过去开门，看见小姑娘抱着枕头站在门口，她微微挑了挑眉："绵绵？"

郁绵仰起头看着她，似乎是下定了决心："在家里我可以一个人睡……但在这里，我……有点怕。"她会想起小时候一个人在房间里睡觉的记忆。有时候窗户没管好，窗帘被风吹着轻轻摆动，那时候她总感觉房间里藏着怪物，偷偷地在黑暗里看着她。

裴松溪一怔。她想起绵绵小时候来敲她的房间的门，怯生生地看着她，站在房间里一句话也不敢说，生怕吵到她的拘谨模样。

于是裴松溪无法自控的心软，像以前无数次那样，将门打开："只能这一次哦。"

"嗯！我偷偷来找你，这样谁都不知道了！"

裴松溪失笑："不是偷偷的问题。绵绵，你长大了，以后不能再跟裴姨一起睡了。"

郁绵眉开眼笑，用力点头："好了！我知道了！"

郁绵好久没来裴松溪的房间。这里好像什么都没变，连裴松溪以前递给她的羊绒毛毯也放在以前的位置，她忍不住摸了一下，还是柔柔的，暖暖的。

跟裴姨一样。

裴松溪叫她先去洗澡，等两个人都躺下，时针已经指向了两点。

关了灯，外面的灯很亮，房间里也不算太暗。

空气里飘着淡淡的鞭炮味,郁绵不喜欢这种味道,于是往裴松溪身边靠了靠。直到闻到那种熟悉的冷冷的木质香味……像是雪松掺杂着冷杉,干净宁和。

她还很兴奋,睡不着:"裴姨,小妍说要送我一瓶香水。你猜猜是什么味道的?"

裴松溪阖着眼睛:"什么味道的?"

"橙子味啊!"

裴松溪"哦"了一声:"看来小妍很了解你,从小就说自己是个没人要的小橙子。"

郁绵不满地哼哼:"哪有?我有人要。"

"睡觉了,绵绵。"

"哦。"

她嘴上答应了,可行动上却一点也不听话,悄悄扯了扯裴松溪的衣角,看裴松溪没反应,她大胆地翻过身,抱住了裴松溪:"裴姨,我要抱着你睡!"

裴松溪刚刚困意上涌,被她一闹又清醒了,有些无奈:"绵绵……很晚了,别闹。你不是说明早我们还要去跑步吗?"

郁绵抱着她不放:"可是我想抱着你。你睡吧!我不打扰你!"

长大以后,裴松溪就很少再抱她了,可能是嫌她没有小时候可爱吧。

裴松溪想推她,抬起手,半天才落下去,拍了拍少女的肩膀:"绵绵,你现在有点不讲理啊。"

"我就要不讲理一下,新年第一天,今年就这一次!"

郁绵越说越不肯松手,抱着裴松溪的胳膊还轻轻蹭了蹭,等裴松溪转身想跟她说话,她不仅没松手,反而更进一步地往她怀里钻,像只小仓鼠在钻地洞:"别凶我好不好,就让我这只没人疼没人爱的小橙子快乐一会儿好了!"

裴松溪被她逗笑了,发现她竟然玩心很盛,也没真的怪她,裴松溪无奈地按住她的小脑袋:"绵绵!我真的困了,别闹了好不好。"

郁绵眨了眨眼睛,不敢再闹了:"好哦,你休息吧。"她也终于安安稳稳地躺下,今晚可能是太高兴了吧。

以前吃完年夜饭,裴松溪回房间,她也只能写作业,偶尔看着窗外的万家灯火发呆。

可今年不一样。她喜欢之远哥哥,喜欢林默叔叔,喜欢裴姨……第一次新年过得这么热闹快乐,她实在太开心了。

"裴姨,你生气了吗?"

"没有。"

"好吧,你生气了要告诉我哦。"

"没有生气,不要紧。"

裴松溪调整着语气,她很少见到郁绵跟她闹腾的样子,心里是很珍惜的,裴松溪在心底轻轻叹了一口气,有些无奈地伸出手,轻轻点了一下郁绵的额头:"嘘,睡觉。晚安。"

郁绵眨了眨眼睛:"好,晚安。"

这个夜晚之后,裴松溪就再没让郁绵来她房间过夜。哪怕是春节留在裴家的那几天,裴松溪也不再给她开门,只是陪在郁绵房间,等着她睡着。

郁绵怪自己,真的是好后悔,肯定是那晚闹得太久了,所以裴松溪多少有点生气。她一连郁闷了好几天,直到初三那天裴松溪带着她回去,回到她们自己的家,她才重新高兴起来。

晚上赵阿姨请她去许家吃饭,她跟许小妍好几天没见,在一起开开心心地聊了几个小时。她给许小妍看她假期画的画稿,许小妍则狂热地继续给她推荐电视剧。

郁绵看了看电视屏幕:"这个我看了!我觉得不好看啊,那天我跟裴姨一起看的,她也不感兴趣,还要看新闻频道。"

许小妍呆住:"你和长辈一起看偶像剧啊?那个……你不会看到亲亲的场景了吧?"

郁绵点了点头:"嗯,看到了。我觉得好奇怪啊,你说两个人抱在一起啃那么久干吗呢?"

许小妍倒吸一口凉气:"你跟你裴姨一起看的?"

"嗯,怎么了?"

许小妍心想:她可不敢跟父母一起看偶像剧!

天啊!这个傻闺密,这不得尴尬死啊!不过可能……郁绵她们的情况跟她不一样吧,反正她是不敢跟父母一起看吻戏的!

可是郁绵一脸坦荡、平静的表情:"小妍,你这么看着我干吗?"

许小妍敲了敲她的脑袋:"完了,你的脑子里装的肯定都是智慧,是晃荡不起爱情的海洋了。"

郁绵不解地皱皱眉:"是吗?我不懂什么是爱情,也不想要爱情。"

爱情……

爱情是什么呢?她不明白,也不想再想,继续和许小妍聊着假期里的开心事,直到裴松溪来接她,还给许小妍带了一份新年礼物。

许小妍惊喜地说了谢谢,开心地想要当场就拆开礼品盒,被她的爸爸拦住了。

许杨有些受宠若惊:"裴总……孩子之间玩玩就好了,你怎么还带礼物上门,让你破费了。"他跟裴氏的公司有商务合作,自然也知道眼前这位三十岁上下的年轻女人在职场上有着雷厉风行、不近人情的名声,没想到她会给小妍带礼物。

赵若嫌弃地拍了丈夫一下:"去去去,你瞎客气什么?"她跟裴松溪见过不少次了,有时候是家长会,有时候谁家有事,都会麻烦另外一家顺便把孩子捎回来,两家算挺熟的,只是许杨不常在家,不知道而已。

裴松溪的笑意温和:"许先生太客气了,绵绵和小妍是好朋友。之前小妍总给绵绵带礼物,现在我回礼也是应该的。"

许小妍在旁边帮腔道:"对!我和绵绵是好朋友!谢谢裴……哎,叫您阿姨还是姐姐好呢?"绵绵说她裴姨有三十岁了,跟着绵绵的辈分叫是应该叫阿姨,可是她们也有十几岁了,其实叫姐姐也可以吧?再说了,她好好看啊,好像这么多年从来都没变。

赵若笑着骂了她一句:"没大没小。"

裴松溪揽着郁绵的肩:"没事,孩子说些玩笑话。许先生,许太太,小妍,我们先走了。"

郁绵朝许小妍挥挥手:"小妍,我走了!"

"嗯!路上小心哦,绵绵!"

"知道了!很近的,就几步路,晚安!"

从许家出来,郁绵才发现天都黑了,也难怪裴姨会来接她。

天空飘着雪,她们走在路灯下,踩出几行深深浅浅的脚印。

裴松溪对她少有要求，但会叮嘱她放学及时回家，和朋友出去玩之前一定要先打招呼，天黑之后不能独自在外面乱逛。裴松溪对安全问题格外在意，但郁绵从来不觉得裴松溪烦，或者像别的同学那样觉得是长辈的控制欲太强。相反，她知道这是裴松溪在意她的表现。

虽然她已经不记得自己的父母是谁，在别人家里玩闹的时候看见他们一家人说笑时也会觉得失落，但这种负面情绪很短暂，往往转瞬即逝，不曾真正影响过她。因为有人在意她。郁绵这么想着，紧紧地揽了揽裴松溪的胳膊，心里感到十分满足。

裴松溪也有些出神。她想起刚才许家欢乐融洽的氛围，总觉得自己亏欠了绵绵什么……唉！可是有的东西，她给不了。到家后，裴松溪推开门，打开客厅的吊灯，温暖的橙色光芒瞬间照亮整个屋子，安静宁和的冬夜。

郁绵欢呼一声，往沙发上一扑："裴松溪和绵绵的家，全世界最好的家！"

裴松溪不知道她为何忽然有感而发，有些好奇地问她："怎么这么说？小妍的父母人很好，她的家不好吗？"

郁绵笑眯眯地摇头："她家当然好了。但那不是我的家呀，我就喜欢我们的家。好几天没回来了！今晚可以睡在自己的房间，我肯定会睡得特别香！"

郁绵一直是个恋家的孩子，觉得哪里都不好，只有自己的家最好。

裴松溪一边脱下大衣，挂到衣帽架上，一边跟她说话："可能有点认床。不过你该早点睡，这几天你都睡得太晚，我给你在浴室放了水，快去洗澡。"

郁绵"嗯"了一声，目光却在裴松溪身上凝住了。

裴松溪今天穿的白色大衣，内搭黑色毛衣和祖母绿连衣裙，简单干净的配色，十分养眼。她微微低下头，拍打着衣帽上的雪花，两缕微卷的发丝从鬓边垂落，衬着她下颌的优美线条，侧影干净温柔，在暖橘色灯光下显得格外美。

郁绵看着灯光下的女人，仿佛在看一个不属于她的美好世界。

郁绵在心里悄悄地想，不知道自己以后会不会也变得和裴姨一样美。

第八章
明月

开学后的第一个周末，郁绵把假期拍的所有照片都放在一起，一张一张地看。

她爱上了摄影，裴林默之前把他的相机拿给她玩。学习之余，她就抱着相机满世界拍，屋檐落下的雨珠连成线、悄悄溜进家里的一只小狐狸、柳树枝条渐渐冒出的新芽……还有裴松溪。

郁绵有时候会拿着相机，偷偷地站在某个角落，拍下裴松溪的某些瞬间。

她低下头，神情专注看书的样子；她站在阳光下，眼睛微微眯起的样子……

裴松溪刚好下楼："绵绵，在看什么呢？"

郁绵莫名有点心虚，赶紧把照片往怀里一收："没看什么呀，就是之前拍的几张照片。"

"照片墙上都要贴满了，你拍得太多了，会没地方放的。"

郁绵在裴松溪走来之前把照片放进大衣口袋："这是我自己要收藏的，不会占地方的。"

裴松溪没看到照片拍的是什么，忍不住笑了笑："我们绵绵也有秘密了吗？"

郁绵有点不好意思："才没有！"

裴松溪想，这个年纪的女孩，有秘密是很正常的事，所以她不再追问："开学这几天，过得怎么样？"

郁绵眉开眼笑地跟她说着身边发生的事情。说开学这次考试，景知意和梁知行都考得特别棒；说班上新换了一个英语老师，比先前那个老师风趣幽默；班主任熊老师说等天气再暖一点，就安排班级春游……

裴松溪含笑听着她说，目光清透温柔。虽然绵绵现在开始有自己的小秘密了，但她还跟以前一样，事无巨细都会说给裴松溪听，还是那个全心全意信赖她的女孩。

三月的春风染绿河堤，春天早早地到了。

熊老师看着班级考试骄人的成绩，心里一乐，就安排了一次春游，地点在郊外的安阳山，山下有适合参观的植物园，山坡上也有专门给游人户外生火做饭的地方，炊具和食材都有现成的，简单方便。

到了春游那一天，梁知行背着两大包零食爬山，一边爬山一边嫌弃许小妍："许小妍，你是装了石头在里面吗？沉得要死，可把我累死了！"

许小妍吃着棉花糖，拉着郁绵和景知意走到前面，头也不回地数落他："梁知行，我就买了几袋薯片和糖好不好！"

等到了半山腰，参观完植物园，梁知行终于有空打开书包。一看，他傻眼了，许小妍说的没错，她是只买了几袋薯片和奶糖，可是……书包里什么时候多出了四个大橙子？不用想，肯定是他闺女郁绵干的好事！

"心累的老父亲"梁知行朝郁绵招招手："郁绵啊，你是想累死我吗？"

郁绵冲他笑："辛苦、辛苦！"这分明是一点也不知错的样子。给许小妍和景知意分完橙子，最后才递了一个给他。

熊老师开始点名分配灶台，为了还原农家乐的感觉，这里的户外灶台是烧柴火的，差点把学生们搞傻眼了，可熊老师还乐滋滋的："怎么了？不就是烧柴火才好玩吗，好了，快开始吧，等会儿我给你们的午饭评分哈。"

梁知行举起手后认领了一个灶台，带着"孩子他妈""没良心的崽崽"和"缺心眼的外孙女"开始做饭。

景知意都很会做饭，她负责掌勺；梁知行以前在农村待过，又是男生，负责找树枝和生火；郁绵负责洗菜，至于许小妍，就跟得了多动症一样，到处去看别人做的什么菜——许小妍在学习上没有胜负欲，在这种事情上却非常热切地想拿第一。

灶台里开始冒白烟，有点呛人。

梁知行捡了树枝回来，顺便把许小妍这个没良心的也给捎带走了。郁绵很快就把菜洗好了，她蹲下来尝试着往里面加树枝，根据人要实心火要空心的原则，灶台的火还真的越来越旺了。

旁边有同学还没生起来火，过来找他们借松毛，借火种，郁绵跟景知意商量了一下，就大大方方地同意了。可是，来借火种的两个男孩子冒冒失失的，边说边闹，从灶台里夹火种时不小心把里面的树枝给带了出来，一下子引火的松毛全都被点着了！

郁绵那时正蹲在那儿，低着头没注意到，火苗瞬间窜起，把她的发尾都烧焦了。两个男生知道自己闯了祸，赶紧拉着她站起来。

郁绵蒙了，直到闻到发丝烧焦的味道，慌忙伸手摸向头发，摸到一手卷卷的、被烧焦的发丝。她又生气又难过，眼眶一酸，眼泪就不受控制地掉了下来。

景知意刚把炒好的菜放在远处的餐桌上，折返回来时，一看眼前的景象就火了，冷着脸凶人："你们是不是欺负她了？"

郁绵也气得浑身微微颤抖……她的头发被烧了！她反手擦了擦眼泪，紧紧地抿着嘴唇，也不说话，就这么看着对面的两个男生。

梁知行和许小妍很快也回来了，这下连梁知行都不敢跟她说话了，他们从没见过郁绵生气的样子。

许小妍紧张地绕着郁绵转了一圈："你没事吧？没有别的地方被烧着吧？"

郁绵摇了摇头："头发被烧了。"

许小妍"啊"了一声。难怪会这个样子！小时候她开玩笑说了一句郁绵的头发少，郁绵都会哭，后来天天看她郁绵喝豆奶，吃芝麻薄饼，郁绵对头发可是爱惜得不得了，现在竟然被烧到了，还不得气死吗！

熊老师闻声而来，看了看现场，先把两个男孩子数落了一顿，再看看郁绵，确认没有受伤，松了一口气，叫两个男生道歉后才说："好了，许小妍，你陪郁绵到旁边休息一会儿。"

山下有条小溪，许小妍拉着郁绵到小溪边坐下。郁绵借着水看到自己烧焦的发尾，情绪缓不过来，轻轻叹气："养了好久呢。"

许小妍围着她说了好多话，想办法逗她开心。可郁绵还是一副很难过的样子，始终笑不出来。最后，许小妍不再劝她了，跑到熊老师那里，借他的手机给裴松溪打电话。

熊老师对她说："早就打过了，你陪着她等等吧。"

熊老师一向很喜欢郁绵，学习好、听话又可爱的女同学，一向都得到老师的偏爱。他看出来小姑娘不高兴，也怕她除了头发还有被火烧到的地方，已经给她的家长打了电话。

裴松溪很快就赶到了。她站在原处，目光在一群学生中逡巡，没能找到郁绵。

梁知行和景知意都认识她，看见她后跑过去："裴阿姨好，郁绵在那边！我去叫她！"

裴松溪神色冷淡地点点头，没一会儿看见郁绵走过来，神色很沮丧，郁绵看见她的时候小脸一皱，有些不好意思地低下了头。

看起来好像没有大问题。

裴松溪稍稍松了一口气，神色间的冷意略微淡了，她对郁绵招招手："绵绵，过来，我看看。"

郁绵低着头走过去，有些难为情："裴姨，你怎么来了啊？"

"接到熊老师的电话，他说了情况，我不放心，过来看看你。"

郁绵原本已经不哭了，可是听到裴松溪这么说，忽然忍不住又掉了眼泪。可她不想让别人看见，实在太丢人了，始终低着头，眼泪一颗颗地掉到地上："……我的头发被烧了，我……"

裴松溪看她哭得这么伤心，轻轻揽住她的肩，声音很温柔："没事，头发不要紧。除了头发，别的地方有被烧到吗？"

裴松溪很少看见郁绵哭，郁绵是外柔内韧的性格，看起来柔弱，却不软弱，轻易也不会哭。可现在绵绵在这么多人面前掉眼泪，让她很担心。

郁绵摇了摇头："背后似乎落了一点火星，烧黑了一点衣服。我没有受伤，我就是……难过。"

裴松溪轻轻舒了一口气："没受伤就好。我去跟熊老师打个招呼，跟我回家。"她请许小妍陪郁绵，自己找熊老师去了。

许小妍递给郁绵一块奶糖："小美人儿，吃块糖开心一下，别难过了。"

郁绵已经不难过了，就是有些难为情："你说……这么一点小事，就让裴姨过来，我是不是太……"

景知意正在看她的发尾，语气冷冷的："怎么能算是小事？女孩子的头发被烧了，还能算小事吗？这还是你头发长，烧得少，这要是被烧秃了该怎么办？"

"胡说！"许小妍赶打断景知意，怕她哪壶不开提哪壶，"就一点点，说什么秃不秃的……不过我看裴阿姨刚才好像真的很生气哎，脸色看起来好像不太好。"

梁知行认真地点评道："那眼神凶得好像想把这里夷为平地，再把那两个缺心眼的傻东西好好教育一番！"

景知意认可地点头："看起来是挺凶的，绵绵，在家的时候她打你吗？"

郁绵破涕为笑："瞎说！裴姨怎么可能这样？"裴姨哪里凶啊，裴姨明明一点都不凶！

很快，裴松溪跟熊老师说完，回来后看郁绵的情绪已经平复下来，揽住她的肩膀："绵绵，回去吧。"

郁绵"嗯"了一声，跟朋友们说了再见，就跟着裴松溪下山回去了。

裴松溪先带着郁绵去了一家理发店，把她烧焦的发尾全部剪掉，可是剪掉之后长度就不适合扎起来了。

郁绵看着镜子，有些不太开心："裴姨，你说我要不要剪个短头发？"

裴松溪认真地端详了一会儿："试试看吧？以前都没剪过短头发，刚好换一下发型？"

理发师在旁边点头："对对对，我刚才就想说，小姑娘，你的脸型很适合剪短发！你放心，剪出来肯定好看！"

郁绵抿了抿嘴唇："好吧，那试试看。"

半个小时之后，理发师收起剪刀："好了，剪完了，我说很适合吧！真的不错！"

郁绵看着镜子里的自己，短发，刘海微微卷起来，干净简单，看起来还不错。

裴松溪走过来，把郁绵鬓边的碎发拢起来，别在耳后。她觉得绵绵这样挺好看，显得特别乖，特别可爱。

等回到家，郁绵进浴室换掉衣服，看到衣服背面被火星烧出的几个黑洞，紧张地看了看镜子……唔，还好，后背上没有被烫到。

裴松溪在门外等着，有些不放心，敲了敲门："绵绵？没事吧？你看得到吗？要不要……我进来看看？"

郁绵瞬间脸红，手忙脚乱地把家居服套上了："不用不用不用，我在镜子里看到了，没事！"

裴松溪松了一口气："那就好。我就不进来了，你洗个澡，等下吃饭。"

郁绵"嗯"了一声，低声自言自语："原来不进来啊……"

郁绵一晚上都没习惯短发的感觉，时不时伸手摸一下，像只用爪子挠头顶的小仓鼠。

她忍不住问："裴姨，这样真的不奇怪吗？"

裴松溪在看邮件，抬起头看着她："不奇怪，挺好的。"

郁绵似乎不太满意她的答案，不再追问了，就靠在她的肩上："我今天真的不想哭的，可是……真的好伤心啊。"

"生气我懂，为什么要伤心呢？"

"因为你啊，"郁绵仰起头看她，刚好看到她线条优美的下颌，"你每天都给我梳头，给我喝豆奶……这么多年……"这些都是裴姨给她的陪伴，所以她才会伤心。

裴松溪没想到郁绵是因为这个原因伤心，把电脑放下了，摸了摸她的发顶："那也没什么，以后还有很多年的。"

郁绵"嗯"了一声，用力地点点头："我知道的。你抱我一下，我要汲取一点你的力量，以后可再不能哭鼻子了。我都这么大了，有点丢人。"

裴松溪看了看撒娇的郁绵，轻轻拍了拍她的肩膀："好了，我工作上的任务很着急，我先处理一下，好不好？"

郁绵没等来她的拥抱，有点失望，但还是让开了："好吧。"毕竟裴姨是临时从公司赶过去接她的，她不能再提要求了。

郁绵今天没有什么心情学习，就拖了一个猫咪肉爪坐垫过来，放到地上，她坐了上去，像小时候那样靠着裴松溪，头靠在裴松溪的膝盖上，坐在地上玩一个四阶魔方。

房间里能听到手指敲击键盘的清脆声音，郁绵偶尔抬起头看裴松溪一眼，也不跟她说话，又低下头去玩魔方。等把魔方拼完了，郁绵觉得有点无聊了，可是靠着裴姨又不想动，于是拉了拉裴松溪的手，悄悄转那串紫檀木佛珠的珠子。

裴松溪低头看了看她，干脆把那串佛珠摘下来，随手递给她。

郁绵惊喜地接了过来，白皙的脸颊埋在柔顺乌黑的短发里，显得格外乖巧可爱，目光清澈明亮。

裴松溪继续工作，偶尔会伸出手摸下郁绵的下巴，那里的肉软软的，很舒服。

郁绵像只好脾气的温顺的小猫，被裴松溪摸得好享受，就差没有发出"咕噜咕噜"的愉快声音了。她靠着裴松溪，之前那点伤心全都没了，心情彻底好了起来。

偶尔她会看着裴松溪的手，裴松溪伸手摸她的下巴的时候，指尖偶尔会从她的脸颊轻轻地划过。郁绵忍不住眨了眨眼睛，目光顺着裴松溪的指尖而动。

裴姨的手……真好看啊，修长、纤细、笔直、骨肉匀停。

郁绵低下头看了看自己的手，其实手型也挺好看的，就是好像跟裴姨的不太一样，有点肉肉的。还是裴姨的手指好看。

郁绵顶着一头短发去上学，许小妍惊讶坏了："我的天！绵绵，你好萌啊！简直像是动漫里走出来的美少女！"

"哎呀！你小点声！"

郁绵有些不好意思地扯了扯许小妍的衣袖："小妍，你说话怎么这么夸张？都被人听到了。"

许小妍不管，一边说着她没夸张，一边忍不住伸手揉了揉郁绵的脸："呜呜……绵宝，你怎么抛弃我独自美丽了！你没良心啊！"

郁绵被她揉得话都说不清楚："喂……泥（你）憋（别）虾（瞎）嗦（说）。"

梁知行看不下去了，一把拍掉许小妍的手："滚滚滚，不许这么折腾我闺女。"

许小妍叉着腰说："你看你就是忌妒！景知意，你说对不对？"

景知意双手抱在胸前，冷冷地说："我觉得我这个护花使者的压力有点大。"

梁知行深以为然："'孩子她妈'，你不用紧张，我会帮你的。"

景知意嫌弃地白了他一眼，最后也忍不住去揉了揉郁绵的脸，叹气道："哎，是挺可爱的。郁绵，你是吃可爱多长大的吗？"

郁绵后退几步，从好友们的魔掌中逃开，小声嘟囔着："哪有那么夸张……

裴姨就很少说我可爱。"

"那是她的审美不太对！"

郁绵不想再继续这个话题，于是换了个新话题："好像要重新排座位了。"

熊老师一直是按成绩分配座位的，之前她是第一，景知意第二，但这个学期新来了一个转学生，前不久竞选成了班长，还是学校广播站的主持人，重点是……第一次月考的成绩超过了景知意，总分和郁绵并列第一了。

景知意抿了抿嘴唇，她的性格很要强："那个陶让是吧？你放心，第二次月考我会超过他的。"

可惜了，到了第二次月考之后的放榜日，梁知行看了成绩，有些不开心："那个陶让这次比郁绵高零点五分，第一。郁绵第二，知意第三。"

景知意忍不住生自己的气，郁绵立刻劝她："没事的，知意，一次考试而已，你别想太多了。"

许小妍作为一个常年吊车尾的学生，在旁边默默地围观学霸们的世界。太复杂了，她不懂，反正她只要不考最后一名，也不要考难听的第三十八名就好了。

月考之后的第一节班会课，熊老师开始重新分座位了。

陶让成为郁绵的新同桌。少年穿着蓝白校服，俊秀挺拔，唇角挂着温和的笑意，眼底却是带着疏离的。

郁绵照例跟新同桌打招呼，陶让也礼貌地回应，但神色十分冷漠。

毕竟每个人的脾气和性格都不一样。

郁绵这么想着，也觉得没什么大不了的，她和新同桌井水不犯河水，两个人一学期下来都没说过几句话。可他和她的成绩就像较上劲一样，有时候是陶让比她高零点五分，有时候是她比陶让高零点五分，更多时候两个人的分数一样——数学和英语满分，语文作文扣三分。这让郁绵感觉很郁闷，从小到大，她还没遇到过这么强劲的对手。

这种竞争的感觉激起了她的竞争心，除了保留了一周三次练习画画的时间，其他时间她都花在了学习上，电视剧、明星、杂志、动漫、小说……她都不感兴趣，一心一意地投入学习。

陶让跟她不一样，他在学校里是活跃的学生干部，班长、广播站、学生会、篮球队……每一个学生团体中都能看到他，是天之骄子般的耀眼人物。

渐渐地，班上有女生开始偷偷给他送礼物，总让郁绵帮忙转交。

体育课上，郁绵又哭笑不得地拒绝了一个女生："哎，我跟他又不熟。我们上学期没说过三句话，这学期也只说过一次。怎么都来找我……"

初秋的阳光很是热烈，跑道也被晒得发烫。

景知意跑完步回来，脸颊红红的："我看就是欺负你脾气太好。"

许小妍一心吃零食："好了好了，别想这件小事了。现在一周就一次体育课，我们聊点开心的事情不好吗？"

进入初二以后，体育课由先前的每周三节改为每周一节了，能放松的时间也变少了。

郁绵点点头："好吧……哎？梁知行呢？"

"他！对！"景知意两眼放光，"他们男生在练引体向上，梁知行不太行，我们快去嘲笑一下他！"

她跟梁知行打打闹闹了好多年，嘲笑他的习惯总改不掉，拉着郁绵和许小妍就往操场另一边跑，结果恰巧梁知行刚刚做完，体育委员计数："十个。"

这是勉强及格的成绩了。梁知行平时不爱运动，这次临时练了几天，今天很吃力地才踩到了及格线。他有点丧气，景知意想了想还是没嫌弃他，声音平平的："你再多练练。"

郁绵也安慰他："挺不错的！以后每次体育课我们都来陪你一起练！"

梁知行的心情不太好，沉默着点了点头，往回走时，景知意跟他说着话。

郁绵拉着许小妍跟上去，可许小妍走着走着，却回头看了好几次，小声说："奇怪。"

"小妍，怎么了？"

许小妍压低声音，站住了，让郁绵也回头看："你看哦……我好像看到陶让……衣服上有血啊。"

郁绵一怔，回过头看了看，现在刚好是陶让在做引体向上，少年把衣摆扎在校服裤子里，随着动作轻轻扯出一点……是红色的，好像确实是血。可是他为什么受伤了还不请假呢？

体育课下课，陶让回来，刚一坐下，郁绵就闻到一点淡淡的血腥味……

她怕他出事，虽然平时不说话，但毕竟是同学……郁绵给他写了张纸条，再慢慢推过去，目光真诚地看着他，有些担忧。

陶让淡淡地看了看她推过来的小纸条，眉心微微一跳，看清字迹后脸色一冷，礼貌地回了一句谢谢，态度却是拒人于千里之外的。

他是阳光优秀的少年，老师、同学都对他印象极好，他待人一向温和大方，可是总感觉……怪怪的，像隔了层玻璃，不许任何人进入他的世界。

郁绵觉得这个同桌好奇怪，但她已经表示过了自己的关心。他不回应，她也不会再问。最后一节还是班会课，成绩排名没什么波动，郁绵第一，比陶让高一分；许小妍还是吊车尾的排名；唯一有波动的就是梁知行，他从班级第十一前进到了班级第四，景知意第三，所以他们成了同桌。

放学后许小妍阴阳怪气地道："'孩子她爸''孩子她妈'终于成了同桌，你们什么时候去领证啊？"

景知意冷笑："许小妍，再乱讲，看我不打死你。"

许小妍抓着郁绵的胳膊，躲在她旁边："我不怕，你家崽崽在我手上，小心我撕票。"

郁绵笑着拍了拍许小妍的手："你这几天总去我家蹭饭，还敢这么说我！"

梁知行因为成绩进步神速，勉强找回了被体育伤害的自尊心，笑着插话："我都没去你家吃过饭！她怎么都去好几次了？不行！这不公平！"

郁绵看着他："你真想去？"

"真想！景知意也没去过，对吧？"

景知意点头："对哦，今天还是你生日，我们每年给你送礼物，你都不请我们吃饭！"

郁绵忍不住笑："那就去吧，我给裴姨打电话说一声，再让董奶奶多烧几个菜。"

小妍是邻居，两家住得近，一直有走动。所以这还是第一次真正意义上郁绵说要带朋友回家，不知道裴松溪会不会介意。

郁绵有点紧张，但是电话接通之后，裴松溪一听到她的话，立刻笑着答应了："当然可以了。这是我们的家，你当然可以邀请你的朋友过去。我晚点回来带蛋糕和果汁给你们。"

郁绵低下头，踩着地上的落叶笑："那我等你。"

郁绵带着他们走进自家的小院子时，梁少爷忽然感觉脸有点疼……觉得他爸给学校捐的电脑根本不算啥,这也太有钱了吧……绵崽实在是太坏了,平时总是静静地看他装……咳咳。

许小妍来的次数最多,对这里很熟悉,拉着景知意去院子里荡秋千。

院子里才搭了葡萄架,绿油油的藤蔓上缀着葡萄。郁绵找到梯子,梁知行爬上去摘了两串刚刚成熟的葡萄,可把许小妍给馋坏了:"我要吃!我要吃!"

郁绵拦着她:"还没洗,洗干净了,饭也好了,晚点吃。"她在生活习惯上一向很自律,规律作息,到了饭点准时吃饭,不能吃零食和水果,像个严肃刻板的小大人。其实这些习惯都是因为裴松溪养成的,她很早以前就发现裴松溪吃饭、作息都不规律,于是暗自决定自己要健康一点,这样裴松溪为了她的健康,也会好好要求自己。

许小妍无奈地屈服:"好吧。"

董阿姨已经做好了饭,在门口叫他们:"孩子们,开饭喽!刚刚蒸的大闸蟹,赶紧趁热吃!"

"大闸蟹,我来了!"

"慢点。又没人跟你抢。"

董阿姨做了一桌子美味的饭菜,给他们每个人盛上饭才离开。

郁绵一边吃着螃蟹,一边分心地看时间。半个多小时后,才听见门外汽车停下的声音,她站起来:"裴姨回来了,我去看看,你们先吃。"郁绵出去迎接裴松溪,看她提着蛋糕和礼盒,跑过去接过来:"这是什么啊?"

裴松溪笑意温柔:"给你的朋友带了一点礼物。"

郁绵有点高兴,又有点不好意思:"哎呀……"

裴姨对她实在是太好了,对她的朋友也太好了!

裴松溪跟她一起走进屋,看出来小朋友们有些紧张,就笑了笑:"没事,你们吃吧,我回来之前吃过了,先上楼了。"裴松溪把空间留给了他们,非常尊重他们的世界。

裴松溪走之后,许小妍继续放开胃口吃,梁知行继续嘲笑许小妍是吃货,景知意也没那么拘谨了——她的家境不太好,最初是有点无所适从的。郁绵察觉出她的情绪,就坐在她旁边,笑着跟她说话。

饭后,他们开始吃生日蛋糕。郁绵是小寿星,戴上寿星专属的小小王冠,

第八章 明月

140

房间里的灯全都关了,她在跳跃的蜡烛烛光里双手合十,虔诚地许愿。等她吹灭蜡烛,许小妍八卦地问她许了什么愿,郁绵笑嘻嘻地不说话:"不能说哦。"

裴松溪吃完一小块蛋糕,继续把空间留给他们,上楼去了。这个年纪的孩子都喜欢折腾,梁知行和景知意把小茶几搬到院子里去,许小妍拉了几张藤椅过来,摆上一盘她觊觎已久的葡萄,高兴地傻笑。

清风明月夜。秋风飒飒,夜晚的风清凉舒适。他们坐在葡萄架下,头上是一轮圆月,地上是彼此依靠的影子。

他们笑着说了一会儿闲话,景知意忽然想起语文老师留下的作业:"对哦,老师不是让我们进行一个小讨论吗,说是选一本名著聊一聊,刚好,今晚是个好机会,不用之后再电话聊了。"

许小妍正在吃葡萄,一口一个,可把她美坏了,闻言简直要哭了:"天啊!你饶了我吧!"

梁知行选择性忽略她的哀号:"你想选什么书?"

"《哈姆雷特》《呼啸山庄》《月亮与六便士》,这三本里选一个?"

梁知行想了想:"我选二和三,绵崽来决定吧。"

郁绵正咬着一颗葡萄,甜得她眉开眼笑:"选三吧!"

"为什么呢?"

郁绵偏过头,看了看二楼那间亮着灯的窗户,灯光亮着,莫名让人觉得很安心,她又抬头看了看天上的皎皎明月,给出她的理由:"因为名字好听。"

"噗。这么简单的理由吗?"

"嗯,我喜欢这个书名,而且……"郁绵弯了弯眼眸,也不知道是想到了什么,笑容甜美,"一抬头我就看见了月亮。"

秋天是美好却短暂的篇章,转瞬间,冬天到了。郁绵在镜子前面戴围巾,这是前几天裴松溪给她买的。她很喜欢,长长的流苏下面坠着白色球球,设计得很可爱。她的头发又留了起来,秋冬是适合留头发的季节,一个秋天过去,现在已经能扎起来了。

裴松溪说她短发好看,可她还是喜欢长头发,有时候靠在裴松溪旁边,郁绵会把自己的头发跟她的绑在一起,打一个小小的活结,仿佛这样又多了一种看不见的联系。

真快啊……

一眨眼初中都过了一半。

郁绵有时会想起，小学时的那个暑假，她听见裴姨要订婚的消息，那时候她每天都做梦，梦里门牌上"裴松溪和绵绵的家"，忽然变成了"裴松溪的家"。她被驱逐，被舍弃了。

刚上初中的时候，她差点以为裴姨要让她住校或者租房住，也紧张了好久，幸好后来并没有住校。现在过去了这么久，也没有任何消息。或许……或许就只是她白担心了吧。

郁绵对着镜子发呆，忽然自言自语地道："你还要再长大一点。"说完她笑了笑，也不知道为什么会脱口而出这句话。

郁绵换好衣服，穿上一件鹅黄色的羊绒外套，显得清新活泼，然后冲镜子里的自己笑了笑，这才出门。

裴松溪这几天出差了，只有她一个人在家。

在车上时，她接到裴松溪电话："绵绵，起床了吗？"

郁绵看着窗外迅速后退的风景笑："当然起来了，还有半个小时就上课了。我在车上了，你放心。"怎么总把她当小孩子呢，现在还跟以前一样，只要裴松溪不在，就一定要打电话确认她是否起床，有没有迟到。

"你还挺早，真乖。好了，我先挂电话了，我明天提前回来，一个人在家听话，知道吗？"

"你要回来了？我等你回家！"

郁绵一下变得好高兴，在学校的一整天里，连课间都在傻笑，拿笔尖戳着橡皮发呆，自己又觉得好笑……好像以前裴姨走的时候也没这么想她，现在越长越大，反而越过越回去了，可思念的情绪总是一日比一日强烈。

冬天的窗户上结满了雾气，她看着窗外出神，手指在窗户上轻轻游走，等回过神来才发现她写了一个"裴"字，莫名有点慌张，往旁边看了看，没人注意到她的小动作。

于是她悄悄把那个字擦掉了，用指尖画了一个月亮。她的月亮。

这几天裴松溪不在，路上雪厚路滑，郁绵中午没有回家，在学校里吃的饭，许小妍很义气地陪她一起，但是小馋鬼的要求很多，每天都要拉她去学校外面的美食街买饭吃。油炸香肠、土豆饼、铁板鸡柳……许小妍热衷于小吃，

第八章　明月

每次要买好多份，郁绵只能在店外等许小妍。

许小妍排长队买奶茶时，郁绵无聊地站在台阶上等，她的双手插在口袋里，看着远处天空上洁白的飞机线。

可她看着看着……眉心忽然皱了一下。

郁绵看见了一个熟悉的背影，出现在美食街对面的小巷里，那个人穿着附中的蓝色校服……后背上有血迹。

许小妍前面还有十几个人，郁绵走过去跟她说："我走开一下，马上回来。"

郁绵往那边走，小巷里曲曲折折，迎面遇到不少人，她跟着跟着……把人给跟丢了。直到忽然有人拉住她的衣角，压低声音："帮我一下。"

郁绵一惊，下意识地叫他的名字："陶……"

"嘘！小点声！"

陶让把外套脱掉，递给她，里面的黑色毛衣看不到血色："等下帮我带回去……帮我看一下，有没有两个成年男人在往这边看？"

郁绵接过他那件沾了血的外套，往四周看了看，小声说："在前面，背对着你……你怎么了啊？"

陶让轻轻地"嗯"了一声："我走了，躲一会儿。谢谢。"

他就这么走了。郁绵抱着陶让那件沾血的外套，一时反应不过来，可人群中已看不见他的身影了，她这闲事管得也应该差不多了。

可是……她总觉得紧张。流血了啊……还被人追，他会死吗？

一直到教室，她都魂不守舍的，连课间梁知行问她数学题，她还有点出神。

"绵绵，你怎么了？"

许小妍打量着她陷入思考："她从中午回来就这样，也不知道是怎么了。"

景知意挑眉："有谁欺负你了？"

郁绵摇摇头，犹豫着说："不是……就是我看见了一个同学……他，他的衣服上都是血。"

许小妍震惊地睁大眼睛："陶让？"

郁绵拉了拉她衣袖："小点声！"

景知意和梁知行都围了过来："小妍，你怎么也知道？"

许小妍难得严肃起来："那次体育课啊……就是引体向上那一次，我和绵绵就看到了，他好像衣角是红的……"

郁绵把这件事的前因后果说了，几个人都沉默下来了……遇到这种事情，找老师吧，陶让看起来不想让老师和同学知道；报警吧，似乎又找不到合适的理由。可陶让今天确实没来上课，说明他真的有事。

梁知行想了想，觉得自己作为小小男子汉，应该有担当："这样吧，晚上放学我一个人去那边看看。"

景知意嫌弃他："你这么弱鸡，算了，我跟你一起。"

郁绵和许小妍对视一眼："我们也去。"

景知意无奈地答应："行吧，真打架了你们就躲开，你们从头到尾可别掺和。"

于是最后一节课也变得有些漫长难挨，一到下课，郁绵迅速收拾完书包，给司机打了个电话让他不要来接。一行四人往郁绵先前说过的小巷走，美食街里有不少人，新鲜出炉的包子热气腾腾的，人头攒动，根本看不到陶让的人影。

郁绵皱着眉头分析："如果我是他，我肯定会躲起来。"

"这附近有可以躲的地方吗？"

"有！我想起来了，有个修自行车的棚子，老板前几天走了，那里上了锁，但是钥匙就藏在花盆下面。这个我们班好多男生都知道，之前还有人想午休的时候进去打牌。"

"天，打牌！梁知行，你们男孩子都在想什么？"

"别说这些废话了！快跟我过去看看！"

梁知行带着她们到小车棚附近，再三确认了附近没有人，才从花盆下面摸钥匙，果然摸了个空。

梁知行站在门口，往里看了看，没看见人影，但是隐约能闻到空气中的淡淡血腥味："我猜他应该就在这里了。我们要进去看吗？"

"来都来了，进去吧。"

景知意看了看这扇铁门，门现在是从里面用插销扣上的，可铁丝之间的缝隙其实挺大的，她将手掌放进去，简单拨弄一下，门就开了。

她大着胆子一脚踏进去，梁知行赶紧去拉她，让她走慢点，郁绵拖着许小妍走在最后……里面黑漆漆的，也不知灯在哪里。直到黑暗中闪过一丝亮光，郁绵脱口而出："陶让！别动手！"

"咳咳……"

黑暗中传来一阵咳嗽，景知意后怕地往后退了一步，这才反应过来，刚才那亮光，说不定就是某个锋利的金属……

梁知行想起自己带了手机，把手电筒打开，一个满身是血，脸色苍白的少年映入他们的眼帘。

陶让冷笑："来看我笑话？"

梁知行有些恼怒："看你的笑话！我们是没事干吗？还不是郁绵说你受伤了，我们才没事干来找你。"

陶让愣住："你们……走吧。与你们无关。"

郁绵摇摇头，走上前去，弯下腰看他，少女的脸颊在手电的光芒里显得模糊而美好："可是你受伤了，陶让，你是我们的同学，我们关心你，你不要这么抗拒好不好？"

少年抿着嘴唇不说话。他不想看见他们……他知道他们四个人关系很好，人都很好。有时候他会悄悄观察他们，时常会想，为什么有的人生来就站在光明之中，而他每次想往上走一步，都要被冷硬残酷的现实拖着往下坠。他讨厌这么怨天尤人的自己，因此也讨厌看见他们。

景知意走上前，一把拉开郁绵："你就是脾气太好，往后站。"

她上前踢了踢陶让的脚，语气嚣张："我告诉你，我们来都来了，不会不管你的。梁知行，你家司机是不是还在校门口等，打电话让叔叔过来搬人。"

陶让恼怒："景知意？"

景知意也不怕他："你要是现在就死了，你爸妈白把你养这么大了！"

陶让沉默了，沉默的时间太久，直到许小妍小声问："他该不会是没呼吸了吧？"

梁知行一慌，赶紧上前摸了一下，鼻息之间还是温热的："晕了而已，还活着呢！你吓死我了！"

司机很快就到了，车就停在美食街外面，他和梁知行把昏迷的陶让合抬上车，送去了医院。医院里到处都是消毒水的味道，有些刺鼻。他们等了好久，才等到医生出来，说病人失血过多晕了，外伤并不严重，已经包扎好了。

景知意脸色臭臭的，先走进病房，嫌弃地看了看陶让："你怎么样？"

陶让僵着脸："我好了，我要回家了。"

梁知行的脾气又上来了："你现在回家？你现在在医院躺着，给家里打电话，让你家人来照顾你。"

陶让冷冷地看着他："我妈病死了，我爸在外面赌，刚才那两个人就是要债的，你让谁来照顾我？"

这下他们都愣住了，都是十几岁的孩子，面对这种情况不知该怎么办。

就连梁知行也是……虽然他爸以前会对他妈动手，可是对他还是不错的，在零花钱方面也没少过他半分。所以他对父亲的感情才会那么复杂，又恨父亲，也无法不承认，父亲对他很好。

可是陶让……陶让的父亲跟他的父亲不一样。

郁绵在旁边听着，精致的眉头也慢慢蹙了起来，想不出法子。

陶让见他们沉默，冷着脸慢慢掀开被子下床，手里似乎还紧紧地握着一条链子。

窗外天色已黑，他们都还是十几岁的孩子，待在外面久了，家里会不放心。

现在看来好像也没有别的办法了，他们送陶让回家。车停在街口，陶让一瘸一拐地下车，背影是萧瑟落寞的。

"唉……"在寒风之中，不知道是谁悄无声息地叹了一口气。象牙塔里的世界简单美好，生活快乐无忧的孩子们，第一次直面了人世间的残忍。

第二天，陶让来上学了，还是穿着校服外套，被老师点名到讲台上解题，他除了脸色有些苍白之外，还是那个优秀耀眼的少年。昨天以前，他们会跟别人一样，以为他是家庭幸福、聪明俊秀的少年……可现在才知道，原来他每走一步，都是在负重前行。下午最后一节课是体育课，大榕树下，郁绵和许小妍坐在花坛上，远远看见梁知行和景知意拖了个人过来："来了！"

少年冷着脸："请问，你们又有什么事？"

郁绵冲他笑了笑，没在意他的不礼貌，将书包拉链打开，跟许小妍一起拿出四个零钱罐："给你。"

陶让怔住，不敢置信地反问："给我做什么？"

梁知行叹气，一把搭住他的肩膀："喂，兄弟，你不这么要强能死吗？大家都是同学，不是看不起你，是真的希望你好。"

许小妍从花坛上跳下来，从口袋里摸出一把奶糖强行塞到他的口袋里：

"对呀,陶让,你能不能别总拒绝别人的关心啊?生活这么苦,吃点糖不好吗?"

郁绵晃了晃零钱罐:"我的压岁钱都存在银行了,这里就一些零钱,给你午饭加个鸡腿,病人要多吃有营养的东西!"

景知意也不太自在地点点头:"我家穷,我的钱很少,你不要嫌弃。"

陶让不知道该说什么,他第一眼就羡慕的人,站在阳光下大声玩笑打闹的人,曾经以为永远不会有交集的人……忽然向站在黑暗里的他伸出了手。

他沉默着,转身就走。

"哎?他怎么不说话就跑了?"

"嘘……我看他好像眼圈红了。"

陶让最终没要他们的钱。

晚上回家,郁绵惊喜地发现客厅的灯亮了起来,有人背对着她在脱外套,她欢呼一声,冲过去,一把抱住了裴松溪:"啊……裴姨!你回来了!"

裴松溪被郁绵勾住脖子,无奈地弯下腰:"回来了,绵……"

绵绵长高了好多,已经只比她矮半个头了,她们靠得太近了,近的裴松溪忽然感受到少女胸前的微微隆起,不再是一马平川了……让她感觉很不适应,她不能再这么抱绵绵了。

郁绵已经松开手,围着她转了两圈,认真地点评:"出差半个月,好像瘦了一点,是不是没有好好吃饭?"

裴松溪摸了摸她的发顶:"没有,有认真吃饭,不是还给你拍照片了吗?"

"谁知道你吃没吃完呢,你有时可不听话了!"

裴松溪笑了笑,看了看她扎起来的辫子:"头发又变长了。"

郁绵笑:"对呀,还是长头发好看!对了,你累不累?快坐下,我给你捶捶肩膀吧!"

裴松溪说不用,可还是被推着坐在沙发上。郁绵踢掉鞋,站到后面去,双手按在她的肩膀上,有模有样地按了起来:"这是跟小妍一起在视频上看过的。赵阿姨之前肩颈不好,小妍说就是看的这个,按摩很适合中老年人。"

裴松溪失笑:"绵绵,我在你心中已经是中老年人了吗?"

郁绵动作一顿:"没有!我不是这个意思!裴姨,你这么好看,怎么可能老了,我、我……"

"你这么紧张做什么？我跟你开个玩笑。"

"好吧……"郁绵低下头，继续给她按摩，"我不是紧张。"她只是觉得"中老年人"这几个字，她一点也不喜欢，裴松溪跟这几个字根本沾不上关系的……这么多年来，裴松溪好像一点也没变过……不对，也还是有变化的，好像越来越好看了……可是她找不到词来形容那种感觉。

她在灯光侧影下悄悄地看着裴松溪。时光对她很温柔。

裴松溪感觉到她的动作停了，笑着拍了拍她的手背："绵绵？累了就不要再按了。"

郁绵摇摇头："不累不累……我就是刚刚走神了一下。"

"是因为学校里的事情吗？"

"哎……刚才不是……不过在学校里确实遇到了一点事情。"

裴松溪拉了拉她的手腕："你坐下来说。"

郁绵就把昨天遇见陶让的事情跟她说了，末了还有些出神地想："我原来都不知道，跟我们一样大的人，要承受这么多。裴姨……"

如果裴松溪敲她的门，她没有开门呢？

如果裴松溪不再去那户人家看她呢？

有好多好多个如果，都是她不敢想象的。

郁绵忍不住伸手抱住她，脸颊在她的肩膀上轻轻蹭："裴姨……我一辈子都留在你身边就好了。"

裴松溪愣了一下，这是绵绵小时候常讲的话，裴松溪不知道她为什么忽然又这么说，忍不住笑了笑："又说孩子话。每个人都要长大，独立，进入社会。你以后……也会拥有自己的家庭。"

裴松溪顿了顿，才说出后半句话。这些年来，她一直在找郁绵的家人，可简直像海底捞针。孩子那时候太小，车祸之后什么都记不起来，而她的家人似乎也没发布过寻人的消息，像是……父亲没有骗她，绵绵的亲人都已过世了。

直到前不久，她才得到一点消息。魏意找到一个老花匠，看见郁绵小时候的照片，说曾经见过她。可老花匠年逾古稀，几十年间在不少人家都帮过工，一时半会儿根本想不起她是哪家的孩子。

裴松溪出完差直接飞到另一座城市，风尘仆仆，亲自去问，可惜依旧是

第八章 明月

希望破灭的一次经历。多少次怀着希望而去，就有多少次失望而归。她如此心性坚韧的人，也多少有些失落。她只庆幸从没跟绵绵说过这件事，也免得郁绵难过。

裴松溪这几天总在想，如果真的找不到她的家人……也就算了，绵绵已经长大，再过几年就成年了，她可以组建新的家庭，有爱人陪她一生，伴她终老。

她不会让郁绵一个人孤单的。

可郁绵听到这句话，却不满地皱了皱眉，抬起头问她："还这么早……你就说我自己的家庭。我不要，我又不会跟别人结婚。"

不像你……你会跟别人结婚的。

裴松溪笑她孩子气，却不再跟她争辩："好，现在说这个确实太早了。"

其实她不愿意去想这件事，可绵绵一天天地长大。上次郁绵带朋友回家，几个年轻孩子坐在葡萄架下面看月亮，大声讨论着毛姆的那本书。

裴松溪听到了，在窗边站了好久，悄悄地看着她们，看着郁绵。

她在楼下看月亮，裴松溪在楼上看她。

裴松溪想起郁绵以前还是小小的一只，每年过生日都是她们两个在一起吃蛋糕，每次郁绵都会大声许愿，愿望始终一样，老套又可爱："我希望裴姨长命百岁！"

可是现在，绵绵长大了，会偷偷许下她的小愿望了。

她的朋友都很好，目光温暖而真诚。裴松溪感觉很放心，自己不在她身边的时候，绵绵也活在阳光里。

她会跟她的朋友们并肩前行，越过时光的河流，穿过平原和森林，一步一步往高处走。

这一两年来，裴松溪有意留出更多的空间给郁绵，因为她知道，她只要在远处看着绵绵，看着绵绵一步一步走远就够了。

可是……

她低头撞上少女清澈干净的目光，想到这里，总感觉心脏被轻轻捏了一下。

那种怅然的、失落的、无法言说的情绪又悄悄涌上来，悄无声息地将她淹没了。

第九章
逐梦

这个冬天，陶让经常在书桌抽屉里发现可口的小蛋糕、热的饭团、酸奶，还有吃不完的奶糖和方便面。

郁绵会带蛋糕和甜点过来，许小妍则大方地把酸奶和奶糖分给他，梁知行在食堂打饭会打三个鸡腿，给坐在角落里啃面包的陶让送去一个；景知意的脾气最坏，看见他那张臭脸就想打他，所以直接买了整箱方便面，一次了事。

陶让发现自己对他们的善意毫无抵抗之力。哪怕依旧沉默，可是沉默就是一种纵容……他成了这个小团体中的一员，哪怕他从来都不说话，只是沉默地走在最后，可是……他知道他拿他们没办法了。

像是有一束光，忽然照进了他的世界。

熊老师一向讨厌恶性竞争，惊讶地发现班上成绩最好的四个人成了朋友，这是很好的风气，不仅表扬他们，还特意把他们四个人的座位安排到一起。

只有成绩吊车尾的许小妍，可怜兮兮地跟他们隔开了，她还找熊老师哭诉去了，可惜后来还是没哭诉成功，这把她气坏了，生平第一次生出了要好好学习的决心……当然，决心只维持了三天。

临近期末考试的时候，被戏称为"F4"的四人组还是稳占前四名，外加上个拖油瓶许小妍，在全年级都出了名。

以前还有人会找郁绵帮忙，转交情书给陶让，可是渐渐地，来找她的人少了。甚至有人在背后里说酸话，说学霸一号和二号在一起了，正以学习为名，偷偷摸摸地谈恋爱。

有几个女生组成的小团体天天说熊老师偏心，之前班上有成绩一般的学生谈恋爱都被请家长,可是对好学生就睁一只眼闭一只眼。说起……之前郁绵总是拒绝帮她们转交礼物,肯定就是暗恋陶让,却偏偏要说什么跟他不熟。她们越想越不服气,班上谣言乱飞,到后来连熊老师都知道了。

郁绵知道这件事气坏了,直接冲去熊老师的办公室:"老师,我没有早恋!"

熊老师笑眯眯地看着她,神色温和慈爱:"不要紧。年轻孩子,彼此之间有朦胧的好感是正常的。"

何况他们都是这么优秀的孩子,走得近一些,还常年稳居着第一第二的位置,只要正确引导,就没有问题。

郁绵很无奈:"我真的不喜欢他啊……老师,您别想太多了。"

熊老师笑着点点了头:"好了,你先回去。期末考试要到了,不要分心。"

郁绵满腔郁闷地走出办公室,许小妍等在外面,一把拉住她:"老师骂你了?"

郁绵摇摇头:"没有。"

"那你怎么看起来还这么生气啊?"

"唉!算了,晚点再跟你说,我想自己静静,我去跑会儿步,小妍。"

裴松溪接到熊老师的电话时,感到有些意外——郁绵一向是优秀听话的学生,根本就不需要找家长。她深吸一口气,调整好情绪,才按了接通:"熊老师,我是裴松溪。"

"哦!你好你好,是这样的……"

门外,明燃拿着一份文件走过来,被魏意拦住了:"裴总在接电话。"

"谁的电话?她父亲的?"

"不是,听起来像是学校的老师打来的。"

明燃往里面看了一眼,手上的文件急需签字,站在门口等着,顺便跟魏意聊天:"松溪最近怎么样?看她的情绪还不错。"

魏意点了点头:"情绪比较稳定。"

"那就好。"

明燃跟裴松溪认识多年,知道她曾经很长一段时间陷入低谷。她是坚强的人,但有的人坚强的方式是向外寻找他人倾诉,取得世俗意义上的成功。但松溪不是,她是向内寻找答案的人,从不擅长跟自我和解。

魏意犹豫着说:"前几年有联系医生,也在吃药,这几年好一点了。明总,你知不知道裴总是为什么……"

魏意跟着裴松溪已经好几年,在她走投无路的时候,是裴松溪拉了她一把,她才有今天。可是她并不知道裴松溪的事情,有时候会担心裴松溪。

明燃摇摇头:"我不能告诉你……再说了,告诉你也没用。你了解松溪的,她是个很孤独的人。她的世界藏在看不尽的千山万水后,没有人能进去。"

魏意笑了笑:"虽然你说得很有道理,但可能不太对哦,明总。也许那后面藏着个小孩呢。"

明燃一怔:"嗯?"

魏意微微挑了挑眼眸,笑容肆意明媚。

"或许你说得有道理,"明燃淡淡地点点头,"那你呢?魏意?"

魏意的目光下意识地闪了闪,随即很快恢复如常,趁着左右无人靠近明燃,悄悄掀起她鬓边一缕长发:"这还用问,你懂的……我先走了啊。"

明燃的神情一瞬间冷下去。也怪她自己糊涂……她们是清清白白的朋友关系,她怎么一时犯浑,想问了那句话呢。真是可笑。

"明燃?"

"哦,松溪,我有份文件找你签字。"

明燃回过神,将手上的文件递给她,裴松溪摆摆手:"我要去绵绵的学校一趟,老师给我打电话了。你代签一下,或者明天来找我,我先走了。"

"绵绵怎么了?"

裴松溪想了想,露出一点无奈的笑意,语气是轻柔的:"好像是早恋了。这孩子。"裴松溪很快就走远了,样子有些着急。

放学铃声响起后,郁绵背着书包离开教室,在学校门口意外地看见了裴松溪,她跟许小妍挥手告别,笑着跑过去:"裴姨?你怎么来了?"

裴松溪朝她招招手,伸手将她的书包接过来:"下周一考试?"

郁绵点了点头,又重复一遍问题:"你还没回答我,你为什么来接我了?"

裴松溪揽着她的肩膀,顺着人流往外走,压低声音:"等会儿再说吧。我们先去吃饭吧?有没有什么很想吃的?"

"今天出去吃吗?"

"对啊,很久没带你出来吃饭了。"

郁绵的眼睛一亮:"你今天有时间陪我了?"

裴松溪看着她,神色很温柔:"很久没有陪你了吗?"

"也不是。"

只是裴松溪平时工作很忙,郁绵不敢占用她太多时间。

裴松溪带她去了一家东南亚餐厅,点了郁绵最喜欢吃的咖喱牛腩、春卷鱼露柠檬粉和盐焗大虾。果汁酸酸甜甜的,郁绵特别喜欢,喝了两大杯,笑着问裴松溪:"你什么时候有空,我们再来这里吃饭好不好?"

"这几天忙完就有空了,你想来的话,等你考完试我们就来。"

"啊,太好了!"

郁绵很开心,她是简单快乐的性格,很容易满足。回家之后还有些亢奋,坐在沙发上,跟裴松溪说着班上的事情,说小妍最近长胖了,说梁知行引体向上终于拿到满分,说她的同桌陶让,总是咬着她的分数不放。

裴松溪听到这个男生的名字顿了一下,觉得这是个可以聊天的契机:"绵绵,今天是熊老师叫我去学校的。"

郁绵一怔,疑惑地眨了眨眼睛:"为什么啊?"

裴松溪安抚似的拍了拍她的肩膀:"就说起你和陶让,说你,你们……"

"裴姨!"郁绵觉得又好气又好笑,"我没有喜欢他!"

裴松溪还在斟酌着语句,郁绵自己先直白地说出来,她也顺着郁绵的话往下说:"真的没有啊?其实你不用担心我,我的态度你是知道的。"

郁绵用力摇头:"我真的没有。我怎么可能喜欢他?班上的女生好无聊,都是她们天天说这些事情!"

裴松溪轻轻握了下她的手:"不用生气。我也没有怪你。"

郁绵负气地"哼"了一声:"我才不喜欢他!"

裴松溪的声音里含着笑意,像她小学时那样逗着问她:"那你喜欢谁呀?"

郁绵说:"不知道,反正我不喜欢他。"

裴松溪失笑,她也没把郁绵的话当真,十几岁的孩子,说话还孩子气。

郁绵情绪不高地扯了扯裴松溪的衣角,转着她手上的佛珠。裴松溪摸摸郁绵头发:"觉得熊老师误会你了,所以生气吗?"

"嗯,有点。她们还说,是因为我一直暗恋陶让,所以才一直不帮她们给陶让送礼物。我太冤了!"

"哦，那你们班上的同学确实有点无聊。我们家绵绵怎么会有时间和心情做这种事呢，对吧？"

郁绵认可地点了点头："对啊！我哪里有这么多时间做这些事情，我真有空……还不如待在家里。"

裴松溪拢了拢她的碎发："待家里干什么呢？你还是多跟朋友一起出去玩玩。"

郁绵凝视着她，目光微微恍惚了一下："哦。"

裴松溪还想再说些什么，电话突然响了，她站起来："绵绵，我去接个电话，你看电视。"

"好的。"郁绵看着裴松溪的背影发呆，她多希望裴姨能生气，可是裴姨从不这样，在外人眼里裴姨是最好的家长，给足了她空间和信任，尊重她的想法，不干涉她的决定，但在郁绵心里总觉得裴松溪待她亲近却不亲昵。在这份尊重里少了一些温暖多了一丝距离。

裴松溪拉开阳台的玻璃门，走出去之后又反手关上，大概是不想让她听到电话的内容。

郁绵看着裴松溪，能感受到她的若即若离。

郁绵自从进入初中，学业变得更加繁忙，身边也有了更多的朋友。渐渐地，裴松溪陪着她的时间少了很多。她不知道是为什么，可能……可能裴松溪也要有自己的生活的，对吧？

裴松溪不可能一直陪着她的。她早就知道，可还是会觉得失落。

裴松溪站在阳台上，听见魏意说那位老花匠想起来一些事情，语气变得凝重："老先生亲口说的？"转而回过头看了看客厅里的郁绵，眉头缓缓蹙了起来，"你再安排一下时间，我亲自过去。就……推掉下周一的会议。下周一吧，在绵绵寒假之前，我不想让她知道。"

寒假很快到了。

去学校领成绩单那天，裴松溪在学校外面等着，很远就看见郁绵跟几个同龄孩子走在一起，脸上笑容稚气、阳光，也不知道在说什么事情，笑得很开心。

裴松溪对许小妍最熟悉，梁知行和景知意也见过几次，唯独走在最后面的那个少年，高高瘦瘦，沉默安静，五官俊秀，不参与他们的对话，却时不

第九章 逐梦

时地抬起头往前看，露出一点浅浅的笑容。

这就是熊老师说的那个男孩子吗？

"裴姨！"她们事先约好了，裴松溪今天会来接郁绵，因此郁绵一路上都在寻找熟悉的身影，终于看见裴松溪了，郁绵高兴得扑过去，"你怎么来这么早？"

裴松溪一把接住她："慢点，别跑太快。你的朋友都还在后面呢。"

郁绵笑嘻嘻地说没事，等许小妍他们走过来，一一跟裴松溪打招呼，最后郁绵给她介绍陶让："这是我的同桌，陶让。跟你说过的那个同学。"

陶让待人处事不卑不亢，朝她打了个招呼："您好，我是郁绵的同桌，陶让。"

裴松溪的目光从他身上一掠而过，露出淡淡的笑意，朝他点了点头。

郁绵挽着裴松溪要走："那我先跟裴姨一起回去了！有学习问题咱们线上讨论吧！"

许小妍嘻嘻哈哈地取笑她："看看看，又来了，刚说要跟我们去吃麻辣烫，现在又要回去了。绵绵是个听话的乖宝宝！我们走了！"

郁绵不由得脸红起来："什么乖宝宝……就乱说话。我就是不想吃了！"

许小妍朝她做了个鬼脸，挽着景知意的手往前走，梁知行和陶让走在后面，四个人进了学校外面的一家麻辣烫店。

裴松溪收回目光问她："绵绵，你跟朋友约好了吗？是不是我来得太早了，你要是有事，就先过去吧。"

郁绵拉着她的手往前走："哎呀！就是那么一说，裴姨，你别担心那么多了。我没事，我要跟你一起回家！"

裴松溪没办法地笑了笑："好吧，回家。"

一年到头，郁绵最喜欢的日子就是寒假，她放假在家，裴松溪也会休假，有时候裴松溪会在家里陪着她一起看书，看电影。有时候裴松溪还会带她出去玩，比如去泡温泉，去爬山。

偶尔还会有一些特殊的惊喜，比如临近春节前一周，裴林默回国，带着裴之远一起过来玩。一大一小两个没正经的，他们教会郁绵打牌、打游戏，甚至还敢撺掇她喝酒。

裴松溪冷着脸拦下来了："裴林默，你再说一句，就马上出去。"

裴林默不满："你怎么这么凶啊！真的是，我不要面子的吗？不就是开玩笑，对吧！小绵绵？"

郁绵这次没帮他说话，坚定地站在裴松溪这边："不！裴姨说得都对！"

裴林默心想：没良心的小东西！

裴林默虽然喜欢闹，但在画画上，对郁绵的指导很多。裴林默会挑阳光明媚的下午过来，一张一张地看郁绵的画作，指导她如何构图，如何下笔，如何配色，指出她存在的一些小毛病，再教她如何改进。

郁绵学习绘画全然出自兴趣，寒暑假会报一些班，其他时候自己练习居多，也从未参加过任何绘画比赛，只专注地把画画当作一件热爱的事情。现在有了裴林默的专业指导，进步得很快。

裴林默铆足了劲头，要把郁绵往专业的方向培养，可现实总和预期背道而驰——郁绵似乎没把画画当成事业，相反，她在一个清晨郑重地宣布："我要成为一名优秀的建筑师。"

裴林默傻眼了，问："怎么了？小绵绵？你是不是傻了？"

郁绵摇了摇头："我没有！我是认真的！"

青年艺术家裴林默要被气哭："好好地做什么建筑师？画画不好吗？你以前说要给你裴姨买大房子，现在也不买了，干脆自己建房子了吗？"

"哎呀！"郁绵扑过去打他，"小叔叔！你太坏了！你取笑我！"

裴林默说："姐，你评评理好不好？我教了她这么久，结果她跟我说要去学建筑？"

裴松溪的笑容温和："学建筑要有绘画基础的，现在这样刚刚好。"

郁绵听到她的话，眉眼含笑地扑过去抱了抱她："裴姨！你支持我吗？"

裴松溪摸了摸她的头发："当然了。绵绵，做你想做的事情。"

郁绵用力地点头："嗯！我要成为一名优秀的建筑师。"

多年以后，当郁绵站在台上，说着最新进展时，她的目光从台下的观众席中快速掠过，却意外撞上那张数年未见，始终刻在她心底的素净脸庞。她瞬间泪湿，声音里藏着难以察觉的哽咽："从很早以前，我就想成为一名优秀的建筑师。"此时，她还是懵懂无知的少女，是命运棋盘上的洁白棋子，可目光却坦诚、坚定，像一把小小的火炬，悄悄点亮了属于她的命运。

寒假快结束时,学委在班级群里提醒大家开学要交的作业,郁绵才发现,她差点把历史作业给漏了。历史老师布置的寒假作业是让学生在家看一部历史纪录片,她挑了很久,最后选定了《河西走廊》。

美丽、庄严、空无一人的宫殿出现在眼前,配上优美动听的音乐,镜头从广袤的原野上划过,历史的长河一瞬间开始倒退。

郁绵和裴松溪从第一集一口气看到第九集《苍生》。镜头上出现苍凉辽阔的大西北自然风貌时,当解说词上说:"衣衫褴褛的男女老幼,有着被风沙雕琢过的面孔和身躯……茫茫苍生的盛衰枯荣……凝结成历史瞬间的永恒影像……"

郁绵震惊于历史的波澜壮阔和光阴的匆匆似水,不知不觉泪流满面。

裴松溪递了一张纸巾给她,让她擦掉脸颊上的眼泪,温柔地问她:"怎么了?绵绵?"

郁绵吸了口气,带着点淡淡的鼻音:"我……我也不知道怎么了,就是有点震撼。裴姨,我想去那里,我想去看看,等我长大以后。"

裴松溪没有问她为什么,裴松溪想起郁绵小时候因那篇有关时间的课文大哭的样子。这个孩子过早见过世事无常,对时间的流逝和人世的生死荣枯有种近乎天性的敏感和关注。

而且裴松溪一直都知道,等绵绵长大以后,她会这样一步一步走向更遥远、更广阔的世界。

一时间裴松溪有些恍惚,想起前几天,她再次去拜访那位老花匠,把郁绵小时候的照片带给他看。

老花匠的头发花白,牙齿也快掉光了,颤颤巍巍地说:"我真的见过她……她家是个大家庭啊,我不记得她住哪里了,可是我记得……她当时被她爷爷抱在腿上,我摔倒了,她还跳下来叫人扶我。"

老人的记忆衰退得厉害,再也回忆不起来别的东西了。可就这么一句话,却佐证了一件足以叫裴松溪彻夜难眠的事实——她猜得没错,绵绵一定还有家人在世,只是不知道出于什么原因,没来找这个迷路的小孩。

走出那栋小公寓后,裴松溪思绪万千,她让魏意先回去,一个人沿着长街走了很远的路,等回到车上才发现原来外面下了小雨,她的大衣外套都被水汽染湿了。她有一种夙愿得偿般的欣喜,于无数凌乱的蛛丝马迹中终于找到了一根有用的线头，像是走了很远很远的路，才终于看到了一点光亮，终点在望。

如果一切顺利，老花匠再能回忆起一星半点，或是重新找到新的线索，那么她一定能找到绵绵的家人。等找到绵绵的家人……她会把绵绵送回去，让绵绵回到家人身边。毕竟当年留下她，也只是一时之念。直到现在，裴松溪都无法找到当时自己做这个决定的原因——绵绵像是她冷静理智之外的一个特殊变量，毫无预兆地干预她的思维，扰动她的生活轨迹。

她一直很清楚，以她的性格，并不适合陪伴一个孩子长大，所以也时常担心，没有给绵绵一个好的环境。幸好这孩子天性阳光向上，长成了现在明媚可爱的小小少女。

等绵绵回家，她就会退出绵绵的生命。这是她早就决定的。

可是，她一想到这里，却感觉心脏像是被人狠狠地捏了一把，那种难受的劲儿叫她心疼发闷……这是从未出现过的，是她无法理解的感受。她陷入短暂的茫然，如果有一天，绵绵真的要走，她会因为自己这些难以理解的情绪而留下绵绵吗？

裴松溪回过神，偏过头，郁绵已经擦干眼泪，继续看纪录片的最后一集，她小小的脸颊认真肃穆，目光中却隐含着对世界的期待和向往。

在这一瞬间，她得到了答案——不会。

她静静地想：我会让绵绵离开的。

从春天到夏天，仿佛一眨眼的瞬间。

初二的暑假，要么被学校占用来上课，要么就被数不清的补习班支配，总之，不属于学生自己。

夏阳将校园的小径烤得发烫，傍晚了还噌噌往上冒着热气，空气中的热度似乎积累到了某个极点，连一丝风都没有，给人一种被放在高压锅里要被煮熟的错觉。

许小妍今天神秘兮兮的，一手拉着郁绵，一手拉着景知意："你们到我家玩会儿吧？反正明天周末不用上课。"

郁绵一心想着那道没解出来的数学题，下意识地"嗯"了一声；景知意则果断地拒绝了她："我不去，我要回去帮我妈做家务。"

第九章 逐梦

许小妍冲景知意挤了挤眼睛，然后靠近她的耳边，说了一句悄悄话。

走在后面一点的梁知行看见了，不满地问："你干吗啊？许小妍？有什么话不能当着大家的面一起说？"

许小妍笑着抬了抬下巴："就是不告诉你，臭男生。"她说完拉着郁绵和景知意就跑，把两个男生落在了后面。

梁知行无语："喂，陶让，你说女生怎么想的？我为什么是臭男生？凭什么我是你不是？"

陶让淡淡地看他一眼："那我也是好了。我们都是臭男生。"

梁知行心想：这大兄弟可真行！

郁绵被许小妍拉着跑了好远，停下来后大口喘着气："小妍，你跑什么啊？"

许小妍笑嘻嘻的："我不说，你问景知意喽。"

"知意？你也知道？"

景知意的神情瞬间不太自在："到她家再说吧。"

郁绵还想问什么，已经被许小妍扯着衣袖拉上车，一直到许小妍家，才知道她的父母今天不在，晚上也不会回来。

"你们在沙发上坐会儿，我来准备。"

"小妍？"

许小妍没说话，钻进厨房，抱出来一大堆零食、三听可乐和两盘切好的菠萝，才露出一点狡黠的笑容："我们来看电影吧！"

郁绵疑惑地眨了眨眼睛："在家看电影吗？为什么不去电影院呢？"

许小妍拉上窗帘，放下投影布："这你就不懂了吧！有的电影只能在家看的，对吧？知意？"

景知意一向说话利落，这会儿脸红了："……是吧。"

郁绵觉得更迷惑了，还想再问什么，可电影已经开始了。她坐直了，集中注意力，准备看看小妍今天这么想看的，到底是什么片子。

片头结束，很快进入正片。男人和女人在一个小公园里认识，女人笑起来的时候很羞涩，风情楚楚，男人穿着修身得体的西装，勉强算得上帅气。

郁绵在心底把这部电影界定为许小妍以前常看的偶像剧那一类的，除了主角从学生换成了成年人，其他似乎也没什么变化。

直到下一秒钟，女人拽着男人的领带，将他带回自己的家。她才震惊了，这是……现在的进展怎么会这么快呢？

郁绵有点被吓到的样子，怔住了，半天没说话。

她以前也看过电视里情侣的吻戏，还是跟裴松溪一起看的，当时她觉得没什么大不了的，可是这次不一样……

许小妍看她出神的样子，在她的眼前挥了挥手："绵绵，你怎么了？"

郁绵摇摇头："没事。就是有点吓到了。"

"就怪你，许小妍，你个冲动鬼，我都想回家洗眼睛了。"

景知意开始怼许小妍，许小妍一脸无辜的表情："我哪知道那么多！我平时除了睡觉，爱好就是吃糖，看动漫，看点校园偶像剧。我哪里知道……"

郁绵不让她们再争论："好了，现在先'销毁证据'好不好，要不然等许叔叔和赵阿姨回来，小妍，你就完了。"

"妈呀！"许小妍惊叫一声，她一向心大，要是没有郁绵提醒，是真的能把这件事给忘了。

郁绵将先前那种不适的感觉压下去，帮许小妍检查好没有留下痕迹，才跟景知意一起离开。

景知意要坐公交车，郁绵送她过去坐公交车前忽然问她："知意，你有喜欢过谁吗？"

"……你怎么这么问？"

郁绵不好意思地笑了笑："我就随便问一下。"

景知意有些不自然地低下头："没有……好了，你快回去吧，不用陪我等车。"

"好吧，那我先走了，你到家在群里说声。"

"嗯，拜拜。"

郁绵背着书包往家里走，傍晚的风终于慢悠悠地吹了起来，先前的躁意散了几分。她走到家门口，拿出钥匙开门，没想到客厅里的灯亮着，她的手一抖，钥匙掉到地上，发出清脆的一声响。

裴松溪回过头："绵绵，回来了。"

郁绵快速地弯腰捡起钥匙，若其事地放回口袋，虽然已经跟她打过电话说晚点回来，却莫名有些心虚："裴姨，你今晚回来得早了一点。"

裴松溪应了一声，正低着头插花，栀子花绿叶青翠，洁白的花束芳香馥郁，她浓密黑亮的发丝柔顺地垂落下来，隐隐约约露出修长白皙的天鹅颈。

郁绵不由得屏住了呼吸，只遗憾手上并没有相机，不能记录下这么美的一刻。

裴松溪很快将花插好，抬起头冲她一笑："怎么了？都看傻了？"

"嗯……因为好看。"

裴松溪以为她说花好看："之前教过你的，不过你太久没上手了，可能找不到感觉了，等明年暑假有空可以再试试。"

郁绵抿了抿嘴唇，低下头。

裴松溪感觉她有点不对，走了过去，看到她额头上出了好多汗，伸手拍了拍她的头："绵绵？你怎么出了这么多汗？热坏了？"

裴松溪的手有些凉，似乎还染着一点淡淡的花香味，郁绵被她碰得下意识地往后一退，避开了她的手。

裴松溪的手停在半空，微微收拢指尖，看不出情绪地笑了笑："你凉快一会儿，等汗干了再洗澡。"

郁绵知道自己刚才的反应过激了，可她也不知道怎么回事，就没来由地觉得躁得慌……可能是天气太热了，让她觉得难受，心绪不宁，所以刚才碰到裴松溪凉凉的指尖，她才会下意识地有反应。

她低下头："那我先上去了！"

"嗯，去吧。"

郁绵回到房间，把书包放下，等她洗完澡了，裴松溪却并不在楼下，晚餐就放在微波炉旁边，看样子裴松溪已经吃过了。

这顿饭郁绵吃得心不在焉，她破天荒地扒拉两口饭就将饭菜收拾起来，擦干净桌子，冲上楼梯。可当她站在裴松溪的房门外，抬起头想敲门时，手臂却僵硬在了半空。跟裴松溪说什么呢？说她只是不想一直被裴姨当成小孩，所以才会躲开裴姨哄小孩子似的动作。

郁绵在走廊上来来回回绕了好几圈，都没想好说辞，她甚至想溜回房间里给裴松溪发短信，可又觉得这种道歉的形式毫无诚意，她无法接受。

她还在左思右想时，房间的门忽然开了，裴松溪的声音清淡如水，却听得她心里一惊："怎么在这儿？绵绵？"

第十章
闲愁

郁绵的嘴唇动了动,想说什么,最后又停下了,只小声地问:"裴姨,你现在在忙吗?"

裴松溪摇摇头:"没有忙,在看书。有事吗?"

郁绵有些难为情地低下头:"我可以进去吗?"

裴松溪笑了笑,往后退了一步,给她让了路:"进来吧,怎么突然这么客气地说话?"

郁绵咬了咬嘴唇,坐在她的床边上,有些无措地抬起头:"我……"

房间里有橙子的清香味,裴松溪将一盘切好的橙子递到她面前,声音温柔干净:"本来准备送过去给你的,谁知道你自己跑过来了。"

裴松溪还是这么好……没有生她的气。可越这样,郁绵就越觉得愧疚,她没有吃橙子,而是把果盘放到旁边,仰起头看着裴松溪:"裴姨……我刚刚……"

"刚刚?"

"就是我……你,你说我出了好多汗,然后……对不起,我……"

郁绵罕见地结结巴巴,不知道该说什么,也不知道如何表达情绪,心虚得像个做了错事的小孩,可那种焦灼是她从未感受过的。

裴松溪的笑意渐渐加深了些:"你说这件事啊……不要紧的,绵绵。我知道,你现在长大了,你们这个年纪的孩子是不喜欢跟人有接触。是我没有注意到。"

郁绵愣了一下,脸颊急得发红:"不是……"她着急地想说不是这样的,她从来不会抵触跟裴姨的接触,可是……可是她要怎么说,她也不知道为什么会这样。

裴松溪安抚般地冲她笑了笑:"都说了不要紧。没事的,一点小事,你怎么这么紧张?"

郁绵低下头,没说话。想说的话没有说出来,她甚至都不知道怎么说出来,这种闷闷的感觉实在太糟糕了。

她低下头不说话了,裴松溪也没有开口,只是长久地凝视着她。那个会揪着裴松溪的衣角、会爬上她大腿的小姑娘长大了……长成纤细窈窕、明媚美好的少女。开始有了自己的小秘密,有了一群好朋友,现在……现在有一些不会再对她诉说的心事,甚至不愿意再接受她的触碰。想到这儿,裴松溪难免觉得有些失落,可又觉得这是正常的事情,毕竟这就是她想要的。

她们之间是彼此独立的两颗星,有着各自的星轨,她会看着绵绵转向无尽宇宙的深处。

裴松溪先打破了沉默:"好了,绵绵,我说了不要紧,我不会生你的气。你先回房间休息吧,最近学习很辛苦。"

郁绵突然抬起头,秀致的眉心紧紧蹙着,眼中有水光一闪而过:"你为什么从来都不生我的气?你总把我当成小孩子,所以我才不喜欢你那些哄孩子的动作和语气。"

裴松溪一怔:"绵绵?"

郁绵的话一出口就后悔了,裴松溪给了她一个家,送她上学,给她讲晚安故事……陪着她长大,她怎么能这么说裴松溪呢?她站起来,声音很低地说了一句"对不起",然后很快地冲了出去。

裴松溪下意识地往外追了几步,看着郁绵已经跑回房间,走廊上传来嘭的一声关门声。房间里那盘切好的橙子还在等着主人的品尝,她的目光在水果上停留了一会儿,才慢慢挪开。

算了,还是不过去问了。都说少女心思总是诗,裴松溪之前没有察觉,直到现在才发现,绵绵似乎比以前更敏感了,可能她的青春期到来得比同龄孩子要晚一些吧。看来,绵绵是长大了。

郁绵坐在操场的榕树树荫下,情绪罕见的低落。

景知意和梁知行去跑步了,许小妍没心没肺地靠在她身上唱歌,没一会儿又跑到远处，拿起树叶去逗地上的蚂蚁，只有陶让在旁边，看出来她的心情不好。

少年在她旁边坐下："你怎么了？"

陶让的声音突然响起，郁绵愣了一下，她其实很少听到陶让开口说话，她不是话多的人，不像许小妍话多，成天闹腾。

"……没事。"

陶让的声音清脆干净："可你的脸上写满了不开心。有什么事情？不能说的吗？"

郁绵抿了抿嘴唇："我不知道怎么说……我跟家人，最近……"

"闹矛盾了？"

"算吧……"

陶让闻言笑了笑，阳光透过树叶的间隙落到他的脸上，他的笑容纯粹："你还有家人可以闹矛盾。我没有了。"

郁绵愣了一下，问："你……"

陶让点了点头："我爸喝醉酒，前不久被车撞死了。对方赔了一笔钱给我，够我读到大学毕业了。"

郁绵彻底愣住了："你都没有说过……梁知行知道吗？"

"不知道。没人知道。"

郁绵一时间不知道说些什么，她本来以为都是男生，陶让遇到这种事情或许不会告诉她们，但一定会告诉梁知行，可是现在他却说，谁都不知道。

她有点自责，好像是为了她，陶让才把这种伤心事挂在嘴边上说——不是有一句话这么说的吗，安慰一个人最好的办法，就是告诉她，你比她更惨。

她咬了下嘴唇，低声道歉："陶让……对不起。"

陶让却不在意地摇了摇头："没关系，你不用觉得我可怜，我也不会觉得自己可怜。我知道我想要的是什么。"他是目标清晰、行为果断的人，或许有过短暂的迷茫，却早已重回坚定，是温柔而有力量的人。

郁绵听到他的话所触动，有些出神，过了好久才笑了笑："谢谢你，我知道了。"

陶让垂下眼眸，有些看不清情绪："是和你那个裴姨吵架了吗？"

"不是吵架……就是有点别扭。"

"她……看起来对你很好。"

郁绵用力点头,想到她下意识地露出笑容:"很好。很好。"

陶让挪开目光,听她一连气说了两个"很好",看来是真的非常好。

大概是过早见识到了人世百态,少年有种异乎寻常的洞察力和敏锐度,他温和的微笑:"不要跟亲近的人生气,这样彼此都难受。"

郁绵"嗯"了一声,从地上站起来,拍了拍校服裤子上的尘土:"我去找小妍了!"

陶让点了点头:"好。"他凝视着她踏入盛夏的阳光中,背影又有了平常阳光快乐的样子,少年缓缓牵起唇角,淡淡地笑了笑。

放学后,郁绵坐上车,第一件事就是拿出手机给裴松溪打电话。

裴松溪很快就接了,一个动听的声音从那端传了过来:"绵绵?"

"裴姨,你回去了吗?"

"还没有,还有一些工作上的事情要处理,怎么了?"

"没事了……我就是想跟你一起吃饭。你还要多久啊?"

裴松溪笑:"是有好几天没跟你一起吃饭了……我把文件带回来吧。你在家等我。"

昨天她提前回来,是想好好陪陪绵绵的,只是不知道小姑娘怎么了,跟她闹了会儿别扭。

郁绵很惊喜,笑了下:"那我等你!"

等到了家,董阿姨做好的饭菜还在锅里热着,郁绵把饭菜从厨房里端出来。

她在客厅里站着环顾四周,一会儿过去把窗帘拉开,一会儿又给香薰里加了几滴橙味精油,把花瓶里的花枝修修剪剪,切好一盘西瓜,刚刚忙完这一切,门外传来钥匙碰撞的清脆声音。

郁绵冲过去,从里面把门打开,脆生生地叫她:"裴姨!"

裴松溪一手提着包,一手提着回来路上买的黑森林蛋糕,顺手递给她:"等多久了?"

她下班时总会顺路给郁绵带吃的东西,有时是一份蛋糕,有时是一罐橙子硬糖,有时是一包甘甜的糖炒板栗,已经形成一种习惯。

郁绵喜欢吃甜食,接过蛋糕转了个圈:"没有等很久!你回来得好快。"

裴松溪看她笑，神情也变得柔和："吃饭吧。"

郁绵跑过去给她拉开凳子："我去给你盛饭。"

裴松溪失笑，这孩子，怎么今天这么高兴。

吃完饭，她先处理未完成的工作，郁绵则主动要给她放洗澡水，甚至还把袖子挽起，想帮她拖地，待在她的房间不肯走。

裴松溪觉得她今天有几分不对，对她招招手："怎么还想做小女仆了？"

郁绵朝她走过去，赧然地笑了笑："裴姨……我……昨天，对不起！"

她忽然郑重其事地道歉，裴松溪愣了一下，才拍了拍旁边的凳子，示意她也坐下："那可以告诉我，为什么生气吗？"

郁绵摇了摇头："我也说不好……可能是生理期要到了，所以……嗯！"

哎呀，她真的找不到理由了，就只能说这个了！

裴松溪想了想，点头说："也有道理，激素分泌会影响情绪……只是，我记得你的生理期不是在月初吗？"

郁绵心里"哎呀"一声，知道自己没找到好的理由，不知道该说什么了，就揪住她衣角，靠着她的肩膀："我错了！裴姨，全世界最好的小仙女，别问我了好不好？"

裴松溪忍不住笑："乱说话……什么小仙女。"

她下意识地想伸手摸摸郁绵的头发，可手刚抬起，就顿住了。

裴松溪想起绵绵昨天后退一步避开了她的样子，还是收回了手，只笑着说："好了，这么大的人了，还动不动就撒娇。"

这话里话外满是她未曾察觉的温柔和纵容，郁绵却感受到了，感觉整颗心都软软的，信誓旦旦地跟她承诺："我以后都不会跟你生气。只要你生气，我一定先道歉。"

裴松溪因她的话而微微怔住："绵绵，裴姨有那么不讲理吗？"

郁绵说没有，她看着裴松溪，两个人都笑了起来。

第十章 闲愁

暑假补课对临近升学的学生来说是一种非人的折磨。好不容易七月过去，八月的日子却比之前更热。到了下午，连树上的蝉也累了，不再叫嚣了。

幸好，暑假补课的最后一天终于姗姗来到。

窗内，教室里书桌上都放着厚厚的习题册。学生们无精打采，两眼无神地看着黑板，一副生无可恋模样。

最后一节课是班主任熊老师的讨论课。他是个很有情怀的语文老师，经常想尽办法调动学生的积极性，给他们做摘抄，带他们看电影，今天一看学生萎靡不振的样子，他也有点心疼："咱们班今天不上课，看点别的吧。"

学生们来了点劲，懒洋洋地拖长声调问："老师，我们看什么啊？不是又看动画片吧？"

熊老师乐呵呵地反问："不想看动画片？想看什么啊？"

"爱—情—故—事！"

熊老师脸一板："胡说八道！"

他不理学生，低下头打开电脑浏览器，还是先给学生放了一集短视频《歪星撞地球》，轻快搞笑的几分钟后，昏昏欲睡的学生才笑清醒了。

熊老师关掉视频，尽职尽责地打开了新的网页，他不讲课本文章时，会选择一些作家的短文来分析。他是个非常推崇古典文化的人，喜欢跟学生讲儒家思想、讲魏晋名士，也会见缝插针地找机会跟学生讨论一些关于父母子女间问题的文章。今天打开第一篇文章是《目送》。

熊老师从中摘录了一些词句，请学生自由发言，赏析句子。这些词句中有："所谓父女母子一场，只不过意味着，你和他的缘分就是今生今世不断地在目送他的背影渐行渐远。"

郁绵早就看过这本书，因为自小不在父母身边长大，对节选的片段感触不深。

"老师，我之前看过这篇文章，所以我跟我妈说，别总是希望我考很好的大学，我不那么认真学习，不那么优秀，以后就可以在她的身边照顾她！"

最先发言的是个平时很活泼的女孩子，她向熊老师投去目光，发现熊老师没有生气，又继续说："所以，老师，您别天天盯着我们学习了！越厉害的人，走得越远，就回不来了。"

她一说完，整个班上的人都哈哈大笑起来，熊老师有点头疼地摸了摸鼻子："行了行了，陆晓书，你平时调皮捣蛋还有理了！你就不能好好学习，以后好好孝敬你妈！"

学委曹明直接接话："就是就是，下次交作业要准时！谁不准时交作业，谁就是不孝顺的坏学生哦。"

有更多的声音冒出来:"你这是偷换概念!"

郁绵原本低着头在画窗外电线杆上的一只麻雀,笔尖渐渐停了下来,听着同学们的辩论。

她放下笔,秀致的眉梢微微拢了一点。

熊老师上课从不循规蹈矩,乐于让学生各抒己见,毕竟在现在的教育体制下,这些孩子都太乖太听话了。

他给这段讨论收了尾,又点开《亲爱的安德烈》中的一篇,讲到那一段"人生,其实像一条从宽阔的平原走进森林的路……一旦进入森林,草丛和荆棘挡路,各人专心走各人的路,寻找各人的方向,你往丛林深处走去,愈走愈深,不复再有阳光似的伙伴。"时,大家都有些伤感。

稚气犹存的学生们约定着以后不管什么时候都要见面,要做一辈子的好朋友,叽叽喳喳的,吵得厉害。

直到下课铃声响起,熊老师比了个安静的手势:"好了,同学们,今天的课程就到这里。大家假期注意安全,不要去河里游泳,保持学习习惯,规律作息,健康饮食。咱们开学见。"

"假期"两个字唤醒了少男少女们沉寂的细胞,瞬间将刚才那场热烈的讨论抛之脑后:"亲娘啊! 终于摇放假了!"

教室里充满了抱怨作业、约着唱歌和吃饭的声音,郁绵从头到尾都没有参与发言,这时才站起来收拾书包。

许小妍站在教室门口叫她:"绵崽? 走了!"

"马上好,两分钟!"

出了教室,景知意一把揽过她:"绵,以后咱们天南海北都要一起去,知道吗?"

许小妍从她手里把郁绵抢过来:"我之后要出国念书,绵崽跟我一起去吧,你别抢!"

景知意笑着"呸"了一声,跟许小妍打闹着跑远了。

陶让拎着包,问郁绵:"有想过以后要做什么吗?"

郁绵摇头:"没有。现在这样就很好。"

陶让笑了下:"可是,不可能永远都这样。时间是单向性的,永远在往前的。"

郁绵没说话了。

以后……她以前从未想过以后会怎么样。

对她而言，生活本该就是这样的。有她喜欢的朋友，有她最爱的画画，有裴姨，还有明川路268号。那是裴松溪和郁绵的家。

从学校里出来，几个人道别后，许小妍拉着郁绵冲进书店，兴冲冲地买了一堆漫画和小说，结果一出书店门就遇到她妈妈。说时迟那时快，她立刻将书塞到郁绵怀里，对着赵若挥挥手："妈！"

赵若踩着高跟鞋走过来："又买书了？天天看小说，眼睛近视度数增长了多少？医生怎么说的？你不记得了吗？"

许家父母都很开明，对孩子从不提学习上的要求，但是在身体健康方面却一直要求严格，尤其是许小妍有遗传性近视，从小眼睛就不太好，所以赵若格外重视保护她的视力。

许小妍说起瞎话来都不眨眼睛："妈妈！这是绵绵的书！"

郁绵瞬间反应过来："是的，赵阿姨，这是我的书，有点重，刚刚小妍帮我抱了一下。"

赵若半信半疑地看了她一眼，直到司机来接，少女抱着厚厚的一摞书上车，她才勉强信了，拍了拍女儿的脸蛋："好了，走了。"

郁绵坐在车上，看着窗外匆匆后退的风景发呆，脑子里还在想着刚才的那堂课，想起陶让问她的话。

她也已经十几岁了。

她还可以在裴松溪身边待多久？待到什么时候？

"嘟——"

司机按下喇叭那一瞬，她恍惚一下回过神："魏叔叔，到家了吗？"

魏明回过头笑："还要一会儿，有点堵车，很着急吗？"

郁绵摇摇头，说："没有很着急，慢点开，不要紧。"

她只是想……回家跟裴松溪说说今天上课时老师讲的两篇文章，聊一聊未来的方向。

路上堵了一会儿车，到家比平时要晚。郁绵把许小妍塞给她的书抱下来，想起好友那时疯狂使的眼色。

唉！这些书恐怕是要放在她这里一段时间了。

有时候，郁绵也会对许小妍异常丰富的爱好和闲暇生活感到震惊。动漫、金属徽章、小说，小妍好像喜欢很多很多的东西，心里没有很多关于未来、关于人生的宏大目标，但她是郁绵见过的最快乐、也最知道享受生活的人。

到了家，裴松溪还没回来。郁绵在沙发上坐下，把抱回来的书一本本排好，漫画杂志就有十几本、小说有五六本，她想翻开看看，可门外已经传来钥匙拧动的声音。

郁绵没来由地觉得慌张，快速将书收了起来，抱在怀里往楼上跑，可还是被裴松溪看见了："绵绵，不吃饭吗？就上楼？"

"我先上去放下书。"

裴松溪把手包放下，站在空调处吹了下凉风："怎么这么多书，都是作业吗？"

郁绵从未对她撒过谎，除了上次那个"生理期"的小小借口，现在被她一问有点慌张，支支吾吾地说："不是……我先上去了！"

裴松溪叫她："慢点，小心摔了。"

郁绵含糊着"嗯"了一声，跑回自己的房间，关上门，摸了摸额头，才发现脸颊发烫，又出汗了。

很奇怪……

其实她完全可以大大方方地告诉裴姨，这些是小妍的书，不是她买的。可是……她一看封面上主角拥抱在一起的画面，就下意识地觉得尴尬。

唉！都怪小妍带她们看的那部偶像片。

她找出收纳箱，把小妍的书整整齐齐地放进去，动作小心，连书角都没压皱，然后才把收纳箱推到床底下，放心地松了一口气。

郁绵把书收拾好，才下去吃饭。

她今天心不在焉，连喜欢吃的红烧小排和蒸鸡蛋都没吃上几口，裴松溪给她夹了一块排骨："绵绵？"

"嗯？"

"你没胃口吗？"

郁绵"嗯"了一声，低下头："可能……是天气有点热吧？"

裴松溪不放心地叮嘱：最近外面太热了，明天不用再去学校了，就在家

第十章 闲愁

好好休息，小心中暑。

郁绵点头说："我知道的。今天熊老师说了，让我们在家学习，规律作息，对了……裴姨，你知不知道……"

郁绵想起熊老师，就想起今天的课堂讨论，她也不知道自己为什么总想着这件事，甚至忍不住问裴松溪："裴姨，你知道小妍读完高中就要出国读书吗？"

裴松溪微怔："嗯，知道，怎么了？"

因为前几天偶然碰到过赵若，她从赵若口中听到过三言两语，只是跟她没有多大关系，她没有关注。

"今天小妍又提到这件事，陶让说他也想出国读书，"郁绵看着她，眼睛亮闪闪的，"你会希望我也去吗？"

裴松溪笑道："你怎么看呢？"她不懂郁绵为什么会这么问？刚想回答，又忽然想起……绵绵和陶让似乎还是走得很近。现在，绵绵是在试探她的看法和态度吗？这么在意她的回答，是因为怕她反对吗？

"说呀，裴姨！你怎么看这件事的？"

郁绵定定地看着她，追问她的答案，目光中满是探寻的意味。

裴松溪斟酌着语句，关注着她的情绪："对你的未来，我支持你的决定，不会替你做任何安排。"

"是吗？原来你这么想呀！"

郁绵下意识地笑了，她也不知道自己怎么会这么开心。

她的眼尾因为笑意弯出好看的弧度，瞳孔里盛满了细碎的光亮："我跟你一样！我也这么想的！"

她不会走得太远，飞得太远。

她想一直陪在裴松溪身边。只要裴松溪不叫她走，不叫她离开。

裴松溪默默观察着她的神情，有些恍然大悟地想……绵绵已经长大了。

天高地远，她想前往何处？

总之，不会一直留在她身边了吧。

郁绵听到裴松溪的答案，一整晚都很高兴。等晚点回到房间，她打开电脑浏览器，搜索哪些学校的建筑学专业比较好。

明川是有不少学校的，明川大学的建筑学专业还不错，只是在全国排不到靠前。国内最好的是永州大学，二加二学制，后两年要出国。

郁绵不想出国。大概是因为成长经历的缘故，她比同龄人要更敏感一些。如果裴松溪在家还好，不在家的时候，她总是很想见到裴松溪。当然，她承认自己有些黏人。

但是哪有人会和另一个人永远在一起呢？

郁绵不止一次想过这个问题，可是每次都是短暂地想了一下，从没得到答案。

两个人是不能永远在一起的，毕竟她和裴松溪没有血缘关系。但是裴松溪说过，他们是家人，只不过家人之间也要给彼此留下空间……

郁绵一直是个简单纯粹的人，很少陷入这么长时间的茫然，坐在桌前发了会儿呆，才把作业和书拿出来，开始做题。

夜，静悄悄的，夜空中有星辰闪耀。当时针指向十一点，郁绵有点困了，打了个哈欠把书阖上。可等她躺在床上的时候，又清醒了，来回翻了几个身，实在是睡不着，干脆坐了起来

最后，她从床底下拖出那个箱子，拿出两本杂志出来，趴在床上，用手肘撑起身体，两只白嫩的脚掌在半空中有一下没一下地晃悠着，像人鱼摆动着她的小尾巴。这本杂志正在连载漫画，郁绵平时看得不多，她大多时候都在看裴松溪书房里的书，多是世界名著和推理小说，这类杂志和漫画对她来说还有点新奇。她翻开一本漫画，一个又一个的故事镜头，主角是一个独居、抑郁的女人，在一个雨夜遇上一个在路边哭的小姑娘，不得已将她带回了家。

郁绵看得入迷，一边看一边在想，以前裴松溪是不是也这么捡她回家的？女人养了这个小姑娘几年，陪她上学，为她做饭，秋天在公园里捡落叶回来做书签，冬天两个人窝在沙发上学着打毛衣。看着一幕幕温馨的场景，郁绵忍不住弯起嘴角。等小姑娘上高中，女人忽然问她，愿不愿意出去看看？小姑娘哭着说，能不能别扔下我。翻了十来页，却发现已经是下一个故事了，结尾处用小字写着"下期见"。

郁绵一瞬间更清醒了，也睡不着了。她看了看时间，快一点了钟。

今晚跟裴姨约好了，明天还要起来运动的！

郁绵坐起来，把一堆书重新收好，再躺下。她闭着眼睛，眼皮沉沉的，

可大脑还是很清醒,下期会怎样呢……她也不知道,平时她不太喜欢上网的,最多就是去农场"偷菜",可是……

她渐渐陷入梦境。在梦里,整个世界都在飞快地变化。她不知道自己站在哪里,不认识身边的人,直到前方不久出现一个高挑的身影。

她下意识地要去追赶,去叫那个人的名字,可是……好像过了很久很久才追上,于是她生气地拉住那个人的手,踮起脚尖:"别扔下我!"

梦境到此为止。

郁绵翻过身,把枕头抱在怀里,在床上来回滚了几圈,彻底醒了。她这是……还在自己的房间啊。吵醒她的是闹钟,提醒着她该起床了。郁绵揉了揉眼睛,昨晚也不知道是多晚才睡着的。她的眼睛有点酸痛,看着窗外阳光发了一会儿呆,恍惚间想起那个未完的梦,一时间觉得有些恍惚……

那个人……是谁来着?她记得那个人是女人,高挑纤瘦,回过头看她的时候神色很温柔。是裴松溪吗?还是她心中母亲的影子?

真是一个奇怪的梦,她满脑子想的都是那句,"别扔下我"。

时间已经差不多了,她掀开被子下床,仍有些恍惚。她记得在那个梦里的感觉,她想要那个人停下,又生气,又害怕被丢下。郁绵跑进浴室,用冷水冲了冲脸。等她从浴室出来,还在出神。直到门外传来敲门声,裴松溪叫她:"绵绵?起床了吗?"

郁绵像只被踩了尾巴的猫,瞬间从床上弹起来:"起……起来了!我马上就好!"

裴松溪说:"不急,我先下去烤个面包,你洗漱完了下来吃早饭。"

郁绵含糊地应了一声,等门外没有声音了,她才往床上一倒,把脸颊埋在枕头里,轻轻地叹气:"唉……我这是什么梦啊。"

等她下楼时,裴松溪刚刚烤完面包,在倒牛奶,抬起头冲她笑了笑:"起来晚了,睡过头了?"

"嗯,昨晚睡晚了一点。"

"那等会儿还有精力去跑步吗?"

郁绵恹恹地说:"嗯,有的。"

裴松溪把杯子推到她那边,问她:"绵绵,你怎么了?看起来精神很不好?"

"我……"郁绵下意识地抬起头,对上她清亮温柔的目光,迅速低下头,"我没事……"

裴松溪不太放心:"真的没事吗?"

郁绵"嗯"了一声,低下头咬面包,一副很乖的样子。

吃完早饭,缓了半个小时,她们去附近的小公园跑步。现在是夏天最热的时候,早上锻炼的人不算多,她们绕着公园的湖边小道跑了一圈,一路上都很安静。原本两个人是并行的,可渐渐地,郁绵落在了裴松溪后面——是她有意放缓了脚步,在后面看着裴松溪的背影,距离控制得刚刚好。

灰色的专业运动服其实很显身材,尤其是紧身运动裤,恰到好处地勾勒出长腿的形状与线条,显得优美而充满活力。

郁绵又发呆了。她想起梦里的那个背影。梦境的轮廓越来越清晰,她渐渐回忆起梦里的场景,似乎还能记得梦里的心情,怕被扔下的心情。

郁绵渐渐停了下来,不再跑了,努力平息着翻滚的思绪,少女秀气的眉头紧紧地蹙了起来。

前方,裴松溪没听到她的脚步声,在不远处停下,回头看着她:"绵绵,是跑不动了吗?"

郁绵怔怔地看着裴松溪。冬天的日光透过树干,稀稀疏疏地落了下来,澄明干净的光晕落在她清冷秀致的脸庞上,衬得她眉如远山,肤若芙蓉,美得好像在发光。

"绵绵?"裴松溪看她没说话,走回她面前,朝她伸出手,"走不动了吗?"

郁绵看裴松溪清瘦素净的手掌,没来由得心头狂跳,想伸出手,又放下去,下意识地低头避开她的目光:"嗯,我没事的。我们走吧。"

郁绵越过裴松溪,走在了前面。

郁绵走了好几步,才发现裴松溪没跟上来,回过头朝她挥挥手,露出一点笑容:"裴姨!走了!"

裴松溪看着她的身影,内心一时间也有些复杂……那次,绵绵是不希望碰到她的耳朵,这次是不想牵她手了。

是真的……真的长大了。

但裴松溪只是笑了笑,微微点了点头,朝她走过去。

第十一章
故人

接下来的好多天,郁绵只要一想到那天的梦境,想到梦里的心情,就有些分心。她知道自己不该这样,她应该把心思都放在学习上,不该想这些的。

裴松溪跟以前一样,在假期间会抽出时间来陪她,早上跑步,下午有时会跟着网上的教程学习做菜,有时会带她出去吃饭,带她到海边去玩。

郁绵时不时有些苦恼,却又嘲笑自己的幼稚,难道还要把一个梦当真。

短短半个月的假期,很快就结束了。等再回到学校,学生们鬼哭狼嚎:"我就感觉一闭眼,又一睁眼,就开学了!"

许小妍跟着父母去夏威夷度假才回来,日光浴晒多了,明显黑了一个度,可她一点也不在意,笑起来露出白花花的两排牙齿,扑过去拥抱郁绵:"绵绵!好久不见!"

郁绵也抱抱她:"小妍!你慢点!"

"绵绵!人家想你啊!"

"我收到你说想我的明信片了。你的暑假过得怎么样?"

许小妍笑得很开心:"过得很好!我和你说……"

看到四周全是人,郁绵示意她小点声:"晚点再聊!体育课见!"

许小妍才没心没肺地笑:"乖宝宝。"

到了初三,为了升学时体育考试的需要,体育课改成了一周三节。等老师吹哨解散,许小妍一手拉着郁绵,一手拉过景知意,往那棵大榕树下走:"我跟你们说,我偷偷把相机和手机都带来了,我给你们看看我拍的旅途风景!"

景知意嫌弃她,往旁边坐了坐,一副冷眼旁观的样子:"我对你的假期旅行没兴趣！"

许小妍白了她一眼："那你别看！绵绵看！"

郁绵笑了笑。

许小妍神秘地笑着说："我和你们说，我昨天做了一个梦……"

郁绵愣了一下："你梦见什么了？"

许小妍笑嘻嘻地说："你猜！"

郁绵一怔，又想起自己的梦。在她的心里，除了裴松溪，学习永远是第一位的。她知道什么应该，什么不应该。

许小妍没心没肺惯了，自己的梦还没讲完，就又关注起郁绵的假期生活，也没有注意到她在发呆，继续说："绵绵，你假期玩得开心吗？"

郁绵："还好吧。"

许小妍一向心大，没在意她的神态。反而是坐在一旁的景知意，最先察觉到她的不对。等许小妍跑去食堂小卖部买可乐，景知意才慢悠悠地开口："最近不开心？"

郁绵一直在出神，听到景知意说话，茫然地抬起头："嗯？"

景知意忍不住叹气，挪到她旁边，挨着她坐下："许小妍心大得像长了个窟窿，都没看出来你不开心。"

郁绵抿了下嘴唇："没有，我就是……"

景知意定定地看着她，一副看穿她的样子："得了吧，说说看。"

郁绵低声说："我也不知道是为什么，就是，忽然想起之前做的梦。"

"梦到了什么？"

郁绵拿手背遮住眼睛，声音闷闷的："没什么。"她都是这么大的人了，总不能再因为一个梦境感到惴惴不安，说出来也惹人笑话。

见她不想说，景知意也没再问了。

她说她知道，可是放学以后，小妍再拉着她去书店看小说的时候，她还是去找那本漫画杂志。她想知道……那个故事的后续。然而，不知道是不是书店卖光了，她没找到想看的漫画杂志，难免感到失望。

许小妍却收获满满，看上好几本杂志，准备付钱，郁绵拉住她："小妍，你之前买的书还在我家呢。"

"郁绵，你不说我都给忘了！"

"我就知道你会忘,等会儿到我家去,我把书拿给你。"

许小妍笑嘻嘻地点点头:"小绵绵,你偷偷告诉我,你是不是也看小说了?"

郁绵的脸一红:"没有!"

许小妍咯咯笑起来:"你没看,你脸红什么?你肯定看了。快说,你看了什么?"

郁绵别过脸:"我真的没看。就随便看了几本书,感觉都一般,除了之前看的漫画比较好看。"

"哪本啊?"

"就是开头女主角捡了个小女孩回家的那本。"

"那本啊!我好像见过谁买了,我跟你说,那个后来出场的男主好帅啊!"

"是吗……"郁绵扯了扯书包带子往前走,许小妍追上去:"你等等,我一定给你找到下一本。"

郁绵点点头:"嗯……好。"

说是这么说的,等到了郁绵家,许小妍就先拿了几本小说给她看,郁绵还是接过来了,细声细气地说:"小妍,你的书急着要吗?"

许小妍无所谓地一挥手:"没事。你随便看,我的房间里有两箱书。"

郁绵点点头。她喜欢看故事,大概是她生活过于平淡,她很想看一看小说里的人生百态。

许小妍:"那些书送给你了,你还有想看的,再告诉我吧。"

郁绵笑了笑:"要很久了!作业很多,我每天只能抽空看半个小时的,我……"她正说着话,楼上传来一阵节奏分明的脚步声,郁绵下意识地把书往怀里一抱:"周一见!"

裴松溪穿高腰紧身连衣裙,踩着一双细细的高跟鞋,正好下楼:"小妍来了?"

许小妍笑眯眯跟她打招呼:"过来送……过来说会儿话!"

裴松溪淡淡地点点头,目光从郁绵怀里抱着的书上掠过,隐隐约约看见一点花哨的封面,心里的猜测隐约成型:"坐一会儿吧,冰箱里有西瓜和百香果汁。"

郁绵有些慌张:"哦……我知道了!"

许小妍却向她投去一个默契的眼神:"不用了!我先走喽!裴阿姨,再见!

绵绵再见!"她是个古灵精怪的女孩,说了再见之后也不等她们说话,径直跑出去了。

郁绵紧紧地抱着书,穿过客厅想上楼:"裴姨,我先回去了,你是要出去吗?"

裴松溪"嗯"了一声,站在镜子前拢了拢鬓边的碎发,然后又拿起一根眉笔,细细地描眉,素白的手腕折出好看的弧度:"要出去见个朋友。"

郁绵下意识地想问裴松溪去见什么朋友,要在傍晚的时候换上裙子,穿着高跟鞋,甚至还要画眉……是男性朋友吗?

可她没有问。裴松溪从来不干预她交友的事,甚至鼓励她多跟朋友出去玩,她又怎么能干预裴松溪的生活呢?可她的心里还是觉得闷闷的,有些难受。

郁绵站在楼梯口,低下头轻声问:"那你,什么时候回来啊?"

裴松溪刚刚放下眉笔,眉宇沉静,眼尾像是氤氲着一层墨,清冷秀致:"很快就回来,有事吗?绵绵?"

郁绵摇摇头:"没事。你去见朋友吧。我、我先上楼了。"

她的神情不太对,裴松溪若有所思地看着她,过了片刻才点点头:"我先出去了。"

这孩子初一的时候还会跟她一起看偶像剧,遇上亲吻的镜头也直勾勾地盯着电视看,现在却已经……已经开始偷偷看小说,不敢告诉她,甚至想让她早点出去了。果然是到了知慕少艾的年纪了。其实她想告诉郁绵不必瞒着她,可又怕触及郁绵的自尊心,还是将话压下了。她能做的,或许就是有意识地、有选择性地留出更多的空间给郁绵吧。

郁绵往楼上走了几步,又停下了。她听到大门关上的声音,忍不住轻轻叹了一口气。

裴松溪把她留在这里,去见别人了。

不知道会不会是……她喜欢的人啊。

九月的夜风已经有了凉意。远处的江面上倒映着两岸璀璨华灯与不夜喧嚣,近处的路灯有些昏暗,倒映着路上模模糊糊的两道人影。

温治臻轻声笑道:"松溪,这几年过得怎么样?"

裴松溪眺望着远处的江面,声音平静如水:"还可以。你呢?不是在国外疗养吗?怎么好好地回来了?"

"最近状态还不错,很久没回来了,我想回家看看。"

"你家里人没反对?"

"没有,"温治臻的笑容清隽温和,"他们也想让我回来,把婚约的事情定下来。"

裴松溪神色淡淡的,一副与己无关的神情:"我猜到了。"

温治臻看裴松溪这般冷淡的神情,感到有些无奈:"松溪,你对这件事情,还是一如既往地不关心。"

裴松溪抿出一点笑意:"你不也是这样吗?你也并不在意。如果能通过某种形式,就可以省掉很多麻烦,我可以接受。你知道,我不喜欢为一件无关紧要的小事困扰太久。"

他们是认识多年的朋友,相处时平淡如水,脾性相近。如果说这世界上还有哪个男人不让她讨厌,大概就是温治臻了。结婚这件事是个麻烦,她只想简单应付过去。

温治臻是很合适的人选,性格平淡温和,宽厚善良,奶奶也很喜欢他。而且……绵绵大概会喜欢他的。

温治臻摇头:"我跟你不一样。算了,等你的想法变了,你及时告诉我。在那之前,如果你需要我,我会在这里。"

裴松溪轻轻地"嗯"了一声,没再说话。

沿江小径快要走到头,温治臻停下脚步:"我送你回去,有点晚了。"

"不用了,你的身体不好,早点回去休息。"

温治臻没答应:"这附近不好打车,我开车过来的,你放心,我不是纸片人,还没那么脆弱。"

裴松溪来时叫的出租车,现在时间确实不早了,便没拒绝他的好意,拉开车门坐了进去。路过一家日式零食铺的时候,温治臻踩下刹车:"抱歉,我想下车买点东西。等下再过来应该已经关门了。"

他下车,买好东西回来,裴松溪看到袋子里装着两袋榛子味的小饼干:"买给你妹妹的?"

温治臻重新发动车子,注视着前方,神色温柔:"嗯,南南喜欢的小饼干,回来时太匆忙,还没给她买。"

裴松溪点点头,没再说话。

车厢里放着民谣，歌手的嗓音沙哑低沉，他们一路沉默着，并不觉得尴尬。

郁绵本来只准备花半个小时看书的，却没想到，她没忍住，将许小妍带来的书都给翻了一遍，有的是只看了开头，看到主角戏份就停下来，有的则一路看了下去，将小半本都看完了。她找到一些感兴趣的故事，有一本写的是仙侠师徒，还有一本……主角她没在意，配角描写得比较有特点，可惜篇幅实在太少，她将一本书都翻遍了，也只看到寥寥几个场景。她找不到想看的故事。

郁绵有点失望，将所有的书都收了起来，放在床底下的收纳箱里。她打开电脑，想上网看点什么，可是又停下了，鼠标停在了浏览器的图标上，却迟迟没有点下去。

几点了，裴姨怎么还不回来？郁绵出神地看着窗外，有两束汽车的灯光刺破黑暗，紧接着传来汽车刹车时轮胎与地方摩擦的声音——应该是裴姨回来了吧？她走到窗边去看，有一辆黑色轿车停在路灯下。可先下车的是一个身形颀长的男人，那个人先下车，再绕到另一侧，打开车门。

一双踩着极细高跟鞋的脚从车里踏出来，鞋面上镶了碎钻，在路灯下熠熠生辉……是裴松溪。她在和那个男人说话，大概是在道别。

郁绵不自觉地屏住呼吸，专注地看着正在交谈的两个人……隔得太远了，路灯的光昏黄模糊，但她隐隐约约看得出来，那个男人岁数不太大，也不会太小，举止之间可以看出来有良好的教养和绅士风度。

远远地看过去，男人清隽温和，女人娴静美好，像是充满诗意的工笔画，看起来格外相衬。这个念头一冒出来，她的心好像被狠狠地扎了一下。

郁绵转过身，不敢再看了。她想到小学毕业的那个暑假，在马场骑马的那天晚上，在酒庄里听到的谈话……这个人，就是裴松溪的未婚夫吗？她曾经惴惴难安过很长一段时间，可这三年来再没听过其他消息，于是她试着自欺欺人，可是现在才知道……一切并没有结束，或许只是刚刚开始。

郁绵轻轻呼出一口气。她到底是不安的，至于不安是什么，只有她自己知道。她太害怕裴姨有了自己的爱人、孩子之后会不要她？

"笃笃——"门外传来一阵敲门声，紧接着一个动听的声音在门外响起："绵绵，还没睡吗？"

郁绵跳下床，过去给她开门："裴姨。"少女穿着豆绿色纯棉家居服，头发披在肩上，一张雪白的小脸只露出了小半，下巴尖尖的，神色郁郁的，似乎不太开心。

裴松溪不动声色地看了她一会儿，才问："我可以进去坐会儿吗？"

郁绵沉默着点点头，往后退了几步，让她进去。

裴松溪已经有一段时间没来过她的房间，少女的房间里总是藏着一些欲语还休的小秘密，裴松溪不想让绵绵觉得不被尊重，所以尽可能地给她独立的空间。

床头柜上放着甜橙味香薰，空气中浮动着温暖又活泼的柑橘香气。只是一向活泼明朗的少女此刻有些安静，不知道是不是遇到了什么烦心事。她发现，她们已经很久没聊天了。裴松溪在郁绵的书桌前坐下，看着桌上一摞厚厚的复习资料："这些都要写完的吗？"

郁绵坐在她的旁边，点点头，努力压下那些负面情绪，尽可能让语气如常："对啊，难道你们以前不用的吗？"

"不用。我读书的时候其实并不辛苦，有一些作业，大多时候在学校就完成了。回家之后的时间是属于自己的，一般不会学习。"

郁绵第一次听裴松溪说起过去的事情，下意识地想多问一点："那你回家之后做什么呢？"

裴松溪凝视着她，有温和笑意的静静地流淌："回家之后……好像也有些无聊。看书、插花、练字、跟朋友约着骑马、打马球、打高尔夫。"她生性是不爱热闹的人，年少时就独来独往，年岁渐长后性子更加清冷，有时候甚至会觉得跟人世间有些脱节，除了郁绵是她唯一的牵绊，像给天上的风筝系了线。

郁绵认真地听着，忍不住问她："那……以前是不是有很多人喜欢你，跟你告白？"

裴松溪被她问得失笑："有一些吧，时间太久了，我记不清楚了。怎么了？绵绵，你是在学校里有什么苦恼吗？"

郁绵的脸颊泛红，立刻否认："不是……我又不好看。"她学习的时候很专注，不太跟人说话，只偶尔跟陶让讨论一下数学题；学习之外的时间都跟几个好朋友在一起，她跟班上其他同学的接触其实并不多。

裴松溪望着她，神色温柔："我们绵绵哪里不好看了？明明很可爱啊。你们同学都这么没有眼光的吗？"

郁绵被裴松溪夸了可爱，耳尖有些发烫："没有啊……而且你，你以前都没说过我可爱的！"

裴松溪深深地看着她，然后绽开笑容："是很可爱的，相信自己，绵绵。"

绵绵这孩子……原来在心底这么想得到她的认可和赞美吗？她好像以前没有注意到这方面的问题，有些疏忽了。

郁绵忍不住抬手，摸了摸耳朵，似乎有点不好意思。

动作是稚气的，真是个可爱的小姑娘。

裴松溪看她的情绪好了一些，才问她："刚刚觉得你似乎有点不高兴？"

郁绵愣了一下，低下头："没有的。我……我刚刚就是有点困了。"

分明是一副不愿意说的样子。裴松溪垂眸看着她……还是这样的，进入青春期的女孩，有了自己的小世界，门好像……已经关上了。

裴松溪没再追问，站了起来："我先回去了，绵绵，好好休息。"

郁绵低着头，轻轻点了点："晚安。"

"晚安。"

"裴姨……"郁绵忽然抬起头叫住她，眼睛里有隐秘的期待，她迫切地想听到某个答案。

"你刚才是在楼下跟朋友说话吗？他是你很好很好的朋友吗？"

裴松溪没有正面回答郁绵的问题，她停顿了一下才开口："认识好多年了，聊了一些工作上的事情。"她没再说下去，也不去谈她和温家的婚约。她一直不想让郁绵过早接触到残酷冷硬的现实，毕竟真挚纯粹的感情才最可贵，基于利益的家族联姻不需要谈。

郁绵听出裴松溪避而不谈的意思。她低下头，轻声说："我知道了。"

第二天，郁绵去找许小妍，把书还给了她。

许小妍一脸震惊的表情："你怎么看得这么快？"

郁绵笑了笑："看了一点儿，不感兴趣，不看了。"

许小妍不在意地说道："好吧。"

可她还是觉得好友怪怪的，总感觉郁绵最近有心事。

郁绵朝她挥手："我回去学习了！学校见！"

"哎？你不玩一会儿吗？"

"不玩了！"

从秋天到冬天，郁绵把时间都放在了学习上，甚至连很久没做的奥数，她也找了习题册来做，第一次报名参加全省中学生的奥林匹克竞赛。学习之余，她还画画，以前画风景和人物居多，现在已经尝试画一些建筑的轮廓图。

她把自己的时间切成无数个小块，再用数不清的任务填满了，再也没有闲暇的时间，似乎这样……她就可以回避某些她不愿意想的事情。

郁绵曾经站在那扇门外，想过推开大门，可她转身离开了，她还不想知道那么多。

初三上学期倏忽而过，短短的寒假到了。放假的第一天，郁绵在房间里做假期规划，想做的事情太多，可时间似乎太少了。她一连在房间里闷了两天，裴松溪不太放心，第二天晚上敲开她的门："绵绵？"

郁绵放下笔，跑过去给她开门，朝她微笑："裴姨，怎么了？"

郁绵还跟以前一样，笑容清净甜美，可是裴松溪却真切地感觉到一种距离感——绵绵再也不会看着她微笑了，笑起来的时候，目光落在半空中的某个角落，而不是看着她。

这半年来，绵绵都是这样，很久没像以前那样靠在她的肩头撒娇，因为晚上学习到太晚，周末的早晨也不会再跟她一起跑步了。她们之间的距离无声无息地拉远了。这是裴松溪没有预料到的，虽然她一直都不干预郁绵的生活，可是现在……实在是有些冷淡得生疏了。

她是天生冷心冷性的人，不知道要如何处理这种距离感，更不知道怎么去亲近青春期的少女，有好多次想找郁绵聊一聊，最后站在郁绵的房间门口又悄悄走回去。可是这一次，她真的有些担心了。

裴松溪沉默了好一会儿才说："绵绵，最近学习很忙吗？"

"嗯，要中考了，要认真写作业的。"

"你已经很优秀了，绵绵。"

郁绵抿了下嘴唇："可是除了学习……我好像也不知道能做些什么。"

裴松溪一怔，以前绵绵会跟她一起散步，一起看纪录片……是从什么时候开始，都不知道能做些什么了？

裴松溪想了想："我马上也休假了。要不要出去玩一玩？"

郁绵下意识地问她："去哪里玩？"

哪怕郁绵尽可能地克制情绪，可声音里的惊喜却根本藏不住："去哪儿玩呀？"

"想去北海道滑雪，还是去海岛度假？"

郁绵眨了眨眼睛，明亮澄净的眼眸里荡开欣喜："这么远吗？就我们两个人吗？"

裴松溪点点头，自责的情绪却慢慢涌上来……这么久以来，她好像还没带绵绵出国旅游过，原来绵绵会这么开心。

"去滑雪吧！我太想去了！想想我就觉得好开心！"

裴松溪带着笑意促狭地问："那作业呢？"

"作业不写了！老师也不会骂我的！"

她忍不住调侃郁绵："那是谁刚刚说了，要中考了，一定要认真做作业的，嗯？"

郁绵的脸一红："裴姨！"

终于又有了几分平日里撒娇的意味了。裴松溪笑了笑，想伸手摸下她的发顶。郁绵似乎察觉到了，往前走了一步，微微仰起头看着裴松溪，目光中有些期待的样子。可裴松溪只是指尖微微动了一下，又慢慢拢起来："你早点休息，绵绵，我让魏意安排一下，明天或者后天就出发。"

郁绵开心坏了："好！"

裴松溪的目光变得柔软："寒假去北海道，等中考完再去斯里兰卡或者威尼斯好了，不要一个人闷在房间里，绵绵。"

郁绵没想到裴松溪连暑假的旅游计划都想好了，简直想扑过去给裴松溪一个拥抱，可是……可是她还是忍住了，回到房间里，抱着枕头在床上打滚，笑到最后脸都酸了，她揉了揉脸，看着天花板发起了呆。

魏意做事一向效率很高，头天晚上裴松溪给她打的电话，第二天中午一切都安排好了，订的是晚上的机票。

郁绵把作业都扔在脑后，飞机起飞之前拍了一张照片，在社交软件上发布了一条最新的动态："出来玩！"

底下一堆朋友纷纷留言：

知而能行：出去玩？不学习了？郁绵，你被夺舍了吗？

小小许爱吃棒棒糖：出去玩？不学习了？郁绵，你被夺舍了吗？
唯风知意：出去玩？不学习了？郁绵，你被夺舍了吗？
只有陶让比较正经：一路顺风！玩得开心！
郁绵握着手机笑成一团，一条一条地回复："裴姨带我去滑雪了！"
语气里是掩不住的骄傲与开心，笑容明媚干净。

裴松溪在看飞机上的杂志，看到她的笑容，也低下头笑了笑，原来她跟朋友聊天的时候会这么高兴。接下来是两个多小时的飞行，郁绵全程都很兴奋，裴松溪则往后靠，微微阖上了眼睛，年底连轴转了十几天，她还有点没缓过来。

郁绵放下手机，最初看了一会儿天空上的云海，然后觉得有点无聊了，刚回头想跟裴松溪说话，才发现她已经睡着了。

郁绵愣了一下……裴姨最近很辛苦吧？可是这么累了，还想要带她出来玩。郁绵靠过去，悄悄看着她的睡颜。她的脸颊在灯光下白得发光，皮肤纹理细腻，睫毛也是长长的。

走廊上有空姐推着车经过，礼貌问询："小姐，请问您要什么饮料吗？"

郁绵冲空姐摇摇头。这时裴松溪也醒了，眼神有些迷蒙地看了看她，下意识地伸手摸了下她压乱的头发，动作自然，神情温柔，很快，裴松溪又闭上眼睛继续睡着了。

郁绵却因为她这小小的动作而眼眶发酸……有很久了，裴松溪都没有摸过她的头发了。

飞机降落的时候，窗外天都黑了。

魏意早就安排了司机来接，订好了一家民宿，环境优美，在寸土寸金的地方还有一个很大的阳台。郁绵站在阳台上往外看，能看到远处的万家灯火，属于那些她不认识的陌生人。

郁绵回过头，又看了看裴松溪，忍不住看着窗外的灯光微笑。

北海道有着全日本第一的降雪量和特殊的干雪滑雪场，吸引着来自世界各地的游客。

她们去了由 Isola、East、West 三座大山组成的留寿都度假村滑雪场，既适合初级选手学习入门，也适合高手戏雪。

郁绵还是第一次来滑雪，特意请了一对一的教练。

教练给她介绍这里的细节，说的是还算流利的中文："西伯利亚的冷空气吹过海面，形成了含水量高的西北季风，再形成降雪云团，会在这里降雪。粉雪的雪质还是很适合新手练习的。等下我们先做一些基本练习，不用紧张。"

郁绵认真地听她介绍这里的基本情况，先仔细穿戴雪具，再尝试单脚固定在雪板上行走、上坡以及刹车停下。

附近还有很多新手在练习，动作笨拙，有个小姑娘一连摔了好几跤，正在抽泣着。

郁绵忽然有点害怕，偏过头看裴松溪，看到她朝着自己笑，原本忐忑的心又放下来了。

不过她上手很快，练了一个多小时，已经能熟练地滑行一小段了。

随后，教练开始教她练习Z字行走和横滑停止，从山上一路练习到山下，等需要教练手拉着手教她单板转向的时候，裴松溪笑着说："我来吧。"

郁绵眨了眨眼睛，等她走到面前，小声问："裴姨？你教我吗？"

裴松溪点点头："绵绵，手给我。"

郁绵愣了一下，把手交给裴松溪，可是她还是在那一瞬间觉得不好意思，她有点害羞地说道："我有点怕摔跤……"

裴松溪给她检查了一下穿戴的雪具，又看了看她的雪板："摔跤是不可避免的，以前我学的时候整个膝盖都摔青了，你害怕吗？"

郁绵摇了摇头："不怕！你是什么时候来学滑雪的啊？"

裴松溪愣了一下："好像很早了，很小的时候来学的，雪场里有亲子项目，当时是跟家人一起来的，长大以后跟明燃她们也来过。"

郁绵笑着，语气轻快："那以后你都要跟我来！"

裴松溪有些无奈和纵容地笑了笑："好了，都跟你一起来。"

裴松溪牵着她学单板转向的时候，只要一到面山的横滑停止时，郁绵就会慌张地刹车，速度太快的时候她会很慌张："太快了！裴姨！"

裴松溪的声音一如既往的冷静平和："不怕，我在这里。"

郁绵听到她的声音，觉得很安心，立刻没那么紧张了，注意力一放松后立刻跪在雪地里，由于惯性往前一趴，整张脸都埋到雪地里。她扑腾着坐起来，眨了眨眼睛，声音里难得有几分骄纵的意味："裴姨！因为你说话，我摔跤了！"

裴松溪走过来，朝她伸出手："摔疼了吗？"

郁绵坐在地上不起来:"疼!"

"是哪里摔疼了?"

"你猜!"

郁绵仰着头看着裴松溪笑,滑雪帽里露出一双明亮澄净的眼睛,眼尾弯弯的,凝视着她。

裴松溪看出郁绵刚才是在撒娇,挥了挥手:"真的不起来吗?不起来我就走了啊?"

郁绵紧张兮兮地看着她:"啊?你真要走了啊?"

裴松溪被郁绵这样子逗笑了,声音里是掩不住的笑意,弯下腰去牵她的手,紧紧握着:"不走,逗你的,起来吧,继续学。"

郁绵喜欢裴松溪主动来牵自己手的动作,从地上站起来,拍了拍身上的雪,继续学习。等她能学会基本动作后,裴松溪让教练先陪着她,再做一些基本练习。而她自己,则上到更高处滑下。她很明显有着极为丰富的经验,从高山上往下滑行,快得像一道闪电,倏忽一下从视野中滑过,姿态优雅,却又充满力量。

郁绵惊讶地睁圆了眼睛,目不转睛地看着裴松溪。像是升中学那个暑假,她看到裴松溪纵马而来时般震撼,这样的裴松溪是她平日里少见过的,像利刃出鞘,英姿飒爽的美感。

裴松溪滑完两个来回,停了下来:"到时间了,绵绵。"

度假区里有雪场酒店,但是之前订房间时考虑到郁绵还没来过北海道,所以选了市区的酒店,方便带她到市区逛逛。

郁绵意犹未尽:"我才刚刚学会,明天还可以来吗?"

裴松溪点了点头:"当然,回程票还没定。只要你的作业写得完,我们假期最后一天回去都行。"

裴姨又调侃她之前说写作业的事情!

郁绵装作听不见:"风太大了!我听不清!"

可她一双澄净的眼眸分明是狡黠明亮的,藏着一些小小的得意与骄纵,是笃定了裴松溪拿自己没办法的。她一整天都觉得好快乐。跟裴松溪出来玩,就不用见到别人,不用每次回去都看着空荡荡的客厅发呆,也不用再去考虑那些……被她触及,却又最终刻意逃避的事情。

回程的路上，郁绵一直趴在车窗上看外面的夜景，嘴角往上扬起，内心平静而满足。裴松溪选了一家路边的日式居酒屋，由一对夫妻经营的私人餐馆，装修风格质朴典雅，里面吃饭的人不多，放着温柔轻缓的音乐，灯光暖暖的。

裴松溪先进去，正好遇见温治臻朝她挥手，她带着郁绵走过去："我有个朋友在这里，一起吃顿晚饭。"

郁绵走在裴松溪的后面，笑意瞬间凝在了脸上……朋友……男性朋友。是那个裴松溪在晚上换上裙子和高跟鞋去见的人吗？

裴松溪往前走了几步，才发现郁绵没跟上，回过头叫她："绵绵？不好意思了？"

郁绵摇了摇头："不是，我就是……就是没怎么见过生人。"

裴松溪揽了下她的肩，带着她往里走："没事，不用紧张，他的性格很好，是我认识很多年的朋友。"

郁绵默默地听着裴松溪对这个陌生男人的评价。是啊！他的性格很好，所以……裴松溪才会愿意跟他在一起吧！

温治臻刚到这里不久，只点了一壶茶，看见裴松溪带着小姑娘进来，站起来朝她笑："这是郁绵吧？"

郁绵不想理他，不想看见他，可是出于礼貌，还是点点头："您好。"

温治臻笑了笑，浅色的瞳孔里盛着光，那笑容也是极好看的："不用太客气，我叫温治臻，是你裴姨的朋友。"

郁绵低着头，没再说话。

裴松溪察觉到郁绵隐隐抗拒的情绪，有些不解，转念一想，郁绵大概是生气自己没先跟她说，就带她来见朋友的事情。点菜的时候，裴松溪轻轻拍了拍她的手背："绵绵？"

郁绵抬眸看了裴松溪一眼，又很快低下头："我饿了。"

温治臻把菜单推给郁绵："看看想吃什么。"他是分寸感把握得极好的人，没有跟着裴松溪一起叫她小名，却时刻关注她的感受，让她先点菜，甚至在点饮料的时候，还特意问了哪一种比较适合年轻女孩喝。他越是这么温和宽厚，郁绵心里就觉得越难受，她觉得如果自己没来是不是对于裴姨来说会更好——异乡，风雪，故人，这样听起来就很浪漫。

郁绵一向喜欢日料，可这顿饭吃得索然无味。裴松溪显然注意到了，一直轻声跟她说话,温治臻也照顾着她的情绪,偶尔才说几句话。越是这样,郁绵就越是心里觉得郁闷……像是两个大人在静悄悄地看着小孩闹脾气,她对自己失望透了,可又实在笑不出来。总算吃完这顿饭,她像受了一场公开处刑,脸颊很烫。从居酒屋里出来,被冷风一吹,脸颊上的热度才降了一些。

温治臻站在路边问她们:"你们住在哪里?我送你们回去。"

裴松溪还没说话,郁绵就已经悄悄攥紧她的衣角,她感知到郁绵的情绪,摇了摇头:"不用了,你先回去吧。"

"好,那往前走一段,这里不好叫车。"

温治臻很绅士地走在外面,路灯落到他的脸上,眉目显得格外深邃,温治臻笑着跟她们介绍这附近有什么值得去的公园、地道的日料和风景美丽的景点,他似乎对这里很熟悉。

郁绵全程没说话,只是紧紧地揽着裴松溪的手,隔在她和温治臻之间。

温治臻有时会觉得这个小姑娘很有趣,性格、教养都很好,可是一举一动间又有着一点小霸道,像是在宣示着某种主权。他笑着把她的一举一动收入眼底,神情却始终是温和含笑的,一直送她们到路口,给她们叫车,站在路边挥了挥手:"路上小心。"

裴松溪摇下车窗:"治臻,你也早点回去。"

郁绵有些不情愿地说了再见。等汽车发动,她一直从车窗往后看,能看见他始终站在街口,站在冬夜的雪地里,目送着她们离开。等再也看不见他,郁绵一转头就撞上裴松溪的目光。

裴松溪问她:"绵绵,你今晚有点不高兴,对吗?"

郁绵说:"没有了……这家店很好吃。"

裴松溪不相信她的说辞,直视着她:"是因为我没跟你说一下,就带你来见朋友吗?"或许青春期的孩子都自尊心格外强烈,需要别人的尊重。

郁绵想说不是的,却又忍住了,沉默地点点头。除了这个理由……她没办法把那些难过的、她不愿意表达的情绪说出口。她不能那么自私,要求裴松溪为了她,做出这种让步——每个人都有自己的生活。只是……这半年来被她刻意压制的情绪,似乎在这一刻无声无息地涌上心头,明明知道不该,可是……

第十二章
晚安

从北海道回来,就到了农历新年。

裴家的客厅里,也不知道裴林默什么时候买的桌球机,在跟裴之远打桌球。

郁绵在旁边看着,注意力集中地盯着最后一个球,等裴之远一球进洞,她握紧拳头,嫌弃裴林默:"小叔叔!你笨死了!"

裴林默看了看骄傲得意的少年,又看了看气得脸红的小姑娘,露出一点狡猾的笑容,一点也不要面子地说:"我老了,人老了就要服老,可不像有些人,这么冷的天,还只穿了一件薄薄的西装。"

他说得正是刚刚从外面回来的裴松溪。

只见刚进门的裴松溪,把藏青色大衣搭在手上,里面是一件很薄的银灰色西装,肩上落了几片雪花——她因为急事,去了公司一趟。

郁绵瞪了他一眼:"你这个人说话怎么这么别扭!"

她跑过去,帮裴松溪拿包,挂外套,然后拉过她的手:"裴姨,快来壁炉这里烤烤火。"

一向温暖干净的手掌此刻是冰凉的,裴松溪不以为意地笑了笑:"没事,我不冷。"

郁绵"哦"了一声,低下头。

裴林默还在一旁跟裴之远说着小话,裴松溪已经走过去,拍了下裴之远的肩膀:"球杆给我。"

"啊?姑姑,你要学吗?"

裴松溪淡淡地笑了一下:"不是。裴林默,过来打一局。"

裴林默正吊儿郎当地撑着球杆,被她点到名,下意识地站直:"嗯?干什么?打一局?"

裴松溪点点头:"开球。"

"不是吧?你认真的?那你等会儿输了可别怪我啊。"

"我不会让着你的!"

"我……真不行我等下给你放点水吧!"

裴松溪神色淡淡的,第一杆进了四个球:"是吗?"

裴林默露出无语的表情。

后来,一局打下来,裴林默像个落败的公鸡:"裴松溪!你就是故意的!"

裴松溪接过郁绵端给她的蜂蜜茶,抿了一口,声音平静地道:"是,我就是故意的。"

"你真过分!"

裴松溪的唇角才勾起来一点:"谁叫你人老体弱呢,裴大画家。"

裴林默这才发现这个人焉儿坏,不就是他刚才自嘲老了,又把她给带上了,这才非要给他一点好看吗!

过分!没见过这么欺负弟弟的!

他气得半死,想着如何扳回一局的时候,裴松溪早就不在意了,她低下头跟郁绵说话:"绵绵,有打球吗?"

郁绵摇摇头:"没有!小叔叔和之远哥哥说我太矮了,不跟我打。"

裴松溪抿着嘴唇笑了下,笑声低低的:"他们想自己玩,才这么瞎说。晚点我教你。"

郁绵欣喜地点了点头:"真的啊?"

"当然是真的了,我什么时候骗过你?"

"没有!"

郁绵眉开眼笑,可是一想到她今天那么早出门,回来时外面还在下大雪,又开始心疼她:"还是不要了。你回房间休息一会儿!"

裴松溪点了点头:"好,那我先上去了。"

"我也跟你一起。"

裴林默在一旁冷哼道:"就知道收买人心,你看绵绵好好的一个小姑娘,天天都在崇拜你,还不如崇拜一下我们这种青年艺术家。"

裴松溪淡淡地挑挑眉："哦，艺术家先生，据我所知，你每天穿四条裤子还叫冷，把青年两个字去掉。"

裴林默瞬间瞪大了眼睛！

郁绵和裴之远忍不住大笑，一个拉着裴松溪的手上楼，一个扑过去扒裴林默的裤子，惊讶地发现裴先生竟然是个穿两条秋裤的奇男子！

郁绵跟裴松溪走进房间，进浴室给她放水，拿毛巾和家居服。

裴松溪看郁绵忙前忙后的样子，忍不住想……好像就是从北海道回来，绵绵又变回以前的样子了，会主动来牵她的手，有时候靠在她肩头撒娇，等她工作完回家，她总会发现一点小惊喜——提前放好热水的浴缸、桌子上放着的一颗橙子硬糖、花瓶里新插的一束鲜花。

原先悄无声息产生的距离感，似乎又渐渐消失了。

郁绵从浴室出来："好了！快去洗澡，我给你放了玫瑰精油哦。"

裴松溪走过去，摸了下她的发顶，笑容有些无奈："说了多少次了，我自己来就可以了，怎么就不听呢？"

"就是一点小事了！快进去，水要凉了哦。"

"好吧。"

郁绵往外走，走到门口的时候才回头看了一眼，低声地自言自语："因为我什么都不能为你做啊。裴姨。"

前几天见到裴松溪的那个朋友，她不想承认，可又不得不承认，她是个没长大的孩子，吃的饭、穿的衣服，甚至连她的课本和作业，花的都是裴松溪的钱。而她好像从来没为裴松溪做过什么。

她低着头往前走，有些怀着心事的样子，刚刚准备回房间时，却被叫住了："郁绵，你过来一下。"

郁绵抬起头，看到裴林茂站在楼梯口，神色阴晴不定地看着她，她没来由地感到心慌："裴叔叔……有什么事吗？"

"有一点事跟你说一下，你到书房来一下。"

郁绵下意识地想拒绝，可是想想……裴松溪也在的，她没什么好害怕的，再说了，小叔叔他们都在下面，不会有事的。

她跟着裴林茂走进书房，书房里面没开灯，窗户大开着，寒风吹得窗帘浮动。

裴林茂放低了声音:"你有想过回家吗?"

郁绵一怔:"回哪儿?"她的家在安溪路268号,那是她和裴松溪的家。

裴林茂露出一点意味深长的笑意:"你自己的家。"

郁绵彻底地愣住了。他说的是……自己原先那个的家吗?

她的目光扑闪起来,似乎想听到更多,可裴林茂却像个垂钓的隐者,扔出一个钩子,搅得她心绪不宁,才满意地笑起来:"你会知道的。"说完话,他打开电脑,叫她出去。

郁绵怔怔地,本能地顺着他说的话往下想……可是她确实记不起来了,那时候才几岁,时间过去久了,记忆都成了碎片,哪怕浮现出来的一星半点,也无法拼凑出整张地图了。

她心事重重地往自己的房间走,没走几步就被裴林默从后面拍了拍肩膀:"绵绵?你没事吧?"

"嗯……小叔叔?"

"我刚看到他叫你过去,跟你说什么了,骂你了?"

郁绵摇摇头,笑意有点勉强:"没有说什么,没骂我……我、我先回去了。"

她的脑子现在有点乱。

裴林默注视着郁绵走回房间,不太放心,想了想又去敲裴松溪的门,等了一会儿才等来裴松溪开门。

裴松溪穿着纯棉家居服,头发湿漉漉地披在肩上,看起来像是刚洗完澡:"有事?"

裴林默受够了裴松溪说话时冷冷的样子,除了跟郁绵说话时神色温柔一点,大多数时候冷得像块冰,可现在他没心情跟裴松溪计较这些细节,直接说:"刚刚裴林茂跟郁绵说了会儿话,也不知道说了什么。"

裴松溪的神色一冷:"绵绵呢?"

裴林默指了指对面房间:"回房间了,似乎心情不太好的样子。我问了一句,感觉她不想说。"

裴松溪往走廊外看去,眉目间像是覆了冰雪,不是平时那种淡漠出尘的冷意,而是看起来……好像被碰到绝不容许他人触碰的底线了。

裴林默看裴松溪带着这种神情去找大哥,不放心地跟上去:"哎……你也别激动,就说了几句话,大过年的,别闹得奶奶心情不好。"

裴松溪没理他，走到书房门外，说了一句与你无关，才用力将门摔上，把他彻底关在了门外。

门内，裴林茂从一堆文件中抬起头，感到有些意外："松溪？找我有事？"

裴松溪声音冷冷地说："我劝你不要有不该有的念头。"

裴林茂挑了挑眉，貌似不解："你说什么？"

"你跟绵绵说什么了？"

"没说什么，就是问了她几句，现在过得怎么样？找不回家人了，这么多年来是不是已经习惯了。"他说得坦白直接，就是笃定地知道，就算裴松溪去问郁绵，能问到的也无非是这几句话而已。

可裴松溪的目光却陡然变得锋利、尖锐："家人？"

裴林茂的神情悄悄凝重了一瞬间，才顺着她的话点点头："嗯，随便问了一下。"

裴松溪冷笑起来，眉眼间是从未有过的冷冰桀骜："警告你，别碰不该碰的事情。"她说完就走，裴林茂在背后愤怒叫了她几声，她也没停下，将门推开了，差点没把门摔正在偷听的裴林默的脸上。

裴林默听了个大概，以前也知道裴松溪一直在找郁绵家人的事情，隐隐约约猜出裴林茂的用意，可还是被裴松溪此刻冷冷的脸色吓了一跳……

怎么会这么生气？像是怕极了……怕极了有人把郁绵从她身边抢走的样子。

"笃笃——"敲门声响起的时候，郁绵正抱着膝盖，坐在床上发呆。她愣了一下："谁呀？"

"绵绵，是我。"

郁绵跳下床去给她开门："裴姨，有事吗？"

裴松溪垂下眼眸，笑意淡淡的："没事，我过来看看你，怎么闷在房间里没下去？"

"哦……我刚刚觉得有点冷，回房间换件衣服。"

裴松溪愣住了，果然是这样的。绵绵并不想让她知道刚才的事情……是因为绵绵很想回家吗？

裴松溪顿了一下，才说："下来玩吧，之远和林默想打麻将，你要不要一起？"

"麻将？你也会吗？"

裴松溪诚实地摇头："不会。"

郁绵忍不住笑了："原来还有你不会得东西！我差点以为你要教我呢！那我一定要学会，等我来教你。"

裴松溪看郁绵的笑容如常，心里那种不安的感觉稍微淡了一些："那快点换件衣服，下去吧。"

"好！"

郁绵一转身，脸色的笑意就黯淡下去……是裴松溪找到了她的家人，却不知道如何开口，所以裴叔叔才会问她吗？是裴姨……不想要她了吗？毕竟她已经订婚了，应该很快就会结婚了吧？

郁绵有些神色恍惚，从衣柜里拿出一件厚实的羊羔绒外套换上，走出去前又调整好表情："我好了。"

裴松溪点了点头，轻轻揽了下她的肩，带着她往前走，却意外地愣住。

绵绵原来已经这么高了，就比他矮这么一点点了。

楼下，客厅里的裴林默刚刚把麻将机打开，连一向只在三楼休息的周如云也在下面，笑骂着："老三就是喜欢折腾这些有的没的，又是桌球机，又是麻将机，也是家里地方大，不然哪里够你折腾的。"

裴林默一脸骄傲的表情："这叫给生活找乐子，不然多无聊啊，哎，好了！奶奶，您上坐！"

家里有这么个大活宝，原本沉寂的氛围被冲淡了许多。

丁玫平时就喜欢跟邻家太太一起打麻将，此刻是观战指导，看见郁绵下来朝她招招手："绵绵，过来，我来教你，保证你大杀四方。"

裴之远："妈，您到底是谁的亲妈啊？"

"谁叫你长得没绵绵可爱！边儿去！"

一个老人，两个小孩，外加一个活宝裴林默开始打麻将，郁绵一点儿没接触过，但她胜在聪明，一点就通，很快就上了手。裴松溪在旁边看了一会儿，趁他们正在兴头上，转身往阳台外走，拉开玻璃门，又反手关上。

室内是其乐融融的温暖氛围，室外是冷冽刚劲的冬日寒风。

电话接通了，她的声音也是冷硬的："去查一下裴林茂最近在做什么？跟谁接触？跟谁合作？跟哪家公司现在是竞争关系？手上有没有什么大项目？

今晚给我回复。"挂了电话，裴松溪在阳台上站了很久。情绪起起伏伏，如同一片广袤的海洋，裹挟着她的一颗心，高低起伏。

初三的假期格外的短暂，大年初六，郁绵开学了。

上学的第一天，教室里显得又慌张又混乱，正在赶没写完的作业的、抱怨假期太短的、差点睡过头迟到的……开学的第一天，注定是鸡飞狗跳的。

郁绵也有些困，挂着黑眼圈，出去旅游挤占了一点时间，她后来也赶了几天作业，幸好在开学之前完成了。

她从书包里拿出寒假学着做的雪花酥，用精致的小袋子装好了，全都分给朋友和前后座的同桌。

许小妍最喜欢吃甜的东西，一点也不客气地霸占了陶让的座位："绵绵，你寒假去玩了，玩得怎么样啊？"

郁绵想起这次出行经历，心情复杂："嗯，挺好玩的。"

"好玩就好。我也出去玩了，我要告诉你一个秘密。"

"嗯？"

"隔壁班的体育委员秦川太讨厌了，寒假的时候我去溜冰，刚好他也在，我不是手脚不太协调，平衡性不太好吗，然后他刚好也在，他就全程看着我，还一直嘲笑我！"

许小妍说着说着，握紧拳头："我要揍他！"

"你呀，怎么又要跟男生打架？"

郁绵劝她克制一点，可又羡慕她的大胆直接。她永远都不能像小妍一样，喜欢的东西、喜欢的人，能肆无忌惮地大胆说出口，这么热烈纯粹。

开学的第一天始终是难熬的，好不容易挨到放学，郁绵在学校门口看见裴松溪，有些惊讶："裴姨？你今天怎么有空过来啊？"

裴松溪朝她招招手，先接过她的书包："刚好有空，就过来了。晚上想出去吃吗？"

"不想出去，我想回家。"

"好。"

回去的路上，裴松溪都没说话，只是偶尔偏过头看郁绵一眼，又很快收回目光，分明是一副欲言又止的样子。

第十二章 晚安

郁绵心里咯噔一下，却不敢做猜想。等到了家，阿姨刚刚做完饭离开，饭菜还是热气腾腾的，她们却都没有吃饭的想法。

郁绵咬了下嘴唇，受不了这种无声的折磨，直接开口问道："裴姨，你有什么事情想告诉我？"

裴松溪顿了一下，直视着她："绵绵……"

郁绵悄悄握紧了双手，但还是尽可能地让神情保持平静："你说吧，我可以接受的。"

裴松溪缓缓点了点头："我有工作上的安排，要出国一段时间。这半年，你可能要一个人在家了，抱歉……"

郁绵愣住了，情绪在那一瞬间变得很复杂，先是庆幸她原来不是要送自己走，然后却又后知后觉地悲伤起来，一开口，声音就已经哽咽了："半年吗？这么久？"

裴松溪听见她哽咽的声音，轻轻叹了一口气："是的，半年。"

她根本不想在这个时间节点离开，可是她现在不是裴林茂的对手，资金、人力、关系网……她是天生淡漠的性格，对这些事情也从不放在心上，直到前不久，当她发现裴林茂开始打郁绵的主意，她就觉得不能再这么下去了。

她有一整套计划安排，裴林茂的事业重心在亚洲，而她将远赴北美开辟新的市场，她一直无心与裴林茂争权，可他触碰到了她的底线，她不能任人宰割，更不能让郁绵受到伤害。可是这些，她无法对一个十几岁的小姑娘一一言说。而且……她好像能大概确定，绵绵还有家人在世，只是她还没有完全确定对方的立场和态度。她不得不继续观望一段时间。

对绵绵……她更是犹豫不决，始终不知道该如何开口。

郁绵怔怔地看着裴松溪，眼眶一阵一阵发酸。可是……可是不能哭，这是裴姨的工作，应该理解她，支持她，可是眼泪根本不受控制，一颗接一颗地往下掉："我知道了。你……你好好照顾自己。"

裴松溪看着郁绵隐忍低泣的样子，甚至想说她不走了，可是理智告诉她不能。她轻轻揽了下郁绵的肩膀，轻声哄着她："就半年，好不好？半年后我就回来了……或许不需要半年，等你中考之前，我应该就回来了。"

郁绵抬起头看她，睫毛湿漉漉的，她吸着气："真……真的？"

裴松溪点点头："当然。魏意会留下来照顾你，林默那边我打了招呼，小妍的妈妈也说了,你要是一个人在家害怕,可以过去跟小妍一起睡。"

郁绵摇摇头:"我不要……我,我就待在自己的家里,我哪里都不去!"

裴松溪抬起手,拍了拍她的肩膀:"好,你可以一个人在家,但是要好好的。每天都要打电话给我,知道吗?"

郁绵点点头,她一向是懂事的:"好。"

裴松溪坐了第二天早上的飞机。她是雷厉风行的性格,做事一向追求效率,订的机票是第二天最早的航班,郁绵那时还在睡觉,她没有叫醒郁绵。

郁绵醒来的时候,就觉得家里安静得可怕。床边放着便利贴,她看到裴松溪留下的字条:"好好睡觉,好好吃饭,记得给我打电话,好吗?"她深呼吸一下,将那阵酸意压下去,对着空荡荡的房间,轻声说了一句"好"。

最初的几天,她是全然不习惯的。以前哪怕裴松溪加班晚归,她一个人在房间里做作业的时候,心里也还是踏实的,因为她知道裴松溪会回家。可是现在……不管什么时候,每天一醒来,她就感觉家里很空,心里也很空。

有好多次,郁绵都想打电话给裴松溪,说想她了,可是还没拨通就挂掉了。

她想,她应该更成熟一点才对。

时间久了,她渐渐习惯了这样的生活,每天晚上回到家,吃晚饭的时候给裴松溪打电话,那时她那边应该还是早晨。

裴松溪调整了早餐时间,跟她调整到完全一致的节奏,听她说着学校里新发生的事情:竹林里的春笋被学生家长偷了,有同学体育课时在池塘里钓上了小龙虾,新来了一个复读生,考试分数很高排在了她前面……这些事情琐碎而又日常,可郁绵讲起来的时候,语气总是格外欢快的,于是裴松溪也总会笑着说上几句。

到了六月的第一天,中考临近了。

体育课下课之前,许小妍买了一大包棒棒糖、棉花糖和巧克力带到教室,捧了好多到郁绵桌上。

梁知行也被她塞了一口袋的糖:"我怀疑你上辈子是个糖果精灵!"

许小妍白了他一眼,然后跟郁绵说:"绵绵!儿童节快乐!"

郁绵刚跑完八百米,拿湿巾擦着汗,少女的脸颊微粉,她笑起来:"儿童节快乐!"

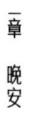

她这几天心情很好，因为裴松溪说，最近就要回来了。她甚至偷偷把手机带到了教室，就是怕错过裴松溪的电话。

许小妍送完糖后不走了，靠近她说话："我最近好想学开直升机哦！"

郁绵："开直升机？"

许小妍笑嘻嘻地点头："我跟我爸妈磨了几天，他们答应了，只要我考试考得好！"

郁绵惊讶得目瞪口呆："你不害怕吗？"

许小妍还是那么没心没肺地笑："没什么害怕的，喜欢的就要去尝试。我喜欢的东西，我一定会努力把握住。如果那不属于我，我也不会有遗憾。"

郁绵想了想，笑着点了点头："你说得对，小妍。"她想，她也要再勇敢一点才对。她想要的，她渴求的，她喜欢的，她想要抓住。等许小妍走了，她再一次偷偷看书包里的手机，有一条新的短信："绵绵，儿童节快乐！给你的儿童节礼物应该在家了。"

郁绵有些欣喜，却又有些失落，本来以为会看到她的航班信息，会听到她回来了。然而并不是的。从学校回家，路上她想给裴松溪打电话，可是一想到裴松溪那边可能是深夜，还是忍住了。等她站在门口，拿出钥匙准备开门的时候，却突然愣住了。家里好像有声音……她拧钥匙的手也在轻轻颤抖，等她推开门，一道熟悉的高挑身影映入眼帘，明明才四个月，可是感觉像是过了很多很多年。

裴松溪原先背对着她，听见开门声才转身，看她傻傻地站在原地的样子，笑声动听："怎么了，不认识我了吗？"

许久不见，裴松溪终于又出现在她的眼前，亭亭而立，清雅大方。

郁绵这才大梦初醒般扑过去，扑到她的怀里，低声抽泣着问她："你什么时候回来的？"

"刚刚到家，赶在今天回来。绵绵，儿童节快乐啊！"

郁绵开心到很久都没能说出话来。

中考的那天，裴松溪送郁绵到考场。

在学校外面，裴松溪帮她检查中性笔、橡皮、尺子……又仔细地叮嘱了她几句，竟然没来由地有些紧张。

真奇怪，自己以前考试的时候都没紧张过，此刻却因为她有点紧张。

郁绵很有耐心地听着她的叮嘱，眨了眨眼睛，俏皮地问她："裴姨，你是担心我考不好吗？"

裴松溪摇了摇头："不是。我是怕你不开心。"

她希望郁绵成为一个快乐的人，一如既往。

郁绵肯定地说："不会！我有信心！"

裴松溪笑着点头："我对你也有信心，进去吧。"

中考之后是长达两个半月的暑假，等成绩公布后，裴松溪看着郁绵的成绩，询问她的想法："绵绵，有想过高中去哪里读吗？"

郁绵正坐在沙发上看电影，怀里抱着半个西瓜："就在省附就好了，我不想去别的地方。"

"可是你的成绩可以去一些更好的学校，像之远读的外国语学校，或者……"

"我不去！"

裴松溪还没说完，郁绵就把西瓜放下，往她身上一靠，跟她撒娇："我哪里都不去！我就要在你身边！"

裴松溪笑她孩子气，可还是尊重她的意见，让她继续在附中读书。

"绵绵，想去海边玩玩吗？"

"嗯……可以吗？"

放假之后，郁绵明显感觉裴松溪比以前更忙了一点，虽然以前也会时常加班，可是周末不会天天加班，偶尔会休假带她一起出去玩，可是现在……现在好像一点时间都没有了。有时候裴松溪会抽出一点时间来陪她，可在那之后，郁绵会看见裴松溪深夜还在书房里工作，让她不想再占用裴松溪的时间了。

"当然可以。"裴松溪摸了下她的发顶，眼睛里似乎藏了一些她看不懂的东西，"我的假期很短，不能出国，就在国内可以吗？"

郁绵仍然有些犹豫："你真的有空吗？"

裴松溪欣然颔首："真的。就两三天而已。"她带着郁绵去了一座南方小城。

天空澄澈蔚蓝，海面上无风起浪，风中都是咸咸的大海的味道。

郁绵穿着蓝白条纹的泳衣，在岸边捡了一大盒彩色贝壳，然后用沙子和水搭建城堡，玩得不亦乐乎。

裴松溪在远处的树荫下，买了一只椰子，等她玩累了，朝她招招手，让她喝点椰汁解渴。

郁绵把吸管插好，把椰子捧到她面前："你先喝！"郁绵的这些小习惯，这么多年来都没变过。

裴松溪笑了笑，先喝了一点。

郁绵紧接着吸了一大口椰汁，一口气把剩下的都喝完了，接着很开心地拉着她的手晃了晃："裴姨，我们晚点去哪里啊？"

裴松溪顿了一下，才说："等下天要黑了，我们就在附近走走好不好？"

"好啊！"郁绵很喜欢跟着她一起穿过大街小巷的感觉，有时候郁绵就在她后面踩她的影子，有时候会偷偷牵着她的一小块衣角，就会觉得很开心。

站在这座城市的过江大桥上，夜风清凉温柔，远处华灯璀璨。郁绵拿相机拍照，裴松溪在看着她，貌似不经意地问："绵绵，有觉得这里熟悉吗？"

"没有啊，我都没来过这里。"

"嗯。"

裴松溪在心底悄悄叹息一声，不是这样的……这里是你的家，是你生活过的城市。她看着女孩纯净的笑容，有好几次想开口，却又忍住了。

等回到酒店，郁绵睡着了，裴松溪出去阳台上接电话，是魏意打来的。

从年初裴松溪出国，魏意就安排人盯着裴林茂的一举一动，后来终于发现……跟他合作的上游公司，有一家医药研发企业，董事长和法定代表人叫郁闻青，现在主要管事的人是他的小儿子——郁安舟。

裴氏集团的产业主要集中在两块，一块是建筑，一块则是医药和医疗器械。前者在她手上，至于后者，这么多年来都由裴林茂负责，具体盈利情况、合作关系、主要业务范围，她都不太清楚。

裴松溪有一瞬间的失神，等魏意在那边叫了她几声，她才回过神："你说。"

魏意在汇报着最近的进展："如果消息无误，那么郁氏集团新研发的药物，正在寻找新的下家。他们跟高校的合作很多，研发走在全国前列，先前也不知道裴先生是怎么跟他们搭上线的，还签下了一份条件极为有利的合同。但是现在的风声是，他们已经不准备再跟裴氏合作。"

裴松溪淡淡地道："难怪裴林茂狗急跳墙。"

"是的，裴先生这半年来动作频繁，都是在跟郁氏现在的主事人郁安舟接触。对方对他多有忍让，至今还未翻脸，看起来好像是有什么把柄在裴先生手上。"

"郁闻青家里有几个儿子？"

"两个儿子，郁安舟上面还有个哥哥，这几年没听到消息。还有个女儿，本来嫁人了，丈夫死了之后又回了娘家，似乎跟郁安舟有冲突。"

裴松溪轻轻揉了揉额角："情况似乎比想象得还要复杂一些。"

魏意说："是的，当年车祸的档案也没查到，似乎是被人刻意销毁了。"

裴松溪说："知道了，你多关注，再看看吧。"

她只能选择再观望一段时间，还不清楚为什么郁家人从没找过绵绵，也不确定究竟是谁跟裴林茂有合作关系。

这半年来，她跟裴林茂之间的权力斗争越来越激烈，可是还没到最后一步，有太多的不确定性。

她是不愿意冒险的，尤其是拿郁绵冒险。

只是……现在看起来，绵绵小时候的经历，很大可能是因为她的父亲和大哥，让郁绵那么小就离开了家。

裴松溪陷入无法自控的愧疚，曾说过要给她一个家……可现在看来，似乎欠她的，比给她的更多。

挂完电话，裴松溪在阳台上吹了很久的晚风，心绪平静后才走进去。

郁绵侧躺在床上，唇角是微微上扬的，说着含糊不清的梦话，神色恬静。

裴松溪看着郁绵的睡颜，心里渐渐踏实下来。她伸手摸了摸郁绵的头发，目光沉静、温柔，对着睡梦中的女孩说："不管未来怎么样，我不会让别人伤害你。"

暑假过得很快，很快就到了八月份的尾巴。郁绵跟着裴松溪出去玩了一趟，剩下的时间还是待在家里居多，后来有一天忽然想去学跳舞，就去问裴松溪的意见。郁绵总是想到哪里就是哪里，可裴松溪认真考虑了，也联系了正在宁大艺术学院任教的纪绣年，让她推荐了老师和课程，最后给郁绵报了宁大艺术学院里舞蹈班的课程。

课程安排得很紧凑，郁绵小时候没有学过跳舞，难免手忙脚乱，上课之后跟不上进度，回到家以后会跟着视频学习很久。裴松溪看郁绵这么辛苦，笑着问她："绵绵，我好像忘了问你，你怎么突然想学跳舞了？"

郁绵正在练下马，艰难地拉着韧带："我……我想变得好看一点。"

裴松溪打趣她："谁敢说你不好看吗？"

"哎呀，不是的……"郁绵的脸红起来，"就是不是我想要的那种好看！"

"嗯？你想要哪种好看？"

"跟你一样！"郁绵简直不用思考，答案脱口而出。

裴松溪却愣了一下："跟我一样？"

郁绵用力地点点头："对呀，跟你一样。高挑、窈窕。裴姨最好看了！"

裴松溪被她说得哭笑不得，走过去捏了下她还有些婴儿肥的脸颊："哪里这么夸张。对了，绵绵，你的生日快要到了，今年有想要的礼物吗？"

郁绵抬起头看着她，有个大胆的想法正在成型，可她不敢说："我再想想……"

其实谁都不知道她生日到底在哪天，于是她们一起把那天——门口挂上"裴松溪和郁绵的家"的门牌那天作为郁绵的生日，那是九月的一个周末。

等到她生日那天，郁绵放学回家，书包里全是朋友们送她的礼物，小妍送了她一瓶奶香奶香的香水、梁知行送了钢笔、景知意送给她一罐从老家带来的蜂蜜，连一向沉默的陶让也送了她一盒彩铅。

裴松溪没来得及去学校接她，下班后去蛋糕店取了预定好的蛋糕，礼物早就提前买好，一支玫瑰金的手镯。

等回到家，郁绵正踩着拖鞋，在客厅里晃荡，一听见开门的声音，就过去迎接她："裴姨！"

裴松溪笑着说："生日快乐！绵绵。蛋糕，还有礼物。"

郁绵打开礼品盒一看，"啊"了一声："不是说好了吗，我自己想想要什么礼物的。"

裴松溪摸了下她的发顶："那就要两份好了，也没人规定，生日只能收一份礼物。"

郁绵惊喜地欢呼一声："裴姨！"

她越是这么单纯地容易满足，裴松溪想起那些事情来就越觉得愧疚，于是更纵容她,笑着点了点头。

郁绵晚餐只吃了一点,一心都在香甜可口的蛋糕上。

裴松溪还是坚持要她许愿:"这次你的朋友们都不在,大声说出来好不好?"

郁绵笑嘻嘻地摇头:"不要。这是我的秘密。"

裴松溪无奈地说:"好吧,我尊重你的秘密。"

郁绵闭上眼睛,双手合十,唇角往上牵起,笑意深深。

客厅里的灯都关了,烛光浅浅地跳跃着,映照着她那张尚存稚气,却一天天变得更加清灵秀美的脸颊上,光影温柔。她偷偷睁开眼睛,看了裴松溪一眼,又很快闭上,把愿望记在了心底。

裴松溪笑着把她的一举一动都收入眼底,却并不点破她的小心思。

她跟裴松溪一起切好蛋糕,两个人分食了一大块,郁绵的嘴角都沾上了奶油,有几分滑稽得可爱。

裴松溪随手拿指尖沾了沾:"又吃成小花猫了。"

郁绵眨了眨眼睛,过了片刻才反应过来,藏在碎发里的白皙的耳尖瞬间红透了。她好像知道……想要什么礼物了。等吃完蛋糕,她们上楼,站在各自的房间门口说晚安时,郁绵小声问:"还没到十二点,我的生日礼物还可以兑换吗?"

裴松溪含笑看着她:"当然可以了。想要什么?告诉我吧。"

郁绵点了点头,有些紧张地拽了下衣角,深呼吸几次才开口,语速很快:"英语课老师说西方人会很注重仪式感,这样会提升幸福感!是这样的吗?我可不可以……"

裴松溪一怔:"绵绵?你说什么?太快了,我没听清。"

郁绵抿了下嘴唇,没说话,指尖在自己的唇瓣上轻轻触碰,才踮起脚,碰过嘴唇的手指在她的脸颊上不轻不重地印了一下,有点像盖了私人专属的印章:"晚安哦!"

郁绵说完就跑,回到自己的房间,走廊上传来"嘭"的一声关门声,声音有点大。

裴松溪彻底愣住。真是一个有仪式感的晚安……

第十三章
心事

进入高中以后,学业压力变大,但周围的人似乎并没有发生很大的变化,大多都是初中时班上的同学,选择了直升高中。省附按学生成绩分班,所以很幸运的,熟悉的朋友都在身边。

连许小妍这个小拖油瓶,也硬生生被四个人围攻补习,盯着她在最后一学期把成绩提了上来。

郁绵坐在座位上发呆,阳光透过窗户照进来,她在阳光下看自己的手指,似乎不像小时候的婴儿肥,指节渐渐变得纤细,也变长了。

"绵绵!"

许小妍跑过来找她,她把手一收:"怎么了?"

"放学后想去吃火锅,要不要一起?反正明天周末不用上课!"

郁绵摇头:"我今天有舞蹈课,不能跟你去了,改成周日好不好,咱们看个电影再吃火锅?"

许小妍坐在她前桌的凳子上,不情愿地说:"好吧。你刚在干吗呢?就看见你发呆,有心事?"

"没有了……就是想到了一点事情。"

一点令她快乐的事情。

"现在课程开始紧张了,你还要去多久啊?"

"第一期课程快要结束了,还有一两个月的课程,学完我就先不学了。"

"那挺好的,"许小妍偏过头打量她,毫不吝啬地赞美她,"你学跳舞之后变得更好看了,这是个正确的选择。"

郁绵听到"好看"这两个字笑弯了眉眼："有一点点变化，我就很开心了！"

放学后，在车上，郁绵给裴松溪打电话，故意压低了声调："猜猜我是谁？"

裴松溪配合着她的小游戏："是上门讨债的债主吗？"

"对哦！"

"好吧！又被你发现了！裴姨全世界第一聪明了！"

裴松溪笑骂一声："没大没小。"

她感觉，郁绵进入高中之后变得不太一样了。

初中的时候有些忽冷忽热，时近时远，到了高中却又跟以前一样黏人，不……跟以前还是会有些变化的，比如说，没大没小地说不想叫她裴姨，给她起了"西西"这个昵称。

郁绵听她这么说，也不敢放肆了，回到打电话的初衷："裴姨，我们舞蹈课调课了，我今晚要晚点回家哦。"

"我去接你，下课前给我电话。"

"好！"

挂掉电话，郁绵捧着手机笑。

她就知道，裴姨不会放心她晚上一个人回家，一定会来接她的。

宁大艺术学院在全国的知名度都很高，学校里的舞蹈班质量也很高，授课的都是艺术行业内的专业老师，报名的人很多，学费也很高。

郁绵在这里学了有两个月了，从最开始的手忙脚乱到现在的从容应对，她私下里是下过不少工夫的，已经有了很大的进步。

休息的间隙，她会悄悄打量舞蹈教室里的陌生女孩，她们的年龄都比她大一点，也更成熟一点，曲线玲珑优美，但是她……她低下头看了看自己，是她渴望拥有却还没有拥有的。

跳完舞回去，郁绵换好衣服，感觉有点头晕，在包里翻找，也不知道是最近学习太晚了还是什么缘故，剧烈运动之后她有时会头晕。

"给你。"

一个相貌清冷的陌生女孩站在她的身旁，两颗糖，躺在干净的手心里，递了过来。

郁绵抬起头，朝她笑了一下，声音温和："谢谢你啊。我认得你。"

"嗯？"

郁绵将彩色的糖纸剥开，放到嘴里："就在去年的一场误会啊。我躲起来待了一小会儿，没多久，我家人就来找我了。但我看到你了，那支白蔷薇很美啊。"

她提起那支白蔷薇，让年轻女孩想起了某个人，眉眼也变得温柔了："谢谢。"

郁绵从凳子上跳下来，还有些稚气未脱的样子："我叫郁绵，你叫什么？"

"纪以柔。"

郁绵看了看时间，匆忙背着包出去了："我要走了！以柔，明天请你吃糖！"

本来以为她只是随口一说，可周六的舞蹈课开始前，她真的带了两罐手工糖过来，笑得格外好看："请你吃糖。这是我上次和家人一起做的糖。"

她的笑容单纯，眼眸干净纯粹，让人生不出戒备心。纪以柔没有拒绝，两个人盘腿在地板上坐下，靠着墙，一连吃了好几颗糖。

郁绵偏过头，看着她："你是不是在想念一个人啊？"

纪以柔一怔："为什么这么问？"

郁绵笑："因为，当一个人时时刻刻想念另一个人的时候，她的神情就是你这样的。"

纪以柔轻轻舒了一口气，本来不该说的，还是忍不住说了："像是天边的云，看起来很近，其实很远。"

郁绵将下巴放在膝盖上："照耀和保护着我的月亮也离我好远好远。有时候我很害怕，因为她已经订婚了，很快会有自己的爱人和孩子，我很害怕自己这个和她没有血缘关系的小孩，会被丢下。"

纪以柔愣住："对不起。"

郁绵的唇角弯了弯："没事啊。"

或许是分享了一个秘密，或许是交换了一颗糖果，让两个女孩迅速成了朋友。

纪以柔比郁绵大四五岁，可却意外地跟她投缘，告别时两个人交换了联系方式，约好了一起去买新舞鞋。

周末，吃完早饭，裴松溪拿起包："绵绵，我今天有约，要出去一下。"

郁绵咬着面包："什么时候回来啊？"

"中午出去吃饭,晚上回来。"

"哦……那我也约朋友去逛街好了,之前那双舞鞋有点磨坏了,要买一双新的。对了,晚上你回家吃饭吗?"

裴松溪点头:"嗯,回来吃饭。"她一边说话,一边低下头,轻轻将衣袖挽了起来,白衬衫裁剪得体,乌黑的长发束在耳后,平添了几分清冷淡远的气质。

郁绵忍不住多看她几眼。

直到窗外传来汽车喧嚣的声音……她收回目光,心里有了某种奇妙的预感。

等大门打开又关上,郁绵立刻跑到窗边去看。

原来门外停了一辆汽车,那个温和清隽的男人,站在车门旁,平静温柔的眼神,颀长峻拔的身姿,正温柔地注视着朝他一步一步走去的人。

真的是他……

郁绵感觉到深深的失落,调整了很久的情绪,才给纪以柔打电话,约好在商场见面。

她们逛了两个小时,终于选到心仪的舞鞋。

郁绵站在路口跟纪以柔道别,正说着话,纪以柔的脸色却突然变得苍白。

她眨眨眼睛:"你怎么了啊?"她顺着纪以柔的目光看过去,看到一个温柔多情、摇曳生姿的女人,头顶上扣着一顶蓝色的帽子,正斜斜地搂住另一个人出来……

郁绵回过神,又问了一遍,纪以柔却生硬地转过身:"我没事。"

郁绵不太放心她,坚持送她回去。

告别之前,她想说些安慰的话,却没来由地想到今天早上的情景,眼眶一酸:"我……我今天早上看到裴姨的未婚夫了。"

纪以柔把她当作邻家妹妹,手环过去,拍了下她的后背,纪以柔一向不太会安慰人:"别难过了啊。"

郁绵过了一会儿才缓过来:"对不起……本来应该安慰你的,结果成了你安慰我。"

纪以柔说没事,给她叫了辆车。

郁绵摇下车窗跟纪以柔告别,目光却落到她身后的那辆红色敞篷跑车上。车上的人正在凝视着她们,也不知道看了多久。

她惊讶地发现……这辆车上的人，就是刚刚以柔姐姐看着的人，但是她为什么不过来呢？

郁绵想不明白。

一直到晚上在家吃饭，她还在发呆。

裴松溪给她夹了一片牛肉："想什么呢？"

郁绵回过神："没想什么。"

"逛街开心吗？跟朋友一起去买到喜欢的鞋子了吗？"

"嗯，买到了……还算开心。"

郁绵这么说着，可脸上分明写满了不开心。

裴松溪不放心地问："是跟小妍一起去的吗？"

"不是。是在舞蹈班认识的新朋友，她叫纪以柔，比我大几岁。"

裴松溪愣住，原来是新朋友："你很喜欢她吗？"

郁绵拿筷子戳着碗里的牛肉，顺口一答："挺喜欢的。"

哎……她好想知道，以柔姐姐和她说的那个人到底是怎么回事呢？

裴松溪看着陷入沉思的郁绵，轻轻笑了笑，过了一会儿，才轻轻地说道："绵绵长大了，也有自己的小秘密了。"

郁绵抬起头，有些怔愣地看着她："什么秘密？"

裴松溪却笑了笑："没什么，开玩笑的，好了，吃饭吧，多吃一点。"

郁绵沉默着点点头。

我是有个秘密。

可我不能告诉你。

到国庆假期的前一天，郁绵去裴松溪的公司，才惊讶地知道，原来那天和纪以柔逛街时遇见的人，是那位温叔叔的妹妹，温怀钰。她其实很少见到温冶臻，也不知道他到底是个怎样的人。假期的时候，郁绵偷偷问过裴林默。可裴林默也不清楚，只含糊不清地说两家好像一直有交情，温冶臻和裴松溪之间算是娃娃亲，只是温冶臻的身体不好，这么多年来也没完婚。再问别的，他也就不知道了。

郁绵很想知道更多的细节，可是她没有办法知道。

有的时候她甚至会想去问魏意，可是一旦她问了魏意，那裴松溪一定会知道的。

郁绵自己都没想到，她会这么快就了解到温治臻和裴松溪娃娃亲背后的故事，郁绵那天去公司找裴松溪，碰巧遇见魏意和明燃争吵。

魏意发现她站在角落，瞬间和明燃暂停了争论，笑着朝她走过来，"绵绵，来，我带你去吃点水果，裴总现在在开会，你要等裴总一会儿哦。"

郁绵怔怔地点点头，跟着魏意往前走，走了几步才想起来没跟明燃道别，回过头看了一眼，却没想到……明燃一直看着她们，目光似乎复杂而压抑，仿佛还沉浸在刚才的那场争论中，看见她回头，才勉强笑了一下，转身离开了。

魏意却丝毫没注意到异常，带郁绵走进裴松溪的办公室，给她拿了水果和零食："好了，你在这里等会儿吧，要乖哦。"

郁绵不好意思地笑起来："我都读高中了，你怎么还把我当小孩啊？"

魏意认可地点了点头："对哦……没想到啊，一晃眼你是个美少女了啊。"

郁绵被她调侃一下，脸红红的："不许这么笑我！"

魏意笑着说好，刚准备说要出去了，郁绵叫住她："魏意姐姐，你们刚才说的温大小姐是？"

"温治臻先生的妹妹。"

魏意回答了她的问题，答案却叫郁绵感到震惊："竟然是……他的妹妹？"

"嗯，温家和裴家两家是世交，只是关系一般，裴总和温少爷订了婚，但两家私底下的走动不算多，更像是商业合作伙伴，在某些重大项目上合作——不过，这种合作最近被打破了，因为裴总和温小姐一直不太对付，互相看不顺眼。"

还没等郁绵再问，魏意就已经先把两家的关系说清楚了，等说完之后她才开始后悔，她好像说了很多不该说的话。

"唉……"魏意忍不住叹了口气，"好了，小绵绵，就说这么多了，你也别问了。我出去忙了。"

郁绵还在消化魏意刚说的一连串信息，眨了眨眼睛，很乖地点点头："好的，你去忙吧。"

近期课业压力太重，她的舞蹈班课程结束，很久没见纪以柔，打过几次电话都是关机状态，郁绵忍不住担心她。

郁绵坐在那里发呆，裴松溪从外面进来："绵绵，你怎么过来了？"

郁绵回过神：“明天放假了，今天可以出去吃饭吗？”

裴松溪摇摇头：“抱歉，我答应了治臻，要去他家吃个饭。我先送你回家好不好？”

郁绵愣了一下，问道：“为什么要去吃饭啊？”

郁绵心想难道是已经定下了结婚的时间吗？

裴松溪看郁绵的怔愣模样有些可爱，摸了摸她的头发："因为他妹妹的事情，叫我过去一下。我很快就回来，放心。"

郁绵惊讶地道：“她妹妹，什么事啊？”

“不清楚，她的事情我不关心。”

郁绵却紧张起来：“我想跟你一起过去！”

裴松溪愣了一下："嗯？你要去吗，你不是一直不喜欢到别人家里吃饭的？"

郁绵挽着她的手臂不放："还记不记得我跟你说的新朋友？我记得……她好像是温叔叔妹妹的好朋友。"

裴松溪顿住，好看的眉梢微微蹙起来："新朋友——你说的，叫……纪以柔？"

"对！就是她！"

"你跟她最近没联系吗？"

"没有，我猜她可能是遇到了一些事情，电话总是关机。所以，裴姨，我跟你一起过去好不好？纪以柔是温叔叔妹妹的好朋友，我想问问她知不知道以柔姐姐最近怎么了"

裴松溪有些犹豫，她很少带郁绵出席社交场合，更不要说带郁绵到别人家里吃饭……绵绵还太小，人心险恶，她不放心。

郁绵却很坚持，竖起一根手指："就这一次，就这一次，好不好？"

她提出请求的样子也这么乖，裴松溪做出让步："好吧，就这一次。不过不要跟别人说太多话，知道吗？"

“知道！没问题！”

等到了温家，众人才发现，裴松溪这次过来，还带了一个面容稚嫩的女孩子。

温怀钰似笑非笑地看了裴松溪一眼，裴松溪却没看她，只跟郁绵介绍大家，让她跟别人打招呼。

郁绵是懂事、有礼貌的孩子，还穿着附中的蓝色校服，扎着高高的马尾，一看就很乖，笑着问完好，才对纪以柔眨了眨眼睛。

等没人注意的时候，她跟纪以柔说话："以柔姐姐！好久不见！没想到能在温叔叔家见到你，我本来还打算和温叔叔的妹妹打听一下你的近况呢，你的电话我都打不通，你也没给我打电话。"

纪以柔歉意地说："之前遇到了一些事情……抱歉。"

郁绵说没事，她拉着纪以柔胳膊往旁边站了站，跟她聊天。两个人不知道说到什么有趣的事情，对视了一眼，然后笑起来。

温怀钰正在站在窗台边喝酒，笑容明艳恣意，带着一点淡淡的挑衅："裴小姐这是把小姑娘当宝贝养呢，长这么大，还第一次带出来见面。今天怎么舍得了？"她跟裴松溪是一向不对付的，所以话里话外都是刺。

裴松溪垂下眼眸，神色淡淡的："绵绵平时不想出来。这次是想见这位纪小姐。"

温怀钰轻轻"哦"了一声，有些意味深长："原来是这样。不知道的，还以为裴小姐不喜欢她出来见人呢。"

裴松溪无视她话里话外的机锋，神色间隐隐有不耐烦，刚想开口，身后传来温治臻极为温和的声音："怀钰，去看看爷爷，请他下来。"

等她走了，温治臻才走过来，笑容无奈："南南的性格就是这样，可能说话有些刺人，但她的本性不坏，你别生气。"

裴松溪说："不会，我从来不会为无关紧要的人和事分心。"

温治臻笑着说："松溪，你说话还真是直接。"

裴松溪神色稍缓，跟他闲聊了起来："你最近身体怎么样？"

"不太好，前不久做完一场手术，这一段时间才缓过来。"

"没事，不着急的，你好好养身体。"

"伯父之前联系过我，问我最近的身体状态怎么样？"

"哦，"裴松溪的脸上浮现出淡淡的嘲讽，"你不必理他的，大概想催促结婚的事情。"

温治臻点点头："我想也是，所以没有给出明确的回复。"

"嗯,再说吧。"

"松溪,"温治臻顺着她的目光看过去,落到站在院子里说话的女孩身上,"可我觉得你对结婚这件事的态度还是太过草率,这是对你自己不负责。我知道两家有太多的利益牵扯,婚事也是早早就定了的,可如果你不想,其实也不是问题。"

裴松溪的声音淡淡的:"会有一些麻烦的,我没空去关注这些事情。结婚不过是走个过程,你常年在英国休养,我们相隔千里,你能对我有什么影响吗?再说了,有你在,也免得我家里天天催婚。"

温治臻摇头,语气温和而克制:"我无法认可你的态度。我觉得你还要再谨慎地考虑一下,对自己负责……还有,你问过郁绵的感受吗?"

裴松溪顿了下:"她的感受……暂时没跟她谈过这件事。她应该知道一点,但是从来都没说过什么。"

"你看,在你心里这只是一件微不足道的小事,可也许,在小姑娘的心里就是一件天塌下来的大事呢?"

裴松溪怔住:"会吗?"

就只是商业联姻而已。

今天之前,绵绵只见过温治臻一次,还是因为那次给他打电话,听他说起他在北海道,她才想着带绵绵过去滑雪。到了那里,出于礼貌,她请他一起吃饭。

其他时候,她从不在绵绵面前提及他。她跟他很少见面——这一年来,她实在是太忙了,跟裴林茂之间的冲突一日比一日的激烈,再加上她和温怀钰一直有竞争关系,工作压力非常大。

在工作之外,她艰难地挤出时间来陪着郁绵,早已无暇他顾。

可是……上次在北海道的时候,绵绵那晚的情绪似乎是真的不太对。

晚上,郁绵在房间里吹头发。

房门半开着,裴松溪敲了下门:"绵绵,我可以进来吗?"

郁绵把吹风机关掉:"可以啊。裴姨,你今晚不忙吗?"

"嗯,不忙。"

裴松溪在她身边坐下,想起温治臻说的话,却不知该如何开口。

毕竟这么久以来，郁绵也从来没有直接表达过任何不满，如果她贸然开口，好像会有点奇怪，于是只跟郁绵有一搭没一搭地说着话。

"见到朋友开心吗？"

"嗯！以柔姐姐原来是个演员啊，难怪会那么漂亮，她跟我说了一些事情，挺有趣的。"

"说了什么？"

郁绵微微偏过头，乌黑柔软的头发从肩膀的一侧垂落下来，在灯光下闪着柔和的光晕。

她拿着干毛巾，轻轻擦拭还有些湿的发尾："说了她拍戏的事情。还说到温小姐要结婚了，好像是家里人给她选的结婚对象。"

裴松溪接过毛巾，帮她擦头发，语气平和："温家不是一般家庭，结婚这种事可能难以自己做决定。"

郁绵一怔："这样的吗……我以为是喜欢的人才会在一起。"

裴松溪微笑着说不是："在我们这样的家庭，婚姻有时没那么单纯，婚姻可能需要多一种隐性的契约关系，给两个家庭多一重安全性的保证。"

郁绵下意识地想问她呢，她为什么要结婚……可话到嘴边，又硬生生地忍住了。就算知道又怎么样呢？在感情之外，还有合作关系、商业利益……这么多因素，再加上……她看得出来，裴姨是欣赏温叔叔的，他们站在一起的时候，又那么相衬……男人清隽峻拔，女人静雅淡远，像一幅笔触优美细腻的工笔画，让人感到赏心悦目。

她只能独自惴惴不安，却无法将忐忑说出口。

她怎么能……怎么敢把自己放在天平的两端，一端是裴松溪的亲人、相识多年的朋友、事业，另一端只有……只有她自己而已。她害怕一旦她说出口，就会听到某些不敢听的答案。所以她只能把所有的心事藏在心底。

裴松溪看郁绵发呆，叫她的名字："绵绵？"

郁绵低下头，轻声说："我知道的，裴姨。我一直都知道的。"

裴松溪以为她懂了，才释然地笑了下："不要考虑太多，绵绵。我跟你承诺，不管发生什么事，都不会对你有影响。"

郁绵轻轻地"嗯"了一声："好的，不会的。你……不用担心。"

第十四章
玫瑰

深秋初冬的时节,操场上堆满了梧桐树金黄色的树叶,踩上去发出叶脉断裂的清脆声响。郁绵跟许小妍走在前面,回过头的时候,才发现景知意在发呆。

等小妍去买奶茶喝,郁绵忍不住问她:"知意,你怎么了?"

景知意盯着操场的另一边看着,郁绵顺着她的目光看过去,就看见穿着球衣的高大少年,英俊阳光,正低着头,接过一个女孩递给他的精致盒子。

哎?那不是梁知行吗?

郁绵愣了一下,才反应过来,递给他的,该不会是礼物吧?

所以知意这么不开心,是因为……他吗?

景知意很快意识到自己的失态,她是生性骄傲的女孩,抿了下嘴唇,拉着郁绵就走:"别看了。"

郁绵拉了下她的衣袖,话只说了一半:"你是不是……"

景知意听懂了,她只点了点头,神色冷淡、倔强:"不是。"

"可是你最近很少跟他说话哦。"

"有什么好说的?你也别乱说。"

郁绵长出了一口气:"好吧。"可她莫名觉得难过,因为她看出来,景知意很不开心。

陶让才检查完卫生回来,进入高中以后,在紧张的学习生活之外,他加入了校学生会,体育课和课间都有自己的安排,忙得很少跟郁绵说话。

陶让看见郁绵在发呆,敲了下她桌子:"遇到什么事了?"

郁绵看见陶让,像是想起了什么,对他招了招手:"陶让,我有个问题问你。"

陶让拉开椅子坐下:"什么事?"

"哎呀,你再坐过来一点。"

陶让无奈地抿了下嘴唇,靠近她一点,就闻一点甜橙般的果香味,再抬起头,一抬眼就能看见女孩细腻光洁的脸颊,柔软黑亮的头发揽在耳后,露出小小的白皙的耳垂。

他微微皱了皱眉,往后退了回去,把草稿纸推给她:"你写纸上。"

郁绵点点头,然后在纸上写:"你知不知道,知意最近不怎么搭理梁知行了?"

陶让淡淡地笑了笑:"我看他自己都不知道。这个人缺心眼呢。你发现了?"

郁绵没想到陶让也注意到了,惊讶地问:"你也知道?"

少年缓缓牵起唇角:"我当然知道。这两个笨蛋……算了,你也不用管。这种事情,当事人之外,都不要插手。"

郁绵点点头:"好吧!你怎么会比我知道得还早啊?真奇怪。"

陶让的笑意微凝。

你当然不知道。

因为你只关心裴姨。

放学回家,郁绵跟裴松溪一起在公园里散步。

她想起景知意失落却倔强的神色,总做不到像陶让那样冷静、理智,想听听裴松溪的意见,于是把这件事跟她说了:"我该跟梁知行说什么吗?"

裴松溪摸了下她的发梢,摇了摇头:"不要说。"

郁绵轻轻叹气:"可是知意这一段时间心情都不好,我在一旁看着都着急了。"

裴松溪捡起落到她肩头上的松叶:"绵绵,谁都有秘密,不是吗?"

郁绵抬起头问她:"那你有秘密吗?"

裴松溪想了想:"好像暂时还没有。你呢?要把你的秘密告诉我吗?"

郁绵低下头:"我的秘密……不能告诉你。"

裴松溪笑着说好:"没关系,等你想告诉我了,你再告诉我。周六我要去看望温爷爷,明天我就不送你去上素描课了。"

郁绵瞬间紧张起来:"是那个……温叔叔的爷爷吗?"

"嗯,对。他生病了,我去看望他一下。"

"我也想去!可以吗?"

裴松溪下意识地想拒绝:"你现在学业压力太重,明早多睡一会儿。"

"可我……我好久没看见小纪姐姐了!我想跟她聊天!"

裴松溪微怔了一下,心底轻轻叹了一口气……绵绵长大以后,已经很少再跟她聊天了,可是为什么,会这么喜欢跟那个清冷沉默的女孩聊天呢?

"求你了,裴姨,我真的很想去!"

"好吧,绵绵。"

裴松溪罕见地听到她以这种口吻提出要求,还是硬不下心,只能答应了:"明天下午过去,你早上多睡会儿。"

郁绵高兴地抱住她的胳膊:"好!我今晚早点休息!"

有时理智告诉了她要如何做,感情上却做不到。譬如此刻,她一听到温家的事情就会觉得紧张。

周六,裴松溪带着郁绵去医院。

她穿着米色束腰风衣,身材高挑,腰肢纤细,原本就清冷的容貌,在深秋里显得更为清冷。

温治臻在楼下等她,朝她一点头,目光往后一落:"绵绵也来了啊。"

郁绵缠了裴松溪好久,才能跟她一起过来,就是不想看见温治臻跟裴松溪说话时的样子。她对上他温煦的笑,又凶不起来,只是低低地说了句:"嗯。"

裴松溪回过头,伸手牵着小姑娘出来,拨了拨她的刘海,声音清冷却温柔:"没大没小的。好好打招呼。"

郁绵憋了一口气:"叫什么?"

管家在一旁说:"裴小姐是大少爷的未婚妻。郁小姐,你叫裴小姐姑姑还是姨姨呢?按辈分叫就可以了。"

郁绵咬了咬嘴唇,过了半天才叫了一声:"温大少爷。"

温治臻并不在意她的疏远和抗拒,微微颔首:"你好。"

温怀钰将这幕场景收入眼底,有些玩味地笑,走过去:"裴总,好久不见。"

裴松溪皱了皱眉，神色淡淡地说："久等了。"

"进去吧。爷爷在等你们。"

裴松溪说了声好，跟着温怀钰往里走，察觉郁绵又拉着她衣角的时候，忍不住轻轻叹气，回头说："绵绵，这是在外面。再说了，我不会去哪里的。"

上次被温治臻提之后，她就能感受到，绵绵对温治臻总有淡淡的敌意，只要跟温家有关的事情，就会非常容易紧张。

郁绵沉默着低下头，松开手。

几个人推开病房的门进去，温严见到裴松溪，笑得很和蔼："小裴，来了。"

他是很喜欢裴松溪的，所以当时裴家提出联姻，他问了温治臻的意见，答应得爽快，唯一令人发愁的就是两个人迟迟不完婚：温治臻说身体不好，不想结婚；裴家大概也担心裴松溪刚嫁过去就丧夫，也没有催促。

裴松溪微抿了抿嘴唇，清冷如月："温爷爷，您的身体好些了吗？"

"好多了，不要紧的。劳烦你们费心了。我没事。你也不用在这里一直陪着，去和治臻说说话。"

裴松溪点点头，却并未走开，只是轻声跟老人说着家常话。

温怀钰在病房里陪了一小会儿，大概是觉得无趣："我出去一会儿，大哥，你照顾好爷爷。"

温严在背后笑骂了一句："没良心的小东西，估计是去找小柔去了。"

郁绵眨了眨眼睛："她也在吗？那我去找纪姐姐聊天……哎，等会儿我再去好了。"

她还是在这里待着吧……她走了，裴姨和温叔叔就会单独相处的。

裴松溪看她鼓起脸颊的样子，想揉揉她的头发，最终还是忍住了，只是无奈地笑了笑。

郁绵待了挺久，有点无聊又不敢说的样子，想出去转转。可她一看到温治臻还在病房里，她又不敢出去了。

温治臻像是知道郁绵在看他，抬起头，温和地笑："我出去一下，很快就回来。"

他出去了，郁绵不由得松了口气……他们今天没有单独说话，那就不会有时间讨论结婚的事情。

她也坐不住了，眼睛眨呀眨的，看着门外，让温严都看不下去了："小裴，

第十四章 玫瑰

让你家小丫头出去转转吧，陪着我这个老头子说话多无趣。"

裴松溪抿着嘴唇笑了下："绵绵，很无聊吗？"

郁绵有点不好意思地点头："想去找小纪姐姐聊天。"

"去吧。不要走远了，我晚点去找你。"

郁绵用力点头，脆生生地说："好！我等你回家。"

裴松溪的唇角微微抿了下，温煦的笑意不自觉地流淌出来，注视着小姑娘出门，才收回目光。

温严宽厚地笑："这个小丫头在你身边长大，对她来说，真是幸事。你很喜欢她。"

裴松溪垂下眼眸："您说笑了。"

……

郁绵在医院里找了一圈，正好碰到温怀钰的助理周然，周然见过她一次，给她引路："是要找纪小姐吗？她刚刚太累，在旁边的一间空病房里休息。要我带你过去吗？"

"不用了！我自己过去就可以，谢谢你。"

郁绵笑眯眯地道谢，走到空病房门外，刚准备敲门，就听见裴松溪在后面叫她："绵绵，还没找到人？"

郁绵回头，见她就笑："没呢，你怎么出来了啊？"

"陪温爷爷说了一会儿话，累了，他休息了。我来找你。"

"小纪姐姐好像在里面休息，我在想要不要进去。"

她还在犹豫着，手碰上了门把手，那门只是虚掩的，一碰就开了，映入眼帘的却是……

一向清冷出尘的年轻女孩和那位前不久才见到的温大小姐正靠在一起不知说着些什么悄悄话，两个人都笑得很开心。

郁绵愣了两秒钟，莫名觉得自己不该进来，后退一步，轻轻地"啊"了一声："对、对不起！"

她往后退，正好退到了一个人的怀里。裴松溪迅速抬起手，轻轻揽过她："绵绵。"

温怀钰眼睛水亮而明媚，眉梢却微微拧着，有些被打扰到的不悦："裴总，您有事？怎么现在都流行不敲门就进乱闯的吗？"

裴松溪说了句:"不好意思,打扰了。"就牵着郁绵的手走了出去。

纪以柔拍了拍温怀钰的肩膀,轻声说了句:"人家也是无意的,我们也出去吧。"

郁绵在病房外面,她抬起手摸了摸自己的耳朵。没有敲门就冲进去,确实是她冒失了,还害得裴姨也被人说,郁绵低着头,看着自己的脚尖,根本不敢说话,甚至连抬头看裴松溪一眼,都不太敢。

过了一会儿,郁绵才说:"裴姨,刚刚是我不对,不敲门就进去了,不过温姐姐和小纪姐姐的关系很好啊?"

"是啊,"温怀钰才从病房里出来,看着郁绵微红着脸,她下颌微抬,笑意很深,"不过小姑娘,你脸红什么啊?"

郁绵被这么一问,更觉得不好意思起来:"对不起,我……"

裴松溪站起来:"绵绵没敲门就进去,做得确实不对,但她也是无意的,我替她道歉。"

温怀钰笑:"哦,没事啊。"她说着扯了扯温绵的领子,笑道,"你是因为刚刚没敲门就进去脸红,还是因为没见过我这样的成年女性而好奇啊,小朋友。"

裴松溪往前走了几步,一向清冷的神色里多了点怒意:"温大小姐!绵绵还是个孩子,请你说话注意分寸,别吓着她。"

温怀钰觉得裴松溪这护犊子的样子很有趣。她挑衅似的笑了一下:"我怎么了啊?我想干什么就干什么,裴总,你管得着吗?"

裴松溪冷冷地看了温怀钰一眼,转身拉过郁绵就走:"绵绵,我们回家了。"

温怀钰忍不住笑了起来,有生以来,能看见裴松溪这么护犊子的样子,可真是让她太意外了。

裴松溪拉着郁绵走得极快,小姑娘不知所以,时不时回过头来看一眼。

一路开车回家,郁绵都感觉到,裴松溪的心情不太好。她忍不住偷偷看裴松溪,心里却在想着,裴姨为什么会不开心呢?是因为刚刚温怀钰和自己开的那个玩笑,还是因为今天自己在外人面前失礼了?

裴松溪还是什么都不对她说,把她保护得好好的,可她其实不是什么都不懂的年纪了。只是天性纯真,再加上裴松溪这么多年来很少让她接触外界的纷繁复杂,她身边的好友都是单纯的人,所以很多事情都不曾关注,可是比起初中时期的懵懵懂懂,她现在比以前要懂得更多,对未知的世界也有着极其旺盛的好奇心和探索欲,只是裴姨还没察觉……还当她是个没长大的孩子,需要被大人保护。

等到了家,裴松溪的神色才缓和一些,她也觉得自己刚刚反应有点大,确实如温怀钰所说过于护犊子了,只是在她的心里郁绵还是个单纯的不谙世事的小孩子,裴松溪从小到大接受的教育都是"利益至上",所以她不希望在郁绵成年前接触到任何不好的事情。

吃过晚饭,裴松溪洗了澡,穿着睡衣在客厅里浏览网页,郁绵在旁边听英语听力。

时针指向十点,郁绵轻轻打了个哈欠,裴松溪把电脑放下:"困了?早点回去睡吧。"

郁绵却拉了拉她的袖口:"你再陪我一会儿吧,要不给我讲个睡前故事吧?现在还早啊。"

裴松溪忍不住笑了一下,怎么还像个小孩子,她捏了下郁绵的脸颊:"好吧,答应你了。"

房间里有三层高的红木书架,上面整整齐齐地堆放着欧美名著、日本推理小说和诗歌散文,只有最下面一层放着童话书。裴松溪站在那里挑了挑,很无奈:"好像没有适合你的了。"

郁绵眨了眨眼睛:"不用选了。读《小王子》就可以了。我要听小王子和他的玫瑰花那段。"

"好吧,怎么忽然想听这个?"

郁绵悄悄弯起唇角:"就是想听。"

房间里的灯关了,只留着床头一盏小灯。

空调冷气很足,裴松溪给她掖了掖空调被的被角,低下头时能闻到一股淡淡的青草奶香味:"什么味道?"

郁绵笑了笑:"小妍送我的那瓶生日礼物啊,我前几天才拆开,喷了一点儿到枕头上,甜甜的,我会睡得很好。"

裴松溪偏过头,看到床头柜上放着一瓶香水,清新单调之后是清甜的奶香味,她点头:"很适合你。"

"好了！就读这里，就这一页。"

裴松溪接过书一看，原来是小王子和小狐狸的对话，她轻声读了出来，本来就是动听的声音，在夜色中显得更加温柔。

小王子说："我好像被一朵花驯养了。"

"对我来说，她比你们加在一起还重要，因为我是亲手浇灌的，我放她在玻璃罩中，还用屏风保护她，我倾听过她絮絮叨叨和沉默无语，都是因为，她是我的玫瑰花！"

还没读几句，裴松溪就发现，少女已经困了，浓密纤细的睫毛扑闪闪，像蝴蝶翩跹的翅膀，眼神也渐渐变得有些迷茫，迷迷糊糊地看着她。

"绵绵，就读到这里了，你该睡了。"

想想也知道她会困，平时本来睡得就少，今天去医院待一天，中午也没休息。

郁绵用力眨了眨眼睛，似乎终于清醒一点，可眼眸像是沾了水一样，看什么都雾蒙蒙的，声音也染了三月春风般的温暖："我想要一个有仪式感的晚安。"

"嗯？"

裴松溪一怔，过了几秒钟才反应过来，她抬起手，揉了揉郁绵的头："有仪式感的行为很多，等我想想……好了，你快睡吧。"

"好吧。晚安。"

裴松溪站起来，给她关掉最后一盏灯，声音很轻："晚安，小玫瑰。"

周一，早上做操的大课间，许小妍拉着郁绵去食堂小卖部买吃的，又跟她聊起来正在追的漫画。

郁绵一直是个很好的听众，可这一次，她却打断了许小妍："小妍，你一般在哪里看啊？"

许小妍听她问，来了劲："你终于想看了！亏我向你推荐这么久！快入坑！动漫和漫画我都看了，书和各大网站的会员我都有，你想看什么类型的？"

郁绵隐隐期待地看着她："有什么类型的？"

"有很多啊……"

"你想看什么？"

"上次没看完的那本，可以吗？"

郁绵有些犹豫着说出了她的答案，可许小妍根本没问她为什么："我早就找到了，忘了跟你说。"

"啊！好……"

等到这周的周五，放学之后，许小妍跟郁绵一起回许小妍家，把家里的纸质版漫画和杂志都搬了过来，又把所有的网站会员分享给她，尤其是强行推荐了几本正在追的漫画，语重心长地劝说："绵绵，这些都非常好看。"

郁绵点点头，抱住了许小妍给她的书。

周五晚上是自由支配的时间，郁绵早早洗完澡，在床上躺下，第一个打开的，就是上次没看完的，那本大姐姐捡到小姑娘的漫画。

正如许小妍所说，这期连载中出现了一个高大俊朗的男人，他温和体贴，无微不至地照顾着心情低落的女人，每日送花到楼下，笑着挥挥手就走。

在小姑娘哭诉之后，女人没送她走，但很快，她结婚了。

结婚后，她们搬进了男人和他母亲的房子里。那之后是一段灰暗的日子。小姑娘被男人的母亲揪头发，克扣生活费，被指着鼻子骂。曾经将她视为亲人的大姐姐怀孕了，再也注意不到她的存在。

郁绵看着看着，眼泪掉了下来。

时针不知不觉指向了一点，已经很晚了……不过明天不用上学，她犹豫了一下，还是选择继续看下去。

但故事到此为止，再没后续了。

郁绵翻看了一下更新进度，很遗憾，这是最新更新的一期内容，下期要到下个月了。

像是一口气吊在胸口，七上八下地出不来，难受极了。

郁绵默默地看完评论，然后把关掉了手机页面。

唉……她竟然第一次熬夜到这么晚都没睡，竟然是因为看漫画。而且上次看的故事没更新完，这次也是，看得她心里不上不下的。

手机在床头充电，很烫。

她放下手机，关了灯，可是还是睡不着。她又打开灯，把印象深刻的画面又看了好几遍，心里始终感到十分压抑，最后脑子里晕乎乎的像糨糊，眼睛上还挂着一滴泪，终于睡着了。

周末，裴松溪从公司回来，发现郁绵在厨房里忙碌时很惊讶："绵绵，你在厨房……做饭？"

郁绵穿着一件蓝白格子的小围裙，朝她笑了笑："我在网上看到一个教程，就想自己做了。"

裴松溪有点不赞同地看着她："可是你不是说作业很多，怎么还有空学做饭？"

郁绵举起一根白白嫩嫩的手指："就一次，就一次好不好？"

裴松溪还是让步了："好吧，就这一次。"

郁绵眼眸弯弯的："那你出去等我吧！很快就好了！"

可事实上她在厨房里手忙脚乱，虽然以前也煮过粥，可是只放合适比例的米和水，再按一下按钮就好了。但这一次，她在网上找的教程，排骨莲藕汤、蘑菇烧鸡、白灼菜心……看起来都是家常的菜，可是做起来却很困难……

厨房里时不时传来"哆"的一声金属落地的声音，伴随着油锅刚下菜时的声音，裴松溪在客厅里待不住，过去看她，才发现锅里正冒着白烟，一锅青菜全都烧煳了。

她失笑："以前是我把厨房给烧了，现在轮到你了。"

郁绵皱着小脸，白皙干净的脸庞上沾了点灰："你嘲笑我……"

裴松溪走过去，指尖在她的脸上蹭蹭，声音里是藏不住的笑意："好了，没有嘲笑你。让我们来看看，今天吃什么吧。"

最后端上桌的晚餐是两碗番茄鸡蛋面，看起来清汤寡水的。

郁绵拿筷子戳了戳面条："还嘲笑我……你的厨艺也没进步多少。"

裴松溪刚准备说什么，目光就落到她的手背上："绵绵？你的手怎么了？"

"啊？"

郁绵低下头，才发现手背上被烫出小小的红点，可能是刚刚不经意间烫到的……她摸了一下，发现有点疼。

裴松溪已经走了过来，在她身边坐下，牵过她的手："我看看。"

"哦，好吧。"

女人低下头，鬓发垂落下来，端着她的手，秀致的远山眉轻轻拢了起来，长长的睫毛又黑又密，在灯光下认真地检查她的手："疼吗？"

其实原本是没那么疼的，可她一问，郁绵就下意识地点头："疼！"

裴松溪的手真的好好看，像……像是玉石一样的白皙细腻。

"再看一会儿，看看会不会起泡。"

"可我现在手好疼，面不吃的话就凉了！"

"嗯？"

郁绵眨了眨眼睛："你喂我一下了，不要浪费。"

这下轮到裴松溪愣住了："喂你吗？"

在吃饭这方面，郁绵从小就很乖。她跟同龄孩子不一样，从不吵闹，给她什么就吃什么，也从来没有要大人喂过。不管什么时候都是自己端着小碗，拿着筷子，遇到喜欢吃的东西就两眼放光，遇到不喜欢吃的，则用一种严肃认真又可爱的神态认真地端详着食物，然后鼓着腮帮，全都吃掉。

这……这好像是她第一次寻求投喂，像一只可爱的小动物。

郁绵看着她，纯真、清澈的眼眸里有某种灼灼的期待，软声催促她："就这一次，好不好？"

裴松溪缓缓点了点头，用筷子挑起一点面，递到她的唇边，动作是有些迟疑的。

吃完饭，裴松溪发现，郁绵手背被烫伤的地方，真的起泡了……难怪刚才她会说很疼。

她的表情变得严肃起来："就不该听你打岔，早点擦药膏就好了。"

郁绵乖乖地坐正了："哦，好。"

从冬天到夏天，整整半年，连载的漫画还没完结。

每个周五，都是郁绵的专属时间。直到期末考试的前一周，她才努力忍住了。

放暑假的前一天，郁绵跟许小妍在一家甜品店里坐了一个小时，说着八卦新闻。

许小妍喝着草莓芝士茶，问她："怎么样？我推荐的漫画好看吧？"

郁绵点了杯橙汁，低下头："嗯。"

从甜品店出来，许小妍又开始疯狂给郁绵推荐她最近沉迷的另一部漫画，郁绵拉着她，站在路边看车准备过马路。她今天让司机叔叔早点回去了，说了要跟同学玩一会儿再回家。

公交车站在马路对面，红灯转为绿灯，她拉着许小妍走过去，还没走到站台前，有一辆黑色轿车在她的面前停下，车窗缓缓摇了下来，露出裴林茂的脸："哦……郁绵啊，挺巧的，你怎么在这里？"

"……裴叔叔。"

"嗯，上车吧，我送你回去。"

"谢谢您……但是我的朋友在这里，不用了，您……"

裴林茂不耐烦地皱了皱眉："叫你上车。"

许小妍本来还在东张西望，看他这么凶立刻问道："大叔,你怎么这么凶？"

裴林茂冷冷地看她一眼，也不知道是哪来的野丫头："她是花我家的钱长大的，我跟她说句话怎么了？"

四周都是人，他一句话就轻松刺中少女的自尊心。

郁绵抿紧嘴唇，想反驳他，可是……可是他说的好像没错，这么多年以来，裴松溪把她养大，可她没为裴松溪做过什么。

两人在车前僵持不下，裴林茂不耐烦，已经准备开门下车，可这时身后传来一个熟悉的女人的声音："小妍？绵绵？原来你们在这里，让我找了很久。"

许小妍回头一看，多了一点底气："妈！"

裴林茂冷笑一下，缓缓摇上车窗，让司机开车走了。

赵若走过来："看你还不回家，就过来接你了。刚才那个是？"

郁绵低下头："是……家里的叔叔。"

赵若还是觉得有些奇怪，也没再多问她，顺路捎她回家，把她放下后往家里走，路上正好遇到裴松溪。

许小妍一向话多，看见裴松溪就过去告状："裴阿姨！今天有个叔叔很凶很凶，想要让绵绵上车，也不知道要带她去哪里！"

裴松溪的神色有些冷："绵绵也认识的吗？"

"对呀，绵绵叫他裴叔叔。"

"我知道了……谢谢你，小妍。"

她的声音平静、温和，修长的眉宇间却清冷淡漠，跟她们告别后，就往家里走，走得又快又急，似乎隐约带着怒意。

去敲郁绵房间门之前，裴松溪在走廊上来来回回走了好几圈，她不知道今天裴林茂跟绵绵说了什么……上一次裴林茂有小动作，被她发现了，顺藤摸瓜查出他到底在跟谁合作，可是这一年多以来，哪怕夺了他的权，可她终究还是留有余地的。

可是现在，裴林茂是在一步一步地试探她的底线吗？

她想起上次郁绵的隐忍不沟通，心里又开始担心……如果绵绵不告诉她，她无法知道裴林茂说了什么，到底想做什么，这还是次要问题，最重要的是，她担心郁绵会胡思乱想，会钻牛角尖。

她在走廊上踱步，郁绵房间的门却突然开了："裴姨？"

裴松溪步子一顿，调整好情绪才转过身："绵绵，你在房间啊。"

"对呀，放学有一会儿了，跟小妍一起喝了果汁，刚回来不久。"

"嗯……我刚也碰到小妍和她妈妈了。"

郁绵眨了眨眼睛："嗯？"

"裴……我大哥跟你说什么了吗？"

郁绵摇摇头："没有说什么。"

裴松溪认真地凝视着她："真的吗？"

郁绵笑了笑："真的。他没说什么，而且不管别人说什么，我都不会听的。我只听你的话。"

裴松溪莫名松了一口气，过了会儿才说："你也不用听我的，你长大了，谁的话都不要轻易听信。"

郁绵点点头："我知道了！我长大了，不是小孩子，只会相信我信任的人！"

她现在长大了，已经不会轻易为某件事感到慌张了。不像那一次，裴叔叔问她要不要回家，她担忧了好多天，以为裴松溪不要她了，可事实上呢，时间又过去了那么久，一点事情都没有。

这里是她的家，除了裴松溪亲口要她走，否则她哪里都不会去的。

裴松溪的情绪渐渐平复下来，摸了下她的发顶，语气是一如既往的温和："嗯，我知道了。先吃晚饭，再学习吧。"

饭后郁绵回房间写作业，她却在家里想了很久，最后拿着钥匙出门，驱车离开。

裴林茂正在客厅里看报纸，就听见一阵清脆有力的高跟鞋声，他以为是妻子回来了，一抬头却看见裴松溪冷冰至极的脸，他淡淡地笑了笑："松溪？

怎么这么晚回来了?"

裴松溪不跟他废话,开门见山地问:你今天去找绵绵,想做什么?

裴林茂微微挑了挑眉:"刚好经过附中,看到她在等公交,就过去问了一下,想顺路载她一段而已。这么点小事,你这么紧张做什么?"

裴松溪淡淡地道:"不必装了。裴林茂,我记得我警告过你,我对你手上的钱和权力暂时没兴趣,你最好不要惹怒我。"

裴林茂没想到她会直接撕破脸,也冷笑着:"裴松溪,你说这些废话有用吗?"

这一年来,裴松溪成为集团内不少公司的实质大股东,裴林茂感到措手不及,甚至连裴天成都拿她没办法。明面上没说,可事实上,谁都知道,裴大小姐早就以雷霆手段夺了裴家太子爷的权。可是他们毕竟是兄妹,又有家人从中调和,所以才勉强维持了一点面子上的和谐。

可裴林茂早就恨不得掐死这个妹妹了,可惜一直没有机会下手罢了。

裴松溪的神色十分严肃,忍了又忍,还是没提郁氏的事情,只淡淡地说:"我自认从没对任何人赶尽杀绝。只有一条,你我之间的事,和别人无关,你记住了。"

裴林茂抬了抬下巴,语气轻慢:"是吗?"

他当然不是故意去触她的逆鳞,可是郁家那个小丫头从来都不是局外人,从开局时就已经是棋子,现在想把她摘出去,简直是痴人说梦。

裴松溪的唇角紧抿:"劝你不要尝试。"

两束汽车大灯的光束穿透黑暗,汽车声在寂静的夜晚显得格外喧嚣。

郁绵站在窗边喝水,往外面看了一眼,怎么是裴姨?她不是在家吗?什么时候出去了?怎么这么晚了才回来?

她穿着拖鞋下了楼,裴松溪正在玄关处换鞋,看到她时明显愣了一下:"绵绵,还没睡吗?"

"没睡,你怎么回来这么晚啊。"

"有点工作上的事情,临时出去了。"

"我给你倒杯水。"

她跑进厨房,裴松溪看着她的背影出神:"嗯,好。"

等回到房间,她开了一盏壁灯,推开阳台的门,走了出去。

远处的橘黄色的路灯光晕低调温柔,不知名的小虫子在半空中飞舞,偶尔撞到灯罩上,发出嘭的一声响。夏夜的晚风沾着些水汽,吹得树叶窸窸窣窣作响,也吹乱她鬓边的碎发。

一如她起伏的心情。

翌日,郁绵去小区附近的早餐店买了豆浆和包子回来,刚坐下来,就听见裴松溪下楼的声音,郁绵对她笑了笑:"裴姨,早上好啊。"

裴松溪过去坐下:"早上好。起来得这么早?"

"起来早一点,一天的时间可以长一点,早点做完作业,晚上就能跟你一起散步啊。这个这个,这是你喜欢的香菇包!"

裴松溪低下头:"谢谢。"

郁绵连她喜欢什么口味都记得一清二楚。眼前的包子热气腾腾的,皮薄馅大,她垂着眼眸,没有动筷。

过了几秒钟,她才开口:"绵绵,有一件事,我想跟你说一下。"

郁绵抬起头:"什么事啊?"

"我看你学习很辛苦,要不要考虑一下,到国外去读书?"

"是大学,还是……现在?"

"是的,高一刚刚结束,现在过去接着读高二,国内的竞争压力太大,如果你以后想在国外读本科,高中就出国是最正确的选择。你……"

她忽然间有些说不下去,因为……郁绵的神情,让她不得不停下来,这好像是……她没有预料到的反应。

郁绵的唇角微微弯了一下,好像是在笑,可是看起来又像是在哭。郁绵比她想象中的更平静,可是……似乎也更悲伤一些。

裴松溪叫她的名字:"绵绵?"

郁绵推开椅子站起来,轻声问她:"裴姨,你真的希望我走吗?"

——是因为你要结婚了吗?

第十五章
和好

裴松溪不忍心看到她这般神情，走到她身边，想伸手摸一下她的头发："对不起，我知……"

郁绵后退一步避开了，裴松溪的手落到半空。

"绵绵？"

郁绵却摇摇头："我知道了……不用解释，不用解释。我要休息一会儿。"

她说完就转身，往前走了几步，越走越快，越走越快，好像身后有某个可怕的怪兽在追赶她，而她只有逃避。

裴松溪想追上去跟郁绵说几句话，可是没走几步就停下……很快，她听见楼上传来"嘭"的一声，门关上了。

她能理解郁绵的心情，可是并不能完全理解……

刚刚说话时，也只是商量的语气，这是她想了一夜之后，目前能想出来的最好的办法。裴林茂的手暂时还伸不到那么长，更不用说北美分公司是她一手创建的，所以郁绵在那里会很安全……可是……

裴松溪想起郁绵刚才的神情，她明明不想去的，可为什么要点头说知道了？

到了中午吃饭的时候，裴松溪去敲她房间的门，郁绵的声音从里面传出来："我现在不想吃……"

裴松溪在走廊上站了很久，听郁绵房间里的声音。静悄悄地，什么声音都没有，好像没有哭，也没有打电话跟朋友聊天。

郁绵把自己关在房间里整整一天，都没出来。

有好几次，裴松溪站在她的房间门口，抬起手，却没有敲下去。或许……或许缓几天，等绵绵冷静下来就好了。

然而，事实并不是这样的。

暑假伊始，郁绵在素描课程之外又选了水彩课，之前只上了初级的舞蹈课又再次学了起来，她把自己变得格外忙碌，有时候裴松溪到家，她还没回来。

一旦裴松溪叫她的名字，开口想跟她说话的时候，郁绵都会低下头，沉默无声地抗拒。

裴松溪对着她，在商场上雷厉风行的手段根本拿不出来，裴松溪甚至从来没对她说过一句重话。裴松溪感觉到郁绵极为强烈的抵抗和排斥情绪，这是前所未有的，十分陌生。

可是时间越拖越久，裴林茂按捺不住，小动作越来越多。

直到有一天，裴松溪下班回来，敏锐地感觉到附近有人在窥探她，她就知道……有的事情或许不能再拖了。

她要跟绵绵好好谈谈。

七月底的阳光火热滚烫，郁绵背着画夹回来，却意外地发现，裴松溪就坐在客厅里，目光沉静，凝视着她："绵绵，坐下来，我们谈一谈。"

郁绵不想谈，她知道逃避是没有用的，可是她……还不知道要怎么面对。

她知道这样是很不勇敢的……可是只要一想到要离开裴松溪了，她就难过得不知道要说什么才好。

就连不想走，不想离开的理由……她都没办法说，那是她不能说的秘密。

她提着画夹从裴松溪的身边走过："我……我先回一下房间。"

"站住。"

裴松溪缓缓开口，声音低而压抑，却带着强势的压迫感，透着冷冰无情。

郁绵听到她的声音愣住了，她回过头看着裴松溪……第一次看到裴松溪冷冰严厉的神情，眼眶立刻就红了："谈什么？"

裴松溪看见郁绵发红的眼圈，愣住了……这些日子以来，她焦虑难安，每天都担心着可能会发生的变故，却又始终面对着郁绵的抵触和不肯沟通，刚刚……是她没控制好语气。

好像越说越错了。

郁绵没等到裴松溪的下一句，背着画夹匆匆上楼，背对着她，反手擦了擦发红的眼角。

　　裴松溪轻轻叹了一口气："绵绵……我该拿你怎么办啊。"

　　随后的一个月是漫长的冷战。

　　除了上素描和水彩的课程外，其他时间，郁绵约了景知意在市图书馆学习刷题，早上走得很早，晚上才回家，以此避免跟她碰面。

　　可是，裴松溪早上走得比郁绵还早，晚上比她回来得还晚。

　　有时郁绵半夜醒来，会听到楼下有人走动的声音。她甚至偷偷去看过书房里的灯，总是亮到夜里两三点，她透过门缝往里看，会看见裴松溪坐在窗边，电脑屏幕的冷光映照着裴松溪的样子。脸颊消瘦，神情淡漠。

　　郁绵想劝裴松溪不要太辛苦，可是她忽然发现……她跟裴松溪已经很久没说话了。

　　在这一瞬间，她忽然开始后悔了。

　　为什么要跟裴松溪生气呢……她早就说过了，她听裴松溪的，什么都听裴松溪的。

　　后来，裴松溪越来越忙了，甚至开始时不时地不回家。

　　魏意会提前给郁绵打电话，语气里似乎也透着焦虑和疲惫，却尽可能保持平稳："裴总今晚要连夜开会，小绵绵，你自己在家里，要乖乖的啊。"

　　"她……"郁绵都来不及问一句，电话就挂断了。

　　她想给裴松溪打电话……可是，从假期开始到现在，她已经有一个多月没跟裴松溪说过话了。

　　她不敢给裴松溪打电话。

　　裴松溪会跟她生气吧？

　　想到这里，郁绵就感到难过，一颗心像是被泡在海水里，酸涩发皱。

　　裴松溪肯定是生气了，所以不再跟她说话了，就连现在……裴松溪不回家了，是不是也是因为她呢？

　　郁绵忍不住对自己生气。

　　明明……明明已经长大了，可为什么还要……任性呢。

　　裴松溪想送她出国……她就出国好了，她为什么……就不听裴松溪的话呢。

郁绵似乎走进了一个死胡同，绕来绕去都没有出路，每天都在等着手机上的一通来电，等着裴松溪拿钥匙开门的声音，等裴松溪回来，她就去道歉、认错。

可是……一直到八月底，裴松溪一直都没有回家。

景知意要回老家一趟，明天开始不来市图了，从图书馆出来，她们站在路边道别。

景知意看着郁绵出神的样子，忍不住叹气："郁绵，你还没跟家里说好吗？是真的要出国吗？"

郁绵在夕阳余晖中低下头："我不知道，我好多天没见到裴姨了。"

"啊？马上就九月了，假期要结束了，如果真的要去，要提前联系学校，安排宿舍，还有，你还没报名参加语言考试？是要让你过去读语言班吗？"

郁绵摇摇头，勉强挤出一点笑意："还没说。我……我听她的。"

景知意忧心忡忡地看着郁绵，可是也不知道该劝什么："明天我不来了，你一个人也别来了，来的话问一下陶让，或者梁知行，别一个人在这里待一天，找个人陪你。我总觉得，最近有人在……看着我们。"

郁绵没听清景知意在说什么，下意识地点点头。

回到家，家里冷冷清清的，阳光透过玻璃窗照进来，空气中有细小的尘埃在飞舞。

客厅里加湿器的水都干了，玄关处那双细跟高跟鞋放了一个多月，原本镶满碎钻的鞋面都已落了灰，昭示着主人从未回来过。

桌上是早就做好的饭菜，不知什么时候变成一个人的分量，原来董阿姨都知道裴松溪不回来了。

晚上，一个人在房间，郁绵看着桌上堆着的厚厚一摞作业本发呆。

她怎么把这么多作业都写完了，还没等到裴松溪回来呢。

她趴在桌子上轻轻叹气，手指摆弄着一个橙子，她难过地发现……她好像不知道该怎么办了。

郁绵想了很久，决定明天去找裴松溪。

是她先拒绝跟裴松溪沟通的。她还不知道想要怎么跟裴松溪说这件事，但是她太想念裴松溪了，她想见裴松溪，也想告诉裴松溪，工作不要太辛苦。

郁绵枕着胳膊,不知不觉间睡着了,就这么在桌子上趴着睡了一夜。

第二天醒来的时候,郁绵站起来活动一下发麻的手脚,感觉头也有点昏昏沉沉的,在窗边站了一会儿,才感觉精神好点了,看了看时间,竟然已经中午十一点了,也不知道是不是因为昨晚睡得太晚。

这个时间……裴松溪应该会在公司吧?

等地铁时,郁绵给裴松溪打了个电话,没有接通。她又给魏意打过去,电话被挂断了,很快一条信息发过来:"小绵绵,在家玩哈,现在姐姐没空。"

她松了一口气,但是既然出来了,还是决定要过去。

出地铁站时,下起了暴雨。

郁绵站在地铁口想了一会儿,都到这里了,她见不到裴松溪,似乎会有点不甘心。

等雨小了,她深吸一口气,一头扎进了雨里。

只是没跑几步,雨就越下越大,豆大的雨点落下来,砸得她的头很疼。她的衣服很快就被雨水打湿了,等站到裴氏公司的屋檐下,被风一吹,郁绵轻轻打了个寒战。

她再打裴松溪和魏意的电话,都没人接通了。

她太久没来了,前台似乎换了个人,不认识她,只说要打内线电话问问,但是问出来的答案是裴松溪不在,今天在别的地方开会。

郁绵低下头,她的衣服紧紧地贴在身上,湿透了,显得有些单薄,她感到分外失落。

她离开裴氏公司之后,在路边站了一会儿,有点茫然……原来这么久没跟裴松溪说话了,她想找裴松溪的时候,就已经找不到裴松溪了。

她打了辆出租车,回程的路上因为大雨有些堵车,湿透的衣服贴在身上,她有些不受控制地颤抖起来,可是一摸额头似乎又烫得厉害——她好像生病了。

等司机把她送回小区,她下了车,站在路边想了想,打开手机,翻到通讯录,看到"My Moon"那一行,犹豫了一下,却又很快滑了过去。

她……不敢再打电话给裴松溪了。

第十五章 和好

社区医院里,郁绵挂了号,坐在外面等了一会儿,她感觉自己的额头更烫了……本来穿着湿衣服是觉得冷的，可是现在又觉得一阵冷一阵热的，让她觉得难受极了。

终于等来护士，给她测了体温："你在发高烧，要在医院输液。"

郁绵怔了一下，点了点头："好的。"

她从小就很少来医院，对打针、输液都有种先天的心理恐惧，不过来都来了，她都这么大了，似乎也不能说回去了。

护士低下头做记录，跟她说一些注意事项，等输完液就要按铃叫人来了。

郁绵点了点头，笑着说："谢谢。"

护士刚说了句不客气，突然看着她就愣住了："小姑娘，你还没成年吧？你家里人呢？"

郁绵的笑意凝固了一瞬："她不在家。"

护士愣了一下："在工作啊？唉……那你的家人也真是太忙了，把你一个人丢在家。而且你看起来很小啊，让你一个人来医院。"

"嗯……她很忙。所以我……不想打扰她。麻烦您了。"

"行吧。你现在还不严重，如果再严重一点，一定要记得叫家人来啊。"

郁绵停顿了一下："……她可能太忙了，不知道有没有时间。我没事的，就发烧而已。"

护士摇摇头，不再说话了，拿了输液瓶进来，在她手背上消毒，就要给她把针头扎进去。

郁绵长这么大，好像还是第一次输液，看到那么粗的针头，下意识地往后一让，针头扎歪了，少女白皙干净的手背上多了一个针眼。她愣了一下，才忍住痛说："抱歉……我现在不动了。"

护士看她还是个十几岁的小姑娘，多多少少也有点怜悯，目光落到她湿漉漉的头发上："算了……你的衣服也是湿的吗？"

郁绵点了点头："刚刚淋了雨。我以为来开个药就可以了，还没来得及回家换。"

护士轻轻叹气，拿了一件病号服给她："你先换一下吧，小姑娘……你也真是，怎么一点都不知道心疼自己呢？"

郁绵笑了笑，把衣服换上了，有些沉默。

护士看她的年纪小，又是一个人过来的，还单独给她找了间没人的病房，病床干净整齐："你坐床上吧，在这里输液好了。"

郁绵轻声说了句谢谢，这次她没再往后退了，把手伸出去，偏过头看着窗外乌云密布的漆黑天空，等到冰凉刺痛的感觉传过来，她才回头看了看，很好，这次针头扎进去了。只是看起来多多少少有些恐怖。

她坐在床头，往后一靠，后脑勺抵在冰凉的瓷砖上，目光有些空洞地看着雪白的墙壁，心里放得很空很空。

手机群里一直有消息，是许小妍在夏威夷的海滩上，分享了很多的照片……景知意刚回老家，发了一张江南乡间的小道。梁知行好像刚跟家里吵完架，在群里疯狂地吐槽着他父亲带他去了他后妈的娘家，他气得要爆炸。

而陶让没有回复。

她的手指在屏幕上轻轻滑动着，只回复了一个软萌可爱的表情包，又把手机放下了。

时间一点一滴地过去。

她很少发烧……第一次知道，原来发烧的感觉是这么难受的，全身无力，人也烧得迷迷糊糊的。护士好心给她安排的病房很僻静，静得她能听到走廊外面有人走路的声音，听到窗外有雨声哗哗，树叶被风雨拍打着沙沙作响。

安静的雨夜。偶尔有小虫子扑扇着翅膀，从窗户的缝隙里飞进来，嘭地一下撞到了白炽灯上，嗡嗡几声，最后掉落下来，四仰八翻了一会，然后悄悄没了动静。

郁绵渐渐闭上眼睛，可鼻尖闻到的药水混杂着消毒水的味道却更加浓郁了，刺激得她眼眶发酸，非常想哭。

裴松溪她现在在哪里呢？是不是真的不要她了？

她好像昏昏沉沉地睡过去，睡梦中好像还在家里，房间的门忽然开了，那个很久很久没回家的人终于回家了。她在梦里直接抱住了裴松溪，跟裴松溪说她不想出国说她害怕又一次被丢下……

她的话好像还没说完，就被人叫醒了，她迷迷糊糊地睁开眼睛，才发现护士满脸担心地看着她："小姑娘，小姑娘？"

"嗯……怎么了？"

护士皱着眉看着她："你现在还没退烧，我看你刚刚好像都要烧晕过去了，你不能再一个人了。你家人的电话呢？"

郁绵愣了一下:"好像有点晚了,她……她比较忙。"

护士不同意:"不行。你这孩子,出了事怎么能瞒着家里的大人呢?现在能说话吗?我去问问她。"

郁绵的手机就放在旁边,她偏过头看了一下,问:"现在吗?"

护士拿过她的手机,在通讯录里翻了一下,就发现置顶的人,备注是"My Moon"。

护士愣了一下,指着备注问她:"这是你的监护人吗?"

郁绵犹豫着点了点头:"是的。"

护士没有再征求她的意见,直接拨通了电话,那边嘈杂得不像深夜,可对方的声音却十分清晰:"绵绵?"

护士激动地说了一大堆,说清楚医院的地址和病房号,问她作为监护人,怎么能让孩子单独来医院,过了一会儿才气愤地把电话挂了:"她说知道了,很快就来。"

郁绵轻轻地"嗯"了一声。

护士怕她再睡着,叫她会儿手机,再难受了一定要叫人过来,她点点头,拿起手机看了看,发现有一条新的未读消息,是陶让发来的:"你是不是有什么事?我昨天才听景知意说你最近心情不好。"

郁绵说:"没事,有点发烧,在社区医院打点滴。"

"一个人?"

"嗯。一点小事,就自己来了。"

陶让很快回复:"我来看看你。"

郁绵抬起头看了看窗外,天黑得厉害,她下意识地拒绝:你别来了,雨天不安全。

对方再没回复了。

郁绵等着,又把手机放下了。

病房里安静得能听见她自己的呼吸声。

窗外的雨渐渐停了,夜色浓沉如墨,云后不知何时出现清凌凌的一弯月,月光柔柔地洒进来。哪怕灯关了,可房间里还是有微弱的光亮,她在黑暗中看着天上的月亮发呆,有时又一看墙上的时钟……十二点半了。

电话响起的时候，一辆轿车正在高速上快速行驶。

裴松溪刚结束一场会议，看到来自郁绵的未接来电，她拨回去，无人接听，可能是已经休息了。

她觉得十分疲惫，没再多想，往后仰靠在座位上，眯着眼睛，闭目养神。

手机忽然震动起来，她拿起手机，直到看清来电者的姓名："绵绵？"

电话挂断，车往回开。

等她赶到医院，在病房外，刚好凌晨一点。

她的鬓发染了夏夜的雨露，有些湿漉漉的，一向清冷淡漠的人，眉宇间却透着藏不住的焦灼难安。

她在门前站住，隐约看见病房里面漆黑一片，绵绵是……睡着了吗？

可是下一秒钟，她愣住了。

她听见房间里传来一阵低低的呜咽，继而转为一阵压抑的哭泣声。

她听到生病的女孩在漆黑的病房里边哭边说："我听你的……我出国读书好了。"

绵绵……

裴松溪感觉自己心脏的某处仿佛被击中了。她转过身，背靠着冰冷坚硬的墙壁，手包悄无声息地滑下去，落到地上。

她听见哭声渐渐低下去了，可女孩的话语声近乎哽咽："你……你结婚吧，只要你还承认我们是家人。"

原来是这样。

她一直认为这是一件无关紧要的小事，将它视为合作契约，所以态度淡漠敷衍，也不曾把它当成一件大事，和绵绵好好聊过。

唯一的一次沟通，是她误解了郁绵的意思，把商业联姻解释为冷冰的规则和复杂的利益关系，却唯独没有考虑过，联姻毕竟也是婚姻关系的一种，一旦开始，她们就再也不是她们了。

裴松溪不知道郁绵为了这件事难过了多久，却终于理解谈及出国这件事，她那么强烈的抵触情绪——郁绵是怕裴松溪送她走了，就再也不要她了吧。

她不曾理解郁绵的情绪，不知道要怎么跟她沟通，后来下定决心，一劳永逸地解决掉裴林茂带来的麻烦，于是开始日夜不歇地工作，同时让人时刻关注郁绵的动态，唯有深夜看着手机时会觉得恍惚，原来已经这么久没回家了。

她把郁绵一个人留在家里。

她让郁绵一个人来到医院。

房间里的哭泣声渐渐停了下来，彻彻底底地安静了。

裴松溪看着窗外浓郁的夜色，不知不觉间泪流满面："是我错了。抱歉，绵绵。"

翌日，阳光透过窗帘照进来的时候，郁绵醒了。

她眨了眨眼睛，昨晚睡得太晚，现在眼皮还沉沉的，有点睁不开。

直到床边有人坐下，一阵清冷出尘的木质香味唤醒她的感官，她愣了愣，揉了下眼睛："……裴姨？"

裴松溪看着她，目光清浅温柔："醒了？睡得还好吗？头还晕吗？"

郁绵摇摇头："不疼了。你……你什么时候来的啊？"

"有一会儿了。昨晚在外地，赶回来要一会儿。"

"哦……在外地啊。"

那就不会听见她……偷偷哭吧。

裴松溪摸了下她的脸颊，笑意温柔："想吃点什么吗？医生说你要吃点东西。"

"想喝点粥。"

"那你等我一会儿。"

"裴姨——"

郁绵下意识叫住她，好多天没见她了，很想她："我先不吃了，你坐会儿好不好？"

裴松溪说没事："魏意在外面，我跟她说一下就进来。"

"哦，好。"

郁绵看着裴松溪清瘦高挑的背影，心里渐渐安心下来。原本近两个月的冷战似乎没有留下什么影响，她们说话时还跟以前一样，有时候一个眼神，就能懂得彼此在想什么。

裴松溪很快就回来，从果篮里拿出两只新鲜的橙子："魏意去买了，还要等会儿。"

她坐在床边给郁绵剥橙子，刚剥完一个，魏意已经买了一份清粥回来，配了两份清淡的小菜,卖相很不错。

郁绵有点没胃口,就吃了半碗,坚持要裴松溪也吃一点。

裴松溪没有拒绝,把她剩下的半碗吃完了,想把剥好的橙子递给郁绵,却又收回去了:"还是先不吃了,晚点我问一下医生。"

郁绵点点头,伸手拿起床边那个还没剥好的橙子,果实饱满清甜。她拿起来,看了一会儿,然后捧到唇边认真地亲了一下,才朝裴松溪笑了下,笑容显得又虚弱又明媚。

像极了六岁刚来裴松溪身边,给她一个橙子就能安静地坐下玩半天的小孩,在自以为没人注意的时候,捧起橙子,悄悄地亲上一口,那么简单的快乐和满足。

心脏仿佛被什么悄悄攥住,又悄悄松开。裴松溪抿了下嘴唇,眼眶发酸,可她还是弯了下唇角,看着她微笑。

有惊无险地,郁绵第二天就退烧了。

只是裴松溪不太放心,给她做了全身检查,医生说她的肠胃不太好,最近有些营养不良,让她回家多休息几天。

回家的一天,附中已经开学了,她的朋友们发了好多消息,问她的状况。

郁绵觉得一切都很好,回家之前,在医院门口,她让裴林默给她们拍照片,语气欢快地说:"纪念一下啊。"

裴松溪摸了摸她的头发,目光澄净温柔:"纪念什么,乱说。"

可她还是站在郁绵的身旁,伸手揽着少女单薄的肩膀,在秋日澄澈明朗的阳光下拍下一张照片。

等回到家,按照医嘱,郁绵还要再居家休养几天。

裴松溪陪了她一会儿,说:"我去你的学校,跟老师说明一下情况,你过几天再去上课。我很快就回来。"

她不用……出国读书了吗?

郁绵眨了下眼睛,乌黑澄澈的眼眸里倒映出她的影子:"很快吗?"

"嗯,你睡一会儿,睡醒我就回来了。"

郁绵点了点头:"好。"

裴松溪先去了一趟附中,跟郁绵的班主任说明了一下情况,从办公室出来的时候遇到许小妍,许小妍急切地问她:"您是要给郁绵办转学手续吗?"

"不是的,"裴松溪摇头,"还要在家休养几天,请几天假。"

许小妍松了一口气:"太好了!吓死我了!"

裴松溪朝她笑了一下:"谢谢你,小妍。我现在有事,先走了。"

她还有事要做。

到了温氏公司,魏意也刚刚赶到楼下等她,已经联系了温怀钰的助理,说要跟她见面。

温怀钰也在,她有些不耐烦地走进会议室:"裴总,有话直说。"

裴松溪神色淡漠:"合作。"

"哪方面?"

"你二哥有小动作了。我会告诉你,他想做什么。"

"这个消息的代价呢?"

"我要解除婚约,影响很大,我要你跟我一起压下来。"

温怀钰一怔:"因为郁……"

温怀钰还没说完,裴松溪已经站了起来:"不是。你想多了。"她冷寂的眉眼悄无声息地松动了一下,但她的话还是冷淡的,"跟她没有关系。"

只是她一想到,绵绵生了病在医院里,夜里一个人埋在被子里偷偷地哭,她就觉得,这个可有可无的婚约,一分一秒都不能再容忍了。

她的神色淡漠,如常清冷的眉眼,但眼神干净坚定,让助理留下:"魏意,你留下来,跟温总交接。我先走了。"

回到家,裴松溪看了下时间,刚刚过去两个小时。

房间的门虚掩着,没有完全关上,她推开门进去,才发现郁绵睡着了,呼吸很轻,长长的睫毛卷曲出好看的弧度。

那张纪念"第一次来医院"的照片就放在她的枕边,被她轻轻握住一角。

裴松溪给她掖了掖被角,刚发出了一点轻微的响动,郁绵就醒了,睡眼蒙眬地道:"你回来了?"

"嗯,时间还早,你再睡会儿吧。"

郁绵说不要,她在很努力地睁开眼睛,抱着她的手不放:"我睡着了,你就走了。"

裴松溪在床边坐下："我不走,在这里陪着你。"

"好啊……裴姨,你知道你的睫毛有多少根吗?"

"嗯?怎么突然又问这个?"

郁绵神秘地笑了笑:"看来你不知道,那我也不告诉你了。"

"不告诉我就不告诉我吧。我又不会生气。"

"嗯……你刚刚去学校,老师怎么说呀?"

"没说什么,让你注意安心养病。回来的时候遇到小妍,她让我问候你。还问我,你是不是要办转学手续了?"

郁绵原本还有些犯困,听到裴松溪这么说,彻底清醒了:"我……"

裴松溪拨了拨她额前的刘海,温凉的指尖从她的额头上拂过:"我不会送你走的,我向你保证。等你成年了,上大学了,你能自己理性地做出选择的时候,可以自己决定要去哪里读书,要不要出国。"

郁绵忍不住笑了一下,眼眸里仿佛有星河荡漾:"真的吗?我现在可以不走吗?"

"嗯,真的。"

"那我不要走!我还有很长很长很长的人生,出去读书、游历世界都有很多机会。现在只有两年了,我想留在国内,不着急的,对吧?"

"嗯,"裴松溪看着她微笑,"你想怎么样都好。"

她们似乎又回到了曾经的日子,郁绵在家里待了一周,裴松溪就陪了她一周。她恢复得很好,又是以前那个阳光爱笑的女孩了。

郁绵刻意忘记了婚约这件事,也没有去问裴松溪。直到那天,温冶臻来到家里,跟裴松溪坐在院子里聊天。

她忍不住想知道他们在说什么,就趴在客厅里的窗台上听着。可是还没听到几句,大门外面就传来一阵汽车猛烈刹车的声音,紧接着,裴天成一脸怒意地走进来:"裴松溪!你干的什么好事?"

温冶臻看了裴松溪一眼,她的神色很平静:"没做什么,退婚而已。"

裴天成气得脸红:"退婚,你直接在报纸上公开宣布解除婚约?我看你是要造反啊!"

裴家一直与温家并列为商界之首,多年来积累了无数的财富,两家联姻,明眼人都知道,这是一场彼此互惠,以达到利益最大化的选择。如今一则退婚声明,可谓是将两家多年来缔结的纽带彻底撕碎了。

"不想结婚,所以退婚,有问题吗?"

裴天成冷笑:"你还这么理直气壮?你知不知道我刚去温家道歉,治臻,你在这里也好,你是不是也来问她为什么如此任性妄为的?"

温治臻的笑容温和,缓缓地摇了摇头:"不是。她想退婚,那就退吧!伯父也知道,我的身体不好,其实我也不想耽误她的。"

裴天成气结:"你!你们一个两个都要气死我!裴松溪,我要跟你断绝父女关系!"

裴松溪点头:"您随意。"

断绝关系又如何?她早已是集团内多家公司的大股东,哪怕没了裴天成的支持,谁也不敢将她从位子上赶下去。

等裴天成气急败坏地离开,温治臻才笑了一下:"松溪,你这又是何必?其实把责任全推到我身上来就行了,也不至于跟裴叔叔闹得这么僵。"

裴松溪摇摇头:"我不在意。"

温治臻笑了一下,朝窗台那边看了看:"我看,你家的小姑娘也都听到了。"

裴松溪也往那边看了一眼,只看见一小片衣角,她忍不住笑了下。

这只自以为藏得很好的小猫。

温治臻看到裴松溪瞬间变得柔和的眉眼,笑意深了些:"我不日就要走了,今天来是跟你道别的。你好好生活,做自己想做的事,爱自己想爱的人。"

裴松溪愣了一下,才笑了笑:"我没有什么想爱的人,想做的事……暂时没有,等绵绵上大学再说吧。"

温治臻凝视着她,但笑不语。

院子的香樟树下有一方石桌,他们坐在树下聊天。

裴松溪问他:"我记得你一向喜欢喝茶,想喝碧螺春还是铁观音?"

"都行,你看着办吧。"

裴松溪点了点头,往屋里走。

温治臻注视着裴松溪走远,还未收回目光,就撞上一双澄净干净的眼眸。

他朝郁绵招了招手:"过来说会话吗?小姑娘?"

郁绵没想到就这么被他发现,有些不太好意思地走过去,低下头跟他打招呼:"温叔叔。"

温治臻"嗯"了一声,一开口却说:"我喜欢的人很久之前就去世了。因为我的身体不好,不敢回应她。我错过她了。"

郁绵抬起头,怔怔地看着他:"……你别太难过了。"

温治臻笑了笑:"不难过,好几年了。有时候我会想,以我的身体也活不了几年了,我就可以去见她了。"

郁绵想安慰他,不知道可以说什么,也不知道他为什么会忽然说这些话。

"松溪也知道这件事,我们是很好很好的朋友。"

"嗯?"

温治臻微笑着,目光温柔却带着睿智,像是看透了她心底的不安一样:"快点长大吧,小姑娘。"

郁绵没想到他会这么说,正想问些什么时,温治臻已经站起来,朝她挥挥手,往外走去。

裴松溪端着一壶茶出来时,意外地没看见温治臻:"绵绵?你看见温叔叔了吗?"

郁绵坐在石凳上看书,抬起头朝她笑了笑:"他走了。"

裴松溪摇摇头,朝她走过去:"他这个人,总是这样。悄悄地来,又悄悄地走,不给人道别的机会。"

郁绵笑眯眯地看着裴松溪,看着她端来的茶:"我可以喝吗?"

裴松溪倒了两杯,推了一杯到她面前:"当然。"

秋日的阳光透过树叶间隙落下来,天空澄澈干净,阳光明媚得正好,耳边有清风拂过,香樟树叶簌簌作响,清香怡人。

郁绵有很多很多的话想问她,可是最后都没有问。

"在看什么书?"

"一本随笔。"

裴松溪拿起她放到桌上的书签,银白色纸面,字迹纤细,写着:唯愿无事常相见。

起风的时候,多了点秋天的萧瑟凉意。

她回客厅给郁绵拿外套,经过照片墙的时候却站住,看到最新的那张照片刚刚被贴上去了。

这一两年来，她们之间始终没有很好的相处状态，合照也拍得很少了。

裴松溪站定了，照片上的女孩在阳光下，笑容明媚。她的指尖从照片上拂过，突然发现，背后好像是写了字的。

她把照片取下来，看清楚后面真的写了两行字：

第一次生病，疼的时候很怕很怕，可裴姨不在。

我好想她。

她在照片墙前站了很久。

再回到学校的时候，已经是九月中旬了。

郁绵回去上课那天，许小妍特别开心，特别激动。她有很多事情要跟她分享，有很多漫画要向她推荐，每个课间都要拉她出去转，简直有说不完的话。

今天刚好有节体育课，她们在操场上散步。

许小妍笑着说："绵绵，之前的漫画更新了，你看不看？"

郁绵一愣，问道："哪本？"

"就是你之前看的那本啊，好久没更新了。"

郁绵转过身看着她："在哪儿看？"

她这一问又把许小妍给逗乐了："绵绵，我就说你也不能拒绝漫画的诱惑吧。"

等到放学，梁知行说要请大家吃饭，被景知意一顿胖揍："郁绵才刚刚生完病，能吃外面的地沟油吗？"

梁知行被她打得到处跑，许小妍跑去买果汁，只有陶让跟着郁绵一起等在校门口，问她："最近还好吗？"

"嗯？挺好的！"

郁绵看着他，眼眸弯弯地说："上次你说你要来看我，吓我一跳，那时候很晚了，外面还下着雨，我真怕你过来。"

陶让低下头说："嗯。太晚了，没过来。你……你跟你的家人还好吗？"

郁绵点了点头："很好很好！"

陶让淡淡地笑了笑，她每次说起这件事来，似乎都是这种语气。

那天他就在她病房对面的房间，听到……她在哭，也想过去看看她，可……那时有个高挑清瘦的女人站在门外，很久很久都没进去。他知道这是她唯一想见到的那个人，是在她心中觉得很好很好的那个人。

许小妍从奶茶店里跑出来，捧着五杯饮料，给他们每个人都塞了一杯，轮到郁绵的时候却顿住了："不对，你还是不要喝凉的了。我替你喝好了！"

"许小妍，你想喝两杯你就直说好了。"

"哼，才不是呢！"

许小妍拉着郁绵的手往前走："绵绵才不会这么想呢。"

郁绵笑着说："嗯，对。"

等回到家，郁绵把书包放下，拿出书和作业。今天的作业不算多，但也不算少，可是老师看她刚刚生病才好，特意叮嘱过的，说作业写不完也没关系。

作业还是要写的……可是她想先看看，小妍给她的漫画。

作业还没写完，她就被漫画诱惑了，到底先写作业还是先看漫画呢？

"绵绵？我能进来吗？"

"能！"

在裴松溪进来之前，郁绵快速把漫画放到了抽屉里，拿过一本习题册，忍不住摸了下有些发烫的耳垂。

幸好，幸好裴松溪来她的房间，每次都会敲门……要不然被裴松溪发现了，那她要怎么解释啊。

裴松溪走进来，看她坐姿端正，眼前堆着高高的一摞练习册："作业写不完就少写点。"

"哦，好。"

裴松溪给她新买了两套睡衣，放在床边："你洗完澡试一下，看看大小合不合适。我把水放好了，去洗澡吧。记得别泡太久，容易头晕。"

"嗯，好。"

"我先出去了。"

郁绵看着她的背影，捂着嘴唇笑了一下，被人关心的感觉真好。

洗完澡，郁绵在房间里静静地坐了一会儿。

理智终究还是占据了上风，她打开习题册，开始写今天的作业。等完成学习任务，已经是夜里十二点了。

她拉开抽屉，漫画还静悄悄地躺着。

刚刚匆匆一瞥，她只看了一眼，封面是故事的主角，独居一隅的女人……郁绵轻轻舒了一口气，明天还要上课啊。她才生完一场病，是要好好休息的。要是被裴松溪知道她为了看漫画而熬夜，肯定会生气的。

她把漫画拿起来，又放下，反复几次，躺在床上，有些郁闷地拉过被子，在床上来来回回翻了好几次身，哪怕理智再怎么劝阻，她也克制不住了。

她下床把白炽灯关了，因为怕门缝里漏出灯光，只开了一盏小台灯，亮度调到最暗。她端了一杯水到桌边，想了想，又回去把门反锁才开始继续看。

这本漫画断更了半年之久，郁绵始终惦记着这个故事，还记得上次看漫画时酸涩的心情，现在多了些沉稳笃定。

上期故事收尾在小姑娘被男主角的母亲虐待，眼里的光渐渐暗下去。这期的开始依旧如此，在又一次被狠毒的男主角的母亲扯着头发打骂后，小姑娘在一个雨夜跑出了家门。收养她的大姐姐冒着大雨出去找她，男主和他的母亲紧随其后，三人在路上拉扯，意外地出了车祸。

女主角因此流产，等待她的不是关心和爱护，而是无休无止的辱骂，她冷笑着抓起茶杯砸中了丈夫的眼睛。男主角的妈妈一怒之下说出真相——她早就知道女主角是跟家里闹翻的独生女，千金大小姐，本来想着让她怀上孩子后回家继承家产，谁知道她为了一个捡来的小姑娘而不顾性命了。

郁绵看到这里，气得从床上坐了起来。她握紧拳头继续往下看。

真相让女主角感到心灰意冷，她让人把男主母子赶走，在麻木和疲倦中睡着。直到深夜她被一阵痛哭声吵醒，是她的小姑娘跪在病床前，露出自己被虐待得伤痕累累的手臂，泣不成声地说她错了。大姐姐轻轻抚摸着她的眼睛说不哭了，以后我们就是彼此的家人。

画面就这么戛然而止，结局了。

郁绵有些不可置信地往后翻了几页，就这么没了？

像是有口气吊在喉咙里，不让不下的，让人感觉又憋屈又难受。

唉……她好郁闷，不能再多一点吗？多一点点就好了。

她还没看够呢！

于是她又翻到第一页，从头再看起来，把刚才怀着急切的心情看过的地方又重新看了一遍，把第一遍没能完全注意到的细节细细地回味，反反复复看了好多次。

等最后一次看完,郁绵揉了下酸涩的眼睛,一看时间,再一看窗外天空隐隐约约的蟹壳青,心里一凉,赶紧拉过被子,能眯一会儿是一会儿。

可这一眯就出事来了,她晕晕乎乎地睡了好久,直到门外传来一阵清晰有力的敲门声,手机也在疯狂地震动,她一看时间,糟糕,离上课只有十五分钟了!

门外是裴松溪焦急的声音:"绵绵?绵绵?"

郁绵跳下床,没穿鞋子就去给她开门,有些不好意思:"……裴姨,我、我睡过头了。"

裴松溪松了一口气:"我还以为……算了,睡过头没事,快一点,我送你过去。"

郁绵注意到她瞬间的放松:"你是以为我生病了吗?"

裴松溪皱了皱眉:"不许把生病挂在嘴边。快点收拾书包。我去车库开车,在楼下等你。"可她确实是怕绵绵再生病了。她到现在都很后悔……怎么会让绵绵一个人在家里生病,想到这里她会觉得无法原谅自己,也绝对不会允许这件事再发生了。

郁绵很快背着书包出来,简单洗漱一下,脸上沾着水珠,清灵干净的脸颊,刘海俏皮地弯曲着,坐上副驾驶:"还有八分钟!"

裴松溪叫她系好安全带,一路疾驰过去,在最后两分钟的时候到了学校大门口。

郁绵连句告别都来不及跟她说,从车上跳下去,就往教学楼狂奔,书包上上下下地颠簸着,最终踩点到了教室。

她一向是提前很早到教室的,这一次在铃声响起时,意外地跟许小妍相遇了……同时还有化学老师,拿着教案就走在她们后边两米,真是世纪级别的尴尬。

课间休息的时候,许小妍拉着她出去转转,看着她挂着两个大大的黑眼圈,捂着嘴笑:"怎么了?昨晚看上头了,熬夜没睡?"

郁绵摇摇头:"睡了一会儿。"

"睡了一会儿?那你还是熬夜看了,对不对!"

"嗯,看了。"

许小妍抚掌大笑:"郁绵,你这个好学生怎么也有熬夜看漫画的时候!"

许小妍沉迷于小说和漫画,从很早就开始了,那时候郁绵每次都像个严肃的老师,一本正经地叫她不要总熬夜,让她一定先做完作业。可是现在,现在她自己也开始"误入歧途"了。

许小妍笑得大声而肆意,可这件事毕竟是事实,郁绵没法反驳她,就盯着自己的鞋尖发呆,等着她笑到累,才终于停了。

许小妍调侃完了,才坏坏地笑了一下:"放学后送你个东西。"

"嗯?什么啊?"

"放学后你就知道了。"

到了放学,许小妍笑着递给她一沓彩纸,郁绵疑惑地掀开看了看:"这是什么?"

"打印出来的啊,作者在网上放的人设图,我问过作者,说是自己打印来看是可以的。给你收藏了。我还是喜欢纸质版的多一点,电子版的看起来不方便。"

郁绵没想到许小妍会这么大胆,都不知道她在哪里打印的这些东西……郁绵把这一摞"珍贵的秘密"放进书包,夹在了数学课本里。

等回到家,一开门,郁绵看见裴松溪也在,心虚地低下头:"裴姨,你回来得好早啊。"

裴松溪走过来,低下头,打量着她的黑眼圈,笑着调侃她:"不走进来看,我还以为家里来了只大熊猫。"

郁绵惊讶地问:"真的有这么夸张吗?"

"假的。但你昨晚怎么回事?睡那么晚,早上叫了你好久,还给你打了好几个电话,都没听到吗?"

郁绵低下头:"嗯……昨晚有点困,早上睡得比较沉。"

"以后不要做作业到太晚,你刚生完病还没多久,这样对身体不好。"

郁绵如小鸡啄米般地点头:"嗯,知道了。我还有数学题没做。"幸好裴松溪先入为主地认为她是学习到太晚,否则她没办法做到在裴松溪面前撒谎。

"好了,吃饭吧,明天周末,今晚别学习了,早点睡。"

"哦,好。"

吃过晚饭,回到房间。

郁绵把书包里的书和作业都拿了出来,才小心翼翼地翻开数学书,小妍给她的东西还完好地放在里面，挺好的。

她把彩色打印出来的漫画从数学书里拿出来，开始一张一张地翻看。翻看了一会儿，郁绵就困了。昨晚实在是睡得太少了，今天在学校一整天高强度学习，她完全都是硬撑着。此刻坐在桌边，郁绵慢慢趴下了，枕在胳膊上，一页页翻着纸张。

她不知不觉地闭上眼睛，睫毛轻轻颤了颤，她还想看完的，可她实在是太困了。困意如海般涌来，仿佛四肢百骸都浸在海水里，想要昏昏欲睡，往下坠落。

直到耳边传来一阵轻柔的声音，有人在叫她："绵绵，绵绵？"

这个声音实在是好听，她在睡梦中也下意识地弯起唇角，温和地回答："怎么了？"

"别在桌子上睡，起来洗个澡，去床上躺着。"

"嗯？"

理智回归，郁绵瞬间清醒过来，全身上下好像被电击了一下。她醒过来，想起桌上散落的一堆纸张，下意识地伸手去揽，可是偏偏适得其反，纸页被窗边的晚风吹起，落到地上，落到裴松溪的脚边……

裴松溪笑了笑，弯腰捡起来："冒冒失失的，你这个……"

她的声音在这一瞬间顿住……

郁绵的笑容也在这一瞬间凝住，那一页分明就是封面页，哪里是她刚刚说的数学题呢。

好学生看漫画被发现了……

U0533101

欣梦享
ENJOY LIVING

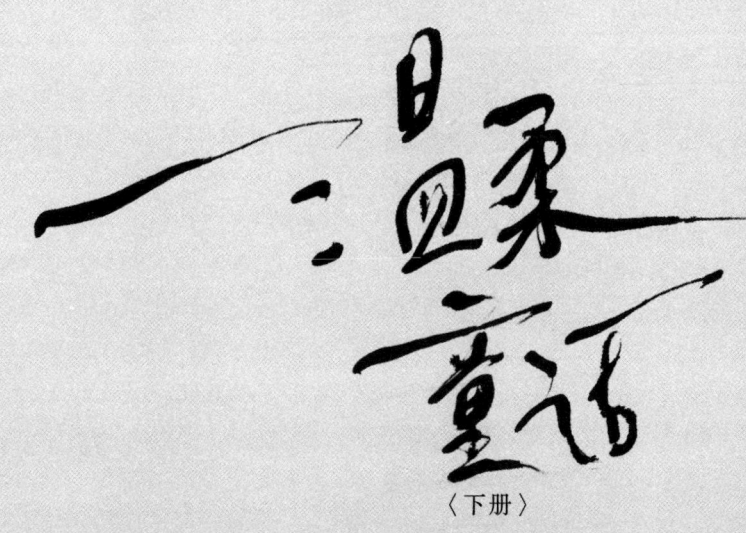

温柔童话

〈下册〉

孤海寸光 著

第十六章
别离

　　裴松溪握着纸张的手顿住了，她本来以为是试卷、草稿纸一类的学习资料，可是……夹在数学书里的，原来是漫画。

　　所以，今早绵绵睡过头，难道是昨晚就在看这些东西吗？

　　她一时间不知道该怎么说，该说什么。

　　气氛一时间变得有些尴尬。

　　还是郁绵先反应过来，从裴松溪的手上夺过纸张，连着桌上那些一起整理好，迅速放进抽屉里，紧张、心虚又羞赧地看着她，也是半晌都没说话。

　　这种情况实在出乎意料，裴松溪感到头疼。

　　裴松溪在心底轻轻地叹了口气。以前，她也意识到这个问题，绵绵逐渐进入了青春期，所以她会给绵绵独立的空间、尊重绵绵的自由、买女孩子要看的书，可是现在……熬夜看漫画，还是不应该的。毕竟绵绵已经高二，马上就要进入高三备战高考的阶段，虽然郁绵的学习成绩很好，但现在毕竟学习压力大，实在不该熬夜看漫画不好好休息的。

　　裴松溪不想纵容郁绵，也不想过于严苛地批评她，可是有问题了，也不能避而不谈。

　　郁绵也恨不得原地隐身，或者瞬移到房间外，或者时光倒流就好了。她的脸一阵一阵地发烫，真是要后悔死了。

　　她们谁都没有先开口说话，沉默了一会儿。

　　郁绵决定打破这阵沉默，她一抬头，刚好撞上裴松溪的眼神，她莫名觉得心慌，又低下头："我……"

"唉……说什么啊，尴尬死了。"

裴松溪看到她泛红的耳垂，躲闪的神情，终于开口："绵绵，有几件事我要告诉你。"

郁绵乖乖地点头，细声细气地说："好，我听着。"

裴松溪斟酌着语句："第一，你要有辨别地看现在的书籍、杂志、漫画。"

"我知道的。"

"第二，"她的声音停顿了一下，"你马上就要高三了，学习会越来越紧张。所以不管你以前是熬夜看还是在什么时间段看，我希望以后你可以不要因为看漫画而熬夜，既影响身体又影响学习。"

"嗯，我知道的。"

"第三……"

她这次停顿了好久，郁绵忍不住抬起头看着她："第三是？"

"算了。"裴松溪站起来，"你早点休息。晚安。"

郁绵愣了一下，才想起来自己还没来得及解释，她不是故意骗裴松溪说自己要做数学题的。可她没办法解释，有的事情根本说不清楚……

完了，在裴松溪的心中她好像成了这样的坏孩子了……她绝望地往床上一躺，把脸埋在枕头里："我真的没有啊。"

第二天早上，吃早餐的时候，经过一晚上的思考，郁绵把筷子放下，开口说："裴姨……我有件事想跟你说一下。"

裴松溪也停下动作："你说。"

"昨晚那件事啊……"她说着说着就脸红了，"我很少这样的，以后我不会看这些乱七八糟的东西了。"

裴松溪点了点头："我没有干预你的意思，你不用紧张，绵绵。"

"我……"

"没事的，不用解释。我明白的。"

裴松溪看她又羞又恼的样子，催促她赶紧出门："你不是说今天有水彩课吗？赶紧走吧。司机在外面等你了，别让人家等太久。"

郁绵"哦"了一声。她嘟了下嘴，拿起画夹和包准备往外走："那我先出门了，今天老师说要提前一点上课，又安排了好多内容。"

少女背着画夹，往前走了几步又回过头，朝她挥挥手，笑容明媚："晚上见。"

裴松溪点了点头："晚上见。"

等门咔嗒一声被关上，她才轻轻叹了一口气。

昨晚回到房间，她认真地想了很久，担心刚才的处理方式有欠妥的地方，仔细想了很久，确认没有太大问题，才稍稍放下心。

裴松溪回想这些年的时间。裴松溪对郁绵一向是尊重多于教导，关心多于亲近的。不仅是有意如此，也是因为天性使然，所以裴松溪关心她、尊重她、引导她，会有意地为她营造出简单明朗的环境，让她自由地长大，不会干预她的选择。

抛开前不久那个小小的意外不说，她们之间是非常坦诚的。

有时候像家人，有时候又像朋友。

所以现在……她想了又想，决定还是不要干预太多。

绵绵快成年了，或许会迎来年少的怦然心动……裴松溪以前没考虑过这些问题，她总觉得绵绵还小，准确来说，是因为她也从来没有考虑过自己的感情问题。感情对她来说不是必需品，她年少时看偶像剧就觉得很奇怪，为什么主角会彼此喜欢，甚至一见钟情；为什么一个人可以为另一个人放弃前途、未来、价值观，甚至生命；为什么一对夫妻吵吵闹闹四十余年都不分手——她只觉得太吵。

因为她的从不考虑和无法理解，以至于对郁绵现在的心理状态感到很陌生，有点不知道该说些什么了。

裴松溪轻声笑了笑，摇了摇头，自言自语："算了。"以后她再注意一点就好了，只要绵绵不被别人欺骗，不被别人伤害，她不会干预太多的。

早前找不到郁绵家人的时候，裴松溪也想过她以后会遇上一个合适的人，组建属于她的家庭……现在，现在她家那边的情况似乎渐渐更清楚了一点，或许再过一段时间，就可以送她回去了。

明明找了这么多年来，可是现在真的要到那个时候，她心里的感觉……是有些复杂的。

好像希望她长大一点，却又希望她不要那么快长大。

可是，绵绵总归是要离开的。无论是喜欢上别人，还是回到原来的家庭里，都会要离开的。

想到这里，裴松溪第一次认真地思考一个问题——绵绵长大了，她该做点什么呢？

对于金钱、权势、地位，她其实兴趣不大。

这么多年来，除了工作之外，她的时间似乎都是与郁绵一起度过的。

要给自己培养一点新的兴趣吧。

或许该提前做好准备了。

周一，放学路上。

许小妍听到郁绵说她被抓包的事情，简直笑得眼泪都流出来了："哈哈……你也太惨了吧，对不起！我应该安慰你的，可我还是好想笑。真的吗？你真的不是在逗我吗？"

郁绵满脸生无可恋的表情："真的。"

"咳咳……"许小妍用力咳嗽了两下，才终于止住笑，"所以，裴阿姨有说你什么吗？"

郁绵摇摇头："没说什么，就是叫我不要看太多，熬夜对身体不好。"

"啊？就这样？就没了？她没骂你？"

"没有啊。"

许小妍皱了皱眉："好奇怪。我的家人要是知道我这样，肯定会骂死我的。"

郁绵垂下眼眸："可能是因为……我们不一样吧。"

许小妍也愣了一下，后知后觉地发现自己说错话了。小时候不懂事，懵懂无知，可这么多年过去，她知道郁绵的父母早逝，被裴阿姨的父亲带回来，在某种意义上只是寄住关系。

她见过裴松溪与郁绵相处时的情景，是温和隽永的，却始终缺少几分亲昵……像是一对年龄差距比较大的朋友，裴松溪尊重郁绵的意见，很好地保持着距离。

"哎……别想那么多了！马上要上课了，我们回去吧……对了，我又找到了新的漫画，你看不看？"

郁绵的注意力被带偏："啊？又有什么……"

许小妍眨了下眼睛:"你要看吗?"

"我……我不看了!"

郁绵义正词严地拒绝了:"现在学习是第一位的,作业这么多,一看漫画就要熬夜,熬夜第二天就会困,困了学习效率就会降低,然后……"

许小妍的手指顶着手掌:"停停停!你瞧瞧你自己说了多长的逻辑链,这明显就是心虚,掩饰!"

郁绵摸了摸发红的耳朵:"我不看,我真的不看了。"她反反复复地说了几遍,与其说是拒绝许小妍,倒不如说是努力在给自己一些心理暗示——抵制诱惑的心理暗示。

许小妍叹气道:"好吧,那等高考之后你再看,等我们都成年了,谁都管不了。"

郁绵点了点头:"好了,我们回家了。"

"哎?别走,那里新开了一家书店,我们去买几本书吧!"

郁绵刚好有一本学习资料没买到:"那过去看看,我也有书要买。"

一进书店,许小妍就往那堆杂志、漫画里扎;郁绵在看学习资料,物理课讲到的磁场和电场的内容,她有点不太理解,想找几本合适的资料看看。

许小妍找到喜欢的杂志,就跑过来给她看:"你看!这个主角,好漂亮!我要死了!"

郁绵顺手接过杂志,刚低下头,就听见有人叫她:"绵绵?"

她一怔,抬起头一看,裴松溪就站在书店外,穿着黑色毛衣,藏青色半裙,米色长风衣搭在手上。裴松溪朝她走来:"刚好下班来接你,来得晚了一点,在旁边停车的时候没叫住你,看你往这边走……"

裴松溪越走越近,郁绵下意识地把手上的杂志往怀里一抱:"哦……我买本资料就回去,已经准备走了!"

裴松溪却看到杂志背面花哨的图片,一时间神色变得有些复杂,眼神也有点奇怪:"……行,那我先到车上等你。"

郁绵看清她的神情,知道她又误会了。唉……要怎么才能跟裴松溪解释清楚呢?算了,算了。

新年的前一天,外面下着大雪。

郁绵坐在房间里的飘窗上，背着英语单词，目光却看着纷纷落下的雪花。

手机震动了一下，收到一条新的消息，是裴松溪给她发的："准备好了吗？等下就出发了。"

郁绵回复她："好了，马上下来。"

她从飘窗上跳下来，看着手机有些哭笑不得。

自从"漫画事件"之后，裴松溪就很少再来她的房间了。有时候明明她们都在家里，却还是要以信息或电话的形式来沟通，非常严苛地控制好界限和距离，避免再发生上次类似的事件，让彼此都感觉尴尬了。

有时候，郁绵觉得裴松溪简直是个老古董，虽然……虽然她自己也会觉得不好意思，可是裴松溪对待这种问题，甚至会比她更紧张一些，过分慎重了。

可是有的事情实在是没办法解释了，她也只有放弃。

她无奈地摇摇头，换了超厚的羽绒服才下去。

裴松溪站在客厅的绿植前等她，羊绒大衣里穿着银色的西装外套，身形修长清瘦。裴松溪刚从外面回来不久，发丝上落了几片碎雪。

郁绵跑过去，抬起头摸了下她的头发，裴松溪后退一点："怎么了？"

"别动……你的头发上沾了雪花，都融化成水珠了，一碰就化了。"

少女微微泛粉的指尖上沾了几滴晶莹的水珠，笑眼弯弯："你看，以后要注意点，头发湿了不好，会感冒的。"

裴松溪点点头，若有所思地看着她："你说你，年纪也不大，现在管得越来越宽了，有时候好像有点唠叨。"

郁绵愤怒地跺了下脚："我哪里唠叨啊？"

裴松溪抿着嘴笑了一下："好了，走吧。"

回到裴家，是裴之远来开的门，少年看见裴松溪时愣了一下，低下头："姑姑。"

裴松溪点点头，朝客厅里走。

丁玫正坐在客厅里，陪周如云说话，见她进来也没个好脸色，冷哼了一声："回来得还挺早。"

裴松溪一点也没觉得意外，毕竟前不久，因为她的原因，裴天成把裴林茂调去了非洲的分公司。裴之远看着她神情别扭，丁玫直接甩脸子给她看，这些都在意料之中，毕竟是她的原因，新年团圆时见不到亲人，心情不好也

第十六章 别离

很正常。

郁绵在一旁，也感觉到氛围有些奇怪。

到了饭桌上，幸好有裴林默活跃气氛，一时间气氛不至于太僵，可丁玫看到丈夫最爱吃的一道白切鸡，又开始掉眼泪："大过年的，林茂一个人在非洲……穷乡僻壤的鬼地方，也不知道……"

"好了！"

裴天成轻声打断她，他是大家长，不管是裴林茂还是裴松溪，都是他的儿女。虽然说之前登报说要解除父女关系，可他根本没当回事，那不过是要给温家一个面子上的交代罢了。

至于这一次……他是诚心要给裴林茂一点教训的，实在是不成器。不就是为了郁绵那件事情，可惜实在是跳出来得太早了，才引起松溪的紧张和戒备。

想到这里，他沉着脸看了裴松溪一眼，心里多少也有点意见……这几年，她的野心越来越大，连他也拿她有些没办法了。不过之远很快就长大了，他比他的父亲聪明，或许不用担心那么多。

饭后，一家人在客厅里守岁，郁绵拉了拉裴松溪的衣袖，示意她有话要说。

裴松溪跟她一起到楼上房间，郁绵不放心地问她："你跟裴叔叔是怎么了？"

"没什么，他不安分，给他一点小教训而已。"

"哦……可是，今晚的氛围很怪。"

裴松溪摸了下她的头发："没事，不用担心。"

郁绵点了点头："你还要下去吗？我想回房间睡觉了。"

"去吧，我还有点事要做，先不睡。"

郁绵却站着不走："我有新年礼物吗？"

裴松溪说："当然了，给你新买了一副耳机、一只……"

"不是这个。"

"那你想要什么？"

"你欠我的，一个有仪式感的晚安？"

"这个不行。你长大了，不能再跟小时候一样了。不仅是跟我，还有别的，朋友、同学、老师，都不可以这样，知道吗？"

裴松溪的脸上有一丝淡淡的绯红，她想起秋天时在郁绵房间里的尴尬情况……以前她只是单纯不喜欢跟人接近、触碰，会下意识地觉得不适应，但也算不上排斥，可是现在……她还是希望更注意一点，毕竟十六七岁，是需要合理引导的年纪。

郁绵不满地嘟了嘟嘴："唉！不行就算了。"她转过身往房间走的时候还在自言自语，好像是在说……只对你这样啊。

裴松溪愣了一下，过了几秒钟才笑了笑，大概是听错了。

楼下，丁玫看春节晚会，莫名觉得悲从中来。裴之远陪着她上楼休息去了。周如云的身体一年不如一年，也回房间了。

裴天成听见裴松溪下楼，轻咳了一声："松溪，过来，爸爸有话要跟你说。"

裴松溪坐下："您说吧。"

窗外有烟花绽开。

郁绵抱着手机，跟好朋友们一起聊天，发了好多条新年祝福和爱的红包，不小心聊到了很晚。

等挂掉视频，她有点渴了，下楼去倒水喝。

走到楼梯口时，她的脚步停住了……客厅里似乎正在爆发一场压低声音的争吵，像是怕吵醒他们，所以刻意控制了音量，可她听得很清楚……她下意识地站定，屏住了呼吸。

裴天成压抑着怒意，质问裴松溪："你到底想怎么样？非要把这个家搞得不像家，你就开心了？"

裴松溪的声音低沉："我不想。"

"那以后对你大哥客气一点。夏天的时候我把他调回来，你少跟他起冲突。现在他还没有你占的股份多，你就让让他。"

"半年？太快了。他不会改，只会变本加厉。"

"难道就为了这么一个捡来的小姑娘？松溪，我知道你大哥当时找人监视你们，让你很不满，可是他也没有什么动作，不是吗？"

裴松溪冷笑道："如果不是我察觉得早，您能确定他没有动作吗？自欺欺人。"

她渐渐了解到某个她不想承认的事实,虽然这几年来是裴林茂的小动作不断,可她保证,这件事里绝对有父亲的参与,父亲只是不想露面而已。

裴天成用力一拍桌子,怒意上头:"要是你故去的母亲知道你们兄妹闹得这么僵,你让她怎么安心?"

"不许提她,"裴松溪的声音里多了一种出奇的冷静,"你们不配。"

"我不配?当年她为什么死?还不是你带着她出去,她才买到那些药。我不过是把她关在家里,你呢?你这是直接把刀子递到了她手上!"

郁绵愣住了。她原本只想听听……是不是因为她,所以裴姨才会跟裴叔叔闹僵,可是没想到会听到后面这半句……她想起裴松溪偶尔提及母亲时的神态,轻描淡写的语气,波澜不惊的神情,可……眼神分明是冷寂的。

她的心里掀起一场海啸,不敢再听下去。

回到房间,她坐在床上发呆,再无睡意。

直到听见走廊外传来一阵轻轻的脚步声,紧接着是开门的声音,她穿上鞋走出去,站在裴松溪的门外,前前后后想了很久,才敲了敲门:"裴姨,你睡了吗?"

门外传来冷静如常的声音:"没睡。门没锁,进来吧。"

郁绵推开门进去,房间里只开了一盏台灯,裴松溪坐在床头,长发披散着:"不是说要睡了吗?"

"睡不着,来看看你。"

裴松溪给她挪了一点位置,拍了拍床:"坐吧。"

郁绵踢掉鞋,爬上床,小心翼翼地看着她的眼睛:"裴姨,你的心情不好吧?"

裴松溪犹豫了一下,才点了点头:"有点。"

郁绵想说出刚才听到的话,可是又怕让她更难过了,肩膀挨着她的肩膀,一时间沉默了下来。

裴松溪却轻轻叹了一口气:"你都听到了?"

"你知道啊?"

"听到声音了。只有你走路的声音那么轻,像只小猫。"

郁绵没有否认,换了个正对着她的坐姿,忧虑地看着她:"是听到了。所以很担心你,我不想睡,不想让你一个人难过。"

裴松溪缓缓笑了，声音温柔地道："过来，给裴姨抱一下。"

郁绵愣了一下，才反应过来裴松溪在说什么，小心翼翼地挪过去，还不知道说什么，就感觉到有些滚烫的额头抵在了她的肩膀上，清冽干净的冷木香味像某种悲伤低郁的情绪，悄悄在空气中蔓延。

裴松溪轻轻地叹了口气："抱一下就好。"一向清冷坚强的、无坚不摧的人，罕见地暴露出了某种隐秘的脆弱，把层层盔甲都脱掉了，才露出来肉体凡胎。

郁绵感觉心尖上最嫩的地方被悄悄掐了一把，她心疼坏了，却有点手足无措，想抚下裴松溪的后背，可手抬到半空中又落下，指尖轻轻地蜷缩起来。她想安慰裴松溪，可不知道该怎么说。她能做的，就是一直陪在裴松溪身边而已。

不过……她的额头怎么会这么烫呢？郁绵想起裴松溪与平常不同的脸色，往后退了一点："你生病了吗？"

裴松溪点点头："有些低烧。"

郁绵一怔："你知道？"

裴松溪笑了一下，神色从容："我当然知道。"

方才的脆弱仿佛只是昙花一现，转瞬即逝，她重归平日里淡然沉静的样子："好了，回去休息吧。我没事了。"

郁绵却不肯走。郁绵短暂地窥见了她的脆弱和悲伤，哪怕现在的语气是这么平静，可是……她分明是很难过的，也是很……寂寞的。

对，就是这个词。

寂寞。

有多少次，郁绵看着她，就仿佛看着天上悬挂着的那轮月亮，清清明明地照着人世间，光华素净，皎洁明亮，却是离万丈红尘，很遥远的寂寞和冷清。

她不想让裴松溪一个人。

"绵绵？我真的没事了，回去吧。"

郁绵摇了摇头："我去给你找退烧药。"

家里是有药箱的，只是现在阿姨都睡了，大家应该也都睡了，她不能惊动别人，就只能自己去找。好不容易在楼下找到退烧药，端着热水上去，进了房间，才发现裴松溪竟然睡着了。

郁绵放轻了脚步声，走到床边，轻轻地把杯子放下了，也没叫她，就这么安静地看着她的睡颜。

没过多久，她一个翻身醒了，看到正趴在床边的郁绵，笑了笑："等了你一会儿，不知不觉就睡着了。很晚了吧？"

"没有，你就睡了一小会儿。我找到药了，你吃点退烧药。"

裴松溪点点头，把药片吃了下去："这好像还是我这几年来第一次吃药。"

"说明你不听话，总是不喜欢吃药。裴姨，以后要乖一点，知道吗？"

"又没大没小的。今天我吃药了，你放心了就回去吧。"

郁绵摇摇头，趴在她的床边看着她："我不会让你一个人的。"当你生病的时候，当你难过的时候，怎么可以让你一个人。

裴松溪摸了一下她的发顶，无奈地笑："那等我睡着了，你就回去休息，好不好？"

郁绵也做出让步："嗯，好。"

原来，有人陪在床边，等着她睡着的感觉是这样的。真是一种……新奇的体验。

越临近高三，学习压力就越大。

尤其是在这一年高考之后，高二年级正式成为"准高三"，几乎所有的老师都会在课堂上念叨，提醒大家要收收心，准备最后阶段的冲刺。

班主任为了激励大家，让大家周末回去想好理想院校，写在明信片上，下周来学校就贴在教室后面的黑板上。

奶茶店里，许小妍喝着果汁，一副无所谓的样子："我在国内是上不了好的重点大学了，所以我要出国读书，你们呢？"

梁知行伸着大长腿，悄悄地看了景知意一眼："看她们吧，她们想考什么学校，我就去什么学校。"

景知意拿吸管戳着杯子里的冰块："我就考宁大，奖学金比较高。"

陶让低下头笑了笑："我的目标也是宁大。"

梁知行不满地瞪了他一眼："抢我的台词！我先说，我要考宁大。"

"绵绵，你呢？"

郁绵一直心思飘忽，忽然被点到名，愣了一下："我啊……我还没想好。"

许小妍无情地鄙视她："你想个鬼，全国那么多好学校都随你挑。还是说，你舍不得我，想跟我一起出国啊？"

郁绵摇了摇头："不是。"

许小妍："好无情啊。"

郁绵弯了弯眼眸："我啊，我还没跟裴姨讨论这件事。我只想好了以后要学建筑，但是在哪里读书还没想好。"

她私心里是想在国内读大学的，可是……必须承认的是，去国外上大学可以让她视野更开阔，如果她想有更广阔的发展空间，她必须要早点做规划，选择一条更合理的路。

她要挣很多钱，全都存起来给裴姨。

梁知行嘲笑她："你都这么大了，怎么总是顾及着别人的想法？"

郁绵在桌子下踢他一脚："胡说，她不是别人。"

许小妍咯咯地笑："我知道了，那她是你的自变量，时时刻刻都在影响着你这个因变量，对不对？"

郁绵怔了一下，半天才反应过来："别乱说。"

许小妍笑嘻嘻地，她知道郁绵害羞，开玩笑也是点到而止。很快又说起社交软件上的搞笑新闻，说着又问郁绵："你的背景封面现在是谁啊？好好看哦！"

郁绵笑着说："就……在网上随便找的，很好看吗？"

景知意凑过来："我也看看。咦，是蛮好看的。"

一张有些模糊的侧颜，是个高挑纤细的女人，逆着光在浇花，光线晕染得正好，虽然看不清五官，但是隐约可见精致动人的侧脸，素白纤细的手腕，馥郁沉静如兰，那一瞬的时光似乎都打了柔光，美极了。

郁绵低下头笑了："我也觉得很喜欢。"

梁知行无聊地打了个哈欠，说："女孩子聚在一起就喜欢讨论这个……好了，我回家了啊，你们走不走？"

"走吧走吧，我也回家了。"

高中以后，郁绵就很少再让司机来接了，大多时候都是跟许小妍一起坐公交，这样还能聊聊天。

不过出了奶茶店，许小妍忽然捂住了肚子："糟糕，我生理期好像要到了，好疼啊。"

"那我们往前走一点，站在路口那里打车。"

"嗯，扶我一下。"

因为在奶茶店里耽误了一会儿，路上也没多少学生。她们走到学校前面的路口，郁绵看着路灯，等红灯转绿，伸手拉许小妍过马路。

"小心！"

许小妍刚走了一步，立刻反手把她往回一拉，就在那一瞬间，一辆黑色的汽车风一般从她们的面前疾驰而过，很快就消失在路的尽头。

许小妍很生气："这车怎么开的？闯红灯，差点撞到人不知道吗？"

郁绵也心有余悸，刚刚一瞬间心跳加速，到现在还没平复下来，她微微皱了皱眉："我……怎么感觉这个人像是故意的……"

许小妍惊讶地愣住："不是吧？我的天！你这么一说简直细思极恐。"

郁绵摇了摇头："应该是我想多了。"

周末，裴松溪难得没上班，郁绵跟她聊起了要读什么学校的事情。

郁绵坐在高脚凳上，一双嫩白的脚丫轻轻晃荡着："小妍她们又问我了，问我要出国，还是要去哪里呢？我说我没决定，要回来问问你的意见。"

裴松溪正在给窗台上的吊兰浇水，整个人都在夏日阳光澄澈的光晕里："你的想法呢？"

"我的想法啊，我还没想好……"

裴松溪浇水的手顿住，看着窗外，轻轻舒了一口气。

前不久，她基本已经可以确定，为什么郁老爷子隐忍不发，也确定了她的家人在等她回去。可是……可是裴松溪也发现自己的猜测没有错，绵绵那么小的年纪就离开家人，失去父母，跟裴天成有脱不开的关系。

可是要怎么告诉郁绵这件事，告诉她，令你年幼时无枝可依，寄人篱下的……是我的父亲？

她一向理性，很少因为一件事而烦恼，犹豫不决。

可事情一旦跟郁绵有了关系，焦灼不安的情绪就无法自控地蔓延。

"裴姨？"

"嗯？"

"你怎么不说话啊？"

"没事……想到一点工作上的事情。你继续说。"

"没什么好说的了。我现在还不想出国，应该会选国内的学校。只是他们都想考宁大，宁大的建筑学排名不够靠前，我想看看其他学校。"

裴松溪放下水壶，走到她身边，目光温和沉静："你慢慢想……等你想好了，再决定也不晚。"

再等等吧，绵绵马上要升高三，在这么紧张的时候，告诉她这些事情，大概会让她的情绪崩溃吧。

郁绵拿脚尖踩踩裴松溪的脚尖："我等下要去上素描课了，你晚点去接我好不好？"

"几点？我下午先去公司开个短会。"

"四点半吧！"

"好，那你在画室等我。"

建筑专业对素描等绘画技能的要求很高，涉及空间想象力、结构感等多方面的要求，有很多高校都要求提前一周进行美术加试。所以这么多年来，出于兴趣上的奥数班早就停了，只有美术课，她坚持上了好多年。

裴松溪在公司开完会，会后刚准备走，魏意追了上来："裴总，有一点特殊情况跟您汇报一下。"

"现在吗……你上车吧，路上说。"

等汽车发动，魏意才说："您的哥哥这几天回来了。"

"才半年就回来了。可真是耐不住性子。"

"是的，而且……上周五他似乎在附中附近出现过。"

裴松溪的神色一凝："他想做什么？"

"暂时还没做什么……目前只知道这些消息了。我是有点担心，才跟您汇报一下。"

裴松溪冷笑了一声，揉了揉太阳穴："我给他留了后路了，可他偏偏不死心。"

魏意没有接话，把车开到画室楼下停下："绵绵在这里上课吗？"

裴松溪点点头："时间还早，进来等吧，晚点一起吃个饭。"

离约定好的四点半还有半个小时，裴松溪最近太忙，很少来接她，找了一会儿才找到郁绵上课的教室,站在窗外往里看了看。

画室外面有人在轻声说着话,大概有十几个学生,看起来有不少都是专业的美术生,剩下的就类似于郁绵这种想要报考的专业要求美术加试的学生。

她很快就看到郁绵的侧影。少女在窗边坐着,柔软乌黑的头发扎了两个可爱的小揪揪,很认真地拿着画笔在画画。

裴松溪弯了弯唇角,站在窗外凝视着她,看到她画画时认真得有些可爱的样子,看到……有个穿着蓝色衬衫的年轻男人走到她旁边,弯下腰跟她说着,指着她的画纸,似乎是画室里的老师。

她愣了一下,隐约记得郁绵之前跟她说过……老师这几天有点忙,有时会让她的学生过来,是宁大艺术学院的硕士,水平不错,人也很好,指导起来比年长的老师更加细致。

画室里的其他人都低着头,专心画画,唯有窗边的两个人低声说着话。

阳光从窗边洒落进来,璀璨的光晕落下来,将他们都笼罩进去。

少女偶尔抬起头,看着五官明朗的年轻老师微笑,目光干净而柔软,眼神里盛满了信任,脸颊是很好看的粉色,小巧的下巴微微上扬,分明是仰视的姿态。

年轻的老师神色亲切,笑意很深,非常有耐心解答着她的问题,偶尔会牵着她的画笔在纸上游走,指点一二,动作小心克制,并没有碰到少女的身体,却似乎……要将她整个人都圈到怀里。

裴松溪缓缓皱起了眉。她往后退了一步,转身往外走。

魏意觉得有点惊讶,跟着她出去:"裴总,不是很快四点半了吗?"

裴松溪抿了下嘴唇,冷冷地道:"附近有一家蛋糕店的蛋糕做得不错,去买个蛋糕。"

"好的。"

魏意开着车,找到她说的那家网红蛋糕店,毫不意外的,门前排了一条小小的长队。她踩下刹车,问:"裴总,现在时间也不早了,这么多人,还要买吗?"

裴松溪往后靠在座椅上,夏日傍晚的阳光仍然是刺眼的,她下意识地眯了一下眼睛:"算了,不等了。"

魏意有些疑惑地多看了裴松溪几眼,总觉得她有点不对劲。

"魏意，关窗。"

"啊？可是车的制冷设备似乎有点问题，关窗会闷的。"

"没事，关吧。"

"裴总，您是不是心情不好？"

裴松溪微仰着头，饱满的下巴，挺翘的鼻梁："没有。阳光刺眼。"

四点半一到，郁绵把笔和画纸收起来："宋老师，我先走了。"

宋心遥弯了弯唇："这么着急吗？你的画还有一点没改完。"

"我不想让她等我，我先走了！"

郁绵走出去，刚好看见裴松溪的车在路边停下，她跑过去："裴姨！你来得好准时！魏意姐姐，你也来了。"

裴松溪坐在副驾驶上，看着她笑了："刚到。上车吧，一起去吃个饭。"

"哦，好。"

裴松溪想着刚刚老师的举动，过多的肢体接触，她觉得还是需要和郁绵聊一聊，即使这次是自己敏感了，也要郁绵树立正确的自我保护意识。这顿晚饭三个人吃得索然无味，郁绵提不起精神，裴松溪因为心里存着事也有点心不在焉，没怎么说话。魏意感觉氛围不太对，早早地就走了。

回家的路上，车窗开着，夏夜的晚风涌进来，将先前那种近乎低落的氛围被吹散了。

郁绵坐在副驾驶上，坐在裴松溪的旁边，本来是想跟裴松溪说几句话的，可实在是太困了，眼皮撑不住，合了起来。

直到一个声音响起来，裴松溪忽然问她："绵绵……你喜欢和同辈相处，还是和年长一点的人相处呢？"

郁绵听见了裴松溪的话，有点茫然地说："我……喜欢跟年长一点的人相处。"

裴松溪轻轻皱了皱眉，缓缓地舒了一口气，语气是温和克制的："最好不要。不要跟年纪比你大很多的人相处。"

郁绵眨了眨眼睛，偏过头看着她，很认真地问："为什么？"

"年龄差距，可能会让你们之间处于一种不对等的状况，生活经历、知识、金钱……有太多的不对等，绵绵，别被岁数大的……人给骗了。"

郁绵听了裴松溪列举完的一堆理由，这些都是无关紧要的。她忍不住笑起来，语气轻快地上扬："我那么聪明，不会被骗的。"

裴松溪的眉心紧蹙，那个人对绵绵说了什么？绵绵才会用这么满心信任又欢快的语气说出这种话？

她偏过头，看了看车窗外匆匆流逝的风景，尽可能地平复情绪，避免用太过强硬的语气跟郁绵说话。

可是……只要一想到下午看到的那一幕，她就不由得心生警惕。

郁绵看她半晌没说话，有些疑惑："裴姨，怎么了？"

裴松溪回过神，看到她干净的脸颊："没什么。"

她不懂裴松溪今晚为什么会忽然问这个问题，甚至第一反应是紧张担心的，可是现在……现在好像看来又不是的。裴松溪似乎……只是想这么单纯地问问而已。

期末考试临近的时候，郁绵有很长一段时间没有画画。等期末考试结束，她赶紧拿起画笔，怕时间太久，记忆和感觉都变得生疏。

冬天的时候，她们都不喜欢暖气，所以很少开。

家里有点冷，郁绵搬着画架到阳台上去画画。

裴松溪靠在沙发上看着新闻，偶尔看着时钟滴滴答答地走动，有些恍惚。

都说人成年以后，时间是加倍流逝的。如果说二十岁时的时间是加倍逝去的话，那么步入三十岁之后，时间的流淌像指间沙，握也握不住了。

这两年来，她经常有这种感觉，也不知道是为什么。年轻的时候会觉得青衫薄、岁月长，可如今开始感慨春光短、忧何为。她低下头，笑着摇了摇头。

裴松溪看了看在阳台上画画的女孩，忽然感觉时间的流逝有了具象化的体验——曾经种下的那一颗种子，现在已经成为一朵纤细美好的花朵。

郁绵画画的样子总是很专注。从小她就是这样，不管是学习还是画画，认真的时候总是鼓着脸颊，眼神专注，自动屏蔽外界所有的噪音和干扰。

阳光落在白色羊羔绒外套上，照得她脸上的肌肤干净通透，白皙如雪，饱满圆润的额头上有几缕刘海微微翘着，满满的青春感，显得又温暖又有活力。

裴松溪忽然想过去晒晒太阳。她把膝盖上盖着的那块羊绒毛毯拿掉，怕打扰她的创作，走路的声音也放得很轻。

阳台的玻璃门也没关，她往前走了几步，冬天的阳光照在脸颊上，感觉十分温暖，相比于室内温暖舒服很多。

日光将她的影子拉得很长，突如其来的阴影笼罩下来，正握着笔画画的郁绵下意识地抬起头，一看到她，神情就变得有些奇怪。她反手拿起一堆画纸，想夹在正在画的那张前面，手忙脚乱间反而把画架都碰倒了。

这动作太过突然，又莫名其妙，动静也有点大了。

裴松溪低头看向她："怎么了？绵绵，吵到你了吗？"

郁绵的耳尖悄悄红了："没……没有。"

裴松溪疑惑地问："你紧张什么？怕我看到你的画吗？"

在某种意义上，郁绵是个完美主义者，她对自己的要求很高，高得近乎苛刻。她一直认为自己画得不好看，所以一般不会拿给别人看。哪怕是裴松溪，从来都是说她画得很好看，可她还是羞于把自己的画作给最亲近的人看。

郁绵心虚地摇头："不是！就一幅画而已，也没画……什么。"

如果她还跟平时的表现一样，脸红着拒绝，裴松溪不会觉得奇怪，可她今天这么反常，才让人觉得奇怪。

于是，她难得地坚持："既然你不介意，画纸给我，我要看一下。"

"啊？我……"

郁绵的双手紧紧按着画纸，一副不让裴松溪看的样子，跟她刚才说的话是完全矛盾的，让人不能不起疑。

裴松溪眉稍微拢了拢，罕见地强势，走到她身边，看着她紧紧按住的画纸，目光渐渐下移，却落到她刚刚画完的一堆废稿上……

是……是一幅人体素描。女性的脸颊轮廓线条有些模糊，长而浓密的头发，发梢微微卷曲着，落在不着寸缕的身体上，再往下笔触开始变得凌乱，最后也没成型。

郁绵从她看到那幅画时，脑子就停止转动了，郁绵欲哭无泪……这是那次她看漫画被裴姨抓到之后，下定决心不再看漫画了。

裴松溪眉头紧蹙，目光落到旁边的一行小字上，脸色更难看了，这行字是用铅笔写的，分明是郁绵的字迹，写的是"画不出万分之一的美"。

这都是些什么？马上就要期末考试了，郁绵却浪费时间在画这些东西上！而且裴松溪之所以送郁绵去学静物素描，就是不想让郁绵过早接触人体素描，而且郁绵竟然还说谎掩藏，这都是谁教她的！

一把怒火将裴松溪的理智烧了个干净，裴松溪沉着脸说道："我送你是去学静物素描的，你现在告诉我，你画的是什么？我要去找你的老师好好谈谈，她……还有她那个学生都教了你什么？"

郁绵吓坏了，跑过去从后面抱住她："裴姨，我错了，不是老师教的！"

裴松溪被她一拦，怒意稍微淡了一些，拂掉她的手，转过身，目光严肃地审视着她："那是谁，你画的是谁？"

这画像上分明是个成熟女人，精致动人的锁骨线条，被头发盖住的丰腴饱满，线条分明的纤细腰肢……她不相信这是郁绵凭空想象出来的。

郁绵被她问得脸一红："是……"

"你在紧张什么，难道是你的老师？"

郁绵急了："不是。我没有看过真人。就只有……以前看过一次漫画，就是那次……后来就没看过了。"

裴松溪也愣了，她想起那次的漫画事件，隐约记得封面上有个漂亮精致的女人形象，难怪她觉得有些眼熟，原来……

郁绵看裴松溪沉着脸不说话，怕裴松溪不信她，慌张地解释道："我不太会画……人体。所以就只是乱画，这些都是废稿，我没有成天画这些的……我就是随便画了一点点。"

"所以你画这些和你的老师完全无关？"

"嗯！我只是问过他人体比例问题，然后他说这个也不太好说，让我找人体模特看看。"

"不行！"裴松溪否定得斩钉截铁，"你才多大，看什么人体模特……不可能。"

郁绵小心翼翼地问："可是……可是人体画像也是素描课的一部分啊。我是要学习的，我又看不到别人，真的不知道怎么画。"

裴松溪神色稍缓，意识到刚才的语气过于强硬，放缓了语气："那也不行。最起码现在不行，你还没成年……怎么可以看到陌生人的身体……"

郁绵点了点头："那我长大了就可以了吗？"

裴松溪愣住，一时之间不知该如何回答。

裴松溪抿了下嘴唇："你……让我想想。"

这场谈话最终没有达成一致。

裴松溪一向不喜欢跟人接触，尤其是意识到绵绵进入青春期后，她有意识地保持着她们之间的距离，待绵绵亲近却并不亲昵。可是一想到绵绵要跟着那个年轻老师去看所谓的"人体模特"，她就觉得无法容忍。郁绵才多大啊，她怎么可能答应？她躺在床上，两个念头反反复复，在脑海里碰撞了好久，可还是没有答案。

不过……不太对啊，她好像被绵绵把话题给带偏了。原本是想问她，她最近在学静物素描，怎么好好地开始画人体……到底是因为什么？是有人引导吗？还是她自己单纯好奇才感兴趣呢？可是现在反应过来，似乎已经太晚了。唉……这好像是这么多年来，她遇到的最大难题了。

翌日一早。

裴松溪刚在房间里做完瑜伽，郁绵来敲她的门："裴姨，我有件事要跟你说一下。"

她愣了一下。有件事，难道是昨天那件事……怎么这么快，绵绵就要来问她的答案，她还没想好要怎么回答她呢。

"裴姨？"

"来了。"裴松溪过去给她开门，神色有些不自在，"怎么这么早？"

郁绵双手合十，捧在胸前，像只乖巧的正在作揖的小猫："裴姨，我有个请求，可不可以跟你商量一下？"

"什么请求？"

"以柔姐姐给我打电话了……她说现在温姐姐的公司资金周转不了，问题好像很严重。她让我帮忙问一下，能不能请你帮帮温姐姐？"

裴松溪摇了摇头："这件事你先不要管，现在情况比较复杂，要再观察一段时间。"

郁绵抬起手，顺手揪住她的衣带，轻轻地摇了摇："裴姨，如果你能顺手帮个忙，就帮一下好不好？电话里我听着以柔姐姐的声音，似乎很难过，她应该很着急……"

裴松溪立刻按住睡衣的衣带，无奈地说："别拉我的衣服，绵绵。"

郁绵愣了几秒钟，才意识到她睡衣带子系得很松，不好意思地松开了手："那你可以帮忙吗？"

裴松溪抿了下嘴唇："这件事我有考虑过，没有做出决定。治臻也打过电话给我，我要再想想。"

郁绵点了点头："好吧。"

"你不是跟朋友约了去图书馆？快去吧，别迟到了。"

"那你再考虑一下好不好？"

"嗯，去吧。"

郁绵往外走，有一点点失望，又觉得无奈。

裴松溪对别人的冷淡疏远，她一直是知道的，尤其是对那个温大小姐，她感觉得到裴松溪不喜欢那个人，现在让裴松溪帮忙其实很难吧。

但是，她不能再劝裴松溪了，毕竟裴松溪工作那么辛苦，还要挣钱养她，帮别人会更累，她不想让裴松溪那么累。

只是……要跟以柔姐姐说抱歉了。

郁绵的心情不太好，白天在图书馆学习时还忍不住想到这件事。晚上回到家，看到裴松溪在沙发上坐在看杂志。她过去打了个招呼，就准备上楼。

裴松溪叫住她。

"绵绵，你昨天说的那件事，我想了一下……"她不喜欢拖泥带水，纠结太久。有问题是一定要解决的，虽然她还没想好解决方法，但是她想先跟郁绵聊一下，或许在两个选项之外，还有别的解决方案。

郁绵看她的眉头紧紧地皱着，神色认真又严肃的样子，忍不住想笑："嗯？你想了什么？"

裴松溪欲言又止："我……"她的眼睛下面覆着淡淡的青黑，一副没休息好的样子。

"因为这件事，你昨晚不会是失眠了吧？"

"有一点。"

郁绵有点惊讶……看来昨天的问题真让裴松溪为难了，虽然偷偷看裴松溪纠结的样子会觉得很可爱，但她还是不忍心让裴松溪失眠啊。

"你别想了。"郁绵眨了眨眼睛，有些俏皮地笑了笑，"我不会去看人体模特的，你放心。"

裴松溪没想到她会放弃，有些意外，愣了一下："真的吗？"

郁绵点了点头，笑着拖长腔调："怎么了？裴姨，你还想当我的专属人体模特吗？"

裴松溪羞恼地点了点她的额头："胡说。"

郁绵笑容明媚："我回去睡觉了。明早要去上最后一次课了，下学期就去方老师那里了，明天我想早点过去，跟一起学画的同学告别。"

最后一个学期的学习时间很紧张，裴松溪特意给她找了宁大美院的方回老师。他的性格孤傲，有点恃才傲物，因为跟纪绣年有几分交情，才答应给郁绵进行两个月的一对一单独辅导。想起那次在画室见到的情景，裴松溪眉稍微拢了拢："明天去画室，还是上次那个老师教？"

"嗯，他一直在画室帮忙的。"

裴松溪缓缓点了点头："我明天去接你。"

裴松溪说要去接她，郁绵当然很开心，可是看裴松溪这么紧张的样子还是很想笑："裴姨……那件事真的跟老师没关系，就是我自己好奇，你别担心。"

裴松溪垂下眼眸，语气很认真："绵绵，我那天跟你说过的。不可以喜欢跟年长太多的人相处……我不放心。"

郁绵抿了下嘴唇，笑了一下："那如果是个让你放心的人呢？"

裴松溪的神色淡淡的，很不情愿地说："这个人还没出现。"

郁绵画完最后一幅画，画很简单，是一串朴素大方的紫檀木佛珠，戴在素白的手腕上，画面整体显得有些空旷。

宋心遥走过去，点评说："布局上面有些问题，这里可以考虑再加点什么。"

郁绵拦住她要落下的笔，笑着拒绝了："不要。我喜欢这张，不想改。"

"哦，好。对了，你明天开始就不来了吗？"

郁绵已经开始收画笔："是啊，谢谢你！宋老师，谢谢你这段时间的指导。以后再见了。"

宋心遥的话还没说完，就看她往外走，本来要追上去，却被旁边一个学生拦住问问题，不得不停下脚步，看着少女走出去。

裴松溪就等在画室外面,她刚到,手上拿着手机正在讲电话,似乎有点匆忙的样子。

郁绵朝她跑过去,到她面前时电话刚好挂断,郁绵自然地挽过她手腕:"我都说了,如果你太忙的话,可以不用来接我的。对我放心一点,不好吗?"

裴松溪笑了笑,还没说完,身后就传来一阵脚步声。

"郁绵,等一下。"她们站定了,宋心遥追过来,递了一杯奶茶给她,"刚才给大家都订了一杯,你忘拿了。"

郁绵晃了晃手里的杯子,笑着对宋心遥说:"我不喝奶茶,只喝水。宋老师,还有别的事情吗?"

"啊……对了,那个,"宋心遥犹豫了一下,"上次跟你说的模特,我已经联系好了,你什么时候有空?"

郁绵怔了一下,没想到上次只是提了一下,宋心遥就真的找了人体模特。她摇头说:"抱歉,我现在暂时不需要了。"

宋心遥一怔:"嗯?为什么呢?你不是对人体速写很感兴趣吗?可是你现在对人体结构比例没有概念,画出来的人物也很奇怪,只要你学习一次,以后就不会太难了。"

郁绵知道宋心遥说得对,可还是拒绝了:"真的谢谢你,但是很抱歉,让你麻烦了一场。这件事我以后再考虑,目前我要专心在静物速写上。"

宋心遥仍然不放弃地追问:"可是你错过这一次,下一次……"

"谢谢你!"裴松溪轻声打断她,"模特的话,以后会有更好的。"

郁绵抬起头看她,抿着嘴唇笑了一下,明明之前开玩笑时她还不好意思,现在跟别人说话又这么冠冕堂皇。郁绵知道裴松溪是故意这么说的,可是听到这句话,心情不由自主地变得愉快起来。

宋心遥彻底噤声。

裴松溪低下头,看着郁绵笑了一下:"好了,跟老师说再见。"

郁绵笑着点点头,朝宋心遥挥了挥手:"老师拜拜。"

宋心遥也对她挥手:"再见。"

晚上回到家,郁绵给纪以柔打电话。不忍心让纪以柔失望,她昨天犹豫了一天,可是不能让别人一直等下去,总要给出答复的。电话接通后,她愧疚地说:"以柔姐姐,对不起……我跟裴姨说了,可是她……"

"不答应？"

郁绵叹了口气，为自己不能帮她而难过："裴姨说……她和温姐姐关系不好，她不喜欢温姐姐，现在不趁火打劫就很不错了。她完全没理由帮温姐姐，还要冒这么大的风险……"

电话那端，纪以柔忍不住笑了："她刚才给周然打电话了，说愿意帮忙。"

郁绵惊呼一声，声音很轻快："真的吗？"

纪以柔很认真地说："是的。她很宠你。"

少女扑哧一下笑了，声音显得很愉快："她总是这样，你不知道，她第一次见到我的时候，就冷着脸，让人送我走，但后来她还是让我留下了。"

纪以柔也跟着笑："谢谢你。绵绵……我都没想到……"没想到小姑娘会这么认真地把自己的请求放在心上，更是低估了她对裴松溪的影响力……实在很难想象，那个清冷淡漠的，在商场上理智至极的女人，会为了她做到这一步。

郁绵握着手机在床上打了个滚："我也没想到，她这个人好闷的性格。好了，不说了，我去找她了！"

裴松溪在书房里看文件，她端着牛奶进去，敲了敲门："我进来了。"

"怎么了？这么晚还没睡？"她朝郁绵笑了一下，顺手把桌上散落的文件都收了起来。

郁绵没注意到她的动作，笑着走过去，把牛奶递给她："刚刚我给纪姐姐打电话了，你答应帮忙了，为什么都不告诉我？"

裴松溪微微挑了下眉："那现在你知道了，想说什么呢？"

郁绵抬起下巴，悄悄地笑了一下："我很开心。"

裴松溪低头笑了笑："你很容易开心。绵绵。"

"离高考只有半个学期了，想好没有，是出国读书还是在国内读呢？"

"还没想好……最近没想这个问题呢。怎么了？"

"没事。"

裴松溪抬起手揉了揉她的头发，说："好了，回去休息吧。"

郁绵感觉裴松溪今天有点不对，似乎想说些什么，却又没法开口的样子。她没再往下想，说："那我回去了，你也早点休息。"

书房里再次安静下来。

第十六章 别离

窗外是浓沉如墨的夜色，有几颗星星挂在夜幕之上，有低低的叹息声在寂静中响起。

错过上一次，又错过这一次。

还要多少次……她才能把那件事告诉绵绵。

进入高三的最后一个学期，学习压力成倍增加。连郁绵、陶让这种成绩很好的尖子生，也被作业压得喘不过气来，每天回家刷题要刷到凌晨两点；景知意和梁知行的学习压力更大，进入高中之后，他们要跟来自全省各个初中的尖子生竞争，几乎很难挤进年级前十；唯有许小妍没心没肺，早早准备好要出国，没有升学的压力。

开学的第一次大考安排在清明假期之前，高三的学生被作业折腾得一脸苦相，背着书包从考场出来，脸上没有丝毫即将放假的欣喜。郁绵心里想着物理力学和磁场综合的一道大题，两辆小车相互碰撞，然后……

有汽车喇叭声响起，打断了她的思路。她回过神，往旁边走了几步。

今天许小妍请假没来上课，景知意和梁知行去参加数学培训，陶让在学生会做检查工作。难得落单，她准备一个人搭公交车回家。可她往里走了，那辆车还是始终跟着她，偶尔按一下喇叭，直到她完全停下脚步，站定了。

车门终于开了，先下车的是一个头发往后梳的年轻男人，他绕行至另一边开门，从车里下来一双踩着银色高跟鞋的脚，随后脚的主人才缓缓踏出车厢，终于露面。

她穿着一套浅紫色的优雅套裙，戴着黑色皮质手套，目光落到郁绵的身上时唇角缓缓勾起，才摘下那副黑色墨镜，露出一张优雅知性的脸庞，隐约可见岁月痕迹，气质高雅，从容大气。

那一瞬间，郁绵愣住了，看着这个陌生女人朝她走来，熟悉感却一点一点地涌上来。直到来人走到她的面前，面带微笑地站定，才轻声问："请问，你认识我吗？"

陌生女人点了点头："我来找你，有时间跟我聊聊吗？"

郁绵低下头，认真地想了想："按照常理来说，我不应该跟一个陌生人走。但是，我想我见过你。"

"你竟然还记得，"陌生人忍不住笑了一下，目光中有些恍惚和惆怅，笑意温柔地看着她，"你跟着父母离开家的时候，才那么小，还能记得吗？"

郁绵的语气十分笃定："你认识我。"

"是的。所以，你愿意跟我谈一谈吗？"

郁绵偏过头，看了看天际迟迟未落的夕阳，晚霞绵延千里，像极了她到裴家的第一天。

错落的时光似乎开始倒流。

她听见自己的声音，平静如水："当然。"

第十六章　别离

第十七章
空落

郁绵回到家,天都黑了。

温暖干燥的春夜。客厅里灯光大开,白炽灯的光芒亮得刺眼,偶尔会有小虫子"嘭"的一声撞上去,很快又落到地板上,嗡嗡作响。

裴松溪站在窗边,通着电话,听到声音把手机往里扣了扣,低声说了两句话,很快就把电话挂断了。

她看了看时间,语气温和:"绵绵,今天怎么回来得这么晚?"

郁绵朝她笑了一下,声音一如既往:"放学后跟同学讨论作业了,在外面吃过饭才回来的,就晚了一点。"

裴松溪凝视着她,似乎要从她平静的神情上找到一点蛛丝马迹。可是郁绵的情绪很平静,看不出有什么不对的地方,跟平时一模一样。

——如果她刚才没有知道郁安清来找过郁绵的话。

郁绵往楼上走:"很晚了,我的作业还没写完,先回房间学习了。"

裴松溪缓缓地点了点头:"好。"

回到房间,郁绵坐在窗边发呆。

她想起傍晚,在街角咖啡馆里发生的一场谈话。

那个陌生女人介绍自己:"我叫郁安清,是你的姑姑。"

"你父亲当年跟家里闹了一场不大不小的矛盾,带着你母亲和你离开,后来却意外在一场车祸中丧生。当时现场发生了二次爆炸,警方找到他们的尸体,但是一直没找到你。你爷爷的岁数大了,当场晕厥过去。你才六岁,几乎不可能生还……可是你爷爷不肯相信你不在了,坚信你还活着,找了你很多年。小绵,你是我们郁家的孩子,爷爷奶奶年纪大了,他们很想你,如果可以出门,他们现在也会在这里。"

郁绵冷静地听她说完。

很奇怪,故事曲折复杂,而她似乎没有很大的情绪波动,平静地问郁安清:"那现在呢?现在怎么会突然找到我?"

郁安清低头笑了笑:"其实不该我来找你的。裴林茂找到你的小叔叔,想把你交给他。不巧的是,你的小叔叔身边有我的人,我抢先一步,见到你了。"

"小叔叔是……我爸爸的弟弟?"

"嗯,现在家里的公司是他主管。"

事件轮廓已经成型,细节部分尚且缺失,却更耐人寻味。

譬如裴林茂和她的小叔叔,到底是什么关系?又譬如当年那场车祸,到底是天灾,还是人祸?

郁绵轻声说:"我知道了。"

郁安清对她的回答感到有些意外,却又不怎么意外:"听说,你是跟在裴林茂的妹妹身边长大的?"

郁绵垂下眼睛,轻轻地点头:"嗯,她对我很好。"

"哦……"郁安清的语气有几分复杂,"这样啊……"

郁绵站起来,拿起书包:"时间不早了,谢谢您今天过来见我。我要回家了。"

郁安清始料不及,在后面叫住她:"小绵,你想回家的话,为什么不回你自己的家?"

郁绵冲郁安清笑了笑:"我回的就是我的家。"门牌上写着"裴松溪和绵绵的家",挂了那么多年,那就是她的家。

郁绵后来对着门牌拍过一张照片,偷偷贴在桌上,平时拿书本遮住了,可是她每晚睡前都要看上一次的。

夜色渐渐深了,窗外也静悄悄的。一弯下弦月挂在天空上,被云朵遮盖掉大半,只露了一小半出来。

郁绵看着月亮发呆,她知道裴姨知道这件事了,但她还不想直接面对这件事。她根本没有看起来得平静。

小时候,她不是没有幻想过,有朝一日家人会出现在她面前,哭着说不该把她弄丢了,要接她回家——她以前做过很多很多次梦,醒来之后她只觉得深深的失落,但从未告诉过别人,尤其是裴松溪,她不想让裴姨担心。

可是随着时间流逝,渐渐地,她不会再做这种梦了。

她知道……那是因为她的心被填满了。

因为她遇到了全世界最好的人。所以到了现在,她隐约可以触及事情的真相,心里有急切和期待,却有另外一种声音在劝阻着她,让她冷静下来。

以后是要离开这里,也要离开全世界最好的裴姨了吗?

天幕上浓墨一般的夜色渐渐褪去,远处天际浮现一点淡淡的蟹壳青。

裴松溪一夜未眠。

她在第一时间接到魏意的电话,说监控到郁家的人出现在明川市内,就立刻让人在郁绵的学校外面等着了。

可是来的人不是郁家现在的主事人郁安舟,是那个丧夫后回到郁家的女儿,郁绵的姑姑——郁安清。

裴松溪知道郁安清对郁绵说了一些话,具体谈话内容不得而知,可大概能猜到的。绵绵从小就是心性通透聪明的孩子,她肯定知道了什么。

但郁绵没告诉她。郁绵只是若无其事地对她微笑,说跟同学一起讨论作业。

是她犹豫太久,错过了最好的时间点……她早在半年前就隐隐窥见事情的真相,却一直不知道该如何开口……错过多少次,都没能告诉郁绵。

裴松溪想等郁绵高考结束,等她成年……现在来看,似乎是某种借口,或许是她在逃避着什么。

裴松溪轻轻揉了下眉骨,自嘲般地淡淡一笑。

走廊外传来关门的声音,然后是一阵轻轻的脚步声。

裴松溪敛尽心绪,下楼去到客厅里,正好看见郁绵站在玄关处换鞋,叫住她:"绵绵,你要出门了吗?"

郁绵点了点头:"上午要去方老师那里画画,下午就回来。"

"早点回来,我有件事要对你说。"

"嗯,好。"

等大门关上,裴松溪站在玄关处出神。

郁绵的态度是她没有想象到的。她想过郁绵会哭，会闹，会生气，会恼怒的样子，却唯独没有想到郁绵会这么平静。

她们之间似乎有了某种隔阂和障碍，沉默如水，却又真真实实存在。

临近中午，裴松溪接到裴林茂的电话："松溪，有空吗？"

裴松溪冷冷地问："什么事？"

裴林茂笑得嚣张，说："郁安舟和郁安清过来了，中午见个面吧。"

裴松溪一眼就看穿他的念头，无非是因为这几年被她打压得无法翻身，所以现在才想借着郁家的手来对付她。当年父亲把郁绵带回来的时候，分明说郁绵没有家人了……可是现在他这么有恃无恐，大概是笃定了只要他跟裴天成统一口风，指鹿为马，有的故事可以轻易被说成另一种走向。

他赌裴松溪无法反驳，毕竟当年把郁绵带回家的是他们的父亲。

她就算再讨厌裴天成，但也不至于会亲手害他。

裴松溪不知道裴林茂和谁达成了什么协议，她还没跟郁家的人有过正面的接触，对他们想做什么都不清楚，所以她必须去。

饭局约在明川市一家有名的私房菜餐厅。

裴松溪到的时候稍稍有些晚。

简约优雅的中式装修格调，两扇山水屏风相对而立，冰裂纹窗外有竹叶被风吹动，影影绰绰的。

裴林茂站起来，朝她招了招手："松溪，这边。"

裴松溪神色冷淡地看了一眼，走了过去，随手拉开一张椅子坐下。

桌上坐着两个陌生人，一个是戴着银框眼镜，五官俊朗，神态谦和的中年人，另一个是她在照片里见过的，气度优雅，笑起来有深深皱纹的中年女人，说话的声音也好听："裴小姐，久闻大名。我是郁安清。"

裴松溪朝她点了点头，刚准备说什么，才看见桌上还有一个人……坐在角落里的纤细少女，刚好坐在屏风交错的死角里。

郁绵似乎察觉到裴松溪的目光，抬起头来看她一眼，很快又垂下了眼睛。

裴松溪缓缓地皱了下眉，她不知道郁绵会过来，甚至都没跟她说一下……怎么就突然出现在这里，毫无征兆，这一瞬间就干扰了她的理智，让她感到措手不及。

郁安舟轻轻地推了下眼镜，笑容温文尔雅："非常抱歉，因为我临时有事，晚点要赶飞机回去，所以约了今天见面。我的时间不多，也不多说废话。今天来这里，是要感谢一下裴家收留了我们小绵这么久。但是现在……"

裴松溪听不下去他说的场面话，她只知道，郁家的意思是要接绵绵回去了。

可是太快了，太仓促了，也太突然了……本来她怀疑裴林茂和郁安舟是共谋，可现在看起来似乎不太像……她暂时无法判断谁是敌人，所以无法放心。

她不能让绵绵在这个时间点离开。

裴松溪不由得蹙起眉头，看着郁绵，看郁绵会不会点头。

——只要郁绵说一个不字，她就不会让任何人把郁绵从她身边夺走。

决不！

裴松溪看着郁绵，可少女始终低着头，她不得不收回目光。

郁安舟轻咳了一声，在转为正题之前刻意大声说："当年我兄嫂出行，遇到车祸去世。这么多年来，我一直安排人寻找小绵的下落，可惜人海茫茫，如同大海捞针。幸好在前不久的行业峰会，跟裴先生聊天，他偶然说起裴董在明川市外捡到一个小孩，我们才终于有了一点线索。家里的老人很想她，她离家这么多年，应该也很想家。"

裴林茂笑着给他斟了一杯茶："安舟兄客气了。之前把郁绵带回去，只是我父亲心善，不忍心看到小孩在高速上饿死，只当随手之劳而已。现在你们找回了孩子，带她回去也是应该的，不知道你具体有什么安排？"

裴松溪神色冷冷的，没有拆穿他的谎言。

一方面，如裴林茂料想的，她不能指摘裴天成，裴天成毕竟是她的父亲，而且，虽然现在裴林茂的说辞与事实并不一致，可她没有实际证据；另一方面，她还摸不透郁安舟和郁安清的情况，在无法做出判断之前，她选择保持缄默。

郁安舟摆了摆手："我没有什么安排，我想听一下小绵的意见。"

三个人的目光齐刷刷地落到了角落里的少女身上，郁绵轻轻点了点头，唇角扯出一点笑意："爷爷奶奶在等着我，我是该回去。"

郁绵答应了。她竟然答应了。

裴松溪看着郁绵。平日喜怒不形于色的人，此刻眉心皱成紧紧地一团，不太相信地叫她的名字："绵绵？"

裴林茂轻轻地拍了下裴松溪的肩膀："好了，松溪。我知道郁绵从小在你身边长大，你们的感情很深，你不舍她走也很正常。但是她总要回她的家去的。"

裴松溪沉默着不说话。

郁安舟显然也没想到郁绵会直接点头……之前听说她跟裴大小姐的关系很亲近，但是现在看来，似乎并不是这样的。

郁安清笑了笑，主动缓和僵硬的气氛："小绵和裴小姐一起生活了很多年，我们也没有立刻让孩子回家的意思，再说了，她的学籍还在这边呢。只是家里的老人想孩子了，不管如何，先回去一趟，之后的事情慢慢商量。"

郁安舟是行动派，立刻拍板："今天就回去吧，刚好是清明假期，也不耽误上课。"

裴松溪全程冷着脸。

从包厢里出来，郁绵一个人走在最前面，裴松溪想上去跟她说话，却被郁安清叫住："裴小姐。"

裴松溪慢下步子，拉开距离："郁女士。"

郁安清朝裴松溪笑了："我看得出来你有些疑惑，但请你相信我，不管别人是怎么想的，我只是单纯地想要郁绵先回去，因为我的父母很想念她。"

裴松溪抿了下嘴唇，没有回应。

回到家，郁安舟和郁安清在楼下等待，裴松溪没有陪他们说话的意思，径直上楼去了。

郁绵在房间里收拾衣服和书本，今天她从方老师家里出来，就遇到了等待她的车，是那天见过的，扎着小辫子的青年，郁安清的司机。

她没有犹豫，但她不知道裴松溪也会去。

"笃笃——"敲门声响起时，郁绵的动作停顿了一下，很快又调整过来，过去开门。

裴松溪的手还抬在半空，看见她才慢慢把手放下来："绵绵，我有话要跟你说。"

郁绵点了点头，说："我听着。"

裴松溪整理了一下思路,以尽可能平静的语气说:"第一,你家里的事情我前不久已经知道,但我没有想好怎么告诉你,我很犹豫;第二,我大哥说你是被捡回来的,可是我猜测,他和我父亲早就知道你是谁家的小孩;第三,你的小叔叔和小姑姑未必能信任,有可能是利益使然。"

说出来的,都是事实,不掺杂任何主观情绪;未曾开口说出来的,是我不放心你。

郁绵听裴松溪说完了,认真地点了点头,目光中有些担忧,却很平静地说:"我知道的。"

未说完的话,裴松溪忽然说不出口。她发现……她好像早把绵绵当成了自己不可分割的家人,裴松溪就像一个掌控欲颇强的母亲,不能容忍别人把绵绵从她身边夺走了。

这个念头一冒出来,裴松溪自己都愣了一下。这样是错的,她要尊重郁绵的决定和选择,只要绵绵想回家,那她就会让绵绵走。

走廊尽头传来一阵沉稳有力的脚步声。

裴松溪有很多话还没来得及说出口,慢慢地皱起了眉。

郁绵对裴松溪笑了一下:"不要紧的。你放心。"

她怎么能放心呢?

裴松溪愣住了,有很多叮嘱未能说出口,可来人已经走近了,声音温和儒雅:"小绵,准备好了吗?"

郁绵应了一声:"马上就好。"

郁安舟走过来,朝裴松溪笑着说:"抱歉,航班时间很近了,有点来不及了。"

郁绵已经背着包出来:"可以出发了。"

她真的选择跟他们走了,还是心甘情愿的。

事情来得猝不及防,留给她们的时间太短了,裴松溪甚至来不及跟她多说几句话。

裴松溪静静地看着郁绵坐上那辆黑色凯迪拉克,郁安舟和郁安清礼貌地跟他们挥手告别,约定好电话再联系时,她始终一言不发。

连裴林茂都过去跟郁绵说了几句话,可她并没有。

直到汽车发动,驶出一段距离,却又突然停了下来。

车窗慢慢下降，一直沉默不语的少女往外看，撞上她淡然深沉的目光，眼眸微微弯了一下，不知道从哪里摸出来一只橙子，隔着车窗递给了她。

少女清澈干净的目光里倒映出她的样子，眼尾微微弯了一下，似乎是在示意让她安心。

裴松溪愣了一下，下意识地接住饱满圆润的散发着清香的果实，还来不及说话，车窗就已经摇上，隔绝了她的视线。

很快，汽车久消失在长街尽头。

裴林茂的唇角勾起，笑得轻快而畅意："松溪，我先回去了。"

呵……这一局终究还是她输了啊！女人啊！到底是容易心慈手软，当年一时怜悯捡了个小姑娘回去，硬生生地养成了自己的软肋。反观他，笃定裴松溪不会对丁玫和之远做什么，所以才会这么肆无忌惮。

郁家那个老头子，前几年始终不肯在股份转让合同上签字，这几年才终于松口，什么时候找到郁绵再谈这件事。这个筹码握在手上这么多年，现在终于派上用场，实在是太畅快了。

裴松溪对他的话置若罔闻，薄薄的嘴唇紧紧地抿成一线，手里握着那只橙子，指尖慢慢收紧了。

她一直在想，刚才车窗关上那一瞬，郁绵看向她的目光，是她从未见过的。风平浪静之下似乎藏着很多……她以前没有看到过的东西。

她不懂的东西。

"裴总？裴总？"

魏意拿着一摞文件，弯下腰低声叫她，眼神里藏着担忧。

裴松溪回过神："嗯，什么事？"

"下午有个和君悦集团的商务合作要谈，我跟您确认一下您的日程安排。"

"知道了，把资料发到我的邮箱里。"

"这个……裴总，前天已经发到您的邮箱了。"

"是吗？我看一下。"

魏意点了点头，在心底悄悄叹了一口气。

裴总今天不对劲，很不对劲……从昨天开始，她就时不时地会看着窗外的天空，一看就看很久，有时又低下头看着桌上放着的那只橙子，看不出在

第十七章 空落

想什么。

再比如邮件资料这种事情，裴总对工作一向认真，会议前会提前一天以上的时间来熟悉合同资料，像这种，临近下午开会还没查阅邮箱的情况……似乎还是第一次。

郁绵的事情，她知道一点，但是那天发生的事情，她是不知情的。

裴林茂明显就是故意的，故意靠着这极短的时间差，在大家都没有准备好的情况下，忽然安排一次见面，让人措手不及。

魏意的心底再好奇，也清楚什么该问，什么不该问。

裴松溪查阅邮箱："好了，我看到了，你先出去吧。"

"好的，裴总。"

"等一下，魏意，我有件事想问你。"

"您说。"

"绵绵家里这件事，我是不是……算了，你出去吧。"

魏意无奈地点点头。

办公室的门关上了，静悄悄的。

裴松溪凝视着掌心里这颗饱满的橙子，轻声喃喃着："我是不是……做错了。"

今天已经是清明假期的最后一天了。

郁绵没有打电话过来。

裴松溪莫名升起了一点紧迫和恐慌感——绵绵是不是不会再回来了？

甚至于……郁绵是不是会恨她？

恨她的父亲和兄长，早年将她带回来，似乎刻意隐瞒了她亲人的消息；恨她也与他们一样，瞒了这么久。

负面情绪如水涌来，压得她喘不过气来。

裴松溪自认从不在意别人对她的看法和评价如何，可是现在……她感觉到自己的情绪状态并不太对，是很陌生的，近十年来都没有过的焦灼。

下午的会议很短，明燃随同参加，看出裴松溪的状态不好，在她不说话的间隙发表了不少观点，吸引了对方的注意力。

裴松溪始终神色淡漠，偶尔点点头，阴差阳错，反而让对方觉得她太有底气，慌张之下乱了阵脚，在利益博弈中输了一招。

会后，明燃很不放心："松溪，你今天的状态很不好，脸色很难看，精神也不集中。"

"哦，"裴松溪神色淡淡的，"昨晚没休息好。"

"听魏意说，是郁绵的家人找过来了？"

"嗯，绵绵跟他们回去了。"

"那你怎么这个样子？她回家不是一件好事吗？你这么多年来都没放弃寻找她的家人，现在夙愿得偿，怎么很不开心？"

裴松溪摇了摇头："因为我不放心。"

明燃审视着她，目光敏锐："除了不放心之外，还有呢？"

"你想说什么？"

"你已经不仅仅是在担心郁绵了，你不知道你现在看起来状态有多差。你是不是根本就不想送她回去？"

裴松溪抵出一点很浅的笑意："我没事。绵绵找到自己的亲人是件很好的事情，只是这么多年我再把绵绵当成自己的家人，一时间有点不适应罢了。"

"我知道你不想跟我谈这件事。那你去跟周清圆聊一聊吧。我很担心你。"

"她？我好久没跟她聊天了。"

周清圆是一家私人心理诊所的医生，很长一段时间内，裴松溪都会去找她聊天，在某种意义上，两个人也算是朋友。

裴松溪摇了摇头："再说吧。我最近没有时间见她。"

清明假期的最后一天就这么过去了。

周一，裴松溪接到郁绵老师的电话，跟她确认郁绵说有事回老家，这周先不来上课这件事是否属实。

裴松溪愣了一下，才轻声说："是的，是这样的。"

挂掉老师的电话，她拨通郁安清留给她的一个号码，声音里有控制不住的怒意："绵绵呢？你们怎么没让她回来上课？"

电话那端有些嘈杂，郁安清的声音很温和："是这样的，裴小姐，我父亲昨晚突发脑出血住院了，我们现在没时间送小绵回去，而且我父亲在病中也不放心她，总是在念着她的名字。我刚刚在手术室外等了一夜，很抱歉，

第十七章 空落

还没来得及提前跟你说。我们想让小绵多待一周的时间,她跟学校那边已经请过假了。"

裴松溪沉默了片刻,把电话挂断了。

一种陌生的失控感开始蔓延。

原本说好,郁绵先回去一下,在清明假期结束之前就回来,这样不会耽误郁绵的学习,可是现在……这几天郁绵一直没有打电话给她,郁绵这周都无法回来,几种可能汇聚在一起,将她的理智切割成碎片。

周末,早晨。

周清圆打电话过来,语气轻快:"松溪,好久不见,最近过得怎么样?"

春风徐徐,细雨如织。

裴松溪站在窗边远眺,声音是控制得很好的平和:"还可以。"

周清圆轻轻笑了一下:"见面聊会儿天吧,你在哪儿?约个地方见面?"

裴松溪没有拒绝她的邀约:"湖心公园见。"

她到的时候,周清圆已经撑着伞在公园里散步了。周清圆是欢脱活泼的性格,童心未泯,正低下头跟地上的一只青蛙大眼对小眼,如出一辙地鼓着脸颊,让人怀疑周清圆下一秒也要"呱呱"叫上两声。

"松溪,我在这儿呢!"

周清圆站起身,刚好看见她:"这里有只青蛙,我多看了一会儿。"

裴松溪早就习惯了她的童心未泯,抵出一点淡淡的笑意:"是明燃让你约我的?"

周清圆毫不犹豫地点了点头,说:"对啊,不然谁来陪你聊天,这么大的雨,我应该在被窝里躺着,跟我的床相亲相爱。"

"那你也可以现在回去。"

"哈哈,我才不要,明燃才给我付了定金,尾款要等之后再转给我呢。来吧,我陪你聊两千块钱的。"

别人谈钱可能会有点俗气,可是这话从她周清圆的嘴里冒出来,一点也没有违和感。

裴松溪甚至还笑了一下:"你还是这样。"

周清圆也笑了:"是啊,我们俩有好多年没见面了吧,说明你这些年过得很好。说说看,你最近遇到什么事了?"

裴松溪的笑意淡了一些:"之前我父亲捡回来一个小孩,这些年来,她在我身边长大。前不久,我找到她的家人了,我想再等等,等到她高考之后的暑假,找到一个合适的机会再跟她说。但是她的家人现在找过来了,她回家了。"

裴松溪的语气冷淡而克制,短短的几句话,就把这件事说完了。

周清圆偏过头听着:"事实之外呢?你情绪的矛盾点在哪里?"

她们在湖心小道上散步,雨珠落到湖面、大树和伞上,与外界的喧嚣隔绝开来。

裴松溪的目光微凝,语气里带着罕见的迷茫:"我不知道我做得对不对。"

"嗯?"

"在这件事上,我想保护绵绵,但我似乎过于犹豫了,我担心我的一句话、一个决定会伤害到绵绵,可现在看来,我的犹豫才是错的。就像当时我的母亲抑郁症晚期,是我一时起念,答应陪着她出去走走,她才会……"

"松溪,"周清圆打断裴松溪,"不要再提以前的事了。我们之前聊过很多次,你不要总是把别人的选择归咎到你自己身上,事情未曾按照预期发展,并不一定是你做错了。你过于紧张了。"

裴松溪愣了一下:"是吗?"

周清圆点了点头:"你别想太多。你一直有很强的过度归因的倾向,把外界的、别人的选择归咎成自己的过失,这会给你造成很大的心理压力。"

裴松溪摇头:"我还好,没有你说的这么严重。"

"你最近是不是休息得不太好,看起来很疲惫。"

裴松溪说:"是啊,失眠几天了。"

"如果这种情况很严重,我建议你先吃一段时间的褪黑素,如果你夜里失眠,白天的精神状态也会变差,这是一个恶性循环。你先调整好作息。"

裴松溪轻轻笑了一下:"褪黑素……好多年没有碰过了。"以前她答应郁绵的,轻易不会去碰这些东西。

"平时很少失眠吗?"

"嗯,很少。偶尔有一次两次,熬一熬就过去了。可是这几天……你不知道,家里静悄悄的,有时候我屏住呼吸,就能清楚地感觉到楼上楼下都只有自己一个人，空落落的，夜晚也变得漫长。"

她失眠的时候会想。如果没有绵绵的话，这些年要如何度过……可是这么一种假设，她甚至都无法想象，她想不出来。听不到轻快活泼的脚步声，闻不到那阵青草混杂的清新奶香，冰箱里的橙子放到发皱也没人再碰。哪怕阳光照进来，家里也是空荡荡的。她的心底好像也少了点什么，空落落的。

第十八章
高考

从湖心公园回去的路上，雨渐渐小了。

裴松溪把车停在路边。

玻璃窗降下来，湿漉漉的而清新的雨水气息涌进来，多了一点春天的鲜活气息。

魏意的电话在这时打进来："裴总，您要我查的内容，都查清楚了。"

裴松溪看着挡风玻璃上滚落的水珠，轻声说："知道了。"

"您今天还过来公司吗？"

"不来了。有件事你去办一下，给我买两盒褪黑素和安眠药。"

电话挂断，她静静地坐了很久，才重新发动车子。

轮胎溅起了一路的雨水，往远处而去。

周日，裴松溪翻阅着魏意递给她的资料："挪用公款、变卖公司股权、偷税漏税……再加上违禁药品这一条，裴林茂原来沾了这么多不干净的事情。"

魏意点了点头："裴先生大概以为自己做得很好，其实有的资料我们早就掌握了，只是您……一直没说要看，所以这些资料都放在档案里了。"

裴松溪一笑："很好。"

她绝非坐以待毙之人，一再忍让，却并非没有底线。被别人说冷血无情也好，被家人指责、谩骂也罢，她没那么在意，做起事来也绝对不手软。

"郁家那边呢？"

"郁安舟和裴先生似乎一直有私交，不过郁安舟做事稳妥干净很多，暂时没查到他的问题。郁安清女士的丈夫前两年去世，她没有生孩子，新寡后回家很少外出，郁老先生似乎很信任她，甚至有要把家里的生意交给她的苗头。"

"哦，"裴松溪得出结论，"都不干净。"但凡是利益相关者，就无法从好的方面揣测对方的立场。

"是的，其他信息我们还没掌握，可能要再过两天。"

"查一查，裴林茂销售的违禁药物是从哪里来的。"

魏意的眼睛一亮："对……我差点给忘了。您提醒我了！"

裴松溪点了点头："郁安舟做医药研发，伦理问题、专利问题、法律问题，太干净了绝对不可能。还有，去查一查他的竞争对手，想看他好戏的人肯定不少。我们不用动手，有人自然会替我们收拾他，懂我的意思了吗？"

魏意在本子上记下来："好的，明白，我这就去办，您再等我两三天。"

裴松溪顿了一下，说："出去吧。"

两三天……真是太久了。

手机在桌子上轻轻震动。

裴松溪的目光一凝，拿过手机，看清楚来电话的人之后却觉得失望："有事吗？清圆？"

周清圆的语气欢快："就想问下你，你还好吗？"

"还好吧，吃了褪黑素，睡眠好了一点。"

周清圆听到她那边空旷的回音："你又回公司了？"

"嗯，有一些事要处理。"

"心情也好了一点吗？"

"我没有心情不好。我只是……清圆，我觉得我的状态不太对。以前你跟我说过一个词叫过度依赖，我想过了，我可能有一点。不过昨晚没有失眠，我现在调整回来了。"

她的语气平铺直叙，仿佛还是平日那个冷心冷性、理智无敌的人。

周清圆不太相信，但又觉得电话里聊天不方便，便提议道："你这几天抽个时间，我们再聊一下吧。"

"好。先挂了。"

"哎,你又开始了,怎么这么没有耐心?你还说小姑娘是在你身边长大的,你就没把她给凶死?"

"她?"裴松溪不由得浮现出一丝淡淡的笑意,语气也变得柔和,"我应该没有凶过她吧……不对,有一次,她跟我闹别扭,我说了一句站住,她就红了眼眶。"

电话那端,周清圆停顿住了,过了几秒钟,才幽幽地说:"好吧,松溪。你记得要空出时间给我,我们聊一聊。"

"好,再见。"

挂了电话,裴松溪想起周清圆刚才停顿的那几秒钟。裴松溪是多么敏锐的人,以前跟周清圆打过多少交道,知道她是个有话藏不住的人,她的犹豫就说明了她感知到了什么。

是刚才说到的"过度依赖"吗?

可这好像不是太大的问题。

手机又震动了几下,都是一些关于琐碎事情的电话。

裴松溪低下头,指尖在手机屏幕上轻轻叩动了数下,想了片刻,设置了一个新的来电提醒。

周一,魏意的办事效率很高,她的眼眶里全是红血丝,彻夜未眠后并不觉得疲惫,反而透着亢奋:"裴总!您猜对了,裴先生的药就是从郁安舟先生手上拿的,走的是一条隐秘的线路。如果不往这个方向想,找出这条关系还挺难的。"

裴松溪的神色冷淡,说:"意料之中。有什么特殊的收获吗?"

魏意压低了声音:"还有个消息。裴先生最近私下里接触了很多股东……"

"我知道。他想做什么一目了然,先不管。他那些违禁药物放在哪里?仓库找到了吗?"

"找到了,不过不在明川,在邻市的小渔村里,我们的人已经过去了。"

裴松溪的指尖在屏幕上轻轻敲了一下:"先等等。下午在茂秀的会定在几点?"

"我们可以准备出发了。"

魏意叫上两个助理,正在向他们叮嘱一些事情,明燃追上来,也不知道跟她说了什么。

裴松溪看了看天空中飘着的雨丝,乍暖还寒的时候,下完雨后就降温,外面有点冷。

她把搭在手臂上的米色长风衣穿上,才伸手接了一点雨丝,就看见路边有一辆出租车停下。

她愣在当场:"绵绵?"

穿着白色卫衣和板鞋的年轻女孩站在雾茫茫的春雨里,很快就看见裴松溪,眼睛瞬间就亮了起来,连伞都顾不上撑开,冒着雨朝她跑来。

郁绵也顾不上附近有人,径直就扑向她的怀里,扑到她还来不及系上扣子的风衣里,语气急促、欢快:"我回来了,裴姨……我回来了!"

裴松溪下意识地伸手搂了下她,过了好几秒钟才松开手,语气是控制得很好的平静:"你怎么就穿一件衣服?"

郁绵在她的怀里抬起头,问:"看见我回来,你不高兴吗?怎么还有心情管我穿什么衣服……"

裴松溪这才笑了下,把风衣脱下来披在她的肩上:"等我一下,我跟魏意说几句话。"

郁绵点了点头,说:"哦……好,我等你。"

肩上的衣服似乎还残余着一点不属于她的热度,她像只小猫一样轻轻嗅了嗅,能闻到一点熟悉的味道。

"魏意,下午的会给我推掉,"裴松溪已经走回去,"明燃,你想去的话也行,这个项目全权授权给你了。"

明燃愣了一下:"什么?"

魏意先反应过来:"好的,裴总,具体工作内容晚点跟您汇报。"

裴松溪点点头:"有事联系。"

裴松溪简单地交代一句就往外走,明燃欲言又止,被魏意悄悄拉了一下衣角:"嘘,别问了。"

公司大门外,郁绵披着她的长风衣,低着头,从地上的水坑中看到了自己的这件卫衣,觉得确实不太好看,显得太臃肿了。

唉……是不是很丑啊?

裴松溪走近时正好听到郁绵轻轻的叹息，一把伞悄无声息地在她的头顶上撑开："叹什么气？还在下雨，都不知道打伞？"

郁绵回过头，看到裴松溪时惊喜地笑了一下："你好了？"

裴松溪揽着郁绵往前走，继续问刚才的问题："刚刚在叹什么气？"

郁绵抿了下嘴唇："因为你嫌弃我穿得丑啊。"

裴松溪伸手摸了摸郁绵有些湿的刘海，语气却是很严肃的："你穿得太少了，现在才多少度，就只穿一件卫衣和板鞋，手是不是都凉了。"

郁绵说没有，还要把她的风衣脱下来还给她："我不冷！"

裴松溪按住她的手："不许动。不许脱。站在这里等我，我去取车。"

"好吧……我真不冷。"

裴松溪很快就把车从车库里开出来，郁绵高高兴兴地坐上副驾驶。

等车里的暖气开了，郁绵把手放到出风口，轻轻打了个哆嗦："还是有点冷。出来得太着急了，我都没想到，你不知道……"

裴松溪的声音很轻："还没跟我交代呢，怎么忽然回来了，也没告诉我，还有怎么都没有……"

怎么都没有……给我打过电话。

这一周以来的时间……她把一向处于静音状态的手机调到响铃，最开始几天总被一些无关紧要的社交软件消息干扰，后来给所有人都开了"静音免打扰"模式，可她没有等到郁绵的消息。电话也是……她给郁绵设置的铃声，从未响起过。

郁绵终于等到裴松溪问这个问题，冲她眨了眨眼睛，笑着问："你不会以为，我真的走了就不回来了吧？"

"当然没有。"

其实有那么一瞬间，只有那么一小会儿而已。

郁绵眉眼弯弯地看着裴松溪："你没这么想就好了。"

"好了，现在该告诉我了。"

郁绵点了点头："那天我从方老师家里出来，就遇到姑姑身边的那个司机在等我，他说要请我去个地方。我想了想，我跟着他去也是去，不去也可能会被他给绑去，所以就去了。"

裴松溪看着前方，专注地听她说话："嗯，然后呢……"

"然后……"郁绵有点不好意思地低下头,"咱们回家再说好吗……"

裴松溪听到她说"回家",唇角悄无声息地牵起:"好。"

厨房里没有新鲜食材了,郁绵在车上用生鲜软件点了外送,到家时正好取到新鲜的肉和蔬菜。

冰箱里空空的,什么都没放,她把刚买的肉和蔬菜放进去,才填满了一小半。她皱起眉头,有点凶的样子:"裴姨,你这几天是不是都没有好好吃饭?"

裴松溪刚找了干净的床单和被套,准备上楼,抿着嘴唇笑了一下:"还好,吃工作餐。"

郁绵对这个答案感到很不满意,在家里来来回回转了几圈,打开窗户通了会儿风,看到发皱的橙子觉得很可惜:"这个都放坏了,你怎么都不吃啊?"

"嗯……忘了。"

裴松溪低头笑了一下。

她的岁数不大,管起事情来还是一套一套的。

可是……她一回来啊,活泼欢快的语气,在楼上跑来跑去的脚步声,眉眼间掩不住的鲜活气息,好像悄悄把这房子里空掉的东西又填满了。

等郁绵上楼巡查,裴松溪进厨房,还是做了最简单的西红柿鸡蛋面。

没办法,这么多年过去,她好像只会这个。

等两碗面端上桌,郁绵在家里上上下下巡视完一圈,刚刚下来,有模有样地提了一堆问题:"裴姨,我觉得你需要好好反省一下。"

裴松溪点了点头:"可以。但是在我反省之前,你是不是要先说一下,那天为什么答应要走?现在看起来是一个人偷偷跑回来的?"

"咳……"郁绵咬着面条,顿住了,"那我们边吃边说了,你别这么严肃好不好?"

裴松溪抿了下嘴唇,也不知道是谁刚刚这么严肃的。

郁绵拿筷子戳了戳碗里的鸡蛋:"其实在那天之前,姑姑就来学校门口找我了。"

"嗯,跟你说了一会儿话。"

"对的,跟我说了一会儿话。我感觉她很熟悉,也很亲切,就知道她不是骗我的。可是……我当时心里很乱。哎……你知道这件事吗?"

裴松溪把碗里的鸡蛋都夹给她:"我知道。"

郁绵"啊"了一声，低声嘟囔着："你怎么什么都知道。我那天不是故意骗你的。我就是……就是有点乱，想跟你说这件事，但又怕你直接说要送我回去。"

裴松溪一愣，才轻轻地"嗯"了一声。

原来，绵绵这么怕被她送走啊。

"第二天我去方老师那里上课，我都想好了回来就跟你说的。可是一出来就看到了姑姑的司机，他说他们在等着我。那时附近没人，看那架势，我主动跟他走也是走，不走也要走，我就偷偷把车牌号记下了，上了车。"

"那天我应该送你的……"裴松溪低下头，"是我没想到。"

郁绵把鸡蛋吃完了，在碗底下又找到一枚藏起来的荷包蛋："也没有什么，这件事太突然了，到了那里我才发现裴叔叔也在，见过面的姑姑在，还有那个说是我小叔的人也在。我知道裴叔叔跟你这么多年来关系都不好，所以就偷偷听他们说话了。"

"听到什么了？"

郁绵有些懊恼地揉了揉耳朵："没太听清楚，可是我猜他们是要对你做些什么。我不太放心。后来见到你了，我……我很纠结。这次我可以拒绝跟他们回去，但我不可能一直不回去，这样你会很为难吧。所以，我答应了，而且我想知道他们想做什么……"

郁绵或许有过短暂的迷茫，可是想清楚了这一点，做出选择时也没那么困难。虽然不舍，但她还是想知道裴林茂和郁安舟想做什么，她不可能永远逃避，更不可能看着别人想要伤害她觉得最重要的人。

她不清楚陌生的亲人为什么会在这个时间点出现，但是唯一能确定的是，他们不会对她做什么的，否则完全不用来接她回去，找人把她绑走就好了。

可是现在想起这些来，她的声音更低了："后来留给我的时间很短，我都没时间跟你说话，就跟着他们走了。姑姑看出我很紧张，就一直在跟我说话，可是我也不敢相信她。回到家以后，爷爷好像是很想我的，但是……我总感觉有人在偷偷看着我。我不敢给你打电话。"

那时才后知后觉地察觉到了自己的冲动，也会感到紧张和害怕。

幸好郁安清说得没错，郁老爷子对她很好，很重视她，后来专门给她配了保镖。

她说着说着,忽然紧张起来:"对了,裴姨,我偷偷听过一次,后来裴叔叔给我小叔打了个电话,好像在说什么药的问题。然后……"

裴松溪的面色变得凝重起来:"你偷听了?"

"你的关注点……他们是在说什么药,你知道吗?你要不要让魏意姐姐去关注一下这件事?"

裴松溪笑了一下,凝视着她的目光明显多了几分暖意:"嗯,好。我们绵绵现在这么厉害了吗?"

郁绵被裴松溪看得更不好意思了,想把脸埋到碗里:"呜呜呜……你别这么看着我了。我知道错了,太冒险了,一点儿也不安全。可是我……"

裴松溪偏过头:"可是什么?"

郁绵轻轻叹了一口气,抬起头,拿手掌捂住脸,耳尖还粉粉的,只露出一双清澈又羞涩的眼睛,神情紧张,语气认真:"可是我想陪着你。"还有好多好多的话没说出口,唉……郁绵这几天其实每天都睡不着,会想她,会担心她,会怕她生气,会怕她真的不要自己了。

裴松溪对上这双清亮无尘的眼眸,读出她所有未曾开口的话语,读出她一颗忐忑难安的心。

紧张的,焦灼的,不安的,却始终是全心全意地信任她。

郁绵一口气说完这些话,过了好几秒都没听到她的回应,再也坐不下去了,推开椅子就往楼上跑:"我……我回房间休息一下,我太困了!"

裴松溪才回过神,轻轻地笑了一下……她好像还没来得及问绵绵,是怎么一个人回来的?

她竟然愣在原地,不知道该说什么。

绵绵是个还没长大的孩子,如果在职场上遇到这种人,裴松溪只会笑她的天真幼稚,可是……可是绵绵是她看着长大的小姑娘,单纯美好,简单纯粹,还没见过世界的幽微黑暗,可是全心全意地只想她好。

傍晚,大门外面传来汽车停下的声音。

郁绵正在数冰箱里的橙子,听到门铃声过去开门,裴松溪也跟着走过去。来的是给郁绵送东西的人,她之前回来得太急,把书包和衣服都落下了。

来人是那个扎着辫子的青年,他面带微笑地自我介绍:"您好,我叫周尧,这些是郁先生让我送过来的,他老人家的身体不太好,说过一段时间再来看望郁小姐。"

裴松溪朝他点了点头,接过书包,声音淡淡地:"谢谢。"

她的神色冷淡而戒备,周尧感知到了,笑意不减:"不客气。"

送走了他,裴松溪问郁绵:"这就是你说的那个非要你上车的人吗?"

郁绵点点头说:"他好像又听我姑姑的,又听我小叔的,像是墙头草,我觉得他不太可信。可我爷爷很信任他。"

裴松溪沉默了片刻,才想起之前忘了问的问题:"你这次回来,你的家人同意了吗?"

郁绵坐在沙发上,低下头检查书包里的衣服和书:"当然了,不然我也走不掉。爷爷做完手术之后,看到我不太开心,就让人送我走了。当时小叔不同意,但是我毕竟还是要上学的,所以还是让我走了。"

裴松溪在郁绵旁边坐下,郁绵偏过头,长发垂落下来,发尾在她的手背上轻轻拂过,痒痒的。

裴松溪笑了笑,指尖卷起她柔软的发梢,原来绵绵的头发已经这么长了。

"自己坐车回来的?"

"高铁。我不想让他们送,就说自己晕车,想坐高铁。"

"明天要去上学了,有不少天没上学了,会落下学习进度吗?"

"不会啊,十天很短的,讲不了多少内容。"

"原来才十天吗?"

原来才十天……可她有好几夜彻夜难眠,看着窗外的天空一点一点亮起来,第一次感觉到时间过得这么漫长。

"放心,"郁绵检查完没有遗漏,抬起头,冲她笑了下,"我又……头发扯住了,好痛。"

裴松溪愣了一下,赶紧松开手指:"抱歉,压到了你头发。"

郁绵揉了下脑袋,忽然躺下了,趴在她的大腿上撒娇:"你弄痛我了,你要怎么补偿我呢?"

裴松溪顺着她的话问:"唔……你想要什么补偿?"

郁绵仰起头笑:"等我再想想。"

"好,你想想。"

郁绵枕在裴松溪的腿上不肯起来，她一向很少这么任性又放肆，可是这次离开家里，不能看见裴松溪，也不能打电话，她很想裴松溪。现在能靠着裴松溪，她就不想动了。

裴松溪轻轻抚摸她的发顶，温和地说："晚点我给你们老师打个电话，问一下你们最近的学习进度。"

郁绵忽然有点困了，她打了个哈欠，说："嗯……说了不要紧了，对我这么不放心吗？"

"确实有点不放心。最近发生了这么多事情，你的心情有受影响吗？"

"有一点。最开始的时候有点乱，但是很快就想清楚了。不管怎么样，相信你就好了，你又不可能骗我，也不会对我不好。"

裴松溪的动作顿了一下："可是，我之前一直没有告诉你。你……不怨我吗？"

那么久以前，她就带绵绵去过南方那座城市，却从未告诉过她，她已经快要找到郁绵的家人了。

"不，"郁绵抱着她的手掌，脸颊在她的掌心轻轻蹭了一下，"你是全世界最好的裴姨。"

掌心里传来温暖的触感，是年轻女孩专属的青春活力。裴松溪低头笑了一下："我可能没你说得那么好。"

"我说你是你就是……哎，不要纠结这个问题了。我跟你说的，你不要不重视啊。他们好像在说什么药，还说到几个仓库，说……说，什么……"

郁绵说着说着，眼皮变得沉甸甸的，几乎要阖上了，声音也变得很轻，似乎还在努力回忆着偷听的细节。可是困意如潮般涌来时，句子到了嘴边，都破碎成了字词。

直到有凉凉的指尖落下来，轻轻地点了点她的额头。那个人的声音温柔似水，细腻隽永："晚安。睡吧，乖。"

郁绵在彻底沉入梦乡之前想……她喜欢这个有仪式感的晚安。

翌日，郁绵差点睡过头了。

还是裴松溪送她去学校的，路上差点闯了红灯，送她到的时候还剩三分钟上课。郁绵从车上跳下来，匆匆忙忙地跟裴松溪挥手说再见，背着书包往学校里跑。

裴松溪凝视着她的背影，唇角无声地弯了弯。

好像一切都回归了正轨，真好。

郁绵说得没错，她虽然比别人少上了十天的课，月底考试的时候还是稳居在榜单前列。只是她自己对成绩不太满意，回来之后很不开心，把自己关在房间里刷了好几天的题。

裴松溪几次接到郁安清的电话，对方问她郁绵最近的学习和生活情况，话语温和，十分关切，却并不咄咄逼人。她知道郁安清并无恶意，也会跟郁安清说说郁绵的近况。

春光短暂，转眼间就到了五月份，快入夏了。

五一假期的第一天，裴松溪醒得很早，跟郁安清通过电话之后，才去叫醒郁绵："绵绵，你爷爷他们很快就要到了。"

郁绵昨晚学习得太晚，在床上打了好几个滚才爬起来，看了一眼时间，立刻清醒了，她过去给她开门："怎么都这个点了，我很快就好！"

裴松溪原本想订一家餐厅或者茶馆的包厢，被拒绝了，对方说过来家里坐坐就好。这个要求让她感觉很有压力，在楼上楼下转了两圈，确定了家里干净整洁之后，又去院子里剪了几枝花，放在客厅茶几上的花瓶里。

她刚忙完，郁绵刚洗漱完下楼，扑过去抱了下她的手臂："你怎么有点紧张啊？"

裴松溪愣了一下："还好吧……"

郁绵笑了笑："我去煮点粥，我们先吃早饭吧。"

"可是吃到一半他们来了呢？"

"那就问他们吃过没有，没有的话就一起吃点啊。"

郁绵的想法简单纯粹，裴松溪摸了下她的发顶："好，去煮吧。"

小米粥煮起来很快，半个多小时就好了。

郁绵去盛第二碗时，才发现裴松溪只吃了半碗不到："你怎么就吃这么一点啊？"

裴松溪摇摇头，刚准备说什么，听到门外有汽车刹车的声音，立刻站了起来："碗给我，收拾一下。"

第十八章 高考

郁绵偷偷笑了，还说不紧张，明明是很紧张啊。

真奇怪。

一开门，远远地就看见郁安清扶着一个头发花白的老先生下车，他们朝这边看了过来。

裴松溪带着郁绵走过去，对郁安清点点头，才微微弯下腰，跟老先生说话："请问是郁先生吗？"

郁闻青头发花白，精神矍铄，一双干枯却饱经沧桑的眼睛从她的身上扫过，才朗声笑了笑："是啊！你好啊！小裴。"

裴松溪还没被人这么称呼过，不太自在地点点头："您请进。"

郁绵笑眯眯地跟爷爷和姑姑打招呼，亲亲热热地说着话："爷爷，你坐车来会觉得累吗？手术完还没多久，你不用这么着急过来的……"

郁闻青轻轻拍了下她的手掌，笑着骂道："谁叫你这个小没良心的，都不回家看爷爷，爷爷只好来看你了。"

郁绵的脸一红："我……我要上课的！"

郁闻青摇着头笑，一副了然的神情："好了，爷爷也没怪你。"

裴松溪先给他们倒了茶，原本空旷整洁的客厅这会让她感觉很狭小。她坐在郁绵旁边，听她和家人说话，有些出神。绵绵是个活泼的女孩子，实在是很招长辈喜欢的，不管是郁老先生还是郁安清，始终是在笑的。

郁绵的家人也比她想象中更好，抛开上一次临时见面给她留下的不好印象来说，郁绵的家人很温和，风度翩翩，说起话来也风趣幽默。

等初次见面的问候说完了，郁闻青轻咳几声，郁绵关切地问他怎了。老先生微微一笑："好像有点咳嗽，我的药放在车里了，你去帮我拿来吧。"

郁绵点了点头，往外走了几步，又不太放心地回头，犹豫了一下才出去。

等她走了，老先生问裴松溪："小裴，今天有事要忙吗？"

裴松溪微笑着说："不忙，只是还来不及问您，中午想请厨师上门来做饭，还不知道您的口味。"

郁闻青摇摇头："不用请厨子，我们待一会儿就走了，她奶奶在家里，身体不好，我早点回去，不放心她一个人在家。"

老人话里话外都是对妻子得深情厚谊，他的眼睛里闪着慈爱的光芒："还是让小绵在你身边待一段时间吧。她这次非要一个人回来，我们都很担心，看得出来，她很依赖你。"

这个小孙女啊……那几天他悄悄地观察着她，跟家人说话的时候，她在很努力地笑，可是一个人的时候，神情总是落寞的，就连晚上睡着了，都在叫"裴姨"。

裴松溪愣了片刻，抬起头看着他，千万思绪如游云掠过。可她是情绪内敛克制的人，最后，只是轻声说："谢谢。"

压在心底的一丝不安，悄悄地被风吹散了。

六月到来的时候，天气开始一天比一天热了。

高考前的前一天，她们坐在葡萄架下乘凉。

晚风清幽，葡萄细藤被风吹得晃晃悠悠的，空气中有淡淡的花香。

郁绵第一百零一次问裴松溪那个相同的问题："裴姨，那天我爷爷来，你跟他说了什么啊？"

说了什么，他才会答应让她留下来，没有要求她回家呢？

裴松溪的答案始终如一："我什么都没说。他自己说的，我只说了谢谢。"

郁绵不相信地皱了皱眉头："你骗我。"

裴松溪把切好的芒果递给她："我什么时候骗过你？"

郁绵"哼"了两声，很容易就被甜滋滋的水果给收买了："好吧，暂时相信你了。"

"我在想，高考之后先回去看一下，然后我们去哪里玩呢？你可以陪我吗？"

"可以。但是你想过你要回去待多久吗？"

"没有啊。其实我不是很想回去，爷爷、奶奶、姑姑都很好，可我不喜欢小叔，他总是笑着的，可是你不知道……他的脸上似乎戴着面具，看起来怪吓人的。"

"嗯，我知道。"

裴松溪想起之前跟郁家前前后后通过的几次电话。她渐渐意识到，或许知道这件事的不仅是她，连郁老先生也是知道的。只是她还不清楚他的态度，所以迟迟没有对郁安舟出手。毕竟是郁绵的家人，她终究是有所顾忌。

"今天之远哥哥给我打电话了，叫我明天考试不要紧张。他还问我，没有早点出国后不后悔?"

"你呢,后悔吗?"

"当然不。你也别想赶我走哦,我还不想走。"

裴松溪轻轻地"嗯"了一声,忽然想起前几个月,就在郁绵的家人找来之前,她还特意去找过温怀钰,让她帮忙安排郁绵出国的事情……可是后来,一切发生得太快,现在看来似乎没有必要了。

"裴姨?你有听到我说什么吗?"

"嗯,听到了。"

郁绵吃了半个芒果,还想再吃,被她拦下了:"不要吃太多,明早要考试,回去休息吧。"

"考试就考试,我又不紧张。你很紧张吗?"

"有点,这场考试很重要,"裴松溪点点头,"等你考完试,夏天过去,秋天来了,你会去一个新的城市,一个全新的学校,在那里你会认识很多人,见识到更广阔的世界,会知道这个世界有很多不一样的美好,还有……"

"知道了,"郁绵笑着打断她,"可我还会回家啊。"

裴松溪抿了下嘴唇,笑容里多了一些她未曾察觉的释然:"好,回去休息吧。"

第二天,盛夏的阳光灼热刺眼,裴松溪推掉了公司的事情,在附中外面等了郁绵两天。

郁绵一边笑她太过紧张,一边又为她的关心和在意而感到快乐。

等考完最后一科英语,她站在裴松溪面前,脸上带着骄傲之色:"我考得很好哦。"

裴松溪摸了下她的发顶,揽着她,穿过人潮回家:"考得很好是多好啊?"

"就是,想去国内哪个学校都可以的那种好吧。"

"成绩还没出来,就这么自信了,是不是尾巴都要翘起来了?"

郁绵抱着裴松溪的手臂,很不满地嘟囔着:"哪有?我是认真的,而且我没有跟别人说过这种话啊,你还不表扬我。"

远处蝉鸣阵阵,连晚风都是愉快的。

裴松溪笑了笑,说:"好,夸你。"

这个夏天的记忆是阳光而明媚的。

等待成绩出来的日子，郁绵多多少少有点紧张，裴松溪就带着她去遍了市里所有大大小小的博物馆和艺术馆，随后又把周边城市都逛了个遍，十几天的时间一晃眼就过去。

等成绩出来那天，郁绵拿着鼠标，却迟迟没有按下确定的按钮，犹豫了很久。最终页面上出现一个她满意的数字，她才笑了："六百八十五，我没有骄傲，比我估的分还要高五分呢！"

她往床上一躺，虽然是意料之外的好成绩，可她还是高兴得在床上滚了好几圈："我要上大学了，我长大了，我要成为一名很好很好的建筑师！"

裴松溪含笑看着她，轻声打趣："长大以后，还可以认识很多优秀又可爱的人，绵绵会有很多人追求吧？"

郁绵拉下枕头，露出一双明亮又羞恼的眼睛："我已经见过最可爱的人了，才不要去看别人呢！"

郁绵从床上坐起来："我考得这么好，我要奖励。"

裴松溪的语气很愉快，问："嗯，想要什么奖励，说说看？"

郁绵想了想，说："我想要你教我游泳！"

裴松溪笑着点头："好。"

郁绵从小就怕水，以前也想过去学游泳，最后却一次次地不了了之。这次下定决心，是因为郁家就在海滨城市，海边长大的孩子都会游泳，她就有点想学了，而且她想让裴松溪教她啊。

第二天，裴松溪带她去买泳衣。

在店里的时候，她给郁绵挑选尺码，想拿下来让郁绵试试，却被店员拦住了："这个有点小了，来试试这个吧。"

裴松溪一愣，说："她不需要这么大的。"

店员无奈地摇了摇头："女士，您相信我的判断，她真的需要的。"

"是吗？"

裴松溪迟疑地看了看远处站着的女孩，郁绵刚选了一顶合适的泳帽，走了过来，问："怎么了？"

裴松溪摇了摇头，把泳衣递给她："这个怎么样？"

郁绵接过来，点了点头："嗯，好。"

裴松溪带着郁绵去了一家高档的私人游泳馆，环境不错，人也很少。

郁绵说让她教，可她感觉自己毕竟不是专业的游泳教练，还是请了教练过来指导基础动作。

游泳的基础动作是不难的，难的是要克服对水的恐惧。等教练演示完基本动作，想下水教她的时候，郁绵拒绝了："裴姨，说好了你要教我的。"

裴松溪无奈地笑了笑，从岸边走过去："真的要我教吗？"

"对！"

"那好吧，下水。"

郁绵在岸边，白嫩的脚尖在水面上轻轻点了点，有点犹豫，对水的恐惧是天生的，似乎藏在了基因里。

裴松溪笑她胆小，从岸边跳下水去，朝她张开手："下来，别怕，我在这里。"

郁绵抿着嘴笑了一下，忽然间放松下来，也学着她的动作往水里一跳……结果呛了好几口水："咳咳……咳咳，你骗我。"

裴松溪的语气也难得欢快起来："我可没骗你，是你要我教你的。"

"好吧，那我先学什么？"

"先练换气，再尝试在水里静静地漂浮一段时间，感知水的力量。"

这些知识点教练也说过一次，换气练起来还好，没多久郁绵就学会了。

可是当她在水中央，裴松溪慢慢松开手时，她就开始慌了，脚在水里乱踩，又想叫她的名字，一不小心喝了好几口水。

裴松溪赶紧去捞她，一只手抓住她的手掌，另一只手托住她的大腿，叫她的名字："绵绵，绵绵，别怕，我在这里，没事了！"

可是郁绵就是紧张，一感觉到裴松溪的手，整个人就缠上来了。天生怕水的人总是格外慌张，她牢牢地搂住裴松溪的脖子不放，在裴松溪的耳边带着点哭腔说："吓死我了……我以为我要淹死了。"

"胡说。"裴松溪轻轻拍了一下她的后背。

郁绵抱着裴松溪，大概是因为后怕，时不时地收紧一下手臂。

裴松溪觉得郁绵抱得有些太紧了，便往后靠了靠，安慰道："好了，今天先到此为止，我们先回家了。"

郁绵趴在裴松溪的肩头，半晌才缓过来："嗯，好。"

到了家，裴松溪回房间换了一件雾霾蓝的细吊带睡裙，又拿起一件薄纱披肩穿上。

楼下，郁绵正躺在沙发上跟许小妍打电话："你不知道，真的吓死我了。整个人都在水里面，脚也踩不到池底，感觉下一秒钟就要死了。后来裴姨来捞我啊，她越拉住我，我就越紧张，我感觉我肯定踢到她了……"裴松溪下楼，郁绵听到脚步声，抬起头看了一眼，脸颊有点烫，"好了，不说了，太丢脸了，晚点跟你聊天。"

郁绵把手机扔在旁边，看着裴松溪："好吧，我迎接你的嘲笑。"

裴松溪给她端了杯蜂蜜水："我又没说要嘲笑你，紧张什么？"

郁绵轻轻地叹气："可我觉得好丢人。"

裴松溪笑着在她的额头上点了点："没事，只有我知道。"

郁绵顺着她指尖看去："你的头发还没干，有点滴水。"

"嗯，刚才又洗了个澡，顺便冲了一下。"

郁绵"哦"了一声，想说什么，突然看到了什么，说："裴姨，你换睡衣了吗？真好看。"

裴松溪愣了一下，语气平静地说："前不久在网上订的，你要是喜欢的话，我明天给你买两件，这个雾霾蓝不适合你，有很适合年轻女孩的颜色。"她整理了一下半湿的长发，"时间不早了，快去休息了。晚安。"

郁绵乖顺地说："嗯……晚安。"

裴松溪没去看她的神情，先上楼了，可能是因为绵绵曾经离开过，现在好像又回来她身边了。

她对郁绵一日比一日更纵容。

第十九章
时光

高铁穿过广袤平坦的原野,田里的水稻青翠,随风成浪。

郁绵坐在靠窗的位置,看着窗外的天空发呆,偶尔会回过头,看一眼旁边的人。

裴松溪笑着问:"怎么了?"

这是郁绵长大以后第三次回到她出生的城市。

这座南方小城对她而言是陌生的。随着列车离市区越来越近,郁绵悄悄皱了皱眉,叹了口气,说:"可能是因为上次来这里的感觉不太好。"

裴松溪在她的手背上轻轻地拍了一下,安抚道:"真应该选择坐飞机,不然早就到了,也让你少胡思乱想一会儿。"

"我没胡思乱想了,我就是……哎,没事了!"她抿了下嘴唇,笑了一下,跳过了这个话题。

裴松溪还想再说点什么,列车提示音响起来了:"前方到站是清宁南站,请需要下车的旅客朋友提前做好准备……"

郁绵戴上棒球帽,站了起来:"好了,咱们走吧。"

在成绩出来之后,她给郁闻青打了电话,跟郁老先生说了志愿填报的事情。最后综合各方面因素考虑,她填报了北方一所高校的建筑学专业,二加二学制,前两年在国内,后两年在国外,双学位。

郁闻青笑着听她说完选择的理由,并不评价,只乐呵呵地问:"小裴也知道吧?"

郁绵听到他这么称呼裴松溪,总是忍不住笑,学着他的腔调:"那是,小裴也知道。"

裴松溪在一旁听着,看她没大没小的样子,轻轻地拧了下她柔软的耳朵:"问一下你爷爷,最近过去看他方便吗?"

郁绵笑着问:"爷爷,我们最近来看您,您在家吗?"

郁闻青大笑,说:"当然有空,一直在家等你呢,还有小裴,你叫她一起来。"

挂了电话,郁绵就跟裴松溪软磨硬泡,生怕裴松溪不想过去。可裴松溪答应得格外爽快,看起来像是早就准备好跟她一起过去。

出了车站,郁家的车已经在外面等了。

见过数次的周尧站在车门外,恭敬地低下头:"裴总,郁小姐。"

郁绵对他的印象不太好,上车后不愿意再说话,无聊地看着窗外发呆。

等车停下来,裴松溪先下车,才伸手拉郁绵下来。

映入眼帘的是一栋三层独栋大别墅,简约大方的欧式设计。郁安清就站在门口朝她们挥手,朝着她们走过去,笑容是一贯的温和,跟她们打招呼:"路上辛苦了,进屋坐坐吧。"

郁绵往前迈了一步,又站住,回头看了一眼,正好撞上裴松溪的目光。

她轻声问:"怎么了?"

"没事。"

郁绵继续往前走,确定了裴松溪一直在这里,她终于安下心。

客厅里,郁闻青正在跟妻子方锦棠下棋,听到脚步声,微微一笑:"你看,叫你不要着急,一盘棋下完了,她们也就到了。"

戴着老花眼镜的老太太可没他那份淡定从容,看见郁绵进来就朝她一招手:"小绵,奶奶好久没见你,快过来给奶奶看看!"

郁老先生跟裴松溪打招呼:"你好啊,小裴,见笑了。"

方锦棠一手搂住好久不见的孙女,一边擦了擦眼角,骂道:"就你话多!"

方锦棠抬起头,看着裴松溪笑了笑:"这就是小裴吧?"

裴松溪被两位老人亲切的称呼叫得不太自在,点了点头,说:"您好,我是裴松溪。"

方锦棠朝她笑:"来来来,坐下坐下,不要太客气。这么多年来啊,还多亏了你照顾我们家小绵。"

裴松溪在她的身旁坐下，说："您太客气了。"

郁绵被方锦棠揽得太紧了，轻轻推了推："奶奶，您不是前不久才做过手术吗？别太激动了，我就在这里，也跑不掉。"

她还是不习惯跟人太过亲近，哪怕是跟她有血缘关系的亲人，毕竟这么多年没见过面了，总是陌生的。

方锦棠意识到这一点，慢慢松开手："哦……好，就是，你跑不掉的。"

方锦棠跟郁绵聊了一会儿，就转向跟裴松溪说话，问她一些有关郁绵的琐事。

"小绵小时候是不是不听话啊？她以前在家里可喜欢拆家了！"

裴松溪偏过头，微笑了一下，她的坐姿极为端正，肩背挺直，手也自然地搭在膝盖上。她一向是话少的，问一句，便答一句，态度不卑不亢，声音温和："绵绵很乖，从来没有不听话的时候。"

方锦棠的笑容停顿了一下，多了几分怅然："哦……也是。"毕竟年少时遭此巨变，寄人篱下，再顽皮再闹的性格，也终究是要收敛一点的。

郁闻青悄悄地握了下妻子的手："好了，晚点吃过饭再聊，她们坐了好久的车，让她们回房间休息一下。管家，给裴小姐安排好客房。"

郁绵站起来，语气是自然而然的亲昵："不用，裴姨在我的房间里休息一会儿就好了，晚饭的时候叫我们吧。"

裴松溪有些许的不自在，但并未说话，也站了起来。

郁闻青的笑意更深了，挥挥手："好，去吧。"

等回到她的房间，郁绵关上门，才轻轻地松了口气："终于自由了。"

裴松溪点点她的额头："胡说。"

郁绵笑了，往床上一躺，被子软软的，才晒过，闻起来很香。

裴松溪在郁绵的房间里转了一圈，最终在墙上挂着的那幅全家福照片前停下，大概是十几年前的照片了，照片的边角有些泛黄。她的目光从照片正中的两位老人身上掠过，认出郁安清和郁安舟，最后落在照片右边，那里站着三个人。

一个样貌干净文雅，气质温和的男人，穿白色衬衫，黑色西装马甲，单手揽着旁边的高挑女人，而他们前面站着的，则是一个扎着羊角辫，穿着粉色公主裙，笑起来阳光灿烂的女孩。

这应该就是郁绵的父母了。

裴松溪静静地想。

郁绵跟她的父亲长得很像，可是笑容更像她的母亲，看起来明媚开朗。

郁绵在床上滚了几圈，发现裴松溪还站在那里发呆，跳下床走过去，问："你怎么看这么久啊？是不是觉得我小时候很可爱？"

裴松溪点了点头，轻声"嗯"了一下。

郁绵对裴松溪的回答不太满意，拉着她的衣袖不放："是怎么可爱的？你说说看？"

裴松溪低下头看她，午后的阳光透过蓝色的窗帘落进来，落到少女稚气却不失美丽的青涩脸庞上，有那么一瞬，她似乎看到了刚来到裴家，握着她的手的小姑娘。但这景象只是一瞬，很快又与眼前纤细可爱的年轻女孩重叠。

裴松溪回过神："嗯，可爱。"

郁绵不满地嘟了下嘴唇："敷衍。好了，不问你了，你要不要睡一会儿？我好困，想睡一下。"

"我不困，你睡吧。"

郁绵拉着裴松溪在床边坐下，问："要不要一起睡？"

裴松溪摇头表示拒绝："你睡吧，我在这里看看书。"

"那你不许走？"

"嗯，不走。"

郁绵房间的书柜上放着两排书，裴松溪一进屋就看到了，然而……她没想到的是，书柜上摆着的都是童话故事和拼音图册，最上面则堆着一摞小学教材，看起来像是早就准备好，却迟迟没等来它的主人。

裴松溪抬起手，指尖从书脊上掠过，半响，才无奈地取了一本童话书出来。

郁绵已经睡着了，大概是得到裴松溪不会走的承诺，睡得很沉，睡颜恬静香甜。

裴松溪轻轻走过去，看她睡得正好，才在床边坐下，翻起郁绵小时候看过的书，扉页上有题字："送给亲爱的女儿"。

落款是"郁安礼 & 周凝"，应该是她的父母。

裴松溪的动作微微一顿，才轻轻翻动了几页，偶尔能看到书页上用铅笔

第十九章 时光

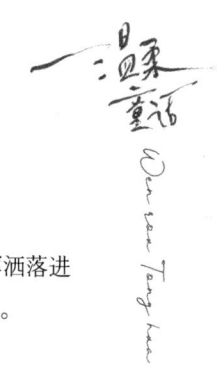

歪歪斜斜地写了几个字，渐渐变得工整，但字迹还是可爱稚气的。

窗外静悄悄的，阳光正好。

到了吃晚饭的时间，管家上来敲门。

郁绵揉了揉眼睛醒来，一睁眼看见裴松溪站在窗边，夕阳的余晖洒落进来，全都落在她身上，像一幅笔触细腻的工笔画，美得令人忘记呼吸。

裴松溪感觉到她的注视，回过头，朝她笑了笑："醒了？"

"嗯，醒了。我睡了好久啊，都两个多小时了，你怎么都不叫我？"

"看你睡得很香。"

"唔……前几天睡得有点晚。"因为她熬夜看了两部新的漫画，不过她不敢告诉裴松溪。

郁绵的衣服都被睡皱了，裴松溪给她整理了一下衣领，说："好了，下去吧，不要让别人等。"

客厅里大家都在，郁家的人基本都聚齐了，郁安舟在外地出差没回来，他妻子陈舒刚刚接儿子放学回来，看到郁绵时笑容古怪："我说今天的晚餐怎么这么丰盛，原来是小绵回来了啊。"

郁绵跟她打了个招呼，陈舒凑上来要说什么，裴松溪往前站了半步，让她不得不问道："这位是……"

"裴松溪。"

陈舒恍然大悟地"哦"了一声，想起丈夫对这个陌生女人的评价，目光中也多了几分警惕："我是陈舒，郁绵的小婶婶，你好。"

裴松溪淡淡地点了点头，却并没有跟她攀谈的意思，神色冷淡，不加掩饰。

饭桌上的气氛不错，郁闻青小裴、小裴地叫着，郁安清和方锦棠就一个劲儿地给郁绵跟她夹菜，整顿饭吃得热热闹闹的。先前有些阴阳怪气的陈舒还算安静，给儿子夹菜，没多说话。

饭后，郁闻青找裴松溪聊天。

老先生不找她，她也是要主动去找他聊一聊的。等郁安清带郁绵去看院子里养的花花草草，裴松溪去了郁家的书房。

这三个月，她没对郁安舟和裴林茂出手，并不是因为她宽容，不计较，只是因为郁老先生也知情，她便等着，想看看他的态度。

郁闻青往紫砂茶杯里倒了两杯茶，一杯推到她的面前："坐吧，小裴。"

裴松溪却没有跟他过多寒暄的意思，开门见山地问："当年车祸那件事，您知道多少？"

郁闻青喝茶的动作一顿，随后缓缓地将茶杯放了下来，目光也有些幽深："知道一些，不是全部。当时安礼那孩子因为一点小事，跟我大吵了一架，带着妻子和小绵出去旅游散心，在路上就出了事。说是意外，我肯定不信。可是又没有证据。当时在现场，我突发脑出血，等我出院时，事故已经处理得差不多了。"

"您有怀疑过谁吗？"

"你……"郁闻青的笑容变得苦涩，"你这孩子说话也真是直接啊。实不相瞒，我怀疑过安舟，也怀疑过安清，毕竟当时我的公司是要交给安礼的。在利益面前没有亲人，这一点想必你也知道。"

裴松溪低下头，声音压低了些："那您现在，知道是谁做的了吗？"

郁闻青的声音里多了几分凄怆："安礼当年的车祸，是不是……安舟做的？"

裴松溪点头说："是他。他和我大哥联手安排的车祸。我的父亲也知情，只是他老人家聪明，没有真的掺和进去，手还是干净的。"

裴松溪话里话外都是嘲讽之意，郁闻青的神色黯然："那你想过怎么办？你哥哥毕竟是你的亲人……"

"他……"裴松溪淡淡地笑了一下，"他做错的，当然要付出代价。"

郁闻青往外靠了靠，手掌在雕花扶手上摩挲了片刻，才轻声说："那……安舟的事情，你也顺便处理一下吧。"

裴松溪直言道："我不会手下留情，您想好了吗？"她最开始就怕郁老先生要护着郁安舟，毕竟他已经失去了一个儿子了，现在她出手，就不会再给郁安舟留活路。

郁闻青低下头，白发苍苍的老人像是忽然变老了十岁："你这个女娃娃……我第一眼看见你就知道，你是个遇神杀神的狠角色。放心，我既然要你这么做了，就不会怪你。虽然我也不想……可是我一想到安礼和小凝，他们死于汽车爆炸，你不知道那场面有多凄惨……还有小绵，这么多年了，要不是遇到你，现在真不知道这孩子会怎么样……"

裴松溪站起身,一如既往的冷淡从容:"好,我知道了。您放心。"

"你出去吧。"

裴松溪点了点头,帮他关上了门。

只是没走几步,就在走廊上被人叫住。

"裴小姐。"

裴松溪回过头,看见郁安清,淡淡地笑了,问:"绵绵呢?"

郁安清朝她走过去:"绵绵在陪着我母亲看电视。"

裴松溪淡淡地颔首,知道她有话要说,步子也停下了。

时间指向晚上九点的时候,郁绵不太放心地往楼上看了看。

刚才姑姑说,爷爷找裴姨聊一点生意上的事情,让她放心。可是现在,都两个小时了,聊什么需要聊这么久呢?

郁绵有些心不在焉,连方锦棠都看出来了:"怎么了?是想休息去了吗?"

陈舒在旁边看着手机,抬起头露出一抹轻柔的笑,语气却是阴阳怪气的,说:"看起来是在担心你那个裴姨吧,担心她做什么?她那么厉害。不过你们的感情是真好啊……"

"绵绵。"清冷的声音打断她的话,裴松溪从楼梯上走下来,看着陈舒微变的脸色,淡淡地笑了一下,"陈女士似乎对我有些意见?"

陈舒梗着脖子说:"我……我对你能有什么意见?"这女人也真是邪……说起话来明明是笑,可是看起来似乎让人瘆得慌。

裴松溪点了点头:"哦,那就好,我还以为是因为我前几日才拒绝郁安舟先生的合作请求,所以你对我有意见了。"

陈舒的脸色一变:"你……"

裴松溪的唇角抿了抿,笑意淡去了,眼底是深沉至极的淡漠:"看来陈女士不知道这件事啊,那我劝你少管一些不该管的事情,多把心思放在一些该管的事情上。最起码,绵绵的事,轮不到你来品头论足。"

气氛眼见着变得僵硬了,方锦棠轻轻地咳嗽了一下,说:"小绵,你们回去休息吧。"

郁绵很少见到裴松溪怼人的样子,拉了拉裴松溪的衣袖:"裴姨,我们上楼吧。"

裴松溪微微领首，再跟方锦棠道晚安时，依旧是白日里那副礼貌的样子："您早点休息，我们就先回去了。"

方锦棠点了点头："好，早点睡。你的客房就在小绵房间的对面。"

等她们上楼，陈舒的脸色一沉，抱怨道："妈，你就看着这个女人这么打我的脸？"

方锦棠冷淡地看了她一眼："那你对小绵阴阳怪气地说话，又是什么意思？"

"我……"

客厅里终究还是安静下来。

她们在郁家待了三天，准备走了。

裴松溪还有工作上的事情，而郁绵则是要回去参加一个夏令营，是郁安清给她报的，能参观西欧的顶尖高校，还能听一些通识类的讲座。

临行前夜，郁绵悄悄把裴松溪带到自己的房间。

裴松溪被她拉着进去，有些奇怪："绵绵，有什么事儿？"

郁绵从柜子里抱出一个很大的盒子："给你看点东西，快来！"

她盘腿在地毯上坐着，裴松溪无奈，也走过去，看她揭开的盒子里零零碎碎放着很多东西……有璀璨精致的蝴蝶发卡，有字迹幼稚的手写贺卡，还有一本厚厚的相册。

郁绵把相册拿出来，一页一页地翻开："看，这是我小时候的照片，给你看看！"

裴松溪愣了一下："你小时候？"

"对啊，就是比遇见你时更小的时候。你看这张，啊，一百天！好小啊！"

裴松溪顺着她的目光看过去，照片上是个白白嫩嫩的小婴儿，对着镜头笑得很开心……郁绵往后翻，时不时地惊叹几句，裴松溪也跟着她一起看，可惜相册里的照片并不多，很快就看完了。

郁绵又继续去看盒子里的发卡、贺卡、毛衣织成的小手套："哇，这些都是我以前的东西，竟然保管得这么好。好可爱啊，这么小。"

裴松溪抿着嘴唇笑了一下，轻声问她："这些……你还记得吗？"

郁绵捧起一个水晶发卡，举高了，在灯光下看它璀璨干净的光芒，神情纯真:"不记得了,我只记得你啊。"

裴松溪愣住,过了片刻才轻轻地"嗯"了一声。

第二天一早,郁闻青和方锦棠也起身送她们。车站外,老人不由得抹了抹眼泪,叮嘱道:"小绵要好好的,出国去玩也不要乱跑,每天都要给家……给你裴姨打电话,知不知道?"

郁绵用力地点头,心里充满了要回到明川的雀跃,笑容灿烂:"我知道的!"

郁安清轻声安抚父母几句,又走过去,拍了拍郁绵的肩膀:"好好照顾自己,记得回来看看爷爷奶奶。路上小心。"

郁绵朝她挥挥手:"我知道的,姑姑再见。"

郁安清点了点头,又看着裴松溪笑了笑:"裴小姐,再见。"

裴松溪对上她含着笑的一双眼睛,郑重地说:"再见。"

回到明川市,郁绵看着门牌上写着的那行字,高兴地扑到沙发上滚了几圈:"还是家里舒服!回家最开心了!"

裴松溪看着她笑的样子,微微有些出神,把手包放下了,看了看日历:"按你姑姑说的,你后天早上就要到明川国际机场集合,今天累吗?不累的话早点收拾一下行李吧。"

郁绵滚到一半停了下来:"后天?我的天,原来这么快,我都没注意时间!"

"嗯,后天。要看一下欧洲的天气情况,你决定好带什么衣服,还有哪些生活用品,还有……"

郁绵从沙发上弹起来,急急忙忙地往楼上跑:"太多了!我现在就回去收拾!"

因为要去一个多月的时间,要带的东西很多。

等她收拾完,再去商场买了些长途旅行必备的东西,时间不知不觉到了第二天晚上八点钟,离出发只有十个小时了。

郁绵一想到明天就要出发,忽然就不想去了,郁绵去找裴松溪。

房门轻掩着,一推就开了。

裴松溪刚刚洗澡出来,穿着那件很好看的雾霾蓝细吊带睡裙,看见她时愣了一下，拿起床上的披肩搭上了："绵绵，你怎么来了？"

郁绵却直勾勾地看着她床边的柜子上放着的白色小瓶子，眉头微微拧了起来："你……什么时候开始吃药了，你怎么了？"

裴松溪避开她的目光，快步走过去，把药瓶收起来，语气还是平和的："我没事，就只是褪黑素和安眠药，前一段时间压力太大了，有点失眠。"

郁绵不太相信地看着她："我记得你以前也吃过，可是这么多年来不是不再失眠了吗？现在怎么又……你是不是偷偷吃药很久了？"

裴松溪抿了下嘴唇，像是为了让她放心似的，抬了抬抽屉上的小银锁："你看，当时钥匙给你了，我没再开过。"

郁绵看见那个上了锁的抽屉，才稍微放下心来："你没骗我？"

裴松溪的唇角微微牵起："当然没有。"

郁绵点了点头："那这些也不许吃了，知道吗？工作压力不要太大了，不着急的事情就慢慢处理，好吗？"

裴松溪在床边坐下，拿毛巾擦头发，不去看她："嗯，好。"

郁绵也挨着她坐下，犹豫了一会儿才开口说："我来找你，本来是想说……我不想去夏令营了。"

裴松溪的动作一顿，放下毛巾，看着她："为什么呢？"

"我……我不想离开你。我想在家待着。"

裴松溪凝视着郁绵，目光深了些，过了几秒钟才偏过头，声音温和平静："可是世界这么大，你不想去看看吗？"

"想，可是……"

"那就出去看看，好吗？绵绵，你长大了，知道吗？"

不能再这么依赖我了。

郁绵低下头，看着鞋尖发呆："其实我也很想去的，就是有点舍不得你。"

裴松溪摸了摸她的发顶，声音仿佛有种魔力，能令人安心："去吧，去看看更广阔的、更精彩的世界，或许会遇到很多可爱的人，也遇到很多好玩的事情。再说了，你不是一直都对欧式建筑很感兴趣，去看一看，或许会有不一样的收获。"

郁绵点点头："嗯，那我还是去吧。毕竟是姑姑给我报的，我不去她可能会失望。那我先回去睡觉了。"

第十九章 时光

"好,早点休息,明天我送你。"

翌日一早,裴松溪开车送郁绵到机场。

夏天的早晨亮得早,才五点多,天光就已经大亮了。

郁绵戴着棒球帽,背着书包,坚持不让裴松溪拉行李箱:"我自己来就可以了。"

裴松溪笑了笑,没说话。

等找到领队老师,她帮郁绵检查护照、签证、身份证和其他证件,细细地叮嘱她:"欧元给你换了一些,放在书包夹层里了。手机绑了我的卡,看到喜欢的东西就买。"

"你喜欢什么,我给你买……算了,等我自己挣钱吧,以后我给你买。"

裴松溪给她检查好要带的东西,抬起头,看着她明媚的笑容,也笑了笑:"路上小心,照顾好自己,知道吗?"

郁绵点点头,笑着笑着又皱了皱鼻子,扑向她:"我要走了,抱一下吧。"

裴松溪难得没拒绝她,由着她扑入怀里,能闻到她发丝上一点淡淡的柑橘香味,清新自在又充满活力。

可裴松溪的手停在半空,没落下去,很快就后退一步,提醒她:"好了,要准备安检了。"

郁绵有些不满这个短暂的拥抱,可是提示音已经响起,她只能说:"那我走了,你在家要好好照顾自己。"

裴松溪笑着点了点头:"去吧。"

夏令营的领队老师在叫郁绵的名字,郁绵背着包跑过去,跑了几步又转过身,逆着光线朝她挥了挥手,笑容单纯美好:"在家等我回来啊!"

裴松溪笑着点点头。她在不远处站着,看郁绵跟新认识的同学说话,大笑,悄悄拿起相机,给郁绵拍了一张照片。

等队伍都走了进去,裴松溪转身往外走。

她想起那天郁安清跟她说的话,虽然不想承认,可郁安清说得对。

郁安清说:"谢谢你这么长时间以来,一直好好地照顾她,可是你们……相依为命太久了,她太依赖你了。"

裴松溪无法反驳她的话。

郁安清笑了笑:"我没有说你做得不对的意思,只是……裴小姐,你知道吗?对小绵来说,你是她的一切。"

裴松溪彻底愣住:"我……"

裴松溪知道,从那次绵绵离开,又一个人跑回来,她就知道了。她能感觉到郁绵不是说说而已,郁绵是真心实意地把她当成最重要的人。

可是,不该这样的。一直以来,裴松溪都希望郁绵能拥抱更广阔的天地,更美好的世界。郁安清说着,眼泪便滚落下来:"你知道吗?她小时候的事情都不记得了,除了你。疼爱她的爷爷奶奶,她跟他们不亲近。安礼和阿凝,她的亲生父母,也不记得。你成了她的唯一,这样的情况,你觉得好吗?"

裴松溪不认为绵绵有什么错,郁绵是被她从小带到大的,自然会视她为重要的家人,裴松溪自己又何尝不是把郁绵当作不可分割的亲人了,但她也承认郁安清说得对,绵绵还没见过世界的广阔,也分不清什么是信任,什么是依赖……还不知道什么永远,就信誓旦旦地说要永远陪着自己。

她比绵绵长了这么多年岁,应该更知道人情世故。

世界广阔,宇宙浩瀚。她不该,也不能把绵绵困在方寸之地。

可是……

裴松溪回到家,在照片墙前站了很久。她看着今天新拍出来的照片,照片上的女孩眼睛明亮,笑容美好。她静静地想,我的绵绵长大了,这么好看,这么阳光。

裴松溪想起过去这么多年的时光,抬起头,看着面前的照片墙。

小学的第一次家长会,在银杏树下,她温柔地凝视着绵绵;后来绵绵参加文艺汇演,穿着红色的裙子,像一颗发光的星星,她记录下绵绵耀眼的瞬间……第一次生病,出院那天,少女的脸色苍白,笑容却十分灿烂,回到家,偷偷写下"第一次生病,我很想她"。

无数个光阴的碎片。原来这些年过去,不知不觉间,这些照片已经贴满了一整面墙。这粒种子在她的身边,静静发芽、长大。她看着这朵花越开越美,这是十二年的时光。裴松溪把今天拍的照片贴上去,看着年轻女孩稚嫩阳光的笑脸,忽然泪流满面。

从今天起,就结束了。

绵绵。

她目睹一朵花是如何缓缓绽放的。

这是她的时光。

第二十章
距离

裴林茂被警察带走的时候，是在一个阳光明媚的下午。

裴松溪站在窗边，拿相机对着窗台上新冒出来的爬山虎，记录下它们绿意盎然又充满活力的样子，唇角不知不觉地弯出一个好看的弧度。

丁玫也在家，听闻警察要把丈夫带走，再也维持不了平日里雍容大气的贵妇气度，哭着扯住了裴林茂的衣袖："不，你不能跟他们走！"

裴林茂比她冷静很多，最初的慌乱过去之后，他的目光落在站在窗边的人身上。那个人背对着他们，并没有隔岸观火的得意和雀跃，依旧是那副漠不关心的模样。

裴林茂忽然发现……是他错了。

松溪从小成绩就好，相貌也好，只要有她在的地方，师长、亲戚都只会称赞她，在她的光芒之下，他原本还算优秀的履历就显得平平无奇、黯淡无光。直到母亲患上抑郁症，松溪跟父亲的关系降到冰点，整日把自己锁在家里，也几乎从不出门，拒绝参加任何社交晚会，逐渐从众人的视线中淡去。于是，他终于站到人群中最耀眼的位置，游走于众人之间，成为受人吹捧的裴大少爷。就连母亲去世，妹妹的情绪崩溃，也不能让他从被簇拥、被围绕的感觉中醒来。

直到现在，他才知道，他做错了。松溪从来就没想过跟他去争抢什么……如果不是他步步紧逼，她根本不会反击，如果不是他非要动郁家的小丫头，她大概也不会做到这一步。她应该早就知道了吧，只是按捺到现在。

裴林茂低下头，轻声笑了一下，拂开丁玫的手，在她的肩膀上轻轻地按了按，一开口嗓子就哑了："阿玫，你在家好好的，爸回来了以后你别跟他闹。暂时别跟小远说了，也别跟奶奶说。我走了。"

一阵清脆的手铐碰撞的声音响起，混杂着踢踏的脚步声和女人压抑的低声哭泣，在客厅里久久回荡。过了很久，随着大门"嘭"的一声关上，终于重归平静。

站在窗边的那个人终于放下相机，转过身，看了一眼紧闭的大门，也往外走。

丁玫坐在沙发上，哭得不能自已："是不是你做的？松溪？"

裴松溪抿了一下嘴唇，没有回答她的问题，开门走了出去。

外面的阳光又刺眼又炽热，魏意已经等在车里，车窗缓缓地摇下来："裴总，现在过去吗？"

裴松溪微微颔首："走吧。"

车开到郁家的一家仓库。

在警察到来之前，她还有些问题，想亲口问郁安舟。

郁安舟这些年来得罪的人实在是太多了，不过是放出一些有关他的把柄，就有各个利益方来找他的麻烦。被逼无奈之下，他藏身于一个小仓库里，据说还受了点轻伤。

站在仓库生锈的大门外，魏意拦住裴松溪，让随行的保镖推开大门。

只见一个穿着灰色工作服的中年男子跛着腿就跑。保镖很快便追上他，堵住了他的去路，笑出一口白牙："别跑啊，兄弟，聊聊天而已……"

郁安舟眯了眯眼睛，逆着光而来的女人走得很慢，他看了很久，才低下头笑了："果然是你。我就说……"

裴松溪神情冷淡地说："我来只是想问你，当年的那起车祸，是你做的吧？"

那件事情已经太过遥远，证据更是在爆炸现场消失得一干二净。虽然她成功地找到了裴林茂和郁安舟研发、生产、销售违禁药品的证据，并交给了警方，相信他们终将受到法律的制裁，但至今未找到关于郁绵父母当年的车祸是蓄意谋杀的证据。只要一想到郁绵，想到她那么小就失去了父母，来到裴家寄人篱下……裴松溪的心里总有无端的恼恨，她一定要知道事情的真相。

郁安舟知道自己逃不掉了，也不着急，只是幽幽地笑了一下："我为什么要告诉你？还有我的父亲，他也知道你现在的所作所为吧。他总是这样，明明以前我也很好，可是他的眼里就只看得到我哥……"

"所以你就害死了他？"

"是啊！"郁安舟舔了舔嘴唇，"我要得到我想要的，当然要解决拦路的人。要怪就只能怪……"他突然大笑起来，近乎癫狂地说，"只能怪他自己，他何必那么善良呢？他早就知道我想做什么，却没有先下手为强，甚至把自己妻子的命也赔上了，还有他的那个小丫头，她没死，可真是我错了，要不是裴林茂……"

"闭嘴！"裴松溪冷冷地看着眼前这个让绵绵自幼颠沛流离、寄人篱下的罪魁祸首，连一句话都不愿意再多说，转身就走。

魏意叫了两名保镖看着他："警察很快就到了，你所做的一切都逃不掉法律的制裁，所有的算计到头来都是一场空。"

对这种心里只有利益，没有是非曲直的疯子，多说无益，也许只有漫长的牢狱生活才能让他意识到自己的罪与恶。

裴松溪逆着光往外走，还没走出大门，手机就响了起来，是一首轻柔舒缓的钢琴曲。

她的眉眼立刻变得柔和下来，像利刃没入了刀鞘。她拿出手机，按下接通键，声音已是变得温和："绵绵，怎么了？"

走出偏僻老旧的小仓库，裴松溪示意魏意晚点再开车，她站在树荫下通电话："最近很忙吗？"

少女欢快活泼的声音混着一点电流声从听筒里传来："对啊，每天都安排得满满当当，今天去参观了 E 国最有名的博物馆……因为时差的缘故，我总是找不到合适的时间给你打电话，今天室友过生日，她高兴得还没睡，我才能出来一下。你呢？你现在在忙吗？"

裴松溪想了想，轻轻地"嗯"了一下："最近很忙。"

"那你可得注意休息，你工作起来总是连轴转，作息一点都不规律。"

裴松溪应了下来："我知道的。你也早点睡，不能打电话的时候就给我发信息吧。"

郁绵在那边叹了一口气："好，你看到我给你发的照片了吗？今天的天空好蓝，像一块干净的蓝玻璃。"

"看到了。我……我刚拍了一张爬山虎的照片,还没来得及发给你。"

少女笑了起来,明媚爽朗:"那你记得把照片发给我!我要回去睡觉了。"

"嗯。晚安!"

电话挂断后,裴松溪站在原地,轻轻地舒了口气。过了一会儿,她把那张绿意盎然的照片发给郁绵。对方没有回复,看起来是已经入睡了。

郁绵参加完夏令营回家时,已经到了八月底。

这个夏令营原本的行程安排只有一个月,结果竟然用了将近整个暑假的时间,幸好活动很有意思,参加的学员收获很大。

郁绵走出机场时,只看见魏意来接她,多少有些失望:"魏意姐姐,裴姨今天有事吗?"

魏意冲她笑了笑,递给她一杯刚买的奶茶:"裴总最近在谈一个很重要的项目,可能要过几天才能回来。"

郁绵愣了一下,低声抱怨道:"可是我马上就要开学了,她……"

魏意偏过头,笑着问:"怎么了?"

想说的话咽了回去,郁绵低下头:"没事。"她都这么大了,不能再要求裴松溪一直陪着她了。

魏意送她回家,之后也赶回了公司。

刚进家门没多久,郁绵便收到了裴松溪发来的消息:"冰箱里有榨好的橙汁和西瓜汁,录取通知书在茶几下面的小抽屉里。"

郁绵看着手机笑了,为自己刚才的幼稚心理感到不好意思。看吧!尽管裴松溪很忙,却时刻记挂她、关心自己。她倒了一杯冰橙汁,又跑去找出录取通知书——大红色的封面,金灿灿的字体,写着她的名字和永州大学的校训。看着看着,郁绵忽然笑了起来……

假期的最后几天总是忙碌的,她在家休息了一天,就出去跟朋友们见面。

景知意、梁知行和陶让都如愿以偿地考上了宁大,许小妍按照原定计划,准备出国读书,只有郁绵一个人北上求学。陪伴在身边这么多年的朋友,忽然就要分开了。

坐在热气腾腾的火锅面前,许小妍忽然大哭起来:"呜呜呜,我要一个人走了,你们一个都不在,以后我要是害怕该怎么办啊?"

她这么一哭，两个男生都慌了。景知意和郁绵倒是见怪不怪，给她倒了一杯果汁，递给她一包纸巾，让她哭个痛快。

等许小妍自己哭得不好意思了，梁知意才嘲笑许小妍："哭得像个小朋友一样。你出国，绵绵去永州，不都是一个人？她都没哭，你哭什么？"

许小妍眼泪汪汪地问郁绵："绵绵，你不怕吗？"

郁绵笑起来："我还好吧……有点怕，但是也很期待。"

期待着长大，期待着变得更好，期待着或许有一天，能站在裴姨身旁，不是被她护在身后，而是要和她并肩作战。

这顿饭其实算是"送行宴"了，几个人在外面玩了一整天，等到散场时，许小妍的父亲开车来接她。

景知意和梁知行回去顺路，坐了同一班公交离开。

郁绵跟他们挥手告别，梁知行坐在靠窗的位置，笑着笑着忽然偏过头，在景知意的脸颊上亲了一口，被恼怒的景知意一爪子拍偏了脸。

这是……在一起了？

算了，他们两个人都已经十八岁，成年了！

"哎，陶让，你说他们两个像不像闹别扭的小学生？"

郁绵忍不住笑起来，两个人闹了这么多年，彼此喜欢，现在终于在一起了。

陶让也笑了："是，很像。"他还是保持着惜字如金的习惯，却跟他们这群闹腾的人相处了好几年。

郁绵忽然觉得有些不好意思："我有个问题一直想问你，你会觉得我们几个人很吵吗？"

夜风清凉温柔。少女的脸颊白皙干净得如春日的梨花，眼睛里闪烁着光芒。她偏过头，看着他微笑。

陶让低下头："没有。"

从来都没有。

郁绵还想说些什么，她要坐的公交已经进站。车门打开，她从包里拿出公交卡，边说边准备上车："我先走了啊。"

陶让点点头，等她走了几步又叫住她："郁绵。"

女孩回过头："嗯？"

干净俊朗的男孩朝她微笑，比三月的春光还要明媚："祝你早日得到你想要的！加油！"

郁绵用力地点头："也祝你早日得到你想要的，实现你的梦想！加油！"

司机有些不耐烦地按喇叭催促着，她跳上公交车，在车门关闭的那个瞬间朝他挥手。

公交车驶离站台，在夜风中微笑的少年渐渐低下头，声音在风里渐渐消融。

"其实我，也要坐这一班车的，我想要的可能这辈子都得不到……"

假期的最后一天，郁绵正盘腿坐在沙发上吃西瓜，接到了郁老先生的电话。老先生说要送她去上学，把郁绵惊得差点没把手里的西瓜给摔了："您要送我去上学？"

老先生乐呵呵地说："对啊！当年你爸爸考上大学就是我送的，他那时还觉得自己已经成年了，非要自己去，谁知道又是体检又是报到，忙得手忙脚乱，到头来还不是我给他收拾的烂摊子？"

郁绵欲言又止："可是您现在岁数大了，身体也不好。我长大了，要学会独立。再说了……裴姨会送我过去的，您不用担心。"

"小裴啊，她那边我早就问过了。她说她太忙了，没有办法送你，只能送你到机场。"

郁绵愣住："什么？"

郁闻青笑着说："好了，这件事就这么说定了。先挂了啊，你奶奶在叫我呢。"

郁绵握着手机，轻声说了句"再见"。电话挂断后，她坐在沙发上发呆。裴松溪真的都不送她过去吗？尽管他自己说长大了，要独立，可是听到裴松溪不送她，还是会不习惯，甚至觉得有点委屈，毕竟自己从小到大的重要时刻，裴姨都陪在身边啊……

门外传来钥匙响动的声音。

一直在外出差的人终于回来。

裴松溪在玄关处换好鞋，提着包走进来，看见她在沙发上坐着，一言不发，还以为发生了什么，忙叫了她一声："绵绵？"

郁绵抿了下嘴唇，终究是没有忍住，跳下沙发，朝裴松溪扑过去，声音里满是委屈:"裴姨,你不送我去学校啊?"

裴松溪被扑得往后退了几步,提着包的手就僵在半空,过了几秒钟才反应过来,解释道:"最近工作比较忙,在谈的项目很重要,我实在走不开。"

郁绵抬起头:"就……两三天,不,就一天也不行吗?"

迎着她满是期待和渴望的眼神,裴松溪缓缓地摇头,声音很轻:"抱歉……"

郁绵用力地咬了一下嘴唇,差点哭出来,可是又觉得这么大了还哭鼻子很丢脸。只是不能陪她去学校而已,她已经是准大学生了。但一想到,裴松溪不能送她去学校,不能见证她的成长,郁绵就控制不住地感到委屈,她还没过十八岁的生日,是不是还能当个小孩,任性一下呢?

裴松溪将郁绵失落的神情全都收入眼中,可她只轻轻地拍了一下郁绵的肩膀,有些无力地安抚道:"好了,吃晚饭了吗?"

郁绵花了很大力气才整理好情绪,勉强挤出一丝笑容:"还没吃。"

"点个外卖吧。"

"我不想吃外卖。我想吃你煮的面,西红柿鸡蛋面就行,我最喜欢吃了。"

裴松溪点了点头,放下背包,往厨房里走。

站在客厅里的少女迅速用手背抹了下眼睛,深呼吸了几次,调整好语气:"你这次出差的时间好长,我还以为,我走之前你都不回来了。"

裴松溪背对着她,站在客厅里,声音如往常一般温和平静:"当然不会。"

郁绵倚着厨房的门框,突然想到自己还是第一次和裴松溪分开这么久,又想起明天她不送自己去学校,眼泪似乎又要掉下来。她匆忙转身:"我上楼一趟,早上晒了被子。"

"嗯,去吧。"

等楼梯上传来咚咚咚的脚步声,裴松溪打开冰箱门的动作顿住,她回过头,悄悄看了一眼郁绵刚刚站着的地方。

夕阳透过玻璃,光线温暖澄澈。裴松溪能想象出她站在阳光下的样子。

两碗西红柿鸡蛋面端到餐桌上,最后一顿晚餐显得过于简陋,毕竟明天她就要走了。

裴松溪放下筷子:"还是再点个外卖吧,你来挑。"

郁绵拿筷子翻着碗底,往常裴姨都会在下面藏着一个荷包蛋,果然,翻到了。她露出孩童般愉快的笑容:"不要,我就要吃这个,西红柿鸡蛋面最好吃了。"

吃完晚饭,裴松溪站起来:"我们去检查一下,看我给你收拾的行李有没有漏掉什么。"

郁绵把碗一堆,跟着她往上走,边走还不忘教育她:"裴姨,每次都吃那么一点点,这样对身体不好。"

裴松溪笑了笑,没再说话,站在楼梯上对她招招手,目光却落到照片墙,落到那次在机场给她拍的照片上。

郁绵也停下脚步,顺着她的视线看过去,有些好奇地问:"这是你什么时候拍的?"

"上次送你的时候。"

"哇,裴姨,你偷拍我!"

她站在那里看照片,从第一张看到了最近的这一张。她喜欢这张照片,笑起来显得很阳光很灿烂。

裴松溪低下头笑了笑,问:"你要把这张照片带走吗?"

郁绵回过头,感到有些疑惑:"当然不。这是我们的回忆啊!"

裴松溪点了点头:"好吧,去看看你的行李,检查一下。"

在郁绵回来之前,裴松溪就把她常穿的衣服、书和一些小东西都打包好了,堆放在杂物间里。

郁绵还没看过自己的行李,被这个阵仗吓了一跳:"这么多?"

"夏天的衣服和冬天的衣服都装了……你离得远,而且北方冷得早,就都带上了。"

郁绵皱了皱眉,觉得有点奇怪:"我又不是不回来了?很快就到国庆节了,国庆假期回来再带也可以啊。"

裴松溪笑着说:"现在都带过去,以后你就不用再带东西了,比较轻松。"

"嗯,这倒也是。"

郁绵被说服了,蹲下来检查行李,发现裴姨已经将物品都分类打包好了,该带的东西都带了,很多自己想不到的东西,也全都装上了。她的画纸、彩铅、小妍送给她的橘子汽水味的香水、她买的无花果香薰……这些小东西都被装在盒子里,整齐地排列着,还很细致地塞了减震泡沫。她站起来,开玩笑地说："不知道的还以为我是要搬家呢。"

裴松溪低下头，笑意微微一滞，抬头时已经恢复了平淡的神情："好了，早点休息吧，晚安。"说完，便要离开。

就在她刚走出房门，准备替郁绵关好房门之际，郁绵却拉住她的袖子不让她走。

裴松溪低下头，就撞见她一双干净的眼眸。

郁绵的声音干净，澄澈如初雪，却藏着几分压抑不住的委屈："我明天就要走了，你……你不能多陪陪我吗？"

裴松溪转开眼，看着自己的脚尖："嗯？陪你说话吗？"

郁绵想了又想，才大胆地说："我今晚想跟你一起睡，就像小时候那样，可以吗？"

"不行。"

裴松溪的拒绝在郁绵的意料之中，可还是非常失望。

郁绵的眼眶控制不住地红了："我两个月没见到你……我回来了，你正在出差……说好的，你会送我去学校，现在却说不去了。我第一次离开家那么久，你就陪陪我，不可以吗？"

裴松溪抬起头，眼睛被头顶的灯光晃了一下，眼底有水光一闪而过："抱歉啊，绵绵。我最近有点失眠，需要一个比较安静的休息环境。"

郁绵一愣，过了片刻才点点头，硬生生把眼泪压了回去："你又失眠了吗……对不起！我都不知道。那你早点休息吧！晚安！"她说完就急匆匆地往自己的房间里跑，"嘭"的一声，把门关上了。

郁闻青坐了夜班飞机过来，在机场附近休息了一夜，约定好隔天在机场见面。

第二天一早，郁绵看到老人身后站着的一排壮汉，惊讶地问："这是……"

郁老先生笑眯眯地捋了一把胡子："给你搬行李的。"

郁绵的脸红了起来："爷爷，我哪有那么多行李啊！"实在是太丢人了吧！她这是去上学，需要这么多人跟着她吗？可是羞恼之余，她又觉得有点亲切。当年爸爸去上学的时候也是这样吗？爷爷是不是也夸张地叫了很多人跟着，所以才让他觉得丢脸吧？

第二十章 距离

郁闻青乐呵呵地笑起来，越过她，和裴松溪打招呼："你好啊！小裴，又见面了。"

裴松溪微微低下头："您好！您最近身体还好吗？"

"还算不错，之前动了个小手术，现在好多了。"

郁安清刚买了两份报纸回来，也和裴松溪打招呼："裴小姐。"

裴松溪朝她点了点头："麻烦了。我这次……就不过去了。"

郁安清一愣，她并不知道裴松溪不去，片刻之后才轻声说："放心吧！"

郁绵和郁老先生说了好半天，才终于说服老人家，把六个保镖缩减到三个。对此，她还是觉得又无奈又好笑。

机场广播的播报声音响起。

郁绵愣住，再也顾不上跟老先生说话，快步走到裴松溪的面前，沉默片刻后才说："我会好好照顾自己的。裴姨，不要担心我。"

裴松溪朝她笑了笑，给她整理好衣领："嗯。你记得，按时吃饭，规律作息，太晚了不要出去玩，走夜路的时候要跟同学一起，作业太多的话就不要做了。你长大了，绵绵……"

郁绵使劲地点着头。

郁安清叫她："小绵，要走了。"

郁绵连忙又把裴松溪说的话叮嘱回去："你也记得，按时吃饭，规律作息，太晚了不要出去玩，不要走夜路，工作太多的话就不要做了。"请你再等等我！等我再长大一点，就可以帮你分担工作上的压力了，郁绵在心里暗想。

裴松溪笑着说："好，你该走了，绵绵。"

郁绵抿了一下嘴唇，深吸了一口气："那我走了？"

裴松溪后退一步，笑着朝她挥挥手："去吧。"

郁绵用力地点点头，往前走了好几步，忽然又转过身，看着她。

裴松溪站在原地微笑，拿起相机，给她拍了一张照片。她朝郁绵摆了摆手，示意她往前走。

可郁绵却突然往回跑，扑过来用力地抱住她，声音闷闷的，像是要哭了："我会想你的。"

裴松溪垂下眼睛，看着少女的头顶发呆："嗯。绵绵再见！"

机场的广播又响了。

郁绵终于松开手，转过身就往前走，不敢再回头。

裴松溪看着她一步一步地走远。明明上次……也来送过她的。

原来那次只能算是预习。等真的到了这个分别的时刻，还是会感觉……绵绵好像真的要从她的世界里渐渐走远。

手机在背包里震动着。

裴松溪按了接通键，在嘈杂的机场，她的声音显得十分平静："魏意，我的机票准备好了吗？"

"准备好了，下午两点的航班。"

"好，我知道了。"

不远处，有飞机起飞，冲向云霄。

很快，巨大的飞机变成浩渺天穹上的小小一点。在蔚蓝天空上只留下一行洁白的飞机线，蔓延到目光难以触及的远方，消失不见。

永州大学里的道路笔直开阔，两旁种满了高大的梧桐树。

郁绵仰起头看着古树繁茂硕大的树冠，这是她喜欢的、令她感觉熟悉的存在。这座校园历史悠久，建筑质朴典雅，底蕴深厚，一走进来就让人觉得很惬意。

学校大门口设有新生接待处，一路走来，都有高年级的学长主动帮忙提行李，意图搭讪，被郁老先生白了一眼。

郁绵也有一种来到新环境后不可避免的紧张和亢奋，她的方向感不算好，看着偌大的校园，迷糊而努力地记住走过的每一条路。偶尔看到一些令她感到惊喜的事物，比如宿舍楼下的那条路旁种满了银杏树，叶子金黄璀璨，她忽然很想拍张照片发给裴松溪看。

入学的第一天是有些混乱的，幸好郁老先生安排周到，不仅带人搬行李，还带了先前那个令人讨厌的周尧。他忙上忙下，入住宿舍、报到、体检、领取军训的衣服……到了下午四点，这些琐事总算是忙完了。

郁绵很快就见到她的室友，有两个是南方人，还有一个竟然跟她一样，也是从明川市过来的，只是冷冷的，不太搭理人。

忙完这一切，郁安清催促郁老先生回家，他的岁数大了，这么奔波对他而言是非常劳累的。只是老先生不太放心，带郁绵在学校外面吃了顿晚饭，

第二十章 距离

临走的时候哽咽着说:"怎么一眨眼,我们小绵都长这么大了。"

郁绵顿时感到手足无措:"……爷爷,您……您怎么了啊?我很好啊。"

郁闻青看着眼前出落得亭亭玉立的女孩,又想起她早就在车祸中去世的父母,他觉得亏欠她太多,可她似乎完全没有这么觉得。她的心好像被什么给填满了,是这么安宁、平和。他无奈地笑了笑,摆了摆手:"没事,年纪大了,难免多愁善感了些,你不用管我。去吧!回学校去吧!爷爷要走了,你在学校要好好的。"

郁绵愣了一下,上前轻轻地抱了抱他,犹豫着说:"我知道您关心我的,我会好好照顾自己的。您放心吧。"

她对家人还没完全熟悉起来,所以动作有些僵硬,但她是温柔通透的性格,懂得老人家在难过什么,只能试着去安抚他的情绪。

郁闻青抹了一下眼睛:"哎,爷爷知道了。去吧!我们送你回去。"

站在学校大门外,郁绵看着那辆黑色轿车渐渐开远,消失在无边的夜色里,忽然轻声呢喃着:"只剩我一个人了啊……"

晚风吹得树叶簌簌作响,她走在昏黄的路灯下,给裴松溪打电话。

过了好久,电话才接通,清雅干净的声音传来:"绵绵,一切都忙完了吗?"

郁绵轻轻"嗯"了一声,有点负气地说:"忙完了。你怎么不打电话给我啊?"

"我……我有点忙。"电话那端似乎也隐约有风声,跟她耳边的风声连成一线。

"好吧……你一直都比较忙。"

"嗯,郁老先生呢?"

"他们回去了。"

"这么快就走了?"

"走了。我现在在回宿舍的路上……哎,这算不算你说的,一个人走夜路呢?"

裴松溪笑了:"不算……我在工作,先挂了,好不好?"

郁绵有些失望:"再多说一会儿可以吗?陪我走进宿舍吧。路上就我一个人,你陪我聊聊天,我就不那么害怕了。"

"好。宿舍环境怎么样?见到室友了吗?"

她没挂电话，郁绵的心情稍微平复了些："宿舍环境挺好的。室友也见到了，两个南方妹子，还有一个也是明川的学生，不过不是省附中的，好像是一中的状元。"

"不错，以后或许可以一起坐车回家。"

"她不太爱说话，对人态度冷冰冰的。"

"是，毕竟不是每个人的性格都像你这么好。"

"好端端的……"郁绵红着脸微笑，"夸我做什么啊？"

裴松溪也笑起来，声音十分动听，在夜风中听起来显得格外温暖。

郁绵走到宿舍楼下，却不想上去。她不舍得挂掉电话，在一楼来来回回地转着圈，又驻足看着宿舍楼下的公示栏发呆，有一下没一下地拨弄着上面的图钉。

裴松溪却好像能看见她在做什么一样，问她："你到宿舍了？"

"我……你怎么知道的？"

"听不到风声了。"

"哦，好吧！这边风好大。明川都没有这么大的风，吹得脸好疼。"

"北方就是这样的。好了，快进去吧，回去整理一下，早点休息。"

郁绵再不舍，也不知道还能再说什么了，只好往里走："好，我回去了。晚安！"

开学的日子又忙又乱。

宿舍里的年轻女孩总是在夜里关灯后聊天，两个南方妹子，一个叫苏玉，一个叫冉林，都是活泼开朗的人，很快就和郁绵熟悉起来；明川来的女孩叫沈灯轻，性格冷淡内敛，不太爱说话。

宿舍有两个外向的人，整个宿舍都会热闹起来。第二天一早，苏玉和冉林就拉着郁绵和沈灯轻去学校外面一家网红店吃早点。四个人都顶着黑眼圈、打着呵欠坐在早餐店里，一瞬间感觉距离都被拉近了。

等回学校的路上，郁绵有点不太自在地回头看了一眼。苏玉问她："你怎么了？"

"没事……就是感觉好像有人在看着我。"

冉林大笑起来："看你什么呀？看你是哪个院的小美女，准备拐走你呢！"

郁绵也觉得是自己过于敏感了,抿着嘴唇笑道:"又开我的玩笑!走了走了,院里的开学典礼要开始了。"

大学生活就这么开始了,最先到来的是军训,然后是各个院系学生组织的招新工作、各大社团的宣传大战……日子悄悄地过去,毫无声息。

教官很严格,她所在的班级每天早上比别的方阵集合更早,训练也更严苛,白天训练阶段几乎没有时间看手机。每天晚上回到宿舍,躺在床上,郁绵都会觉得腰酸背痛,还没看几分钟手机,就不知不觉地睡过去,醒来后又是新的一天。

郁绵一边准备分班考试,又报名参加了校辩论队和一个动漫社团,很难找到时间给裴松溪打电话,只能给她发消息。可是她们似乎永远不在一个频道上,消息发出去后要等很久才能看到对方的回复,等郁绵在军训训练的间隙再回过去,往往一天就过去了。等兵荒马乱的开学期忙完,考试、社团的面试都定下来,郁绵终于找到时间,给裴松溪打了第一通电话。

电话里传来那个熟悉的声音时,她的眼泪几乎要掉下来,一边偷偷嫌弃自己不争气,一边用更欢快的语气说话:"好久不见啦!裴姨!"

裴松溪轻声笑道:"好久不见,绵绵。"

郁绵从她的声音里听出疲惫,犹豫着问:"你最近很忙吗?"

裴松溪"嗯"了一声:"有点儿。你怎么样?还适应吗?"

郁绵躺在床上,戴着耳机。裴松溪的声音轻轻敲击着她的耳膜,一下又一下,她忽然觉得很是想念:"我……还好,但我想回家了。军训要到二十五号结束,很快就国庆节了,我……"

裴松溪轻声说:"国庆我不在家。"

郁绵愣了一下,才说:"没事的……我本来也在犹豫国庆节要不要回家,才过来二十九天,现在回去似乎有点麻烦。而且室友问我要不要去参加一个比赛,是我们院里面向大一新生的,我……"她一口气说了很长很长的话,说到最后忽然哽咽了一下,"你最近很忙吗?总不在家?"

裴松溪沉默片刻:"抱歉,绵绵。"

"你别说抱歉了,我就这么问问……而已。"

这个电话没聊多久,很快就挂断了。因为郁绵听到裴松溪那边有人说话的声音,说的还是英语,看起来在忙活着工作上的事情。于是,她不舍得再占用裴松溪的时间，只说了一句"早点休息"，就先挂断了电话。

军训结束了，建筑学专业的课程很多，任务又重，学生才休息一天就开始上课了。不过临近国庆假期，老师和学生似乎都有点不在状态，就连坐在第一排的郁绵也是看着窗外随风轻动的梧桐树叶发呆。

从早到晚的课程，等最后一节课的下课铃声响起，学生们伸了个懒腰，收拾好书包，三三两两地往外走。

刚出教学楼，苏玉和冉林对视了一眼，偷偷地笑着，然后拍了拍沈灯轻的肩膀，冲她挤了挤眼睛："你跟郁绵先回去，我们晚点儿回。"

沈灯轻点了点头："好。"

郁绵丝毫没注意到室友在说什么，从教学楼走回宿舍的路上下起了小雨。她撑着伞，听到雨滴轻轻落在伞面、落到树叶、落到泥土里的声音。她听到自己轻轻地叹了一口气。

今天是她的生日。裴松溪没打电话给她。其实生日……也不是多大的事情，可是今年过生日不仅没吃到裴松溪买的蛋糕，不能在烛光中许愿，甚至连……一句祝福都没有，她无法自控地感到失落。她总觉得少了点什么。

雨越下越大，沈灯轻用伞戳了戳她的伞："郁绵，你的书包都湿了。"

郁绵回过神，重新举正了伞的方向。等走到宿舍，她的衣服也湿了。她把雨伞放下，挂好，去浴室洗澡，出来后坐着擦头发。

沈灯轻说："你的手机刚刚响了。"

她愣了一下，把毛巾扔下，拿起手机，指尖上沾了水没办法解锁，她有点慌乱地拿纸巾擦了擦，点亮屏幕，有一个未接来电。是裴松溪打来的！原来裴松溪没忘记她的生日！

郁绵戴上耳机，回拨回去，大概过了几秒钟，对方才接通，电话里传来一如既往的温和的声音："绵绵，生日快乐啊！"

原先空缺的地方瞬间被填满了。她的唇角微微弯了起来，站在窗边给裴松溪打电话："裴姨，你在家吗？还是在哪里啊？"

"嗯……在家。"

窗外的雨越下越大，郁绵把窗帘拉上了："哦，听到你那边大的雨声。我刚回到宿舍，今天下了好大的雨，幸好回来得早。"

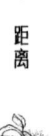

"下雨天就不要出去了。给你的礼物应该明天到,这次估算错时间了。"

郁绵低下头笑了笑,窗户玻璃上水雾朦胧,她的指尖在玻璃上移动着,下意识地写出几个字,很快又模糊掉:"礼物不重要,我什么都不缺,不要总给我买东西了。"

裴松溪也笑道:"毕竟是你的生日。"

郁绵咬了一下嘴唇,忍不住跟她撒娇:"我不缺什么。只是……你有空的时候,能来看看我吗?"

裴松溪的声音很轻:"……抱歉,我最近抽不出时间。"

电话那边忽然陷入了沉默。

裴松溪的耳边很快又响起一阵喧闹的声音,有人开门回来,似乎还有人大声说了一句"生日快乐",听起来像是她的室友,很热情地说给她带了生日蛋糕。

过了好几秒钟,郁绵才找回自己的声音:"好……我知道了,你照顾好自己。我先挂了。"

楼上靠窗那个房间热热闹闹的,玻璃上透着隐隐约约的暖色灯光。窗台上夹着一个粉色发卡,那是温暖的房间。

雨越下越大,雨幕中行人撑着伞,缓缓远去。

进入大学以后的学习生活比想象中更加忙碌。

建筑学院那栋专属的大楼被全校的学生们戏称为"两点半楼",就是因为这栋楼通宵亮着灯。即便是夜里两三点钟,还有学生结束了一天的学习,三三两两地往外走。

除了一系列的专业课程和公共基础课,设计课从大一就开始了,一个学期要做两个设计,经常要泡在模型室里。

郁绵跟了一个非常好的设计课老师,上手非常快,第一学期初就接触到Rhino(专业3D造型软件),后来开始学习Grasshopper(可视化编程语言,它基于Rhino平台运行)电池图。她不太喜欢熬夜,大多时候都是早上五点钟起床、跑步,再开始一天的上课和作业,因为时间规划得好,很少通宵达旦。

除了学习,学生社团也占据她很多时间。她看起来是温和、文静的性格,却在校辩论队跟队友一起斩获了新生杯的冠军,她更是一路拿下最佳辩手到决赛。聚餐时,学长学姐调侃她,说她看着软绵绵的,赛场上言辞犀利如钢刀,逻辑缜密,句句见血,实在厉害。

每当说起这个,郁绵就会想起小学时的逻辑课,想起风趣幽默的老师和迷糊的同桌许小妍,想起学校教室外的两棵银杏树,然后就顺理成章地想到裴松溪。

她敏锐地察觉到,她们之间的距离似乎在无声无息间拉远了。

有时候,裴松溪会在傍晚给她打一个电话,但更多时候,裴松溪很少主动联系她。

郁绵忙得转不过来时,只能在下课的路上给她打电话,但那时往往已经很晚了,她们说不了几句,就会挂断电话。

她不知道为什么会变成这样,她感到难过,可是她分辨不清这是不是自己的原因。

郁绵观察了一段时间,宿舍里的同学其实也不爱给家人打电话。苏玉和冉林的性格活泼外向,很快就恋爱了,在宿舍有时会跟男友连麦打游戏。沈灯轻还是比较内敛安静,日常沉迷于学习,偶尔会叫她一起去图书馆看书,似乎也没见沈灯轻给家里打过电话。

长大以后都是这样的吗?

——要渐渐学会独立,要渐渐学会一个人走路、吃饭、看书,要学会……学会不再给想念的家人打电话。

郁绵的课业压力很重,加上学校社团和校队的繁忙任务,偶尔会思考这个问题,但更多时候都只能放在心底,她渐渐感觉到了迷茫。她想起在来学校之前,裴松溪给她把所有要用到的东西都打包起来了,现在想想……好像就是希望她学会独立的意思。

郁绵的心里有一个不好的预感:裴松溪是不是嫌她是个包袱,好不容易她长大了,便希望她能独立一点,别再打扰自己了?

深夜,郁绵躺在床上看着手机里的通话记录,从最开始的两周一次,到后来的一个月一次电话,现在甚至一个月连一次都没有了。

郁绵没想到成年以后首先要面对的是分离。小时候,她希望自己能长大,长大以后,她却希望自己还是那个孩子。

郁绵不敢再给裴松溪打电话,有时会给她发消息,比如问问她明川市的

第二十章 距离

天气怎么样？问问她最近工作是不是很忙？可裴松溪的回复是令郁绵感到惊讶的。她说她现在不在国内，在欧洲准备开辟新的市场。这么一算，她们之间原来早就有了时差，难怪每次给她打电话时，听到她的声音都是那么疲惫的。郁绵感觉到了两个人之间的联系在逐渐变弱。

今年年初时，郁安清找到她，郁绵就担心过裴松溪不要她了，要送她回去。后来她回去看了爷爷奶奶，又回到裴松溪的身边。看得出来，那天裴松溪很高兴，她的心忽然也安定了下来——原来裴松溪没有不想要她，没有觉得她是个包袱。

可是现在看来，似乎是她理解错了。可能是因为那时候她读高三，临近高考，正是学习压力最大的时候。裴松溪一向是细致周到的，不会为了这件事影响她的学习。或许裴松溪早就计划好了，等她上大学了，就渐渐放开手，不会再管她了。

毕竟裴松溪为了照顾她耽误了这么多年，毕竟谁都要有自己的生活……

想到这一点，郁绵开始不再主动给裴松溪打电话，只是每晚临睡前都要看一遍通讯录，又看看聊天软件里置顶的对话框，数一数她们到底有多少天没有通过电话，又有多少天没有发过消息了……

直到元旦前夕，郁绵终于鼓起勇气，她在操场上散步，戴着耳机，拨通了电话。

这次，裴松溪接得很快，语气似乎还有些讶异："绵绵？"

郁绵笑道："裴姨。"

裴松溪也笑着问道："最近过得还好吗？"

郁绵无声地抿了一下唇角。多么客套疏远的开场白，一点都不像家人之间的问候。

"嗯，还好，你呢？"

"我一切都好，你不用挂心。"

郁绵犹豫着不知道说什么，她们之间的感觉似乎全都变了，不再是以前那种朝夕相处的时光了。她们之间隔着辽阔的大陆和深邃的海洋，隔了几千几万公里的距离……不，不仅仅是距离的问题，就连她们之间……也早就已经悄悄离得远了。

"我……我们很快就要期末考试了。"

"嗯，那你认真准备，尽力就好，对成绩不必有执念。"

裴松溪的语气一如既往的清淡温和，却似乎没有往下聊天的意思。

郁绵意识到了，也不再说话，沉默了好一会儿才问："我前几天看到魏意姐姐发的朋友圈，是在明川的机场，你们回来了吗？"

裴松溪停顿了一下，说："回去过一次，她还在明川，但是我又离开了。"

郁绵不相信，低低地笑了一下："这个时候工作已经结束了吧？你在骗我吗？"

"不是的……我在国外，有一些工作上的事情，今天刚好顺路来见朋友。"

郁绵追问："是谁啊？我认识吗？"

电话那端沉默了片刻，很快有一个温和醇厚的男性声音切进来："你好啊！小姑娘。我是温治臻。"

为什么会是他呢？那时候裴松溪解除婚约，她是过了几天才知道的，裴松溪更是从来没有跟她说过为什么会解除婚约？她也没有问。

也许是裴松溪感觉到了她的不安，近乎无家可归的惶恐紧张，也担心她被这样的负面情绪压倒。现在她找到了真正的家人，裴松溪是不是也要重新和温治臻在一起了呢？裴松溪是不是喜欢温治臻？所以现在，现在她长大了，裴松溪也去找他了。

郁绵知道温治臻一直在 E 国疗养，也听闻他的身体不好。前几年她也听到过裴松溪跟他通电话，听到裴松溪问候他的身体状况，语气温和，偶尔含着一点笑意。这是十分罕见的，因为裴松溪待人冷淡，这种主动问候别人的情况太少了，几乎从没发生过。

她知道裴松溪和温治臻从小就认识，放在偶像剧里就是青梅竹马，更不要说，他们本身实在很般配，现在没了她这个麻烦了，他们是不是……是不是要结婚了？

电话那端又传来裴松溪的声音："绵绵，你还在吗？"

郁绵轻轻"嗯"了一声，克制着哽咽："……在。"

"好久没听到你说话，以为你挂了，刚刚治臻跟你打了个招呼，我没有骗你。我最近在英国。"

"嗯，我知道了。"可是想问的话再也问不出口了。

原本郁绵想问她，元旦很快就要到了，有三天的假期，想回家和她一起过节，现在看来裴松溪是赶不回来了。

裴松溪还在轻声说着话："生活费够花吗？天气冷了，记得买几件新的羽绒服，太旧的衣服不暖和。"

"够的，很够的。"

银行卡里，裴松溪每年都给她存很大一笔钱，更不要说家里爷爷、奶奶、姑姑都会给她打钱，可是……可是她忽然感觉，自己似乎已经没有家了。

原来长大是这种感觉吗？

她觉得自己无家可归了。

裴松溪听出她的情绪不太好，停顿了几秒钟，才克制地说："绵绵，你已经十八岁了。答应裴姨，要好好照顾自己，知道吗？"

郁绵轻声说："好。"然后，她把电话挂断了。

第二十一章
疏远

北欧的冬天难得有了太阳，那种湿冷的感觉减淡不少。日暮西垂，光线瑰丽动人。

辽阔宽敞的马场上有骏马狂奔，裴松溪回头问："治臻，你的身体状况，现在恢复到可以骑马了吗？"

温治臻点了点头："之前做的手术很成功，现在可以骑一小段了。不过大部分时间都只是来这里，然后坐在这里喝茶，看着别人骑马。"

裴松溪笑着摇摇头："你何必呢？来到这里眼馋别人，还不如在家里待着……也不对，你现在就不应该在这里，你应该去澳大利亚，这里太冷了。"

温治臻给她倒了一杯茶："那你呢？你最近在这里，是因为工作上的事情吗？"

"是，有一笔很大的融资项目在谈。"

"这半年你似乎一直在国外，你家里那个小姑娘呢？你离开那么久，她不想你吗？我记得当初她可黏着你了"

裴松溪的笑意微微顿了一下，才悄悄垂下眼睛，看着茶杯上盘旋而起的热气："她上大学了。永州大学，离家很远，课业压力很大。再说了，绵绵都多大了，哪能还像小时候那么黏人。"

温治臻刚想说什么，她放在桌上的手机就响了。他看出裴松溪接电话的动作微微有些急促。裴松溪站起来，走到旁边说了几句话，声音低低的，也不知道说了什么，很快就走回来，无奈地笑道："绵绵不相信我在国外，你跟她说句话吧？"

温治臻接过裴松溪的手机,温和地跟她打招呼:"你好啊!小姑娘。我是温治臻。"

他没有听到对方的回答,便把手机还给裴松溪。裴松溪似乎又说了几句,但很快就挂断了,回来坐下,茶都凉了。

温治臻给她重新倒了一杯茶,笑道:"松溪,看起来,你现在跟小姑娘的相处状态不是很好。"

裴松溪接过新茶,低声说了一句"谢谢",清冷干净的眉眼上像是笼罩着淡淡的云烟,她的声音很平静:"在调整。可能有一些小问题。"

"说说看,调整什么呢?"

温治臻的语气是一如既往的温和亲切,裴松溪笑了笑,回答了他的问题:"你知道吗?有种情绪问题叫过度依恋。简单来说,你对经常见到的人……因为一天一天地接触,这种依赖感会逐渐加深。毕竟,人的习惯是很可怕的东西……"

"嗯?所以你认为,这是不好的,是吗?"

"当然,不管是对人还是对物,这种情绪都不好。"

"说得再具体一点吧。"

裴松溪缓缓地点了点头,斟酌着语句:"绵绵对我,似乎……有一种过于强烈的依赖了。这对绵绵来说不是什么好事,毕竟我不希望因为我而影响她未来的发展。而且我看过一些心理学方面的书,也咨询过心理医生,他们都认为这是因为绵绵小时候遭遇剧变,失去亲人,无依无靠,所以会本能地对我产生过度的依赖。"

裴松溪的眉心微微蹙了蹙:"总之,我和她的家人聊过,绵绵和同龄的孩子不一样,小时候意外失去父母,导致她没有什么安全感……你可能无法想象,她小时候会因为一篇讲到时间和死亡的课文,回家趴在我的膝头上大哭。所以我……"

说着说着,裴松溪停下来,沉默了半晌才笑了笑:"所以我只能尽可能地待她好一点。但你也知道,我哥哥和绵绵父母出的那场事故脱不了干系,即使他已经受到了法律的制裁,但过错无法弥补。绵绵失去父母,小小年纪无枝可依,始终把明川当作她的家,与她真正的家人无法亲近,我有时不知道应该怎么面对绵绵对我的依赖……甚至会有种负罪感,是我没有教好她。

绵绵本来应该拥有一个更美好的人生。"

温治臻认真地听着，微微地点了点头："可在我看来，你已经做得很好了。"

裴松溪轻轻舒了一口气："现在她长大了，该让她自由飞翔，拥有自己的人生了。"

她不是个宽容温和、情绪稳定的成年人，性子太冷，也不爱与人亲近，对绵绵一向关心，尊重多于爱护，尤其是在郁绵步入青春期以后，她给郁绵空出了很多空间。

可能是因为她没有把握好这个边界，太过冷淡，所以郁绵才会更主动地寻求她的关注，希望得到更多的关爱，例如提出要她多陪陪之类的要求。

温治臻无奈地摇头："那你要怎么解决这个问题？"

裴松溪低头笑了笑："先尝试一下远距离疗法吧，之前心理医生比较推荐这种方法。再说她的家人对她很好，她会慢慢回到属于她的家庭。在学校里，她会见到很多同龄人，或许很快就会在大学校园里遇到喜欢的人。她现在可能还不太适应，等她再长大一点吧，应该就过去了。"

温治臻不置可否地挑了挑眉："那你呢？"

"我？"

"你不会觉得不适应吗？毕竟郁绵是你一手带大的。"

是啊，郁绵是她的家人，是她亲手种下的玫瑰花，更何况，她再没见过比郁绵更可爱的孩子了。

裴松溪淡淡地笑了一下："还行吧。现在我暂时没想太多。我大哥的医药销售公司现在在我手上，郁家那边郁安清在管事，她人还不错，承诺以后会把一半以上的股份和收益给绵绵。我刚跟她达成合作协议，最近工作上的事情太多了，我没时间想这些。"

温治臻想起裴松溪最近半年的工作状态，又听到她的后半句话，了然地笑了笑："你啊，永远都是这样。"

裴松溪不再说话，夕阳即将落下，她站起来，往外走了两步，伸出手掌，感受到光落到掌心的温度。她蓦地想起了某个雨夜，想起了窗台上的一盏灯光。一如此刻，有光明晃晃地落在她的身上。

永州大学的寒假很短，荣获全国大学假期长度排行榜上的倒数第一，真正开始放假已经到了一月底。

郁闻青早早地给郁绵打过电话，会开车在学校门口等她。

郁绵拖着行李箱，看到他的身后跟着的两个黑衣保镖，还是觉得又无奈又好笑："爷爷，您怎么又带这么多人？"

郁老先生摸了摸她的脑袋："你不懂，好了，咱们回家。"

郁绵坐上车，有点困，刚眯起眼睛就听见郁闻青叹气："这十几年，我一想到你爸爸要走的那天。司机说要送他，我不让。如果当时我答应了，或者挽留他了……一切就不会发生了。"

"爷爷……"

"我现在一看到电视上说的女大学生放假回家路上被拐卖，我就担心啊……我好不容易才把你找回来，可不敢再把你弄丢了，要不然死了以后也没脸见你爸爸啊……"

郁绵被他说得一愣，红了眼眶。她轻轻握住了老人的手，笑道："我长大了，不会再走丢了。"

郁闻青摸了摸她的脑袋："哎……好，小绵长大了。爷爷也放心了，你奶奶还念叨着你呢，你今年去哪儿过年啊？"

郁绵又是一愣，她下意识地想说回明川，可是一想起她现在和裴松溪之间逐渐疏远，眼眸黯淡了下去："我……我去清宁可以吗？"

郁闻青一喜，紧紧握住她的手："你也想回家过年吗？小裴那里说过了吗？"

郁绵低下头："还没有。我……我打个电话给她。"

郁闻青很期待地看着她："哎，你打，你打！说话要注意一点啊，毕竟小裴把你从小带到大，她对你肯定也有感情，一下子知道你不回去，应该会很难过的。"

郁绵笑得勉强："可能吧。"

她拨打了裴松溪的电话。

距离上次跟她说话刚好过了一个月，电话接通的那一瞬间，还没等裴松溪开口，郁绵就抢先说："裴姨，我放假了。我有件事想告诉你。"

裴松溪停顿了一下："你说。"

"爷爷来接我了,我想跟着他回……回家过年,今年就不回明川了。"

"确定不回来了吗?"

"嗯,"郁绵偏过头,看着车窗外匆匆倒退的建筑,"不回了。你……你工作再忙,也不要在国外过年,记得回家。"

等车开回郁家,郁绵从车上下来,有一瞬间的茫然。第一次很仓促,第二次有裴松溪在,第三次是她自己选择的。

郁闻青将她茫然的神色收入眼底,慈爱地笑道:"进去吧!你奶奶在家等你呢!"

郁绵点了点头,走进这个对她而言还算是陌生的家。

大概是因为上次回来过,所以她会更自在一点,再加上方锦棠慈爱可亲,郁安清待她也一向很好,便很快就放松下来。

只是上次见到的小婶婶陈舒不在家,郁安舟也不在。

郁绵问出这个问题时,两位老人的神色明显黯淡了几分,还是郁安清低声告诉她:"安舟在服刑。陈舒带着两个孩子回娘家了。"再多的,就不再往下说了,似乎不太愿意让她知道。

郁绵很乖觉地没再问下去。

方锦棠让厨子烧了很多菜,她一边给郁绵夹菜一边说:"听说你喜欢吃牛肉和虾,来来来,多吃点儿。"

郁绵低声说:"谢谢奶奶。"

听说啊,是听谁说的呢?

郁闻青看她情绪不高,悄悄握了握妻子的手,示意妻子不再说下去。老先生偶尔说几句以前的事情,说她以前小小年纪就很体贴,看到一个老花匠摔了都会跑过去把他扶起来。

郁绵听着以前的事情,感觉又陌生又亲切,一切似乎太过久远了,可是好像又在光阴中渐渐浮现。她微微笑了起来:"那我以前乖不乖?"

郁闻青捋了一把胡子:"你啊,你多喜欢拆家你知道吗?还有楼上的阳台你看看,那时候放了半桶红油漆,你才那么点儿,就拿起油漆把整个阳台涂了个遍,那可都是你的'杰作',怪不得现在在学建筑呢,小时候就想着搞设计了。"

郁绵被他说得脸颊发烫，难得有了一点儿这个年纪女孩该有的脾气："我才不信呢，肯定不是我做的！我明天要上去看看，没有证据的话我才不承认呢！"

老人哈哈大笑起来："瞧瞧这副不讲理的样子，就跟你小时候一模一样！"

郁绵咬了一下嘴唇，眼神又骄傲又明亮："才没有呢。"

家里的氛围终于转好起来，似乎只要不去触碰到某个人，她就只是那个温暖、阳光的小姑娘，像新生的露水，显得又干净又明亮。

她今晚有点食欲不振，可能是坐车太久。晚餐只吃了小半碗饭，就先回了房间。

推开房门，里面的一切还跟她上次走的时候一样，刚晒过的被子松松软软，床单干净整洁，那幅全家福还挂在原来的位置。

月光透过玻璃照进来，却不再有人坐在床边看着她睡觉了。

她脱掉外套，迅速进浴室洗了个澡，准备睡觉的时候却意外地发现自己饿了。

嗯……她好像一直都挺会吃的，这些年来被喂得太多了。

楼下客厅里静悄悄的，大家似乎都休息了。

她趿着拖鞋下去，到厨房里找了找食材，正好有面条、西红柿和鸡蛋，她没惊动其他人，自己煮了一碗面条。

一碗西红柿鸡蛋面很快就做好了，她又找了一瓶开过封的红酒，偷偷倒了小半杯，一个人在餐桌前坐下了。

她先喝了一口酒，像是在跟某个不存在的人碰杯，轻声说话："庆祝你度过一个不一样的寒假，不一样的新年。"

她不需要有人回应，把酒杯放下了，开始吃面条，拿筷子挑起细细的一根，看着看着却愣住了……她从明川离开的前一天晚上，吃的也是一碗西红柿鸡蛋面吧……不对，吃了一碗半呢，还有裴松溪没吃完的那半碗。

清冷的月光透过窗台落进来，皎皎如霜。

郁绵对着空气轻轻叹了一口气，过了一会儿才想起了什么，忽然拿起筷子在碗里戳了戳，很快就找到了碗里藏着的鸡蛋——明明是自己埋进去的，可是现在找出来又觉得很高兴。这像个自娱自乐的小游戏。她开心地笑了。可是笑着笑着，眼泪又掉到了碗里。

新年假期很短，过得很快，到了腊月三十那天，郁绵从早到晚都在收信息和回信息。群里一直是热热闹闹的，吵得厉害。

知而能行：崽，你今年过年真的不回明川了吗？

唯风知意：我和梁知行还说要去找你玩呢。

小小许爱吃棒棒糖：对啊！虽然我不在，但是，你不回来喝你父皇和母上大人的喜酒吗？

唯风知意：许小妍，你走开！

陶让：新年快乐！

还是熟悉的人，熟悉的腔调，给了郁绵一种错觉，似乎一切还没变。

吃完一顿丰盛的年夜饭，她坐在沙发上，唇角微微牵起，在群里回复：今年不回了。想要找我玩的话，可以来永州啊。

群里又是一堆表情包，说着那些无聊却亲切的废话。

过了一会儿，她退出群聊的窗口，才看见许小妍私聊她：你不回来，是不是跟你裴姨闹别扭了啊？

郁绵回：没有。

许小妍：也是……毕竟现在清宁才是你的家，你回去也正常。好吧，我就是觉得裴阿姨一个人在家过年也好可怜哦，看她好像跟家里的关系不好，身边也没有什么朋友……

郁绵垂下眼眸，没有再回复许小妍的消息。

她忍不住去想裴松溪现在在做什么，应该是在裴家吧……是不是在陪太奶奶看电视？还是在给裴之远发红包？或者是又在损林默小叔叔了……还是，在跟温叔叔打电话聊天？会想起自己吗？

"小绵，来吃点水果。"郁安清端着果盘从厨房里出来，叫了她一声，把果盘放到茶几上，"怎么在发呆？"

郁绵摇了摇头："没有，在跟同学聊天。"

郁安清看向她的目光里隐隐约约有担忧，刚好两位老人不在，她说话也自在一些："是不是想回明川了？"

"我……"

"我看得出来你想。如果真想回去，明天让司机送你过去好了。"

郁绵抿了一下嘴唇，想了想说："还是不了。"

第二十一章　疏远

"是……是因为裴小姐吗?"

"不,跟她没有关系!她很好!"

郁安清和裴松溪交流过,这个人比她想象得更理智、淡漠,她原以为裴松溪无法处理好这件事,以为裴松溪会不舍、会挽留,没想到那天聊过之后,裴松溪对她的观点似乎并无异议——郁绵现在太小了,所以不能处理这种有些过分的依赖,容易形成依赖性人格,对她的成长是不利的。

但是现在,她看着郁绵凝视空气发呆的样子,心里又觉得难过。她斟酌着用词:"小绵,或许你会觉得我们大人了解不了你们年轻人的想法。可是……"

郁绵偏过头,笑着打断郁安清的话:"我知道的,姑姑,你不用担心。"她的眼神里或许还有茫然,但是清澈而坚定,而且分明透露出一种极强的决心,不允许别人干预她的选择。

郁安清看着她,忽然想起她的父亲,真是一模一样啊……看起来温和文静,但骨子里又是如出一辙的坚韧,对于自己所珍惜的一切,都有着极强的信念和决心。她不再劝慰,只是温和地拍了拍郁绵的肩膀:"好了,早点休息吧。"

郁绵轻轻地"嗯"了一声:"我回房间了。"

房间里换上了大红色的床单被套,显得格外喜气,就是红得有些刺眼。

时间还早,她打开电脑看了一会儿文献资料,等到窗外有鞭炮和烟花的声音响起时,才关上电脑,准备睡觉。躺到床上,郁绵又拿起手机,点开最上方的置顶对话框,光标停在输入框里,忽然发现最上方开始显示"对方正在输入中"。

她的心开始狂跳起来,裴姨是要和她说点什么呢?是祝她新年快乐,还是要关心她在清宁习不习惯?

在新年刚过一秒之际,屏幕上弹出转账消息。

很大很大的数额,就像以前拿到的很厚很厚的红包一样。

只是这次,她没有点开。

很快,一条新的消息发过来:新年快乐!

郁绵把手机贴在胸口的位置,过了片刻,也回复她:新年快乐!

寒假假期太短,很快就开学了。

进入大一的第二个学期，生活节奏变得更快了。比上学期更多的专业课，设计课要做的东西也越来越难；通识教育课有学分要求，郁绵跟室友一起坐在电脑前，打开浏览器一次又一次地抢着课；社团里的活动变多，校辩论队那边开始组织和外校进行比赛，往往在单周组织模辩，双周打正式比赛，最忙的时候她几乎每天都在跟队友讨论辩题。

时间的齿轮疯狂地转动着。

在这个春天，郁绵见到很多北方独有的花，感受到北方春天的大风，认识了很多新的朋友，上了很多有意思的课程。也开始渐渐习惯了每个人都有自己的生活，习惯了一个人去上通选课程，一个人在院楼熬夜画图，一个人吃饭，一个人走路了。

郁绵在清明假期的时候回过明川一次，那是因为许小妍回国，她们已经很久没见了。

可是安溪路 268 号的房子里空空荡荡的，她在那里待了三天，家里始终只有她一个人。于是，五一假期她没有再回去，而是留在学校里加了一个老师的课题组。

五月以后就是紧张的考试月，大学考试的战线拉得很长，等考完试已经到七月中旬了。

宁大已经放假，在国外的许小妍，极力邀请他们几个趁着暑假去找她玩。

景知意和梁知行立刻答应，可是答应完了又开始担心陶让，毕竟他的父母早已去世，这么多年他都是一个人过来的，也不知道他有没有钱担负出国旅行……梁知行当然不介意帮他买机票订酒店，可是他怕伤害到陶让的自尊心。

郁绵也犹豫了很久，没有回复，直到许小妍打电话过来连威胁带哭诉，她不得不答应，还顺带把问陶让的活儿给揽下来了。

陶让答应了，比她想象得更加爽快："我这个暑假没有安排，随时可以，你们定吧。"

郁绵觉得很吃惊："你……真的可以吗？"

陶让懂得她为什么疑惑，他的声音清润明朗："放心，我入学拿的最高等级的新生奖学金，大一参加了两个比赛、三个项目，奖金丰厚，现在在联系一个社区和一家公司对接，负责残疾人的日常生活保障问题，有薪酬的。"

第二十一章 疏远

郁绵听着听着就笑了，由衷地称赞他："陶让，你的行动力很棒，很优秀。"

陶让低声笑道："谢谢。你也一直很优秀。"

挂断电话后，郁绵在群里汇报消息。

梁知行和景知意负责选定路线，从东北出发，坐火车穿过亚欧大陆桥到俄罗斯，再换乘火车穿过欧洲大陆，一路上的行程安排得紧凑、丰富。

郁绵在永州等他们汇合，带着朋友逛遍这座清雅质朴的校园，踩着地上的梧桐叶，吃过当地的特色小吃，然后再一起从永州出发，前往东北，搭乘火车。

因为旅途很长，梁知行订了四张软卧票，刚好在一个包厢，门一关就成了他们专属的小小空间。阔别已久的朋友终于重逢，有说不完的话。尤其是两个女孩子，会从一场画展谈到新出的枫叶红色号的口红，有时候坐在火车过道旁边的位置，看着火车穿过辽阔无边的平原，也能惊叹连连。他们在车厢里打牌、玩游戏，请求乘务员帮他们合影留念，笑容阳光灿烂，没有半分阴霾。

郁绵的心情也变得轻松许多，大学的第一个学期她是茫然且无所适从的，有时会偷偷观察别人，看看是不是只有她这样想家，后来她不再刻意去关注这个问题，学业和业余的其他活动把所有时间都填满了。

火车穿过俄罗斯，进入西欧之后，她却开始变得犹豫了，经常在睡前看着手机发呆，思考着要不要发消息。

在出发之前，她跟郁闻青通过电话，说了要跟朋友出去玩。老人家有点不太放心，可还是尊重她的选择，一番叮嘱之后就同意了。至于裴松溪……郁绵没有跟她说。

这半年来，她们之间的交流寥寥无几。

裴松溪会定期给她打电话，问她学习和生活的情况，有没有遇到什么不开心的事情，在学校里要注意安全，钱还够不够花……

郁绵慢慢总结出一个规律——裴松溪会在每个月二号的早上七点三十五分打来电话，聊天时间大概是八分钟，问的问题都差不多，语气也是温和平静的。

郁绵不再奢望裴松溪能来看她，也不会再主动给她打电话、发消息，好像忽然间长大了一样，不再跟她撒娇，也不会再对她提出请求。在接到她的电话时，郁绵的声音也是平和的，会跟她说一下学校的小事，大多是一点简单的日常，却从没说过遇到的任何烦恼和不愉快。就连这次来欧洲玩，也没有告诉她。

郁绵看了看天空上明亮皎洁的那轮月亮，在黑暗中悄悄翻过身，伸手掬了一把寂静冷清的月光，慢慢捧到了怀里。

七月的欧洲不算热，早晚都比较凉爽，中午气温偏高一些，但总体来说还算舒适。

裴松溪穿着祖母绿开衫，站在花圃前，跟管家聊着天。

最近半年在国外待的时间越来越多，她不喜欢酒店，便买了一栋小别墅，请了管家打理。

管家姓韩，是个五十岁的华裔女人，打理起房子很有一套，除了请钟点工来打扫卫生之外，做饭由她负责，就连院子里的小花圃，也被她种上了成片的玫瑰。

此刻，她正在松土，把几棵新买的玫瑰栽种下去，浇水，脸上带着平和快乐的笑容："裴小姐，你看看这花，开得多好啊！"

裴松溪低低地"嗯"了一声，指尖从花瓣上拂过，垂下眼睛，也不知道想到了什么。

手机轻轻地震动一下，裴松溪拿出来看了一眼，是魏意发来的信息。

魏意说，郁绵找她聊过天，问她欧洲哪里好玩。郁绵似乎来欧洲了。

裴松溪愣了一下，轻轻地皱起了眉头，绵绵这是……来找她的吗？

她很快点开和郁绵的对话框，屏幕上干干净净的，她们最近一次对话是在四月份，郁绵问她，是不是在国外？

裴松溪点开郁绵的头像，才发现一条五分钟之前的社交动态，发了九张照片，巍峨壮丽的欧式教堂、穿着洁白婚纱的新人、广场上的喷泉和白鸽……她的手指已经滑向最后几张图，原来是来看朋友的，那个爱吃棒棒糖的许家小姑娘，像个树袋熊似的抱着郁绵的胳膊……再往后，似乎是在火车上拍的。

清瘦俊秀的男孩与短发姑娘十指相扣，他们旁边站着一个清润温和的男孩，目光含笑，看着身旁长发乌黑、眼神干净明亮的秀致女孩。

年轻的孩子们坐在车上。扑面而来的生命力。

管家也好奇地看了一眼，笑着说："这是你说过的小姑娘吧？长得真好看。不过啊，裴小姐，你比我想象中更开放啊，竟然同意这种情侣旅游。"

裴松溪的指尖顿住，声音不太自然："你说……什么？"

管家已经转过身去继续浇水："情侣旅游啊。现在小年轻们都喜欢成双成对地出来玩。我这个人思想比较传统吧，其实不太能接受，尤其是女孩子，要保护好自己，谁知道旅途中会发生什么……"

裴松溪抿了一下嘴唇，忽然转身往回走，回到房间里，站在窗边看楼下院子里花圃里盛开的花朵，又想起那张照片……轻轻舒了一口气，过了很久，心绪重归平静。这一晚，她在床上辗转很久，始终无法入睡，不得不吃了两片安眠药。只是一睡着就开始做梦，梦到郁绵高三去画室，梦到郁家人忽然找来，郁绵起来要跟着他们走……

裴松溪在梦中惊醒。梦里那种紧张、担心……交织成极其复杂的情绪，似乎还在她的心里激荡。也许她也是这么一个传统的人，接受不了所谓的情侣旅游。

裴松溪再也睡不着了，趿着鞋走到窗边，推开窗户。

夜风吹进来，风中有花香。

裴松溪抬起手，揉了揉有些发涩的眉头，突然低低地笑了笑。

但凡用心爱护过的，失去的时候总会有些难过。

这是再正常不过的情绪。

她种下的玫瑰如今热烈璀璨，却似乎也拥有了更广阔的天地。

翌日，清晨。

管家刚给玫瑰浇完水，进了客厅看见她，笑着问："裴小姐，早上好，昨晚睡得还好吗？"

裴松溪喜欢她亲切开朗的性格，也笑着回答："睡得不错。"

"哦……可是我看你的脸色似乎不太好。记得保持心情愉快啊！"

"嗯，谢谢！"

管家在房间里忙碌了一会儿，剪了几支玫瑰，插在客厅的花瓶里。

裴松溪看着那热烈明媚的花朵，微微有些失神，很快又调整回来。今天还有一场很重要的商务会议，她不能迟到。

裴松溪推开门出去，夏天的阳光清澈干净，气温也是令人舒适的，只是她一整天的情绪状态都不太对，连陪同她参加会议的魏意也发现了，在会议间隙小声问她："裴总，您需要咖啡吗？"

裴松溪说不用，沉默了片刻才问她："魏意，这一年你几乎都跟着我在国外。有想过回去吗？"

魏意低下头笑了笑，她跟着裴松溪很多年了，说话也没有遮掩："想过，但也不是很想。您说的啊，等这次谈完生意，回去之后提拔我做大中华片区的副总负责人，我当然要好好工作了。"

裴松溪静静地听着，忽然问她："那明燃呢？"

魏意微笑着说："她好像要结婚了吧？"

裴松溪没再往下问，因为会议又继续了。

这一天的工作结束得很早，她开车回去，经过花店的时候临时兴起，买了一束素馨茉莉，准备回去把客厅里的玫瑰花换掉。等到了家，她捧着花下车，却意外地看见管家站在铁门里，似乎在说着话，神色很为难。

门外是一个高挑纤细的年轻女孩。

裴松溪手里的花束握得更紧了，她下意识地往前走了一步。

正在说话的两个人都被惊动了，站在门外的女孩很快转过身。因为逆着光，裴松溪看不清她的样子，可还是认出了她，认出了好久不见的人。

郁绵用力咬了一下嘴唇，朝裴松溪走过去，她是用尽了所有勇气才来找裴松溪的。她很怕裴松溪质问她为什么要来这里？为什么没有提前跟她说一句……

可是裴松溪没有。

裴松溪只是看着她，看着眼前一年不见的小孩。

原来郁绵长大了这么多，脸颊的婴儿肥渐渐褪去之后，五官的轮廓线条变得更加清晰。

裴松溪终于开口，声音在晚风里显得低沉、温柔："吃饭了吗？"

郁绵几要说不出话来，裴松溪没问她为什么来找她，也没有叫她回去，只是问她吃饭了吗？

好像她们不是很久未见，好像她们之间所有的冷漠都不存在，好像还是以往那无数个平淡却快乐的傍晚，她只是出去玩了一趟，回到家，随意地说着话。

郁绵找回自己的声音:"还没吃。"

"好,那我们出去吃个饭。"

车子从小城里的道路上穿过,郁绵偏过头去看周边的建筑,开口问她:"这一年都在这里吗?你在这里住了很久?"

裴松溪目视前方,声音冷淡:"没有。才住了几个月,工作需要,下半年应该就走了。"

"这么快就要走了吗?"

"嗯。看工作情况。你呢?在学校怎么样?有认识新朋友吗?"

"已经很适应了,跟室友的关系不错,上选修课认识了两个新朋友,她们人很好。"

裴松溪点了点头,没再说话。

车里很快就安静下来,氛围闷闷的。她们之间是很熟悉的,哪怕一年没见,说话的时候也并不觉得尴尬,可是终究没有那种亲近的感觉了。

郁绵看着窗外的天空出神。

直到裴松溪轻声笑了一下,道:"谁教你的,都不叫人了?"

郁绵回过神,过了几秒钟才反应过来,抿了下嘴唇:"裴姨……"

裴松溪微微偏过头,那双平湖似的眼睛弯出一点好看的弧度,似笑非笑地看着她:"嗯。"

郁绵有点窘迫,岔开话题,道:"我们吃什么?"

车已经在减速了,裴松溪找到地方停车:"一家中国菜餐厅,做得还可以。"

进了餐厅,桌子一边是软沙发,一边是长木条椅,裴松溪让她坐进去,把菜单递给她:"点菜吧。"

"我不知道什么好吃,你点?"

"好。"

裴松溪接过菜单,勾了几下,递给服务员。

餐厅里的客人不少,上菜的速度却很快,土豆牛腩、番茄炒蛋、清炒西兰花。很家常的味道,谈不上多好吃,但是都是郁绵喜欢的菜。

郁绵低下头笑了。其实她并不饿,有点吃不下去,拿筷子在碗里轻轻戳着,夹起一点点米粒送到嘴里。

裴松溪刚好看到这一幕，就想到她刚到家里的时候。那时候她还那么小，每次吃饭的时候就只吃那么一点点……现在一晃眼，都长这么大了。

郁绵察觉到裴松溪的目光，抬起头来看着她笑了下："怎么了？"

裴松溪抿了下嘴唇，没有回答她的问题："你的朋友呢？"

"我自己过来的，他们现在在威尼斯。"

隔壁桌似乎在喝酒，酒味隐隐约约地飘过来，郁绵偏过头看了一眼，提出了今天的第一个请求："我想要一杯酒。"

裴松溪下意识地拒绝："不行，你还太小。"

郁绵朝她笑了笑："我成年了。像你说的，我已经长大了，要学会自己照顾自己。"

裴松溪一愣，没想到郁绵会拿她说过的话当理由，让她无法反驳。

郁绵对服务员招手，要了一杯果酒，她很少有这么坚持的时候，裴松溪没再说什么。

醇香浓郁的液体在酒杯里轻轻晃荡，郁绵喝了一点，感觉有点辣。她其实不太能喝酒，可是现在她很想喝，喝了酒就可以装醉，装醉就可以假装自己还没有长大了。

那是不是就可以像小时候一样跟她小声说着话，吐槽同学和老师？是不是就可以大哭一场，问她为什么都不来看我？

裴松溪看着她把一杯低度数的果酒喝完，眉头慢慢皱了起来，注视着她的一举一动。

郁绵的脸颊有点红了，但吐字清楚，口齿清晰："我开学就大二了。"

奇怪……这样算是装醉吗？可现在……怎么感觉头真的有点晕了。

"嗯？"

"一年了。"

裴松溪给她夹菜的动作顿了一下，淡淡地笑着重复道："嗯，一年了。"

一顿晚饭吃完，出去时外面的天都黑了。

晚风凉凉的，从车窗外吹进来，有点冷。

裴松溪把车停在车库里，下车的时候才发现郁绵睡着了。她站在车门外，弯下腰想叫郁绵，就看见月光清冷地落下来，落在女孩的脸上。果然，绵绵还是个没长大的小孩子啊！

第二十一章 疏远

管家被她停车的声音惊动,走到院子里,看到她扶着那个年轻女孩下车,赶紧上去帮忙搭手:"她喝了酒?"

裴松溪"嗯"了一声,避开了她的手:"我来就可以了。你去收拾一个房间。"

管家住在一楼,二楼只有她的卧室和书房,其他房间都是空的。她挑选了一间正对着自己卧室的客房,让管家送了一碗解酒汤上来,然后就把门关上了。

门一关,原先睡着的人不知道什么时候醒了,柔软乌黑的长发凌乱地落在肩头上,眼神有些茫然:"这是……"

裴松溪走过去,推开窗户,清凉的晚风裹挟着花香吹进来:"我家。你休息一下。"

郁绵愣愣地说:"哦,你家。"

裴松溪立刻意识到自己说错话了,微微偏过头:"头还晕吗?我给你放了水,可以去洗澡吗?"

"嗯,好。"

裴松溪叮嘱她几句,才想起来她似乎只背了一个帆布包,里面有个不知道装了什么的长条形盒子,连换洗衣服都没带:"浴室里有干净的浴袍……其他的,你等等,我去给你找一下。"

郁绵点了点头,声音很轻:"好。"

裴松溪知道刚才的话伤到郁绵了,可是她似乎没有办法去弥补什么,只深深地看了郁绵一眼,就关上门出去了。

裴松溪下楼准备开车出去,管家有些疑惑地问:"裴小姐,你晚上还出去吗?"

"嗯,去给绵绵买几件衣服。你多注意一下,她喝了点儿酒。"

"要不我去吧?"

"不用了。"

裴松溪开车到了附近的商场,先选了两条裙子,结账的时候却有些犹豫了,也不知道现在绵绵喜欢什么样的衣服。以前郁绵的衣服都是她给买的,现在却不是了——郁绵今天穿着的裙子她没见过。

回到家,管家刚从楼上下来,笑着说:"刚刚去看了一下郁小姐,她刚洗完澡，只是没有衣服穿，问我你在哪里，能不能借用一下你的衣服。"

裴松溪抿了一下嘴唇："嗯，我上去就行了。"她快步走上楼梯，很快就停下来，"对了，明早煮点粥吧。"

"好的。就白粥吗？"

"对。"

裴松溪没再多说什么，上楼的步子有些急促。直到走到客房门外，才停了下来，她抬起手敲门："绵绵？我给你拿衣服了，可以进来吗？"

门内传来女孩有些犹豫的声音："稍等我一下。"

很快，郁绵过来开门，自己的衣服对她来说，似乎有点太大了。

裴松溪低头看了一眼，问道："怎么不穿鞋？"

郁绵有些无措地低下头，往后退了一步，让裴松溪进来："哦，我忘了。"

看起来好像是因为喝了酒而变得有点傻乎乎的。

裴松溪没说什么，把她的衣服放在床上，拿了毛巾出来，让她坐下："擦擦脚。"

郁绵顺从地在床边坐下了。

裴松溪又把衣服拿出来："我给你买了几件新裙子，你看看喜欢哪件？"

郁绵这才有点清醒过来。刚才在浴室里泡得太久了，再加上酒量一向不好，她的头有点晕，看着床上的衣服发呆："这个颜色……也太可爱了吧？"

裴松溪笑着说："你先将就一下，我只买了这个，不喜欢的话，明天再去买吧。"

郁绵忽然低声一笑，道："明天我就要走了。"

房间里立刻安静下来。

裴松溪抿了一下嘴唇，过去把衣服收起来，让她躺在床上，拉好被子，掖好被角："你喝了酒，还是早点休息吧。"

郁绵眨了眨眼睛："裴姨，你像小时候那样抱我一下吧，然后我就乖乖睡觉了。"

裴松溪愣住，一瞬间有点恍惚，随后摸了摸她的碎发："不行啊！绵绵……你长大了。"

郁绵轻轻哽咽了一下，委屈的泪水在那个瞬间涌了出来："因为长大了，你就要离开我了吗？"

第二十一章 疏远

裴松溪的喉头轻轻动了一下，将所有的情绪都压下去，只轻轻地抚摸了一下女孩的碎发，无法回答她的问题，只能声音温和地安抚她："好了，乖，睡觉吧！"

灯光暗了，房间也安静下来。

翌日清晨，管家从花房里回来，手上握着一束新摘下来的花，看见裴松溪站在落地窗前，有些惊讶："裴小姐，早啊！"

裴松溪回过头朝她笑了一下。她这才看清对方在打电话，也不知道在说些什么。

"粥煮好了吗？"

"好了好了，我给郁小姐送上去。"

裴松溪点了点头，转过身继续跟周清圆说话："大概就是这样，她今天就要走了。"

电话那端，周清圆打了个哈欠："松溪，你也清楚，孩子现在还是很依赖你，像你这么描述的话，她还有很多近乎孩童寻求大人关注的行为，如果你想减少这种现象，那你就只能继续疏远她。但是我有一件事想告诉你，你……"

"好，"裴松溪声音平静地打断她，"我知道了。"

她站在窗口远眺，初升的太阳低低地挂在天上，光线缓缓地洒满大地，就像十几岁的年轻女孩，温和柔美，充满希望。

楼梯上传来一阵轻轻的脚步声。

她回过头，看见郁绵穿着她昨天买的新裙子，粉粉嫩嫩的裙摆，修长窈窕的腰线，和她的目光撞上时露出不好意思的笑容："……好像有点太可爱了。"

裴松溪轻轻地舒了一口气。

看来郁绵昨晚是真的醉了，什么都不记得了。

郁绵已经走到她面前，有点窘迫地问："我昨晚没做什么吧？"

她记得昨晚自己非要喝酒的时候，裴松溪劝过她，没想到喝醉之后，记忆就这么断了片……

裴松溪欣然颔首："嗯。你很乖，醉了就睡了。"

郁绵低下头"嗯"了一声，抬起手摸了摸耳朵："我……我等下要走了。"

裴松溪垂着眼睛："几点，是飞机吗？"

"十点，火车，他们在等我会合，然后我们一起送小妍回她的学校，在那里待两天，就要回国了。"

"嗯，那我开车送你。"

郁绵无声地弯了下唇角。是啊……裴松溪不会挽留她的。

到了车站，时间刚刚九点，裴松溪让她等着，给她买了一块蛋糕和两瓶水，装在小袋子里递给她："放在包里，路上饿了就垫一口。"

周围人潮涌动，电子播报的声音在耳边响起。

郁绵低下头，看着自己的鞋尖，却没有动。

裴松溪轻轻地笑了一下，尽可能让语气轻松一些："在外面要小心，跟朋友在一起玩，也不要一个人出去。回到学校也是，多注意安全。喜欢上哪个男生的话，记得告诉裴姨，我帮你把关，免得我们绵绵被坏人给骗走了。"

郁绵抬起头，肯定地说："我不会随便喜欢哪个男生的。"

裴松溪奇怪地问："怎么？"

郁绵笑起来："我才没有时间浪费在谈恋爱上。我是要成为建筑师的人，要好好学习！"

裴松溪缓缓地点头："好吧，你有自己的梦想，这很好。我尊重你的选择。"

列车进站的提示音响起，郁绵看了一下时间："我该走了。"

裴松溪凝视着她："嗯，路上小心。"

郁绵深深地吸了一口气，似乎犹豫了一下，又很快做出决定。她低下头从包里找出一个长条形的木盒，打开了之后，裴松溪才看到里面放了一张系着淡蓝色丝带的画卷。她勉强笑道："这是给你的礼物。我……我知道你什么都不缺，就画了幅画……"

郁绵的钱除了爷爷奶奶给的，就都是裴松溪给的了。她不想花裴松溪的钱买礼物，可是好像也没什么东西可以送给裴松溪了。想来想去，似乎只有她的画了。

是她珍爱的一幅画。

裴松溪沉默片刻，才缓缓接过她递过来的画卷，展开一看，是灯光下的有些模糊的侧影。

高挑纤细的女人，隐约可见精致动人的侧脸。她逆着光在浇花，素白纤细的手腕上戴着一串朴素大方的紫檀木佛珠，馥郁沉静如兰。那一瞬的画面被笔尖记录下来，在时光中静止，打上了柔柔的光晕，美极了。可……笔触之间的温暖亲情，似乎是她没办法忽略的。

郁绵看着她的神情，逐渐变得紧张起来，轻声问她："好看吗？"

裴松溪的嘴唇微微动了动，过了几秒钟才开口："嗯……但是我这里，似乎没地方放了。我很快就要搬家，然后……"

女孩眼睛里的光芒暗下去，她往后退了一步，脸颊显得有些苍白："好，我知道了。扔掉吧。"

还没等裴松溪说什么，郁绵就从她的手上夺回画卷，动作很快地扔到车站的垃圾桶里，又往后退了几步，眼底分明是有水光的："我走了。"

"绵绵！"

裴松溪刚叫了她一声，就见到年轻女孩背着包往前跑了几步，瞬间就融入来来往往的人流里，很快消失不见。

第二十二章
孤城

从欧洲回来后,郁绵回了一趟清宁,只待了几天就回了学校。她跟沈灯轻一起报名参加了 UIA 大学生建筑设计竞赛,忙得连轴转。

不知不觉间,夏天过去,秋天到了。

开学以后,专业课的压力比上学期更大。校辩论队和学生社团都开始招募新人,站在宿舍的窗边,郁绵看着来来往往的年轻面孔,不由得笑了笑,想起一年前的自己。

那时候的她啊……也是这么紧张而充满期待的吧,眼睛里闪着光,走过校园里的每一条路,憧憬着即将开始的大学生活。

她回想起那时的时光,印象最深的,却是独自走回宿舍的那条小路,是那晚耳边的绵延风声,还有裴姨在晚风里的句句叮嘱。

"郁绵,你国庆节回家吗?"室友苏玉问她,"我们不回去,想去邻市玩一圈,你去不去?"

"我还没决定,大概是不回的。"

"那你赶紧想,我跟冉林要订票了。"

"嗯,好。"

郁绵低下头,拿起手机看了一眼……离国庆节还有几天。而她的生日,就在国庆节假期里。

她记得去年过生日,那个雨夜她给裴松溪打电话,请求裴松溪来看看她,可是得到的答案是不能。

现在,一年过去,她的心已经比之前更沉静了,不会再提这样的请求了。

她关掉日历,刚好有一条新的未读消息在屏幕上划过,她点开了。是裴林默给她发的,说周如云病了,很严重,问她假期要不要回去看看?

室友又在后面催她:"郁绵,你决定好了没有呀?到底去不去?我们真的要买票了!"

"我不去了,"郁绵回过头朝她笑了笑,又扬了扬手机,"家里有事,我要回家。"

这是她上大学后,第二次回明川。

上次是在今年四月,清明节假期,她回去见许小妍。

景知意和梁知行知道她要回来,高兴坏了,很早就在车站等她,看见她提着行李箱下来,一个人显得孤零零的。景知意的眼眶都红了,扑过去抱抱她:"欢迎回家啊,绵绵。"

郁绵愣了一下,感觉她好像多多少少都知道了。

她笑了笑:"没事的。"

梁知行过来帮她提行李箱:"要吃什么啊?崽,今天'爸爸'我请客,想吃什么就吃什么。"

他一开口就自称"爸爸",郁绵扑哧一声笑出来,时间好像瞬间被拉回到了中学时期。她跳起来扯他的头发。梁知行被疼得跳脚,想打她的脑袋,最后也没能下得去手。

梁知行开了车过来,直接带她们去吃饭,饭吃到一半时陶让打电话过来,说他在社区做志愿者,赶不过来。

郁绵说不要紧,让他先忙。可是挂了电话,看到景知意和梁知行正在打打闹闹,忍不住笑了笑,心里是温暖的。

这么多年过去,在走廊上打打闹闹、说说笑笑的人都没走散,都还在这里。

等吃完饭,梁知行送她到家,下车的时候,景知意拉着她说:"你在家里待着无聊的话,就来找我,跟我住好了。"

看来她是知道了,知道郁绵上次回家,一个人孤零零地在家里待了三天。

郁绵低头笑了一下:"不用了,我还要去医院。等我走之前,再去找你们,记得带我逛逛宁大啊。"

景知意犹豫着点了点头,跟她挥手告别。

郁绵提着行李箱往家里走,拿出钥匙开门的时候,还是有些心不在焉。

她想，要不要给林默小叔叔打电话，问他有没有空来接她……不，还是问一下他病房在哪儿，自己直接过去就好了。

门开了，她往前走了一步，却突然愣住……客厅里有人，就站在落地窗前，听到声音慢慢地转过身，那双平湖般的眼睛正好对上她的眼眸。对方也明显愣了一下，才微微弯了唇角："绵绵？"

郁绵低下头，错开她的目光："裴姨。"

是啊……她都忘了，太奶奶生病的话，裴松溪肯定会回来的。

裴松溪走过来，帮她提箱子："怎么突然回来了？"

郁绵把箱子给她，站在玄关处换鞋："林默小叔叔说，太奶奶病了，问我要不要回来看看她。"

裴松溪轻轻笑了一下："裴林默真的是……"

"嗯？"

"算了……没事。你坐飞机回来的吗？"

"不是，坐的高铁。刚跟知意他们吃了饭。"

裴松溪"嗯"了一声，提着她的箱子上楼，一路走到她的房间门外，把箱子放下："你在家先休息一会儿，我要去医院了。"

郁绵把箱子推到房间里："我也跟你一起去。"

裴松溪凝视着她，她的头发好像比暑假时要长一些了，整个人好像也更瘦了一点儿。几秒钟后，她收回目光："嗯。走吧。"

周如云是病了，这次病得比以前更重了。她的身体一直不好，只是常年将养着，硬生生地养到了九十岁，也算是高龄了。这次生病，倒不是有癌症之类的大病，而是肝硬化引发的一系列器官病变。好像是人老了，日子也该到头了。

郁绵走进病房，看到病床上形容枯槁的老人，眼眶一酸，险些要掉下泪来。

周如云温和慈爱，虽然与她相处的时间不多，但每次见到她，要么是偷偷塞给她一块糖，要么是给她打一副自己织好的手套，周如云不多说话，但对她很好。

裴松溪似乎永远冷静、理智，轻轻拍了一下她的肩膀，对裴林默说："你跟绵绵出去待一会儿，这里有我就行了。"

裴林默点点头，拉着郁绵出去，站在走廊上问她："你跟你裴姨怎么了？"

郁绵没看他:"没事。挺好的。"

裴林默抱着胳膊:"你还说没事,连我都察觉到了,你还说没事?"他一向是随性自在的,对什么都不感兴趣,把心都沉浸在自己的艺术世界里,难得会关心这种事情。说起来,上次过年郁绵没回来,他就觉得很奇怪了。

郁绵摇摇头:"真的没事。不说了,三言两语说不清楚,以后再说吧。"

裴林默很无语地拍了一下她的脑袋:"怎么?小丫头长大了,还神神秘秘的。"

郁绵牵了牵唇角:"对了,小叔叔,太奶奶这次病得很严重吗?"

裴林默收敛起笑意:"很严重。你知道的,人到了这个岁数,有的事情……也没办法。"

"嗯。那裴姨,她的心情怎么样,你知道吗?"

裴林默一摊手:"她?一天到晚冷着张脸,我说话,她看心情搭理一下。心情怎么样?我是不知道,但我估计不太好吧。"

"我感觉她很累,"郁绵的声音放轻了些,"你多帮帮她吧!别让她太累了。"

裴林默"嗯"了一声:"行,你放心吧。我会多看着的,你出去转转吧。医院里闷得慌,这里也不用这么多人陪着。"

郁绵不想走,可是看起来他们都不希望她留在这里。她出了医院,不知道还能去哪儿,手机在这时震动了一下,是许久未见的纪以柔给她发来的消息:回家了?

她喜欢这个说法,于是回复道:嗯,回来了。

纪以柔跟她一向投缘:出来聊聊吗?

郁绵想了一会儿,回复了一个"OK"过去。

今天她不想一个人待着……太孤单了。

下午跟纪以柔逛完街,告别后,她站在公交站台上,双手插在外套口袋里,正在想要不要去医院,电话响了。她接了,有些疑惑地问:"你好?"

电话那头响起女人的声音:"郁绵,我是温怀钰,有空出来聊聊吗?"

"好吧,你定地方。"

最后,她们约在一家清吧。

温怀钰到得早，先点了两杯酒，郁绵晚些时候到，温怀钰偏过头看到她，淡淡地打招呼："来了啊，回去别跟裴松溪说我叫你来这里。要是让她知道，肯定得骂我。"

郁绵低下头，笑了一下："她早就不管我了。"

几年过去，少女脸上若隐若现的婴儿肥消失了，声音还是温和的："小温姐姐，找我什么事？"

"没什么事啊，好久不见，还不能约出来聊一聊。"

郁绵本来想早点回去，听到她这么说话，反而笑着坐下来，也点了一杯酒。

温怀钰微微挑了挑眉，有一搭没一搭地说着话："怎么了？跟你裴姨闹别扭了？"

"不算，"郁绵抿着嘴唇笑了一下，"其实我也说不清楚。算了，喝酒吧。"

"嗯，喝酒。"

郁绵低下头微笑，笑着笑着又开始自言自语："但是裴姨不让我喝酒，说女孩子在外面万一喝醉了会很危险。所以我不太会喝酒。"

温怀钰晃了晃酒杯："她不让你喝，你就不喝了吗？太乖了吧？"

郁绵抿了一下嘴唇："不。我很叛逆的。"如果她很乖的话，现在一切就不会这样了。

郁绵仰起头，把一杯酒都喝尽了。

温怀钰眨了眨眼睛，伸手拦住她，话里已经多了几分酒味："不不不，你不能这么喝。你……"

她的话还没说完，酒杯就被人夺走了，她不满地回过头，正撞上裴松溪冷到极点的神色，郁绵趴在桌上醉醺醺地嘟囔着。

裴松溪的眼神像淬了冰一样："温总，你欠我一个解释。"她一向冷清淡漠，缺少情绪波动的脸上隐含怒意，冷冰冰地看着她。

温怀钰可没有一点要道歉的意思，只是笑了一下："我欠你什么解释？她为什么喝醉，你不知道？裴松溪，你自己好好反省一下吧。"

裴松溪愣了一下，看着女孩趴在桌子上还在轻声嘟囔着什么，她没有再说什么，扶着郁绵出去了。

郁绵是真的喝醉了，如果说暑假那次是介于醉与不醉的微醺状态，偶尔还能清醒地说话，这次却是彻彻底底地醉了。她摇摇晃晃地走着，还时不时跳一下，高声说着："月亮！我要去摘月亮！"

不仅如此，她对来来往往遇到的陌生人打招呼，语气又轻快又活泼："你好啊！我爱你！"

如果不是有裴松溪冷着脸拉着她，早就有不少青年想上前搭讪。

裴松溪不得不扶住郁绵的胳膊，伸手在路边拦了车，把郁绵放到后座，自己才坐进去："师傅，去安溪路。"

女孩靠在车窗上咯咯直笑："太阳，我爱你！星星，我爱你！别生气啊，我也爱你啊……小月亮。"

下车的时候，她还趴在窗口，对司机师傅说："你好啊，陌生人！"

裴松溪把她牢牢地拉住，不许她乱走："好了，绵绵，我们到家了。"

郁绵笑了笑，忽然靠在她的肩头，不肯再走了："我不想回家，我想留在外面看月亮。"

裴松溪无奈地笑了，揉了揉她的头顶："小孩子，喝醉了就不听话。"

裴松溪送她回房间，看她醉得厉害也就没再叫她，拿湿毛巾给她擦了脸，把她的外套和鞋子都脱掉，才发现她在被子里已经蜷缩成小小的一团，睡着了。

裴松溪给她掖好被角，转身往外走，很快又回来，在她的桌子上放了个东西，才关上门离开。

翌日。

郁绵揉着太阳穴醒来，感觉脑袋晕乎乎的，很沉。她坐在床上发呆，慢慢记起来昨晚的事情……她的心情不好，她喝酒了，她喝醉了之后想上天去摘月亮，对着好多人说……我爱你。她掀开被子，拉开窗帘往外看，天气正好，阳光暖暖的。

桌子上放了一个红丝绒礼盒，看起来……像是给她的。

盒子打开，里面放着一块女士腕表，还有一对知名品牌的新款耳钉，碎钻在阳光下显得很美。

小卡片上是她熟悉的字迹，清隽飘逸——绵绵，十九岁生日快乐！

她愣住了，电话在这时响起来，是室友打来的："绵啊，你回家了吗？昨天我们去植物园回来，看到有快递小哥在楼下等你，说东西比较贵重，不能放快递箱。当时已经很晚了，小哥急着回去，我就帮你签收了哈，给你放在桌上了。"

郁绵轻声问："寄件人……是谁啊？"

"哦，我看看，"电话那头沉默了几秒钟，"没写名字，就写了'裴'。"

郁绵笑了笑："谢谢你，玉玉，我知道了。"

她过阴历生日，每年的阳历日期都在变。昨天是她的生日，她以为裴松溪忘了……所以她昨晚觉得很难过，可是她不能说。

原来……礼物已经寄到了永州大学，甚至连时间都计算得这么准时……只是裴松溪不知道她会回来，所以临时给她补了礼物。

郁绵以为她忘了，可是她还是记得。

郁绵的心脏好像被悄悄捏了一把，那种酸涩又混杂着喜悦的感觉，让她难过得无以复加。她下楼去找裴松溪，但家里没有人……再一看时间，已经九点了，裴松溪应该在医院吧。

裴松溪是不是昨晚回来找到她，就又回到医院了？

郁绵叫了个车过去，到的时候，丁玫和裴天成也在病房外。她很久没见过他们，过去打了个招呼。裴天成这两年似乎憔悴、苍老了很多，看着她似乎想说什么，又顾忌着病房里的人，终究没说话。丁玫却冷冷地笑了一下："郁小姐，好久不见啊。"

郁绵微微一愣，从丁玫奇怪的语气中感知到某些特殊的情绪，再联想到裴天成的突然苍老，她总感觉裴家曾经出过什么事情。只是她不知道。

病房的门开了，裴松溪从里面出来，她的眉宇间满是倦意，冷清的目光碰到郁绵时稍微柔和了一些："绵绵，吃早餐了吗？"

郁绵点了点头："吃了。你呢？要不要休息一会儿？"

"没事。我去找一下医生。你进去跟太奶奶说会儿话，她刚醒了。"

郁绵"嗯"了一声，推开房门走了进去。周如云确实是醒着的，裴林默陪着她说话，裴之远站在窗边削水果，看见她的时候神色有些不自然，只是微微点了下头。

周如云看见她，笑着朝她招了招手："绵丫头来了？"

郁绵快步走过去，一把握住她的手："来了，昨天来的时候您睡着了，现在感觉还好吗？"

周如云抬起手，颤颤巍巍地摸了摸她的头发："还好，还好。来，离我近一点，我有话要跟你讲。"

"嗯？什么啊？"

老人眯起眼睛笑了笑："再靠近一点，不想让旁边这两个小崽子听到。"

"……哦。"郁绵凑到她面前，在病床前蹲了下来。

周如云的笑意更深，压低的声音是有些粗糙的，从她的耳膜上刮过去，却让她微微愣住："帮我多看着点月月，好不好？"

郁绵一偏头，就对上她饱经沧桑的温暖的目光："我？"

周如云含着笑点点头。

"月月这孩子啊，性子太冷清了，生性就内敛克制，向来是把所有的情绪都埋在心底。更不要说十来岁的时候，亲眼看到母亲去世，这孩子沉郁了那么久……我一想到这里，总觉得放心不下。你是她一手带大的，是她最信任的家人。"

郁绵低下头："我……她不一定会听我的。"

周如云握了握她的手："不，她会的。"

郁绵："我……我尽力。"

周如云摸了摸她的脸颊："好了，你们都出去吧，我困了，要眯一会儿。"

裴林默被赶到一旁，颇为不满地嘀咕着："悄悄话说完了？现在能不能说给我听听？"

周如云嫌弃他："去去去，都给我出去，我要睡了。"

裴林默摊开手："好吧，走吧。"

裴之远才削完一个苹果，顺手递给了郁绵，神情还是有些别扭："你吃吧。"

郁绵接过来："……哦。"心里那种急切地想知道某件事的感觉更强烈了。但她没有去问裴之远，也没有问裴林默。或许问了，他们也不会对她说的。

等晚上回到家，郁绵给温怀钰打电话，她猜对方一定知道，而且一定会告诉她。

过了好久，温怀钰才接了电话，声音是含着笑的："小姑娘，你看看现在几点了，你最好有正事啊，没正事我要凶你的。"

郁绵看了一眼时间，原来已经十一点多了。她没说客套话，直接问道："裴林茂叔叔去哪里了……丁阿姨今天看见我时神色很不好看,裴爷爷似乎也苍老了很多。温姐姐,你知道发生了什么吗?"

温怀钰轻笑一声:"看来她什么都没告诉你。"

"嗯?"

"你都来问我了,我也不会帮她瞒着。裴林茂入狱了,是她亲手送进去的,谁叫他心狠手黑,害你的父母,又打你的主意呢?至于裴天成啊,他失了权势,自然老得快。我也找过他好多次麻烦,谁叫他以前算计过我呢……唉!真可惜,没有证据,不然他也可以去监狱里安享晚年了……"

郁绵被她这突如其来的一长串话说得呆住,过了好半天才消化掉:"你说的都是真的吗?"

"废话……当然是真的了。谁有空说假话骗你啊。好了,我要休息了,再见。"

还没等她说话,对方就已经把电话挂断了。

郁绵往后退了几步,跌坐在床上。

她忽然想起去年年底回清宁,问到小叔的时候,老人黯然的神色……当时姑姑是怎么说的来着?说小叔在服刑吧。所以这件事,也是……也是裴松溪做的吗?

其实郁绵隐约知道,她的父母当年车祸去世绝非意外,也猜得到和裴林茂他们脱不了干系,或许跟裴爷爷也有关系。可她从来没有怀疑过裴松溪,她相信裴松溪不会伤害她。

现在看来……是这样的。

裴松溪为了她……到底做了多少她不知道的事情?

白炽灯的光芒有些刺眼,郁绵的眼眶酸涩,神色茫然,坐了很久,她终于拿起手机,想给裴松溪打电话。可是电话一接通,她却敏锐地感觉到了不对:"裴姨,你怎么了?"

裴松溪的声音很轻:"奶奶走了。"

郁绵的心往下一沉:"我现在过来,你等我。"

周如云的葬礼就安排在三天后。

墓地是早就选好的,跟早已故去的裴老先生在一起。两位老人的墓碑并排着，这是他们在世时就约定好的。

郁绵站在中间靠后的位置，看着站在最前面的那个清瘦的背影，想上前去抱抱她，却又不敢。

裴松溪有好多天都没睡觉了吧？那天在医院的太平间里，是她守了一整晚，之后好几天，几乎所有的事都由她一个人经手。她像是个没有感情也不会累的机器，似乎没有掉过眼泪，连情绪都始终是平稳的。

可越是这样，郁绵就越是无法自抑地心疼她。

等到别人都走了，裴松溪还在墓碑前站着，郁绵留下来，陪着她。

"你看，时间就是这么奇妙的东西，"她忽然开口，声音是沙哑的，"时间……是很无情的。"

这是小学时在语文课上就学到的话。现在再听到，郁绵却不会再哭了，可还是会觉得难过。

她知道裴松溪同样也难过，但她不知道怎么才能有效地安慰裴松溪，至亲之人离开，无论说什么都是苍白的吧？

天空中不知何时下起了小雨。

裴松溪轻声说完话，似乎不打算听到她的回复，转身往回走："走吧。"

郁绵跟上裴松溪，魏意还在墓园外等着，这几天多亏了她跟着忙上忙下。

魏意开车送她们回家，下车之后有些犹豫："裴总……有些文件还等着您处理。"她说着都有些不忍心，可是裴松溪身上的担子太重了……拖了三天，有的事务实在不能再等了。

裴松溪点点头："你进来吧，到我书房来。"

郁绵看着她的背影，心里闷闷的，很难受。

等回到房间，待了一会儿，她冷静下来，终于做出了决定。

她去敲书房的门，魏意还没走，她走进去，言简意赅地道："裴姨，我要走了。"

裴松溪写字的手一顿："要去哪儿啊？"

郁绵垂下眼睛："我……陶让他们来找我了。我先去宁大，然后坐晚上的车回永州。"

她该走了。她待在这里，除了会让裴松溪烦心，似乎也没有别的作用了……

裴松溪签字的力度忽然加大，笔尖把纸页都划破了。但她的声音还是平淡的："哦，那你去吧。"

郁绵点点头，深吸一口气，转过身就往外走。

魏意刚刚整理完一份文件，抬起头想说什么，就看见裴松溪站起来，走到窗边，掀开了一块幕布，那下面是一幅画，一副女人的画像。她见过。那次裴松溪找到她，跟她说画卷上沾了一些污渍，裴松溪让她想尽一切办法脏东西弄干净。可是，不干净就是不干净了。她也没办法。

魏意在心底叹了一口气，悄悄地关上门。

裴松溪还站在窗边看那幅画。

她听见走廊上传来轻轻的脚步声，伴随着行李箱滚轮的声音；她听见大门外有汽车刹车时轮胎摩擦地面的声音；她听到女孩在跟她的同伴打招呼，低声说着什么。

她听见，郁绵走了。

这年秋天，郁绵偷偷回过几次明川。

有好多次，她就站在安溪路 268 号房子的外面，站在门外，却不敢进去。

有时候她仰起头，能看到二楼亮着一盏灯。那是裴松溪的房间。

她知道裴松溪在，这样就很好。

元旦的假期，她再次回去，谁都没告诉，家人、朋友都不知晓。

天气已经很冷了，郁绵穿着厚厚的黑色羽绒服，戴着一顶同色的毛呢帽子，长发披落下来，戴着黑色加绒的口罩。

她从街头走到街尾，晃荡好几次，确定了 268 号的主人不在家，她才敢走进院子，非常小心。

她在楼下的草地里拾到一只白玉耳环，心里一动，悄悄环顾四周很久，才弯下腰捡起来，她把它偷偷藏了起来，放在了口袋里。

回到学校之后，她看着那只耳环发呆，在台灯下面轻声问它："你的主人还好吗？"

可是小小的玉石不会说话，在台灯下闪着微弱的光。

于是，她笑了笑，笑自己有点傻。

寒假很快就到了。

这一年冬天，过年的时候她没有回家。

对郁闻青那边，她说要回明川，老人叹着气同意了。对裴松溪……她说自己要回郁家，裴松溪没说什么，只轻声说了个"好"字。

其实郁绵哪里都没去，她住在一家酒店，就在离安溪路很近的地方，步行过去只要十分钟。

她知道裴松溪不希望她回明川，从以前到现在，裴松溪从未停止为她寻找家人，也不止一次说过希望她回到真正的家人身边。她从未想过要原谅裴林茂和裴天成，但不论什么时候，裴松溪永远是她最重要、最亲近的家人。

郁绵知道怎么样才能让裴松溪放心，于是更新了很多社交动态，她在网上存的别人的图片，丰富可口的年夜饭、窗外天空绽放的璀璨烟花、一叠丰厚喜庆的红包……她保存了图片，加个滤镜，然后发布——只有裴家和郁家两家人可见。

她第一次一个人过年，一点儿也没觉得孤单，反而有一种自己也能守护家人的快乐。她去楼下的便利店买了两罐啤酒，奇怪的是只喝了一口，根本就不想再喝下去。她有很多很多的事情要做，她不想再浪费时间了。

除夕夜，郁绵在酒店房间里画图到深夜，一看手机已经过了十二点。

有爷爷、奶奶、姑姑发来的问候，还有……裴松溪发来的"新年快乐"和一则转账信息。和去年一模一样。

郁绵看着和她的对话框，也回了她一句"新年快乐"，没过几秒钟就看到最上方显示对方正在输入中。她屏住呼吸，静静等了几秒钟，过了很久，没有新的消息。

这个新年以一种特殊的形式过去了，在准备回学校的前一天，她又全副武装地在安溪路逛了一圈，临走时却被人叫住了："……郁绵？"

郁绵立刻紧张起来，把口罩往上一拉，整个人缩成一团，闷着声音说："你认错人了。"

陶让轻笑出声："你是在演戏吗？我是陶让。"

郁绵这才松了一口气，回过头，帽子和口罩把她的脸遮得严严实实，只露出一双清秀灵动的眼睛。她小声问："陶让？你怎么会在这里？"

陶让看着她这副模样，一向温和沉默的人却大笑出声："路过，看你的背影很熟悉，就试着叫了你一声。吃饭了吗？"

郁绵摇摇头："没吃，准备去便利店买个面包。"

陶让皱眉："你家不是就在这附近吗？"

郁绵摇摇头，沉默不语，一双漂亮的眼睛似乎会说话。

陶让像是猜到什么，低下头笑了笑："好吧，我请你吃个饭，走吧。"

郁绵第一反应是想拒绝，毕竟这里离家太近了，可是她……她这一个月来都很少跟人说话，都是一个人对着电脑吃外卖。她忽然很想坐在一家热闹的店里，点一份热气腾腾的食物，跟朋友聊会儿天。

陶让看出她的担心，笑了笑："走吧。去附中那边吃。"

他伸手拦了辆车，郁绵犹豫了一下，答应了。

附中外面的牛肉面馆、馄饨摊、火锅店、烤肉店……一家家的，在许小妍的带领下，他们都吃过，非常熟悉。

陶让问她："想吃什么？"

郁绵毫不犹豫地说："火锅！想吃滚烫的火锅。"

陶让点点头："好，看你这样像是个饿了好多年的灾民。"

郁绵抿着嘴唇笑了一下，佯怒要去打他肩膀，可是伸出手去，才想到这不是平时闹惯了的梁知行。她攥了攥手指，脚步轻快地跑到他前面："快点快点，我饿了！"

陶让站在后面，看着她的背影……显得是那么孤单。他很快追上去。

他们吃了正宗的川味火锅，又香又麻又辣。郁绵还算是能吃辣，陶让却不太行，吃到后面，他白皙俊秀的脸颊已经变得通红。郁绵赶忙给他递水，叫他别吃了，却被他拒绝："没事，陪你吃一点。"

郁绵笑起来："好吧，那你别太勉强了。"

陶让喝了点水，缓了缓，问："你接下来有什么打算？"

女孩的脸颊红红的，被火锅的热气熏着，眼神干净明亮："我啊，我当时填的志愿就是二加二学制的，后两年我在美国。开学过去就是最后一个学期了，有很多事情要处理。要退社团、考英语，还有我以前做的设计图……总之事情还挺多的。"

陶让点头："听起来，会很辛苦啊。"

"还好吧。你呢？接下来有什么安排？"

"申请了一个交换项目,暂时还没确定下来。你知道的,公费出国的名额竞争很大。"

郁绵举起杯子,跟他碰了碰:"我相信你可以,祝你好运!"

陶让也抬起杯子:"祝你好运。"

吃完火锅,站在附中大门外,正好是下晚课的时间,郁绵看着来来往往的学生,轻声说:"忽然很想念那个时候了。"

陶让也往学校里看,声音低低的:"是啊。"

郁绵看了几秒钟就收回目光:"好了,我走了!明天我要回学校了,得早点回去收拾行李。"

陶让点头:"那我送你。"

郁绵拒绝了:"不用,我坐公交回去。"她不想让他知道自己住在哪里。如果不是偶遇他,她根本不打算告诉家人和朋友的。

陶让没有坚持,陪她在公交站台上等车。

少年清瘦的肩膀渐渐多了成年人的坚实宽阔,他站在路灯下看公交车牌,路灯冷冷的灯光把他的影子拖得很长。

车很快就来了。

郁绵先跳上车,跟他说了"再见"。

他看着她离开,在夜色中朝她挥手。

等回到酒店,时间已经很晚了,她把衣服、书、鞋子都装进箱子,收拾到凌晨两点。第二天早上六点出门时,外面还很安静。她回过头看了看熟悉的安溪路,沉默了几秒钟,转身离开。

在回永州的高铁上,她看着她的社交空间里全是网上的图,那是别人的新年,配上她很努力才想出来的文字,鼻尖忽然一酸。

她赶紧偏过头去看窗外的风景。过了几秒钟,情绪才缓和下来。

郁绵在手机相册里找了很久,最后才找到一张和陶让在火锅店里的合照……是这整个假期,唯一真实的一张。

于是她发了条朋友圈:吃火锅。

配图是他们的合照。

列车往前开,穿过隧道时突然黑下来,郁绵把眼罩拉下,开始补觉。

一般老人新丧后的第二年，都会有亲戚上门拜访。

裴松溪一向不喜欢管这些事情，便把裴林默抓回来，将这些应付人的事儿都交给他，难得有了半天的空闲。

她站在窗边，看着窗外下起的小雨……忽然间觉得有些恍惚。

她想起郁绵发的那些动态。

这是……她不在她身边的第二年。

第一年过年的时候，她记得郁绵什么都没发，让她很担心郁绵，就连大年初一零点她给郁绵发的消息，郁绵也是秒回的，让她怀疑郁绵是不是守着手机，在等她的消息。可是今年不一样了，她看到郁绵发了很多照片，美好的食物、绚丽的烟火、纸牌、壁炉……虽然没有拍到人，但是能感觉到，拍照的人正在度过一个幸福的新年。

这样就很好。

绵绵她终归是要回到她的家里去的。

裴松溪看着窗外的小雨，怔怔地出神，过了好一会儿，蓦然想起……今天好像是郁绵回学校的日子。郁绵在假期之初给她打过一次电话，说了回学校的时间，后来……就再没跟她说过话了。那个她陪着长大的小姑娘似乎终于长大了，对她的依赖终究淡了——这是她想要的，可是真真切切发生的时候，她又感觉心里空荡荡的。

裴松溪拿起手机看日历，确定了今天就是郁绵返校的日子。她点开对话框，想说些什么，譬如问郁绵生活费够不够，开学后的打算……可是又觉得这些问题生硬而突兀，最后点了退出。

手机上出现一个小红点，她点进去，看到一条新的社交动态。她看到女孩脸颊很红，眼睛很亮，似乎在一家火锅店里，看起来很开心。她看到那个男孩站在女孩身后，看着她。

裴松溪将手机放下了，在客厅里来来回回地踱步。她想问绵绵是不是恋爱了，却又感觉自己在插手绵绵的生活。可她确实如寻常长辈般担心，担心还没长大的小姑娘在感情中会受到伤害。

裴林默刚刚处理完一堆破事出来，看到她来回走路的样子就头晕："姐……我的亲姐，你都把事情推给我了，你现在还在焦虑什么啊？"

她愣了一下，停住脚步："我……我没有。"

第二十二章 孤城

374

裴林默大大咧咧地在沙发上坐下："求求你，看看你自己的神情再来说话吧。你的心情不好，压力太大，就去睡会儿。"

"嗯……我去休息。"

裴松溪往楼上走，走了几步又停下，站在楼梯上没有回头，轻声问他："林默，我看起来很糟糕吗？"

裴林默被她严肃的语气吓到了，他一惊，站了起来："不不不，我就那么随口一说，你应该是太累了。回去睡会儿吧。"

裴松溪低声笑了笑："好，我知道了。"

她推开门，没开灯，房间里冷清、干净。她在床边坐下来，褪黑素吃了一半，根本没什么用处了，她依旧失眠，所以有很久没吃了。她轻轻拉了拉床边的抽屉，小银锁轻轻地晃了晃，在黑暗中有亮光一闪而过。

裴松溪轻轻舒了一口气，揉了揉眉宇，给周清圆打电话："清圆，你有空吗？我现在过来。"

周清圆正好没什么事，就在诊所等她过去。

周清圆正踩着凳子，在擦书架上的灰，门"吱呀"一声开了，差点把她吓到。她跳下来，拉开椅子坐下，看见裴松溪的时候愣了一下："松溪？你这是有几天没睡觉了？"

裴松溪的声音冷淡，还是如常冷静的模样，在她对面坐着："不记得了，有几天了，失眠得厉害。"

周清圆皱了皱眉："你这是怎么了？"

裴松溪抿了一下嘴唇："我……我不知道。"

周清圆站起来，把门反锁上了，调整语气跟她聊天："最近是有什么让你感到烦恼的事情吗？"

裴松溪摇摇头："没有，谈不上烦恼。我只是……只是感觉自己现在情绪很不对。"

"嗯……说说看。"

周清圆给她倒了一杯清茶，递过去："慢慢说，时间还早。"

裴松溪接过来喝了，声音清冷，语气平稳："今年过年，绵绵没有回来。家里……我奶奶去年秋天去世，家里忽然变得冷清了很多。我……我好像有点不太适应。"

周清圆知道裴松溪跟周如云的感情很深,骤然间失去亲人,心情肯定很差,但她感到有些疑惑:"那你为什么不叫郁绵回家呢?有个人陪在你身边,会好很多。"

"……她放假之前打电话给我,说要回清宁。"

"你可以问问她,愿不愿意过来。"

"不,"裴松溪果断地拒绝了,"我不能。"

周清圆似乎隐约触碰到问题的症结所在:"松溪?你是不是对自己的要求太高了?谁都有情绪脆弱的时候,我知道你在和你家小姑娘调整相处的模式,可是这种时候,你或许可以软弱一下的。"

裴松溪淡淡地笑了一下:"不,我不想去扰乱绵绵的生活,你知道我面对郁绵时总有一种负罪感,她和我越亲近,我越觉得自己的家人毁了她原本的生活。"

周清圆凝视着她,缓缓地说出结论:"你的理智告诉你不能,但是事实上,你很想她。"

裴松溪的笑意僵了一下,她垂下眼眸,长长的眼睫如鸦羽轻垂:"我……我是想她。"

裴松溪渐渐察觉到自己的不对。从去年在欧洲开始,那个夏天,她看着花圃里的玫瑰花,忽然就感觉到心底那种不同寻常的控制欲……

当她看到火车上她和朋友的照片,看见那个男孩子的目光追随着她的时候,她总不能放心。明明郁绵已经成年了,不再是那个需要她事事安排、处处照顾的小女孩了。而且这么久了,绵绵离开她去上大学快要两年了,绵绵似乎已经不再需要她了。

可是……绵绵……是她唯一可以信任的家人了。

郁绵是自己和这个世界唯一的、岌岌可危的连接。

周清圆轻声叫她的名字:"松溪,松溪,你还好吗?"

裴松溪抬起头:"我还好。"

周清圆注视着她的目光隐隐带着担忧:"我开始担心你了。"

裴松溪勉强挤出一点笑意:"你给我开点药吧。"

周清圆彻底愣住:"你说什么?"

"我说，你开药。"

"你很久没吃药了。这都多少年了，十几年了。这么多年来，你的情绪一直很稳定，怎么突然又要开药？不行，你不要冲动。"

"我没有冲动。我现在光靠褪黑素和安眠药已经没办法入睡。"

周清圆的眉头渐渐皱紧了，她偏过头，深呼吸几次，才把出于朋友的关心和震惊压下去，换上跟患者聊天时的平和语气："那我们聊聊好吗？你是不是还觉得，你在这件事上，做错了什么？"

裴松溪沉默了一会儿，才开口："以前那些，我跟你说过的……是我没处理好和绵绵的相处模式，才带来如今的困扰。"

"那此刻呢？你更关心的不是这个，是因为你很想她，你觉得这是错的，对吗？"

裴松溪缓缓地点头："是。"

周清圆因为她的回答愣住了，轻轻叹了一口气："松溪，你现在在死胡同里。有的事情我不评价。但我想说，你对自己宽容一点，好吗？"

周清圆的岁数比裴松溪还小几岁。

裴松溪第一次来心理咨询诊所时还很小，才十几岁，跟她聊天的还是周清圆的叔叔，那时她们就认识了。后来周清圆上大学，读的也是心理学专业，跟裴松溪聊天的人就变成了她。

裴家的事情，她听叔叔说过。

当时裴松溪的母亲患有抑郁症，她的父亲就不再让她随便出门，后来她骗了女儿带她出去，一出去就找机会偷偷买了安眠药，又买了一把刀——据说死的时候是在下雨天，现场很惨烈，而她原本想办法支开的女儿，却不知道为什么跑了回来，正好看见了她自杀的那一幕。

周清圆想到这里，心里就很不是滋味。

她还记得刚认识裴松溪的样子，裴松溪看起来只比她大那么一点点，可是眼神冷淡，带着防备。她知道裴松溪因为过于自责，有两年的时间从不开口说话。

不过，裴松溪似乎药吃得不多，非常克制，对药物没有很强的依赖性。尤其在她成年以后，她是个意志力坚强的人，对自己的要求很严格，一般半年到一年才来诊所一次，吃药的剂量也是严格算计好的，看起来像是快要好了。

可是在很长很长的一段时间内，聊天的时候，周清圆发现她还是在怪自己。她的心还活在十几岁的雨夜，从没走出来过。

后来，她的药量减少下去，她来诊所的次数也减少了。再之后，她就不再来了，偶尔心情不好，她会打电话过来，聊一会儿天似乎就好转了。

为此，周清圆还疑惑过很久，疑惑她为什么突然走了出来。

待周清圆知道她的家里多了个小孩，已经是在几年后。

那时她看着裴松溪发过来的照片，看到裴松溪牵着一个十几岁的小姑娘，忽然间明白了裴松溪被什么治愈了。她还笑着跟沈素商说，想要收养一个孩子。可能别人不会懂，但周清圆最懂——郁绵对裴松溪而言，究竟意味着什么。

周清圆看裴松溪不说话，忍不住叹气："松溪，作为一个心理医生，我不能再多说了。可是作为朋友，我不想看见你这么难过。"

裴松溪抬起头，笑了笑："我没事，你语气这么紧张做什么？"

周清圆知道劝不动她……之前也是，她是太有主见又自成逻辑的人。

十几岁的时候，她跟很多心理医生聊过，也没走出那段记忆。直到她成年之后，自己设置了界限和原则，似乎才暂时将以前的事情放下了。

越是意志坚定、逻辑强大、理智无匹的人，就越是难以说服。这种人只活在自己的世界里。

周清圆很感到无奈："好吧，我给你开一点药，但你必须控制剂量……不仅是为你自己，郁绵知道了，也会难过的。"

她特意加上后半句话，就是怕裴松溪对自己太狠。

裴松溪点头，还是很平静："嗯，我知道的。"

裴松溪从诊所离开的时候，周清圆忧心忡忡地看着裴松溪："松溪，想她的话，就去看看她。有什么话，或许你们可以坐下来，好好聊聊。"

裴松溪摇头："好了，我走了。"

裴松溪一脚踏进小雨里，背影显得清瘦而孤独。

等回到家时，衣服都湿透了。

裴松溪把药放下，她从书架上找出一把钥匙，放了得有十几年了吧，幸好她没记错，还在原来的那个位置。

这是抽屉的备用钥匙，一直就放在她的房间里，只是郁绵不知道，因为答应过郁绵，也从来没有用过。

可是现在……现在郁绵不在她身边，潘多拉的盒子似乎又被打开了。

明明冬天已经要过去了，可此刻，她却感觉到了一种淡淡的沉寂。她的世界里曾经有过阳光和风照进来，可是现在，似乎……又严丝合缝地关上了。

第二十三章
流光

郁绵再一次回明川，是在春天。

三四月份的天气乍暖还寒，她穿着一件白色羊羔绒的外套，在安溪路上反反复复地走了好几次，最后停下了。还是想回去看看，或许会碰到裴松溪吧，又或许碰不到。碰到的话……就再找个理由好了。

她记得小时候裴松溪教她背地址。明川市安溪路268号。红色的门牌经历风雨，木漆已经褪落，但上面的字迹依旧十分清晰——裴松溪和绵绵的家。

那时候裴松溪多知道她心里缺什么，裴松溪是那么淡漠疏冷的性格，却时时刻刻把她的感受放在心上。

郁绵低下头笑了笑，在门外站了半天，没有进去。她在院子里转了转。去年清明回来的时候，院子里似乎多栽了几棵山茶，今年一看，竟然还新种了玫瑰，不过花还没有开。只有樱花开了，这棵樱树好像是她中学时期栽下的，这么多年来都没开过花，没想到今年终于开花了。

郁绵站在樱花树下，春风从耳畔拂过，吹得花枝窸窸窣窣，粉嫩柔软的花瓣也随风落下。她抬起手，一片樱花花瓣正好落在她的指尖上，很快从她的指尖落入泥土。她在春风带来花雨里沉默地伫立着，微微仰起头看着半空中的花瓣，心里忽然多了一点伤感。

或许该走了。

郁绵往外走，只是才走了几步，就与不远处的那个人的视线对上了。

裴松溪就站在不远处，也不知她站了多久，看了多久。

是半年多没见到的人。

郁绵本来想好了一连串的理由，解释自己为什么会在这里，为什么会突然回来。可是一看到裴松溪，她就控制不住地走过去："……裴姨，你怎么了？"

郁绵看到她的眼底覆着的红血丝，看清她近乎憔悴的神色，握住她的手，才发现她的手很烫："你生病了吗？"

裴松溪没说话，直直地倒在郁绵的身上，额头滚烫——她在发烧。

郁绵慌了，一把揽住她，扶着她上楼。

她心慌意乱地叫裴松溪，每叫一声，裴松溪都轻轻地答应着。但是裴松溪似乎烧得不太清醒了，也不知道到底烧了多久，怎么会晕成现在这样？

扶着裴松溪上楼的时候，郁绵经过照片墙，在那个瞬间愣住。

已经两年了……没有新的照片了，没有她们的照片了。

最近一张是她上大学之前，裴松溪在机场给她拍的，她回过头笑着，如清晨枝头最干净的露水，带着朝气，充满希望。

郁绵打开裴松溪房间的门，把她放到床上，盖好被子，下楼去客厅找家庭药箱，幸好家里还有没过期的退烧药。只是厨房里连壶热水都没有，饮水机也是空的，她着急地用灶台煮了水，又急匆匆地往楼上跑。

裴松溪觉得头晕得厉害，但还是清醒的，把药吃了，那双平湖般的眼睛里还是澄澈的："你……你怎么突然回来了？"

郁绵抿了一下嘴唇，沉默片刻，神情有些倔强。她偏过头，刚想说些什么，就看到床头柜子上放了很多药。白色的小药罐，整整齐齐地排列在一起，抽屉是半开着的，看起来像是主人忘了关上。如果不是她突然回来，如果不是裴松溪发烧，那她根本不会看见。

她微微哽咽一下，眼泪终于控制不住地掉落下来："裴姨，你怎么了啊？"

裴松溪顺着她的目光看过去，犹豫了片刻，抬起手去擦她的眼泪："我没事。我就是睡眠不好，你知道的，不要紧。"

郁绵轻轻"嗯"了一声，似乎对她的答案不太相信，只看着那些白色的小药瓶，无声地掉眼泪。

裴松溪侧过身看着她，摸了摸她的头发："不哭了，绵绵。"

郁绵很努力地把情绪压下去，声音还是在颤抖："对不起！是我没有好好照顾你。"

裴松溪的声音轻得像呢喃："关你什么事呢……绵绵。"

郁绵沉默着不去看她，有好一会儿都没有说话。

郁绵不希望再让裴松溪看到她哭了，于是伸手把灯关掉了，窗帘本来就是拉着的，整个房间忽然变黑了。她在黑暗中轻声说："你睡吧！我在这里陪你一会儿。"

裴松溪轻轻地"嗯"了一声。

好像一恍惚，又回到数年前的那个冬天的夜晚。那时候她也是发烧了，绵绵就这么陪在她的床边，说不会让她一个人……时间过得太快了，好像什么都没有变，可明明什么都变了。

房间里安静下来，她的呼吸也渐渐放轻了，轻得像是窗外的樱花花瓣，在半空中静静地降落。

郁绵靠在床边，看着她在黑暗中模糊的轮廓。虽然看不清样子，可是在一片寂静中，郁绵似乎能感知到她的呼吸和心跳。

郁绵靠在床边，也渐渐睡着了。

不知道睡了多久，醒来的时候，郁绵才发现床头的台灯开了，应该是裴松溪中途醒来开的，但是现在，她似乎又睡着了，呼吸显得格外平稳绵长。

郁绵看着台灯的灯光发愣，像无数个深夜，她在楼下，看着楼上的这盏灯。她不敢进来。

裴松溪侧对着她，似乎睡得很沉很沉，浓密纤细的眼睫毛覆下去，在眼睑上洒落淡淡的阴影。

郁绵看着她鸦羽般的眼睫毛，蓦然想起小时候，还是稚童的自己，睡前像玩游戏似的，总是问裴松溪："裴姨，你知道你的睫毛有多少根吗？"

时间……一晃儿就过去了。

郁绵收回思绪，轻声说："裴姨，关于我父母的事情，我从未怪过你。你永远是我最重要的家人。你知道吗？我一直很想回家。"

不是清宁，而是明川。

哪怕清宁有她真正的血缘意义上的家人，但这么多年，只有明川是她的安心之所。

裴松溪的睡颜恬静安详，清醒时的冷清淡漠褪去之后，只余孤寂脆弱。

郁绵趴在床边看她，过了很久很久，忽然轻声说："你明明是知道的，对吧？"

平静安稳的气氛就这么被打破了。

裴松溪的眼睛轻轻眨了几下:"你出去吧。"

郁绵一开始就知道她是醒着的。

裴松溪侧过身,背对着她,她太久没说话了,只重复着说:"你出去吧。"

郁绵站起来,她终于决定问出来:"你明明知道,我不想回清宁,不想回郁家!难道不可以吗?"

裴松溪的声音轻得像叹息:"对不起……"

郁绵微微弯了下唇角,笑着笑着,眼底有水光闪过:"不要跟我说对不起。裴姨。你真的希望我不再回家吗?我说的是,这里,明川市安溪路268号,裴松溪和郁绵的家。"

裴松溪还发着烧,嗓音嘶哑得厉害:"是。"

她应该回到她真正的家人身边,而不是留在这里。

"松溪,你喝点水。"

周清圆忧心忡忡地看着她:"你的脸怎么这么红?你在生病吗?"

裴松溪坐在周清圆的对面,慢慢伸手握住了茶杯。以前她来这里,神情都很平淡。可这一次,她的低烧还没退,脸颊泛着不正常的红晕,眼睛却很亮:"绵绵昨天回来了。"

周清圆愣住:"回来了,你跟她说什么了……"

裴松溪垂着眼眸,过了许久才开口:"我和她之间有太多的问题。她太小了,由于我父亲和哥哥的关系,导致她突逢变故,失去至亲,不得不寄人篱下。在她最没有安全感的时候,我没有用好的教导和陪伴方式,导致她现在对我过分依赖,甚至到了不愿意回家的程度。这是不对的,她应该回家,应该去看看更广阔的的世界……我想我不会再见她。"

说着说着,裴松溪忽然就说不下去了。

从小在她身边长大的小姑娘,她是这么美好的年轻女孩,更应该去感知全世界的希望与温暖。

而她呢?她的心陷在十几岁的雨夜里根本就走不出来……

周清圆看出裴松溪深受困扰:"松溪,不要再把所有的事情都归咎为你的错误,好吗?就像你母亲当年去世,那也是因为你父亲对你母亲长期的冷暴力,才导致她患上抑郁症。你带她出去,也是因为她骗你,是她自己买的药和刀子,这些都不是你的错。"

裴松溪不说话,薄唇紧紧地抿成一线,眼睛却越发明亮。

周清圆十分担忧地看着她,察觉到裴松溪现在似乎在情绪崩溃的边缘,尽可能地让语气变得柔和:"就像现在,你觉得郁绵还小,你觉得是你的原因,才导致她不愿意回到家人身边,可这不是她自己的选择吗?我观察过你们的相处模式,我认为你待她没什么问题,对她温和包容,也很尊重。人与人之间的缘分是很奇妙的。"

裴松溪突然推开椅子站起来,椅子被碰倒,撞到坚硬的大理石地面上,发出"嘭"的一声,她的声音也是冷硬的:"不,不是的!我妈妈当年去世,就是我陪她去的药店和超市,绵绵这么难过,也是因为我……这根火柴是我点亮的。"

"松溪!"

裴松溪往回退了几步,好像渐渐找回了一点理智。她轻轻舒了一口气,过了几秒钟才说:"我先走了……我先走了。"

郁绵一早醒来,感觉昨晚发生的那一切都只是梦。

昨天夜里,她从裴松溪的房间走出来,回到自己的房间后,即刻颓然地瘫坐在地。

裴松溪说,希望她离开,回到郁家……她靠着门坐在地上,在黑暗中坐了很久很久。奇怪的是,她并没有哭,只是一遍一遍地回想着裴松溪说的话。

她也不知道自己是什么时候睡着的。醒来后,她扶着门把手站起来,感觉腿又酸又麻,像有无数只蚂蚁啃食过,过了好一会儿才缓过来,她挪着步子走到床边。

手机早就没电了,她给手机充电,开机。

收件箱里有铁路系统发来的信息,提醒她今天回永州的车次和时间……只剩几个小时了,她要走了。

她站起来,决定去找裴松溪。

可当她去敲裴松溪的房间时,门一推就开了,本来应该安心养病的人不知道什么时候出去了。被子铺得整整齐齐,床单一丝褶皱也没有,房间如她人一般清冷干净。

楼上楼下找遍了,都没找到。

她想了很久,给裴松溪打电话。

电话没人接。

但是很快,一条消息回了过来——她在墓园。

郁绵赶到墓园外的时候,天空又飘起了小雨。

这座墓园的位置很偏,环境不错,非常僻静。当然每一块墓地的价格都相当惊人,有人开玩笑说,死人住的地方比活人住的地方还贵。

郁绵是第二次来这里,上一次来还是去年国庆。今年新年的时候,她一个人窝在小小的酒店房间里,没能来祭拜周如云。远远地,她就看清墓碑前那个冷清纤瘦的身影,微微弯下腰,放下一束花。

郁绵不知道裴松溪为什么会来这里。是因为心情不好,却又无人可说,所以来到这里,在雨中没有撑伞,只为和她故去的亲人倾诉吗?

郁绵被这种寂寥的孤独感狠狠地刺痛了。她站在原地,看了裴松溪很久很久,等情绪平复下来,才撑着伞走过去,低低地叫:"……裴姨。"

裴松溪似乎早就知道她来了,没有转身,只是轻声问:"等很久了吗?"

郁绵摇摇头:"没有。"

天上的小雨淅淅沥沥地,落到她的伞面上,落到松软的土地里。她还是上前一步,伞面覆盖住裴松溪的身体,终于留出一小块干燥的空间。她的声音也被春天细雨打湿了:"你还在发烧……别淋雨了。"

裴松溪微微一笑:"没事的。"

墓地四周栽种了高大的松树和柏树,挺拔苍翠。墓地旁边竟然有花朵稀落开放,鹅黄色的迎春开得正好,紫色的小野花娉娉婷婷,还有一些已经开败的花,花瓣残破,叫不出名字。

郁绵看着裴松溪的背影,下决心先开口。裴松溪却突然问她:"你还记得……去年在这里,我跟你说过的话吗?"

"嗯,记得。"

裴松溪重复那天的话,声音有些嘶哑:"时间就是这么奇妙的东西。时间……是很无情的。"

郁绵愣住,莫名感到有些紧张。

裴松溪的声音平淡，继续往下说："时间和死亡，无解的问题。这些道理你小的时候就知道了。时间每天在流逝，死亡也是不可避免的。就像我比你大十八岁，我会先老去，先死去，就像当年的那场事故，你的父母因为裴家……因为我的父亲和哥哥而去世，这些都是客观发生的事情。"

郁绵的呼吸乱了，她的声音都在颤抖："你不要说这个……裴姨，那场事故跟你没有关系，你别这么说，好不好？"

裴松溪听出她的惊慌、恐惧，知道她最害怕人世间的生死和时间无常，毕竟她那么小的时候，就会因为一篇语文课文而大哭，她一向不喜欢讨论这样的问题。

裴松溪想起别人对自己的评价，说她冷血无情……本来她还认为根本不是这样，可现在，她不得不认同，自己就是这么冷酷残忍，能够面无表情地讨论着让绵绵感到恐惧的话题。

然而，她不得不如此。绵绵还是太依赖她了，以至于不愿意回到清宁，回到真正的家人身边。郁老先生跟她闲聊时也半是感慨半是无奈地说过，这个孩子跟他们不亲，也不愿意听他的安排，到国外读书、定居，大概还是因为舍不得明川，舍不得裴家，舍不得她。说完这些，老先生又说，这两年裴家和郁家合作的生意多了，天下攘攘皆为利往，他不愿意让郁绵知道这些事，希望绵绵能置身事外，这样生活才能简单纯粹——而这也是他和裴松溪一直以来的默契。

那番话听得她心里酸涩且内疚，也不知应该说什么，只能全程沉默地听着老人家说完，最后才说，她也是这么想的，绵绵不该再回明川，再回裴家了。

裴松溪的指尖从墓碑旁盛开的花朵上拂过，继续平静地往下说："你是这朵正在盛开的花。我可能是这朵，即将凋零的花朵。也许世事看遍，也不过如此，也没什么不可以说的。"

"裴姨……"郁绵的声音里已经带着哭腔，她哽咽着打断裴松溪，"不要说了好吗……"

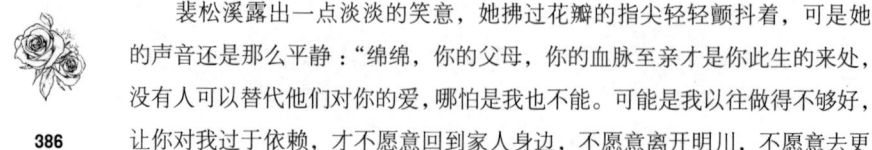

裴松溪露出一点淡淡的笑意，她拂过花瓣的指尖轻轻颤抖着，可是她的声音还是那么平静："绵绵，你的父母，你的血脉至亲才是你此生的来处，没有人可以替代他们对你的爱，哪怕是我也不能。可能是我以往做得不够好，让你对我过于依赖，才不愿意回到家人身边，不愿意离开明川，不愿意去更

广阔的世界看看。"

"你要拥有一个完整而美好的人生,"裴松溪回过头,直视着郁绵,"我不可能陪你一辈子。绵绵,不管到什么时候我都是为你遮雨的屋檐,是你永远的家人,但我不希望,你因我而止步不前。"

年轻女孩无声无息地流着泪,倔强地摇着头,说不出话来。

裴松溪看到她流泪,可还是继续往下说,语气温和:"绵绵,世界很大,你要多看看。好吗?"

郁绵终于忍住不哭:"好,我去看……看。"她说完转身就走,纤细柔弱的肩膀轻轻抖动着,却是那么坚韧倔强。她边走边哭,哭着哭着又在心底告诉自己忍住。可是下一秒钟……怎么又开始哭了啊……

第二十四章
出国

在永州的最后半年，郁绵将学习和生活安排得非常紧凑，一直到六月底，才有空回顾这两年的大学时光。英语水平考试已经通过；各科课程成绩接近满分；跟同学一起参加的建筑设计比赛入围了全国赛，虽然因为经验太少只拿了三等奖，但是对本科生来说已经有很高的含金量。更不要说在各大辩论赛事中斩获的奖牌，金灿灿地、沉甸甸地塞满了她的抽屉。

郁绵整理物品的时候，室友总会过来调侃她，问她是不是要把这些珍贵的奖状和奖牌都带走。

郁绵笑着说不会。她把这些不用必须带走的物品放进箱子，去快递点寄快递时却有些犹豫，她下意识地想在收货地址处填写明川，但最后还是寄回了清宁。

这一学年结束，七月，盛夏。

郁老先生还是开车来接她，问她要不要回明川，毕竟……很快就见不到裴松溪了。

风吹得叶子哗哗作响，她在夏日的晚风中低下头，笑着说："不用。"

她想裴松溪，但是此刻不想见到裴松溪。

郁闻青察觉到她已经沉淀、稳定下来了。之前几次过来接她时，问她要不要回明川，小姑娘多多少少都会有些犹豫，可现在她目光平静而坚定，似乎找到了人生的目标。

郁绵临走的前一天，接到魏意的电话，说给她寄了快递，让她现在出去签收一下。

快递小哥就等在外面，寄了她之前放在明川未带走的书和衣服、袋新鲜光亮的甜橙，还有一个单独的盒子，看起来像是装了项链之类的首饰。

郁绵没挂电话，戴着耳机，忍不住笑着问："魏意姐姐，给我寄这些做什么？"

魏意停顿了一下："你……你到了之后自己再看吧。要乖啊，小绵绵。"

郁绵说"好"，耐心听着她的叮嘱。

在挂断电话前，郁绵轻声说："你告诉裴姨，我会找到答案的。"

第二天，郁绵走的时候，没有让任何人送。

在机场里，她背着书包，一只手拉着行李箱，另一只手提着帆布包，里面装着两只新鲜的橙子和一瓶矿泉水。

坐在机场大厅里，空调的风吹得有点冷，她在等待登机的间隙，忽然想起昨天的盒子还没打开，就放在背包里。

她有点好奇那是什么，以前裴松溪送过她很多手链、项链之类的饰品，她很少戴，都放在了明川的家里。

只是这个盒子看起来似乎跟别的不太一样。

黑色丝绒外壳，很有重量，极具质感。

她轻轻揭开，只看了一眼，却被震惊到……里面放着的是那串佛珠。

从第一次见到裴松溪时，就戴在她素白手腕上的那串紫檀木佛珠。

幼时，郁绵靠在裴松溪的膝头玩耍，有时裴松溪比较忙，顾不上她，她总是不安分地去转动佛珠。后来，裴松溪把佛珠摘下来给她转着玩，还会顺便抚摸她的下巴，叫她乖一点。那时候，她贪恋裴松溪的温和纵容，总会偏过头，偷偷地笑出声来。

这是裴松溪的母亲留给她的唯一遗物。十几年了，每天都戴在她的手腕上，莲花祥云图案已经被磨得有些看不清楚。

郁绵轻轻拿起它，指尖都有些颤抖……微凉的温润的质感带着清清冷冷的木质香味。

登机提示响起时，她把这串佛珠慢慢地戴到了自己的手腕上，把盒子放回包里，往前走，没回头。

飞机上人不多，她坐在靠窗的位置，很快就睡着了。

只是没睡多久就被空姐叫醒，穿着职业装的年轻女人弯下腰问她："这位小姐,你没事吧?"

郁绵愣了几秒钟,感觉到脸上湿了,抬起手,摸了满手的泪。她对空姐笑了笑,说:"没事。"

郁绵看着窗外很久,夕阳瑰丽的光线穿过玻璃,轻轻跃动。她想起了那张照片,打开书包看了看,此刻正安安稳稳地放在书包夹层里。那是第一次,裴松溪去参加她的家长会,她先是在外面跟小妍说话,后来也不知道是怎么想的,就跑到窗边,踮起脚尖看她,对着她微笑。等到家长会结束,她们在银杏树下拍下了那张照片。

冬日的阳光温柔明朗,年轻女人看起来冷清却温柔,正低着头,青葱般的手指,从仰起头看着她的女孩头顶上捡起一枚金黄灿烂的银杏叶子。

那么美好的时光。

十几年了……照片的边角已经发黄,似乎有了岁月的痕迹。

这是她上次离开明川时,偷偷拿走的。

郁绵把那张照片拿出来,放在贴近胸口的位置,抱着它进入睡梦之中,哪怕即将到达陌生的国度,心里也充满了勇气。

大三这一年,郁绵二十岁,在国外,没有回家。

新环境的生活需要她去适应,幸运的是,永大建筑系填报2+2学制的学生不少,所以新的班级里也有十几个本科时的同学,以前是不熟悉的,来到陌生的城市之后,大家很快便熟悉起来。

大学前两年,郁绵很少跟人说话,可是从这一年开始,她变得比以前更喜欢交朋友。但是大多时候,她仍然是独自宅在图书馆画图,往往可以画上一天,到了深夜才回到租住的公寓,心里是平静而踏实的。

有时候会有异国男孩跟她讨要联系方式,甚至包括同班同学,可是她只是对着他们微笑,然后礼貌地拒绝。在她来到新城市的第三个月,许小妍飞过来看她,还带了现任男友,是个金发碧眼的阳光男孩,看着许小妍的时候,目光中满是宠溺。

郁绵带着他们逛遍大学校园,走过这座城市,最后送他们到车站。

分别之前,许小妍握着她的手叹气:"你的学习已经很好了,大学生活最美好的事情不应该是开展一段美好的恋情吗?"

郁绵忍不住笑着反问:"那你呢?你之前说的男朋友,似乎是个华裔,现在怎么成了外国小哥哥?"

许小妍不满地撇了撇嘴:"那个人出轨了,我当然要和他分手。"

许小妍活得放松肆意,年少时对学习成绩没有太高的要求,高中毕业后出国,临近毕业之前,想好了以后要跟男友开一家花店。

郁绵曾经歆羡过许小妍的人生态度,可是随着年岁渐长,却知道那不是她要走的路:"我们不一样啊!小妍,我会一直坚持我的选择。"

许小妍咬了一下嘴唇,没忍住:"你就是太固执了。"

许小妍看着她问:"你对未来有什么打算呢?"

郁绵低下头笑道:"我还没想好具体的方向,但是我知道我想要的是什么。"成为优秀而独立的大人,认识更多更优秀的人,走遍这么宽广的世界……

许小妍也对她微笑起来,站起身给了她一个大大的拥抱,分别时又忽然问她:"陶让也出国了,跟你说了吗?"

郁绵微微一愣:"出国了?没有啊。但是他之前跟我说过,在争取公派出国的机会。"

许小妍点点头,目光中多了一点狡黠:"对,我也是意外知道的。他跟你不是一个学校,不过他来得比你早,好像暑假时就过来了。喏,这是他新的联系方式。你记得跟他联系。"

郁绵没看懂许小妍的目光,缓缓地点了点头:"好,我知道了。"

送许小妍离开的时候,郁绵站在原地,看着对方的背影出神。

在回学校的路上,她给陶让打电话。

电话响起的那一瞬间,陶让温和干净的嗓音响起,问她是谁。

郁绵"扑哧"一声笑了出来:"陶让啊?你怎么不跟我联系啊,我都不知道你出国了。"

陶让也低声笑出来:"抱歉。我太忙了。"

郁绵踩着路边的树叶,听到清脆的声响:"忙什么呢?"

陶让很有条理地跟她说自己的打算:"在做三件事情,第一件事当然是学习,能有现在这样的学习资源和氛围,必须加以利用;第二件事就是在做社区志愿者,目前组织了一个学生团体,在帮助学校周边社区的未婚妈妈、单亲家庭、酗酒的流浪汉……"他的声音温和清润,一如既往,褪去了少年时期的茫然青涩，静水流深。就如他的人生选择，始终明朗。

陶让是名实干主义者，社团中的青年领袖，现实的理想主义者，每走一步，都朝着自己的目标前进。

郁绵从他的讲述中得到更多的勇气，认真地称赞他："你很优秀，陶让。"

陶让才意识到自己说了很久，停下来问她："那你呢？你的人生选择是什么？"

郁绵弯腰捡起了一片叶子，在阳光下抬起头，看到阳光下被显得格外剔透的叶脉，她的声音也更加坚定："我有一个暂时无法回答的问题。但是，我会找到答案。"

在农历新年的这一天，郁绵和班里的同学一起去超市买食材、煮火锅、玩游戏，很晚才回到自己的公寓。同学都喝了酒，只有她喝的果汁。回去的路上，她十分清醒。

窗外灯火璀璨，对无数身在异乡华人而言，终究是个孤独的不眠夜。

郁绵当然也不例外。

这即将是新的一年了。

有过之前独自在酒店过春节的经历，郁绵已经不那么在意了。从小到大，甚至在大学的前两年，其实她都是很依赖裴松溪的。哪怕后来她不敢打电话给裴松溪，可还是盼望着每个月初，裴松溪给她打来电话，哪怕只有短短几分钟的聊天。可能那时她被迫学会独立，所以多多少少会觉得难受的。

可是现在不一样了。郁绵自己想要独立，想要长大，也终于可以渐渐学会一个人生活了。

新的一年，她才联系好导师，约好了跟他见面。

圣诞节之前，她就已经开始进入社区做志愿者，那是陶让帮她联系的机会，要做的事情很简单，就是在放学之后的时间给单亲家庭的孩子辅导功课。她跟两个初三的小姑娘约定好了，会一直陪她们到考上高中，所以这件事会持续很久。

郁绵站在窗边，站了很久，看着国内的时间，其实离十二点还有很久，她想给裴松溪打个电话。可她不知道该说什么。她们之间从什么时候开始变得无话可说了呢？

前两年，第一年去清宁，第二年她偷偷住在酒店，那时候她都在等待着裴松溪的信息。

新的一年，她决定主动给裴松溪发消息，说"新年快乐"。

她不再等着裴松溪给她发消息了。

大年三十这天晚上，裴林默非要拉着裴松溪打麻将。裴天成自从被夺了权，精神状态就一日比一日萎靡，家里现在冷冷清清的。裴之远跑回房间，才好不容易把丁玫给拉了出来，四个人凑在了一起。

裴松溪以前会嫌弃太吵，可是自从她回到一个人生活的日子，总是觉得耳边太安静，现在热闹一点，似乎也成了某种隐秘的奢侈。

裴松溪不会打麻将，裴林默难得有打压她的机会："连麻将都不会，啧。我教你三局，之后就不教了啊。输了可别哭。"

裴松溪平撩起眼皮，淡淡地看了他一眼，听他说着规则，第一局、第二局没开，第三局直接杠上开花，赢了一把："好了，你输了，给钱。"

裴林默欲哭无泪："你还是人吗？裴松溪！我哪天非要把你的脑子切开看看。"

裴松溪罕见地露出一抹清淡的笑意："有什么可看的？"

丁玫正用手托着下巴，看着他们掐架，忽然有感而发："松溪就是聪明，和绵绵一样啊。当时小丫头也才学会没多久，就直接赢了我们的钱啊。"

客厅里立刻安静下来。

裴林默偷偷地瞥了一眼裴松溪突然凝固起来的笑意，一边对着裴之远使眼色，裴之远反应快，赶紧拉住丁玫："妈，您喝水吗？我去倒杯水。"

丁玫有些不明所以，愣了一会儿才说："松溪，我以前是因为你大哥的事情怪过她，但是后来我知道了，原来他害死了郁绵的父母，我的心情就变了……你啊，不用太顾及我的感受。"

裴松溪的眉心微皱，沉默不语，一副冷冷的样子。

丁玫仍然不解，一把拍掉了裴之远拉着她衣角的收："你干什么？"她继续说，"松溪，我说我不怪她了，就是不怪她了。你别不相信啊。大过年的，你给她打个电话吧。"

裴松溪微微仰起头，薄唇拉成长长的一条线："你们打吧。我上楼了。"

她说完，就推开椅子站了起来，连刚刚上手的麻将都被晾在一旁。

等裴松溪走了，裴林默捶胸顿足："哎呀，我的好嫂子啊，我好不容易组个麻将局容易吗？现在又没得玩了。唉！算了算了，之远，我们一起看球赛吧。"

丁玫一脸莫名其妙的表情："你说的是什么话……算了，她不打就不打，之远给郁绵打一个电话吧，看看郁绵说什么。"

裴之远耐不住母上大人的催促，还是给郁绵打了一个电话，刚说几句话，就看到楼梯拐角处有个淡淡的阴影。他知道有人在听，便故意打开外放。

可是下一秒钟，站在阴影处的那个人挪动脚步，这次是真的走了。

裴松溪回到房间里，看着窗边墙上挂着的那幅画出神，唇角缓缓牵起，绽开一点温柔的笑意。她刚刚听到了郁绵的声音，哪怕就一两句，也能感知到郁绵的心情还不错。郁绵在新的城市、新的环境，拥有了很多新的朋友和东西。这是她想看到的。

前两年在永州大学，她们通电话，裴松溪能感觉到郁绵不开心。

现在不是了。她听到郁绵抱怨着去上课的路上总是下雨，鞋子湿漉漉的；看到郁绵新书包上的海绵宝宝挂件；看到郁绵跟同学一起逛超市、做菜、煮饭；看到郁绵在圣诞树下，假扮圣诞老人，给社区的小朋友送礼物……

她的绵绵长大了。

曾经跟郁老先生闲聊时的担心总算暂时搁置下去，绵绵离开明川，远离了她，才渐渐跟自己真正的亲人亲近起来。至于裴家和郁家在生意上的事情，那些商场上的尔虞我诈，都与绵绵没有关系，郁绵始终在一个相对单纯的环境里求学、生活，在新的城市、新的环境，拥有了很多新的朋友和东西，克服了对她的依赖，终于渐渐独立和成长起来。

这些是她想看到的。

裴松溪的手机上多了一条新的短信，那是郁绵发给她的，郁绵说自己最近很忙，学业压力很重，在国外读书，要求非常大的阅读量，她要花费更多的时间在图书馆画图；郁绵说最近新联系了导师，不日要去跟他面谈；郁绵说社区志愿者的工作还会做下去，原来被人需要的感觉是这么好。郁绵说，新年快乐。

裴松溪看着手机屏幕，目光渐渐凝住了，过了很久很久，才抿着嘴唇露出一点笑意来。她的绵绵长大了，不会再等着她的消息了。这样就很好。

裴松溪看得出来，郁绵渐渐有了自己的人生规划，在对学业孜孜不倦的同时，她渐渐与身边的人保持着一种积极的联系，她顺应了天性里的温暖、阳光和真诚，那是很珍贵的品质。

裴松溪将手机放下了，低下头出神了好久。直到明燃的电话打进来，她接了："明燃，你该不会是打电话来说新年祝福的吧？"

明燃在电话那边笑了笑："新年祝福很奇怪吗？你这个人，也真是的，自己性子冷就算了，还不许别人关心你吗？"

裴松溪的语气比平时轻快一些："别人跟我说新年祝福我信，你的话，我不太信。说吧，什么事？"

明燃叹了一口气："还真是被你猜中了。之前我跟进的那个项目，今晚对方给了我回复，拿下了！裴总，你是不是要给我加薪啊？"

裴松溪也缓缓笑起来："好啊！给明总加薪。不过你也不缺钱，不如给你放假吧？你有这个时间，刚好出去玩玩，放松一下。不过放假前还是要先聊一下你刚才说的项目，你什么时候有空？我们在公司碰个面。"

明燃感到十分无奈："裴总啊，你压榨人的本事还是这么强大。不过裴总，我知道这两年来，裴家和郁家的合作变多，利益相关。可你也不需要疏远绵……"

裴松溪轻声打断明燃："跟她没有关系的。是我自己。你知道的，人的时间不能空太久，总要用什么东西填满的。"

明燃停顿了几秒钟："好，你说得对。后天公司见吧。新年快乐！"

裴松溪垂下眼眸："新年快乐！"

新年那一天，郁绵给裴松溪发去消息，然后就选择了关机。第二天还要去社区做志愿者，又有课程任务没有完成，不能再抱着手机等裴松溪的消息了。

第二天，阳光透过玻璃，在脸颊上轻轻跃动几下，她就醒了。

醒来的第一件事是去看手机。

裴松溪回复她了，在国内时间接近零点的时候。还是简简单单的一句：新年快乐。

　　郁绵看着手机发了一会儿呆，才从床上爬起来，换了新的衣服，从冰箱里拿出面包，边啃边往外走。

　　屋外阳光璀璨，树叶被风吹得沙沙作响，她在阳光下踩自己的影子。

　　等她来到学校周边的社区，给两个初二的小姑娘讲题时，心里是那么笃定宁静。

　　新的一年，她想认识更多的人，想出去走走，想出去看看。

　　这是她第一次这么关心自我的成长。

第二十四章　出国

第二十五章
独行

大四这一年,郁绵二十一岁。她第一次知道了以脚步丈量世界的感受。先前联系的导师有一支研究团队,专心于古建筑研究,正在招募有意向的学生,将要走遍世界各地。社区里的两个小朋友终究还是没辅导完成,陶让找人接替了她的工作,郁绵心怀愧疚,只能每周给两个女孩打电话,鼓励她们好好学习。

学校里的课程早已结束,她决心加入研究队伍,就此踏入深山老林,一同探寻世界各地的古建筑。初夏的天气一天比一天热,整个研究团队最先着力于亚洲区域,分成三支队伍,一支前往南亚的孔雀之国,一支前往珠峰附近的高山之国,最后一支……则回到国内。

郁绵再一次踏上故土时,距离离家已有两年。她站在机场大厅里,看见滚动的屏幕上的两个字时,心头猛地抽了一下。

第一站是北方的佛教寺庙建筑,目的地离永州很近。

在大家整顿休息的间隙,郁绵回永州大学看过一次,还是湛蓝的天空,绿澄澄的叶子,高大挺拔的梧桐树仿佛什么都没有改变,又似乎什么都变了。

随后,整个研究小组分散,除了那些历史上赫赫有名的佛教寺庙,他们更关注山林村落之间残余的破败建筑,一边用现代科学的方法进行科学测绘,一边记录古建筑的风格特点。

这一段时间是繁忙而充实的。

白天,她跟着团队成员做实地考察,晚上休息之前,她在灯下看书。《蓟县独乐寺观音阁山门考》《宝坻县广济寺三大士殿》《正定古建筑调查纪略》,

里面谈到转轮藏,说到没有地板的梯台和斗拱,讲到很多精美独特的构造,都是令她感兴趣的存在。

郁绵有时不知不觉地看到深夜,总为前辈学者已经做过的研究而着迷,甚至有几次,灯都没关,书也没收,她就靠在床头睡过去,每次醒过来,又是新的一天了。

日子也一天过得比一天快,很快就到了年底。

这次的最后一站定在大同的一座寺庙,始建于辽金时期,寺名取"慈悲之华,必结庄严之果"的佛教教义而命名。大雄宝殿内保存原貌,殿内有一尊巨大的佛像,佛祖慈悲地看着世人,令人感到震撼。

郁绵站在那边做笔记,低下头,很专心。等她做完笔记,同行的伙伴却笑着走过来,给她看了看刚才拍的照片。年轻女孩在佛像下,神情专注地奋笔疾书,而佛像无声无言,于寂静虚空之中,神色悲悯。

郁绵很喜欢这张照片,等工作忙完,跟同伴打招呼:"我出去一下,晚点见了。"

同伴在后面开她玩笑。

"又去啊,她好像每到一个地方就要去找一次邮局。"

"好像每次都要寄明信片。真奇怪,想说的话,打电话或者视频聊天不就好了?真是个正经严肃的小古董。"

"是很奇怪……也不知道心里有着怎么样的牵挂。"

"小姑娘,估计是比较恋家吧。"

郁绵听到同伴善意的玩笑话,并没有回头看。她在地图上找到最近的邮局,不过没进去,反而先去了旁边的打印店,把那张照片打印出来,在昏黄的路灯下看了又看,才觉得满意。

附近也有一家小书店,她进去挑明信片,选了很久,看到有一盒背景极简单的,名字也好听,一下子就戳中了她心窝。她拿了两个信封,几支签字笔,一起付了款。小书店里人很少,她跟老板打了招呼,就在书店里坐下了,想了很久,却还是不知道要写点什么。于是,还和以前无数次一样,她一字未写,只填了地址。

这次,她把明信片和照片一起放到信封里,站在绿色的邮筒前很久,最后顺着那个小小的缝隙轻轻一推,听到里面传出"咚"的一声,才心满意足地往回走。

路边的小店热热闹闹的，正是年关将至的时候，家家户户似乎都已经开始准备迎接团圆的节日。

郁绵站在街头的寒风里，伫立了好久，才无声地笑了笑，把手插到厚实温暖的大衣口袋里，踩着满城的灯光往回走。

裴松溪第一次收到郁绵寄来的信件。

以前都是明信片。来自世界各地，没有一句话，往往只有地址和邮戳，看起来，郁绵似乎并不在学校，而是在全世界乱跑，她不知道郁绵在做什么——她们已经很久很久没有说过话了。

裴松溪把信件拆开，本以为会看到信纸，没想到里面掉下来一张照片和一张明信片。

她看了一下，只看到朦胧天光里的一点亮。她淡淡地瞥了一眼，又很快抬起头。

有人敲她的门。

裴松溪把信封里的东西原封不动地装回去，问魏意："什么事？"

魏意往后退了一步："有人找您。"

片刻后，茶餐厅。

裴松溪看着周清圆生气的样子，觉得有点好笑："你跟沈素商从中学开始就认识，相处了这么多年，是为了什么事闹别扭，竟然还要找我帮忙？"

周清圆沉着脸不说话："别提她，提到她我就烦得慌。我就是顺路过来看看你，你别当说客。"

裴松溪淡淡地颔首："行。那我不劝，也不问。你知道的，我对这些事情，都不感兴趣。"

周清圆被她一说，差点气笑了："你没兴趣就没兴趣，非要把话说得这么直白吗？真是冷漠又直接。跟你说话迟早要被你气死！"

裴松溪笑了一下，笑意很浅，白皙如玉的指尖在素瓷茶杯的边缘轻轻地叩着，她的目光落在袅袅而起的热气上，升到半空中，也不知道在看些什么。

周清圆收敛了笑意，严肃地问她："你最近……怎么样？"

她问得委婉，裴松溪立刻明了，声音里有点漫不经心："还好。上次开的药还没吃完。你不用紧张,我会克制的。"

周清圆皱了皱眉,想说什么,又忍住了。她不喜欢裴松溪这种冷淡而随意的态度,对自己太不认真,可又不得不承认,裴松溪是她见过的意志力最坚强的人,用理智和冷静定下了原则和界限,从不逾越一步。她总怕裴松溪会药物依赖,可事实上并没有。裴松溪每隔两个月去一趟诊所,跟她一起喝喝茶,至于药物……裴松溪只找过她开过两次药,每次分量都极少。

想到这里,周清圆稍稍放心一些。裴松溪还是她认识的那个人,理智淡漠,从不会打破自己的原则。好像唯一一次失控就是那次……那时候裴松溪还在发着烧,眼神滚烫明亮,说是自己做错了。

裴松溪将一杯茶喝尽了,又倒上一杯:"你不用太紧张,清圆。"

周清圆无奈地笑了笑:"我可真是个失败的心理医生啊。松溪,你让我觉得很挫败。你的心上有个洞,长了一朵花。你为什么不把它拔出来?"

裴松溪的笑意淡了几分,她缓缓地垂下眼眸:"我不愿意……也做不到。"

是啊!她做不到。

裴松溪跟周清圆说了再见,回到家,站在照片墙前,拿出信封里的那张照片时,又轻声地自言自语:"我做不到。"

哪怕是因为心上种了那棵花,所以有时想起就会心痛。

这张照片应该刚拍不久。

在天光晦暗不明的寺庙里,一尊庄严肃穆的高大佛像无声地垂眸看着世人,而佛像之下,年轻女孩正低头执笔,神色专注而认真,细嫩纤细的柔暂脖颈折出好看的弧度,显得沉静秀美。

半暗不明的天光落在她身上,只落在她身上,像是暗夜里的一点光。

距离上一张照片……已经四年了。

裴松溪把照片贴上去。她回到房间,把最新这张明信片放到书桌的抽屉里,只需要拉开一点,就能看到这两年来新收到的明信片,整整齐齐地放在一起。她很快把抽屉拉上。

夜里,裴松溪关了灯,躺在床上,却始终难以成眠。

今夜不仅仅是失眠,就连那些帮助稳定情绪的药物,似乎也很难让她平静下来。她只要一闭眼睛,似乎就能看到楼下照片墙上渐渐空落的地方,如今孤零零地放着女孩长大后的照片,在机场的一张,还有今天新贴上去的一张，少了太多太多了……

裴松溪走到书桌前坐下，拉开抽屉，把这两年来收到的明信片都拿了出来，在灯光下一张一张地看下去。等看完一遍，她拿起笔，在没有落款的地方写字……就如以往无数个难以入眠的深夜，她拿起笔，想给她回信。

只有两句话的明信片。

绵绵，你要照顾好自己。

绵绵，你什么时候回家？

裴松溪如常把这两句话写完，深吸了一口气，才把它们放到另一边的抽屉里，那里面是堆着满满的，却从未寄出去的信纸。

这么多年，裴松溪的时间大多用来陪伴绵绵成长，此外的生活寡淡而无趣。前两年，唯一亲近的祖母去世，家变成了一座空荡荡的房子，她在许多个深夜里听着自己的呼吸声失眠。她当然也希望绵绵能陪伴在自己身旁，可这也只能是希望，绵绵正在沿着她期待的道路往前走，往上走，在成为一个很好的大人，这样就很好。

大四这一年过去，郁绵以优异的成绩毕业，论文得到教授的认可和欣赏。她已经申请了英国的硕士。但在那之前，她选择先进入一年期的间隔年。在过去的一年时间里，她走过很多地方，却总觉得还不够，所以在继续完成学业之前，她仍旧跟随先前的研究团队，四处考察世界各地的古建筑。

这一年，她二十一岁。

年底的最后一站，在河西走廊。

史书记载，佛教从印度起源，到达西域，再经过河西走廊，最终东传，因此，这条道路上的众多石窟成为文化史上的瑰宝，在时间的河流中熠熠生辉。

郁绵踏上这片土地时，想到的却是中学时候，她在家里看纪录片，当时被时间的波澜壮阔所震撼，因而泪流满面。她还清楚地记得，那时候她跟裴松溪说，她想来这里看看。

没想到多年前的一句话，如今真的实现了。

考虑到团队内的亚裔学生很多，这次的行程安排得十分紧凑，从天梯山石窟下来，第二天就安排返程了。在这里的最后半天，时间相对宽松，年轻人都是爱玩的性子，下午自驾出去转了转，最后找到一个求姻缘的小寺庙，大家闹着要进去看看。

小寺庙的殿堂里灯光黯淡，地上的蒲团沾了污渍，并不干净，寺内供养着许多盏长明灯，烛光在半暗不明的光线里轻轻跳动着。半空中挂着的许愿符垂落下来，是情人写下的名字，祈求天长地久，此情不渝。

同来的朋友纷纷开始祈求"脱单"。郁绵在旁边看着，凝视着灯盏里跳动的光焰，偶尔抬起头，看了看陌生人许下的心愿，不准备参与。同伴们看她单独站在旁边，都来劝她，把笔递到她手里，非要让她写下自己的心愿。

郁绵低头笑了笑，摇摇手拒绝了。

同伴感到有些不解，问她原因，她只是笑笑，并没有说话。

从小寺庙里出来，时间已经不早了。

同行的人大多掌握了野外生活的技巧，晚上，一群人围在篝火旁吃饭，火光温柔地映照在每个人的脸上，就连呼啸而过的朔风似乎也少了一点寒意。

他们一直在聊天，有人说到前不久在南美的经历，郁绵没太注意听。她在看一份阅读报告，看到了一句话：生亦时时在即，死亦时时在即。她在这个瞬间被触动。

曾经的郁绵害怕死亡、害怕分离，她因为害怕说再见，所以逃避和人接触，可是现在两年多的时间过去，她见过很多很多的人，走过很多很多的地方。有时候在经历了千年时光的古建筑里，似乎能看到光阴似水般的匆匆流逝，当年的人不在了，昔日的物似乎还在，文字里记载的情也依旧，所有的困惑渐渐有了答案。

人这一生，譬如蜉蝣，本来就没有天长地久，生亦在即，死亦在即。

她要的，从来都是此刻的当下而已。

她从书包里拿出明信片，借着火光，慢慢地写下她的答案，心里是前所未有的坦然宁静。

同伴们聊了很久，三三两两地聚在一团，悄悄分享着彼此的小秘密。只有她有些不合群地坐在旁边，仰起头看天上的月亮。

明亮素净的光晕，皎皎如霜的月华。

仰起头看月亮的女孩侧影清瘦干净，从饱满的额头，到挺翘的鼻梁，再到线条弧度优美的下颌，正好连成一条直线。清清冷冷的月光落在她的脸上，半隐半明之间近乎一尊沉默优美的雕像，眼中只有天上那轮皎皎素月而已。

"咔嚓"一声，同伴中最爱拍照的那个人又偷偷给她拍了一张，笑着嘲讽她："这个傻姑娘，又在看月亮了。"

郁绵笑着扑过去："你又偷拍我，照片给我，我要删了。"她嘴上说着要删照片，可是看到照片的时候却又分外不舍。

一望无垠的广袤戈壁上，天空上那轮圆月空灵澄净，而她在月光下的剪影清远疏朗。光线和构图都无可指摘，美极了。最后，她没有删除照片，反而把这张照片发到了自己的手机上。

她拿那张照片发了一条朋友圈。

每个月的月底，是裴松溪例行来找周清圆聊天的时间。

这一次，她们没有约在诊所，而是约在市里的湖心公园，以前就来过这里几次，环境优美，僻静人少，很适合朋友相约着散步聊天。

她们绕着湖走了一圈，周清圆说什么都不肯走了，在凉亭里坐下来休息："不行不行，我不跟你走了。素商每天拉着我跑步就算了，我现在还陪你走了这么远，累死我了。你都不累吗？"

裴松溪摇头："不累。可能是习惯了。"

大概在一年前，她又重新捡起了晨起锻炼的习惯。唯一的区别，大概就是以前会有小姑娘来敲她的门，催促着她赶紧出发……现在她自己给自己订下计划，尽力使生活重新进入正轨。

周清圆趴在石桌上，彻底投降："行行行。我服了，反正以后我是不陪你走了，我们还是诊所见吧。"

裴松溪不置可否地笑了下，看她累得要趴下，也知道她没有力气再聊天，便不再跟她说话。

事实上，这半年来她的情绪状态已经渐渐调整回来一些了，她比别人更清楚自己的心境变化，变得比先前更平和安稳了。

手机上一直弹出消息，一些工作群里的通知，还有魏意发来的日程提醒。

她回复了几条，退出时却看见旁边一个小小的红点，愣了一下……几乎是下意识地点了进去。

是郁绵发的新动态。

她把除了郁绵之外的所有人都屏蔽了。

"火车穿过很黑很长的隧道,直到尽头多了一点光亮;我在看天上的月亮,它啊,永远都挂在那里。"

文字下面是一张图片。

年轻的女孩坐在旷野之下,在月光下的剪影显得清瘦干净。她在仰着头看月亮。

周清圆休息好了,刚好凑过来看,愣了一下:"这是……郁绵吗?"

裴松溪缓缓地点头:"嗯。是她。好像长高了一点,好像瘦了。"裴松溪站起来说,"今天就到这里,我回去了。"

裴松溪走得很快,到了家,她把刚刚打印出来的照片贴在稍显空落的照片墙一角。回到房间里,她又把书桌里的信件拿出来,最上面是郁绵最新给她寄来的一张明信片。

与以往不同,这一次,她写了一行字。说的是:踏遍青山,方知此心安处。

她说,这是她的答案。不论什么时候,明川都是她永远的家。

裴松溪把这张明信片翻过来,看见另一面画着月亮,旁边还有一行娟秀的印刷字:Still your moon。

也许四处漂泊的人皆如此,不能归家,就只能在夜里仰望那一轮素月。

裴松溪把这张明信片放回了旁边,放在那一摞未曾寄出的信件里,下一秒就把抽屉关上。她把那张照片看了又看,想了很久,才点亮屏幕,指尖在手机屏幕上轻轻敲着,终于打下一行字:

思绪如潮水般汹涌起落。

她看着那张照片,在一片寂静之中,忍不住抬起头,喉头微微哽咽了一下。

她曾经用心种下的玫瑰,在外面吹风了吗?淋雨了吗?她还好吗?

这一年新年,郁绵在野外度过。

研究团队分为三组,其中两组有很多亚裔学生,已经提前返校回家。本来郁绵也该走了,可她没有回去,申请留在最后一组,继续研究工作。

她已经独自度过了很多个新年,早已渐渐习惯了。

但是团队里的伙伴都非常贴心,知道她是华人,也知道新年对她来说意味着什么。这一日,他们早早地结束了工作,在营地里煮了水饺,买了啤酒,围在一起祝她新年快乐。

郁绵很久没有喝过酒了,因为她知道自己的酒品不好,一喝醉就总会乱说话,让身边的人不得不照顾她。

这么久过去,那个一直照顾她的人早就不在身边了,所以她轻易不会喝酒。

她长大了。

只是这一次,她没能忍住,跟着同伴一起喝了两瓶啤酒,喝完酒就开始发作,坐了很久很久,忽然就开始往外跑。

同伴不放心地追出去,才发现她并没有跑远,只是站在月光下,拿起了手机,看样子是在给家人打电话。于是,他叮嘱了她几句,就走远了。

郁绵没听清楚别人在说什么,她已经按下了电话本里置顶的那串数字……多少个日日夜夜,她看着这串数字发愣,却从来没有拨出去过一次。这是她近三年来第一次给裴松溪打电话。下一秒,她却挂掉了这个电话。

郁绵在夜风中吹了很久,先前微醺的酒意不仅没有消散,反而渐渐往上涌,她没回去,就站在原地,看着刚刚的那通电话发愣。她忽然想起……上次她发了一条朋友圈,裴松溪还是那样,既没有给她点赞,也没有给她评论。只是第二天,她点开裴松溪的头像,看到裴松溪有了新的签名。以前裴松溪是没有签名的。这次写的是:桥都坚固,隧道都光明。

就在这时,新的电话打进来。

是裴松溪拨过来的,电话接通的那一瞬。她先开口了:"绵绵。"

郁绵在夜风中轻轻笑了,声音也好像融化在晚风里:"裴姨。"

一旦开了口,似乎接下来的话也变得容易了,郁绵的声音渐渐变得平静下来,非常流畅地说:"裴姨,前几天我在一座寺庙,大殿里有很多的雕像,据说已经有上千年的历史了。"

"嗯?"

"我问他们,人要怎么听清自己内心的声音,做出选择。他们说不知道,说让我慢慢感受。"

电话那端忽然陷入了长久的沉默。

郁绵还在微笑,笑着笑着,喉头轻轻哽咽了一下,眼泪掉下来,在轻声问裴松溪:"裴姨,我可以回家了吗?"

对方只是沉默着。

风声依旧潇潇。

郁绵没有等裴松溪回复，很快把电话挂断了。

新年之后的两周，原先离校的同学陆续返校，而春节期间依旧留守的第三组则进入为期两周的假期。

郁绵也开始放假了。许小妍知道后，叫她过去玩。郁绵没有其他的安排，便答应飞过去看许小妍。

许小妍刚刚毕业半年，她没能如愿以偿地开一家花店，因为她的现任男友是一名兽医，于是，她开了一家宠物店，大多时候帮忙照看社区周边的宠物，有时去兽医男友那里帮忙救助小动物。

郁绵见到许小妍的新男友时，早已见怪不怪，只觉得有点好笑："你自己说说，这么多年来，你换了多少个了？"

许小妍还是年少时大大咧咧的样子："合适就在一起，不合适就分手呗。我这辈子也不打算结婚，不想用一张纸捆住自己。合则聚不合则散，我喜欢这种自由。"

郁绵笑着点头："这当然是你的自由。你很幸运，比别人更自由。许叔叔赵阿姨从来都不会约束你什么，你可以随自己的心，做出你想要的选择。"

她们坐在地板上喝酒，许小妍已经有点醉了，笑盈盈地说："对啊，我爸妈从来不对我提要求。我很幸运。但是绵绵，你知道吗？其实你的家人也没有对你提过什么要求，是你自己关住了自己的心。这么多年了，天南地北，上下无边，你去了这么多的地方，到底准备什么时候回去？"

郁绵仰起头，把手中的一罐啤酒喝完了，笑着笑着就笑出了眼泪："我啊……我也不知道啊。我还没想过这个问题……我还不知道要在哪里停留。我会好好考虑的。"

许小妍没再说话了，只再递了一罐啤酒给她，心里忽然有几分伤感。

按照惯例，裴松溪新年只休息了几天，就回到公司继续工作。

魏意已经调任大中华片区的副总，但在会议间隙，仍旧如往昔一般，给她端来一杯咖啡："裴总。"

裴松溪偏过头，一向冷清出尘的脸上隐约带着倦色，她轻声说："谢谢。"

魏意不太放心地看着她："刚才王经理汇报工作的时候，我看您……有点出神。如果太累的话，您是否要考虑下先回去休息一下，这次也不是很重要的会议。"

裴松溪摇摇头："不必，我没事。"

被魏意这么一提醒，她意识到了自己刚刚确实有些走神……可是这几天，她几乎没有一夜好梦，精神状态有些欠佳。

裴松溪深吸了一口气，暂时压下了翻滚的情绪，翻阅着桌上的文件，听着下属的汇报。

放在桌上的手机悄无声息地亮了一下。她本来没打算看，只是目光轻轻瞥了一眼，等看清发消息的人，眉头却慢慢地皱了起来。

竟然是……许小妍给她发的消息。

是很多年前加的好友了，那时候绵绵还在附中读书，有一天不太舒服，她让许小妍帮忙照顾郁绵。在那之后的这么多年，这个 ID 静悄悄地躺在她的朋友列表里。

许小妍怎么突然给她发消息了……

是因为绵绵吗？

裴松溪的目光微微一凝，指尖在屏幕上轻轻点击解锁，进入对话框，就看见对方发来的视频。

她的指尖轻轻蜷缩起来，喉头微动，理智尚在提醒着她此刻还是工作时间。可是下一瞬间，她看到对方发来的消息，整个人恍惚地站了起来，椅子被踢倒了，发出"嘭"的一声巨响。而她置若罔闻，步履匆匆地往外走去，留下一办公室的人面面相觑，汇报人更是吓傻了，不知道自己是哪里惹恼了她……竟然把一向冷静持重的裴总气走了。

裴松溪回到自己的办公室。一向波澜不惊，淡漠如水的人，此刻也有一丝狼狈，她点开那个视频。

视频里的光线是有些昏暗的，大概是国外的晚上，镜头先从地板上堆满的空酒瓶上掠过，裴松溪不满地皱了皱眉。可下一秒钟，她看到了……郁绵，女孩握着一瓶啤酒，手腕上那串紫檀木佛珠那么晃眼。她正仰着头灌下一瓶酒，好像是在笑着的，笑着笑着就停下来，也不知道在说些什么……她忽然开始变得紧张、焦躁，拿过旁边的书包开始找，找了不久，似乎从包里拿出一张纸，也不知道那是什么。她又笑了。

裴松溪似有所感地盯着那张纸，眼角眉梢都在轻轻颤抖着，直到女孩终于醉了，往后靠着墙，她的手慢慢垂落到地板上，那张纸也飘落下来……裴松溪终于看清了，那是那张失落的老照片，是她去郁绵的家长会，是所有照片的第一张。

在最初的最初，在开始的开始。

先前，她就发现少了一张照片，一连在家里找了好多天，上上下下都找遍了，都不曾找到。

画面静止了好一会儿，又渐渐地动了。

酒醉中的女孩有那么一瞬间清醒过来，小心地把照片捡起来，慢慢闭上了眼睛，沉沉睡去。

视频到此，结束了。

裴松溪后退一步，靠着门。

裴松溪想起新年夜的那个电话，想起女孩在夜风中轻声问她："裴姨，我可以回家了吗？"

她沉默了很久，终于想好要如何回答郁绵，可是电话已经被挂断了。

眼底压抑的水光最终落成了泪珠，她的声音是颤抖着的："绵绵，我从来没有不让你回家。"

年后，郁绵和许小妍告别。

两周的假期还没结束，她提前返回了研究小组，有新的任务安排。导师跟当地社区合作在做一个项目，主要解决老旧社区居民建筑的改造问题，跟科研无关，只是一项纯粹的公益项目。

郁绵回到阔别已久的小公寓，才发现这半年都没回来过，窗台上都落了灰。这一两年来，她去了很多地方。有时候今天在这里，明天在那里。现在生活短暂地回归到常态，就像大三那年一样，她帮着老师做项目，其他时间内都在图书馆看书。

只是这一次也没能停留太久。课题组里同学有意于参加国际大学生建筑大赛，去年就已经开始报名参赛，她当时也一起参加了。很巧的是，这次的决赛地点就在永州大学。

郁绵接到通知,看到永州大学这四个字,忍不住笑了笑。她暂停了这边的工作,提前飞了回去。离比赛的时间还有一个多月,团队里有个研究小组最近正在考察西南的佛教寺庙,在去永州之前,她先前往西南,跟同伴会合。

这次的任务相对轻松。比起寒风呼啸的西北沙漠地区,西南地区的气候温暖宜人,年轻人们钻到大山深处,有时候去寻找破落的老建筑,有时候去寻找名家的故居遗址,工作内容比先前更加丰富有趣。

郁绵也喜欢这种生活状态,她享受把时间填满的感觉,于是,也跟着同伴一同探寻建筑遗址。直到比赛将近,她应该前往永州时,却出了一场不大不小的意外,左腿被倒下的石碑砸伤了,流了不少血。

同伴中有女孩子,一看到那么多血,吓得脸色发白,甚至流泪。郁绵忍着疼痛,叫她们不用紧张,说她很好。

研究小组的组长是博三的师姐,性情沉稳不少,一边安排人联系医院,一边低声说:"郁绵,你不要逞强啊,难受就哭。"

郁绵笑了笑,嘴唇也有点苍白,没有这个年纪女孩子应有的娇气:"我没有逞强。"

组长有些不太相信地看着她:"你真的不是强忍着不哭?"

郁绵摇摇头,神情平静而坦荡:"不想哭。"她已经很久很久没有哭过了。

年少的时候裴松溪待她好,她却在很长一段时间内没有安全感,有时会为了一点小事儿哭泣。可是现在,她长大了,不想哭了。

村子里的医生赶来帮她消毒包扎的时候,她也一滴眼泪都没掉,只笑着安慰同伴说"没事,不疼"。

组长诧异地看着她,感觉到这个年轻女孩内里有一种很强的韧性。

原本以为郁绵是一朵纤弱的玫瑰花,可是事实并不是这样的。她长在荆棘之上,沾满了清晨的每一滴露水,风霜不侵,严寒难减,在温柔美好之下有一颗非常坚韧的心。

所幸的是,郁绵的伤口并不严重,休息了两天,就坐上了去永州的飞机。到永州时,她从机场走出来,站在无人的长街上,天空忽然下起了大雪。像极了她曾经在这里度过的冬天。

郁绵先跟团队成员会合,把行李放下,就打了车,在路上发了一条社交动态:"隔了这么久,又回到这里了。"

  站在熟悉的校园里,她感觉到又亲切又熟悉。

  雪花扑簌簌地往下落,校园里很安静。她沿着湖滨小道慢慢走了半圈,忽然感到一丝淡淡的遗憾——裴松溪从没陪她来过她的学校。她很想带裴松溪漫步走过学校的湖滨小路,很想带裴松溪去看宿舍楼下的百年梧桐,很想告诉裴松溪,真的很希望裴松溪能来参加她的毕业典礼。

第二十五章 独行

第二十六章
久盼

  这一次回永州大学,郁绵见到很多以前的同学。大学室友冉林和苏玉都在永州一家国企工作,学霸室友沈灯轻留校读研。郁绵这次来参加比赛要待上数日,时间相对来说很充裕。她们在学校重聚,把学校外的小吃街都逛了个遍。跟昔日的朋友道别后,郁绵慢慢往回走。

  晚风清凉,先前那场雪融化之后,天气就一天一天地转暖了。她脚上的伤其实差不多都好了,平时走路慢一点也不会有感觉,只是还不能穿高跟鞋。可是明天比赛她要上台发言,高跟鞋和正装是必须的……总之,忍一忍也就过去了。

  参赛队伍被安排在校内酒店,离得很近,她回到酒店,队友正在找她:"郁绵!这边,我们来排练一下。"

  郁绵笑着说"好",在决赛前夜,也难免开始紧张起来。

  比赛的地点安排在建筑学院的三楼大报告厅,以前在这里读书的时候,郁绵就经常过来听讲座,对这里很熟悉,就连主持人她也认识,是以前校辩论队的师兄,很亲切地跟她打招呼。

  站在熟悉的地方,见到熟悉的人,原先那种紧张的感觉瞬间被冲淡了。

  这次决赛分为两轮,第一轮是视频介绍和专家提问环节,此外由于建筑实体模型的特殊性,会单独安排半天的现场展示环节。

  主持人介绍完嘉宾和比赛背景之后,决赛开始了。

  这次参赛的主题是城市水岸艺术空间设计,选择任一城市的滨水区,设计场地包含水域及水岸景观、建筑物,对整体性和协调性的要求很高。

郁绵是团队的副队长,队长有事赶不过来,加上她本身的形象气质好,专业知识扎实,这次上台展示环节由她来负责讲解。

在场五十六支队伍,上午半场,下午半场。团队要按照顺序上台展示,按照抽签到的顺序,她要在第十三个上台。

不前不后的顺序,在现场展示中非常不占优势,专家评委没有开场时精神放松,也没有结束时那么专注。因此,她上台发言时的语气是活泼轻快的,从生活中的建筑设计谈起,再说到本次团队的作品,总体效果很不错。

专家提问环节,正好遇上以前给她上城市空间设计的老师,是个很有情怀的中年教授,他对她笑着点了下头:"谈谈为什么要以家为主题来做你们的城市建筑设计吧?"

郁绵朝他微微鞠躬:"谢谢老师的提问。选择这个主题,其实源于我们团队成员和我个人对生活的直观感受。建筑和每个人的生活都是息息相关的。就拿我自己来说,我很小的时候,说过要为我的家人建很大的房子,到中学时想成为一名建筑师,就是……"她的声音轻缓温和,节奏正好,听起来让人觉得很舒服,台下的老师对着她微笑,示意她说得不错,继续往下说。

郁绵也笑了笑,目光坦然自信地从台下诸多观众的脸上掠过,刚想收回目光,却陡然间撞上那张数年未见,却始终刻在她心底的脸庞。她的脑子里"嗡"的一声,先前已经酝酿好的话一时间全忘干净了。那一瞬间她以为自己是在做梦,可是远远地看到那个人微微弯起唇角,看着那个人的微笑,她才知道……不是的。

这不是梦……

裴松溪真的来看她了。

郁绵的眼睛瞬间被泪水打湿了,声音里藏着难以察觉的哽咽,在主持人焦急的眼神示意中继续往下说:"那时候……我想成为一名优秀的建筑师,或许只是年少时的热血和冲动。等年龄越来越大,才意识到建筑不仅仅是房屋,而是每个人的家。所以我们这次的作品,在对城市水岸进行设计时,也是基于这一想法,要提升居住者对这座城市的归属感……"再后来,她似乎渐渐也不知道自己在说些什么了。

台下的那个人始终含笑看着她,给她鼓掌,她走到一处,裴松溪的目光便跟到一处,盛满了温煦的笑意。

提问的老师给她鼓了鼓掌,她才笑着鞠躬:"谢谢老师。我很荣幸,也很幸运,今天能站在这里。"

她年少无知时说想做建筑师,那个人跟她说,让她做她想做的事情。

台下的观众可以鼓掌,郁绵迎着掌声下台,就要去找她。

裴松溪一直注视着她,看见她想往这边走,抬起手,手掌轻轻往下压了压,隔空示意她坐下。

郁绵愣了一下,被裴松溪提醒,才想起现在还没到结束的时间,还有其他队伍要上台展示,她现在不能去找裴松溪。

郁绵给裴松溪发消息。上次她给裴松溪发消息,还是她出国后的第一个新年,她在零点之前,先给裴松溪发的"新年快乐"。后来……她没再发过,裴松溪也不再跟她联系。

郁绵看着两年前的消息发愣,发出一句:你……她忽然就不知道该和裴松溪说什么了。

等她按了发送之后两秒钟,安静的会场里有铃声响起来,在这种场合其实是不适合的。可她听到那个声音,知道是裴松溪的手机铃声,还是她读中学时候给裴松溪换的,那时她好霸道,让裴松溪一辈子都不许换。

屏幕上方显示对方正在输入中,郁绵的心开始狂跳起来,紧张、期待,却又开始害怕。

直到新的消息发过来。

我来看你。

郁绵被这句话击中了,觉得有点坐立难安,似乎不太相信地回头去看。隔着人群,她隐约能看见裴松溪穿着米色的风衣外套,含着笑意看着她,眼中满是骄傲。

总算等剩下的队伍都讲解完,主持人请所有参赛的队伍派代表上去跟评委一起合照,郁绵不想上去,刚要跟同伴开口,手机里弹出新的消息:去吧。我想看你上台。

郁绵瞬间改变了主意,笑着站起来:"我上去就好了。"

拍照的时候,台下有不少闪光灯亮起,摄像在喊着看镜头,可郁绵根本做不到,好不容易等到结束,报告厅里的人差不多都走光了,她跟同伴说她还有事,看着座椅上零散坐着几个人,她感到有点紧张,用目光慢慢搜寻起来。

幸好,下一秒钟,她就撞上一双温和含笑的眉眼。

郁绵走过去,快到的时候步子却放慢了,裴松溪缓缓地站起来,看着她微笑,也朝她走去。

等她们终于站在彼此的身边,郁绵抿了一下嘴唇:"你……"

裴松溪抬起头,轻轻摸了摸她的头顶:"都不叫人吗?"

郁绵笑了笑:"裴姨。"

裴松溪轻轻揽了一下她的肩:"嗯,走吧。"

还是这么亲切熟悉的姿态,似乎曾经分隔的数千个日夜从未存在过。

"中午想吃什么?"

"吃食堂可以吗?"

"好,要学生卡吗?"

"……哎,对哦,我都忘了,是要刷卡的。我们有餐券,是学校酒店里的自助餐,去吃那个可以吗?"

"嗯,过去看看。"

下午还有半场比赛,时间很短,餐厅里人很多,几乎没有座位。

裴松溪去前台点餐,开了房间:"回去休息一下,等会儿有人送餐过来。"

郁绵说了声好,跟着她往电梯里走。此刻别人都在吃饭,冷冰的金属空间里只有她们两个人,郁绵闻到了一点玫瑰的香味:"你换香水了吗?"

裴松溪又摸了一下她的头顶:"嗯。"

她还是这么冷静缄默的,可又是一如既往的温柔体贴,出电梯的时候按住按钮,让郁绵先出去。

郁绵拿着房卡,推开门的一瞬间愣了一下:"这肯定是学校接待高级领导用的房间。太浪费了……"

裴松溪把门关上,脱掉风衣外套,里面穿着一件驼色毛衫,搭着长裙,她走到窗边,拉开窗帘,阳光在那个瞬间照进来,房间里很安静。

下一秒,酒店服务员按响门铃,送餐来了。

裴松溪对她笑了一下,快步走过去,把门开了。

服务员推着餐车进来,食物非常丰盛,清蒸排骨、肉末茄子、盐酥鸡、清炒芹菜……菜端上桌,郁绵抬起眼睛,感到有些惊讶:"这么多菜啊。"

裴松溪拉开凳子,让她坐下,声音里含着淡淡的笑意:"你的胃口一向很好啊。"

房间里暖融融的,安安静静的春日午后。

她们都没说话,没有打破这份沉默。

郁绵好久没跟裴松溪一起吃饭了,可能是心情好的缘故,胃口也格外的好。她吃饭时一向专心,过了很久,她才发现裴松溪早就吃完了,正含笑看着她。她有点不好意思再吃下去了,轻轻把碗推开,刚想站起来说不吃了,却意外地扯到了伤口,疼得她嘶了一声。

裴松溪的眉梢一皱:"怎么了?"

郁绵摇摇头:"没事。可能是穿高跟鞋久了,脚有点疼。"她想弯腰换拖鞋,却被裴松溪拦住了:"你这里怎么了?"

郁绵也低下头看了看,原来是袜子的边缘有些血迹。她往后退了退:"之前在外面受了点伤,被石头压了一下,已经要好了。"

裴松溪抬起头,睨了她一眼:"别动,我看看。"

郁绵的脚腕处隐约可见一道刚刚裂开的伤口,血迹已经凝固了,看起来问题不是太严重。

裴松溪的神色稍霁:"穿高跟鞋脚酸吗?"

郁绵点头:"不太习惯,平时很少穿高跟鞋。"

裴松溪没再说话,在心底轻轻叹了一口气。裴松溪把她扶到床边,让她坐下,给她掀开被子。

郁绵伸手抓住她的一小片衣角,仰起头看她:"你去哪儿?"

裴松溪回握了一下她的指尖:"你睡会儿,我去给你买双鞋。下午不能再穿高跟鞋了。"

"我行李箱里有的,不用买。"

"是受伤后专门买的鞋吗?"

"不是,一双英伦风的软底皮鞋。"

"那个不行。"裴松溪按住她的肩膀,让她躺下,"你休息一会儿。"

郁绵抓着被角,眼睛亮晶晶地看着她:"我醒来的时候,你还在吗?"

裴松溪的笑意很深:"当然。"

郁绵也忍不住笑了,仿佛她们之间从未有过不曾见面的数年,原本她想跟裴松溪说很多话，可现在又不想说了。她闭上眼睛："那我等你回来。"

郁绵以为自己会睡不着的，可是一闭上眼睛，困意如潮水般涌来，她感觉自己也像躺在温软的潮水里，无限下坠，直到坠入最深处，却忽然醒了，一看时间，快两点钟了。

郁绵轻轻舒了一口气，刚刚侧过身，就看到窗边站着人，正在眺望着窗外。阳光落在裴松溪的肩上，有种与世隔绝的冷清出尘。像极了高三的那个暑假，裴松溪陪着她去清宁，她醒来就见到裴松溪逆光而立的样子。

郁绵慢慢坐起来，她还没下床，站在窗边的人已经转过身来，对她笑着说："醒了啊，不早了，要出门了。"

裴松溪把刚买的鞋子拿过来，她一共选了三双："试试看，哪一双更舒服些。"

郁绵看到裴松溪蹲下来要帮她换鞋，不好意思地往后退了一点："我自己来就可以了。"

裴松溪没再坚持，转身去给她的杯子里倒了水。

下午的比赛，郁绵不用上台，踩着点儿到会场时，报告厅里已经坐满了人，只有角落里的两个位置还空着。她拉着裴松溪过去，找到地方坐下。

台上的人高声说话，台下的观众掌声如雷霆一般。

下午的比赛大概要到六点才能结束，裴松溪看了看时间，靠近她的耳边："四点了，绵绵，我明天有很重要的事情，要先回去了。"

裴松溪来这里……完全只是一瞬间的决定。那日回家后，裴松溪看到郁绵刚刚发布的动态，地点在永州大学，郁绵说她来参加建筑设计的比赛。

裴松溪想看见她实现梦想的时刻。在台下，裴松溪看到了郁绵在台上耀眼的样子。

郁绵没想到裴松溪的日程会这么紧张，她给队友发了消息，在比赛尚未结束的中场，拉着裴松溪从后门溜走，送裴松溪去机场。

到了机场，离起飞的时间已经很近了，幸好裴松溪这次来得很急，只提着手包，不用办托运，多空出了一点时间。她们站在安检处外面说话。

郁绵缓缓地开口："我们明天还有半场比赛，我走不掉。导师明天要过去，我们最近有个研究计划在推进……我暂时没有时间……"

裴松溪点点头："嗯，没事的，你先做你的事情。"

郁绵点头，她用力抿了一下嘴唇，才迅速地抬起手，抱了裴松溪："给你一个有仪式感的告别。"说完，她就往后退了一步，"我走了……"

裴松溪感到有点好笑，这个丫头跑什么。裴松溪不由得笑了笑，她低下头，给郁绵打去了电话："绵绵，我是来接你回家的。可惜你不能走……"

这么多年，裴松溪习惯了把绵绵当成没长大的小姑娘，习惯了为之做出所有决定。可今天，绵绵在台上，她在台下看着她，在掌声雷动的时刻，她意识到了她的绵绵已经成了耀眼的大人。她不能，也不应该再替绵绵做任何决定了。

郁绵仰起头看着裴松溪，像是怀疑自己听错了。

裴松溪的声音放轻，犹如春风拂过："我等你回家。"

第二十七章
归家

下午比赛后,团队成员出去吃饭,到晚上十点,郁绵回到酒店,走到阳台上给裴松溪发消息:到家了吗?

很快,裴松溪回了信息:嗯,刚到家。

郁绵站在栏杆边吹风,夜风清凉温柔:给你发语音好不好?郁绵等了几秒钟,没等到语音,下一秒,电话就打了过来,那个人的声音一如既往的好听:"绵绵,忙完了吗?"

郁绵听到裴松溪的声音,眼泪瞬间就掉了下来。她把电话挂了。后知后觉地开始大哭。

原来真的不是一场梦。原来裴松溪……真的在等她回家了。

郁绵在晚风中轻轻呜咽,哭着哭着又开始笑,笑着把眼泪擦掉,才看见一条未读消息:怎么了?是不方便接电话吗?

嗯,室友睡了。

她给自己找了个好无力的借口,可是裴松溪没打电话过来了,只继续给她发信息:

好好休息。外加一个可爱的橙子表情。

郁绵看着裴姨发来的那个橙子的表情微笑,回复了一个说晚安的小熊。

裴松溪看着屏幕上摇摇摆摆的小熊笑了笑。她刚刚到家不久,正站在照片墙前,手里拿着的是今天刚刚拍下的照片,她在台下拍的,耀眼的人。

那之后的很多天,郁绵每天都在固定的时间给她发来消息。

郁绵轻易不给她打电话,忙是一个原因……更多的,可能是这么多年已经习惯了,她也不知道打电话是否会打扰裴松溪。明明是满怀期待,恨不得立刻飞回裴松溪身边,可又小心翼翼地,十分珍惜此刻当下的温暖。

因为时差的原因,郁绵特意起得很早,赶在国内还不算太晚的时间,给裴松溪发消息,有时候问她今天忙不忙,有时候说一说自己的安排。裴松溪每次回复得都很快,像是在等待着她的问候一样。

天气渐渐暖和了起来,郁绵看到好看的香樟树叶,捡起来放在书里拍给裴松溪看。这次裴松溪的回复变慢了,过了大概半个小时,才回复了信息过来,也是一张照片,一枚形状秀美的绿叶。

晚上,郁绵拍下自己书桌的一角,书本堆放得整整齐齐,桌上放着台历。

裴松溪也给她拍自己的办公桌,其实是她很熟悉的样子,除了电脑和文件之外,桌上多了一盆小小的绿色多肉,仿佛是某种遥远的呼应。

就连第二日,外面下着雨,她站在屋檐下躲雨,给裴松溪拍下雨珠滴落的檐角,裴松溪也给她回复了对应的一张——明川那边没有下雨,裴松溪竟然在浴室里拿喷头喷了好久的墙壁,把滚落的水珠拍了下来。

这么……这么有点稚气的行为,简直让郁绵怀疑自己是不是看错了。

可是不是的,就是这样的。

这是她们在经年累月的陪伴中积累出来的,家人的默契。

她想回家了。

这一年春天,郁绵回到明川。

距离她上一次回来,已经有三年时间。

郁绵这次回来,没有提前告诉裴松溪,到家的时候是下午三点钟,这个时间裴松溪还在工作,家里没有人。

重新踏入安溪路268号,郁绵站在大门外,仰起头看那块红色的门牌……又是三年的时间过去了,红漆已经掉得干净,但那行字还在,写着她和裴松溪的家。

她回家了。

开了门,客厅里还是以往简约干净的风格,只是比她走的时候显得要更空旷一些。沙发上没有放她以前最喜欢抱的毛绒小熊,花瓶里没有插花,就连冰箱,也是空空的,只摆了两排纯净水。

郁绵把包扔到沙发上,在客厅里大叫了几声,才提起行李箱上楼,只是没走几步,路过照片墙的时候,整个人却愣住了。

那贴满照片的墙壁,此刻罩上了一层白色的幕布,看起来像是那段时光也被选择性地遗忘了。

她感觉心头被刺了一下。

想伸手把那层幕布揭开,可是手停在半空,又慢慢地收了回来。

她提着行李箱往上走,回到自己的房间。

房间里比以往空了很多,衣橱里只有她中学时期的衣服了,附中的蓝色校服就挂在最显眼的地方。床上的被子还在,枕边放着那次她走之前换下来的睡裙,洗得干干净净,整整齐齐叠放在那里。

窗户开了一半,神奇的是房间里的家具上也没积灰。暖融融的阳光照进来,她往床上一躺,看了看时间,刚刚四点,睡一会儿吧,等睡醒了,裴松溪就回来了。

这一觉睡得很沉。

为了这次归程,郁绵一连通宵了几天,把一份重要的设计图做完,才急匆匆地往机场赶。更不要说现在本来就是国外的晚上,她一闭上眼睛,就沉沉地睡了过去。

也不知道睡了多久,她隐约听见一点声响,像是楼下有汽车停下的声音,她的眼睛还紧闭着,却慢慢弯起唇角,声音温和:"裴姨,你回来了。"

裴松溪也笑了笑,给她掖好被角:"抱歉,吵醒你了。吃饭了吗?"

"没有,回来就睡着了,我好困。"

"要出去吃吗?"

"不用了,在家吃吧。"

"家里……"裴松溪轻轻咳了一下,"家里好像什么都没有。"

郁绵仰起头看着她,眼神里都是控诉:"我想吃番茄鸡蛋面,有吗?"

裴松溪微微一怔,才笑了笑:"有。你再躺会儿,我等下叫你。"

郁绵摇摇头,掀开被子跳下床:"不要,我跟你一起就好了。"

她们开车去了附近的超市,买了新鲜食材回来。等回到家,裴松溪在厨房里煮面。还是简简单单的番茄鸡蛋面,清汤寡水,热气腾腾。

裴松溪在桌边坐下,夹起一点番茄,咬了一下筷子,忽然轻声说:"我

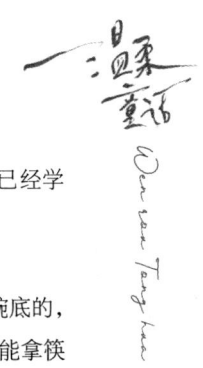

觉得下次我们还是出去吃吧。"

郁绵扑哧一声笑出来："不用啊，我就喜欢这个。而且我这几年已经学会做饭了，明天做给你尝尝。"

裴松溪闻言愣了一下："嗯，好。"

郁绵正低着头，看着碗上堆着的荷包蛋发愣……以前明明是藏在碗底的，现在怎么就放在最上面了呢？她有些心不在焉地将面吃掉半碗，终于能拿筷子戳一戳，竟然又找到了一个荷包蛋。她的眉眼骤然弯起，啊！原来还是双倍的！

吃完饭，郁绵抢着要去洗碗。

裴松溪坐在客厅里等她出来，顺手拿起一本杂志在看，只是今夜有些静不下心。裴松溪看着标题发了会儿呆。

直到郁绵从厨房里走出来，裴松溪把杂志放到一旁，看着郁绵抱着她常坐的小猫坐垫过来，才笑了笑："不回去休息吗？"

"不，想跟你说话。"

郁绵在地上盘腿坐下了，仰起头看她，仿佛还是十几岁时的那个小小少女。

郁绵轻声说着话。

裴松溪听见郁绵说，最近在帮当地社区做的建筑设计，说楼下房东养了一只超级可爱的橘猫，说她之后的时间安排，才轻声说："你的目标很清楚，这样很好。"

郁绵抬起头看她："我去英国读书，有一年时间不能回来。"

裴松溪点点头，冲她笑了笑："一年而已，很快的。"

郁绵忽然负气地别过脸，她的眼睛却看着半空："你是不是……"是不是根本不在意她会不会回来。所以这一两个月，从来不问她什么时候回家。

裴松溪感知到郁绵小小的情绪，轻轻摸了一下她的头顶："当然不是。"

郁绵在心里嘲笑了一下自己的小脾气，她过了十几岁的年纪，又独自在外过了这么久，不再像年少时会闹别扭。她轻声说："我开玩笑的。"

裴松溪轻轻地"嗯"了一声："我知道。"

郁绵的精神放松下来，她轻声说着这些年来去过的地方、经历的事情，结果说着说着就困了，声音也越来越小……

裴松溪听她说完,才轻轻笑了笑:"你走了很远,去了很多地方。"

郁绵几乎要陷入梦乡了,在彻底睡着的前一秒,她闭着眼睛,缓缓弯起唇角:"是啊……走了很远很远的路。可是,不管我走多远,我都会回来。"

此去经年,她在一日一日地行走中叩问本心。年幼失怙,颠沛流离,是裴松溪陪伴她长大,温暖了过往的那些岁月。

万水千山走遍,我最想停留的地方,始终是有亲人在的地方。

这次回明川,郁绵跟朋友们约了见面。

这三年来,除了跟陶让见过两次,她几乎都没回来看过他们,被痛骂了好多次,说她没良心。

照旧是约在附中附近的那家火锅店,约在学生放学的时间。店里都是穿着校服的中学生,让郁绵也感觉有点恍惚,想起青葱岁月里的美好时光。

梁知行一坐下来,就对郁绵进行严肃的批评教育:"你说说你,一言不合就跑出去,是想做什么?是玩离家出走那一套吗?亏我给你操碎了心,你倒好,心那么大,满世界地蹦跶。"

郁绵给他倒了杯果汁:"好好好,您消消气。"

景知意也难得跟他一条战线:"就是,人生有几个三年啊,下一次三年……"

郁绵把那杯果汁端到她面前,努力岔开话题:"下一次再过三年,你们的娃可以打酱油了?"

景知意的脸一红:"你别瞎说。"

郁绵微微笑了起来,看了看旁边的陶让,还好,他没批评教育她的意思。

陶让早已回国,他本科毕业之后没有再读硕士,选择进入了民间志愿组织。他穿着一件天青色的衬衫,温润清淡,依旧坐在一旁不说话,只是微微笑着,似乎还是当年那个沉默安静的少年。

郁绵最后给他倒果汁:"谢谢你!陶让。敬你一杯。"

当时她刚刚出国,曾经陷入短暂的茫然,直到她听说陶让也在国外,听到他的安排和规划,心里慢慢有了一点方向。

世界如此广阔,她想知道的,想看到的,会在时光中逐渐浮现。与其停在原地,不如做个走在路上的人。

陶让偏过头笑了笑:"谢我什么?谢你当时放我鸽子,跑得没人影了吗?"

郁绵不好意思地抿着嘴唇微笑:"是是是,当时是我没计划好,谢谢你给我兜底。"

陶让拿起杯子,轻轻地跟她碰了一下,声音如碎冰般清冽:"不谢。"

景知意刚跟梁知行打闹完,收敛了玩闹的意思,正经地问她:"绵,你这次回来要待多久?"

郁绵偏过头想了想:"其实还没想好,这次是一时起意就回来了。其实那边还有些任务没完成。大概到七月份做完项目了,会再回来待一段时间。八月底再去英国。"

景知意点点头,刚想问什么,可是想到旁边还有两个男生,又停住了:"我们去江滩走走吧。"

郁绵看了一下时间:"还早,去吧。"

天气一天比一天暖和,江滩上有不少人在散步,三三两两地说着话。

景知意拉着郁绵走在前面,小声地问她:"你跟你裴姨,和好了吗?"

郁绵脸一红:"什么叫和好,我们也没吵架啊……"

景知意有点无奈地叹气:"你啊。"

郁绵也忍不住笑。这是陪着她长大的裴松溪,裴松溪从没生过她的气啊,她若有所思地看着江面发呆,直到手机在口袋里震动,她拿出来一看,是裴松溪打来的电话。

"绵绵,回家了吗?"

"没。在江滩这里,等会儿准备回去了。"

"有点晚了,我过来接你?"

"好,我等你。"

挂断电话,郁绵拉着景知意往回走,两个男生走得比她们慢一点,落在不远处:"要回去了?"

郁绵点点头:"我要回家了。"

"行,那一起回去吧。"

等上了马路,郁绵才发现裴松溪的车就在马路对面,看样子像是已经等了一会儿。她的手上还拿着梁知行刚买的奶油甜筒,一口还没吃,为了跑过去,顺手塞给了陶让:"拜托了,帮我解决一下。"

郁绵跟朋友告别后，就往马路对面跑，上车之前又朝他们挥挥手，才拉开车门坐进去。

裴松溪那边的车窗也是半开的，这群小朋友她都见过，也认识。她朝他们微微点了下头，便发动车子，离开了。

开车回去的路上，等红灯的间隙，郁绵偏过头悄悄打量着裴松溪，反反复复地看了她好久，才轻声说："今天不小心玩得晚了……"

裴松溪还在想着公司的事情，听到郁绵说话才回过神："嗯，没事。"

郁绵却不太相信地看着裴松溪，看着她的下颌线紧紧绷着，唇线优美的嘴唇也抿成薄薄的一条线，好像是在想着什么，情绪不太高的样子，是生气了吗？

郁绵想了一路都没想到答案。等回到家，裴松溪让她先上去洗澡，她走了两步，又回过头大大方方地问出来："裴姨，你不开心了？是因为我今晚在外面玩得太晚，容易不安全吗？"

裴松溪愣了一下，才意识到原来她的情绪没有藏得很好，她感到有些愧疚地说："对不起！绵绵。"

郁绵眨了眨眼睛："为什么要说对不起？"

裴松溪笑了笑："好了，没有不开心。我刚才是在想公司的事情，不过你们今天确实玩得有点晚了，好了，快去洗澡吧！很晚了。"

郁绵回房间洗澡，裴松溪也回到房间，快速冲了个澡，换上睡袍。她把窗户推开，远处路灯光影摇晃，清凉温柔的晚风卷携着花香吹进来，是楼下的玫瑰开了，香气热烈馥郁。

"笃笃——"

郁绵在外面敲了敲门："裴姨？"

"进来吧，绵绵。"裴松溪的声音从房间内传来。

郁绵拿手肘推开门，手里还端着两杯牛奶，放到桌上，看着她笑："喝杯牛奶，有助于睡眠。"

裴松溪笑了笑，将一杯温热的牛奶一饮而尽，把空空的杯子反扣给她看："喝完了。"

郁绵点了点头："真棒。"

裴松溪被她说得一愣，点了点她的额头："没大没小的！"

郁绵忽然开口问道："裴姨，那些照片呢？"其实她一回家就想问了，只是有些犹豫，刚刚心念一转，想到这件事了，干脆问了出来。

裴松溪笑了笑："之前照片的边角被氧化得发黄了，我拿去请人帮忙镀膜，放在抽屉里，还没来得及放回去。"

"那……现在我想看看，可以吗？"

"当然可以。不过某个小贼偷走了一张照片，准备什么时候放回来？"

郁绵轻声嘟囔着："你怎么知道……就不能是掉到家里的某个地方了吗？"

裴松溪侧过身去拉抽屉："不去拿的话，这些也不给你看了。"

郁绵从榻榻米上跳下去："裴姨，你变坏了，还威胁我。"

裴松溪已经拿出照片，厚厚的一摞握在手上，似笑非笑地看着她，眉眼间带着一点笑意："嗯，威胁你了。"

"好吧……我去拿！"

郁绵被她的笑意晃了下眼睛，踩着鞋就往外跑。

裴松溪抿着嘴唇笑了笑："小朋友。"

郁绵很快回来，手里握着一张照片，还有一个小小的盒子，也不知道放着什么。

裴松溪没再逗她，往前坐了坐，笑着说："你来翻。"

郁绵听着裴松溪含笑的声音，也笑着道："嗯。"

银杏树下她们的合影，她穿着红裙子跳舞的瞬间，她中学时候给裴松溪偷偷拍的照片，第一次生病时在医院外的合照，她在机场笑容灿烂的时刻……还有，还有她寄给裴松溪的在寺庙佛像下的那张，她在旷野下看月亮，她在台上微笑着说话……

无数个光阴的碎片，一帧帧时光的剪影。

有那么一会儿，她们谁都没说话。

直到郁绵把照片放下，在一片寂静中轻声说："裴姨，我很想你。"

裴松溪温和地说："我知道。我都知道。"像怕她不相信，裴松溪又重复一遍，"我都知道的，绵绵。"

郁绵微微仰起头，她轻声叫裴松溪："裴姨，我都以为，你再也不让我回家了。"

裴松溪仿佛被女孩的声音挠了一下,声音变得更加温和:"我没有,绵绵,我只是希望你能自由地做自己真正想做的事情。"

郁绵轻轻地"嗯"了一声。她感觉到家里熟悉的气息,一颗漂泊的心终于放下来。她就这么靠在沙发上,静悄悄地睡着了。

第二十七章 归家

第二十八章
花开

裴松溪站在窗边，凝视着花园路灯下的樱花树，手里端着一杯龙舌兰，慢慢饮尽了，浓醇微涩的酒液从舌尖漫过，留下久久回旋的余味。她站了很久，直到路灯下出现一个纤细的身影，唇角才不自觉地微微牵起。女孩大概是因为心情好，到家时蹦跳了几步，乌黑柔软的头发扎成高高的马尾，也在半空中轻轻甩动着。

裴松溪看得出来，郁绵今天出去玩得很开心。想想也是，毕竟跟朋友几年没见面了，都是从小认识的朋友，应该有说不完的话才对。是她忘了郁绵早上说过要出门，提前下班回了家，却发现家里没人，才想起郁绵说过今天要回去看中学老师。

正想着，郁绵来敲门了："裴姨，你睡了吗？"

裴松溪转过身："没睡呢，进来吧。"

郁绵推开门进来，她看见窗台上的空酒杯，皱了皱鼻子："你偷偷喝酒了？"

裴松溪笑了笑："光明正大地喝，怎么在你嘴里就成了偷偷喝呢。"

郁绵在她房间衣柜前照镜子，把扎着的头发散下来，皱着鼻子闻了闻："还好，酒味不重。"

裴松溪点点头，又倒了一杯，慢慢啜饮着："嗯，不过你还是不要喝了，一喝酒就醉了。"

郁绵回过头，嘟囔着："我又不是小孩子了！"

裴松溪但笑不语，晃了晃杯子里的酒……绵绵是长大了啊。

裴松溪看着郁绵许久，她的眼睫毛轻轻颤动，似乎是想起了什么。过了半晌，她低声说："对不起……"

郁绵微微偏过头，似是有些疑惑，裴松溪为什么忽然道歉。

裴松溪抿了一下嘴唇："对不起！绵绵，因为想让你回到清宁，之前对你太过冷淡疏远。"

裴松溪在为三年前的那次见面道歉。郁绵听懂了。那时候裴松溪说，希望郁绵回到清宁，回到她真正的家人身边，回到她该停留的地方，不要再回明川，回她和裴松溪的家。

郁绵微微偏过头，眼泪不受控制地掉落下来。

裴松溪伸出手去，却僵在半空："对不起！绵绵。"

郁绵背过身去擦眼泪，可是泪珠不受控制地往下掉，越掉越多，怎么也止不住。她轻轻哽咽着："对不起！对不起！裴姨……是我不肯听话。"

裴松溪停在半空中的手终于落下来，她揉了揉郁绵的头："对不起！都是我的错。现在你回家了，不要伤心了，好吗？"

绵绵听到裴松溪说的后半句话，含着泪笑，重重地点头："好。"

郁绵跟着裴松溪走进裴家客厅的时候，丁玫正坐在沙发上打电话，一看见郁绵就站了起来："这……绵绵回来了啊？"

惊讶里分明带着有几分欣喜，郁绵冲她笑了笑："丁阿姨。"

丁玫不敢置信地看着她："你这孩子，怎么好多年都不回来啊？可别是还记仇吧？"

郁绵弯了弯唇角："没有的，您放心。"

丁玫当年语气不善地对她说过一些话，那时她还不懂是为什么，后来她知道了裴林茂的事情，觉得是人之常情，也谈不上记恨了。

丁玫笑眯眯地看着她，忍不住说裴松溪："松溪，这事说起来还是你的错，我听林默说，这孩子有三年时间都没回来过。你说你，怎么就能由着她的性子满世界乱跑呢！"

裴松溪愣了一下，才低下头："嗯，我的错。"

郁绵笑着岔开话题："林默叔叔在家吗？"

"在，在楼上，你去叫他吧，他可惦记你了。"

"嗯，好。"

郁绵偏过头冲裴松溪笑了一下，才跑上去，背影轻盈、欢快。

裴松溪看着她的背影，有些出神。

丁玫走进厨房端了一盘水果出来，还要说些什么，裴林默已经跟着郁绵一起下楼，一边大声念叨："我的天，当年那个小豆芽怎么长得这么好看了！你说，现在是不是有很多男孩子在追你啊？你喜欢哪个，小叔叔帮你看看！"他的话音才落，正好对上那双黑亮沉静的眼睛，吓了一跳，"裴松溪，裴女士！你看着我干什么啊？你怎么回家也不提前说一声！"

裴松溪微微抿着唇角，声音十分冷淡："嫌你吵。"

"小丫头回来，我开心不成啊？"

"不成，跟你没关系，再吵就把你扔出去。"

裴林默不明白，他怎么忽然就被针对了？他在心底吐槽裴松溪千千万万次，奈何人怂胆小，在沙发上坐下了，摸了摸鼻子："就知道欺负我。"

裴松溪没搭理他，往边上挪了挪，让郁绵坐她的旁边，看到郁绵牵起的唇角和憋不住的笑，忽然很想再欺负欺负这个缺心眼的弟弟。

自从裴天成也去世后，家里的佣人就被丁玫辞去了大半。她是个知道享受生活的人，除了一心培养裴之远，剩下的心思就在给裴林默介绍对象这件事上。

在饭桌上，丁玫继续催促他："林默，我上次给你介绍的姑娘怎么样？"

裴林默叹着气，把碗放下了："大嫂，这件事我说过的，我们搞艺术的，放荡不羁爱自由。婚姻是牢笼，我现在没有这个想法。"

"什么没有这个想法？你都多大了？"

"我……我比她还小三岁呢！"裴林默指了指裴松溪，低下头嘟囔着，"你怎么就盯着我不放啊，柿子就挑软的捏。"

丁玫被他说得词穷："你……"

裴松溪声音淡淡地说："你不用操心我。"

郁绵低下头，忍不住扑哧一声笑了出来。

"绵丫头，你笑什么？"

"就是，这么喜欢看我被怼？"

裴松溪轻轻挑了下眉，沉静冷淡的目光一掠而过："你们对我的事情，这么好奇?"

丁玫先低下头去:"咳咳……没有没有。"她还等着裴松溪帮她订那只全球限量的包包呢!她不好奇,一点儿也不好奇!

眼见着拥有发言权的领头人已经沉默,其他人也默契地保持了安静,不敢再挑衅她了。

郁绵忍着笑,简直要忍不住了。等吃完饭,她和裴松溪到院子里散步,忍不住大声笑出来:"裴姨,你好凶哦!"

裴松溪在暮色中摘了一枝海棠递给她,笑着说:"那我吓到你了吗?"

郁绵得意地抬起下巴:"当然没有!你就是个纸老虎!"

裴松溪低下头笑:"只有你敢这么说。"

郁绵低下头去闻海棠的花香,眉眼沉静,恬静温柔。

裴松溪含笑看着她。

没多久,裴林默在窗边叫她们:"进来,打麻将了!大晚上的,在院子里说什么悄悄话呢?拖拖拉拉的。"

"谁怕谁啊?来战!"

"幼稚。"

等坐下来,郁绵才好奇地偏过头:"裴姨,你什么时候学会的?"

裴松溪没说话,裴林默先把话接了过去:"有一年过年,大家都很无聊,打麻将三缺一,就把她也教会了。"

开局之后,裴松溪连赢三把,随后开始进入观战状态,自己也不开牌,疯狂地给坐在她下家的郁绵喂牌。两个小时打下来,除了丁玫赢了一局,剩下的全是郁绵一个人赢了。

裴林默输得血本无归,他苦着脸:"姐,姐,我错了。您能高抬贵手,好好玩吗?"

裴松溪淡淡地睨他一眼:"不能。继续。"

郁绵忍不住笑出声,想为他说句话,但她又喜欢看裴松溪欺负人的样子,就偏过头看着裴松溪笑,眉眼间是融融的暖意。

裴松溪也笑着看向她,郁绵一时间忘了出牌,被丁玫催促:"哎呀!我的祖宗,你别磨蹭啊。"

郁绵回过神,准备出牌了,因为动作太急把麻将都碰掉了,丁玫以为自己催得太急:"怎么了?"

"没事。"

裴松溪还是冷清淡漠的样子,对上她的目光才笑了三分:"就到这里吧,今晚不打了。"

裴林默如释重负地松了一口气,哭丧着脸数他输了多少钱,丁玫在跟裴之远说些有的没的,好像是给裴林默介绍对象不成,转而想给儿子安排上了。

第二天早上,在裴家吃完早餐,裴松溪开车回去。等到了家,郁绵刚刚下车就接到导师的电话。

郁绵低声说着些什么,裴松溪静静地听了片刻,隐约听到她问截止日期是什么时候,具体要做什么。

没过多久,郁绵挂了电话,看着裴松溪的时候,分明是有些犹豫的:"导师那边有项目要做,是个很着急的项目。我是负责人,现在对方忽然决定提前结项验收,我要回去了。"

裴松溪也愣了一下,先前隐隐的猜想成了真。过了几秒钟,她才问:"什么时候走?"

"今天就要回去,我现在就得买机票。"

"嗯……我送你去机场。"

郁绵原本计划在明川待上一周,没想到才回来三四天,就有了新的工作安排。她回房间收拾行李,很多东西还放在行李箱里没有拿出来,又要原封不动地带回去了。她很快就把行李收拾好了,查了查机票,订了最近的航班,离登机还有几个小时。她坐在房间里出神,想起裴松溪片刻前的神情,好像也是有些失落的,但是一闪而过,很快就消散了。

裴松溪在客厅里等她,看她下楼,就过去帮她提箱子,低声问:"没有东西落下的吧?"

裴松溪开车送郁绵去机场,站在大厅里,忽然觉得这幕场景有些熟悉……像极了以前她下定决心,让郁绵不再依赖她的时候。

郁绵抿了一下嘴唇,问道:"裴姨,我还可以回家吗?"

"回家?"

裴松溪知道，绵绵是因为之前的事情，一直没有安全感，低声说："你安心做你想做的事情，等你有了闲暇，我去看你。"

郁绵点了下头："那说好了。"

裴松溪"嗯"了一声："好了，时间不早了，走吧。"

郁绵低着头，忽然把手上戴着的那串佛珠还给她。

裴松溪一愣："绵绵？"

郁绵朝她笑了笑，把那串佛珠戴到她的手上："这个还给你，等我回家。"

裴松溪垂下眼睛，手腕上那串原本属于她，却又数年不见的紫檀木佛珠，此刻又回到她的身边。她的心念如潮涌动，一时间说不出话来。

回忆汹涌而来，光阴倏忽而至。

每个月底，都是例行的月度工作汇报会议。

先前每次开会，众人都战战兢兢的，担心会突然被质问，只是这次似乎有些不太一样，一向严苛得不近人情的裴总竟然没有提出问题，始终若有所思地低着头，盯着自己的手腕，像是在看着什么。

秘书察觉到大家投来的目光，在旁边小声地提醒她："裴总？"

裴松溪回过神，秀致的眉梢微微蹙了蹙，似乎是因为被打断沉思而有所不满，她抿了抿嘴唇，轻轻点了下头。等会议结束，会议室里的人都走完了，她还坐在原先的位置上。

日暮晚照洒落进来，将她落在地上的影子也拉得格外长。

秘书整理完会议记录，一抬头看见裴松溪还在，问："裴总？您还不下班回家吗？"

裴松溪一愣……回家……

秘书看裴松溪恍惚出神，又轻声问了一句："不好意思……裴总，请问你这边还有别的安排吗？我的朋友来看我了，我……我想早点回去。"

裴松溪愣了一下，忽然站起来："好，你可以下班了。回去之前先帮我订张机票。明天……不，今天的。"

秘书没反应过来："您最近有工作行程安排的吗？"

裴松溪低头笑了一下，用手指轻轻转动着手腕上的佛珠："去见家人。"

秘书被她的笑容晃了下眼，当她的秘书已经有好几年了，还是第一次看到她露出过这么美好的笑容,在夕阳的余光里显得格外温柔。

秘书忍住好奇的念头,给她订票:"裴总,没有今天的航班了,只有明天的了。"

"那订最早的那班。"

"可是那个航班在凌晨,您夜里十一二点就要过去。"

裴松溪走到窗边,看着窗外天空上洁白的飞机线:"嗯,就那个。"

秘书感到有些讶异,但没多问,很快就把票订好。

裴松溪轻轻地舒了一口气:"这几天有签字的事情找魏总。我会跟她说一下。"

"您最近几天都不回来吗?"

裴松溪笑着道:"不知道什么时候回来。再看吧。"

郁绵刚刚做完项目结项工作,她飞回来的当天就忙了个通宵,将以前做的建筑设计图和分析报告整理好了,也幸好同伴们已经提前开展工作,所有的材料在两天不到的时间内就准备完成,交给了老师。她跟两个同门同学住在同一个社区,正好同路回去,每个人的手上都抱着厚厚的一摞资料,眼睛下面是重重的黑眼圈,但神情雀跃,在聊着刚刚结项的项目。那是一个为当地社区设计的住宅,收留了很多无家可归的流浪汉和老人。

郁绵觉得困了,迎着日光轻轻打了个呵欠,眼眶酸酸的、胀胀的,太阳穴处也有点疼。直到她的目光无意中看到站在夕阳余晖下的一个人影,整个人都愣住不动了,她连眼睛都不眨一下,就这么看着她。

两个同学还在说着话,见她停下来,就问她怎么了。郁绵没说话,直接把手上那摞资料放到其中一个男生手上,就朝着不远处那个人飞奔过去⋯⋯直到跑到裴松溪面前,离裴松溪有三米的距离时,她停了下来,似乎怀疑这是她的错觉。

裴松溪对她招招手,唇角弯弯:"不认识我了?"

郁绵抿了一下嘴唇,站在原地没动,等裴松溪走了过来,才轻声问:"裴姨⋯⋯你怎么过来了啊?"

裴松溪抬起手摸了摸她的头顶:"想来,就来了。"

抱着资料走过来的男生说会帮她放好资料,女生则惊讶地看着裴松溪:"哇,郁绵,你的朋友好漂亮。"

郁绵愣了一下,刚想说不是朋友,下一秒钟,她听见裴松溪温和含笑的声音:"不是朋友,是家人。"

裴松溪在机场候机的时候,总想起郁绵以前离开家,离开自己的场景。裴松溪想起她孤身在外求学的三年……不,或许加上在永州大学的那两年,已经五年时光都过去了,真不知道应该怎么弥补她才好。

郁绵忍不住笑起来:"我今晚有空,你有什么安排?"

裴松溪想了一下:"绣年和朋友一起出国度假,就在附近,我们去跟她们吃个饭吧。"

纪绣年的这个朋友,正是她多年的挚友周琅,裴松溪也跟她有过合作,只是认识,谈不上多熟。

郁绵没有意见:"嗯,好。"

她叫车的时候,裴松溪正在给纪绣年打电话,她下意识地去听裴松溪在说什么,隐约听到自己的名字,忍不住弯了弯唇角。

纪绣年和周琅住的地方离这里不远,是一栋别墅风格的酒店,风格大气,配有网球场和游泳池,花圃里种满了花。

纪绣年站在花圃边浇水,听见脚步声就往外看:"松溪,还有好久不见的小郁,你们好啊!"

郁绵好久没见她,有一点拘谨地跟她打招呼。

裴松溪问:"周琅呢?"

纪绣年笑了笑:"昨晚睡得比较晚,还没起呢。你们在客厅里坐会儿,我去叫她。"

郁绵坐在这里,感到有些好奇,却又不好意思到处看,就垂着眼眸看自己的脚尖。

裴松溪笑她:"紧张什么?"

郁绵抿了一下嘴唇:"我跟她们不熟,有点不知道说什么。"

裴松溪点点头:"没事,想说就说,不想说就不说。"

正说着话,楼梯上传来一阵清晰的脚步声。

纪绣年走在前面，周琅随她下楼，笑容明艳动人，跟裴松溪打招呼："裴总，好久不见。这是绵绵？"

裴松溪跟她不熟，只有商场合作的交情，轻轻点了下头。郁绵也乖巧地笑了笑。

饭后，时间还早，周琅建议打两局桌球。

郁绵还不会，上次见到别人打桌球，还是很多年前在裴家，裴林默非要折腾。她还记得那时候他被裴松溪收拾得好惨，也记得自己说过想要学。可是这么多年，因为学业太忙，她一直没有机会学。

裴松溪看出她的犹豫，轻声问她："不喜欢？"

郁绵摇摇头："也不是，可我不会。"

裴松溪笑了笑："我在呢。我教你，怕什么？"

郁绵眨了眨眼睛："那我要是学会了，又打得很棒的话，可不可以要奖励？"

裴松溪迎着她亮晶晶的眼睛，毫不犹豫地点头："当然可以。"

郁绵弯了弯唇角，笑意有些狡黠："好，那我们一言为定。"

她们打的美式九球，分为两组，轮流击球。规则也简单，击球顺序从一号到九号，最后击中九号球落袋的一组胜利。

纪绣年先开始，动作优美，第一击就入袋。

裴松溪在低声跟郁绵讲解动作，可是讲是一回事，上手又是另外一回事，最先两次轮到她们一组时，她总是击了个空球，一双秀气的眉微微蹙了起来，盯着桌上的球，一言不发，认真得有些倔强。

周琅笑她："小姑娘，你不要太急，也不要生自己的气。别把自己给气坏了。"

郁绵正专注地看着裴松溪的动作，没把周琅的话听进去，她做事总有一种轴劲儿，对学业如此，对她心心念念的奖励也如此。

裴松溪击球的动作非常随意，但拿球杆瞄准球的时候眼神却陡然变得锋利尖锐。她抿紧嘴唇，只是轻轻一敲，一连将两球击中入袋。

郁绵原本是在看球的，可是看着看着又忍不住想，原来裴松溪打球的时候是这样的，那跟别人谈项目的时候也是这样吗？

裴松溪放下球杆，看她有些出神的样子，笑着问："怎么了？"

郁绵收回目光："没事。我就是看愣了。"

裴松溪轻轻笑了笑，看出她一心惦念着要奖励的事情，于是等再次轮到她们这一组的时候，干脆手把手地教她："别担心。我们会赢的。"

紧接着，一声清脆的碰撞声，球进袋了。

裴松溪笑着在她的耳边说："好了，你赢了。"

不是我们赢了，而是你赢了。

原来裴松溪记得的，她说赢了之后要奖励。

郁绵知道今晚是作弊了，可是她还是决定要兑现奖励："我赢了，我可以说我的条件了吗？"

"嗯，什么条件？"

"你靠近点，我要小声告诉你。接下来的一分钟，你要听我的。"

郁绵像是在许生日愿望一样，小声说："我希望你以后别总是让我去清宁了。"

她的眼睛里盛满了信任的亮光。

裴松溪没说话，郁绵扯了扯她的衣服，眼神里是满满的控诉和委屈。裴松溪忍不住笑了，她把手腕上的佛珠摘下来戴到郁绵的手上，才说："我答应你。绵绵想留在哪儿就留在哪儿，你长大了，我尊重你的一切决定。"

是夜，纪绣年安排了两间客房。

郁绵站在房间门口，看着对面的裴松溪，轻声说："晚安了，裴姨。"

裴松溪笑了笑，目光温柔似水："明天有事忙吗？"

郁绵摇摇头，乌黑澄亮的眼眸光芒熠熠，微微仰起头看她："不忙，没有意外的话，那个项目可以结项了。"

裴松溪轻轻点了下头："好，晚安，绵绵。"说完她往后退了一步，将房门关上了。

郁绵看着紧闭的房门，抿着嘴唇笑了，也把门关上了。

翌日。

郁绵醒得很早，梳洗之后开门，才发现对面的房门已经打开了，裴松溪就站在窗边，似乎就在等着她。

郁绵还没走过去，裴松溪就已经转过身来，笑着问她："今天去骑马好不好？"

"骑马？"

"嗯，还记得那时候暑假去过的吗？"裴松溪朝她走过去，摸了一下她微微翘起的发梢，"你当时骑了一匹小马，叫荔枝冰沙，还记得吗？"

郁绵点头："当然记得。"

那是十几岁时的暑假，她还记得裴松溪穿越过大半个马场向她而来的样子，当时想不出来形容词，就觉得英姿飒爽。

"那去不去？"

"去，不过好久没骑了，希望我还会。昨天连桌球都不会，都是你帮我赢的。"

裴松溪和她并排往前走。

楼下，纪绣年和周琅正在喝咖啡。

纪绣年笑着问："休息得怎么样？"

裴松溪点点头："挺好的。绣年，今天你们有安排吗？要不要一起去骑马？"

周琅的眼睛一亮："去，我想去。"

纪绣年也笑着道："去。"

马场稍微有些远，到的时候已经接近十点。

裴松溪带着郁绵去挑马，仍旧是挑了一匹性情温驯的小马驹，非常适合初学者。

纪绣年和周琅也已经穿戴好马具，周琅原来也是个新手，不太会骑马，西班牙教练正在给她讲解骑马的姿势和动作要领，她偏过头听着，神情认真。

郁绵也过去听，这次没让裴松溪陪着："裴姨，你去玩你的好了，我跟着教练学。"

裴松溪和纪绣年对视一眼，都笑了："那你们慢慢学，注意安全。"

郁绵竖起手臂，比了个努力的手势："我今天肯定学会！"

裴松溪点点头，翻身上马后便牵动缰绳，马蹄哒哒，往远处奔去。

等从马场回来，郁绵就接到新的任务安排，要回学校了。

周琅很喜欢她，叮嘱道："下次还一起玩哦。"

郁绵笑着点头，跟她和纪绣年说再见。

回到学校，郁绵先回公寓，随后去见导师。

她打开公寓的门的时候，心里忽然开始紧张起来："好像昨天没怎么整理，前几天通宵的时候查了好多资料，家里有点乱。"

裴松溪无奈地笑了一下："怕什么？怕我骂你吗？"

郁绵也忍不住笑起来："你才不会呢。"

房间里是有点乱，别的地方还好，就是桌上、地上都放了成摞的资料，一张又一张的设计图草稿铺在桌上，除此之外，再没别的东西了。窗边放着小音箱，还有一盆绿植。

郁绵匆忙地收拾了一下，才发现到处都放了书和建筑图，只能让她坐到床上："你坐这里好了。"

裴松溪始终是带着笑意的，看郁绵满是工作痕迹的房间，看郁绵在房间里转来转去，像一只勤劳的小松鼠，收拾东西到一半又跑过来给她端了一杯水："你喝水。我都忘了给你倒水了。"

"没事的，你去见老师吧！我在这里等你。"

裴松溪把那杯水喝完了，看了看绵软的床铺，用手掌轻轻地按了按："我可以在这里休息一会儿吗？"

"当然可以了！"说完，郁绵开始忍不住笑起来。

裴松溪将她可爱的小表情都收入眼底，唇角微微牵起："好了，你去忙吧。我刚好休息一会儿。年纪大了，要多休息了。"

郁绵又听到裴松溪说自己的年纪大，很无奈地瞪了她一眼，给她拉上被子："晚安！祝裴老太太早日进入梦乡。"

原本轻轻闭着双眼的人却突然睁开眼睛，挑了下眉。

郁绵："你干什么啊？不是要休息吗？"

裴松溪抿了一下嘴唇，黑漆漆的眼眸沉沉地看着她："你刚才叫我什么？"

郁绵愣了几秒钟，才反应过来，原来是因为这句话啊，人却一点儿也不争气地怂了下来："我……你自己先说的。"

裴松溪声音平静地说："我不爱听。"

郁绵失笑："那你自己说就可以了吗？"

裴松溪点头："嗯，可以。"
郁绵简直要被裴松溪理直气壮的双标逗笑了。

这次见面注定是短暂的。

在回程的飞机上，裴松溪靠着窗，浅浅地睡着了。只是没睡多久，她就开始做梦。有时候是在明川，她站在机场送郁绵走；有时候是在清宁，她看着在她身边长大的女孩，终于回到家人身边……有时候是在永州，在雨夜的梧桐树下，有一盏灯光。

直到空姐播报提醒前方将遇到气流，她才醒了。

这次过来，她是抽出足够的时间，郁绵却临时接到紧急的任务，先前做的社区老旧房屋改造出了问题，不少流浪汉无家可归，必须连夜去现场，归期未定。

裴松溪自觉自己干扰了郁绵的学习和工作，毕竟这次过来之前都没告诉她，原本不该如此的，所以裴松溪决定先离开。这是场很短暂的分别，裴松溪会等她回来。走出机场的那一刹那，裴松溪看着日光下的熟悉城市，拍下温柔光影下的一张照片，发给了郁绵：我到家了。

郁绵很快回复了一个哭泣的表情："我也想回家。我很快就把事情做完。等我回家！"

裴松溪抿着嘴唇笑了笑，秘书的电话打过来，跟她汇报最近的工作进展，暂时没有紧急事项等待处理。

裴松溪叮嘱了她几句，挂了电话，站在路边想了想，又拨通另一个号码："清圆，现在还在诊所吗？"

很快，她就到了周清圆的心理诊所。

站在门外，裴松溪有一瞬间的恍惚。

裴松溪的心里有一种隐隐的预感，这是她最后一次过来了。

周清圆正提着洒水壶在浇花，听见声音回头朝她笑："最近还好吗？松溪，好久没见了。"

裴松溪点点头："很好。"

周清圆将水壶放下了，认真地打量着她的神情，总感觉她的眉眼间多了一点鲜活的质感："你……你最近有什么很开心的事情吗？"

裴松溪垂下眼睛，长长的眼睫毛轻轻颤动着："绵绵回家了。"

周清圆心情复杂地笑了笑："我可真是一个失职的心理医生，遇到你这种情况，真是太挫败了。不管什么时候，你都是一个很难说服的人，除非你自己下定决心，我似乎什么都没做。"

裴松溪微微蜷起指尖，指背在桌面上轻轻叩一下，声音也难得多了一点笑意："不，清圆，你是一个很好的心理医生，也是一个很好的朋友。不过，以后我不会再过来了。"

周清圆有些惊讶地抬起头："那药呢？"

裴松溪站起来，朝她笑了一下："你忘了，其实当初有很长一段时间，我都没来找过你。以后当然也不需要。我走了，下次顺路来这里的话，我再请你吃饭。"

周清圆笑了起来，为裴松溪的状态而高兴："你以后别来我的诊所，也别请我吃饭了。"看着年少时认识的朋友，似乎终于有了心安之处，从心底里为她感到高兴。

从诊所里出来，时间还早。

裴松溪在路边站了一会儿，招手叫了辆出租车。她来到十余年没来过的山间佛寺。

僧人还认识她，冲她温和地一笑："裴施主，您好多年没来了。"

裴松溪也笑着朝他一点头："过来看看。现在方便吗？"

"可以的，现在佛堂里没有几个人，跟我来吧。"

裴松溪已经太久没来过这里，空气中是温厚沉重的檀香味，佛堂里光线幽暗，磨烂的蒲团放在地上，写满了凡人许愿时特有的虔诚。

但她无愿可许。

等僧人出去，小小的佛堂里只有她一个人。

这么多年来，她仍然时不时会想起当年母亲去世的那一幕。她在雨夜冲进母亲的房间，只看到满地的血。那个会朝着她温柔微笑的人浑身冰冷，旁边放着一罐倒出来的药片和一把锐利的刀。

那是裴松溪此生难忘的雨夜。有很长一段时间，她觉得是她做错了，就只是因为她的一句话，她的一个念头，她的一个小小的决定，就让她最亲的亲人离世了。于是，她会害怕，害怕因为自己某个想法，某一句话，某一个选择，会再一次，彻彻底底地伤害身边的人。可是现在，她终究释然了，或许那是母亲自己的选择吧。就像她现在终于做出选择一样。

裴松溪看着灵堂上的牌位，忽然轻声问："您当初会觉得我错了吗？"

裴松溪凝视半空许久，寂静之中无人可以给她答案。

裴松溪一个人待了很久，等她从佛堂里出来，天上乌云密布，黑沉沉的，看起来像是不久后要变天了。她却觉得压在心底的阴霾渐渐散开了去，感知到一种难言的自由。

郁绵在忙碌的间隙，总是想起裴松溪。想裴松溪在做什么，想裴松溪今天穿了什么衣服，想……裴松溪是不是也一样在想念着她。

大概是怕打扰她吧，一切还是那样。裴松溪很少给她发消息，但是只要她一发消息过去，裴松溪就一定会立刻回复，随时如此。

郁绵已经跟导师说明情况，提出了要六月份回国，回程的机票已经订好，可是她没告诉裴松溪，只是每天晚上睡前躺在床上看日历，一个人在倒计时。早晨醒来时第一件事就是把日历上代表昨天的那个数字划掉，然后看着日历上渐渐临近的日子笑起来。

她还是喜欢以照片的形式，和裴松溪分享她的生活。分享回来路上看到的彩虹，分享意外吃到的双黄蛋，分享每一个清晨和日暮。

裴松溪依旧发回对应的照片。

认真地记录下生活中的每时每刻，让对方知道，似乎这样会感觉就在彼此的身旁。

有一天工作到深夜，郁绵在台灯下画着设计图，想到裴松溪的时候却忍不住停了下来，在纸上写了一句话，拍下来，发给了裴松溪。她写了杜甫的一句诗：只愿无事常相见。

裴松溪很快就回复了："还没睡？"

"没睡，在忙。你刚起床吗？"

"嗯，刚起床。"

"裴姨，最近有没有好好吃饭好好睡觉？拍一张你的照片给我看看好不好？"

她对这个工作狂还是有点不放心。

对方有很长一会儿没有回应，郁绵放下铅笔，等得无聊了，把脸颊贴在凉凉的桌面上，指尖转着笔。

幸好手机屏幕亮了，显示有几条未读消息。

这张可以吗？

照片发得慢，过了几秒钟才弹出来。

郁绵愣了一下，指尖轻轻点上屏幕。

点开照片，是一张工作照，照片只是侧脸，但她却一眼就认出来，裴松溪穿着浅灰色的西装，气质清冷，眉眼却舒展开来，但这张照片太模糊了，根本看不出来她最近过得怎么样。郁绵想了想，敲下两个字：一般。

裴松溪却在这时把照片撤回了。

郁绵：撤回干吗？

裴松溪：不好看，不发了。

郁绵忍不住笑起来，这位一向成熟稳重的裴女士，真是年纪大了还傲娇起来了。

第二十八章 花开

第二十九章
争论

时间来到六月。

飞机在明川机场降落,出机场之后,郁绵才给裴松溪打电话。

过了片刻,电话接通。

那个人的声音清冷温柔:"绵绵?这个时间没睡觉吗?"

郁绵抿着嘴唇笑了下,踩着路边树荫下的光影碎片,语气轻快:"你在做什么呀?"

裴松溪刚想回复她,却停顿了一下,很敏锐地问:"你回家了?"

郁绵轻轻地"啊"了一声:"你怎么知道的?"

裴松溪笑了,声音里满是愉悦:"我一听你的语气就猜到了,需要我过来接你吗?"

"不用了,"郁绵在等出租车,"你从公司过来太远了,我打个车回去就行,你在家等我。"

这是郁绵此生中最为愉快的一次归途。如果说上次回来的时候,心里是有七分忐忑三分不安的,现在却不是了。

路上的每一秒钟似乎都变成双倍的了,时间仿佛流逝得很慢。她一会儿看看手机,一会儿又看看外面的风景,看到路边的建筑物渐渐变得熟悉,常逛的超市、放学时路过的便利店……到最后,她远远地看到熟悉的房子,她和裴松溪的家。

大门没有关。

为了避免发出声音,郁绵把行李箱放在了院子里,放轻脚步往里走,连里面的门都没关，似是在为它的主人敞开怀抱。那个人正站在窗边，似乎在看着手机上的消息，微微皱着眉头，尚未察觉她的出现。

直到安静的客厅里响起那个欢快的声音："裴松溪女士！你被逮捕了！"

裴松溪笑："晚饭时间了，饿不饿？"

"饿了，这次吃什么，还是番茄鸡蛋面吗？"

"我学了怎么做菜，要不要试试？"

郁绵惊讶地睁圆眼睛，认真地看了裴松溪半天："我觉得你还是不要做饭了。"

随后的事实也证明，她是对的。这一顿晚餐的卖相很好，但是吃起来的感觉……那就另说了。

裴松溪自幼就显示出极高的天赋，几乎没有不会的东西，可是在烹饪这件事上似乎被上帝关上了门而且连一扇窗户都没开。

饭后，她们坐在客厅的沙发上看电视，茶几上放着一盘切好的橙肉。

郁绵笑："我最喜欢吃橙子了。"

"嗯，买了好多种，尝尝哪种味道最好。"

郁绵在果盘里拿了一块最大的，眼睛亮亮地看着她："希望每一口都甜。"

裴松溪给她递水果："这次回来还有其他工作吗？"

郁绵靠着她："没有了，那边的事情做完了，下次过去就是等开学了。"

裴松溪似乎是想起了什么，笑声渐渐低了："等你休息好了，哪天有空，去公司看看，他们都很怕我。"

郁绵还是很久以前去公司找过裴松溪，算一算已经有多年没去过了："怕你什么？"

"我会骂人，你知道吗？"

"我才不介意呢。一点儿也不介意。"

裴松溪不由得牵起嘴角："为什么？"

"因为你对所有人都很凶，对我很好啊。我才不怕你。"

郁绵的语气是这么理所当然，因为这本身就是一个不需考虑的问题。这个人啊，把所有的风霜刀剑都扛在了自己的身上。她怎么可能会怕裴松溪呢？

裴松溪抿了一下嘴唇："我会很凶的，或许你应该更了解我一点。"

郁绵微微偏过头，跟裴松溪的目光对视着："那，你会骂我吗？"

裴松溪对上她满是信任的目光，神情也变得柔和起来，她低声笑出来："不会。"

郁绵扑哧一声笑出来："那你还说这么多？好了，明天我跟你一起过去，记得骂人给我看。"

裴松溪轻轻拍了拍她的发顶："嗯，骂给你看。"

真是个奇奇怪怪的约定，可是裴松溪这么坚持，郁绵没有再拒绝。

在她看来，裴松溪是这个世界上，对她最好的一个人。

翌日，踏入裴氏公司，郁绵有点新奇地到处看了看，她想起上次过来，好像还是初中的时候。那时她跟裴松溪闹别扭，过来找裴松溪，却只扑了个空，后来还淋雨生病了。

裴松溪回过头看她一眼，下意识地想弯起唇角，可是想起这是在公司，神色稍稍敛起，如常的疏冷淡漠："我等下有个会要开，你在我的办公室里等我一会儿，想吃什么让秘书去买，办公室里有休息间。"

郁绵忍不住笑起来："不是来看你骂人的吗？怎么看起来像是来玩的？"

裴松溪轻轻咳了一声："嗯，那你等会儿可以去看，我在会议室开会，一般门不关的。"

郁绵眼睛亮亮地看着裴松溪，乖乖地点头："好。"

"我先过去了。"

裴松溪到会议室开会，郁绵跟着秘书到她的办公室，看到桌上那盆曾经在照片里入镜的绿植，走过去看了看，指尖在叶尖上轻轻点了点，看着叶片轻轻地颤动着，唇角弯起来。

秘书也不知道这是谁，只知道这是裴总带来的人，叫她陪着，看起来像是亲戚家的小姑娘，可是如果只是亲戚家的孩子，为什么要放任她在办公室里乱跑呢？幸好郁绵只对那盆绿植感兴趣，没有去看桌上的文件，不然可要把她为难死了。

一眨眼过了半个小时，郁绵想起什么："请问一下，会议室在哪里呢？"

"在走廊尽头那间，裴总她还在开……"

"那我去看看！"

郁绵冲她笑了一下，没等她说完就往外走，把秘书吓了一跳，急匆匆地追出去："裴总很严厉的，开会期间不允许人进去，你这么过去，会被骂的！"

女孩已经停住脚步，就站在半敞着门的会议室门外，听到室内传来清冷干净的女人的声音……

裴松溪说得没错，她是在骂人。不对，也不能算骂，逻辑清晰，思维缜密，只是声音偏冷，指出问题的时候一针见血，不留半分情面。

秘书伸手想去拉她，刚走了半步，就恰好遇到裴松溪看过来。她以为要看到裴总皱眉凝视的样子了，没想到……下一瞬间，有温和的笑意从那个冷清素净的脸颊上绽开，就连先前列举问题的声音也停了下来，一向疏冷又不近人情的人，此刻看着门外的女孩，眼底是藏不住的笑意。

秘书怀疑自己看错了，却不敢伸手去拉郁绵了。可是下一瞬间，会议室里分明响起的是明显有些愉快的声音："好了，本来问题有四点，但是先这样，集中解决前面两个问题。"像是利刃没入刀鞘，曾经一往无前的锋芒，只是为一人披荆斩棘而已。

郁绵也有些想笑，冲裴松溪眨了眨眼睛，真的是……说好的很凶呢？可是看起来一点也不凶啊。

她等到裴松溪开完会，从会议室里出来，本来站在旁边不准备过去，可裴松溪走过来："等很久了吗？"

周围的视线立刻都投过来，这么长时间，公司里早已换了几波血，现在来的都是新人，几乎没人认识她。这些年轻人顶着被责骂的担心，却还是忍不住偷偷地看着她。

郁绵感觉到别人的目光，低下头笑："没有等很久。"

裴松溪看到她在笑，眼眸也弯了弯，带她到办公室，将门关上了，也将别人探寻的目光隔绝了。

从公司到家，郁绵先回房间处理自己的事情。

等到了晚上，她去敲门："裴姨？"

裴松溪出来开门："绵绵，有事吗？"

床边放着一本《史记》，裴松溪正在看书。

郁绵冲她笑了一下："要不要一起看电影？"

第二十九章 争论

裴松溪轻轻地"嗯"了一声，给她让出了位置。

电影的节奏很慢，房间里非常安静。像极了无数个过往的夜晚，平和安宁。

裴松溪在看电影的间隙，偶尔抬起头看她，又低下头。

可是郁绵听到她小小的动静，回过头问她："裴姨？你是不是困了？"

裴松溪摇头："没有，继续看吧。"

郁绵点点头，却把电影关掉了："我不看了，你休息吧。"

裴松溪："我还不困。你很久没回家了吧？什么时候回去看你爷爷？"

"那我明天就给爷爷打电话。知意说，她跟梁知行今年年底要结婚了，裴姨，你说我送他们什么新婚礼物好呢？我回来的时候，同门都在开我的玩笑，说我还没长大，总想回家。我们回来之前，其实还是有个项目没做完的，就是那个流浪汉的居住项目，希望他们都有地方住……"

郁绵说着说着，声音渐渐低下去了，像是进入梦境之前的呢喃细语，而她身边的人只轻轻地"嗯"了一声，掌心抚着她的后背，舒适轻缓的节奏。

直到女孩的呼吸声变得清甜绵长，裴松溪才起身下床，关灯，关上房门离开前，她轻声说："晚安，绵绵。"

郁闻青一知道郁绵要回来的消息，高兴坏了。

这几年来，没良心的小东西在国外读书，每次都是他去看她，她连过年也都在外面。不过，毕竟郁绵从小不在他身边长大，他也不好太强硬地干预什么，只是打电话问过裴松溪几次，得到的回复都是淡淡的，说不会干预郁绵的选择。

郁闻青也猜测两个人可能是闹了矛盾，这次一看见裴松溪，也算放心了。他热情地跟她打招呼："小裴，你来得正好，给我好好管教管教这个没良心的，成天在外面乱逛，连家都不知道回了。"

裴松溪听到管教两个字，神色有些许不自在，顿了一下才说："绵绵很乖的。"

郁闻青也不过是随口一说，他心疼孙女还来不及，哪里舍得狠下心去管教，只拉着郁绵的手左看右看："爷爷算算，我上次去看你，都有四个月了吧？你也真是偏心，一回来就先去看你裴姨，就是比较喜欢她多一点。"

郁绵撒娇道："爷爷……"

郁闻青拍了拍她的手："好了好了，爷爷开玩笑的，你奶奶和姑姑出去了，今晚不知道能不能到家，你们先休息一会儿。"

郁绵点点头，几次想开口说话，却又被他打断。老先生问她学习和生活上的事情，之后话锋一转，就谈及她的年龄："现在二十一了，对吧？爷爷记得，你还没交男朋友？"

郁绵一愣："什么？男朋友，我没有。"

郁闻青一乐："没有就好！爷爷给你物色了几个合适的人选，照片都要来了，给你看……算了算了，小裴先来看看，你帮小绵掌眼。"

裴松溪没说话，秀致的眉梢慢慢拢了起来。她耐不住老先生的热情要求，目光落到他递来的一沓照片上，无奈地翻完了，语气很淡地评价："都不怎么样。"

郁闻青感到有点意外，好像还是第一次听到裴松溪这么严苛地说话："确实啊，我也觉得没人能配上我们绵绵。"

郁绵先忍不下去了，轻声打断他们："爷爷，我还小。您能不能现在别操心这件事啊？"

郁老先生的动作一顿，他无奈地跟她对视了一会儿，最后点点头："好吧。"

饭桌上，郁闻青跟裴松溪聊天，基本上说的都是郁绵的事情，一会儿怪她到处乱跑不安全，一会儿说她心不定，在哪儿都扎不了根，让裴松溪好好管管。

老先生的情绪高涨，等跟裴松溪说完了，又继续向郁绵推销他那个老朋友家的小孩，说是天上地下绝无仅有得好，到最后郁绵实在是听不下去，拉着裴松溪落荒而逃。

等上了楼，耳根总算暂时寻得了清净。

郁绵去拉了拉裴松溪的手："裴姨，你觉得爷爷烦不烦啊？"

裴松溪抿了一下嘴唇，对她笑了笑，声音温和地道："还好。"

郁绵刚想说什么，手机在口袋里震动了一下，一连弹出好几条新消息，她猜可能是郁闻青给她发的。

郁绵点开手机看了一下，把照片点开，把手机递到裴松溪面前，哭笑不得地说:"爷爷还真给我发了……真是的,劝不动。"

照片里是一个年轻高挑的男孩,看起来年龄跟郁绵差不多,的确有着这个年纪天然的俊朗阳光,面相也很温和,五官帅气,不得不承认,是个好看的男孩。

消息还一条接一条地弹出来:

怎么样?

好看吧?

喜欢吗?

郁绵想回复他,好看,但不喜欢。

只是好看这两个字刚刚打出来,她的手机就被夺走了。

郁绵抬起头,还没说什么。下一瞬间就有阴影覆盖下来,是裴松溪低下头,看着她:"要去见见吗?"

"不去,"郁绵微微仰着头看着她,目光澄澈而坚定,"小时候那会儿愁着掉头发,我还说要做一辈子的尼姑呢。"

说起她小时候的童言童语,裴松溪被逗笑了,也顺着她的话开玩笑说:"好,那就在家里做一辈子的小尼姑。"

裴松溪的话音才落,走廊上却传来一个莫名发涩的苍老的声音,伴随着某个砸过来的不明物体:"就是你这么教我孙女的?做什么尼姑?小心我一拖鞋砸死你!"

郁闻青板着脸,坐在沙发上,一言不发。

方锦棠和郁安清一早起来听说这件事,简单地听了个始末,都觉得有些好笑,也难免觉得郁闻青是小题大做。

郁绵被要求坐在这边,裴松溪坐在对面。

这一家人坐在一起,隐隐让她有一种被围着审判的感觉。

郁绵有点儿坐不住,悄悄挪了一下位置,被老先生一个眼刀飞过来:"动什么动?沙发上长刀子了?"

怒意一旦有了发泄的第一个点,就再也压抑不住了。

郁闻青抬起手,在郁绵的肩上不轻不重地拍了一下:"你说你,你满世界乱跑,爷爷不催你回家,反而出国看你;爷爷给你介绍对象,我那老兄弟的孙子不水灵,不好看啊?"

郁绵眨了眨眼睛,话里话外都顺着他:"爷爷对我好,我知道的。"

郁闻青"哼"了一声:"你知道,你知道什么?你要是知道,之前还忍心不回来啊!"

郁绵忍不住笑了一下。

裴松溪对上她的视线,眼皮平平地往下一压,示意她别笑了。

郁闻青说着说着就站起来,爱踱步的老毛病又犯了,双手叉腰在客厅里走了好几圈,反反复复地就是那几句:"你说说你,你这个年纪了还不找对象,到底想什么呢?你要是不想找对象就算了,但是你也不要说什么出家做尼姑的话啊!"

郁绵:"可是我就是不喜欢相亲,我喜欢自由恋爱。再说了,爷爷,我还没毕业呢,真的还小。"

裴松溪也点点头:"您别太着急了。"

郁闻青最初是忍着没对裴松溪说教的,可是他一向是打心底里疼孙女,说郁绵几句话也下不了重口,最后一个没忍住,还是指着裴松溪说起来:"还有你!你说你这个岁数了,怎么还跟个小女孩一起说这么不着边际的话呢!"

裴松溪抬起头,苦笑一下:"您先消消气,我就是玩笑话。"

郁闻青"哼"了一声:"你也不替我好好管着她。"

话是这么说,可是老人家也不过是随口埋怨一句,他对裴松溪的人品是放心的。安舟那件事……她处理得那么好,一点舆论的水花都没有,她更没有趁机拿捏过他什么,只说不要告诉郁绵就好。他想到这里,也就一点儿脾气都没有了。

郁闻青平复了一会儿心情,然后又在沙发上坐下了:"以后不能再说这种没边没际的话了,记住了没?"

裴松溪点点头:"当然。"

郁闻青发过脾气,又开始老顽童似的起了捉弄小辈的心思:"老裴啊,你答应我的事就要做到啊。"

裴松溪的眉心一皱:"老裴?"

以前哪次见面,老先生都是温和地叫她小裴的,现在怎么忽然开始叫老裴了?

第二十九章 争论

450

郁闻青捕捉到裴松溪神情中的错愕,像是在平静的湖面上砸了一块石头。他忽然觉得满意极了,甚至缓缓地笑了起来:"对啊!老裴,你说说你,一大把年纪了,怎么不学好?非要跟小绵这个不懂事的孩子一起瞎开玩笑,吓得我的血压都升高了。"

裴松溪微微抿了抿嘴唇,神情突然变得紧张起来了,字字用力地说:"请不要这么称呼我。"

"那什么,大裴?"

"爷爷!"

郁绵听不下去了,她也看出老人的气消了,又像个孩子似的胡乱调侃了。

裴松溪凝视着她半晌,沉默地垂下眼眸:"那您随意叫吧!"

郁闻青"哼"了一声:"你们两个,就不知道帮我说说她们俩!"

方锦棠其实没什么意见,她这几年身体越发不好,精神状态也不佳,刚才听着听着差点要睡着了。她长长地舒了一口气,有气无力地说:"就你,非要小题大做。"

老先生给女儿使了个眼色,郁安清朝他微微一笑,她笑起来的时候眼角堆起细细的褶皱,有风霜流逝的痕迹,但依旧优雅从容:"爸,以后小绵的事情你别太操心。有裴小姐看顾她,您就放心吧。"

郁闻青睁大了眼睛,不可置信地看着她,随即看向裴松溪:"老裴,你说我应不应该管绵绵的事?"

郁绵也被这个称呼惹恼了,从沙发上跳起来:"爷爷!不许叫老裴!太难听了!"

郁闻青没想到孙女为这件事跟他生气,也恼了:"你这个小没良心的,爷爷就叫一声怎么了?你就开始凶我了!再说,我还不能管你了?"

郁绵的下巴一抬,神情坚定,目光倔强,脸颊因为生气而变得粉扑扑的,乌黑的瞳孔显得更加明亮:"爷爷,我长大了,我能为自己的人生负责!"

郁闻青被郁绵的一句话气得差点蹦起来,一个二十岁出头的小姑娘,就这么有主见了。这场谈话很难继续下去了。他无奈地拿手拍了拍额头:"算了算了,让我冷静一下……我的血压都被你气得升高了,回你的房间去,别在我眼前蹦跶,晃得我心烦。"

她们在郁家待了三天,等到了第四天早上,郁绵忍不住了,提出要回明川。

郁闻青气得吹胡子瞪眼睛:"才回来待几天,你怎么就要走了?"

郁绵幽幽地看着他:"爷爷……再这么下去,我睡眠不足要猝死了。您这几天总是半夜来找我,您看看我的黑眼圈。"

老先生深深地看了她一眼,觉得有些心虚:"咳咳……爷爷知道了,以后不会了。"他又淡淡地瞥了一眼裴松溪,只见她还是那副清冷的神情,目光却温和地落在女孩身上。

郁闻青在心底悄悄叹了一口气。他其实也不能做什么吧……这么多年来,他在孙女的成长中都是缺席的,而裴家的这个丫头啊!心性偏冷,但对小绵似乎没得说,关心爱护无微不至,一直以来,他对她的人品很放心。

他这几天夜夜失眠,有时候去敲郁绵的门,有时候给她打电话,是想跟她聊聊。可是话到嘴边又停了下来。

如果说孙女年少时期的缺憾无法弥补的话,那现在……他能做的,就是给她自由,让她追寻她想要的。再说了,就算她哪天走弯路了、摔跤了、大哭了,她也可以回来,这里永远是她的家,是她的退路。如果因为怕她受伤,就折断她的翅膀。那这么说的话,他也太没用了,这个家也太没用了吧。

"爷爷?"郁绵被他看得久了,有些不自在了,轻声叫他。

郁闻青"哎"了一声,老人浑浊的眼底有泪光一闪而过,他很快调整好心情:"行吧,那你们回去吧。对了,老裴——"

裴松溪突然看过来,目光亮如利箭,雪亮干净,甚至隐约有些锐利,似乎是再说一句就要变脸的意思。

老先生哈哈大笑起来:"你们年轻人啊!果然还是经不起逗。好了好了,小裴,你带小绵回去吧。小绵的事情,我也不瞎管了。"

裴松溪轻声说:"谢谢!"

郁绵忍不住笑起来,她低下头,安分下来,唇角却悄悄牵起。

郁老先生将她的小动作收入眼底,忍不住笑道:"别藏了,你奶奶年轻的时候也爱这样偷笑,还想瞒着我。想当年我……"他的话音才落,坐他旁边的老妻伸手就来拧他的耳朵:"你个死老头子,什么话都在小辈面前说,要不要脸?"

"锦棠,老婆,快放手,我不要面子的啊!"

郁绵咳了两声，拉着裴松溪转过去："我们什么都没看见。"

过了好半天，郁闻青才把自己的耳朵从老婆的毒手之下解救出来："行了行了，你们赶紧走吧，等会儿到明川得晚上了。"

真的是，一个个在这里看他丢人的样子……太没面子了。

老先生捂着发红的耳朵，给她们叫了司机，订了车票。只在她们上车之前的几秒钟，又莫名扯了扯郁绵的衣袖，小声说："你啊……"

郁绵听多了他的唠叨，把耳朵一捂："爷爷，我走了。"她说走就走，再也不回头了，惹得老先生在后面骂了几句没良心的小东西，可是骂着骂着，老先生又笑了。他偏过头，看着霜发如雪的妻子，在日光下，他能看到她鬓角的皱纹，那是光阴的刻痕。

老先生微微一笑："锦棠，看着小绵笑，也挺好的。"

"是啊，"老太太颤颤巍巍地握住他的手，"真好。"

回到明川，来接机的是裴之远。他靠在车门边，远远地朝她们招手。裴之远中学时跳级，比同龄人毕业得更早，年纪轻轻就进入裴氏公司，在做海外项目部的经理。

裴之远穿着黑色的西装外套，肩宽腰窄腿长，五官深邃立体，远远看过去，显得英俊帅气，笑起来时又有温润公子的贵气，这张脸配上衣架子般的身材很是唬人。

可是郁绵见过他小时候那副不讲理、不起床，甚至大哭的小霸王模样，对他这副相貌敬谢不敏："裴先生，你怎么会在这里？我猜肯定没有好事。"

裴之远被她一句话说得破了功，在她脑袋上敲了敲，刚想调侃两句，就察觉到旁边投来的两道淡淡的目光，他收回手："姑姑。"

裴松溪淡淡地一点头："有事？"

"是家里的事，我妈叫我来的，说给林默叔叔介绍了一个女朋友。今天他们在家里吃饭，让你也过去看看呢。"

裴松溪一愣，看向郁绵："女朋友……想去看吗？"

郁绵眨了眨眼睛："想！我想看看林默叔叔到底能被谁收拾掉，我太好奇了！"

裴松溪也笑了一下："那走吧。"

等到了裴家，客厅里很热闹。

丁玫正拉着一个小姑娘在说话，对方年纪不大，像是才大学毕业的样子，穿着白色碎花裙子，瘦弱，干净，显得有些拘谨。

裴林默在旁边坐着，有些焦躁的样子，可是他连大声说句话都不敢，只要他稍微说话的声音大点，那个姑娘就跟受了惊吓的绵羊似的，颤抖着看他一眼。他只能朝她温和地一笑，在心里骂娘声中尽可能地去安抚她。

裴松溪到家时看到的就是这么一幕，她竟然忍不住笑了一下，忽然觉得今天回来一趟也不错。

饭桌上，丁玫给她们介绍这位陌生的姑娘。

原来这不是丁玫给裴林默找的对象，是他自己认识的，具体是怎么认识的，裴画家不肯说。但是小姑娘的身体不好，天生胆小，所以他连句重话都不敢说，只能像捧个菩萨似的，时时刻刻用心护着。

郁绵时不时跟裴之远说些小话，有时也一起调侃裴林默，时不时地笑出声来。

裴松溪看着女孩在灯光下璀璨明亮的笑靥，一直给她夹菜。等郁绵说完话，总能在碗里找到惊喜，她咬着嘴唇，偏过头看着裴松溪，眼睛是那么亮。

郁绵想起以前刚来裴家，裴松溪偷偷给自己夹鸡蛋的样子，那是她们的秘密。

明目张胆，又理所当然。

偏偏她欢呼雀跃，高兴极了。

时间久了，丁玫注意到了，好奇地问："绵丫头现在可以吃这么多了？我记得她小时候胃口可不好啊？"

裴松溪正在慢条斯理地剥虾，放到她的碗里，语气平淡地说："没事。家里养得起。"

郁绵正咬着吸管喝果汁，听见这句话，不由得偷偷笑起来。

从裴家出来，天都要黑了。

裴松溪接到秘书的电话，临时有点事情要去处理一下。

郁绵有点不舍得让裴松溪走，前几天在郁家，因为有顾忌，所以几乎找不到跟裴松溪相处的时候。可是不让裴松溪去公司，又实在显得不讲理，她不可以像个小孩子那么任性。

裴松溪当然看出来她有小情绪，笑着哄她："我先送你回家，去公司处理完事情我就回来，你在家好好休息。"

郁绵想了想："那我在家等你。"

裴松溪抿了一下嘴唇："嗯。"

郁绵得了她的允诺，从口袋里摸出来两颗橙子味的硬糖，问裴松溪："吃糖吗？橙子味的。"

裴松溪摇摇头："不爱吃甜食，你吃吧。"

郁绵"嗯"了一声，剥开色彩斑斓的水晶糖纸，吃下这颗硬糖，等到了安溪路的路口，刚好是红灯。她说要提前下车："就到这里就好了，你等会儿调头很麻烦，又容易堵车，我走回去就行了。"

裴松溪不同意："晚上不安全，不能一个人走夜路。"她坚持要送郁绵回家，再去公司，下车时已经九点钟。

秘书拿着文件进来："裴总，您看一下，这是前几天在谈的那个项目，对方忽然毁约了，项目部的同事才连夜回来加班。"

裴松溪"嗯"了一声，才抬起头，唇角的笑意却仍然留着，如春风般温暖："辛苦了，这么晚过来。"

秘书罕见她声音温和的关切模样，愣了一下，才不好意思地笑笑："不辛苦，就是被朋友骂了一顿，说我放她鸽子……咳咳，不好意思，裴总，我没有抱怨的意思。"

裴松溪将文件签好，淡淡地笑了一下："没事，这个月去找财务多拿一份奖金。"

秘书被这意外之喜乐疯了，走之前大着胆子说："我很快确认一下信息就回来。裴总，您也早点回家，别让家人久等。"

裴松溪愣了一下，偏过头看落地窗，玻璃上倒映出她的样子，眼角眉梢都是笑意："好了，你去吧。"

门关上，办公室里重归静谧。

等处理完突发问题，从公司一路开车回去的路上，裴松溪再次感觉到愉快的心情。那么真切，无需确认。

等裴松溪到了家，客厅里还给她留着一盏壁灯。

翌日一早，裴松溪才下楼，就看见郁绵那张明媚含笑的脸。她的眼眸弯了弯："起来很久了？"

郁绵偏过头："有一会儿了。早餐做好了，去吃吗？"

裴松溪穿着抹茶绿的丝绸衬衫，极其清淡温柔的颜色，她点头："那我尝尝你的厨艺。"

郁绵给她倒牛奶，在烤好的面包片加上炼乳，把煎好的鸡蛋放在碟子里推过去："不许说不好吃哦。"

裴松溪笑了一下，拿起面包片，递到嘴边咬了一口："嗯，好吃。"

郁绵才笑起来："我就说吗，以前我早上不出门的时候，都是自己做早餐。虽然我的厨艺谈不上很好，但是当时同学过来玩，都说我做得不错。"

裴松溪愣了几秒钟，才低下头："嗯……"

裴松溪好像情绪稍微低落了几分，郁绵察觉到了，她的嘴里还叼着面包片，就绕到裴松溪身边坐下，含糊不清地问："裴姨，你怎么了？"

裴松溪偏过头，看见她那双明亮的眼眸里不加掩饰的关切，唇角微弯了弯："想起你以前总一个人……"

郁绵三下两下把面包片解决掉，又喝了半杯牛奶才咽下去，嘴角还沾着点奶沫，却着急地开口："没关系的。我也想长大一点，独立一点，学会照顾自己，照顾身边的人。"哪怕在最初的日子里，她很不适应，甚至感觉自己无家可归。

裴松溪凝视着她，轻轻点了下头。

郁绵冲她笑了笑，眼眸干净明亮："裴姨，我跟知意他们约了见面，她和梁知行的婚期提前定了，约好了今天要去给熊老师送请帖。"

"嗯……要出去吗？什么时候回来？"

"不知道，晚点可能一起吃饭。"

裴松溪抿了一下嘴唇："要我去接你吗？"

郁绵已经站起来，站在镜子前梳头："不用，晚点我打了个车回来就行。你在公司还有事吧？前几天陪着我回去，好几天没工作了。你先忙自己的事情。"

裴松溪"嗯"了一声："今天是要过去。"

第二十九章 争论

456

郁绵已经把头发扎好了，一个高高的丸子头，她好像还没这么扎过，显得脸颊饱满干净，又分明是可爱的："好看吗？"

裴松溪看着她充满朝气活力的笑容："很好看。"

郁绵满意地眯了一下眼睛，手机在桌上震动起来。她一看时间，着急地拎着包出去："呀，时间到了，我先走了啊。"

郁绵跟朋友们约在附中见面。

景知意和梁知行就等在学校旁边的公交站那里，有模有样地穿着校服，还真有几分学生气。

郁绵到的时候，正好看见两个人在吵吵闹闹，似乎是在比谁跳格子跳得更多。这么多年过去了，还是一如既往的幼稚。她忍不住笑起来，笑声惊动了两个幼稚鬼，都停下了动作，回头看着她，假装无事发生的样子。

"还装呢，我都看见了！"郁绵笑道。

梁知行梗着脖子不承认："看见什么了？看见你老父亲我英俊潇洒的样子了吧？这你不用说，我都知道。"

郁绵扑哧一声笑了出来，嫌弃地看着他，挽着景知意的手就往前走："熊老师知道你要来吗？"

景知意回过头看了梁知行一眼，才收回目光："知道，他上周就跟老师说了，不过当时老师说刚好前几天还有同学说要去看他，就叫我们今天一起过去。对了……还有那个谁也在，以前总是扯你头发的那个。"

郁绵一愣："谁啊？"

景知意刚想说话，迎面有人跟她们打招呼："是景知意和郁绵吗？"

郁绵看向来人，一时间愣住了："……嗯。"

男孩笑了一下，面容俊朗："我是周扬，不记得了啊？"

郁绵努力搜寻了一下记忆……周扬，她好像想起来了，他小时候总爱扯她的头发！

周扬抬起手，在半空中轻轻做了个扯的动作："想起来了？"

郁绵弯了弯眼眸，朝他一点头："嗯，好久不见。"

梁知行慢悠悠地从后面追上去，给周扬的肩膀一拳："喂，警告你啊，不许欺负我'闺女'。"

周扬也笑着回他一拳："瞎说什么呢？还有几个同学已经到了，进去吧。"

到了熊老师家里，客厅里已经坐了四五个旧日同学，听见婚期将近的喜事难免调侃起这对小情侣。

就连熊老师也笑着说："我就说你们那时候不对劲啊，成天待在一起。还有那个谁，郁绵，你谈恋爱了吗？"

郁绵还没说话，众人就哄笑起来。

"也不知道是哪个帅哥能追走我们班心如止水的班花呢？"

"该不会是陶让吧？"

郁绵摇了摇头："胡说什么呢，才没有！"

连梁知行都起哄了："没有！要是我家的白菜被谁给拱了，我第一个要给他点颜色瞧瞧！"

景知意白了他们一眼，过去拉郁绵的手："别理他们，一个个跟看戏似的。"

唯有熊老师乐呵呵地坐在旁边听着，他还记得那时候给同学们上过的课。可是现在看来，这些孩子们都长大了。等从老师家里出来，同学们多年不见，决定在附中外面的大排档吃顿小龙虾，就当是小聚了。

男生在喝啤酒，女生中也有喝酒的，尤其是婚期将至的景知意和梁知行，更是被灌酒的主要角色，幸好喝的都是啤酒，度数不高。

郁绵跟旁边的女生说了几句话，有些心不在焉地看了一下手机。

裴松溪问她什么时候回去。

她打字：还早，就在附中这里吃饭。回完信息，有人过来给她敬酒，她站起来看了一下，才发现那是周扬。

男生的笑容是腼腆青涩的，不敢看她的眼睛："郁、郁绵，我敬你一杯。"

郁绵笑了一下，端起一杯茶："以茶代酒，你见谅。"

周扬轻轻咳了一声："那什么……我为小时候的事情跟你道个歉啊，那时候不懂事，我……"

郁绵笑着打断他："没事，那时候还小，我都忘了。"

周扬举起杯子，跟她轻轻碰了一下，声音里带着不易察觉的苦涩："我……我也忘了，忘了挺好，别记仇啊。"

郁绵刚想说什么，看到桌上的手机亮了，整个人的注意力都被吸引过去。

有人来电。

郁绵朝男生歉意地笑了下，拿起电话按了接通："裴姨？"

电话一接通，她似乎隐约听到了自己说话的声音。郁绵好奇地往外看，就在一家书店门前看见了裴松溪，那个人正背对着她，那件颜色温柔的抹茶绿色衬衫在夜色中显得格外好看。她就站在杂志架前面，低声问她："还在吃饭吗？"

"嗯，还在吃。晚点我打给你好不好？"

"……行，先挂了吧。"

郁绵笑了笑，跟知意说了先走，又跟同学告别，才快步走到书店外面，从后面蒙住她的眼睛，粗着声音说："猜猜我是谁？"

裴松溪的身体僵硬了一下，直到那个熟悉的声音传来，她才笑了："不是说还有一会儿吗？"

郁绵牵着她的手拉着她往前走："可是你也没说你已经到了啊，什么时候到的？"

"有一会儿了。"

裴松溪把车停在不远处，拉开车门让她坐进去。

郁绵看着裴松溪似乎有些疲惫，问："是从公司过来接我的吗？我可以自己回家的。"

"不累，"裴松溪偏过头看她，"回去也没什么事情。"

"我不想总是给你添麻烦。"

"不会。"

裴松溪摇头，朝郁绵笑了笑，才发动车子。她的人生理智平静，无风无浪，原本是一眼就能看得到头的光阴，寡淡而无趣。因为绵绵的到来，才平添欢喜，多了牵挂。

时间这么静静地过去就很好。

第三十章
今夕

　　房间里安安静静的，窗帘拉开一半，清晨的日光落在脸上。
　　郁绵趿着鞋下楼："裴姨。"
　　裴松溪正站在镜子前系丝巾："起来了，也没睡懒觉。"
　　她穿了一件月白色的裙子，非常衬她，恰到好处地勾勒出饱满动人的线条，腰线收得极紧，原本是纤细高挑的身段显得更为窈窕动人，连衣领也是别致地绣了一圈刺绣。
　　郁绵问："裴姨，要出去吗？"
　　裴松溪整理了一下鬓边的碎发，将一对素玉耳坠戴上，才转过身看着她，摸了摸她微微翘起的刘海："要出去一下。本来是不打算过去的，但是你姑姑也来了，很重要的项目，我要过去一趟。"
　　郁绵乖巧地点了点头："我和你一起去？"
　　裴松溪微微转过头，声音有些嘶哑："不用。我先出门了，晚点回来。"
　　郁绵："哦……好，我等你。"
　　裴松溪轻轻地"嗯"了一声："我走了。"
　　郁绵站在房间里来来回回地转了好几圈，轻轻叹了口气。裴松溪还是那么克制自持，温和纵容，默许着她的一切。只是许多时候还把她当小朋友看待，不喜欢跟她说太多。

　　裴松溪在会场见到郁安清的时候，目光下意识地错开："郁总。"
　　郁安清朝她温和地一笑："又见面了，小绵还在家吗？"

"嗯，她在家。"

"晚点让她出来吃个饭吧，好吗？"

裴松溪点了下头："只是见面吗？"

郁安清轻轻牵起唇角，摇了摇头："我想收养一个小孩，问问小绵的意见。你放心，我不会对家产有任何不该有的念头，在收养之前也一定会把所有的程序走完。"

"那个孩子也带过来了吗？"

"带来了，所以想让她们见一面。"

裴松溪声音淡淡地说："好，我让司机接她过来。"

等会议结束，裴松溪看到郁绵发来的消息："我在楼下了，你结束了吗？"

裴松溪一边回复她结束了，一边提起包往外走，经过玻璃门的时候忍不住看了看自己的丝巾，还是系得很好。

郁绵就站在大楼外面等她。

女孩背着一个蓝色的小小单肩包，穿着白色短T、牛仔裤，在阴影处踩着格子线，一个人自得其乐地跳格子，背影显得轻松欢快。

裴松溪站在那里，静静地看了她一会儿，直到郁绵跳到尽头，转身往回跳的时候看见裴松溪，惊喜地笑了，跑着往裴松溪的方向过来："裴姨！"

裴松溪"嗯"了一声，稍稍拉开两个人之间的距离："等很久了？"

"没有，刚到，"郁绵也松开手，左顾右盼，"姑姑呢？"

"她去酒店接那个小孩去了，走吧，我们开车过去。"

郁安清提前订了一家私房菜餐厅，往前开两个路口就到。

服务员引她们进一间包厢，刚推开门，郁绵就看见一个半大不大的奶团子在郁安清的腿上爬，跳上跳下，嗓音稚嫩地问："妈妈，姐姐什么时候来？"

郁绵惊喜地叫了一声："姑姑，这就是你说的小孩吗？"

原来还这么小，这么可爱软糯的一只！

郁安清笑着点头："嗯，是我认识的一个小朋友的孩子……她出了一点意外，孩子也没人照顾，就养在我这里了。"

郁安清自从丧偶之后就一直没有再嫁，这么多年来也是有些寂寞的，如今多了个可爱的小姑娘，眉眼间似乎也多了一点笑意。

郁绵坐下来，逗这个小孩玩："认识我吗？猜猜我是谁？"

小奶团子看着她，眨了眨眼睛，一双黑葡萄似的眼睛可爱极了："姐姐！"

郁绵扑哧一声笑了，拉着裴松溪也坐下来后，才摸了摸小孩的脸颊："你叫什么呀？"

"宝宝叫澈澈，或者叫宝宝。"

郁绵忍不住笑出声："哪有宝宝自称宝宝的……好吧，宝宝，就这么叫你好了。"

小孩咯咯笑了几声，有些害羞地往郁安清的怀里一趴："妈妈！姐姐喜欢我！"

郁安清摸了摸她的脑袋："来的路上，澈澈就怕你不喜欢她，念叨了一路呢。"

郁绵给小孩倒饮料，给她剥鸡蛋，分明是喜欢得不行。

"澈澈今年几岁了？"

"四岁了，还没过生日。"

"爷爷奶奶见过她了吗？带回家了吗？"

"没见。先问问你的意见。"

郁绵愣了一下："我的意见？我没什么意见的，姑姑，你……"她从郁安清的眼神中似乎读懂了什么，大概是怕她失落吧，郁家原本是她的家，可她不曾在家中长大，也未享受过亲人的爱护。现在这个四岁的小姑娘却似乎会占据了某些原本属于她的东西了。

郁安清抿着嘴唇笑了下："我会带澈澈出去住。其他的，我会找律师签文件……"

郁绵打断她："姑姑，不用，你们就住在家里好了。我不在意的，来，澈澈，到姐姐这边来。"

郁安清看着她，欲言又止，最后无奈地摇了下头，只看向裴松溪。

裴松溪朝她轻轻点了一下头，也是一副云淡风轻的模样。

等吃完饭，她们送郁安清到机场。

澈澈还黏着郁绵不放："姐姐，跟我们一起走吧？"

郁绵刮了刮小孩的鼻子："我不能走哦。宝宝要听话，好不好？过一段时间我们回去看你。"

小孩趴在大人的肩膀上，奶声奶气地说："好吧。"

从机场出来,她们开车回家。

郁绵还在看手机上的照片,那是郁安清刚刚给她发过来的。她边看边笑,一张一张翻过去:"啊……好可爱,怎么这么可爱?简直宇宙无敌世界第一可爱。你说是不是啊?裴姨?"

裴松溪没说话,只是笑了笑。

晚上,她们坐在床上看电影。

没看多久,郁绵接到郁安清的电话,说她已经到家了。

郁绵轻声说着话,时不时笑一下,最后还单独跟澈澈说话:"嗯,宝宝很乖,早点睡觉觉哦,晚安!"

挂了电话,郁绵笑着问裴松溪:"裴姨,我小时候……跟澈澈比起来,谁更可爱?"

裴松溪淡淡地挑了挑眉:"不记得了。"

郁绵一愣,几秒钟后坐起来,有点生气的样子:"不记得了?"

裴松溪点点头:"嗯,反正你不会自称宝宝就是了。"

郁绵扑哧一声笑出来:"这个称呼不是很正常吗?"

裴松溪微微皱了眉:"很正常吗……你是不是很喜欢叫人宝宝?"

郁绵眨了眨眼睛,认真地想了想:"也不算,不过现在年轻人都喜欢这么叫,就是朋友之间也会的……"说着说着她忍不住笑起来。她为什么非要跟这个老古板讨论这个问题呢。

郁绵往后挪了一点:"我先去洗澡,等会儿我们继续看电影吧。"

裴松溪"嗯"了一声:"去吧。"

裴松溪把窗户打开,晚风裹挟着花香吹进来。

郁绵回来之后,每天清晨她都要去浇花,楼下花圃里的花开得越发旺盛热烈,香味馥郁。

裴松溪站在窗边,看着远处昏黄的路灯出神,直到听见郁绵叫她:"裴姨,你在看什么啊?"

女孩刚洗完澡,穿着睡衣站在她的身后。

裴松溪转过身,眉眼温柔:"没看什么,发了会儿呆。"

藏在乌云后的月亮不知何时露出踪影,只是一弯下弦月,光芒清亮。远处路灯下有树叶被风吹得沙沙作响,白日里喧闹了一日的虫鸣声渐渐低了。

唯有风声，裹挟着细碎的呢喃，往远方而去。

郁绵拉着裴松溪坐下，非要切了一碟橙子一起分吃。

房间里放了一盘饱满鲜嫩的橙子，似乎放久了，就成了某种习惯。

其实裴松溪不爱吃橙子，这些橙子原本就是为郁绵准备的，前几天魏意跟她说，她在南方的朋友给她寄来了两箱橙子，一箱她自己留下了，一箱就送了过来。连魏意也知道，郁绵从小就爱吃橙子。想想也是奇怪……似乎就是从最开始，她递给郁绵一只橙子而已，郁绵就那么喜欢，那么欣喜地捧在怀里。甚至连那时候送郁绵去了别人家里，裴松溪后来去看郁绵，小孩背对着门，蜷缩成小小的一团，怀里却还抱着那颗橙子。只是这么多年过去，裴松溪始终不太懂，郁绵为何会这么爱吃橙子？除了甘甜之外似乎也没别的滋味，最多也就多了些酸甜的味道。

窗外的月华越来越亮，晚风的声音更大了，似乎是在暴雨前夕的宁静，风中不仅有花香，又多了一点泥土的清香味，从窗户吹进来。

令人沉醉的夏夜。

阳光透过窗台落进来。空气中是雨后专有的新鲜味道，清新宜人。

裴松溪在厨房里转了几圈，最终决定去买早餐。

前两天没注意，冰箱里有点空，早就没有新鲜的蔬菜和肉食了，就连茶几下面放的那箱橙子也剩得不多了，看来是她不在家的时候，郁绵吃掉了不少。她看着那些橙子发愣，突然想起昨晚尝到的滋味，再买两箱就好了。

裴松溪开车到最近的超市，买好了新鲜的食材，又拿了两袋速食食品，在结账之前接到郁绵的电话。

女孩的声音里还有含糊的睡意，有些撒娇似的问："裴姨，你去哪了？"

裴松溪抿了一下嘴唇，脑海里似乎能浮现出她刚睡醒的样子，下意识地笑了："来超市了。早上想吃什么？我买早餐带回去。"

郁绵"唔"了一声："家里之前还有半袋馒头，加热一下就好了。你不用买什么了，我煮点粥。"

"那我先结账了。"

"好呀，我等你。"

伴随着一声欢快的"好呀"，电话被挂断了。

裴松溪低下头笑了笑，似乎想到了什么，有些下意识地抿了一下嘴唇。直到收银员提醒她，她才收敛起笑意。

裴松溪回到家，厨房里传来一阵咕噜咕噜的声音，那是灶台上正在煮着的粥，看起来已经煮好了。她故意加重脚步声，正在忙碌的人被惊动了，回过头看见她的时候，眉眼笑成月牙："回来了！你先坐，等我一下，粥很快就好。"

裴松溪"嗯"了一声，在餐桌旁坐下了，时不时地看她一眼。

桌上放着两盘小菜，还有蒸熟的馒头，有无馅和奶黄两种。

郁绵偏爱甜食，裴松溪把奶黄馅的留给她，先拿起无馅的那个馒头，才递到唇边咬了一口，郁绵就已经出来了，把粥端到她面前："今早吃绿豆粥。"

裴松溪轻轻"嗯"了一声，指尖被那又大又热的馒头烫到了。

郁绵给她倒了一杯水："外面很热吧，你都流汗了。"

裴松溪抿了一下嘴唇："还好，不算很热。"她喝了一杯温水，目光却落在郁绵身上。裴松溪没再说话，很快把馒头吃掉了，很慢地说，"嗯，刚好吃饱。"

有那么一会儿，客厅里安安静静的，谁也没说话。

直到裴松溪的电话响了，是秘书打来的，提醒她今天有个会议要开，问她要不要开车过来接她。

裴松溪挂了电话，跟郁绵说："差点忘了，原来今天还有工作安排，有个推不掉的重要会议。"

郁绵在喝牛奶，咬着勺子，含糊不清地说："总不能说是因为我忘了吧……那就是我的罪过了。"

裴松溪抿着嘴唇笑了一下，没有回答郁绵的问题。她站起来，到镜子前整理衣服："我要出去了，你今天有什么安排？"

郁绵也靠过来，将裴松溪衬衫的边角抚平："对了，林默叔叔叫我今天过去，他说想让我看他最近画的风景画，我跟他约好时间啦。"

裴松溪"嗯"了一声，摸了一下她的头发："那我开完会过去。"

郁绵笑了笑，依旧眼巴巴地看着她。

裴松溪忍不住靠近她问："怎么了？"

却没想到郁绵在那一瞬间转过头，狡黠地弯了弯眼眸："好了，别磨蹭了！你去忙吧。"

裴松溪愣了一下，因为她的笑容而心情转好，唇角缓缓地牵起来："晚点见。"

小小年纪，现在还喜欢逗她玩了。

第三十章 今夕

第三十一章
答案

等裴松溪走了，郁绵打了个车出门。

裴林默就在家中等她，等她来了就叹气："你可快来救救我吧！"

郁绵挑了下眉："怎么了？"

裴林默唉声叹气地说："还不是那天你见过的那个姑娘……我……哎，算了算了，你坐在这里，我给你拍个视频，跟她说我没骗她，我在指导你画画。"

郁绵想了想，拒绝了："你这样不对，小叔叔。你不喜欢她，就直接告诉她；喜欢她，就要抓紧她。现在这么不清不楚，不明不白的算什么。"

裴林默愣住了，有一会儿没吭声："……喜欢，但是我们不合适。"

"没有什么合适不合适，你心里想什么，那就是什么。听听自己的心。"

裴林默忍不住笑起来："小东西，你懂什么，说起来一套一套的。"

郁绵被他话里善意的嘲讽刺激到了，恰巧丁玫端着一盘西瓜过来，于是跳过这个话题："这西瓜好红，看起来很好吃啊！"

丁玫一把拍掉她的手："又岔开话题，对了，我有个姐妹的儿子今年……"

郁绵忙打断她："饶了我吧，我还小……"

丁玫："小什么？正在好年纪，你可别好的不学，就跟林默学坏的！"

裴林默："大嫂，怎么又关我的事啊？"

"哎呀，不早了！"郁绵把还在互怼的两个人扔在客厅里，站在院子里笑起来，"裴姨要下班了，我去接她。"

裴林默撇了一下嘴："这是什么意思？一不想搭理我们，就搬出女魔头来是吧！"

丁玫："这丫头这样也不是一天两天了。真是的，看松溪回来我告不告状！"

等坐上出租车，郁绵轻轻呼着气，给裴松溪发消息。
裴姨，你忙完了吗？我过来找你了。
等她下车，到了裴氏公司楼下的时候，手机才亮起来：我在十一楼的会议室。
前台这次终于认识郁绵了，没人拦她。
电梯到十一层，停下。
郁绵一出电梯就看见了魏意，魏意笑着问道："来找裴总吗？"
郁绵说是："是啊，刚才发消息，裴姨跟我说在会议室，我就过来了。"
魏意指了指走廊的尽头："十一层有两间会议室。一般指的都是那间。会议延长了，他们还没结束，你在这里等会儿。要喝什么吗？"
"有咖啡吗？"
魏意点头："当然。"她去茶水间冲了两杯卡布奇诺，递了一杯给郁绵，"听裴总说，你之后还要去英国读一年书？"
"嗯，之前申请的硕士。"
魏意凝视着她，眼里是藏不住的笑意："真好啊。"
两个人正聊着，直到走廊尽头的那间会议室的门开了，最先走出来的那个人，就是裴松溪。
郁绵站在那里，看着她低声跟秘书说话，给文件签字，交代工作……一举一动都是那么好看的，那是被岁月打磨出来的淡雅光华，笃定从容。
等裴松溪签好文件，抬起头看过来，就正好看见不远处朝她微笑的女孩，看起来像是等了有一会儿了。她走过去："等很久了？"
"有一会儿了，刚刚和魏意姐姐聊了会儿天。"
裴松溪淡淡地"嗯"了一声，她一向对别人的事情很少评价："在家被唠叨了，所以来找我？"
"嗯。"
"好，那我们回家吧！"

她们开车回到家。刚好碰上裴之远下班回来，他手上提着礼盒，冲着郁绵晃了晃，还悄悄地对她眨了一下眼睛："给你带礼物了，要不要看？"

郁绵想起之前让他帮的忙，接收到他的信号："哦，是那……看，我想上去看。"

裴之远点点头，把礼物递给她："回房间看。"

楼上，房间里传来一阵大笑。

裴松溪推门进去，只见郁绵心虚地把盒子推到裴林默的手里："这、这个你自己决定吧。"

裴林默看着手里的项链图纸，跟裴之远交换眼神，无奈地撇了撇嘴："行吧，自己决定。"

裴松溪走过来："在看什么？"

"小、小叔叔在给他的朋友挑项链！"

"嗯……对。"

裴松溪淡淡地看了一眼，好像是项链的设计图纸，还是草图。她没太注意，只是赶人："下去吧。"

客厅里，丁玫正在给裴之远盛汤，嘴里也不闲着，劝他赶紧找对象。

裴之远听得烦了："妈，您要是希望家里多点人，您就自己找个不就行了，我都不问，您开心就好，行了吧？"

丁玫语结，似乎想到了什么，伸手给了他一巴掌："怎么说话呢……"

郁绵拉开椅子坐下，就坐在裴之远的对面。

裴松溪对上丁玫的目光："大嫂？"

丁玫回过神，说起正事："我就想问你，明天是奶奶的生日，早上几点出门过去？"

裴松溪想了想："九点钟吧。"

郁绵原本在吃着饭，筷子戳在碗里，却渐渐停了下来。她感觉有点恍惚，想起了三年前的那场雨，想起裴松溪在雨中跟她说的那些话。没多久，她听见裴松溪偏过头轻声问："怎么了？"

郁绵回过头，朝裴松溪笑了笑："没事。"

翌日。

天空晴朗，私人墓园有专人打扫清理，安安静静的。道路两旁的松柏笔直高耸，苍翠依旧。夏日草木葱茏，叶尖上还悬着几颗清澈的露珠，轻轻颤动着坠入泥土。

丁玫等人知道裴松溪和老人的感情最深，悼念完先行离开，只让郁绵在这里等着她。

裴松溪看着他们离开的背影："都三年了，不用再这么紧张了。"

郁绵也看着裴松溪，轻轻握住她的指尖："裴姨……你，你还记得你在这里问过我的问题吗？"

裴松溪静静地凝视着她："我会尽可能地多陪陪你，但不能陪伴你一辈子。你长大了，以后……哪怕一个人也可以过得很好，对吗？"

郁绵点头："当然！"

裴松溪若有所思地看着她。

郁绵抿了一下嘴唇，非常认真地说："我不知道时间是什么。我只知当下此刻我的心。"

凡人不必谈天长地久，活这短短的几十载，最后也只有一瞬间的光华。

裴松溪被她鼓着脸颊的严肃模样逗笑了。她的声音里也多了一点笑意："别紧张。只是刚好聊到这个话题。"

或许她从始至终不相信的，就只是无常的时间吧。可是，她现在逐渐找到了平静。再说了，绵绵早就告诉她答案了。

在回去的路上，裴松溪接到周清圆的电话。

周清圆语气轻快地说："松溪，你最近过得怎么样？"

裴松溪笑了一下："没事，挺好的，怎么了？"

"今年年初的时候给你开的药，最近爆出来生产商的原料出了问题。你吃了吗？"

裴松溪把手机往里压了压："没有。你放心。我在开车，马上到家了，晚点再说。"她很快就把电话挂断了。

郁绵偏过头："谁啊？"她似乎听见对方在说什么药……

"一个朋友，改天带你见见。"

"是认识很多年的那种吗？"

裴松溪笑着点点头:"算是吧。中学时就认识了。"

郁绵的眼睛一亮:"我要见她。我要知道中学时候的裴小西是什么样的!"

裴松溪刚好把车停进车库,揉了一下她的头发:"……什么裴小西。"

郁绵才不把裴松溪装严肃的样子当真,反复地问:

"你中学时的照片还在吗?"

"穿校服的是不是?"

"应该是人群中最好看的那个吧?"

"求你了,裴姨!我要看看裴小西的样子?"

裴松溪被她磨得没办法,却始终不肯松口:"不了……绵绵,没什么好看的,就不看了。"

郁绵觉得有点失望,难得发了小脾气,也不肯待在客厅陪她:"我要一个人待会儿,我生气了。"

她鼓着脸颊,一本正经地说自己生气的样子还是那么可爱。

裴松溪看着她,目光里满是暖意:"那你先上去,我煮点茶。"

郁绵转身上楼,为了做出生气的样子,故意把脚步声放得很响,在楼梯上发出嘭嘭的声音:"那我自己去你的房间找了。"

可是那个人还是不为所动,就是不肯给她看中学时期的照片:"随你。"

郁绵直接进了裴松溪的房间。房间里的被子叠得整整齐齐。她伸手去拨弄床边柜子上的小小的银锁,像是想起了什么似的,跑回房间拿了一把银闪闪的小钥匙。那是以前裴松溪给她的,她在哪里,这把钥匙就带到哪里。

楼下客厅里传来茶壶煮开的声音。

郁绵知道自己还有一点时间,她想了一会儿,才轻轻拧动了钥匙。

照片会在里面吗?她伸出手,把锁拧开,轻轻拉开抽屉。

抽屉里整整齐齐地排列着两排白色药瓶,盖子上面贴了标签,应该是记录着开封日期。是它严谨的主人,一贯的做事风格。

这些药瓶被分成了两组,靠里面的那组瓶盖有些发黄,看起来时间有些久远了。

郁绵拿起一瓶,看了看标签上的日期,竟然已经有十多年了。瓶子里还有药,在手上轻轻晃动一下,就能听见药丸撞击瓶壁的清脆声音。

外面那组药瓶上的日期近很多,最早的一瓶在三四年以前,最近的日期……在半年前。

郁绵轻轻屏住了呼吸。她好像发现了某个秘密。她拿出手机，把药瓶上贴着的药物名称——搜索，越往下看，就越感觉心脏被人捏住了，有很长一段时间都喘不过气来。

直到她逼迫自己挪开视线，目光落在半空中，却渐渐失去了焦点。原来是这样。竟然是这样……

裴松溪煮好茶，又榨了一杯新鲜的橙汁端上去，刚走到房间门口，就听见里面传来轻轻的吸气声。她轻轻地皱了皱眉，推门进去，就看见郁绵坐在床边的地板上，天鹅般白皙柔美的脖颈低垂着，掌心里的手机屏幕是暗的。

裴松溪将杯子放下，快步走过去："绵绵？"

听到裴松溪的声音，郁绵抬起头。

映入裴松溪眼帘的却是一张满是泪光的脸："你都不告诉我。"

裴松溪愣了一下，却下意识地看向床边……果然，抽屉被打开了，贴满标签的药瓶被挪动了位置，不那么整齐了。

郁绵轻声问裴松溪："那一次我看到你的时候，你说没事，就只是因为失眠。"

裴松溪轻轻揽了一下她的肩，轻声安抚："没事……没事的，绵绵，都过去了，我很好。"

郁绵凝视着裴松溪，眼底的水光再次积聚起来，她的声音也是哽咽的："为什么要说没事……不要说没事。我都不知道，我什么都不知道。"

裴松溪抿了一下嘴唇，有一会儿没说话，只轻轻拍着她的后背。

郁绵的眼泪却越掉越凶，根本止不住，她紧紧地攥着那把钥匙："你说你把钥匙给我了，以后就不会再吃药了，那时候你答应我的。这么多年，我去哪里都带着它，我想着不能让你拿回去，只要我带走它，你就会好好的。"

裴松溪仿佛被郁绵的眼泪击中了。她没想到那么久以前的事情，那时候绵绵还那么小，她随口说的话都一直记着，她给郁绵的钥匙……竟然还一直随身带着。

裴松溪靠过去，把郁绵的眼泪擦掉，低低地叹了一口气："是我不好……我的手上是一直有两把钥匙的。但我也没想到，我也没想到会再次打开它。

不用太担心,好吗?我答应你之后的很长一段时间,我都记得这件事,所以没有去碰。直到几年前……"

郁绵低声哽咽着:"为什么会这样?"

为什么会在几年前,是在她们之间的关系彻底走向冰点的那段时间吗?

裴松溪没办法回答她的问题。房间里陷入长久的安静。

过了很久,郁绵才勉强整理好情绪,低声跟裴松溪道歉:"对不起!裴姨,是我不好。"

裴松溪温柔地看着她:"跟你有什么关系呢?绵绵。"

郁绵咬了咬嘴唇,没说话。她的睫毛上还沾着几颗泪珠。她的目光继续转向那个抽屉,看向旁边放着的日记本,在裴松溪说话之前先拿了出来:"这是什么?"

裴松溪想说些什么,可是郁绵已经看到首页上写着的几个字,这是裴松溪记录吃药时间的本子。扉页上写着一句话:我可能什么都想要,那每回无限坠落的黑暗以及每一个步伐升盈令人战栗的光辉。

郁绵看着裴松溪,乌黑的眼眸清澈见底,十分坚定:"我想看。"

裴松溪没办法拒绝她,轻轻点了下头:"……你看吧。"

郁绵长舒一口气,才慢慢地把那日记本打开了,上面有用黑笔和红笔圈出来的时间。最开始只是用笔圈出来而已,后来却在旁边写了很多字。

这天给绵绵开过家长会。

去看绵绵跳舞了。

答应她以后还来滑雪。

很久没带她骑马了。

答应她要教她打桌球。

绵绵被一篇课文吓到了。答应她我会一直在的。

绵绵生日。不许吃药。

记得发新年快乐给她;要控制好情绪。

所有这些用黑色签字笔圈出来的日期,旁边都用红笔写着一行小字,都是跟她有关系的。被圈出来的日子,都是写着这行字的人,在自我提醒,时时刻刻地警惕着药物依赖。她像是那根拉住裴松溪往下坠落的线。

最开始的圈注是比较少的,郁绵看到裴松溪记录下自己吃药的日期,通过记录来规避这些时间点，控制服用药物的频率；到了后来，服药的次数渐渐变少了，直到半年前，所有的字迹都消失。

郁绵的呼吸停顿了一下。她给自己划定的时间节点原来是这样的。郁绵不知道她花费了多少意志力，才走到这一步。她以她们共同度过的时光为经纬，重新建构起她的宇宙，一步一步，将自己从情绪的泥潭里拉了出来。她是自己从黑暗里走出来，走到永州大学去看她的。

郁绵还记得裴松溪在台下温柔含笑的目光，却不知道……原来她是一步一步从无限坠落的黑暗中走出来的，那之后的两日，郁绵的情绪都有些低落。

裴松溪临时出差几天，在忙碌间隙也会给她发来消息，问她在家做什么？睡前把闹钟截图给她看，证明自己的作息很规律很健康，让她放心。

郁绵在奶茶店看到裴松溪发来的消息，咬着吸管发呆，回复她：在跟知意一起逛街。

好好逛，玩得开心。

我知道了，你好好工作。

景知意看着郁绵柔和的眉眼，调侃她："瞧瞧你这样，能不能专心点？"

郁绵抬起头："好好好，专心点，那说说你们，你跟梁知行都要结婚了。"

景知意的眉眼飞扬："可是我们在一起很多年了。哎，你还是以前那样，这么纯情的样子。"

郁绵揉了揉耳朵："知意……你刚才说话真的很像小妍，你知道吗？"

景知意站起来拉着她走："毕竟大家都是被许小妍荼毒过的，走了走了。"

等到了家，郁绵到厨房里做饭。她的厨艺其实算不上好，一直都只是勉强能吃的水准。不过她不挑食，裴松溪也不挑食，两个人吃饭吃得一向很简单。

前几天丁玫拿过来几份卤牛肉，说是简单加热一下就能吃。郁绵有些心不在焉，拿锅铲随意炒了几下，有好几次听到门外传来汽车发动的声音，她跑出去看，才发现不过是路过的车辆而已。

郁绵把第一锅牛肉炒煳了，不敢再出去了，不得不又炒了一份。她看着食谱，念念有词："醋放一点。加点葱。盐半勺。还有……"

这次的结果还不错，勉强可以看。

起锅的时候她自言自语地道："裴姨应该不会太嫌弃吧？"

身后忽然传来一阵轻轻的笑声："我什么时候嫌弃过？"

郁绵一愣，转过头看着裴松溪，连身上的猫咪小围裙都来不及解开，就往她那边跑，手上还拿着锅铲："你什么时候回来的呀？我都没听见！"

自从郁绵这次回来，她们好像基本都没分开过，裴松溪甚至有些不习惯。不过是短短的几天而已，却像是过了很久。

"没多久，就站了一会儿。"站在这里看郁绵专心炒菜，嘴里还一直念念有词的样子，挺可爱。

郁绵听到锅里刺啦刺啦的声音又往回跑："啊！可别再煳了！"

这顿饭吃得很愉快。很平淡的家常味道，可是郁绵吃着吃着，就会停下来看着裴松溪笑，咬着勺子的样子显得很傻气。可是裴松溪却忍不住笑着看向她："吃饭。"

郁绵乖乖地点了下头，眉眼间是藏不住的融融暖意，还是看着裴松溪笑，笑着笑着却想起来一件事："裴姨，我明天有事，要去一下永大。"

裴松溪的动作停顿了一下："明天？"

"嗯，你还记不记得我们之前做的那个城市水岸设计？建院有老师在做类似的课题，问我们要不要一起做，他们在给一座海滨城市做城市设计。我问了同学，他们都很有兴趣，以前我们做的都是社区项目，第一次有机会接触到大型项目。我想过去跟那个老师聊聊。"

"要我陪你一起过去吗？"

郁绵一直很想跟裴松溪在永州大学的梧桐大道上散步，可是一想到她才出差回来，不忍心让她这么奔波："不用啦，我自己过去就好了，你在家休息。"

裴松溪缓缓地点了下头。

晚上，裴松溪去楼上把先前镀膜的照片都拿下来，叫郁绵过来，把照片墙上的幕布揭掉，让她把照片贴回去。

所有的照片。她们一起度过的岁岁年年。郁绵在中学时期偷偷给裴松溪拍的照片，还有裴松溪在机场给郁绵拍下的，一张一张都挂回去。

郁绵抬起手，指尖从照片的边缘慢慢拂过。她们之间错过了好多年。可是……这五年的时光，她长大了。只是她前几天才知道那件事，知道裴松溪曾经有多大的心理压力。她要心疼死了。

裴松溪看见郁绵出神，轻声叫她："怎么了？"

郁绵回过头，指着一张生日蛋糕的照片说："裴姨，以前我每次的生日愿望是什么？你知道吗？"

"嗯？"

"我的愿望是你的愿望都能实现。"

裴松溪弯了弯唇角："那我现在好像没什么愿望了。"

窗外有阳光斜斜照进来。夏日的清晨，伴随着几声婉转的鸟鸣，连风吹拂叶尖的声音也清晰可闻。

裴松溪轻轻翻了个身，醒了。她慢慢从床上坐起来，一看时间，九点钟了。昨晚也不知道到底是几点睡的……应该很晚了。她难得有睡过头的时候。

放在床上的手机还在疯狂地震动着，是秘书打来的电话。

裴松溪按了接通，声音微微有些哑："今天有事，先不来公司了。"

秘书有一会儿没反应过来，他跟着裴松溪数年，还是第一次见到裴松溪因为某件私人事宜推掉工作安排，而且还没有提前通知，实在是感到有些突然。

秘书觉得有点为难："可是汇真公司的总监在等了。"

裴松溪揉了揉眉心："晚点我来联系对方，你先不用管了。"

"……好的，裴总，那今天有工作上的事情，还联系您吗？"

"今天不工作。"

裴松溪把电话挂断了，轻声叫："绵绵？"

家里静悄悄的，无人回应。

裴松溪的眉心一皱，掀开被子下床，还没走几步，就坐回来，拿起桌上放着的便签。那是郁绵留给她的。

我去永州了，很早的飞机，昨晚忘了告诉你。裴姨，在家要乖乖吃饭哦。

裴松溪愣了一下，她忘了绵绵昨晚说要去永州大学。

床边的柜子上还放着一盘新鲜饱满的橙子，那是给郁绵留的。

裴松溪难得有点情绪放空，有一会儿心里什么都没想，只是握着一只橙子，在手心里轻轻转动着，清香味隐隐约约地传来。她抿了抿嘴唇，拿起手机给郁绵打电话。

估计一下时间，可能飞机已经落地了。

果然，电话没多久就接通了。

郁绵的声音是有些低的：“裴姨？”

"下飞机了？"

"下啦，刚刚下出租车，只是还要走好远，好累哦。"

裴松溪听到郁绵的声音，慢慢握紧了手中的橙子，抿了抿嘴唇："绵绵，把酒店地址发给我。"

第三十二章
如灯

郁绵终于走到学校里的酒店,建筑学院的老师特意给她订好房间,在六楼,窗外是高大繁茂的梧桐树。她跟老师约在了学校里的一家咖啡厅,中午十二点。

永州大学有四个校区,校区与校区之间间隔很远,她坐校车过去。

现在学生还没下课,校车上没有多少人。她在靠窗的位置坐下,刚好看到手机上新的来电。

郁绵戴上耳机,声音清灵:"裴姨?"

从电话那边传来呼呼的风声,夹杂着汽车喇叭的声音,裴松溪"嗯"了一声:"出门了?"

郁绵往后靠在座椅上,校车在梧桐大道上穿梭而过,阳光从树叶间隙透落光影。她想起以前,每个月月初她们通电话,她怕打扰室友,总会从宿舍走到这里,踩着梧桐叶,轻声跟裴松溪说着话。

"绵绵?"

"嗯……我刚走神了。我在车上。"

郁绵收回目光,刚刚裴松溪在问她地址,她的第一反应是裴松溪要过来,可是后来裴松溪没再说什么,她想大概是她想错了,应该只是不放心她一个人在外面,所以才问她的住址。

"今天的时间安排是什么?"

"嗯,中午跟老师约在咖啡厅见面,应该先聊一下大概情况。如果可以的话,之后可能要去看一下这个课题目前的实践进展。"

"听起来会忙到很晚?"

"至少要半天呢,所以我可能明天回来,也可能后天回来。"

郁绵往窗外看,阳光更加热烈。她看到路上有学生捧着甜筒,一口接一口,吃得很高兴的样子。

司机按响喇叭,刹车,停车。很快,下一站就是她的目的地。她要准备下车了。

郁绵收回心思,咬了咬嘴唇,声音温和地道:"裴姨,我要下车了。"

裴松溪轻轻地笑了一声:"好了,我不问了,你去忙吧。"

"嗯,我要到约定的地方了,等我忙完给你打电话!"

郁绵跳下车,摘掉耳机,把手机放回了包里。

从中午十二点到下午四点半,该谈的事情都谈完了。末了,温和儒雅的老师还让他的学生送郁绵回酒店。

郁绵想说不用,可耐不住他们的坚持,碰巧这个人还是她读本科时就认识的学长,留在永州大学读博,刚刚博一,也很热情地说顺路送她。

两个人走在学校梧桐树下的小径里,聊着以前的事情。

郁绵在看学校池塘里的鱼,自言自语地感慨:"我还记得以前学校池塘里的鱼太多了,抓出来给所有师生,一个人一条……"

高大俊朗的男生在旁边一笑:"师妹,还记得吗?当时你们宿舍的鱼,就是我送过去的。"

郁绵愣了一下,笑着问:"我不记得了,赵师兄,你不是一心钻研学术吗?怎么还有空去送鱼啊?"

男生笑而不语:"就是想送了。刚才听你说,要在英国读完硕士再回来,之后还有继续深造的打算吗?"

郁绵摇摇头:"没有,先不读了。"

"哦……"男生感到有些失望,先前说要帮她分析研究方向,选导师的话都只能收回去。

等到了酒店大门外,郁绵冲他笑了笑:"我到了,谢谢你送我。"

男生看着她,微微偏过头,语气温和地调侃:"请我吃个饭吧!好几年没见了,你那时候还来请教过我课题呢?"

郁绵被他说得愣了两秒钟，刚准备说什么，就听见不远处传来温和的声音："绵绵。"

郁绵下意识地顺着声音的来源去看，就看见酒店大堂里的沙发旁，站着一个高挑清雅的女人，正笑着朝她走过来。

郁绵感到很惊喜："裴……"

裴松溪朝她笑了笑，打断她的话："等你有一会儿了，这位是你的同学吗？"

男生看见裴松溪的时候，一时间有些愣神，有些难以分辨眼前人的年纪。分明是那种被岁月打磨过的温润清雅气质，可是五官精致，白皙秀净，似乎看起来不过才三十出头的年纪，实在是一个被上帝格外优待的人。

郁绵终于想起来介绍："哦，这是我以前认识的学长，刚刚跟老师聊天，他也在，很好心地送我回来了。"

郁绵跟男生介绍裴松溪的时候，停顿了一下："这是裴姨，我的家人。"

男生终于回过神："您好。"

裴松溪含笑看着他，目光雪亮："你好。"

先前那顿晚饭的邀约就这么无疾而终。

等男生走了，郁绵才松了一口气："幸好你来了，不然还要请人吃饭，我最不喜欢和不熟的人吃饭了。对了，裴姨，你怎么来了？"

电梯刚好叮地响了一声，门开了。

裴松溪和郁绵一前一后地往外走："想过来就来了。"

门开了，房间里的窗帘拉了一半，夏日的阳光炽热明亮，空气中有尘埃静静地飞舞。

郁绵来的时候只背了一个小包，带了换洗的衣物，放在床上，还没动过，收拾起来也简单。她坐在床上，仰着头："要不我们今晚就回去？现在时间还早，看看还有没有机票。你这次来得这么突然，工作上的事情还没解决好吧？"

裴松溪把手包放下，提着的橙子也放下，拿出一只橙子递给她："不急着回去，太折腾了，明天回吧！吃个橙子。"

郁绵接过裴松溪递来的橙子，开玩笑似的说："吃不腻啊？"

裴松溪笑了笑，没说话。

窗外的天空，显得格外明净。

这个时间点，学生大多还没下课，学校里非常安静。高楼临湖，有风从水面上吹来，暂时吹散了几缕暑意。梧桐树在阳光下轻轻舒展着，巴掌大的树叶被风吹得沙沙作响，发出簌簌的声音。云雀啾啾鸣啼，一声比一声婉转动人。

等太阳在西边的天空一点一点地落下去，阳光也由金黄转向橙红，给天际的云彩勾勒出颜色瑰丽的边际，一层层渐变，一直没入最亮的光晕边缘。

裴松溪放好行李，问："饿了吗？"

郁绵嘟起嘴："早就饿了。"

裴松溪摸了一下她的发顶："唔……抱歉。"

郁绵忍不住笑了："去吃饭吧，就吃学校外面的小吃街，可以吗？"

裴松溪点头："走路过去吗？"

"嗯，我们出发吧。"

不过出发之前，她将马尾解开了，还戴上口罩，往下拉了一半，露出下巴。她的长发就披在肩膀，乌黑柔软，发量很多，从中隐隐约约地露出一小段雪白纤细的颈，奶油似的白。

永州大学外有一条很长的小吃街，学生刚刚下课，纷纷涌了过来，三五成伴地说着话，也有情侣共享一杯奶茶，边走边说话，显得十分甜蜜。

郁绵带着裴松溪，找了一家最地道的本地小吃，简单吃了一点，离开的时候也买了奶茶，拆开吸管之后先让裴松溪喝，然后又接回来。

天已经黑了。校园里的路灯亮起来，她们在永州大学的梧桐大道上散步。

郁绵说起以前的事情，说东湖里的鱼太多，总是分给学生；说有一年学校里的竹笋被挖了，校长气急败坏地说偷挖竹笋的学生早晚要挂科；说北方的风很大，她在这里待两年，换了五把伞。

裴松溪就静静地听着。她想起以前被她严格控制的通话时间。每个月只有一次，几分钟的短短的通话。那时候郁绵会跟她说一些生活琐事，本来以为那都够了。可是现在看来远远不够，她错过了郁绵这么多年的时光。

郁绵喝完奶茶，把杯子扔到垃圾桶里："今天怎么回事啊？忽然觉得好累哦。以前都不觉得累的，每次跟你打电话，我都在这里来来回回地走，要走好几圈。我一直都想着，什么时候能跟你一起在这里散步。现在一圈还没走完，我竟然就感到累了……"

裴松溪抿了一下嘴唇："你不喜欢我陪你散步的话，以后就不陪你了。"

郁绵回过头，飞快地瞥了裴松溪一眼，眼睛亮亮的："谁说我不喜欢一起散步了？倒是你，以后不许不给我打电话，不能不要我回家了。"

裴松溪笑着问道："什么时候不要你回家了？"

郁绵幽幽地看着她："或许……你觉得没有吧。"

裴松溪轻轻地叹了一口气，停定脚步，在这座古朴素雅的校园里，在树荫的光影下看着她："以后绝对不会让你不开心了。"

郁绵笑了笑："那你不许骗人哦。"

"我什么时候骗过你？"

"也是……好像没有。"

"回去了吗？"

"我想想……哎，去看我的宿舍吗？就在附近。你以前不肯过来，都没见过我的宿舍。虽然我都不住这里了，但我还是想让你看看。"

"好，过去吧。只要你还走得动。"

"我当然走得动。"

郁绵原来住过的宿舍离得不远。

她们走到那里，站在楼下。

郁绵指了指三楼的窗户："看，就那里，以前我就住那儿。"

不过那里现在换了别人在住，窗边放着一盏小灯，光芒温柔。

裴松溪笑着问："这么多间，到底是哪一间啊？"

郁绵有点着急地指了指："那间宿舍的玻璃上贴着一个粉色小猪的，是我贴的，看到了吗？"

裴松溪点了点头："看到了，是你的房间？"

郁绵满意地笑了："对，是我的房间。有时候会有点怀念读大学的时候了，看着别人的灯光，好像以前的时光已经走远了。"

裴松溪问道："很怀念吗？"

郁绵弯起唇角："也不是很怀念，我喜欢现在多一点。"

在宿舍楼下，在梧桐树下。她们长长久久地凝视着那间宿舍的灯光。直到窗户暗下去，大概是人走了。

不过,不要紧了。

此间自有一盏灯,在她的心里有了光亮。

七月的天气一天比一天变得燥热。

车在裴家大门外停下。

裴松溪和郁绵在永州待了两天,刚刚从机场回来,路上接到裴林默的电话,说他在是否要结婚这件事上纠结,想听听家人的意见。

不过此刻客厅里没有人,静悄悄的。

郁绵在客厅里转了一圈,才往沙发上一坐:"这个小叔叔,叫我们回来,自己却不在。"她去冰箱里拿了一盒冰激凌,拆开盒子舀了一勺,先递到裴松溪的唇边,"吃一点。"

裴松溪一向不太爱吃甜品,这次倒是很给面子地尝了几口。

到了家,吃过晚饭,裴林默的电话终于打了过来。他的声音里满是沮丧,把事情的前因后果说了个清楚。

他是喜欢那个姑娘的,只是搞艺术的都追寻自由,更不要说他单身这么多年,实在是很怕束缚。可偏偏那个女孩天生缺乏安全感,希望他给出承诺。他纠结不定,好不容易下定决心,才发现那个姑娘说不等他了,直接把他拉黑了。

裴松溪静静地听着,目光落在一旁。

郁绵躺在沙发上看书,黑漆柔顺如绸缎的长发散落下来,也不知道是看到了什么,唇角始终勾着。

裴松溪也轻轻地勾了下唇角:"你活该。"

电话那边传来哇哇大叫声,痛斥她是一个没心没肺的女魔头。

裴松溪特意开了外放,给郁绵听听。

郁绵把书放下了,等电话里的魔音消失,才笑着说:"小叔叔真是笨啊!喜欢就去追呗。你说他会不会屈服啊?"

"你怎么这么八卦?天天对别人的事情感兴趣?"

"哎呀,我就是好奇嘛,你就不好奇,一点点都不好奇?"

"我对别人的事情不感兴趣。"

"那你对谁的事情感兴趣?"

裴松溪的声音低低地，含着笑意："你。"

郁绵扑哧一声笑了，是啊，旁人的事情，再多再精彩，与她们又有什么干系呢？

清晨的阳光照进来。

院子里的葡萄藤上已经结了青涩的果实，青青绿绿的一串，坠在绿叶之中，大概再等上一段时间，就会彻底成熟了。

房间里静悄悄的，隐约可闻一点清甜的呼吸声。

阳台上的洗衣机正在转动着，发出嗡嗡的响声。

裴松溪回过神，她走过去，把里面的床单被套都拿出来。现在的时间还早，今天的天气又好，在楼顶晒一天也就干了。等她上楼晒完床单下来，正好对上郁绵的眼睛，看起来像是刚醒的样子。

裴松溪走过去："瞧瞧几点了。"

郁绵深深地吸了一口气，满足地弯了弯眼眸："可我睡得好啊，就是睡得很香很香，我中间醒了一下，还想继续睡。"

"我昨晚订了牛奶，我去看一下。"

郁绵喜欢喝新鲜的甜牛奶，夏天也不需要加热，再烤几片面包，涂上果酱，就是一顿简单的早餐。她先给面包涂上果酱，倒好牛奶，自己先不吃，都推到裴松溪的面前："你多吃点啦，裴姨，每次都吃这么少。"

裴松溪低头"嗯"了一声。

不过郁绵吃着吃着，就有些犯困了。她一直有睡午觉的喜好，吃完早餐，拉着裴松溪的手晃了晃："你要休息吗？裴姨。"

裴松溪摇头："不呢，我去看会书。"她不睡午觉，在书房里用电脑，看了看最近漏看的文件。魏意给她打过数个电话，有个项目要收尾了。

郁绵看裴松溪在忙碌，也不打扰她，换了衣服去锻炼，到下午四五点才过来找她，看起来刚洗过澡，穿着睡裙。

郁绵朝她一笑："裴姨……"

裴松溪笑着把她拉过去坐下："怎么了？"

郁绵靠着她说话："过几天就要走了。"她身上还有刚洗完澡的好闻的水汽，混着一点葡萄柚沐浴露的味道，非常清新的感觉，酸酸甜甜的。她的声音里有不舍,也有依赖。

裴松溪轻轻拍了拍她的发顶:"我在这里。"

这么多年,郁绵是出自本能地对裴松溪的亲近和依恋。而她又何尝不是出自本能地靠近郁绵,才将这颗空荡荡的心填满。

暑假假期临近尾声。郁绵要去英国读书了。

临走前的两天,裴松溪在收拾行李。

这次要带的行李很多,不仅是郁绵的,还有她的,她会跟郁绵一起过去。

郁绵有些情绪失落,就在旁边看着,没怎么说话。窗外云雀声声悠长。天光伴着云影轻轻晃荡,风中也渐渐有了初秋的凉意。

裴松溪给她装好衣服,回过头问她:"要带围巾吗?"

郁绵没说话,只幽幽地看着裴松溪:"那时候你也是这么给我收拾行李的吗?"

在她还没回来的时候,就已经把她所有的行李收拾好。等她一回来,就把她送走。

裴松溪愣了一下,才懂了她此刻的情绪,轻声问:"绵绵生气了吗?"

郁绵靠过去,低声喃喃着:"也不是生气……就是,感觉不太好。"

裴松溪"嗯"了一声,声音轻柔:"这次跟以前不一样。我跟你一起过去,又不是你一个人。"

郁绵扑哧一声笑了出来,情绪也好了一点:"不用一直陪着我的,我长大了,你以你自己的事情为主就行。"

郁绵的手机在口袋里震动了一下,她回复了一封邮件,轻轻抿着嘴唇:"我先出去,回个电话。"

真的是不能待在家里了。她怕自己不想走了。

郁绵在客厅里回了电话,又去花圃里剪了满满一束的玫瑰,修剪好之后再放到花瓶里,兀自欣赏了好久,才回过头看着裴松溪笑:"裴姨,好看吗?"

裴松溪刚刚洗完澡,吹完头发,她笑着点点头:"好看。"

郁绵折了一朵盛开的玫瑰,簪在她的发丝上,认真地欣赏:"这朵才是最好看的。"

雪肤乌发,原本是极致冷清的色调,却与这鲜妍热烈的颜色相互映照,极冷极热的色彩冲击，非常好看。

裴松溪笑着问："这么喜欢花吗？那我以后要去找个花店订……"

"也不用啦。"

"嗯？"

郁绵笑着摇头，神情却认真："女孩子长大以后，有长辈买花戴是幸运。可是自己摘花戴也很开心。"

裴松溪愣了几秒钟，心里有些感慨。她低下头，声音里有几分低低的怅然："绵绵，我希望你永远长不大，永远幸运。可我又希望你能做个开心的人，独立的人。就像，就像曾经我……我不在你身边，你也依旧在发光的你。"

郁绵低低地笑了起来："就算我在自己的领域里有所成绩，就算有许多朋友，可我永远是你的家人啊，这点永远都不会改变。"

窗户半开着，夜风卷着花香，轻轻吹起窗帘的一角，发出窸窣的声响，花圃里种的玫瑰全都开了，娉婷窈窕，热烈馥郁。

那在时光中缓缓绽放的花朵，曾经只是娉婷瘦弱的一支，青涩孤独，却无依无靠，始终是紧闭的。直到现在，这朵玫瑰彻彻底底地绽放了，明艳动人。

快到休息时间了，郁绵却突然敲门："裴姨。"

裴松溪尚未睡着，坐起来开了灯，开门，轻声问她："怎么了？"

郁绵没说话，绕过去把床边的抽屉拉开了，看到那些药瓶还安安静静地躺在那里，严肃而认真地问："裴姨，你不会还有第三把钥匙吧？"

裴松溪看着她："就只有两把。我不会骗你。"

郁绵还是不放心："不行，在这个问题上，你在我这里已经失信了。明天走之前我要把这些药都扔掉……不过扔掉好像也不管用，你可以继续买，也可以继续瞒着我偷偷吃，你……"

裴松溪失笑："不吃药。为什么要吃药？"

郁绵眨了眨眼睛，有些发愣："真的吗？"

裴松溪声音低低地，十分温柔地道："相信我。"

郁绵认真看了裴松溪好久，才笑了："那好吧。我再给你一次机会。"

这么一闹，两个人都没了睡意。

郁绵爬起来继续收拾行李箱，裴松溪也跟着起来，忽然想起有一件重要的东西没收好。

郁绵送给她的那幅画，原本悬在窗边，后来收了回去。现在既然要有长期在英国定居的打算，那她要带上这幅画。她有给物品做标记的习惯，拿了一张便笺纸，想写下物品名称，提笔的时候却愣住，想了又想，迟迟未能落笔。

直到郁绵走过来，她的语气里有微小的波动："裴姨，这个是？"

裴松溪心虚地别过眼："一幅画。"

"我看看。"

裴松溪想拦她，却没拦她："嗯。"

郁绵把画卷接过去，展开了。

那份熟悉感一点一点地加深，原来不是她的错觉，就是那幅画，在车站外，裴松溪拒绝收下的，转眼就被她扔到垃圾桶里的画。那幅画下面的边角还沾了些许污渍，只是时间久了，颜色也淡了，不仔细看并不明显。

郁绵抿了一下嘴唇："原来它在你这里啊。"

裴松溪靠近她："一直都在。"

郁绵心里觉得酸酸的，涩涩的，有一会儿没说话。等从那份怅惘的情绪中回转过来，她冲裴松溪嫣然一笑："这个晚点再跟你算账，小本本记下了。我现在要去继续收拾行李了。"

裴松溪看着她的背影片刻，又低下头，将那幅画收了起来，便笺纸上终究没写上名字标记。

这幅画，她不会弄混的。

第三十三章
芳菲

一年后的夏天。

郁绵硕士毕业,站在台上作为毕业生代表发言,年轻优秀的女孩,在众人的注视下笑容明媚,落落大方。

裴松溪就在台下,笑着给郁绵鼓掌。她曾经错过郁绵的本科毕业典礼,这一次,她不想再错过了。

郁绵今天化了淡妆,西柚色的唇膏很适合她,粉粉嫩嫩的少女感,很衬她白皙素净的肤色。

那是裴松溪给她挑的。

裴松溪记得刚见到绵绵的时候,她还只是那么小小的一只,现在真的长大了。这是她养大的女孩,眼神始终明亮、笑容始终温暖,是她永远的骄傲。

裴松溪的目光追随着她,一时间思绪万千。裴松溪看着她结束发言,下台后跟同学说话,跟老师合照。裴松溪拿起相机拍了很多张照片,记录下很多值得回忆的瞬间。

郁绵偏过头去看裴松溪,在人群中寻找她的身影。

只不过几秒钟,她就看见了裴松溪。

裴松溪始终站在那里,含笑看着她。

郁绵跟老师和同学拍完照,就飞奔过去找她。

许小妍也特意过来参加郁绵的毕业典礼,带着她的兽医男友一起过来,在郁绵左顾右盼想找人帮忙的时候,她主动接过相机:"我来拍照,相信我的技术啊。说起来,那次家长会还是我给你们拍的照片呢,那张就很绝……"

许小妍的男友还一脸茫然,好奇地问:"什么家长会?大学也有家长会吗?"

裴松溪忍不住笑了一下,轻轻揽过郁绵的肩,跳过这个话题:"拍照吧。"

许小妍抿着嘴笑,对郁绵眨了一下眼睛,拿起相机,看着镜头:"准备啦,快点调整一下,要漂漂亮亮的啊。"

可是站在一起的两个人却没有动,只不过相视一笑,继而很自然地站在一起。

许小妍嘟囔了一句,拿着摄像头摆拍很久,久到她们误以为已经拍好了,裴松溪抬起手,给郁绵拨了拨帽子边缘垂下来的黄色流苏,动作自然。

"咔嚓"一声。许小妍抓拍到了这个瞬间。她跳起来,把相机还给她们:"非常好看!我可真是一个摄影天才!"

郁绵看着相机里的照片,是有些熟悉的,像极了那时候她们站在银杏树下的姿态。她抬起头看了裴松溪一眼,在对方的眼里也捕捉到同样的温暖,眼眶渐渐有些发酸。

原来,已经过了这么多年……

郁绵用力抿一下嘴唇,对她笑了笑。

许小妍得意极了,又抱着郁绵一连拍了数张照片,拍完又捂着脸撞到男友的怀里:"哎……我就不应该跟她一起拍照。她的脸太小了,太欺负人了。"

男友拍了拍她的脑袋,大概是习惯了她的欢快跳脱,宠溺地笑道:"那以后还是跟我一起拍照好了。"

毕业典礼结束,郁绵邀请许小妍和她的男友一起吃饭。

不过,许小妍来得匆忙,走得也匆忙,订了当天的返程机票。

郁绵只好送他们到车站,跟她约好下次见面的时间。

许小妍拍了一下郁绵的肩膀:"你啊!以后别到处乱跑了!下次见,别哭啊!"她扑过去抱住男友的手臂,站在不远处朝郁绵挥了挥手,再大步流星地往车站里走去。

许小妍总有这样的魔力,不管是多么伤心、难过的事情,在她心里都只是吃饭、喝水一样的小事。即便是在分别的伤感时刻,她也总能叫人开心。

郁绵看着她的背影,等她走进车站,才转身往外走。

裴松溪刚刚回来，递给郁绵一杯橙汁："他们走了？"

郁绵咬着吸管，眼眸弯弯的、亮亮的："嗯，走了。现在我们有空了，裴姨，我想带你去一个地方。"

裴松溪点头："好，去哪儿？"

郁绵有些神秘地眨了眨眼睛："等一下你就知道了。"

裴松溪笑着说："好吧，那我就等等看。"

半个多小时后，出租车停在城郊。

三层楼的独栋别墅，雪白的墙壁，蓝色琉璃瓦铺就的屋顶在阳光下光芒熠熠，整栋建筑宽阔敞亮，典雅大气，一看就价值不菲。

裴松溪惊讶地看着眼前的建筑："这是你买的？"

郁绵的脸红起来："算是吧，不过找爷爷借了钱，之后会分期还给他。"她现在还没能攒多少钱，大学毕业后两年勉强做到经济独立，读硕士之后却很忙碌，没有时间去做兼职，做的项目也是社区公益项目，一直没有多少收入。

当时郁闻青听说孙女才一毕业，就要借钱买房，以为郁绵打算在国外定居了，可是生气了半天，可是抵不过郁绵乖乖地站在一旁，带着有点可怜兮兮的目光。再说了，郁绵已经拿到当地一家知名建筑设计所的录取通知，短期内不会回国，当然要有住的地方。这么一想，买房子还是要比租房子好。

最后，老先生大手一挥，买了城郊一栋正在建造的别墅，也方便郁绵操刀改造。

这一年来，只要裴松溪一回国，她就偷偷地溜过来，把平时积攒的细节灵感添加进去，一点一滴地做。本来她专注的是建筑设计，现在跟室内设计师交流多了，很多细节也是自己来设计的。

裴松溪笑着调侃她："你这算什么？超前消费第一人？"

郁绵假装没听见裴松溪的调侃："我们进去看看好不好？你别说我了……"

郁绵的声音里多了点委屈的意味，听得裴松溪心头一软。

裴松溪靠近郁绵："我没有说你的意思。你呀，刷我的卡不就好了。"

郁绵这才笑了一下，抿着嘴的样子显得有些倔强："我不要。那样就没惊喜了！"

裴松溪笑着点了点头："好吧，大建筑师，带我进去看看。"

郁绵被裴松溪冠上这个称谓，脸色一红。

别墅外面围着一圈白色的栅栏，花圃修剪得很工整，种了不少品类的花，热烈地盛开着，空气中飘散着好闻的花香味。

大门上挂着一块红色的门牌，崭新的，字迹清晰分明。那是郁绵刻上的字。

裴松溪和绵绵的家。

裴松溪一抬眼就看见那块门牌，愣了一下，才认出这是新的门牌，不是安溪路家里的那块。

这是郁绵的字迹，少了几分行云流水，多了一点认真端正，一笔一画，都写得极为认真。

从院子里走进去，推开大门，客厅干净整洁。装修风格依旧是清新淡雅、简约大方的西式设计。郁绵知道裴松溪的性子偏静，不喜欢太吵的地方，也不喜欢太亮眼的颜色，和室内设计师讨论后，决定以米色为主，选取蓝、绿等冷色调的颜色作为点缀，整体风格落落大方，淡雅温柔。

楼上卧室有两间，一间主卧，一间次卧。

书房也有两个，稍大的那间是为裴松溪准备的，郁绵的书房比较小，桌上还放着未来得及收好的设计图。

裴松溪跟着郁绵走遍所有的房间，总能在细节处发现小小的惊喜。她在午休的时候会坐在椅子上闭目小憩，不喜欢光线过于明亮，于是窗帘都是极为遮光的材质；她的睡眠不好，在雨夜很容易醒，所以窗户之外又外另加了雨棚；她喜欢在阳台上吹风，那里专门设计了座椅和遮阳棚，就连厨房里的茶杯，也是符合她心意的，杯沿上印着鲜亮饱满的橙子图案，可爱得让人心生欢喜。似乎每一处都是为她准备的。

有一会儿，裴松溪没说话，想说什么，可是又忍住了。

最后她们下楼，满园盛开的鲜花映入眼帘。

原来满屋的馥郁芬芳，是因为这座小花园里种满了花。

不远处有车经过，放着华语歌，声调低沉温柔。

郁绵郑重地说："裴姨，当年你给了无依无靠的我一个家，我一直想还你一个种满了鲜花的大房子，现在总算实现愿望了。"

裴松溪看向郁绵的眼睛："绵绵。"

郁绵目光熠熠地看着裴松溪，没有说话，神情却极为坚定。

裴松溪也笑着看向郁绵。忘了从什么地方听人说起，孩子就是人生的分水岭，让人既期待又害怕，期待是生命从此有了延续，害怕是生命从此有了牵挂，郁绵是裴松溪前半生用心呵护、培养的孩子，想起郁绵刚刚说，要送给她满园的花，可郁绵怎么会知道，在裴松溪眼中满园芬芳，她才是最美的那朵。

　　有那么一会儿，她们没有说话。

　　远处的歌声逐渐变得清晰了，裴松溪听到了，这是她熟悉的一首歌。

　　你是我这一生等了半世未拆的礼物……不怕把你背在我的肩上走一辈子路。

　　无需确认。郁绵才是她这一生等了半世未拆的礼物。

　　窗外下着雪。

　　天地间白茫茫的一片，枝头上积了雪，偶尔簌簌落下几片，四周静悄悄的。

　　裴松溪接到温怀钰的电话时，声音淡淡的："没空。"

　　温怀钰嗤笑一声，提高了声音："裴松溪，你真有意思。我请的是你吗？是柔柔的生日，我来请郁绵来做客，好不好？"

　　裴松溪垂着眼睛，过了几秒钟才"嗯"了一声："我知道了。"

　　温怀钰忍不住说她："你过分了啊……"

　　裴松溪忍不住抿了一下嘴唇，没听她说完话，就把电话挂断了。

　　没过多久，郁绵从外面回来。外面还在下着雪，她的肩头上都是雪花，发丝上有水珠，缓缓地融化。

　　裴松溪走过去，把她身上的雪花都拍掉了："怎么都不打伞？"

　　郁绵对裴松溪笑起来，从口袋里拿出两只刚刚出炉的奶油泡芙："想买这个，多排了一会儿队。"她实在是喜欢吃甜食，不仅自己喜欢吃，还总是叫裴松溪一起吃。

　　作为一个常年断糖，对自己身体素质要求极高的人裴松溪是想拒绝的，可是每次一想到郁绵说的，甜的东西要跟人一起分享，就狠不下心来拒绝。只是每次吃完，她都要去运动一会儿，毕竟甜食的热量太高了。

　　今天也不例外。她们坐在沙发上。把奶油泡芙解决掉，郁绵对着镜子，补了一点口红。

裴松溪想起刚才温怀钰打来的电话，对郁绵说了两句："我去锻炼一下。你看看要不要换一件衣服。刚才温怀钰打电话过来，说纪以柔过生日，请你也过去。去不去？"

郁绵惊喜地弯了弯眼眸："去呀！我想去看看。"

裴松溪笑着站起来："要去的话你准备一下，等下就出门。"

温怀钰站在窗边，一连给裴松溪打了数个电话，都没有人接，难免有点恼意："裴松溪她端的是什么架子，说好了要过来，现在没到就不说了，连电话也不接！"

纪以柔温和地说："再等等看，可能是雪天路滑，堵车了吧。别生气。"

温怀钰忍不住笑起来："好吧，看在你的面子上，裴松溪可真是个讨厌鬼！"

"哦？"她的话音才落，门外就传来一个淡淡的声音，"那温总也实在是令人生厌呢。"

管家拼命地憋着笑，掀开门帘："小姐，裴总她们来了。"

温怀钰丝毫没有背后说人坏话被抓包的难堪，只是挑了下眉："裴大小姐可真是姗姗来迟啊。"

裴松溪云淡风轻地说："有点事情耽误了。"随即淡淡地瞥了她一眼，冲着纪以柔微微点头示意，再对客厅里的人打了声招呼，"治臻，好久不见。"

温治臻正在窗边下棋，自己跟自己下了好久，朝她一笑："松溪，好久不见。有空来下盘棋吗？"

郁绵过去找纪以柔说话，她给寿星准备了生日礼物。一双崭新的舞鞋，手写的贺卡，还有自己在家里做的雪花酥，装在精致的小袋子里，她待人一向都这么用心。

纪以柔前不久跟郁绵说过，最近的工作不忙，在重新学跳舞，没想到郁绵就送了一双舞鞋给她。

温家的长辈们都不在，只有几个小辈在家。快到吃饭的时候，却有人回来了。

温怀钰惊喜地跑过去，从温言深怀里抱过一只没多大的奶团子："悦悦回来了！想姐姐了没？"

小姑娘才三四岁，扎着两个羊角小辫，脆生生地说："想！姐姐香香！"

徐放冷哼一声："你抱悦悦做什么？给我。"

温怀钰抱着小孩往里走，一边走一边嫌弃地说："姑姑，你管管好不好啊？真的是……"

温言深抿着嘴唇笑了下，轻轻握了一下徐放的手，才看清客厅里有客人过来。她和裴松溪早先有过数面之缘，也算是认识，便对裴松溪点头问好。

裴松溪也回之一笑。

郁绵早就跑过去看温怀钰抱着的小孩，那是温言深领养的小女孩。她一向都喜欢小孩子，握着小孩软软的小手，哄着叫她一声姐姐，拿雪花酥逗得小孩咯咯直笑。

等热气腾腾的饭菜摆上桌，气氛热烈。

裴松溪的话少，不太爱说话，只是偶尔问温治臻一点事情，大多时候都在给郁绵剥虾。

连温怀钰这会儿也没工夫跟她说话，她跟徐放两个人见面就掐架，这会儿正为争夺悦悦小朋友的爱而大肆表现。一个倒果汁，一个说果汁太凉不能喝；一个要喂菜，一个说不好消化不许吃。

裴松溪无奈地揉了一下额角。真的是太吵了。

温言深坐得离她比较近，温和地说："见笑了。"可是她分明是享受这种吵闹的，一双温柔似水的眼眸，眼尾有浅浅的纹路，始终看着灯光下的人。

裴松溪摇了摇头，露出似笑非笑的表情。

第三十三章 芳菲

这是一个特殊的新年。

郁绵毕业半年，在设计所里一连接了三个项目，忙了很多个通宵，终于赶在传统春节之前把任务完成，从老板那里要来两周的休假。

郁闻青从清宁赶了过来，两家人正月十五相聚。

直到现在，郁老先生有时看裴松溪不太顺眼，见面的第一件事，还是旧事重提，质问他明明那么有钱，结果还让孙女找他借钱买房，一点儿都不大气。

裴松溪只是笑着没说话，郁绵先替她辩解了："爷爷！是我自己决定买房的。"

老先生故作严肃地板着脸："那她也由着你胡闹，都不懂事。"

裴松溪算是摸透了老爷子的性子。本来都是商场上的人精，要想做场面功夫，绝对不是难事。他这么不加掩饰的真性情对人，才说明他对她并无太大的意见，分明只是嘴上死犟而已。

不管他说什么，裴松溪都含笑听着。除了……除了他拿裴松溪没办法，总是气急败坏地故意叫她"老裴"的时候。

不过这种时候是很少的，而且老先生也有顾忌——只要一被郁绵听到，那她是要拉着老爷子严肃认真地做思想工作的，少则半个小时，多则两个小时，可把他的耳朵都听出茧子了。

裴家已经有好多年没这么热闹了。丁玫是个热闹的性子，喜欢家里热热闹闹的感觉，抛开老先生有时候故意挑剔的幼稚举止，家里的氛围好极了。

一顿热气腾腾的晚饭吃完，两家人坐在沙发上聊天。

丁玫刚准备说什么，手机响了。她低头看了一下，下意识地牵起唇角，又意识到场合不对，把唇畔的弧度压下去，拿起手机就往外走："我接个电话。"

裴松溪下意识地多看了她一眼，忍不住笑了笑。

丁玫对上她的视线，有些不太自在地别开眼，走得更快了。

裴之远一脸莫名其妙地看着她："姑姑，你在笑什么……是不是最近也发现我妈不太对劲啊？"

裴松溪抿了一下嘴唇："你说的是哪方面？"

裴之远整理了一下衬衫的衣袖，正襟危坐："整个人的状态不对，像是春天到了一样……她跟我爸离婚这么多年，我当时不反对她再嫁的，但是……你也知道，我妈这人其实性子很单纯，我总担心她被人骗了。"

两个人正说着话，丁玫已经回来，拿起衣帽架上的帽子和围巾："我先出去一下，带钥匙了，不用给我留门。"

裴之远一愣："妈？这么晚了，你去哪儿？"

丁玫站在玄关处换鞋，眼睛里燃着好看的亮光，她似乎都没意识到自己正在笑："有点事情，很快就回来。"

"这么晚了，你开车过去？我送你吧？"

"不用了。我自己过去就行，你别操心。"

裴之远还想说什么，嘭的一声，门已经关上了。他慢慢地皱起眉："她这个样子，我真的有点担心。"

裴松溪笑了笑："不用担心。有事我会告诉你。"

别人的私事，裴松溪是一概不过问、不评价的，更不会未经允许就告诉裴之远。只是据她观察，丁玫这事儿没那么简单。不过，这也不算什么大事。

裴之远稍稍放松一些："那就好，她有事不会告诉我，但肯定会告诉你。"

裴松溪"嗯"了一声，结束这个话题："之远，刚好有事要跟你说。公司的事情，先交给你了。我的秘书过几天会联系你，以后我不会干预你的决策。如果还有不清楚的地方，去问魏意。"

裴之远一愣："啊？姑姑，你干什么？"

虽然说这一年多来，裴松溪有大半时间待在英国，可每逢重要的会议她都会参加，有大型项目也会回来参与讨论，拍板做决策的人也还是她。现在怎么忽然说不干预他的决策啊？

裴林默嗤笑一声，在旁边插话："你是不是傻？她要当甩手掌柜了！"

裴松溪不置可否地笑了下："暂时还没想好，但是想多一点属于自己的时间。"

裴之远："……不是，那整个集团以后都归我管？"

虽然这两年，他在公司大大小小各个部门都工作过一段时间，对业务流程很熟悉了。但如果真的什么事都压在他的肩上，这是要累死他吗？

裴松溪笑着点了一下头："不好吗？"

裴之远："我不同意！"

裴林默："单身的人没有话语权。你有老婆再说。"

裴松溪神色淡淡的，思索片刻："这样吧，打麻将、打桌球、骑马、滑雪……你随便选吧，你会哪个，我们比一下，输了你就答应。赢了另说。"

裴之远无语至极。

这还比什么？他输定了。

裴林默在一旁幸灾乐祸地笑起来。

裴之远瞪回去："小叔叔，你笑什么笑？大龄单身，你更没资格笑。你不是现在也还没结婚吗？！"

"你个小崽子，说的这是什么话！"

裴松溪声音淡淡地："别吵了。"

裴林默乖乖地闭嘴。

裴松溪没说什么，只是拍了一下裴之远的肩膀："好了，你有个心理准备，等秘书联系你。"

等裴松溪走了，裴之远长叹连连："我好惨啊！小叔叔，你说姑姑她现在就来专业坑侄子了。"

裴林默认可地点点头："可不是。幸好坑的是你，不是我。"

"……我迟早要被你气死！"

"哈哈哈……"

"不过这样，也没什么不好吧？这么多年，所有的事情都压在她的肩头上。我长大了，也有我的责任要承担。"

"是啊！其实也没什么不好。这么冷清的一个人，现在终于多了点儿人味，其实是件很好的事情啊……"

两个人谈话的声音渐渐低了下去，客厅里传来酒杯相碰时的清脆声音。

壁炉里的火烧得很旺，暖洋洋的，偶尔发出一声响动，炸出几粒璀璨的火星，点缀着这个安静祥和的冬夜。

楼上。

裴松溪刚刚上楼，在楼梯口看见郁闻青："您……还没休息？"

"老裴。"

裴松溪表情难得一怔。

郁闻青看到她的神情，忍不住笑起来："你还是这个样。小裴啊小裴，你跟我们老头子比起来，还是性子不够稳重啊。"

裴松溪笑着朝他走过去："这么晚了，您有事吗？是不是睡得不习惯？"

郁闻青的笑意收敛了些："不是。我在等你说件事。"

裴松溪轻轻点头："您说。"

老先生挥了挥手："你别紧张。没什么正事啊。就是以前小绵离开永州的时候，行李都寄回了清宁。我这次都带了过来，就放在车上。我寻思着应该也没很多太重要的东西，除了一些奖牌和奖状，这些还是很有纪念意义的……我怕我忘了，先跟你交代一下，你记得让人去我车上搬下来。"

裴松溪愣了一下："您……"

郁闻青注视着裴松溪，微微一笑："其实我们在小绵的生命中早就缺席了。我以前不想承认，但是这是事实，不可回避。你才是她此生最重要的家人，我知道的。所以我把她的东西都交给你。"老先生停顿了一下，喉头微不可察地哽咽了一下，"我们这辈子，注定只是她人生的旁观者了。你要好好陪她成长。"

裴松溪沉默了一下，才轻声说："一定。"她不是轻易开口允诺的人，很多时候都是做多于说，可是一旦开口，就叫人觉得很安心。

郁闻青满意地笑了："去吧，去吧，我也要休息了。"

裴松溪跟老人道了晚安，转身往回走。

房间的门开着。

郁绵正盘腿坐在飘窗上，往后靠在墙上，她跟朋友打着电话，互道新年快乐，眉飞色舞，低低地笑着。

窗台上放着两罐啤酒，也不知道她是不是偷偷喝酒了。

裴松溪没叫她。

房间里放了两箱刚到的橙子，是明燃送过来的。她认出来这箱橙子跟魏意那次送来的一模一样。她拿剪刀剪开胶带，拿了两个橙子出来，准备明天榨汁。结果郁绵已经听见她走路的声音，飞快地抬起头看她一眼，跟电话那端说了什么，很快就把电话挂断了。

裴松溪走过去，把手里的橙子递给她："怎么这么快就挂了？"

郁绵拉着裴松溪的手，让她也坐上来："已经打了很久了，大家都困了。而且零点要到了，我想跟你说说话。"

"我还以为你一个人躲在这里，是有什么事情呢。"

"哪有？就是刚刚小妍她们非要说远程喝酒庆祝一下，我就回来了。"

"喝酒了？"

"没喝多少，就一点点，一点点。"

郁绵转着手心里的橙子："这个橙子好圆啊！"

裴松溪"嗯"了一声，笑着调侃她："跟你的脸一样圆。"

"裴姨！"郁绵气鼓鼓地道，"我的脸哪里圆了？"

裴松溪忍不住笑出声："挺圆的，不信你比一下。"

郁绵把橙子捧到脸颊旁边，认真地问裴松溪："真的吗？"

裴松溪立刻想起她以前亲橙子时的傻样子,笑意更深,不再逗她:"假的。"

　　郁绵不生气了,笑意盈盈地靠过去,那五年,她只能对着月亮轻声说快乐。现在终于能在她身边。

　　裴松溪指了指时钟:"马上就零点了,应该昨晚说的。"

　　郁绵眼眸弯弯地笑:"好吧,那就再等等。反正也不着急。"

　　月亮原本半藏在云朵中,等晚风将游云吹散,才露出皎皎玉盘。

　　郁绵让她看:"今晚的月亮好亮啊。真好看。"

　　明月当空,素辉皎皎,

　　月圆人圆,圆满的圆。

番外
一瞬

又是一年秋,裴松溪到北方出差,回程时飞机遇到气流,迫降在永州机场。听到永州机场这几个字时,她愣住了,第一次来永州,好像是很多年以前的事了,还是郁绵才上大学的时候。五年了。

五年的时光仿佛只是短短的一瞬间,对这座城市,裴松溪仅存的记忆是那座古朴雅致的校园,笔直宽阔的梧桐大道和呼啸而过的秋风声。

机场播报说飞机在三个小时之后才能重新起飞,手机上的天气预报早就自动切换成永州市,裴松溪盯着屏幕看了许久。想起以前有过无数次,她在明川也好,在国外也罢,总是不自觉地看看永州的天气。

刮风了,台风天来了。又或是寒潮来临,下了一场暴雪。

裴松溪第二次来永州,是两年前接到郁老先生的电话,说绵绵被车蹭伤了腿。她瞒着所有人,如果不是郁老先生心血来潮来看孙女,就真的被瞒了过去。

挂了电话,裴松溪连夜买了机票过来,进了校园却不知道往哪儿走,她在雨中撑着伞,遇到一个面善的女孩子问了路,一路走到建筑学院的大楼,楼下的走廊处站着一个许久不见的背影。

穿着蓝白色外套,抱着一摞书的女孩正在和两鬓微白的郁老先生说着话,不肯接老先生硬塞过来的炖汤。大概是为了证明自己好了,她还笑着轻轻跳了一下,可把老人家吓得够呛。

绵绵跟她真正的家人在一起。有人关爱,有人照顾。她看起来很好,还会笑着逗家人开心。

"轰隆"一声,天际炸了两声闷雷,裴松溪回过神,瞧着越发阴沉的天际,想起上次离开永州时那场大雨,她被淋得好不狼狈,回程的路上因为前一晚彻夜未眠而头痛欲裂。

天气越来越糟糕,机场广播宣布今晚无法起飞,明天上午再出发,请乘客前往机场安排的酒店休息。

裴松溪听着通知,秀致的眉梢慢慢拢了起来,一同出差的新助理看她神色不虞,一时间也不知道该说什么。

"行李你拿好。"裴松溪终于说了话,依旧是惜字如金的模样,也不交代去向,就把助理扔在了身后。

几声闷雷后,雨丝渐渐落了下来,走出机场的那一刻,有雨丝落到伞面上。她拦了一辆车,叫师傅在这座城市里随便开,最后停在一家猫咖,反正也没地方去,裴松溪进去打发时间,待了一会儿就要走,抱着猫的老板娘却热情地跟她搭话:"看你像外地人,怎么大晚上一个人来这里呢?"

裴松溪笑了一下:"经过,就进来了。"

才说一两句话,被老板娘抱在怀里的猫忽然跳下来,猫爪在裙摆上划过,真丝衣料上留下一道显眼的抓痕。

"哎呀!不好意思!你的衣服很贵吧?多少钱?我赔给你!"

"没关系,"裴松溪垂下眼睛,神色清冷,"不用。"她并不在意,老板娘又非要赔钱,几番拉扯,外头的雨越下越大,这会儿是真的走不掉了。

后来老板娘干脆叫她多玩一会儿,煮了热牛奶叫她喝了暖暖胃,那只抓坏昂贵裙子的小猫也变乖了,安安静静地趴在裴松溪的膝头。

裴松溪一向不爱跟人说话,面对热情、真诚的陌生人却难得放松下来。她抚摸着那只白色的小猫,隐约想起年少时似乎也捡回家一只小猫,后来那只猫出意外不在了,她从此再没养过猫,因为所有的陪伴,都是短暂的一瞬。

裴松溪偏过头,侧脸在暖色光晕下如瓷般白皙。她听着屋檐雨水滴落的声音,望着因为凝结雨雾而模糊的落地玻璃,隐约能看见不远处居民楼里一盏接一盏的灯光。这一瞬间让她突然想到明川市安溪路268号,现在似乎成了一座空房子。

老板娘跟她闲聊了几句,还是隐隐地感到愧疚:"不要赔钱的话,要不这几天你多来玩玩?我看你也喜欢猫啊。"

"不用,我明天就走了,路过这座城市而已,"裴松溪把白色小猫还给她,"我也没什么喜欢的东西。性格如此,又闷又无聊。"

"怎么会没有喜欢的东西呢?"老板娘打量着她,"大多数人都有想要的,却不敢伸出手。你也一样,要不我给你拍一张照片?就算你来永州的留念。"

听见照片这两个字,长发低挽、眉眼精致的女人愣了一下,但她很快点头:"好。"

等拿到那张拍立得相纸,裴松溪低声道谢,她随手把照片夹到钱夹里,转身推开玻璃门出去,踏入了秋夜的大雨里。

多年后,郁绵在裴松溪的钱夹里看到了那张偶然拍摄的照片,长发披肩的女人脸色憔悴,膝盖上趴着一只小猫,灯光落在她瓷白的侧脸上,微垂的眼睛,漠然的神情。仿佛整个世界都与她没什么关系。

郁绵认出来那是永大附近的一家猫咖,以前读书的时候,室友喜欢猫,拉着她去过好几次。郁绵深吸一口气,才抬起头:"你什么时候去过永州?"

裴松溪看着她的眼睛,想了想:"不记得了。"

郁绵偏过头,眼眶发酸,原来那些曾以为独自走过的时光,她并不是那么孤单。郁绵对裴松溪一笑,转身走到了前面,朝后面挥挥手:"钱夹和里面的东西都归我喽。"

裴松溪看着郁绵的背影,弯了弯眼眸,跟上了在前面蹦蹦跳跳走路的郁绵。

番外 一瞬